D1054177

Isabelle Duquesnoy a suivi des études de restauration et d'histoire de l'art. *Les Confessions de Constanze Mozart* est son premier roman. Il est préfacé par le conservateur en chef du Mozarteum de Salzbourg.

DU MÊME AUTEUR

Les confessions de Constanze Mozart,
volume 2, *Plon, 2005*

Isabelle Duquesnoy

LES CONFESSIONS DE CONSTANZE MOZART

ROMAN

Plon

TEXTE INTÉGRAL

ISBN 978-2-7578-2618-8
(ISBN 2-259-19942-9, 1re publication)

à Justine…

En tout temps j'ai été des plus grands admirateurs de Mozart,
Et je le resterai jusqu'à mon dernier souffle.

Ludwig VAN BEETHOVEN.

Au fond, la Vérité est simple : elle ne se trouve que dans la Nature et l'on ne doit la dire qu'aux personnes de confiance.

Eugène CANSELIET.

AVANT-PROPOS

Lorsque Isabelle Duquesnoy m'apprit qu'elle travaillait depuis quelques années à la rédaction d'un journal intime fictif de Constanze Mozart, ma première réaction fut l'angoisse… Que ne lit-on pas comme inepties dans la littérature mozartienne sous la plume de certains auteurs qui se veulent le porte-parole du musicien et de sa famille, quel rôle affreux n'a-t-on pas fait endosser à son épouse (tout comme d'ailleurs à son père) dans une tradition issue du XIXe siècle, qui voulait qu'un génie n'ait pu être que méconnu, mal aimé et exploité par son entourage et ses contemporains…

Quel ne fut pas mon soulagement de constater très vite que rien, ou bien peu de chose, n'était inventé dans cet ouvrage, que les événements historiques étaient respectés et servaient de toile de fond à ce journal imaginaire.

Constanze commence à écrire peu après que sa famille s'est installée à Vienne, elle est alitée par une indisposition épuisante qu'elle décrit en détail et avec horreur, dans le langage cru et direct caractéristique de l'époque. Les lettres à connotation scatologique écrites par Mozart à sa « petite cousine », la « Bäsle »,

11

sont bien sûr les plus connues, mais nous nous étonnons aussi de rencontrer certaines expressions du même genre dans la correspondance entre les parents de Mozart, le sévère Leopold n'oubliant jamais de faire allusion en détail à l'importance de ses « évacuations », de ses « ouvertures ». Cela correspond bien à l'esprit du temps, rappelons-nous simplement le langage vert des lettres de la princesse Palatine ou de la correspondance privée entre l'impératrice Marie-Thérèse et sa fille Marie-Antoinette, Reine de France, et l'évocation des problèmes physiques intimes de son royal époux ; la pudeur, puis la pudibonderie, sont issues du XIXᵉ siècle et du victorianisme, et survivent en partie de nos jours encore. Le style de la jeune Constanze Weber est encore maladroit. Elle évoque tout d'abord les premières rencontres de Mozart et sa famille, à Mannheim, alors que le musicien n'avait encore d'yeux (et d'oreilles) que pour sa sœur Aloisia, ce qui ne fait que renforcer la répugnance que lui inspire son propre physique, livré aux troubles de la puberté, dont elle semble ignorer encore les raisons. Au cours des mois, alors que naît en elle un certain intérêt pour le nouveau locataire de sa mère, Caecilia Weber, son style s'étoffe et sa personnalité s'affirme. Et au fur et à mesure que se révèle son amour naissant pour celui qu'elle appelle bientôt par son prénom dans le secret des lignes qu'elle confie à son « confesseur silencieux » et que disparaissent les signes de son indisposition chronique, elle nous décrit l'émoi de leurs premières intimités avec une pudeur qui tranche sur les premières pages de ses « confessions ».

Grâce à sa grande connaissance des correspondances du XVIIIᵉ siècle et sa profonde culture de cette époque, Isabelle Duquesnoy introduit habilement ses connaissances dans ce journal, elle brosse un tableau judicieux de l'ambiance bourgeoise dans laquelle évolua sans doute le couple certes un peu bohème que formaient Wolfgang et Constanze, elle nous fournit, par l'intermédiaire de Constanze, des détails sur la littérature et la vie culturelle à Vienne, sur la mode, sur certaines traditions locales, sur les jeux de société en vogue (bouts-rimés, cartes, jeux de hasard, etc.), les superstitions du temps et sur certaines connaissances erronées concernant la médecine et la pharmacopée (nécessité des diverses saignées – qui furent d'ailleurs peut-être la cause de la mort de Mozart –, vertus médicinales de certaines décoctions, peur que les flatulences n'asphyxient le fœtus, etc.), et nous fait part des troubles et des emballements d'une héroïne romantique avant l'heure, de ses doutes, de la confusion de ses sens, mais aussi de sa foi religieuse empreinte souvent d'une bonne dose de superstition.

Constanze confie à son journal ses regrets de ne pas être appréciée par sa belle-sœur et son beau-père comme elle le souhaiterait, ses efforts pour s'attirer leur affection et son dépit devant leur accueil réservé, pour ne pas dire hostile, puis, plus tard, sa fureur lorsqu'elle apprend que son beau-père se charge de l'éducation du fils de Nannerl et le considère comme seul « prince héritier », alors qu'il refuse de se charger pour quelques mois des enfants qu'elle a eus avec Wolfgang.

Nous prenons part aux agacements qu'elle éprouve envers certaines élèves que son époux côtoie presque quotidiennement, au combat qu'elle livre contre cette jalousie latente à l'égard des élèves de son mari, de ses collègues féminines, et encore et toujours, à l'égard d'Aloisia et sa voix exceptionnelle, qui fascina Mozart tout au long de son existence.

Plus tard, nous sommes témoins de l'instabilité de son humeur, due sans doute à son épuisement consécutif aux grossesses répétées, à la tristesse éprouvée à la mort de nombreux nourrissons, à la fatigue due aux déménagements incessants (treize fois en dix ans), mais toujours rééquilibrée à l'idée d'être la partenaire privilégiée d'un personnage d'exception dont elle se garde bien de chercher à percer le secret du génie qui l'habite.

Isabelle Duquesnoy permet au lecteur de considérer la vie de Mozart sous une optique différente de ce que proposent les biographies traditionnelles, en commentant dans l'esprit de Constanze les événements de leur vie commune. Il est possible d'affirmer que grâce à sa parfaite connaissance de la biographie de Mozart et de sa correspondance, Isabelle Duquesnoy n'« invente » rien, même si ce journal est imaginaire. Tout est restitué dans le contexte historique. On se prend à regretter que ce journal ne fut authentique, et à espérer que l'on retrouve peut-être – un jour – dans les archives, un second journal intime de « Constanze, veuve Mozart », nous permettant de découvrir ce que fut la deuxième partie de sa vie, au service non plus de son « grand homme », mais de la mémoire de celui-ci…

Salzbourg, avril 2003.

Geneviève GEFFRAY,
conservateur en chef,
Fondation internationale
Mozarteum, Salzbourg.

AVERTISSEMENT

Bien qu'il soit impossible de convertir avec exactitude les monnaies utilisées par Constanze et Wolfgang Mozart, on peut toutefois considérer que 1 florin équivalait à 15 euros, soit environ 100 francs, et que 1 kreutzer valait à peu près 29 centimes d'euros, soit 1,90 franc.

Le florin (pièce d'argent) se divisait en 60 kreutzers (lui-même composé de 4 pfennigs).

Le ducat (pièce d'or) valait environ 4 florins, soit aussi 2 thalers.

Le louis d'or français (pistole) s'échangeait contre 7 florins et la livre sterling anglaise valait 9 florins.

A titre de comparaison, il sera utile de noter que :

le directeur de l'hôpital de Vienne gagnait 3 000 florins par an,

son premier chirurgien en percevait 800,

un musicien recevait entre 200 et 800 florins annuels,

un professeur d'université 300,

un maître d'école gagnait 22 florins,

une domestique comme celle du couple Mozart en 1784 percevait… 12 florins par an.

Les chanteurs et acteurs étaient bien mieux rétribués que les compositeurs. Ainsi, le castrat Ceccarelli percevait 800 florins annuels, alors que Mozart n'en avait que 450 à Salzbourg.

Il n'était pas rare qu'un chanteur gagne, en se produisant une soirée, l'équivalent d'un salaire annuel d'un compositeur.

Un habit ordinaire coûtait entre 30 et 50 florins (c'est-à-dire 5 000 francs ou 762 euros, deux fois le salaire annuel d'un instituteur !).

Un habit d'apparat – indispensable à la Cour – orné de galons et de broderies pouvait aisément atteindre 350 florins (35 000 francs ou 5 335 euros).

Une robe de femme atteignait facilement le prix de 100 florins (10 000 francs ou 1 524 euros).

400 florins équivalent à 68 places de spectacle situées en loge et 1 robe habillée.

700 florins équivalent à un an de loyer de Mozart ou 1 habit d'apparat, 10 paires de bas de soie, et 2 paires de souliers.

Pour s'offrir une jolie robe, la domestique de Mozart aurait dû économiser l'intégralité de son salaire pendant plus de… huit ans !

1781

Vienne, hiver 1780-1781

Cette chose en moi est si haïssable, si dégoûtante, pour jamais je n'oserai en confier la présence à celles qui se disent des *amies* ; nul ne doit savoir.

Au demeurant, je n'ai point d'amie sincère, mais seulement des connaissances ; derrière ces figures aimables et les cajolis de leurs voix, elles seront demain des ennemies piquantes, si l'imprudence et la mollesse me conduisaient à confier la poisse de mon infortune. Ces crétines plâtrées me font horreur, abattues sur les banquettes du salon de ma mère, et je ne puis croire qu'on trouvât plaisante leur compagnie. A quel propos jabotent-elles ainsi des heures entières ? On me presse de confier la cause de mon supplice, mais je ne peux me fier à ces mines affligées – elles ne sont que duperies. Pis encore, elles sont ennuyeuses.

Malgré toutes mes prières à saint Jean de Népomucène[1], je ne vois nulle amélioration de mon état ; je meurs dans ma chambre, écrasée de courtepointes, étourdie de visites faussement charitables et de fourbes recommandations ; on ne cherche point à me détourner de mon abîme, puisque mon indisposition est un divertissement, une curiosité.

Je meurs et nul ne s'en soucie.

Au mépris de ma faible condition, je ne puis souffrir davantage les infusions d'ortie[2], la gêne des lavements, l'odeur des cataplasmes de mie de pain et de lait, auxquels on ajoute des jaunes d'œufs et un peu de fiente de bœuf écrasée dans les cendres de choux.

Je m'appelle Constanze – j'ai dix-huit ans passés et la faiblesse de me croire ornée de quelques vertus. Si je dois déplorer sur les traits de mon visage l'absence des grâces que j'eusse été en droit d'hériter, je ne suis cependant pas ce que l'on nomme une jeune fille insignifiante, de physionomie commune, de condition ordinaire, animée de sentiments médiocres et l'indisposition dont je souffre depuis trois mois, elle non plus, n'est pas ordinaire ; les vapeurs de mélancolie affectent plus volontiers les femmes élevées dans la paresse, qui jouissent des commodités de la vie et s'achètent, par une suite de langueurs, l'agrément des richesses. Je ne suis point de ces dames élégantes de l'aristocratie, pourtant me voici avilie par cette affection de riche désœuvrée.

L'univers de ma chambre est à présent l'écrin d'un joyau sans éclat ; j'étouffe entre ses murs, je m'étiole dans l'espoir d'une guérison tardive. Chaque matin, je prie saint Jean de me remettre debout, sans pleurer la course lente et tiède d'un sang qui tache mes draps, lézarde mes cuisses et termine son écoulement sournois sur le carreau. Dès l'aurore, ma chemise salie de rouge brunâtre se colle de caillots descendus vers les volants, et je voudrais qu'elle se consumât sur ma litière. J'ai laissé tant de traces honteuses, tant de flaques rouges sur le damas des fauteuils, un tel nombre de bavures vermeilles sur les parquets cirés, tant de pâtés visqueux dans le salon de musique, qu'il n'est plus de lieu où je puisse me poser sans signer mon passage de cette sève humiliante. Aucun mot ne saurait décrire le dégoût que m'inspire mon état, ni la désolation de cette condition misérable.

Un soir, condamnée au lit, en seule compagnie du fleuve roux de ma tripe, la tristesse et l'embêtement m'engagèrent à tremper une plume dans cette encre empestée ; je connus alors le ravissement de l'écriture, l'ivresse clandestine des mots, le refuge d'un confesseur que la poste ne pouvait trahir.

Puis, assurée de cette confortable espérance, je m'étais endormie aux côtés de mon nouvel ami de papier.

La clarté du matin m'était apparue comme notre petite bonne ouvrait mes rideaux et déposait sur mon chevet un dégoûtant breuvage d'ortie, combiné d'un sévère « faut tout boire ». Les pages secrètes, mes chères pages rougies de griffonnages restées sur le drap, se trouvèrent livrées à sa curiosité ; comprenant sans délai la cause de mon trouble, elle avait quitté silencieusement ma chambre jusqu'au soir naissant. Plus tard, vers sept heures, lorsque ma mère lui ordonna de me porter mon souper, elle jeta sur ma courtepointe un carnet, une plume neuve, et sortit des plis de son tablier un flacon d'encre, confessant l'avoir pris dans la chambre d'un locataire musicien.

Voici comment à l'encre et non aux pluies de mon ventre maudit, préluda l'écriture de mon véritable journal.

Je suis la troisième des quatre filles Weber, et selon l'humeur de notre mère, je suis également la moins jolie. Mes trois sœurs et moi avons été instruites en musique ainsi qu'en chant, cependant, de nous toutes, Aloisia est la seule qui puisse atteindre le contre-*sol* avec aisance. Encore n'y a-t-il pas que cela qu'Aloisia atteigne avec commodité ! Il n'est pas de succès qui lui semble infaisable, et ses charmes terrassent les protecteurs des salons les moins avertis en musique. Mais je n'ai nul dessein de me montrer ingrate envers mon aînée, qui, de surcroît, nous assure depuis le décès de notre père une existence fort convenable. Cela serait mal.

Oh, je ne sais.

Suffit !

Je puis me permettre de chier sur ses bontés, car mon état offre tous les pardons acceptables, et ses largesses établies par contrat n'ont plus guère la grandeur de jadis.

C'était en 1778, à Mannheim.

Aloisia avait alors dix-sept ans et moi seize. Son aimable figure animait bien des causeries, tandis que l'on comparait mes yeux à ceux des rongeurs sauvagement combattus en ville. Notre père, Fridolin Weber, nous avait conduites chez la princesse électrice Elisabeth Maria Auguste de Bavière, car elle disposait d'un petit orchestre et donnait un concert tous les jours. Papa, copiste et choriste au théâtre de la Cour, affectionnait ce genre de réunion qui permettait aux gens de musique de se frotter aux meilleurs talents. Il était convenu que l'organe d'Aloisia devait s'y faire entendre, tandis que notre aînée, Josepha, se morfondait en désolation à l'idée que sa propre habileté vocale ne fût jamais dévoilée.

Or, pour ce jour de concert, un jeune compositeur nommé Wolfgang Mozart avait fait copier par mon père quatre airs pour la princesse de Bavière. Il me semble aussi qu'il avait composé une symphonie à son intention et la lui avait offerte[3]. Aloisia, priée d'étaler ses talents vantés par notre père, chanta excellement ses premières notes, a *prima vista*, bien qu'elles fussent fort difficiles à moduler. L'honnête Wolfgang Mozart resta la bouche entrouverte ; il demeura ainsi jusqu'à la fin du lied. J'articulais en silence sur les vocalises d'Aloisia et m'apercevais, tout étourdie, qu'il m'eût été possible de changer avec elle si l'on m'en avait priée. Hélas, personne ne s'intéressa à mon chant muet, et le troublant Wolfgang Mozart resta prisonnier de son inclination soudaine. Je craignais alors, malgré mon jeune âge, que ma sœur lui donnât dans l'œil[4] et qu'il n'allât s'en amouracher. Lorsque son regard infiniment bleu coupa celui d'Aloisia, on eut le sentiment qu'il avait reçu la foudre sur sa touffe poudrée. Envoûté par mon aînée, Wolfgang Mozart ignorait encore quelle emprise s'abattait sur lui, au frisson de sa prodigieuse voix.

Il devint un hôte habitué de notre famille et chacune de ses visites teintait nos heures de ravissement. Aloisia se promenait longuement en sa compagnie, s'attardait au bord des fontaines, minaudait en l'écoutant bâtir mille projets pour leur avenir. Wolfgang Mozart voulait écrire un opéra, afin de montrer les dispositions d'Aloisia ; elle s'animait de cet augure et s'éloignait de moi chaque jour davantage.

Leopold Mozart, le papa de Wolfgang, insistait pour que son fils se transportât à Paris et s'y fasse connaître. Les amoureux durent se dire adieu ; j'assistai à leur désolation, cachée derrière un paravent d'aisance. Je confesse volontiers que c'est au sujet d'une crotte pénible à produire que je me trouvais là ; je déteste dîner seule autant que chier en compagnie, et ce que j'entendis ne m'aida point dans ma tâche. Ils se promirent de s'attendre, de s'écrire et d'être fidèles à leurs serments. Aloisia s'engageait à prier tous les jours à l'église, afin que le voyage de son bien-aimé fût bref mais encore couronné des succès espérés. Je fis le serment de pousser mon étron en silence, fort embarrassée de ne pouvoir déclarer ma tristesse à l'occasion de son départ. N'ayant jamais eu le goût de lui faire écouter mes vocalises, il était impensable qu'il m'entendît péter.

Wolfgang Mozart partit donc en France, accompagné de sa mère.

Quelques mois passèrent ; Aloisia fut engagée à Munich, comme *prima donna*, aux appointements de 600 florins, et papa s'était fait donner 400 florins pour sa qualité de copiste, ainsi que 200 florins à titre de souffleur. Notre famille au complet se transporta ainsi, pour suivre Aloisia. Nous étions sortis de la misère !

Tous les salons et les théâtres de Munich se disputaient ma sœur ; son protecteur, le comte de Seeau, intendant des théâtres de la Cour, semblait être aux anges. C'est alors que nous apprîmes que Madame Mozart était morte de la fièvre typhoïde à Paris, dans la chambre de son fils. Aloisia se désespéra car restée sans nouvelles de son fiancé, elle le crut mort par contagion. Elle pleura tout l'été. En octobre 1778, lorsque Wolfgang Mozart quitta Paris pour reprendre le chemin de Salzbourg, il séjourna près d'un mois en Alsace[5] et donna quelques concerts. Aloisia reçut à nouveau des lettres de son fiancé, mais elle avait fini de penser à lui. Son regard de faon se tournait désormais vers des cibles plus prometteuses.

Aloisia me lisait ses lettres à voix haute, mais elle oubliait avec une visible légèreté certains passages. Wolfgang Mozart décrivait le désordre et la puanteur d'un Paris que nous ne connaissions point ; je me souviens aussi de son amusement au bois de Boulogne, à la découverte d'un petit château de Bagatelle, que le comte d'Artois avait fait construire par défi, en seulement deux mois, par son architecte, un certain Boulanger ou Bélanger. Flattée et néanmoins dédaigneuse, Aloisia lisait ses billets d'amour en crevant de rire. Je fermais les yeux, et tentais d'imaginer quel transport me causeraient de telles déclarations.

A la lecture de ces lettres intimes, je compris que les hommes aimaient à se consumer en comparant la figure de leur adorée à celle d'un animal, son teint aux fleurs et ses manières aux ailes des oiseaux. Biche, mésange, lis, bouton de rose…

A quel fumet de louanges m'écrirait-on un jour ? Ecureuil, musaraigne au teint de renoncule ? Canard, *beuschel*[6]…

De Mannheim, Mozart écrivit qu'on lui proposait quarante louis d'or pour écrire un opéra, *Semiramis*, je crois. Il était remonté par ce projet et l'argent, disait-il, lui permettrait d'offrir à sa chère Aloisia des fiançailles de princesse. Je sus plus tard que les projets de Wolfgang Mozart ne connurent pas l'aboutissement espéré et que, pris par la passion de son art, il avait aussi écarté ses rivaux, Gluck et Schweitzer, en écrivant l'opéra gratuitement. Adieu les quarante louis d'or !

Leopold pressait son fils de revenir à Salzbourg au plus vite ; Wolfgang protestait dans ses lettres et cherchait vivement une charge de konzertmeister, mais, disait-il, « *un emploi de violon d'attaque ou de professeur ferait tout aussi bien mon bonheur de ne jamais retourner à Salzbourg !* »

Pauvre Wolfgang! Ses lettres restaient désormais sur la console de bois doré car Aloisia ne les ouvrait plus. C'est moi qui décachetais le papier et faisais à mon tour la lecture à haute voix. Josepha, ma sœur aînée, ainsi que Sophie la cadette, écoutaient la lecture de ces lettres, maman passait d'un salon à l'autre, tripotant ses engageantes[7] avec impatience. Elle ne cachait nullement son contentement de voir Aloisia tendre le cou vers d'autres sérénades.

Un évêque proposa à Wolfgang de voyager confortablement dans sa voiture et de le garder quelques jours avec lui dans sa ville pour l'accompagner ensuite jusqu'à Munich. Mozart (pauvre ignorant qu'il était de sa disgrâce!) écrivit son ennui à ma sœur, compta les jours qui le séparaient d'elle et lui narra les quelques journées passées au couvent de Kaisheim. Ma mère et Josepha insistaient alors pour que l'on n'éludât point les passages les plus badins : Wolfgang se demandait pour quelle raison l'évêque entretenait une troupe de soldats qui, de surcroît, hurlaient sans cesse. « *La nuit, j'entends tout le temps crier : qui vive? À quoi je réponds chaque fois prudemment : avale!* »

Dans sa dernière lettre du 24 décembre, il nous annonçait son arrivée pressante à Munich, sa joie de prendre congé de son hôte et de ses compagnons de voyage. Rien dans le choix de ses mots ne masquait son empressement de revoir Aloisia; il lui déclarait également la composition d'un air, écrit à Paris, au service de sa merveilleuse voix : *Popoli di Tessaglia*[8]. « *De toutes mes compositions, c'est la meilleure scène que j'aie jamais écrite.* »

Lorsque Monsieur Mozart entra dans notre salon, je retins ma respiration et fis en sorte qu'il remarquât combien ma gorge s'était développée. Il parut, hélas, ne point s'en soucier. Wolfgang Mozart avait quitté une famille modeste et chaleureuse ; il se trouvait à présent dans le salon d'une maison bourgeoise, au centre d'une assemblée élégamment vêtue selon la mode autrichienne. Encore ignorait-il que l'ascension d'Aloisia nous avait pourvus de deux cabinets d'aisances et de papiers découpés à proportions raisonnables ! Mozart resta un instant silencieux, meurtri par les propos qu'un homme murmurait à l'oreille d'Aloisia. Il attendit, et je fis de même, une éternité je crois… Lorsqu'elle le vit enfin, ma sœur ne manifesta nul contentement ni surprise. Elle toisa sa tenue en détail, abritant un léger sourire moqueur derrière son éventail. Oh ! Je le revois encore, si pâle, semblable aux reflets de sa perruque, dans sa pelisse rouge aux boutons de deuil[9], frotter ses petites mains charnues près du poêle de céramique. Il eût été malséant que je me précipitasse à son secours, pourtant son cruel isolement m'eût paru moins déshonorant s'il était entré dans une chambre, trouvant sa promise en train de faire la bête à deux dos.

Il s'intéressa pour lors à notre mère et moi, nous salua et nous complimenta avec politesse et galanterie. J'attendis en vain une remarque, oh ! une toute honnête et opportune remarque sur mon changement de physionomie. Mozart nous fit partager sa satisfaction d'avoir offert deux sonates gravées à l'électrice[10], puis il se répandit en détails saugrenus sur son voyage avec l'évêque. C'est alors que ma sœur déclencha la moquerie de l'assistance, en demandant à Mozart *si l'évêque l'avait engagé en qualité de valet de chambre, qu'il puisse ainsi conserver sa belle livrée rouge de domestique.* Pauvre Monsieur

Mozart ! Il domina fort bien sa contrariété et cette offense ; il s'avança gravement, remit à ma sœur la partition de sa composition, et dit avec charme son désir de l'entendre chanter. Aloisia prit le rouleau, le posa sur le clavecin sans même dénouer le ruban, puis elle se rapprocha de son nouveau galant, en riant de la façon la plus sotte. Alors Wolfgang se dirigea vers le clavecin, releva le couvercle et se plaça devant le clavier ; il joua de manière brutale les accords d'une chanson très populaire pour sa grossièreté et chanta par-dessus[11] – (*Je laisse volontiers la fillette qui ne veut plus de moi*). Toute la société tressaillit et se figea d'effroi en reconnaissant l'affreuse mélodie de Berlichingen : « *Ceux qui ne m'aiment pas, je les emmerde !* » Son dégoûtant vacarme terminé, Mozart referma doucement le couvercle de l'instrument, exécuta une révérence excessive et tortillée, puis il sortit.

Ce fut la dernière fois que je le vis.

*

Hier, j'ai tenté de me traîner jusqu'à la chapelle Sainte-Madeleine, afin d'y brûler un cierge et prier saint Jean de Népomucène. J'ai cependant rebroussé chemin : un chien hideux me suivait en léchant le pavé mouillé de mes humeurs. Oh ! comme je voudrais que la terre s'ouvre et engloutisse ma honte ! Que ne donnerais-je pour voir cette source poisseuse se tarir à jamais ?

*

Ce matin, je me suis levée fort bien disposée et suis allée rendre visite à ma jeune sœur Sophie dans sa chambre. Nous avons ri de mille choses et je me suis aussi posée sur sa couche, sans laisser la moindre trace. La dernière saignée que l'on m'a faite aux chevilles semblait avoir épaissi mon jus.

Las ! au retour je fus toute étourdie de vapeurs. Notre petite bonne me guida au lit sans ménagement ; je n'eus guère le temps de regarder l'air par la fenêtre. Mais voici qu'il bruine à présent et les vitres de ma chambre elles aussi se couvrent de dégoulinades ; mon âme n'est que ruissellement !

Seul le flot des mots berce mon cœur et apaise mon esprit.

*

Où t'avais-je abandonné, fidèle confesseur de papier ?

Ah ! je me souviens à présent... ce bon Wolfgang Mozart, éconduit par Aloisia devant la société qui ornemente désormais les salons de notre mère. Lorsque les battants de la porte se refermèrent sur lui, la terre s'était dérobée sous mes pieds. Tenir et paraître fut alors mon unique dessein ; mon crâne était en flammes, mille étoiles dorées vacillaient devant mes yeux, le son des vocalises naissait des ténèbres, les invités de maman portaient une cape noire et leurs dents tombaient sur le parquet. Comment Aloisia, si cruelle sous sa membrane d'ange put-elle ainsi répudier celui qu'elle avait tant pleuré l'été précédent ? J'en conviens, il est malséant de parler, d'écrire ainsi sur ma sœur, dont les talents et les intrigues nous permettent de rouler carrosse[12].

Etait-il possible que Wolfgang Mozart survécût à pareille désillusion ?

J'avais appris, par quelque indiscrétion, comme il s'était précipité chez Becke, son ami flûtiste, puiser la consolation dans le partage de la musique, qu'il survivait malaisément à son amour foireux.

Il retourna vraiment à Salzbourg où son poste de konzertmeister lui avait été conservé. Cela signifiait qu'il gagnait encore assez peu d'argent et prenait toujours ses repas à l'office des domestiques du prince Colloredo, composait les musiques religieuses et profanes de la Cour, et formait les enfants de chœur. La fin de ses rêveries était sans nul doute bienfaisante, cependant un peu de foin dans ses bottes lui aurait rapporté la gaieté plus tôt[13].

*

Pendant que Wolfgang (il m'arrive, lorsque mon cœur se serre à la pensée de ses souffrances, de l'appeler Wolfgang, mais qu'il ne le sache jamais, j'en rougirais tant !) prenait ses repas, supportant les affronts des ignorants de son art, toute ma famille se transportait à Vienne.

Le comte Hadick avait fait engager Aloisia comme cantatrice à l'Opéra allemand de Vienne en septembre 1779. La gloire et les honneurs frappaient à la porte de l'orgueil de ma sœur. Notre mère n'avait plus de bouche que pour elle. Elle, dont le visage s'en était même trouvé transformé ; les lèvres s'étaient pincées, ses yeux semblaient fouiller l'âme de ceux qui la complimentaient. Aloisia cantatrice à l'Opéra de Vienne ! Nous autres, filles de la maison, devenions nécessaires pour de nouvelles tâches ; costumière, souffleuse, répétitrice, chacune d'entre nous se mettait au service de cette gloire qui nous faisait vivre, et ouvrait désormais à deux battants les portes ornementées. Ma sœur Josepha n'osait faire entendre ses progressions vocales, car notre mère pensait tout haut qu'il n'était point de place pour deux miracles sous le même toit. Le prodige de l'Opéra allemand de Vienne était désormais Aloisia et je me devais de l'admirer et la remercier de ses bontés, si un nouveau ruban venait à décorer mes cotillons usés.

Ô combien me fut rude alors de ne point écrire à Mozart, pour l'aider dans son rétablissement par la révélation de quelques secrets de ma chère sœur ! Encore eût-il fallu que j'allasse jusqu'aux détails les plus repoussants, afin de lui garantir une guérison pressante. Combien de larmes eussent été épargnées par la simple évocation de ses vers dentaires ! Oui, ma bonne Louise [14], dont la voix délabre les cœurs et gagne les âmes insensibles, ma généreuse sœur abrite une bouche en vérité bien pourrie, peuplée de petits vers à tête ronde marquée d'un point noir ! Il n'est pas de matin où cet organe, habité de limon, ne reçoive sa mesure de lavement amer, dans le fol espoir de faire crever ses hôtes répugnants ; Aloisia se fait préparer un bouillon de semences d'oignon et de vinaigre, épaissi par de la poudre de corne de cerf. Un jour, alors que la violence de la douleur causée par ses dents gâtées devenait insupportable, nous lui mîmes du miel dans la bouche. Une heure après, la douleur relâcha, et Aloisia sentit un chatouillement. Elle y porta la main et cueillit trois vers bien mouvants.

Notre mère pensa pour lors que ma pauvre sœur avait un sang trop épais, circulant fort mal dans les vaisseaux nourriciers de bouche, et que les aliments trop liquides avaient pénétré toutes ses dents. On supprima aussi les légumes de nos repas, car ils corrompent l'estomac et provoquent des humeurs.

A Vienne, mon père obtint la charge de caissier du théâtre, cependant cela ne lui porta guère chance ; il décéda peu après notre arrivée. La protection que feu mon père n'était plus en mesure de nous assurer devint alors à la charge d'un tuteur.

Paix à son âme ! Mon très cher père était un homme honnête et je prie chaque jour pour le repos éternel de ce bienheureux.

Quelques semaines plus tard, ce fut la première cantatrice, Madame Lange, qui décéda à son tour. Aloisia apprit la nouvelle sans mot dire : la Lange avait dévissé son billard, le ciel s'éclaircissait. N'écoutant que son étrange cœur, Aloisia sauva les représentations en prenant sa place sur scène… et dans son lit, afin de consoler son mari. Elle dut tenir à merveille ses deux premiers rôles, car la date du mariage avec Monsieur Lange fut rapidement décidée. Toutefois, cela était faire offense au sens des affaires de ma mère, qui retarda les arrangements : puisque mon père était mort, Aloisia assurait à notre famille des revenus honorables et son mariage risquait de tout compromettre. Maman avait touché 900 florins d'avance du théâtre, qu'il fallait rembourser puisque papa n'effectuerait pas son travail. La mère Weber s'agita en tous sens, comme un lièvre dans le poivre, pour séparer les fiancés. Elle inventa toutes sortes d'intrigues et finit par obtenir gain de cause par la signature d'un contrat, dans lequel les futurs mariés lui versaient une rente viagère[15] de 600 florins annuels. Joseph Lange était sans nul doute excellemment consolé par ma sœur et le montant de la rente viagère parut à la hauteur de son contentement. Notre mère obtint en outre le remboursement de l'avance du théâtre. La partie de trictrac était gagnée.

Enfin, Aloisia devint Madame Joseph Lange le 31 octobre 1780, sous les voûtes dentelées de la cathédrale Saint-Etienne, vêtue d'une toilette de taffetas, dont la ceinture semblait sur le point de rompre. Les vocalises épaississaient-elles ainsi la taille ? Josepha risquait alors, elle aussi, de voir son corsage s'empâter ; il me fallait l'en avertir.

Maman organisa pour lors notre nouvelle vie, sans laisser place à la moindre improvisation : installées toutes les quatre (mes deux sœurs célibataires et moi, ainsi que maman) dans l'appartement du second étage de la maison « à l'Œil de Dieu », sur la place Saint-Pierre, avec quelques chambres vides réservées à la location, nous n'étions pas – et ne sommes toujours point – dans la gêne. Le loyer payé par nos hôtes de passage suffisait aux dépenses courantes. Maman allait régulièrement au théâtre tandis que Josepha (de trois ans mon aînée) et moi, restions à la maison. Josepha brodait sans relâche, à la lueur d'une chandelle, des brins de muguet et de mimosa sur un col de taffetas. Il me semblait étrange qu'elle ne brodât pas un trousseau, en geignant sur les années qui l'éloignaient d'un éventuel fiancé. D'autant que maman ne se serait nullement opposée à son mariage, qui aurait présenté l'avantage d'alléger ses charges annuelles, ou même d'améliorer l'ordinaire, si Josepha avait eu l'heur de séduire un homme d'honnête condition.

Pour ma part, je crois que maman – avant que l'indisposition ne me rendît inefficace – n'était pas en hâte de me voir mariée et considérait autrement mon affaire ; jadis, je l'aidais beaucoup à tenir la maison propre et je m'occupais du confort de nos hôtes, ainsi que de tous leurs repas. Par ma faute, il fallut engager une bonne (comment s'appelle-t-elle au reste ?) afin de me remplacer aux travaux habituels et que nos locataires jouissent du confort pour lequel ils paient.

C'est Adriana, je crois.

A moins que ce ne fût le prénom de la précédente.

Une fois dégoûtées des nettoyages, elles quittent notre maison et, chaque fois, une nouvelle petite bonne remplace l'autre petite bonne.

*

Quelques instants sans mon journal sont à présent des moments d'un enfer sans pareil ; confesseur silencieux, le velouté de tes pages dupe ma solitude !

Viendra-t-on encore crotter mon humeur et ternir mon négligé de linon[16] ? Visiteur perfide, qui glisse lentement d'une cuisse à l'autre, me condamne à gangrener mes heures, je déteste ta pommade d'un rouge merdeux, ah ! comme je hais ta course lente.

Et si je me pendais par les pieds, tout cela sécherait-il à l'intérieur de ma grotte ?

Voici encore une courtepointe à laver ; la petite bonne vomira le chocolat qu'elle a volé dans le vestibule.

Mon beau-frère, Joseph, nous apporte souvent du chocolat. Je l'aime assez bien (lui et le chocolat). Ma mère apprécie grandement ses présents, car une livre de chocolat coûte trois jours de gages d'une domestique. Joseph Lange me divertit beaucoup ; il ne peut s'empêcher de visiter nos cabinets d'aisances à chacune de ses visites et pète volontiers lorsqu'il se sent en bonne compagnie. Je l'ai tout de suite estimé car il me parle volontiers de ses deux passions, la peinture et la comédie, mais aussi parce que l'honnêteté m'interdit tout mépris pour un homme déjà condamné dans l'abîme de son mariage avec ma sœur. Oh ! non qu'il me vienne à l'esprit que ma sœur ne l'aime point, cela je puis l'assurer, elle semble assez charmée, mais je sais désormais combien mon beau-frère doit gâcher son temps en compliments et cajolis, dépenser ses gains en rubans et colifichets, supporter d'impossibles mignardises. Mozart ignorait à quoi il échappait, sinon ses larmes eussent été taries aussitôt.

A cette même époque, vers la fin de l'été 1780, tandis que la taille d'Aloisia prenait deux pouces de plus, Wolfgang préparait ses bagages pour un voyage de six semaines ; il venait de recevoir avec enchantement une commande (la première officielle depuis six ans !) d'un *opera seria* pour le carnaval de Munich. Et comble de transport, le prince-archevêque Colloredo lui accordait un congé à cet effet. Connaissant de réputation sa tyrannie, cela ne pouvait être que l'esprit flatté par cette requête qu'il se séparait de son valet-musicien ! Je le tins d'un locataire que notre mère avait installé dans l'ancienne chambre d'Aloisia ; bien des occupants de cette chambre étaient et sont encore aujourd'hui musiciens ; ceux qui reviennent de Salzbourg connaissent la musique de Wolfgang Mozart, et s'amusent parfois de ses contrariétés domestiques. Mais cette fois, c'était un admirateur de sa musique qui colportait ces nouvelles ; les apprendre me rendit fort aise.

Chaque soir, je le pressais de m'instruire des nouvelles de Wolfgang Mozart à Munich. Circulaient dans toute la ville ses petites phrases. Ainsi : « *C'est le soir que je compose le mieux* » signifiait qu'il ne se rendait nullement à l'Opéra ni au théâtre. Puis l'autre soir, on répéta : « *Ce qu'il me faut en ce moment, c'est un état d'âme que rien n'assombrisse.* » Oui, Wolfgang Mozart a bien là décrit les conditions nécessaires à ses créations, comme il les expliquait jadis à Aloisia qui n'écoutait guère.

Puis ce fut le deuil de notre impératrice Marie-Thérèse ; les théâtres restèrent fermés, les petites bonnes battirent et brossèrent les habits noirs et les foules se rassemblèrent pour pleurer. La gazette nous apprit plus tard que les répétitions du nouvel opéra de Mozart avaient commencé. Je l'imaginais tout fiévreux de son art, trépignant d'assembler ses chères notes de musique. Il écrivit à notre mère une lettre fort aimable, lui disant toute son ivresse de composer et l'assurant de son attachement. « *Ma tête et mes mains sont tellement prises par le 3e acte qu'il n'y aurait rien de miraculeux si j'étais moi-même transformé en 3e acte !* » Voulait-il aussi faire savoir à Aloisia qu'il ressuscitait de leur histoire gâtée ? Ce que j'en retins était tout le transport que lui causait cette commande bénie. Oh ! Seigneur, comme il devait jouir enfin de son talent !

La gazette consacra la création de l'opéra *Idomeneo* de Mozart, le 1er février 1781 : « *Le 29 janvier du mois passé, l'opéra* Idomeneo *a été interprété pour la première fois dans le nouvel Opéra. Dispositions, musique et traduction sont d'origine salzbourgeoise. Les décors, dont on remarquera la vue du port sur la mer et le Temple de Neptune, sont des chefs-d'œuvre de notre célèbre architecte de théâtre M. le conseiller de la Chambre Lorenz ; ils ont fait l'admiration générale.* »

Les chanceux nantis de billets d'entrée purent lire sur la page de titre du livret d'*Idomeneo* :

IDOMENEO. *Drame en musique représenté au nouveau théâtre de la cour, à la demande de S.A.S.E. Carl-Theodor, comte palatin du Rhin, duc de Haute et Basse-Bavière et du Palatinat (...) au nouvel Opéra pour le Carnaval 1781.*

La poésie est de Monsieur l'Abate Gianbattista Varesco, Chapelain de la cour de S.A.R. l'Archevêque et Prince de Salzbourg.

La musique est de Monsieur le Maestro Wolfgang Amadé Mozart, Académicien de Bologne et de Vérone, au service véritable de S.A.R. l'Archevêque et Prince de Salzbourg.

La traduction est de Monsieur Andreas Schachtner, également au service véritable de S.A.R. l'Archevêque et Prince de Salzbourg.

Munich. Chez Franz Joseph Thuille.

Comme il devait être radieux, au lendemain de ses vingt-cinq ans, de voir son œuvre bissée dans la galerie et jusqu'au parterre ! Nous apprîmes aussi par les commérages qu'il s'était installé dans la Burggasse de Munich et était introduit dans les salons de la nouvelle favorite du prince Carl-Theodor, la comtesse Baumgarten.

*

Nous ne sommes que début mars et cette année 1781 me semble la plus longue de toute mon existence. Depuis combien de semaines suis-je alitée ?

Seul mon cher journal, mon confesseur de papier, m'offre l'oubli de ma condition et je ne puis m'en séparer. Même dans le cabinet d'aisances, je prie désormais tous les saints que ma mère ne veuille réduire mes bouts de chandelles, me laissant ainsi tout le temps de griffonner quelques lignes. Mais l'endroit est sombre et s'il n'est pas aisé d'y voir sa crotte, il ne l'est guère plus de relire des écrits.

Bientôt les amandiers fleuriront, les casaquins et pet-en-l'air, les châles de lainages seront remisés dans les coffres à linge. Le Prater[17] s'animera de promeneurs, de couples en commerce de sentiments. Et cela se fera sans moi ; figée dans mon lit, abâtardie, j'écrirai les belles toilettes à la mode de France et d'Angleterre sans les avoir vues, tandis que les coquettes feront résonner leurs rires jusque sous ma fenêtre. Puis je pleurerai un peu ; mais, en l'état, cela n'est guère le sujet.

Le prince Colloredo vient d'arriver à Vienne rejoindre son père, le vice-chancelier Rudolf Joseph, assez souffrant. Lorsque le prince Colloredo se déplace, c'est bien souvent avec tout son personnel de cour, et cette fois, il semble que sa suite soit aussi installée à la Deutches Haus, dans la Singerstrasse.

*

Depuis l'arrivée du prince-archevêque, une rumeur fait grand bruit dans la ville et tous les gens de musique à son service s'en trouvent fort agités : il est interdit aux musiciens de Colloredo de se produire à Vienne pour leur propre compte ! Nos locataires en sont tout retournés ; il leur est impossible de jouer à Vienne la moindre note de musique dans un quelconque concert ; disparaissent ainsi leurs espoirs de gagner quelques florins ou de faire jouer leurs dernières compositions !

Il m'a semblé reconnaître l'esprit désobéissant de Wolfgang Mozart en lisant dans la gazette qu'il s'était toutefois distingué au concert de la Caisse des veuves et orphelins, par l'entremise de la comtesse Thun. Comment peut-on interdire aux musiciens de jouer, aux poètes d'écrire, aux voix de s'envoler, aux cœurs de palpiter ?

Cette nouvelle lubie de Colloredo me rappelle l'histoire effroyable de Jean-Sébastien Bach, que mon père m'avait contée : Bach avait demandé un congé à son protecteur, le duc de Weimar, en 1717, lequel l'avait aussitôt fait jeter en prison durant presque un mois ; je serais bien curieuse d'entendre ce que Bach a composé durant son enfermement !…

*

A présent, Josepha accommode nos repas car notre nouvelle petite bonne est partie. Maman l'avait envoyée quérir des choux rouges, avec une bourse de quelques pièces, mais elle n'est jamais revenue. Je connais mieux certains secrets de cuisine que ma sœur, et le chou nécessite une préparation particulière. Mais il rougit les doigts, et la vue de cette fleur monstrueuse et violette me donne la nausée.

La dernière fois que j'ai fait moisir du chou rouge découpé, ses lanières entortillées ressemblaient à d'affreux vers, dans un bocal d'apothicaire. Dégoûtée, je m'étais évanouie près des fourneaux.

*

Nous n'avons plus de papier découpé dans les commodités et j'ignore qui, dans cette maison, se charge d'user pour un étron le volume d'un recueil de poésie ! On m'a dit que les Français soulagent leurs besoins dans les cheminées ou derrière les portes et se frottent le derrière avec les tapisseries ! Un locataire français, passant quelques nuits dans notre maison, nous avait raconté comment l'épisode merdeux de quelques dames de qualité s'était trouvé immortalisé dans les écritures de Bussy-Rabutin : les dames de Sault, de la Trémoille et la marquise de la Ferté étant allées à la comédie après avoir fait la débauche furent toutes trois pressées par un besoin de chier qu'elles satisfirent dans la loge où elles se trouvaient ; puis, gênées par la mauvaise odeur, elles prirent leurs crottes et les jetèrent dans le parterre[18]. Ceux qui s'y trouvaient accablèrent d'injures ces imprudentes, qui furent obligées de se retirer.

*

Debout ?

Oh ! si je pouvais atteindre la chambre du fond, sans marquer mon passage…

Encore quelques pas et j'allais surprendre tout à l'heure Josepha aux fourneaux. Le corridor était obscur, comme chaque jour à cette heure, entre chien et loup. Soudain, comme j'étais à mi-chemin de mon audacieux voyage, je me rendis compte que Josepha n'était point seule ; dans le demi-jour, une silhouette inconnue essuyait ses souliers sur le grattoir. Bien qu'elle fût dans la pénombre, je vis que cette allure était celle d'un homme, mince et de fort petite taille[19]. Son bagage faisait connaître à *prima vista* sa condition de musicien. Lorsqu'il fit un pas vers Josepha, son portefeuille s'ouvrit et alors une marée de papiers se déversa sur le sol ; des dizaines de pages griffonnées couvrirent le parquet. Quelques-unes glissèrent vers mes pieds et l'une termina sa course sous ma robe de nuit ; l'homme s'agenouilla pour rassembler ses pages tandis que, malgré la petite nuit, je déchiffrais les notes épandues sous mes yeux.

Ô Seigneur ! j'ai reconnu sans délai cette écriture fine et la signature. C'était lui ! Fils simplet et frère nigaud, Trazom, baron de la Queue de Cochon, François au nez ensanglanté[20] !

Josepha s'élança sur moi et me soutint le bras. « Monsieur Mozart voudrait louer une chambre chez nous ! », dit-elle d'une voix faible. J'allais répondre, dire tout l'agrément de le revoir, lorsqu'il se passa quelque chose sous la cloche de mon négligé ; je restai muette, à l'écoute de ma tripe. Wolfgang Mozart s'approcha posément, puis s'agenouilla à mes pieds. Horreur ! qu'allait-il découvrir de mon secret ?

Ô Seigneur ! il ne souhaitait que reprendre le feuillet de notes que je piétinais. Il tira son précieux document et ne parut aucunement remarquer qu'une petite goutte de sève avait moucheté sa clef de *sol*. J'en fus pétrie de honte.

Ma bonne Josepha se hâta de me reconduire à ma couche ; j'étais haletante, ivre de ravissement ; il me sembla que les murs de notre appartement bougeaient en tous sens, les meubles dansaient avec moi !

Il est là ! A présent Wolfgang est ici, dans notre maison !

Printemps 1781

Josepha m'a dit que monsieur Mozart ne resterait chez nous qu'une semaine ; il envisage son départ pour le 9 mai. Encore chevillée à mon lit, je suis dans l'attente qu'une bonne âme vienne nettoyer toute cette misère. Pas un frémissement dans la maison, je dois être la première à jouir de la clarté du petit matin.

Dort-il ou compose-t-il depuis la nuit, à la lueur d'un reste de chandelle ?

Son visage n'a point changé. J'étais si transportée de le revoir, et ses yeux, ô ses yeux ! d'un bleu infini exprimant une bonté dont on ne peut se défaire. Et sa voix ! j'ignore comment Aloisia put se passer d'une telle caresse.

Toute la maison dort, excepté ceux dont la plume gratte le papier. Mes sœurs ne sont guère actives pour lors. Et notre mère, sait-elle que Mozart occupe une chambre, puisqu'elle était à la comédie lorsqu'il s'est présenté ?

*

Notre médecin m'a ordonné quelques changements dans les remèdes : l'ortie sera supprimée durant quelques semaines, toutefois je devrai subir de nouvelles saignées matinales, afin de réduire de peu mes veines.

Je dormirai aussi avec un cataplasme de tripes de bœuf bouillies posé sur le ventre. Ce traitement risque de contrarier notre mère, car les tripes de bœuf coûtent fort cher et je ne sais si nous pourrons les accommoder en cuisine, après qu'elles auront été sur moi la nuit durant.

*

La nouvelle petite bonne s'est présentée ce matin. Me voici au repos, dans un lit frais, sur un matelas battu. Mon coussin de nuque est neuf, Josepha l'a fourré de feuilles de sauge ; dès lors que ma tête s'est posée sur le lin, le crissement des feuillages séchés m'a rappelé le bruit de nos pas dans les forêts automnales. Quand pourrai-je revoir les cimes du Prater, chanter mes prières sous l'écho d'une nef, nourrir les oiseaux de Stephansdom ?

*

Voici deux jours que je puis enfin me lever et faire quelques pas dans le corridor. Ma couche suffit pour deux nuits sans que l'on doive en changer ni jeter les étoffes dans la cheminée. Mes songes s'animent d'un fol espoir : passer une heure auprès de Josepha, dans notre salon, l'écouter chanter quelques mesures et la regarder s'éteindre la vue sur les broderies de son col. Je puis sans peine demeurer debout, glisser jusqu'à la fenêtre, admirer les fastes du printemps au travers des vitres troubles.

Monsieur Mozart semble s'agiter dans sa chambre, je ne l'ai point rencontré depuis son arrivée, cependant ses pas résonnent sur le parquet. Maman s'est montrée généreuse envers moi, ordonnant que l'on changeât chaque jour mes emplâtres de tripes et qu'on les jetât ensuite au chien.

Si l'amélioration de mon état se remarque au point qu'elle m'en fasse le compliment, je crains cependant de demeurer encore trop faible pour me rendre utile auprès de nos locataires. Ma bonne Josepha s'enquiert de mon état fort souvent et ne manque nulle occasion de me faire partager les médisances du moment.

Ainsi ai-je connu dès ce soir le trouble causé par le prince-archevêque à notre locataire favori ; ils se sont querellés et Mozart ne semble pas souhaiter retourner à Salzbourg comme cela lui est ordonné. Les succès qu'il vient de remporter auprès de la noblesse et la présence de ses amis, tout cela fortifie son idée que sa vie se dessine à Vienne.

Quel bonheur ce serait !

*

Il me semble qu'en ce jour sombre, je ne pourrais guère mordre ma crotte à pleine dent[21], tant la souplesse me manque ! Je me souviens fort bien de Monsieur Mozart, se séparant de ma sœur pour conquérir la France, parti privé de mes adieux, tandis que je me battais pour retenir mes *ouvertures*. Puis, lorsqu'il nous revint ces jours, j'étais encore, pour mon malheur, indisposée par mes évacuations. Se pourrait-il qu'aujourd'hui il partît, nous quittât vraiment, et que je pusse l'assurer de mon dévouement sans craindre la plainte d'un orifice bruyant ?

Me voici vêtue d'une robe dont la pièce d'estomac se trouve fort mal ajustée ; ma désolante physionomie ne garnit plus les corsets de mes toilettes. Josepha s'étonne de me perdre dans l'étoffe ; les lacets noués au plus juste et bien serrés, aucun appas ne jaillit de ma gorge. Las ! pourquoi faut-il qu'à l'instant de revoir Wolfgang Mozart, mes avantages aient fondu ? Et que faire de mes cheveux fanés comme de vieilles algues, de ce teint mortuaire d'olive, de ces bras décharnés ? Assurément, comme l'a clamé notre mère, de toutes les filles Weber je suis bien la moins pourvue de charmes.

Ma petite Sophie, si tendre enfant, m'a offert ce jour une épingle à cheveux d'ivoire.

Diable ! je tentais d'arranger ma coiffure afin d'y planter ma belle épingle, et notre hôte, si cher hôte, s'en est allé sans que je puisse le voir... une fois encore !

Je n'ai point entendu le grincement ordinaire des huis d'entrée, le son plaintif des boiseries qui annonce tout mouvement des occupants de notre appartement. Comment cela fut-il possible ?

Effondrée, j'ai couru jusqu'à la porte de sa chambre m'enquérir des indications que posséderait, sans nul doute, notre petite bonne.

C'est elle, cette sotte paysanne, qui eut l'idée de graisser les charnières puisque « le boucan de cette porte c'est pas Dieu possible d'y dormir avec ! » Triple buse, qui s'est octroyée le droit de prendre soin d'une porte dont le délabrement ne dérangeait personne !

Puis-je me substituer à notre mère, me permettre de la renvoyer à l'instant, pour avoir pommadé une paire de gonds rouillés ?

Qu'on me laisse seule, dans cette chambre où flotte encore le parfum de l'encre fraîche !

Ce papier, ces plumes, sa chemise blanche jetée sur la courtepointe, un sac de cuir brun ; tout est là.

Mozart n'a pas quitté notre logis pour toujours.

Wolfgang va revenir.

Cette chemise aux manchettes ajourées, au col tracé d'un rai de sueur, au parfum de labeur, pressée, étreinte contre mon visage; oh! comme j'aime les senteurs de ta peau blonde sur cette étoffe, et combien son arôme me rappelle les songes guidés par le chiffon de mon enfance.

Ô saint Jean de Népomucène, laissez-moi toujours respirer la moiteur de l'homme, évoquer le ciel de sa chambre et n'être que pour cet ultime secret.

Mais on vient… des pas dans le corridor… je suis perdue!

Ah! pauvre de moi, qu'ai-je fait tomber qui se brise en mille pièces sur le carreau?

Hâte-toi, Constanze, il te faut pousser les débris de ce méfait sous le lit; l'ovale d'un visage apparaît, sur les ruines de ce portrait délicat. Ce teint de lis, ces pommettes roses, ces yeux pailletés, tous ces avantages raffinés appartiennent à ma sœur… Aloisia.

Encore toi!

C'est ton visage, sur une porcelaine encadrée de volutes d'or, qu'il garde douillettement enveloppé dans les plis de sa chemise.

Pauvre de moi.

Comment écrire à présent ma désespérance?

Les jours n'ont pas terni le souvenir de ma sœur dans le cœur de Wolfgang. De quel fleuret perces-tu les âmes, Aloisia, pour qu'un adorateur ne puisse te haïr de bâtir ton bonheur sur les débris de sa passion?

Je voudrais mourir.

Je vais mourir.

C'est cela, qu'on me laisse mourir.

Ainsi séchera la dernière ligne de mon journal ; adieu monde brutal, que l'on se souvienne de ma triste physionomie, de mon être consumé d'une inclination sans partage. Mon âme s'évanouit, je ne souhaite que la suivre en silence. Point de fleurs, juste des notes, oui, ses notes et qu'elles soient mon unique cortège.

*

Le soleil est arrogant ce matin ; ses rayons me brûlent le visage. Et Dieu n'a pas voulu de moi.

Mon oreiller de sauge est taché d'auréoles grisâtres ; j'ai dû pleurer, avant que le sommeil ne scelle mes paupières.

Wolfgang…

Comment vous dire ? C'est moi qui ai brisé l'effigie de votre amour dupé. Je suis seule responsable du drame qui vous ronge encore ; jadis, comme ma sœur, si belle et tant courtisée, tournait son regard vers d'autres hommes plus hardis, j'ai souhaité, oh ! oui, j'ai voulu vous prévenir de votre infortune. Ô combien ai-je prié afin qu'elle demeure votre promise, qu'elle soit fidèle à ses serments et vous attende le cœur empli de patience. Ô comme je *nous* plains d'aimer sans retour !

*

Josepha était tout agitée : « Monsieur Mozart est alité, tout secoué de fièvre ! Hier soir lorsqu'il est rentré, je lui ai vu une figure étrange, il titubait comme un homme ivre ; il doit être bien souffrant. Viens vite ! »

Je l'ai suivie dans sa chambre tiède et me suis retenue de saisir cette main pâle, cette main retombée sur le tapis. Oh ! comme sa peau est fine, un voile, une membrane déposée sur ses jolis traits fatigués.

Puis-je lui parler, sans craindre la trahison de mon enivrement ?

Josepha connaît les remèdes à toutes les fièvres ; je l'entends choquer les cuivres de la cuisine et froisser des feuillages.

Je suis seule avec Lui.

Ouvrez les yeux, Wolfgang, regardez-moi…

Aloisia n'est pas là, elle chante ou minaude quelque part loin de votre misère ; c'est moi, Constance, qui vous préfère et donnerais mon honneur contre une de vos douces mélodies. Oh ! comme j'aime vos notes, combien je…

Mais voici qu'il se meut entre ses linges, et tourne un regard enflammé vers sa table de travail. Une plume et du papier ? N'y pensez plus, monsieur, votre état ne permet point l'écriture.

Il se dresse sur sa couche et j'entends sa lutte silencieuse. Je remonte et tape ses oreillers en soutenant sa nuque. J'ai touché sa nuque… une pièce de soie duveteuse, parfumée de chaude humeur. Puis j'ai remonté le drap sur sa poitrine brûlante ; sa chemise était ouverte, mes doigts voulaient se perdre dans sa toison blonde, caresser son buste fiévreux, modeler les contours d'une note, d'un cœur sur sa peau veloutée…

Josepha a posé sa décoction sur la table de nuit : « Ce sont des feuilles de saule blanc, issues de tiges qui poussent les pieds dans l'eau et connues pour remédier aux fièvres. Je vous recommande de tout boire, tant que le breuvage est bien chaud. Viens Constance, il faut laisser Wolfgang se reposer… »

Elle l'appelle par *son* prénom !

Je me suis attardée dans la chambre, tandis que ma sœur s'en était retournée à ses tâches domestiques. J'ai posé son habit à la française sur le fauteuil, corrigé çà et là quelques bibelots, changé l'eau des jonquilles de sa table de travail. Une partition de quatuors à cordes de Haydn était ouverte à la page d'une envolée de notes célestes. Pour lors, j'ai remarqué aussi une lettre, parsemée de passages écrits en chiffres et de mots français[22] :

Mon très cher père,

Je suis encore tout rempli de colère! (...) On a si long-temps mis ma patience à l'épreuve! il a bien fallu qu'à la fin elle fît naufrage. Je n'ai plus le malheur d'être au service du souverain de Salzbourg.

Aujourd'hui a été pour moi un jour de bonheur. Ecoutez! Deux fois déjà, ce... je ne sais vraiment comment je dois le qualifier, m'a dit en pleine figure les plus grandes sottises et impertinences telles que je n'ai pas voulu vous les rapporter, afin de vous ménager. (...) Il m'a appelé un polisson, un drôle, il m'a dit d'aller au diable. Et moi, j'ai tout supporté. Je sentais que non seulement mon honneur mais aussi le vôtre, en étaient atteints, mais, vous le vouliez ainsi : je me suis tu.

Maintenant écoutez ceci! Il y a huit jours, le courrier montant chez moi, à l'improviste, me dit de décamper à l'instant même. Tous les autres avaient été prévenus du jour, moi seul non. Je rassemblai donc vite toutes mes affaires dans ma malle. La vieille madame Weber a été assez bonne pour m'offrir son logis. J'ai là une jolie chambre et je suis chez des gens serviables, tout à ma disposition pour toutes ces choses qu'on a souvent besoin d'avoir très vite et qui manquent quand on est seul. (...)

Quand je me présentai devant lui (il était difficile de trouver une place sur la prochaine diligence), voici son premier mot : « Eh bien, quand part ce garçon? » « Je voulais (répondis-je) partir cette nuit, seulement la place était déjà prise. » Alors le voici qui poursuit, tout d'une haleine : que j'étais le drôle le plus débauché qu'il connaisse – que personne ne le sert aussi mal que moi –, qu'il me conseille de partir aujourd'hui même, sinon il écrirait chez lui qu'on me supprimât mon traitement. Impossible de placer un mot – cela allait comme un incendie. J'écoutais tout cela avec calme. Il me mentit à la face, parlant de mes 500 florins de traitement. Il m'a traité de pouilleux, de gueux, de crétin. Oh ! je ne pourrais pas tout vous écrire. A la fin, mon sang bouillonnait tellement, je n'y tins plus et dis : « Alors, Votre Altesse n'est plus satisfaite de moi ? » « Quoi, il veut me menacer le crétin ! Voilà la porte ! la voilà ! Avec un pareil misérable garçon, je ne veux plus rien avoir à faire. » Et je répondis « Et moi non plus, je ne veux plus rien avoir à faire avec vous ! » « Alors, filez ! » Et moi en me retirant : « C'est bien, restons-en là ! Demain vous recevrez ma démission par écrit. »

Dites-moi donc un peu, mon père chéri, si je n'ai pas dit cela trop tard plutôt que trop tôt ? Maintenant écoutez ! Mon honneur est pour moi la chose la plus haute, et je sais qu'il en est de même pour vous. Ne vous faites nul souci de moi – je suis tellement sûr de réussir ici, que j'aurais démissionné même sans le moindre motif. Car j'en ai eu des motifs, et cela par trois fois ! aussi n'avais-je plus rien à y gagner, au contraire : j'ai déjà agi deux fois comme un lâche, je ne pouvais vraiment plus l'être la troisième fois.

Tant que l'archevêque sera ici, je ne donnerai pas de concert. Si vous croyez que je vais perdre mon crédit auprès de la noblesse ou de l'empereur lui-même à cause de cela, vous vous trompez radicalement. L'archevêque est haï ici et surtout par l'empereur. Sa colère vient justement de ce que l'empereur ne l'a pas invité à Laxenbourg. Je vous enverrai un peu d'argent dans le prochain courrier pour bien vous convaincre que je ne meurs pas de faim ici. Du *reste, je vous conjure d'être gai – car aujourd'hui commence mon bonheur! et j'espère que mon bonheur sera aussi le vôtre. Ecrivez-moi en chiffres que vous êtes satisfait de tout ceci – et vraiment vous pouvez bien l'être –, mais en ces mots courants, grondez-moi bien fort afin qu'on puisse ne rien vous reprocher. Si en dépit de ces précautions, l'archevêque vous faisait la moindre impertinence, venez donc aussitôt près de moi, à Vienne, avec ma sœur. Nous pouvons y vivre tous les trois, je vous le certifie sur mon honneur. Pourtant je préférerais que vous puissiez tenir encore un an.*

Ne m'adressez plus aucune lettre à la « Maison allemande » ni par le paquet. Je ne veux plus rien savoir de Salzbourg. Je hais l'archevêque jusqu'à la frénésie. Adieu.

Mozart, 9 mai 1781.

Je comprends la cause de ses fièvres, et connais aujourd'hui tout mon ravissement : il ne retournera pas à Salzbourg, sa décision est prise.

« *Aujourd'hui commence mon bonheur! et j'espère que mon bonheur sera aussi le vôtre...* » Oh! oui Wolfgang, votre bonheur sera aussi le mien !

Il s'était endormi, mon Menon[23]; je profitai alors de sa torpeur pour rassembler ses habits épars et m'en allai les brosser, le cœur agile.

*

Ses vêtements de petit printemps montrent bien son goût des belles choses et son désir de suivre la mode. Son manteau couleur puce aux bords ornés de galons blancs est une nouveauté car, antérieurement, c'était le gilet que les messieurs faisaient orner de galons. Les boutons de son manteau sont de nacre gravée, bordés de métal. Un charmant gilet de moire rouge à rayures violettes ainsi que ses culottes de cachemire, serrées aux cuisses, sont au toucher du plus exquis! Son gilet est pourvu de poches en fentes, chacune portant une chaîne en or; dans la poche de gauche, je trouvai une fort belle montre en or ciselé et dans celle de droite, plusieurs petits porte-bonheur reliés par un cordon de soie noire. Sa paire de gants de peau de chamois – qui ne doit plus cependant lui faire usage en ce début de mai radieux – est de couleur jaune et porte quelques petites marques légères de coupures. Je n'ai nullement pris sa canne de bambou ni ses souliers à boucle, car ils m'ont semblé ne pas requérir de soins.

Quel bonheur que ma première tâche, après un si long repos forcé, soit celle-ci!

Mai 1781

Hier soir Wolfgang ne s'est point nourri ; il a dormi sans relâche et ne s'est réveillé que lorsque je suis entrée poser ses habits brossés dans son armoire.

J'avais pris soin d'arranger un peu ma physionomie ; Josepha m'avait offert d'emprunter son marli de gaze ainsi que son collier de dentelle fine ; j'avais aussi ajusté ma jupe bleue, celle bordée de chenille jaune et dont la ceinture m'est désormais trop grande.

Bien des efforts de mise perdus car ce pauvre Wolfgang, toujours secoué de fièvre, ne porta nulle attention à moi. Je l'ai trouvé pantelant, la tête tournée vers le mur, tout agité de frissons ; c'est alors que je m'avançai vers sa couche et posai délicatement une main sur son épaule cuisante ; il n'eut aucun mouvement et je goûtai alors la faveur de contempler sa tournure. C'est ainsi que je remarquai son oreille gauche : elle n'est aucunement semblable aux oreilles communes[24] ; cette petite oreille, rougie par la fièvre, porte une conque curieusement lisse, comme façonnée dans la cire. Comme cela fut étrange d'être postée là, derrière cette conscience souffrante, dont l'oreille musicale parfaite avait enchanté les cours dès l'enfance, et découvrir à l'instant cette même oreille mal formée !

Si la fantaisie des coiffures n'avait obligé tout homme élégant et soigné au port des rouleaux sur les oreilles, les amateurs de musique se seraient pressés autour de Mozart pour apercevoir cette curiosité…

*

Les nouveaux modèles d'apparence m'assurent les chances d'être remarquée ; en effet, la vraie beauté est de nos jours parfaitement dépréciée. Les irrégularités, loin d'être déplaisantes, sont considérées comme plus propices à la création d'une beauté capricieuse, d'un visage à la mode et d'une face mondaine. Le plus beau compliment que l'on puisse faire à une jeune personne est tourné ainsi : « Si elle n'est pas tout à fait une belle personne, sa gentillesse l'en approche tout auprès. »

Les femmes suivent les conseils des gazettes : avoir de grands yeux, « car les plus beaux yeux du monde sont de grands yeux qui ne disent mot » ; « le nez fin et noble au plus joli, dans lequel se passe un certain petit jeu imperceptible qui anime la physionomie » ; ou un « nez retroussé », « tourné à la friandise » ; « la bouche ne doit pas être petite et le teint devra être blanc, cependant nullement d'une blancheur fade »[25].

Une gravure illustre à la perfection les manières qu'il sied d'avoir, pour suivre les caprices de la mode : « Un corps fin et élancé, un maintien gracieux et un visage qui paraît quelque peu spirituel. La femme de chambre ajuste le corsage de sa maîtresse, qui se lace dans le dos et se retrouve pris dans le large panier porté sous la jupe ; l'impression d'ensemble est celle d'un oranger dans une jardinière. Les cheveux bouclés sont portés en chignon, sans coiffure, donnant un air naturel, à la grecque, très en vogue actuellement.

Sur cette gravure, un jeune homme est assis négligemment dans un fauteuil, la jaquette pendante d'un côté ; il s'apprête à offrir un bouquet de roses. Il a toute la physionomie du galant et possède probablement autant de vices que de dettes[26]. »

Si je n'ai nullement l'avantage de présenter un visage dont les traits assignent le compliment, au moins la mode se charge-t-elle de favoriser celles de mon espèce, parées *de grands yeux qui ne disent mot!*

*

Il semble que j'aie bien fini de garder la chambre et que saint Jean de Népomucène ait entendu mes prières ; la couleur revient sur mes pommettes. J'ose espérer cependant ne pas devenir rougeaude comme une paysanne.

J'ai soulagé ma chère Josepha de ses tâches domestiques et nous avons, tandis que notre mère était à la messe, préparé un foie gras selon la recette d'un vieux factum français[27].

Je me suis chargée de battre les linges de lits de nos hôtes, par les fenêtres des chambres dans la clémence du matin printanier.

Puis j'ai retenu mon souffle avant de frapper à la porte de Wolfgang : « C'est moi… puis-je entrer ? »

Le feutre de sa voix adoucit alors la dureté de sa question : « Qui donc, moi ? »

– C'est Constanze, Monsieur Mozart… je voulais m'enquérir de vos nouvelles et m'assurer que rien ne vous manque.

– Eh bien, dans ce cas, entrez, souffla-t-il.

Dans le demi-jour de la pièce, je distinguai sans peine son buste relevé sur les coussins, la blancheur de sa chemise contre la tapisserie rayée des murs ; une planche recouverte de feuilles de papier était posée sur ses genoux relevés. Son haleine avait parfumé toute la chambre et je respirai cette humeur d'enfant fiévreux à m'en étourdir. L'horloge battit la mesure du silence.

Je n'osais m'approcher ni le toiser, alors je m'attachai à quelque activité faussement utile dans le désordre de sa chambre. Il rompit l'éternité en me tendant une moisson de papier.

– Voici pour mon père, dit-il doucement, auriez-vous la bonté de les lui faire parvenir, car je ne doute nullement de votre bienveillance et ne suis pas encore guéri de mon refroidissement… feriez-vous cela pour moi ?

Nos échanges prirent fin sur ces mots, car il me sembla que toutes mes réponses et toutes mes assurances à son endroit auraient été mâtinées d'un trouble visible.

Je refermai sa porte une fois encore sans avoir montré la témérité que je m'étais promise d'avoir hier.

J'avais déjà pris connaissance, tandis qu'il s'était endormi, de la première lettre à son père ; les passages chiffrés avaient embrasé ma curiosité et voici que, soudain, Wolfgang me confiait l'ensemble de sa correspondance. Il s'adressait encore à son cher père :

Je veux indiquer ici le reproche essentiel qu'« on » m'a adressé sur mon service. Je ne savais pas que j'étais un valet de chambre, et c'est ce qui m'a cassé le cou. J'aurais dû tous les matins gaspiller quelque deux heures dans l'antichambre. Sans doute, « on » m'a dit assez souvent que je ne venais pas assez m'y faire voir. Mais jamais je n'ai réussi à me souvenir que c'était cela mon service, et je venais toujours immédiatement, mais seulement quand l'archevêque me faisait appeler. (...) Maintenant je veux, brièvement, vous confier mon irrévocable résolution – mais de façon que l'univers entier puisse l'entendre. Si je pouvais obtenir 2 000 florins au service de l'archevêque de Salzbourg et 1 000 seulement dans un autre lieu – j'irais pourtant en cet autre lieu. Mozart, 12 mai 1781.

Une seconde lettre était glissée dans les plis de la première :

Sur tout ce qu'a d'injuste la conduite de l'archevêque à mon égard, depuis le jour de son accession à Salzbourg jusqu'à maintenant, sur ses insultes incessantes, sur toutes les impertinences et sottises qu'il m'a jetées au visage, sur le droit incontestable que j'ai de le quitter, nous garderons un silence absolu. Car aucune objection n'est possible.

(...) Tout Vienne est au courant de mes aventures. Toute la noblesse me déclare que je ne dois plus me laisser duper. Père chéri, on va bientôt venir à vous avec de bonnes paroles mais ce sont des serpents, des vipères qui vous le diront. Toutes ces âmes viles sont ainsi : hautaines et fières à vomir, et puis rampantes de nouveau. Dégoûtant !

Une troisième lettre s'était glissée entre les feuillets, et je puis à présent me féliciter d'avoir lu cette correspondance, adressée au comte Arco, maître des cuisines du palais de l'ordre Teutonique, Singerstrasse 7, où réside le prince-archevêque Colloredo.

Wolfgang adresse en quelques mots choisis sa démission irrévocable et prie que l'on veuille bien en instruire l'archevêque.

Oh! comme je comprends que vous ne puissiez souffrir d'être ainsi traité, lorsque la voix même de Dieu se fait entendre par *vos* propres notes !

*

Ce soir, Josepha ainsi que maman se rendront à la comédie ; bien que Sophie soit encore une enfant, elle se plaît à se divertir parfois avec ma mère et ma sœur. Je resterai ici, à la disposition de Wolfgang et, aussi, je ne suis nullement assurée qu'une longue période assise puisse me convenir.

Vienne offre de nombreux agréments pour dépenser son temps, des concerts et des comédies y sont donnés tous les soirs. Depuis le début de l'année, nous eûmes trois paires de concerts et non deux, car l'an passé, la Société fut contrainte d'annuler ses concerts de Noël, en raison du deuil officiel, à la mort de l'impératrice Marie-Thérèse. La première paire de concerts eut lieu les 11 et 13 mars, et la deuxième les 1ᵉʳ et 3 avril où l'on donna *Die Pilgrime auf Golgotha* de J. C. Albrechtsberger. Puis il y eut un événement d'importance : la première apparition à Vienne de Mozart depuis qu'il y était venu, enfant[28] !

*

Le retour de mes aises me conduira sans nul doute à récupérer autant de corvées que de tâches plaisantes ; bien que ma sœur aînée Josepha cuisine suprêmement, je m'occupais jadis des achats à la foire[29], du nettoiement des chambres ainsi que de la préparation des soirées que ma mère donne parfois et, je l'ai déjà dit, des repas de nos hôtes. Notre situation, grâce à la pension que verse Aloisia et aux loyers de nos locataires, permet l'emploi d'une bonne, cependant je crois que notre mère s'attache aux économies qu'elle réalise, qu'elle réalisait, par mes menus services.

*

Wolfgang est guéri !

Le voici enfin sorti de sa mauvaise fièvre. Dès le potron-jacquet nous nous rencontrâmes à l'office. Nous nous rendîmes ensemble à la messe du matin, accompagnés de Sophie ; nous avons loué la Sainte Vierge avec ardeur. J'étais agenouillée près de lui, je l'entendais prier et j'entendais aussi mon cœur.

Puis nous sommes allés chez Artaria, car Wolfgang désirait connaître le nom des souscripteurs pour la publication de ses six *Sonates* ; ce projet devrait lui apporter suffisamment d'argent pour attendre la fin des beaux jours d'été et la reprise des concerts d'hiver. Il était de fort belle humeur et jacta de prendre quelques élèves, toutefois en très petit nombre ; l'enseignement n'a pas ses faveurs, il préférait avoir peu d'élèves et leur demander un prix démesuré, « *car il faut dès le début se mettre sur un pied élevé – sinon on est perdu à tout jamais* ».

Lorsque nous parvînmes à quelques coudées de notre demeure, Wolfgang ploya soudain en avant, se tint le ventre. Je me précipitai pour le soutenir ; il lâcha un vent du cul, énorme et sans fin, déchirant tel un tonnerre puis gémissant sur un vilain sifflet aigu ; je ne pus masquer ma satisfaction de ce gage de santé retrouvée. Le vice sortit définitivement de son terrier, escorté d'une odeur d'épices pourries qui nous poursuivit durant quelques pas ; cela nous rendit crétins et nous rîmes pareils à des garnements.

Puis il me toisa, tandis que nous avions repris notre marche vers l'Œil de Dieu et murmura : « *Il semble qu'ici ma fortune veuille commencer*[30]. »

Ô Wolfgang ! de quelle fortune voulez-vous déjà vous féliciter ? Mon regard, ma poitrine palpitante et mes prières trahissent-elles sitôt mon inclination ? Serait-ce le parfum de vos boyaux qui vous grise ainsi ?

Et quelle joie ce fut de l'entendre répéter « *J'ai ici les plus utiles connaissances du monde – je suis aimé et apprécié dans les plus grandes maisons – on me témoigne tout l'honneur possible*[31] ! »

Nous dépensâmes quelques pièces à la foire tandis qu'il me livra tout son dépit de n'être jamais soutenu par son père dans sa rupture avec l'archevêque. Wolfgang avait dû s'outiller de courage pour répondre à son cher papa en des termes qu'il estimait devoir à l'honneur de la vérité :

Je ne sais vraiment que vous dire, d'abord mon très cher père, car je ne puis encore revenir sur ma surprise et ne le pourrai jamais, si vous continuez à penser et écrire de cette manière. Je dois vous dire qu'à aucune de ces lignes de votre lettre je ne reconnais mon père ! C'est bien un père, oui, mais en aucun cas le père le meilleur – le plus affectueux –, celui qui a souci de son honneur ou de celui de ses enfants. Bref, ce n'est pas mon père. Mais quoi ? Tout ceci n'a été qu'un mauvais rêve. A présent, vous vous êtes réveillé, et vous n'attendez plus de moi aucune réponse sur les questions que vous soulevez. (…) Je ne puis, dites-vous, sauver mon honneur qu'en renonçant à ma résolution ? Comment pouvez-vous donc encore formuler un tel paradoxe ? Vous n'avez pas pu penser en écrivant cela qu'un tel retour en arrière ferait de moi le drôle le plus lâche du monde ? Tout Vienne sait que je ne suis plus au service de l'archevêque – sait pourquoi – et sait que c'est pour avoir été atteint dans mon honneur – atteint même pour la troisième fois. Et publiquement, je devrais attester le contraire ? Et je devrais me faire considérer comme un crétin, et l'archevêque pour un noble sire ? Il n'y a pas un homme qui puisse faire cela – moi, moins que personne ! (…) Ainsi je ne vous ai encore témoigné aucune affection ? Ainsi c'est aujourd'hui pour la première fois que je dois le faire ? Comment pouvez-vous dire une chose pareille ? Je n'aurais jamais voulu vous sacrifier un plaisir ? Et quel agrément ai-je donc ici ? (…)

Si c'est une satisfaction que d'être débarrassé d'un prince qui ne vous paie pas et qui vous couillonne à mort, alors oui, c'est vrai, je suis satisfait – car quand je devrais du matin au soir ne faire que penser et travailler, je le ferai volontiers rien que pour ne pas vivre à la merci d'un tel… je ne puis donner le nom qui lui revient. J'ai été forcé à faire ce pas décisif – et je ne puis plus maintenant reculer d'un cheveu – c'est impossible ! (…)

Pour vous plaire, mon excellent père, je vous sacrifierais volontiers mon bonheur, ma santé et ma vie – mais mon honneur – il est à moi – et il doit être pour nous au-dessus de tout.

Faites lire ceci au comte Arco père et à tout Salzbourg. Après cette offense – cette triple offense –, l'archevêque en personne me proposerait 1 200 florins que je ne les accepterais pas. Je ne suis ni un jeune homme – ni un gamin[32].

Oh ! je lui donne mille fois raison de ne point céder sur les instances de son cher père, face aux mauvais traitements que le prince-archevêque lui infligeait ; Wolfgang espère désormais d'être appelé par le comte Arco et savoir cette démission enfin acceptée et jouir de sa chère liberté. Puis tout à l'heure, Wolfgang s'est souvenu d'une promesse d'un certain Gottlieb Stephanie, acteur et auteur, de lui envoyer un livret pour une œuvre de scène, afin que son talent rayonne à l'esprit de tous : « *Il me donnera une nouvelle pièce, et à ce qu'il dit, une bonne*[33] ! »

Wolfgang est confiant ; Gottlieb Stephanie est son ami, et, de plus, lorsqu'il apprendra les termes de la lettre écrite à monsieur son père, il se félicitera d'être en commerce d'amitié avec lui. J'en suis bien certaine ! Je ne puis être en mesure de lui souffler les arguments qu'il souhaite soumettre à son cher père, cependant je puis lui rappeler que ce Gottlieb Stephanie s'était distingué dans ses deux nouvelles pièces, très appréciées du public, *Das Loch in der Thüre* et *Der Oberamtmann und die Soldaten.*

Nous battîmes des mains. Wolfgang Mozart, à l'augure de ce lendemain empli de promesses, moi, à cause de l'ivresse de ces instants de partage. Wolfgang parut assuré et son derrière craqua une fois encore, par un roulement aigu et tremblant ; je décidai alors que ma récompense de chaque instant résiderait, dès ce jour, en sa physionomie réjouie.

*

Il n'est plus de question pour moi à propos de ma santé ; je puis affirmer aujourd'hui que nulle souillure, même la plus légère qui soit, ne macule mes linges. J'ignore si notre mère souhaitera garder la petite bonne à son service car l'annonce de ma guérison allonge sensiblement la liste de mes tâches à accomplir et promet bien des économies.

Je ne désire rien plus ardemment qu'être seule nommée pour les soins de Wolfgang ; un homme seul, un tel esprit, a besoin plus que nul autre de mille attentions délicates. Est-il possible de mander à notre bonne de chasser la poussière sur sa table de travail sans qu'elle empile les feuilles de musique en n'importe quel ordre ? Et saurait-elle, en ce cas, retrouver l'ordre de Wolfgang, afin que son bureau soit propre sans qu'il devinât son passage ?

Je n'ose point avouer le bris du portrait de ma sœur Aloisia. Il serait injuste de laisser Wolfgang soupçonner de maladresse notre bonne ; toutefois, si ma mère ne la garde plus à son service, peut-être pourrai-je laisser le doute en chacun, sans mot dire…

*

Je suis tante, Aloisia est mère ; la voici accouchée d'une petite Anna-Sabina[34] de tout petit poids. De ce que j'ai pu entendre au travers des paravents de papier, notre mère a fait le compte des semaines qui ont précédé cet enfantement. Aloisia se serait ainsi mariée avec le panier percé[35], car il manque quelques semaines pour dresser le compte du bébé…

Nous nous sommes rendues, maman et mes sœurs à son chevet ; cette enfant est fort gracieuse. Ses yeux bleus ont déjà la forme de ceux de sa mère. Elle crie très fort et crispe ses petits poings pour réclamer le sein.

Aloisia ne souhaite pas le lui donner ; un mélange d'eau et de sucre a calmé les hurlements de ce rôti de cinq livres.

Wolfgang n'a nullement souhaité se rendre au chevet de ma sœur, cependant il lui a fait remettre un billet où sont portées les plus gentilles marques de souvenir, ainsi qu'une petite recommandation sur la manière de chanter la berceuse jointe à ce billet. Il est fort affairé en cette période ; rendre visite à l'intendant de l'Opéra, le comte Rosenberg, donner en représentation ses airs dans les plus grandes maisons, surveiller les arrivées des nouvelles souscriptions pour ses six *Sonates* de chez Artaria, badiner avec mes sœurs et moi ; et décliner comme il l'a fait ces derniers jours toutes les invitations du comte Arco, depuis la Maison allemande !

Wolfgang refuse que sa condition soit examinée par le maître des cuisines de l'archevêque, bien que celui-ci, à plusieurs reprises, ait souhaité le rassurer en déclarant devoir « avaler », lui aussi, des mots désagréables. Du côté de la Maison allemande, on refuse que Wolfgang rembourse l'argent de son voyage ; de ce fait, il craint d'être accusé d'indélicatesse ou de vol.

Moi qui souhaitais être à l'origine de toutes ses charmantes dispositions, je l'ai mis de fort mauvaise humeur en lui annonçant le départ du prince Colloredo prévu dans quelques jours ; et là, je ne reconnus point cet homme si excellent, car j'avais sottement pensé qu'il se féliciterait de ce départ.

Que non point ! Wolfgang est entré dans un bruyant emportement, supposant que personne n'avait pris soin de remettre ses multiples démissions à l'archevêque. Aussitôt après, il se rua sur sa table de travail et traça fébrilement une ultime lettre, afin d'obtenir du comte Arco une audience personnelle pour remettre en main propre sa démission à celui qui l'emploie. Il cacheta son billet et le déposa debout contre le chandelier d'argent ; puis il se leva, alla et vint dans la chambre, choquant ses talons l'un contre l'autre. Même lorsqu'il lava l'encre de ses mains, il ne tint pas en place et manqua renverser tout son broc. Il prit sa serviette et la tordit, la passa sous son nez, et, absorbé dans ses pensées, sembla ne pas se rendre compte qu'il joignait à son geste une grimace de la bouche[36].

Puis je lui proposai alors de jouer ensemble au billard ; Wolfgang me considéra un instant, réservé, parut même s'étonner, comme si j'eusse proposé de foutre ensemble. Pourtant, dès lors qu'il se dirigea vers le jeu, il oublia sa triste disposition d'esprit. Après quoi, nous jouâmes comme si nos gages étaient misés, et la partie prit fin avec le jour, dans un contentement partagé.

Lorsqu'il sortit pour se rendre à la comédie, je profitai de son éloignement pour remettre sa chambre en ordre.

Ses livres étaient désordonnés : *Hamlet* de Shakespeare posé sur l'étagère, ouvert, lui-même recouvert des *Tristia* d'Ovide en latin et allemand. J'eus beaucoup d'émotion à remarquer qu'il ne s'était nullement séparé du livre de Molière que mon feu père lui offrit en 1777. Un gros ouvrage, dont les pointes de pages étaient salies, était également posé sur un autre fauteuil : *La Métaphysique dans ses rapports avec la chimie*[37]. Ainsi donc, Wolfgang s'y entend en chimie autant qu'en arithmétique ! Je me souviens, lorsque ma sœur l'admirait, il nous avait confié son amour du calcul depuis l'enfance, et combien ses parents étaient désespérés de trouver leurs meublès, les murs et même le parquet couverts de calculs mathématiques tracés à la craie[38] !

Combien le temps m'échappe, dans cette chambre…

Sur sa table de travail, et jusque sur les fauteuils, étaient épars mille feuillets revêtus de notes ; une communion m'était offerte, je pus lire son œuvre en préparation ainsi que celles d'ores et déjà achevées : *Warum o Liebe*[39]..., cet air dont les notes tintent en moi à leur simple lecture, cet air, *pourquoi ô amour...* cet air était-il pour Aloisia ? Et cet *Idomeneo, Re di Creta*, et ce *Quatuor pour hautbois*, ce *Rondo pour orchestre et cor*, puis encore ici une aria « *A questo seno...* » et quatre sonates débutées[40]...

Ah ! quand puis-je espérer entendre vos notes, *tes* notes, Wolfgang, et savoir qu'elles seront soufflées par ma pauvre personne ?

*

Toutes les familles les plus distinguées quittent Vienne pour passer l'été à la campagne ; mais nous restons ici, faute de finances suffisantes et j'en suis bien fâchée. Wolfgang a pris une élève, la comtesse Rumbecke, cousine de Coblenzl, au prix qu'il souhaitait ; il pourrait en compter davantage, cependant il s'en tient à ce qu'il m'avait avancé, sur le prix de six ducats pour douze leçons.

Je vois bien comme il soupire et se languit pendant que la comtesse gratte son clavier sur sa sonate. Bien qu'il l'accompagne au violon, la comtesse accomplit un assassinat ; quelle souffrance ce doit être pour lui !

Elle possède une gracieuse physionomie, mais Wolfgang est davantage attaché à ses relations qui signeront une souscription pour ses œuvres. Déjà sept personnes sur la liste chez Artaria et je crois que dix autres se sont engagées auprès de la comtesse Thun. Lorsque Wolfgang s'entretint avec cette comtesse, elle lui jacta que « *tout ce qui possède de l'argent se trouve actuellement à la campagne jusqu'à l'automne et ainsi, il ne faut compter sur aucune rentrée d'argent avant la fin des beaux jours* ». Ainsi a-t-il le temps d'écrire et de terminer ses variations et deux nouvelles *Sonates pour piano et violon*, car la comtesse Rumbecke se prépare aussi à partir trois semaines vers la campagne.

L'humeur de Wolfgang est changeante, selon les commérages. Ces derniers jours, il se trouva très fâché par une rumeur qui parvint à Salzbourg, jusqu'aux oreilles de monsieur son papa ; on a raconté que Wolfgang se glorifiait de manger de la viande les jours maigres, de déserter la messe tous les dimanches et jours fériés, et qu'il n'avait de cesse de jurer contre mille diables. Monsieur Mozart dut s'en trouver démonté, car il écrivit à son fils une lettre de reproches, dont le contenu irrita mon cher Dorelot. Soupçonné d'être hérétique par son propre père ! Lui qui s'inquiète que je puisse manquer mon devoir de religion le dimanche, tandis que je m'applique au four à lui préparer son plat favori !

La semaine dernière, j'ai rubéfié de confusion, lorsqu'il m'a complimentée devant mes sœurs et maman pour ma cuisine ; autrefois, il semblait goûter davantage les mets de Josepha, d'autant qu'elle s'affairait tout en voix, chantant les plus belles arias du moment avec talent, au point que Mozart s'attardait dans la cuisine. Oh ! je ne peux croire qu'il ait une préférence pour Josepha, car elle est maintenant assez grasse et transpire souvent. Il n'est pas, visiblement, d'organe qui lui fasse un tel effet que celui de la voix ; peut-être devrais-je à mon tour chanter et faire entendre à mon cher Wolfgang des notes, *ses* notes, relevées sur sa table de travail…

*

Les choses sont arrêtées, pour un opéra que Wolfgang devrait écrire bientôt : Stephanie vient de recevoir l'ordre officiel de lui donner un livret. Il semble que ce soit le texte de Schröder, celui qui avait servi pour *Hamlet* à Salzbourg. Wolfgang m'a confié son amitié pour Stephanie et s'est souvenu de leur première entrevue : c'était chez la comtesse Thun, en présence du baron Van Swieten, de Sonnenfels ainsi que d'autres penseurs de Vienne. Cette première audition privée de *Zaïde* avait marqué le début d'une estime mutuelle, bien que certaines personnes voulussent avertir Wolfgang de se tenir éloigné de Stephanie. Il n'en fit qu'à sa tête et aujourd'hui, mon cher musicien se trouve récompensé de son fidèle attachement pour lui. J'étais présente (oui, Wolfgang est bon de me comprendre dans certains de ses déplacements !) lorsque les deux amis se retrouvèrent. Stephanie sut alors parler au cœur de mon A…, de Wolfgang, par les mots les plus simples et l'expression la plus sincère : « *Nous sommes déjà de vieux amis, et je serai heureux d'être en mesure de vous servir en quelque chose.* » Wolfgangerl était très satisfait qu'il se montrât si affectueux !

Les journées passent fabuleusement ; il serait impossible de faire état de chacune d'elles, sans oublier les plus petits détails qui enchantent mon cœur. Hier soir encore, alors que nous rentrions de notre promenade accompagnés de ma jeune sœur, Wolfgang s'empara de la main de Sophie, malgré ses quatorze ans, et s'inclina avec tout le respect que l'on doit à une dame de qualité, dessinant de grands moulinets avec son chapeau. Sophie était rose de confusion et nous rîmes de son embarras. J'eus bien tort de rire, car ce fut mon tour : Wolfgang me toisa de son regard

infiniment bleu, et, resté silencieux, ne s'inclina nullement, mais porta ma paume vers ses lèvres. Il garda
les yeux clos un instant et je sentis la fièvre de sa
bouche sur ma peau. J'étais ardente, mon cœur battit
la cantate, mes doigts mignotèrent sa joue dans un
léger tremblement.

Oh! comme je voudrais croire à toute l'éternité du
monde en ce geste sucré! Et combien je prie que son
cœur ne se moque point de mon inclination! J'ai, oui,
des craintes, car à peine eut-il achevé de m'embrasser
la paume qu'il laissa tomber mon bras et fouilla dans
sa poche d'un air absent; il sortit sa boîte à cure-dents
et m'en offrit un. Comme je refusai, il fit claquer le
couvercle d'or et de laque, et mâchouilla son bâtonnet
en souriant, avec les façons d'un conquérant. Puis il
dansa sous le porche. Nous l'entendîmes chantonner
« *Je suis le chevalier de Mozartiche, qui d'une plume
se cure les ratiches*! » Je compris alors qu'il ne
s'agissait peut-être que d'un jeu, et préférai mourir
que de lui faire connaître ma désespérance. S'il pouvait m'aimer demain la moitié de ce que je l'aime,
alors toute mon âme résonnerait au son de sa musique. Les *cassations* ne joueraient que pour célébrer
notre amour et Dieu lui-même envelopperait notre
union de sa bénédiction!

*

Je connais à présent tous ses plats favoris et ne cesse
de goûter mon plaisir par sa jouissance d'une excellente et grosse langue en sauce, un fagot d'asperges
ou des knödels au foie. Sophie est allée chercher une
mesure de vin du Rhin que nous partagerons. Les
repas sont une sorte de récréation pour l'esprit, mais
comme nous ne cessons de questionner Wolfgang, je

ne sais s'il parvient vraiment à se reposer ; ses sources d'inspiration intriguent beaucoup Josepha, et c'est toujours avec patience qu'il lui répond : « *En voyage, par exemple, en voiture ou après un bon repas, comme celui-ci, en promenade ou la nuit quand je ne peux pas dormir, c'est alors que les idées me viennent le mieux, qu'elles jaillissent en abondance. Celles qui me plaisent, je les garde en tête et sans doute je les fredonne à part moi, à en croire du moins les autres personnes. Lorsque j'ai tout cela bien en tête, le reste vient vite, une chose après l'autre, je vois où tel fragment pourrait être utilisé pour faire une composition du tout, suivant les règles du contrepoint, les timbres des divers instruments. Mon âme alors s'échauffe, du moins quand je ne suis pas dérangé ; l'idée grandit, je la développe, tout devient de plus en plus clair, et le morceau est vraiment presque achevé dans ma tête, même s'il est long, de sorte que je peux ensuite, d'un seul regard, le voir en esprit comme un beau tableau ou une belle sculpture ; je veux dire qu'en imagination je n'entends nullement les parties les unes après les autres dans l'ordre où elles devront se suivre, je les entends toutes ensemble à la fois. Instants délicieux ! Découverte et mise en œuvre, tout se passe en moi comme dans un beau songe, très lucide. Mais le plus beau, c'est d'entendre ainsi tout à la fois.* »

Ce soir Wolfgang se servit une nouvelle mesure de vin et nous l'entendîmes confier son agacement face aux reproches de son père ; Monsieur Mozart désirerait que son fils cessât tout projet d'opéra avec Stephanie, car les rumeurs selon lesquelles *il ne serait qu'un coquin ne jouissant d'aucun crédit* se portent jusqu'à lui. Wolfgang s'essuya la moustache de vin sur sa manchette de dentelle, fit claquer sa langue et déclara d'un ton résolu : « *Peu importe que Stephanie ait fait seul ou non ses comédies, qu'il en ait arrangé d'autres ou qu'il les ait imaginées lui-même – il n'en reste pas moins qu'il a le sens du théâtre.* »

Après quoi, nous décidâmes de jouer aux bouts-rimés, et ce fut Lui, qui donna le mot de commencement. Le mot « amour » lança les batailles. J'étais en peine de trouver quelque rime drolatique, autre que « toujours » et mon cher Cœur s'en étonna.

– Eh bien, ma bonne Constanze, il semble que vous m'ayez habitué à plus de verve ! Amour ne vous inspire-t-il pas plus que cela ? Avec quoi diable faire rimer le plus noble des sentiments. Allons, c'est votre tour, nous attendons !

Je demeurai pétrifiée, car les mots que maman et mes sœurs avaient criés depuis leurs fauteuils pussent être les miens, si le hasard n'avait désigné mon tour en dernier.

– Heu… bonheur-du-jour ?

Un silence suivit mon invention et je sentis combien je manquai d'esprit ce soir-là. Pétrie d'opprobre, j'attendis qu'une de mes sœurs formulât une rime badine.

Wolfgang se leva. Ô combien je regrettais alors de manquer d'esprit, ne jamais briller dans son cœur par mes jactances ! Avec mille manières de courtisan, la mine gaillarde, il m'entraîna dans un menuet imaginaire. La seule musique qui m'importait était le son de sa voix et je n'entendis pas les rimes qu'il forma, pas plus que je ne vis mes sœurs, renversées de jubilation dans leur siège. « *Bien sûr, chère Constanze, bonheur-du-jour, mais que faites-vous avec… mamours, Pompadour, cul-de-four, beaux discours et poils autour ? Et souffrez, madame, que votre trouba-*

71

dour, sans tambour ni calembours, pète à tire-bourre
au nez du prince de Salzbourg qui manque d'humour,
que je savoure vos atours sans détour et débourre tel
un sourd tandis que vous criez au secours ! »

Ma bonne Sophie prenait note de sa tirade, tout en
essuyant ses yeux pleins de larmes ; hélas, elle manqua tout un passage que Wolfgang refusa de répéter !

Quelle belle veillée cela fut ! Aujourd'hui, je puis
croire que chacun de ses gestes envers ma personne
est un pas franchi.

Oh ! mais si je me trompais, qu'adviendrait-il de
moi ? Et si, pour mon mauvais sort, Josepha lui donnait dans l'œil ? Suffit ! Wolfgang n'aime pas les silhouettes grasses, Aloisia n'est plus encline à badiner
avec lui, Sophie n'a que quatorze ans et rien ne laisse
encore voir quelle femme elle deviendra…

Notre commerce se modèle à l'image de nos personnalités : Wolfgang va *allegro* – rien ne l'effraie –,
et c'est pourquoi je crains qu'il ne soit nullement
question de sentiment pour lui. Mon Phare, ne vois-tu
pas comme je m'étiole à force d'espérance ? Comment pourrais-je te faire témoin des grâces dont je
dispose, et auxquelles ton cœur se montre sensible
avec les autres femmes ?

Je possède plus que nulle autre les qualités pour te
cajoler. Ah ! combien l'audace d'Aloisia me fait
défaut et comme j'envie cette créature d'inspirer tant
de passion !

Eté 1781

Les beaux jours de l'été sont bien là ; hélas, les familles qui font nos beaux jours à nous sont toujours à la campagne. Wolfgang est resté plus de trois semaines sans nouvelles de son élève, la comtesse Rumbecke, et je vois bien qu'il se trouve obligé de compter ses pièces en attendant quelque gage.

Stephanie le Jeune et Wolfgang se sont rencontrés maintes fois au sujet de leur opéra. Il semble que leurs esprits s'accordent parfaitement sur cette œuvre. Un mélange d'inspirations se dessine à mesure de leur commerce. Il n'est plus question de remanier *Zaïde*, mais plutôt de repenser *L'Enlèvement au sérail* de Bretzner et André, qui fut annoncé en mai dernier à Berlin.

Stephanie et Wolfgang se livrent entièrement à la lecture de *La Rencontre imprévue* de Gluck ainsi que du *Roi Thamos* de Goethe. J'ignore à présent quelle œuvre sortira de ces deux esprits, cependant je suis bien assurée de sa beauté, avant même qu'une ligne n'en soit écrite.

*

Avant-hier, tandis que je me transportais jusqu'à la chambre de mon Trésor, afin de lui rapporter son

73

ouvrage oublié dans le cabinet d'aisances, maman souhaita m'entretenir d'une affaire importante. Elle s'empara du volume que je portais et vérifia la bienséance de mes lectures : *Nathan der Weise* de Lessing ne parut point l'indisposer ; cette lecture ne m'appartenait nullement, mais à celui qui avait chié avant mon tour.

Ce fut à propos de Lui qu'elle souhaita m'entretenir drôlement :

– Ma fille, je m'inquiète à votre propos. Soyez aimable de me dire la nature de vos badinages avec notre locataire ; une de mes filles s'est déjà, par le passé, trouvée fort séduite par ses talents, et je ne souhaite pas qu'une seconde entretienne un commerce de sentiment malséant avec cet homme, malgré tout jugement obligeant que je lui porte. Il semble, en effet, que bien des médisances sur votre compte se colportent jusqu'à Salzbourg et que Monsieur Mozart en ait fait reproche à son fils au point qu'il doive aujourd'hui se justifier auprès de lui.

Je demeurai silencieuse, car je ne pouvais nullement m'engager sur l'inclination que Mozart ne m'avait jamais, oh ! hélas, manifestée. Je rougis plus que de raison, et maman poursuivit ses reproches, sur les tâches ménagères, dont je ne me souciais plus guère depuis fort longtemps. Cela est juste, la chambre de mon cher Cœur, le rangement de sa garde-robe et la préparation de ses plats favoris, cela seulement me rappelle à mes obligations de logeuse.

Ma mère sortit une lettre de son corsage ; ce message avait été confié à ses bons soins, afin qu'il parvînt sans délai à Salzbourg. La confiance de Wolfgang n'avait point calculé la curiosité de ma mère :

Mon cher père,

Je vous répète que, depuis longtemps déjà, j'ai songé à prendre un autre logis, et cela uniquement à cause des médisances des gens – et je suis fâché d'y être contraint par un absurde bavardage où il n'y a pas un mot de vrai. Je voudrais bien savoir quelle joie certaines gens peuvent avoir à parler ainsi tout le jour et sans fondement ? Parce que j'habite chez elles, il s'ensuit que j'épouse la fille. Si j'en suis épris ? Il n'en est pas question : c'est un point par-dessus lequel on saute ; mais je me loge dans la maison, donc j'épouse. Si, de ma vie, je n'ai jamais songé au mariage, c'est bien à cette heure ! Il est vrai que je ne souhaite rien moins qu'une femme riche ; mais si vraiment maintenant je pouvais trouver le bonheur dans un mariage, il me serait impossible de faire ma cour, tant j'ai d'autres choses en tête ! Dieu ne m'a pas donné mon talent pour que je l'accroche à une femme et que je passe le temps de ma jeunesse dans l'inaction. Je commence à peine à vivre et j'irais me rendre la vie moi-même amère ? Oh ! je n'ai rien contre le mariage, mais pour moi, en ce moment, ce serait une chose fâcheuse. (…) Je ne veux pas dire non plus que je sois hautain à la maison avec la Mademoiselle qu'on me fait déjà épouser, et que je ne lui dise rien – mais je ne suis pas non plus épris d'elle. Je badine, je fais des plaisanteries avec elle, quand il m'en reste le temps, et c'est tout. Si je devais épouser toutes celles avec qui j'ai plaisanté, j'aurais bien deux cents femmes.

Après quoi, ma mère replaça la lettre dans son corsage et froissa les plis de sa jupe. J'entendais sa respiration et n'osais lever les yeux.

– Eh bien quoi ! j'attends vos explications ! Il semble que vos charmes agissent assez pour faire partir nos locataires, mais point assez pour qu'ils envisageassent de vous épouser!

Où puis-je atteindre mon salut? Que la terre s'entrouvre pour y engloutir ma honte, mon désespoir, mon chagrin. Ainsi donc, cher Cœur infidèle, vous n'êtes point épris de ma personne, vous ne faites que *plaisanter* avec moi, la *Mademoiselle* de la maison! Que voulaient dire vos baisers, vos lèvres brûlantes au creux de ma paume, cette allégresse que nous partageâmes au cours des promenades, votre ferveur à l'église Sainte-Madeleine, vos compliments et cette façon secrète de relever une mèche de mes cheveux? Comment puis-je avoir été si sotte de croire qu'à vos yeux je puisse devenir la compagne de vos jours, la muse de tout votre art?

Il semble aussi que ma mère ait trouvé dans mon infortune une certaine satisfaction; tandis que le sol s'escamotait sous mes souliers, vainement, je cherchai un meuble auquel m'accrocher. Ma mère n'eut aucune compassion; elle me rappela simplement mes devoirs domestiques dans cette maison. Je n'entendis point sa liste car le trouble de penser à Lui en le *vouvoyant* avait assombri le gouffre qui nous séparait désormais.

*

Ce matin, encore dans les brumes de mon trouble, je suis disposée à risquer mon honneur, pour que Wolfgang apprenne les transes de mon esprit.

Plus tard, je supplierai ma mère de m'abandonner dans un couvent, selon l'âpreté de mon Cher, Oh! si Cher…

Pardon, Seigneur ! qu'irais-je faire dans un couvent, à me priver de la seule figure qui éclaire mes jours ?

Je voudrais mourir.

Je vais mourir.

Seigneur, aidez-moi à mourir.

Combien la mort me serait douce au regard du désespoir de ne plus contempler sa figure sucrée, ses mains agiles, respirer le parfum de ses cols, laver l'encre de ses manchettes…

*

Oh, non ! Je n'ai que dix-huit ans et voici que par deux fois, l'idée de mourir m'est venue pour Lui, *à cause* de Lui.

Sottises !

Les ténèbres ne seraient d'aucun secours à mon âme éplorée. C'est à saint Jean de Népomucène que je confierai mon chagrin et la perte de mon Crépuscule.

*

Mes prières entendues, la raison m'est revenue.

Je lui écrirai une lettre.

Cher excellent ami,

Je dois vous confier mon désarroi, car il n'est plus de jour où je ne m'en formule le terrible reproche. Il n'est pas de devoir que j'aie trouvé plus agréable que celui de prendre soin de votre chambre et de vos affaires. Je dois confesser que cette tâche ne m'apparaissait nullement ingrate, car elle m'offrit à maintes reprises le loisir de découvrir vos compositions ; seule, dans votre univers, combien de fois n'ai-je pas chanté vos notes ? Votre musi-

que et moi ne formions alors qu'un ensemble, une aria, où tout devenait harmonie enchanteresse. Toute mon âme se changeait en sucre et miel, en rêverie délicate, en poésie empreinte d'éternité.

Mais je ne suis qu'une jeune fille ignorante et sotte ; une oie.

Je sais bien que la nature ne m'a pas ornée de toutes les grâces qui charment les cœurs, mais j'ai toutefois l'esprit de rigueur et l'amour de la Vérité.

Apprenant par divers commérages que vous êtes sur le point de quitter notre logis, je dois aujourd'hui vous confier ce qui me hante depuis de longues octaves[41] : c'est moi qui ai brisé le portrait de votre chère Aloisia et j'en suis fort désolée. Si quelque discours sur les circonstances, pouvait apaiser la colère que vous dûtes éprouver, je vous le dois bien là.

Oui, j'avoue, je confesse, je proclame, je conviens, je reconnais, j'admets, combien le chant de vos notes me plongeait dans une telle disposition de gaieté, que je perdis un matin tout pouvoir sur moi-même. Oh ! n'allez point, cher excellent ami, croire que la colère, l'agacement ou quelque autre manifestation de jalousie fut à l'origine de ce désastre. Non ! cet accident me navra et me fit craindre votre courroux. Mais plus encore, j'étais marrie de vous priver de cette image adorée, d'avoir endommagé ce bien précieux que vous prîtes dans tous vos déplacements. Ce bel objet que vous affectionnez s'est échappé de mes mains, et ces mêmes mains ont tremblé en ramassant les éclats de porcelaine ; les yeux de cette chère Aloisia n'étaient plus qu'un souvenir, brisés par ma négligence.

Maintenant que vous allez quitter notre maison, si les bavardages s'avèrent exacts, il n'est plus temps pour moi de vous taire cette terrible vérité. Cher excellent ami, je réclame votre pardon ! – si vous le pouvez encore –, et

demeurerai, malgré la désespérance que m'infligerait votre
reniement, votre dévouée servante,
    Constanze, 26 juillet 1781.

                              *

   La modiste de maman est passée ce jour déposer
les derniers caprices de mode qu'elle lui avait
commandés. Dans toutes ces belles choses, rien ne
m'est destiné ; je fabrique seule les arrangements de
mes toilettes, au contraire de mes sœurs pour qui
maman accepte maintes dépenses. Peu m'importe,
désormais, d'avoir la figure d'une élégante ; le tablier
sied mieux que nul autre vêtement à ma physionomie.
   D'après une amie de ma mère, la Cour de Paris
n'utilise déjà plus certains artifices que nous découvrons tout juste ici ; nous nous épuisons à trouver des
changements sur les idées ingrates telles que le corset
à baleines, par d'énormes paniers glissés sous nos
cotillons. Nos figures sont déformées par ces inventions grotesques. Nos paniers se portent désormais
coupés courts, larges et épais, et portés avec une jupe
raccourcie qui retombe droite, pour laisser entrevoir
les pieds et les talons hauts. Les coiffures se doivent
d'être énormes ; l'armature sur laquelle les coiffures
reposent atteint parfois les deux tiers de la hauteur du
corps ; toute l'ingéniosité des dames se mesure au
triomphe de la création sur les lois de l'équilibre !
   Par-dessus l'armature, les cheveux sont relevés,
tirés, bouclés, laqués ou arrosés de poudre blanche.
Un bonnet de rubans ou de plumes vient couronner
ces échafaudages, ou encore un pouf à travers lequel
sont tissées des mèches de cheveux.
   Certaines dames, comme les comtesses, alourdis-
sent leurs robes de toutes sortes de choses : des nœuds,

des coquilles, des branches ou quelques bouquets de fleurs fraîches, et les plus riches se parent de perles et de pierres précieuses.

Nous étions jadis, Sophie et moi, bien séduites à l'idée de tenter un monument de coiffure ; cependant le plafond de notre logis et le cadre des portes ne permettent point que l'on se pare ainsi sans risquer le ridicule ou l'écroulement de la chose.

La robe que maman souhaita me voir confectionner pour mes rares sorties me sied à ravir ; tout cela ne s'accorde cependant point avec mon âme. Les rayures du corsage jaune foncé sont trop gaies pour que je puisse les revêtir ; j'ai cousu la jupe généreuse, et ses plis sont traversés par deux bandes de huit choux de taffetas, enlacés dans un galon jaune foncé. Quant à mes coiffures, je n'envisage point de me séparer de mon austère marli. Ma sœur Josepha porte encore sa bagnolette[42] pour se rendre à la foire, bien que la saison soit passée et que cela lui donne un air de ravaudeuse, cachée sous cette capuche brune.

*

Pas un son, pas une note ne s'échappe depuis ce matin de la chambre de mon Ciel cruel ; serait-ce la contrariété de ma lettre, qui le vide ainsi de toute invention ? Quelle importance crois-je revêtir !

J'ai mille choses à faire ce jour, et autant d'entrain que pour aller me noyer dans l'abreuvoir aux chevaux...

*

Le grand-duc Paul de Russie, fils de Catherine II, doit bientôt visiter Vienne ; les dames de la ville sont tout en échauffement, à qui sera la plus élégante pour les réjouissances à venir. Le grand-duc voyage sous le faux nom de comte du Nord, car il souhaite maintenir sa sécurité ; je n'ai nulle raison de partager l'enthousiasme de ces dames car il y a peu de chance qu'il fasse une halte à notre Œil de Dieu !

*

Wolfgang, mon Tourment, est sorti de son repaire pour le dîner, tout marqué de gaieté ; il m'a saluée avec tant d'allégresse que je ne puis croire qu'il ait lu ma lettre.

Sur les instances de maman, j'ai passé ce jour ma nouvelle toilette, et je m'en félicite ! J'ai reçu plus de compliments de Wolfgang que ne pourrait en entendre Aloisia sans se pâmer.

Puis il ne cessa de sautiller d'un pied sur l'autre, en tripotant nerveusement ses manchettes, jusqu'à ce qu'il se décidât à répandre les nouvelles qui le ravissaient tant : *« Voici que Stephanie le Jeune m'a donné un livret à mettre en musique ! Je dois reconnaître que, autant il peut être mauvais avec d'autres gens à cause de moi, ce que j'ignore, autant il est pour moi un excellent ami. Le livret est tout à fait bon. Le sujet est turc et a pour titre :* Belmonte et Konstanze *ou* L'Enlèvement au sérail. *J'ai tant de joie à mettre ce livret en musique que déjà trois airs sont terminés. Le délai est court, il est vrai : dès la mi-septembre il faut qu'ait lieu la représentation. Mais les circonstances qui se rencontrent à l'époque où l'œuvre sera présentée, et surtout toutes les autres perspectives énervent tellement mon esprit que c'est avec la plus grande ardeur que je cours à ma table écrire, avec la plus grande joie que j'y reste assis !* »

S'essuyant la bouche à une serviette entortillée, mon cher Satyreau se leva, et prit congé de nous ; maman souriait, mes sœurs semblaient ravies, tandis que moi, pauvre guêpe ! – dans ma blouse jaune rayé de brun –, demeurais pétrifiée.

– Eh bien quoi ! dit alors maman d'un ton brutal, n'avez-vous entendu ce que mes oreilles ont entendu ? L'opéra commandé à notre hôte, l'œuvre qui l'occupe aujourd'hui et enchante son âme s'appelle comment, hein, comment ? Parbleu ! *Belmonte et Konstanze*. Et vous ma fille, vous restez là, plantée telle une cigogne sous la pluie ! Qu'attendez-vous pour soutenir votre musicien, le féliciter et vous en tenir à rester ou devenir sa muse affectionnée ? Filez, vous dis-je !

Combien ma mère me paraît étrange, à présent !

Ce projet d'opéra, le bonheur d'une commande officielle, le sort d'une gloire couronnée, et mon Amour devient brusquement le meilleur des galants !

Quatre mains résolues me poussèrent hors du salon ; lorsque je fus derrière *sa* porte, et que mes sœurs et maman se tordaient le cou à toiser mes doutes – cette terrible gaucherie, mon trouble ! –, ce fut un dernier signe de consentement maternel, et tout mon être frappa *la* porte, sa porte adorée.

Mon Aurore pria le visiteur importun de pénétrer sa chambre.

Je me trouvai enfin dans cette chambre aimée – ce temple ! – où mon Crépuscule, courbé devant sa table de travail, taillait sa plume avec étude.

Je n'osai m'avancer.

J'attendis ainsi un court instant, mais j'eusse souhaité qu'il durât pour l'éternité ; un parfum de labeur ondulait dans la pièce et je fermai les yeux afin de m'en repaître.

Etait-ce de sa nuque ou de ses aisselles que perlaient ces gouttes d'arôme viril? Oh! laper ces larmes délicieuses qui nimbent tes chemises, et je ne désirerai alors d'autre nourriture que tes pluies charnelles!

Sais-tu, ô mon Tout, ma Récompense, sais-tu comme je t'aime?

Lorsque mes sottes rêveries s'envolèrent, mes paupières s'ouvrirent mollement. Wolfgang était debout devant moi; je perdis l'équilibre.

Il me soutint par la taille, ma poitrine se pressa contre sa chemise de voile et je sentis son bras me retenir avec fermeté. Ô Seigneur, mes tempes battaient le tambour, j'étais dans ses bras!

Il inclina son visage vers moi et murmura « Stanzi » doucettement. Ses lèvres fouillèrent ma chevelure avec tant de fièvre que j'oubliai toute retenue. Sa bouche effleura mes lèvres et nos salives tièdes s'assemblèrent.

Ce baiser, ô caresse inondée d'écume et de flammes, confondit toute mon âme et je m'abandonnai à cette grâce.

Lorsque notre étreinte prit fin, Wolfgang se déroba un moment et me tint par les mains; son sourire barbouillé de rouge ne me parut nullement risible; mes lèvres l'avaient marqué du pourpre de ma passion!

Allais-je oser lui demander, enfin, s'il avait pris connaissance de mon billet, et s'il était enclin à pardonner ma maladresse, de même que mes cachotteries? Le courage sembla me parvenir et je vis la lettre, *ma* lettre dépliée sur sa table de travail; il l'avait donc décachetée, et certainement lue!

Wolfgang me sauva de mon nouvel embarras, en murmurant tous ces cajolis que mon cœur désespérait d'entendre un jour.

« La nature parle chez moi aussi haut que chez tant de grands et forts lourdauds. Il m'est impossible de vivre comme la plupart des jeunes gens d'aujourd'hui. D'abord, j'ai trop de religion, ensuite j'aime trop mon prochain, et mes sentiments sont trop honnêtes pour aller séduire une innocente jeune fille. (…) Ma bonne, ma chère Constanze, la plus douce, la plus entendue, en un mot la meilleure ! »

J'ignore par quel prodige je fus alors en mesure de sortir de sa chambre ; ne me reviennent que ma mère et mes sœurs penchées sur moi, tandis que je reprenais mes esprits, étendue sur le carreau du corridor. Les sels se chargèrent de mon retour à la raison.

Combien cette faiblesse a dû me priver d'entendre les derniers mots de Wolfgang ! Mais qu'importe, je sais qu'il me les dira encore, et cette fois, je saurai les entendre sans défaillir.

Je suis si heureuse ! Ô saint Jean, mes prières sont allées jusqu'aux cieux…

*

Mon Follentin a sauté la fête et l'anniversaire de sa chère sœur ; après que je lui eusse rappelé son devoir de lui souhaiter ses vœux dans l'octave, il se mit à l'ouvrage et lui écrivit une plaisante lettre, signée *« poète de cibles couronné »* en souvenir de ses jeunes années et des vers qu'il composait pour orner les cibles du jeu de tir à carreaux. La lettre partira tout à l'heure par la dernière poste. Je n'ose ajouter mon mot sur cette lettre, pourtant je brûle de faire savoir ma félicité à cette honorable famille dont j'aurai peut-être le ravissement de faire partie, un jour que Dieu seul désignera.

*

Wolfgang, mon Wolfi se livre tout entier à la joie d'écrire son opéra. En un jour et demi[43], voici que le premier air de Konstanze est achevé, le premier air de Belmonte aussi et le trio final du Ier acte vient de faire résonner sa dernière note !

J'ai l'ivresse de pénétrer sa chambre à tout moment ! Ma présence ne le prive aucunement de son inspiration ; à chacune de mes visites, Wolfi me reçoit par un baiser caressant déposé sur la main, parfois au creux de mon épaule. Je n'ai désormais nul autre dessein que de le libérer des soucis domestiques ; le brossage de sa garde-robe, le rangement de ses feuilles de musique, le découpage d'un chapon pour son dîner, tout m'est agrément !

*

Madame Catarina Cavalieri se trouve fort aise de son air, du moins pour ce qui est des notes qu'elle en a découvert, car c'est bien elle qui créera Konstanze lors de la première représentation de l'opéra de Wolfgang. Messieurs Adamberger et Fischer seront Belmonte et Osmin, car les airs leurs conviennent. Ils devront aussi travailler et répéter en secret, car Wolfgangerl ne souhaite pas que ce projet devienne public. Je ne sais pour quelle raison.

Un dîner chez la comtesse Thun est prévu ; Wolfgang doit faire entendre son travail ; lorsque je lui mande s'il se trouve inquiet de ne point, peut-être, rencontrer les éloges de ce public qui s'y entend en musique, Wolfi balaie d'une phrase tous les doutes que je manifestais. « *Sur ce plan, je ne prends acte de l'éloge ou du blâme de qui que ce soit ; avant que l'on n'ait vu l'œuvre dans son ensemble, je suis résolument mes propres attachements*[44]. »

Je suis bien certaine qu'un tel talent ne peut se mesurer à la simple audition d'un public, certes connaisseur, mais cependant trop occupé à ses galanteries et au succès de ses intrigues. Oh comme tu as raison de ne te fier qu'à tes propres sentiments[45] !

Je n'ai de mots suffisants pour décrire tous les charmes de Wolfgang, pourtant mon cher confesseur de papier demeure l'unique calice de mes attachements.

Tout mon être est envahi d'une sorte de mollesse lorsqu'il me regarde. Il est si petit ! Son visage est agréable, mais il n'annonce nullement au premier abord, si l'on excepte ses grands yeux ardents, la grandeur de son génie. Son regard semble vague et perdu, sauf quand il est seul devant le clavecin, alors son visage se métamorphose ! Grave et recueilli, ses yeux deviennent calmes, le sentiment qu'il met dans son jeu s'exprime par tous ses mouvements des muscles, sentiment qu'il est capable d'évoquer si puissamment en moi, ainsi qu'à toute personne qui l'écoute.

Il a de belles petites mains qu'il sait mouvoir si doucement et naturellement, en jouant sur le clavier, que c'est un plaisir pour l'œil non moins que pour l'oreille. En cela aussi, Wolfi se distingue des génies de nos jours, à la force bruyante.

La petite taille de son corps provient de ce qu'il a été forcé prématurément au travail de tête et a manqué de mouvements dans sa jeunesse. Mais pour bien le connaître, il est nécessaire de l'observer à sa table de travail, quand il écrit ses œuvres ! Il écrit avec une aisance et une légèreté qui peuvent, à première vue, sembler de la facilité ou de la hâte. Il ne va jamais au clavecin en composant ; son imagination lui présente l'œuvre tout entière, nette et vivante, dès qu'elle est commencée. Sa grande connaissance de la composition lui permet d'en embrasser d'un regard toute l'harmonie. Je vois rarement dans ses partitions des passages raturés ou biffés ; il ne s'ensuit pas qu'il n'ait fait que jeter rapidement ses œuvres sur le papier. L'ouvrage est toujours terminé dans sa tête avant qu'il se mette à écrire.

Depuis que Wolferl possède les paroles de Gottlieb Stephanie à mettre en musique, il s'en occupe long-temps, réfléchit en silence et laisse courir son esprit d'invention. Pour lui, écrire est un travail facile, pendant lequel il lui arrive souvent de plaisanter et de s'amuser avec moi.

Il passe la moitié de ses nuits au clavier ; ce sont des heures de création, de chants célestes ! Dans le silence de la nuit, quand rien ne domine l'esprit, sa fantaisie s'anime jusqu'à la plus vive excitation et développe toute la richesse des harmonies mises en son esprit par la nature. Alors Wolfgang devient tout sensibilité, alors coulent de ses doigts les sons les plus merveilleux ! Je suis celle-là même, celle qui entend la profondeur et l'étendue de son génie musical : libre de toute contrainte, son esprit peut alors prendre un vol plus hardi vers les plus hautes régions de l'art. En ces heures d'inspiration poétique, mon Amour se crée une inépuisable provision d'idées, puis il y met de l'ordre, et en tire d'une main légère ses œuvres que je devine immortelles[46] !

Les plus grands amateurs de musique savent combien il faut une riche veine de pensées, sans lesquelles tout son art resterait infécond. Certes, il y a bien quelques compositeurs à la Cour qui, par un travail acharné, produisent quelques pensées : mais combien vite s'en tarit la source et alors ! on ne les entend plus que se répéter.

Il ne se sépare jamais des feuilles des œuvres de Benda[47] ; Oh comme il me serait doux de les entendre et de savoir embrasser ce qui l'intrigue et le ravit à ce point dans ces notes.

*

Voici qu'aujourd'hui le premier acte de *L'Enlèvement au sérail* est entièrement terminé ! Le grand-duc de Russie ne viendra qu'en novembre ; ainsi, Wolfi pourra écrire son opéra avec davantage de réflexion. Après que nous eûmes une conversation sur la meilleure époque de représentation, Wolfgang a décidé de ne point le faire avant la Toussaint, quand tout le monde sera rentré de la campagne. Oui ! nous discutons ensemble les meilleures dates et mon âme ne s'habitue pas à tel honneur !

Comme il se trouve joyeux et combien son travail lui procure la plus vive satisfaction !

*

Une lettre de Monsieur Mozart est arrivée ce matin ; il souhaite que Wolfi se trouve un autre logement car de nouveaux commérages sont venus jusqu'à Salzbourg ; une adresse de logis lui est indiquée avec une certaine fermeté par Monsieur son père.

La famille Auernhammer possède une chambre libre et la tient, à la demande de son père, à disposition de Wolfgang.

Mon Dieu ! combien me serait pénible son départ !

Et comment puis-je espérer voir s'établir notre commerce de sentiments, si nos vies se séparent ?

*

Ce soir, l'air est plus brûlant qu'une caresse ; nous nous sommes promenés au Prater, en compagnie de ma jeune sœur Sophie. Wolfgang voulait l'ouïr rêvasser à son futur fiancé ; bien que ma sœur soit peu disposée à entendre d'ordinaire nos moqueries, elle laissa volontiers notre amuseur lui brosser le portrait d'un « chapeau[48] » et l'effroi que notre mère dévoilerait à l'idée de donner sa fille à un tel personnage. Ce fut si ridicule de le voir ainsi prendre les poses de maman que nous riions toutes deux plus fort que séant.

Plus tard, lorsque nous fûmes rentrés à notre Œil de Dieu, et que le sérieux dut opérer son retour, nous décidâmes alors de répondre ensemble à Monsieur Mozart à propos du logis dans la famille Auernhammer.

Enfin, mon Ciel lut à haute voix la lettre qu'il destinait à son père, et ce fut une nouvelle partie de pantomime plaisante lorsqu'il décrivit les hôtes du « trou à rat » que celui-ci tentait de lui imposer.

« Il faut chercher l'escalier à la lanterne, même à midi. La chambre peut être qualifiée de petit cabinet ; il faut passer par la cuisine pour y pénétrer, et il y a une petite fenêtre à la porte de la chambre. On m'affirma certes qu'on y mettrait un rideau, mais on me pria de l'ouvrir dès que je serais habillé car sinon, on ne voyait rien, ni dans la cuisine, ni dans les autres pièces avoisinantes. (…) En un mot, c'est épouvantable à voir ! (…) La femme est la plus sotte et la plus folle bavarde qui soit au monde ; c'est elle qui porte les culottes. (…) Ce meuble est encore plus méchant que

*madame Adlgasser, car elle est en plus médisante, donc
sotte et mauvaise à la fois. Mais venons-en à la fille. Si un
peintre voulait rendre le diable au naturel, il devrait s'inspirer de sa figure. Elle est grosse comme une paysanne,
elle transpire à faire dégueuler, et elle se promène si dépoi-
traillée qu'on dirait qu'elle veut indiquer : " Je vous en
prie, regardez donc ici ! regardez donc là ! " Il est vrai que
rien que le fait de la voir est suffisant pour souhaiter devenir aveugle ; mais – on est bien puni pour toute la journée,
si par malheur les yeux se tournent de ce côté – on aurait
besoin de sels bien forts ! Ah ! qu'elle est vilaine, sale et
dégoûtante ! Fi, au diable. (…) Bien mieux encore : elle est
sérieusement amoureuse de moi*[49]. »

Je fus horrifiée d'apprendre cela, mais Wolfi apaisa
mon trouble car il conserve encore pour longtemps
sur sa figure la nausée de cette personne répugnante.
Ah ! combien je peux entendre que cette grosse paysanne, qui *transpire à vomir*, ne puisse résister à tant
de charmes, à ses jolies manières lorsqu'il veut bien
séduire, à cette nuque duveteuse inclinée sur ses merveilleuses notes, à tant de saugrenu dans ses saillies et
de tels éclats de rire suivant son mot d'esprit étonnant !

Il en serait fini de nos promenades, des dîners pris à
la hâte et de nos soirées musicales, si mon Délicat
devait ployer devant les exigences de son père, et
déménager de notre logis ? J'en mourrais !

*

Wolfgang est en quête d'une chambre qui puisse
satisfaire son père, et son propre goût pour les pièces
vastes et lumineuses. De quelle chair est donc pétri
Monsieur Mozart pour conseiller ainsi son bon fils et

le pousser dans le plus cruel des embarras pour un célibataire ?

Notre appartement, bien qu'il soit au deuxième étage, présente tous les agréments qu'un jeune homme de sa condition puisse rêver ; oh ! le plus bel ornement ne se trouve pas exactement devant nos fenêtres, mais je connais par cœur toutes les figures en plomb du porche de notre Peterskirche[50]. Ces allégories de la Foi, de l'Espérance et de l'Amour sont un rappel des vertus que je m'efforce de faire grandir, de toute mon âme, chaque jour.

Mes dévotions ne me lassent en aucun temps de contempler les bancs de la courte nef, qui épousent l'ovale de la coupole. Notre saint Jean de Népomucène est présent dans les cœurs, par ces bois dorés à son effigie. Pauvre saint Jean de Népomucène, confesseur de la reine de Bohême, martyr de la noyade, pour avoir refusé, en l'an 1393, de trahir le secret de la confession, au profit du roi Wenceslas IV !

Toute ma bourse s'est fondue dans l'achat des cierges à mon très saint protecteur ; ô faites que mon Séraphin ne parte point vivre loin de mon cœur ! et puis faites aussi que son âme ne se perde dans nulle rencontre plus enviable que ma personne !

Wolfgang fut de retour bien tard, mais un sourire agrémentait sa figure. Il m'a prise par la taille et nous sommes entrés dans sa chambre.

– J'ai trouvé ! murmura-t-il d'un ton gai.

Qu'avait-il trouvé de si réjouissant, au point que son teint changeât drôlement ?

– Ma Stanzi, mon adorable, excellente, j'ai visité aujourd'hui une *chambre bien joliment meublée* et la pension est raisonnable.

Ainsi donc, mon Amour se réjouissait d'avoir trouvé ce qui l'éloignait de moi !

Le poignard s'enfonça encore davantage dans mon pauvre cœur :

La chambre où je déménage est déjà prête ; je vais maintenant louer un clavier, car tant qu'il n'y en a pas dans la chambre, je ne peux m'y installer. Comme j'ai beaucoup à composer, je ne veux pas perdre une seule minute. Bien des commodités vont me manquer dans mon nouveau logement, surtout à cause des repas. Lorsque j'étais dans l'obligation d'écrire, on attendait que je sois prêt pour se mettre à table. Je pouvais continuer à travailler sans m'habiller, et n'avais qu'à franchir la porte pour manger. Le soir comme à midi. Maintenant, si je ne veux pas dépenser d'argent à me faire porter mes repas dans ma chambre, je perds au moins une heure à m'habiller, et dois sortir. Le soir en particulier. Vous savez que j'écris jusqu'à ce que j'aie faim. (…) Il faut que je me mette en quête d'un piano[51].

L'esprit me fit alors défaut, et je ne trouvai rien à dire devant l'ardeur de mon Bien-Aimé. Une brume sournoise assombrit mon ciel…

Puis soudain, les vers de Konstanze ruisselèrent de mes lèvres avec désespoir.

J'étais heureuse jadis, j'aimais,
Et le chagrin d'amour ne connaissais.
A mon bien-aimé, j'avais juré fidélité
Et lui avais donné mon cœur tout entier.
Mais combien vite disparut mon bonheur
Quand l'un de l'autre nous fûmes séparés,

Et si toujours mes yeux de larmes sont baignés,
C'est que la tristesse emplit tout mon cœur !

Mon tendre Belmonte chanta à son tour, de toute son âme.

Ah! laisse-moi reprendre mes sens! Je l'ai vue, la
plus belle, la plus fidèle, la meilleure des femmes!
Ô Konstanze, Konstanze!
Que ne ferais-je, que n'oserais-je pas pour toi[52] *?*
Lorsque s'épandent les larmes de bonheur,
L'amour sourit à l'amoureux.
Les essuyer sur ses joues avec des baisers
Est de l'Amour le salaire le meilleur.
Ah! Konstanze, te voir!
Plein d'extase et de volupté,
Te presser contre mon cœur fidèle,
Cette joie,
Toute la fortune de Crésus ne la paierait pas!
Si nous ne devions jamais nous retrouver,
Alors nous ne pourrions supporter
La douleur de nous voir séparés.
(…) à minuit quand tout le monde dormira, je vien-
drai à ta fenêtre et que l'amour soit notre ange
gardien!

Konstanze :

Quelle joie! Je risquerais tout avec toi! je
t'attends[53]*…*
Lorsque minuit sonna, mon Soucy vint guetter ma fenêtre ; l'âme en béatitude, je me laissai guider vers le Graben, où la découverte de son nouveau logis me fut offerte[54].

Nous décidâmes ensemble la disposition des petits meubles et la place qu'occuperait le piano. Nous le fîmes glisser sur le parquet, jusqu'à ce que le rayon de lune en éclairât le clavier. La toile des rideaux me parut grossière et peu encline à déposer dans la pièce la pénombre que Wolferl recherchait au petit matin.

Puis, avec une infinie distinction, il me présenta une amusante boîte de nacre. Je découvris une clef ; il me serait désormais aisé de venir à ma guise, et employer les heures en compagnie de mon Cœur.

> *Vois les larmes de joie couler,*
> *Essuyons-les avec des baisers.*
> *Jamais plus il n'en faudra verser,*
> *Car dès ce soir nous serons en liberté !*
>
> *Mais en dépit de toute cette joie,*
> *Mon cœur ressent encore parfois*
> *Une crainte secrète au fond de moi*[55] *!*

Ô combien me parurent enchanteurs ces instants de paradis, et comme je souhaitai qu'ils n'eussent jamais de fin !

*

Son nid, que je brûle de rendre douillet, abritera donc notre amour et sera le berger de nos baisers !

Et combien puis-je estimer ma fortune lorsque je comprends que mon Adorable a choisi une chambre à deux pas de l'Œil de Dieu ! Il sera commode de prendre nos repas ensemble, sans que j'aie la douleur de compter les heures de notre éloignement.

Aloisia ! Que ne peux-tu comparer son inclination d'hier et celle d'aujourd'hui ! Autrefois, fort contrit d'être séparé de toi, il n'avait cependant organisé aucune manœuvre pour vous rassembler ; nous voici à présent dans cet appartement, loué pour ne point déplaire à son père, mais si proche de l'Œil de Dieu, qu'il se trouverait aussi fort bien nommé « Aux âmes rebelles ». Je mesure enfin toute ma fortune, mon éclatante victoire, par cette glorieuse bravoure !

*

La clarté du petit matin pénétra nos paupières closes et, lorsque nous nous éveillâmes, le souci de ma mère effaça tout mon émoi ; je remis en hâte ma coiffure en ordre.

Quel traitement allais-je devoir souffrir, et comment allais-je expliquer ce trouble, visible sur ma figure ? Sans nul doute, aux yeux d'une mère, cette sorte de nouvel état, faisant de moi une femme modelée de caresses, ne pourrait rester secret ni soutenir son étude soupçonneuse.

Oh ! je ne serai plus jamais la même…

Fébrile, je suivis le Graben jusque Petersplatz ; notre église dressée en son centre était baignée d'une douce lumière d'été. Son ombre reposait sur la frêle toiture de ma chapelle, ma petite chapelle Sainte-Madeleine. Le portail se trouva ouvert et je n'eus point d'autre refuge que d'aller confier ma crainte et ma béatitude au très saint Jean de Népomucène.

A genoux, oh ! comme le marbre frais de la nef me parut éteindre le feu de mes jambes ! je priai, priai encore à perdre mon latin, que maman n'apprenne, ô Dieu jamais ! mon enchantement, qu'elle me rudoie si le hasard venait à le lui révéler, cependant qu'elle ne m'interdise point de vivre mon inclination, ma belle histoire, mon unique histoire, le commencement de mon être…

Ô très saint Jean, donnez-moi la force de rentrer à l'Œil de Dieu, et donnez-moi aussi la physionomie d'hier, celle de la pauvre fille que j'étais. Et puis aussi, donnez à ma …

– Que faites-vous ici, à cette heure ? questionna une voix que je craignais depuis l'enfance.

Je n'eus guère le temps de combiner une réponse qui satisfît son inquiétude. Ma mère me tira par la manche, tremblante, et m'entraîna au-dehors.

– Ma fille, vous êtes par trop pieuse, à la fin ! La raison vous manque-t-elle au point de vous lever aux aurores et venir prendre le froid du carreau de marbre des heures durant ? Assurément, vous seriez plus nécessaire auprès de Josepha, qui commence à battre tous les vêtements d'automne ! Filez ! vous dis-je !

Je rejoignis l'Œil de Dieu avec empressement. Mon très saint Jean m'avait exaucée, mes prières ne s'étaient point noyées dans le flot de suppliques qu'il recevait chaque jour. Combien de vies maussades, de désespoirs inconnus guident les fidèles jusqu'à cette statue bienveillante ?

Oh ! quelle félicité m'anime en ce jour où tous les bonheurs me sourient enfin ; je suis assurée d'être aimée de Wolfi et ma mère n'a lu sur mes traits aucune trace de ce que je lui ai donné.

Josepha était fort affairée du brossage des habits et je lui donnai toute mon aide dès mon retour. Elle s'étonna que je fusse debout dès l'aube et me fit remarquer, non sans minauderie, qu'il était regrettable que je me transportasse à l'église sans mon livre de prières.

Pour mon salut, notre mère avait oublié de noter ce détail.

Lorsque Josepha se mit en quête d'une réponse de ma part, je rougis et lui pris mon livre des mains en vue de le remiser sur mon chevet.

Nous achevâmes notre besogne domestique de la plus belle façon : Josepha chanta les premières mesures de l'air de Konstanze et je me laissai entraîner à chanter par-dessus, cependant un demi-ton plus bas. Puis, tandis que je me précipitais vers le piano du salon faire résonner les notes que j'avais apprises de mon Chevalier, notre mère revint les bras chargés de fleurs.

C'en fut fini de notre liesse matinale.

Après dîner, alors que nul ne pouvait soutenir la moindre action sans souffrir de la chaleur, je dus me rendre au chevet de Maria-Elise Wagner. Elle venait de donner naissance à son premier enfant, mais ce pauvre bébé était affublé d'un *equarta labia*[56]. J'étais restée près d'elle lorsque les médecins cautérisaient le bord des affreuses lèvres de l'enfant.

Puisqu'il ne lui était point permis de téter, ne pouvant fermer la bouche, on lui mit de l'acide nitrique et de la potasse caustique sur les fentes. Les brûlures causées par ces remèdes provoquèrent des plaies fortement étendues jusqu'au nez, et le bébé n'eut de cesse de pleurer. Et chaque fois qu'il pleura, ses cris écartèrent ses lèvres et déchirèrent aussi le bord de ses chairs remises en place. Chaque pleur agrandissait les fentes, et lorsque les fentes s'étendaient, la douleur de l'enfant grandissait encore.

Maria-Elise et moi nous piquâmes de soulager ce pauvre petit en lui posant quelques parties de plâtre au-dessus de la bouche, afin de combler les trous et lui permettre de prendre le sein qu'elle lui présentait toutes les heures.

Puis, comme le plâtre ne tint pas en place, nous eûmes l'idée de l'ôter et de coudre les deux bordures de la fente l'une contre l'autre.

Enfin, comme rien n'y fit, Maria-Elise se résolut à nourrir son enfant comme une louve ; elle prenait alors de petites gorgées d'eau sucrée dans sa bouche, et les recrachait dans la gorge de l'enfant, par l'écartement de sa fente.

L'enfant avait avalé sans peine la première gorgée. La deuxième sembla l'étouffer un peu et nous crûmes l'aider à descendre dans son petit gosier, en lui crachant une troisième. C'est alors que le pauvre petit respira l'eau sucrée et sa figure changea de couleur ; rouge de colère qu'il fût, il passa au bleu violet et ouvrit tout grands ses yeux. Puis il se tortilla dans les bras de sa mère et ne parut plus souffrir de la faim, ni pâtir de ses brûlures.

Maria-Elise pensa que son enfant s'était endormi, repu de ce premier repas, et le reposa dans son berceau. Au matin, quand je me rendis à son chevet avec une mesure de lait frais, nous trouvâmes l'enfant recouvert d'une grappe de mouches vertes.

Il était mort.

Ma mère montra peu de compassion pour le sort de ma pauvre Maria-Elise. Elle pensa que Dieu la punissait de n'avoir fait *renaître*[57] son enfant et de ne lui avoir point donné de prénom dans le délai raisonnable.

*

Ce soir, le contentement de voir Wolfi ne m'a point été donné. Il était prié à souper chez la comtesse.

A présent, je suis alitée de bonne heure.

Lorsque j'ai ouvert mon livre de prières, une surprise y était dissimulée : Wolfgang avait griffonné un touchant message au dos de chacune des images !

Celui qui a retourné toutes les images de ce petit livre et écrit quelque chose sur chacune d'elles est un........., n'est-ce pas Constanze ? Il n'en a épargné qu'une seule, car il a constaté qu'elle était en double – et a donc l'espoir de se la voir offrir en souvenir ; qui donc se flatte de cela ?...

Trazom – et de qui espère-t-il la recevoir ?

De Znatsnoc.

Ne soyez pas si pieuse, bonne nuit[58].

Combien cela est doux de rêvasser à nos prochaines étreintes ! Je mesure en ces instants ma fortune, la joie de me savoir toute à Lui, de le sentir tout à moi. Comme les grimaces d'Aloisia semblent désormais loin dans la mémoire de mon Amour ! Et par un commérage de théâtre, nous apprenons les déconvenues qu'Aloisia vit dans sa nouvelle situation de *prima donna* : l'empereur Joseph II devait être fort contrarié par quelques caprices, car un billet qu'il écrivit à propos de ma sœur, à l'automne passé, fut rendu public et l'habilla d'un soupçon de ridicule. « *Quant à Mme Lange, on pourrait éventuellement avoir recours à un remède peut-être efficace, à savoir, signifier à Mme Weber et à toute sa race, qu'on s'est assuré le concours d'une bonne chanteuse d'ici Pâques, et qu'on engagera peut-être une seconde, la Bernasconi, pour pouvoir se passer de ses services. Ceci la ramènera certainement sur la bonne voie, elle, Lange et le protecteur Kienmayer.* »

À l'époque où mon pauvre père remuait ciel et cendres pour faire engager ma sœur au théâtre, nous avions

99

reçu une lettre de Wolfgang, dans laquelle les meilleurs conseils pour l'avenir de ma sœur étaient donnés. Selon Wolfgang Mozart, elle devait se faire désirer, feindre une indisposition de dernière minute avant chaque académie, puis consentir à donner quelques notes, afin que l'on mesurât son courage et que l'on estimât ses talents vantés dans les salons de qualité.

Il semble qu'aujourd'hui ma sœur ait forcé quelque peu ses talents de tragédie, que l'on n'ait plus d'arpentage pour faire la mesure de son courage, ni assez d'argent pour satisfaire ses réclamations.

*

Ce matin, je me suis attachée au renouveau du linge de Wolfi ; ses affaires faisaient pitié, il n'avait avec lui que son costume noir, et ses chemises de toile grossière étaient aussi usées que celles d'un maraud. Nous fîmes ensemble le tri de ce qu'il devenait urgent de remplacer. Nous restâmes étendus dans les vêtements jetés sur le carreau, à rire comme des enfants. Wolferl m'offrit l'expression de son inclination à l'envers. De longs serments coulaient de ses lèvres, en alexandrins, bâtis à l'inverse de l'ordinaire. Le temps que j'eusse terminé de replacer chaque mot à son endroit, Wolfi en déclamait déjà la suite, une main sur le cœur, les yeux croisés d'un enragé sous l'emprise de la bière ! Quand il reprenait son souffle, le visage enfoui dans le ruché de mon corsage, je ne comprenais nullement ses tendresses, étouffées entre mes seins dressés par mille dispositions secrètes.

Lorsque nos badinages prirent fin, nous dûmes nous séparer dans l'escalier de sa chambre. Wolfi partit se faire tailler un costume à bordures, une veste brodée, une culotte de cachemire et deux chemises fines.

Désormais, on ne porte plus les gilets ornés de galons, mais plutôt les vestes, selon la dernière mode. Pour ma part, bien que je sois en droit d'espérer, par mon travail domestique, quelques étoffes de qualité, je dois faire passer les derniers jours de l'été dans mes vieilleries usagées. Il m'est fort commode de masquer les traces d'usure par un châle ou l'attache d'un bouquet de fleurs parfumées, cependant j'eusse aimé remplacer mon châle de laine par le frôlement exotique d'un cachemire. Et puis je dois garder chaque monnaie économisée, pour l'achat d'une pièce d'étoffe, sans nul doute la plus chère, la plus soyeuse de toute ma vie ! Bientôt, avec l'aide de Dieu, bientôt je m'offrirai des rubans de soie peinte, des longueurs de taffetas, des souliers délicats aux fins talons.

Oui, bientôt.

*

Ma chapelle ! mon refuge, ma pauvre chapelle de Sainte-Madeleine, de l'église Saint-Etienne a pris feu[59] ! A cinq heures du matin, la fumée réveilla le gardien de la tour, et il dut attendre cinq heures et demie avant qu'une conscience se rende sur place ; il fallut encore attendre six heures du matin qu'arrivent l'eau et les pompes, mais hélas l'incendie était au plus fort. Tout l'autel et ce qu'il contenait, les sièges et ce qui était dans la chapelle ont brûlé. On dut houspiller les gens pour les forcer à éteindre l'incendie et à apporter leur concours, et comme presque personne ne voulait participer, on vit des gens en costume brodé s'y mettre. L'empereur était absent et personne n'a souvenir d'un tel désordre depuis que Vienne existe. Mais vit-il encore ici quelqu'un de l'âge de cette ville ?

A l'heure où j'écris, les débris de la chapelle sont entièrement éteints. Une fumée grise trace ses rides et monte vers les nuages ; que reste-t-il des ossements des saints que j'honorais de mes présents ? A quelles cendres m'agenouiller désormais et dire ma joie, mes chagrins et mes prières ? Il n'est point de spectacle plus désolant que ce talus noir et fumant, devant lequel les passants s'écartent avec affliction.

Oh ! comme j'aimais le velours moelleux des coussins, le parfum de l'encens et le reflet de lumière qui mourrait sur l'autel au crépuscule ! Et les châsses sacrées, j'en savais l'ordre et la disposition par cœur, à force d'en avoir bu des yeux toute la richesse. Oui, j'aimais ce lieu de repos, cet endroit de contemplation silencieuse où la ferveur combinait dans mon cœur les frémissements de la passion.

*

Toute la ville et les faubourgs sont en émoi car on cherche des figurants ; il ne subsiste ici que les restes de la troupe de Monsieur Noverre, parti de Vienne en 1774 pour rejoindre Paris, à ce que l'on dit. Personne ne veut engager des artistes devenus raides comme des bâtons, qui n'ont pas levé une jambe depuis huit années. Et puis l'on donne aussi deux opéras de Gluck, *Iphigénie* en allemand et *Alceste* en italien.

Mon Amour, mon Tourment s'en trouve fort contrarié car deux opéras ne laissent nullement de place pour un troisième ; il devient alors malaisé pour *nous* de faire reconnaître Wolferl comme compositeur et non point uniquement en qualité de pianiste.

Et puis, une telle contrariété arrive rarement sans escorte ! Wolfi et son père s'opposent au mariage de la sœur Maria Anna avec son soupirant. Il semble que ce brave Franz Armand d'Ippold ne soit point de condition assez flatteuse pour offrir à ma *future belle-sœur* – oh ! plaise à Dieu ! – la qualité d'existence que sa famille réclame.

Combien Nannerl[60] doit se trouver attristée de cette infortune ! Puis-je me permettre de lui écrire une lettre, et lui faire connaître mon amitié et mon affliction sincères ?

Aujourd'hui, j'achèterai quelques plumes neuves car Wolfi se plaint des misérables pointes que Josepha lui a données hier soir.

*

J'ai acheté une grosse langue et du mou de poumon pour le souper, puis recopié, au dos d'une lettre de mon Saphir pour son très cher père, l'aria de Konstanze. Puisse ma *future belle-sœur* trouver un peu de réconfort dans les vers de cet opéra, et deviner mes sentiments au travers de mon écriture griffonnée dont elle ignore les courbes.

A moins que, pour mon malheur, Mademoiselle Nannerl ne trouvât dans ces vers que le reflet de sa propre infortune et mon geste ne connaîtrait alors de pire interprétation !

Pourtant, combien ces vers nous furent d'une belle assistance, alors que ni Wolfi ni moi n'osions dire notre commerce de sentiments, sans avoir recours au chant de Belmonte et Konstanze.

J'étais heureuse jadis, j'aimais,
Et le chagrin d'amour ne connaissais.
A mon bien-aimé j'avais juré fidélité
Et lui avais donné mon cœur tout entier.
Mais combien vite disparut mon bonheur

Quand l'un et l'autre nous fûmes séparés,
Et si toujours mes yeux de larmes sont baignés,
C'est que la tristesse emplit tout mon cœur !

Quelle curieuse idée de me faire écrire ces vers au dos de la lettre à monsieur son père !

Je connais par cœur toutes les arias de Wolfgang pour son opéra à venir ; lorsque nous les chantons ensemble, il me donne toutes les recommandations et s'est même trouvé obligé de sacrifier une partie de son air pour ménager le gosier de Madame Cavalieri. « *Les passions violentes ne doivent jamais s'exprimer jusqu'à faire naître le dégoût et la musique, même dans la situation la plus épouvantable, ne doit jamais offenser l'oreille, mais toujours procurer du plaisir, que donc la musique doit toujours rester musique. Le cœur palpitant d'amour est souligné par la voix, on voit aussi le tremblement, le tressaillement, on voit la poitrine haletante se soulever.* »

Je ne connais nul compositeur plus empreint de connaissances sur les choses de l'amour et de la musique que mon Angelot !

*

Le temps semble lui paraître bien long depuis maints jours, et je ne sais comment alléger ses tourments. L'écriture de notre opéra est en ce moment arrêtée, car Stephanie n'a point rapporté le livret modifié. Bien sûr, Wolfi profite de ces heures pour écrire d'autres œuvres, et sa passion demeure. Pour ce qui lui nécessiterait quatorze jours de travail, son génie ne lui en impose que quatre, toutefois, il ne servirait à rien que son opéra fût achevé en si peu de jours car les deux opéras de Gluck sont encore en répétition. Un autre compositeur, Monsieur Umlauf je crois, est obligé, lui aussi, d'attendre que l'on termine ceux de Gluck pour voir le sien enfin monté, après un an d'écriture et de travail. Lorsque nous parlâmes ensemble de ce compositeur, je vis dans le regard de Wolferl tous les gentils quolibets que cette œuvre lui inspirait ; combien d'opéras Umlauf dut-il apprendre par cœur afin de puiser quelques idées, et que n'eût-il confié leur écriture à Mozart afin qu'ils se fissent en quinze jours à défaut d'un an pour lui ?

J'aime regarder combien Wolfgang travaille vivement et comme les idées lui viennent. Combien ceux dont la Cour croit se parer resteraient en plan derrière sa création, son génie ! C'est Dieu qui murmure à son oreille, à son esprit, toutes ces mélodies et ce sont les anges qui bénissent chaque matin ses mains fines traçant à l'encre et à la sueur tant de notes enchanteresses !

Et ce serait bien le Diable si *L'Enlèvement au sérail* ne rencontrait point le succès dans le cœur des Viennois.

Automne 1781

J'ai écrit ce jour une liste de remèdes, afin que Wolferl les recommande à monsieur son père malade. La graisse d'essieux enveloppée dans un papier devrait le soulager, s'il la garde quelques heures posée sur sa poitrine. Puis, un os de cuisse de veau, ainsi que la racine d'arnica portés dans ses poches sauront l'aider à se remettre vivement.

Point de nouvelles du livret d'opéra ; Wolfi est maintenant comme un lièvre dans le poivre et perd patience.

Nous passons toutes les soirées à l'Œil de Dieu, avec Josepha et Sophie et aussi parfois maman, lorsqu'elle ne s'est pas rendue à la comédie.

Les deux pianos[61] de notre logis familial résonnent haut sous les doigts de notre virtuose ; nous nous amusons à reproduire ses variations de *Ah! vous dirais-je maman* qu'il improvise à la hâte pour nous amuser et parfaire l'instruction de ma jeune sœur Sophie. La gaieté flotte sous les lambris dorés de la maison, jusqu'à ce que notre mère soit de retour ; il est devenu assez courant qu'elle montre sa contrariété et ne tolère plus nos éclats de rire. Il semble que des commérages sur notre compte lui aient froissé les

106

oreilles ; Wolfgang et moi n'avons plus l'autorisation de flâner ensemble sans chaperon. Sophie ne peut tenir ce rôle car elle est trop jeune et ne doit nullement se faire gardienne de ma réputation. C'est donc à l'abri du logis de Wolferl que nous pourrons nous manifester notre tendresse, ou bien dans les allées du Prater, escortés de maman, autant dire marchant à cinq coudées l'un de l'autre.

Dieu m'est témoin que je ne songe plus guère au mariage mais à retrouver uniquement nos instants sucrés ; je saurai bien me suffire de quelques baisers caressants, dérobés sous les faibles lanternes des corridors ou derrière les paravents de papier.

*

J'ai reçu la visite de mon tuteur, Johann Thorwart [62] ; les médisances à mon sujet lui sont parvenues. Alors qu'il ne se manifeste guère plus d'une ou deux fois dans l'année, cette visite semble froidement nécessaire.

Maman et lui sont restés fort longtemps dans l'antichambre attenante au petit salon et, malgré mes efforts, je n'ai pu entendre leurs propos. Que préparent-ils ? Que vont-ils décider à propos de ces choses que l'on raconte en ville ?

Et si, pour mon malheur cette fois, il était question que l'on m'enfermât vraiment dans un sévère couvent !

Mon Sauveur saurait-il alors vivre tel un Belmonte véritable, et organiser mon propre *Enlèvement au sérail* avant que les répétitions ne soient entamées ? Oui, assurément, je ne puis croire que mon Amant souffrirait que l'on nous séparât afin de punir notre affection !

*

Wolfi se trouve toujours dans l'attente de quelques nouvelles de son librettiste Gottlieb Stephanie. Se peut-il qu'il ait changé d'avis, ou qu'une âme malintentionnée lui ait suggéré de ne plus consacrer son art à l'œuvre de Mozart ?

S'il est vrai que Wolfgangerl ne tient pas toujours les plus tendres propos à l'égard des poètes, il n'en demeure nullement moins assuré de tenir là une bonne comédie. Hier soir, lors de notre souper, où j'ai dû manger froid par force de m'être levée souvent pour le service, Wolfi caressait doucement mes pieds avec ses orteils. Nous étions tous deux déchaussés, moi du pied droit, lui du gauche, et nos jambes se sont enroulées, pareilles à des lierres. Il me semble que je rougissais plus que de coutume, et ma chère Sophie dut comprendre notre commerce de pattes énervées.

Nous écoutions Wolferl parler des poètes, « *ces gens font un peu l'effet de trompettes avec leur farce de métier*[63] » !

*

Nous avons reçu les nouveaux vêtements de mon Ange ; le voici plus élégant qu'un comte ; pour l'hiver, lorsque ses élèves reprendront les cours de musique et que l'argent reviendra dans ses poches, nous lui ferons tailler une veste de drap bleu, avec un col de fourrure.

Pour mes toilettes, je me suis lancée dans la confection d'une tenue complète ; il semble, d'après les marchandes d'oignons de la foire, que notre arrière-saison s'annonce bien rude. J'ai acheté une pièce de laine couleur puce et quelques rubans assortis en ficelle de soie torsadée.

Puis j'ai repris quelques leçons de broderie avec Josepha et l'un des draps de lin blanc de ma mère sera sacrifié en cachette à mon ouvrage.

Les jours façon dentelle sont difficiles à réussir, je ne peux m'y consacrer que le soir, à la lueur des chandelles, et maman pourrait fort bien soupçonner ma tâche, rien qu'à compter les dépenses en lumière ; pour le moment, mon œuvre est assez entortillée et brave malhabilement les lois de l'harmonie !

Combien ma mère me tancerait-elle, si les volutes brodées aux initiales de mon Secret étaient découvertes ! A moins que *notre* opéra ne soit enfin en répétitions et qu'une gazette en parle avec éloges, au point que ma mère puisse revoir en Wolfgang Mozart un beau-fils convenable. Le succès de l'opéra rendrait à maman le sourire des finances prometteuses !

*

Hier eut lieu la première représentation d'*Iphigénie*. Mère et moi nous nous y rendîmes ; nous fûmes contraintes de nous y transporter de bonne heure car toutes les places étaient déjà louées. Wolfi a tenté la semaine passée de réserver un siège numéroté au troisième balcon, mais ils étaient tous pris. Nous dûmes alors attendre depuis quatre heures, afin d'espérer une place au parterre sans que les chandelles ne coulassent sur nos têtes durant la représentation. Je n'ai pas de chance, pour une fois, maman était prête à dépenser plus de 4 florins pour une loge ! L'œuvre me plut grandement, malgré notre *place cadenassée* au prix de 1 florin et 40 kreutzers…

Dès notre retour, nous eûmes la satisfaction de voir que Josepha s'était mise en train aux fourneaux et quelques délicieux *zwetschken knödels*[64] étaient disposés sur un plat de service à godrons.

Wolfgang passa un moment en notre compagnie et nous eûmes aussi quelques affaires à débattre, à propos de sa chambre, qu'il souhaitait meubler de manière plus commode.

Il m'est aisé aujourd'hui de la décrire au moindre détail. Il me suffit pour cela de fermer les yeux et de me transporter jusqu'à cette porte ordinaire, derrière laquelle toute ma vie se transforme en songe béni.

La tapisserie des murs n'est point d'un noble goût, cependant elle ne provoque nul besoin d'être saignée lorsqu'on la remarque ; sa couleur d'un bleu fané est assortie aux tentures des fenêtres, elles aussi ternies par le soleil de deux heures.

La table en bois clair est habillée d'une nappe de damas terminée par des franges de soie brune. Les angles de la nappe retombent jusqu'au parquet et cachent les pieds tournés du meuble. Les chaises et le fauteuil sont recouverts d'une tapisserie, dont les motifs brodés sont assortis à la nappe. Faut-il voir en cela une coïncidence, ou l'empreinte raffinée du propriétaire ?

Trois fenêtres éclairent toute la pièce et les rayons du matin se posent sur le clavier du piano ; ainsi mon Affété devine-t-il l'heure, puisqu'en jouant la nuit, il n'a que peu d'idée sur le temps.

Son coiffeur arrive à six heures et lorsqu'il me fut donné d'assister à cette séance cocasse de coiffure, je ne pus retenir mes larmes de rire. Chaque matin, le coiffeur brosse sa chevelure blonde et abondante ; il ne supporte plus aucune perruque, et se trouve assez fier de sa touffe naturelle. Wolfi demeure silencieux durant les coups de brosse et le poudrage ; il n'oublie jamais de rappeler au fidèle coiffeur comment bien former le rouleau de sa tempe gauche, voué à cacher son oreille déformée. Oh comme je l'aime, cette petite oreille loupée, signe d'épuisement d'une mère, qui après avoir façonné un être tout de perfection, n'eut plus de ressources au point de sauter ce dernier détail ! Petite oreille manquée… Cela ne l'empêche nullement de composer sa coiffure selon la mode des jeunes Viennois – car il ne faut jamais se distinguer des gens de qualité ! Il trouve chaque matin, en la personne de son coiffeur, un réveil paisible et silencieux. Puis d'un coup, il se lève, se précipite sur le clavier de son piano et le coiffeur se trouve hissé derrière lui, le tenant toujours par sa queue de cheveux. Wolfgang joue alors, ne se souciant nullement de l'auditoire et de ses difficultés ; ainsi ce coiffeur est-il au plus souvent la personne qui entend les œuvres de Mozart bien avant le public viennois[65], et il ne connaît pas la jalousie que cela m'inspire !

Et si ce diablotin était l'unique conscience à posséder, non point une oreille mal formée, mais une oreille parfaite ? Se peut-il que nous soyons tous affublés de paires d'organes invalides, ne voyant notre perfection qu'aveuglés par nos ressemblances et leur nombre ?

Dans la chambre du Graben, il se trouve aussi un meuble dont la tiédeur me parle encore ; le lit, *notre* lit. Oh comme je chéris les anges dessinés sur la courtepointe, les volants de satin pleurant le long des ourlets ; combien j'aime tirer les petites plumes échappées de la toile et chatouiller le nez de mon homme, tout abandonné à ses rêveries musicales !

111

L'armoire à deux portes possède également sa place dans cette chambre ; elle ne semble pas exister pour lui, qui n'a jamais pendu ses habits. C'est avec bonne humeur que je me suis octroyé cette tâche, dès son entrée dans mon cœur, dès son arrivée à l'Œil de Dieu, alors que tout émue par les parfums de sa personne, je gardais sur ma poitrine une pièce d'étoffe baignée de sa sueur délicieuse.

*

Aujourd'hui, dernier jour de ce mois maussade – car rien, toujours rien, pas de nouvelles du livret de Stephanie –, une réjouissance infinie m'est offerte : la fête de Wolfgang !

Depuis les heures où Josepha m'enseigna l'art de la broderie dans la pénombre, j'ai consacré de nombreux moments aux charmes d'un nécessaire à correspondance. C'est une sorte de portefeuille à deux rabats, séparés par le milieu. Les arabesques de la décoration sont brodées au fil de soie et bien que quelques petits défauts soient manifestes – pour qui cherche à les voir –, l'objet est gracieux, brodé de toute mon âme, au fil de ma tendresse.

Wolfgang ne soupa nullement avec nous, car il était convié chez la baronne Waldstätten aux réjouissances en l'honneur de sa fête !

Je fus tout le jour attristée de n'être invitée à Leopoldstadt, mais je trouvai ma consolation dans l'espoir de sa visite, après le souper.

Mes espoirs furent récompensés ; il vint !

Ma mère étala ses humeurs à sa rencontre car elle pensait qu'il venait souper à notre table et se permettait un retard inhabituel. Il ne perdit cependant nullement sa bonne humeur et nous narra quelques rumeurs des alcôves de l'aristocratie, entendues chez la baronne Waldstätten.

Maman pinça les lèvres et remercia alors Wolfgang de sa courtoise visite dans notre *modeste demeure – qui devait lui sembler bien austère –, comparée aux richesses qu'il fréquentait avec empressement.* L'amertume de sa remarque n'échappa nullement à Wolfi, au point qu'il dût lui rappeler combien toutes les obligeances des amateurs de son art lui permettraient un jour de se rapprocher de la Cour et d'obtenir une situation dont elle tirerait alors honneur et contentement.

Les acidités prirent fin sur cela.

A dix heures, alors que nous avions achevé notre repas en famille, maman me pria de remettre une lettre cachetée à l'adresse de mon tuteur. Sans nul doute, cette lettre contenait les termes de mon avenir menacé.

Wolfgang prit congé, et nous nous quittâmes sans que je pusse lui remettre mon présent.

Je couvris mes épaules d'un châle d'automne et cachai sous les pans croisés le souvenir brodé, destiné à mon Amour. Oh ! je puis le nommer ainsi, n'est-ce pas ?

A petits pas comptés et pesants, je passai par Petersplatz, afin de remettre à Thorwart la lettre qui me brûlait les doigts. Parvenue sous le porche de mon tuteur, mon Amour bondit alors d'un coin sombre comme un trou, et m'attira contre lui.

Sotte Constanze, qui croyait qu'il partait rejoindre ses chères feuilles de musique sans même dire son désir, sa fièvre de nos baisers. Courageux Wolferl, de m'espérer à la porte de mon *protecteur* !

Nous déposâmes la lettre, sans causer d'autre bruissement que celui de nos baisers furtifs et nous prîmes alors le chemin du Graben. Le châle disposé sur ma coiffure, je me laissai conduire à son bras, sans croiser de figure qui pût reconnaître la mienne.

Lorsque nous fûmes rendus dans sa chambre, nous pûmes nous sentir à l'abri des regards de ceux qui ne connaissent rien des sentiments ; le silence nous guida l'un vers l'autre. Je lui remis alors mon présent ; des larmes de contentement ruisselèrent de ses yeux. Oh comme j'ai souhaité boire les perles de sel de cet océan infiniment bleu !

Puis, avec les onze coups sonnés de la pendule, nous entendîmes une sérénade donnée dans la cour ; Wolfi reconnut sans délai sa propre musique. Il ouvrit alors une fenêtre et resta fort ému à l'écoute de ces notes, jouées en son honneur.

Je ne pus, hélas, me joindre à lui à la fenêtre, car cela eût précipité ma réputation dans les ténèbres. Avec un léger frémissement dans la voix, il chuchota : « *Ces messieurs se sont donc fait ouvrir le porche, et après s'être rangés dans la cour, ils m'ont surpris au moment où j'allais me déshabiller, de la manière la plus agréable au monde, par l'accord initial en* mi *bémol majeur*[66]. »

Les musiciens quittèrent la cour, salués pour leur virtuosité et remerciés pour la faveur de cette surprise. J'entendis claquer le porche, je fermai la fenêtre de la chambre ; dans l'ombre jaune de la chandelle, la figure de Wolfi resplendissait.

Lorsque je fus dans ses bras, avec la lune pour témoin, nous nous promîmes l'un à l'autre pour l'éternité.

Ses baisers me firent perdre la raison, tout mon être brûla d'impatience ; le murmure des étoffes se mêla à nos soupirs, et je découvris alors, pour la première fois de ma jeune vie, le désir frissonner au creux de mon ventre.

Oui, je l'avoue, une faim de caresses me rendit insensée, au point d'en oublier toute convenance. Etendue sur la courtepointe de satin, je fermai les yeux et me laissai voguer sur une académie de plaisirs ; je découvris l'écume tiède de mon ventre inondé, et lorsque mon Diable se pencha pour moissonner cette sève inconnue, tout mon être tressaillit d'ivresse.

Ah ! quel transport me causa alors sa langue ardente et agile ! et combien ses petites mains m'offrirent de câlineries pressées… De cette odyssée, je recueillis tant de béatitude que ma figure glissa vers cette crampe magnifique, ondulante sous sa culotte. Ô combien fut grande ma surprise de voir un si grand membre, brave tison embrasé, dressé entre ses jambes ! Et cette figure, toute rouge de passion, ourlée de velours, terminée par un petit trou ovale, comme cette chose, cette partie de Lui me sembla orgueilleuse, assoiffée. Gigantesque !

Effrayante, aussi.

Nous partîmes vers d'autres paysages, où l'extase promenait nos cajolis ; dans la pénombre de la chambre, nous composâmes mille symphonies ; je fus violon, aux courbes flattées par la caresse d'un archet de plume ; je fus clavecin, aux touches d'ivoire sur ma peau laiteuse, où les mouches et grains de beauté jouaient des bémols ; mon nombril devint clé de sol, labyrinthe…

En quel instrument Wolferl se changerait-il, sous mes caresses hésitantes ? Je parcourus alors sa poitrine soyeuse de baisers flâneurs.

– Harpe… mon Amour, tu es harpe…

– Tu joues faux ! dit alors Wolfgang dans un léger rire. Il te manque des cordes. Je suis harpe ? fort bien, commençons la leçon, installez-moi entre vos cuisses, mademoiselle, et serrez-moi bien fort !

Je parcourus toutes les cordes permises et me recueillis sur ma tâche avec toute l'ardeur d'une virtuose. C'est alors que Wolfgang céda un interminable gros pet.

– Prout ! je m'éclaircis la voix, dit-il ; on change d'instrument, ma bonne, mon excellente, sais-tu jouer de la flûte enchantée ?

Mes lèvres enveloppèrent cet instrument et je n'eus de cesse de goûter ses contours moelleux. Oh ! ce fut comme si tout son être se perdait en moi, ma bouche n'était éclose, n'était présente que pour ravir ce fifre délicieux. Sa peau de satin coulissait, puis revenait, par de petits clapotis mouillés ; la symphonie de nos pluies joua son *finale*, lorsque dans un lied de contentement, ce phénomène fier et rose libéra trois flots de laitance. Wolfgang prit alors mon visage entre ses mains fiévreuses, et but chaque goutte de ce lait d'amour, répandu sur mes cheveux.

Enlacés, éblouis de béatitude, nous contemplâmes le néant du plafond ; la crêpelure des linges de lit froissés dans la pénombre ciselait un décor de théâtre.

Wolfi se souvint des appartements d'une princesse, fort mal chauffés, ornementés de fresques, de guirlandes dorées et de colonnes grecques. Je l'écoutai décrire les trésors de ce lieu, en rêvant qu'ils s'ouvrissent un jour à mon admiration. Puis il me serra plus fort contre son cœur, et fripa sans manières mes boucles. « *J'ai toujours désiré occuper un appartement richement agrémenté, perdre mes yeux vers un pla-*

fond paré de lourdes allégories ; lorsque mon opéra sera donné et que nous serons mariés, nous trouverons un logement plus assorti à notre condition. »

Ô Seigneur ! ai-je bien entendu… ? *Lorsque nous serons mariés…*

Je n'étais donc point seule à désirer qu'un sacrement unisse nos destins ! Plus rien n'était à craindre des colères de maman, j'allais pouvoir lui certifier combien notre excellent ami s'anime des plus dignes intentions. Ô Chéri ! combien l'extase envahit toute mon âme en ces instants !

Tes yeux, mon Aube, mon Infini, si bleus, si caressants, tes yeux, couleur du manteau de la très Sainte Vierge, Chéri, mon Azur ! *Quand nous serons mariés…*

Je suis repartie à l'Œil de Dieu sans aucune crainte des réprimandes de ma mère. Peu d'heures s'étaient écoulées depuis mon départ, et toute mon âme se trouvait résolue à braver les pires dragons. Wolfi m'avait aidée à remodeler un chignon de hasard, mon corset se trouvait bien mal lacé et mon châle ne masquerait assurément point les frissons de ma poitrine exaltée.

Mon châle ! vilain carré de laine mitée, dont je souhaitais me séparer jadis ; te voici paravent, au secours de mes émois, désormais le plus fidèle abri de mon cœur affolé.

A minuit passé, on eût dit que la maison s'était employée à me servir, dans ces instants de félicité mêlée de crainte : le porche était resté ouvert, les marches de l'escalier me parurent régulières et la porte d'entrée de notre appartement se fit silencieuse. J'entendis ma mère ronfler depuis le corridor, et mes sœurs dormaient pareillement. Le punch, servi avant le souper, fut lui aussi dévoué à mon affaire compromise !

*

L'impatience gagne Wolfgang ; l'opéra d'Umlauf ne peut être donné, car les chanteuses sont indisposées. Nous aurions parfaitement été en mesure de remplacer l'opéra ajourné par l'œuvre de Mozart, mais pour cela, encore eût-il fallu que l'on terminât l'écriture du livret !

Les jours deviennent maussades, le froid s'empare de nos âmes figées dans l'attente.

*

Le comte d'Artois occasionne bien des rires dans Vienne, par ses mots d'esprit ; ainsi à la reine enceinte qui se plaignait des coups de pied dans le ventre que lui donne le Dauphin, le comte répondit : « *Ô Madame, laissez-le venir dehors qu'il me donnera des grands coups de pied au cul !* »

Tous les spectacles et les théâtres furent gratuits le jour où se répandit ce propos.

*

Je suis restée sans nouvelles de Monsieur Mozart ; j'ignore si mes remèdes à la graisse d'essieux et l'os dans sa poche lui ont donné quelque soulagement.

C'est à présent mon tour d'être souffrante.

Ma mère fit mander à deux heures les médecins pour mon compte ; le sirop visqueux qui ruissela jadis entre mes jambes est de retour ; je ne connaîtrai nul repos tant que cette tache me poursuivra de ses odeurs répugnantes et de sa poisse.

Les médecins trouvèrent fort drôle qu'ils fussent appelés pour une cause des plus naturelles. Et comme maman eut soin de faire vérifier si je ne m'étais point fait *percer le panier*, toute la maison connut mon embarras causé par ce douloureux approfondissement.

Caecilia Weber, née Stamm, fut si satisfaite de me savoir encore pourvue du socle de l'honneur familial, mon hymen virginal, qu'elle ne se soucia plus guère de ma détresse ni de mes saignements. On me tint alors des propos bien effroyables, on décrivit l'impureté de mon ventre à chaque lune, puis, afin de n'accorder aucun espoir de débordement à mes tripes, on saigna deux veines sur mes chevilles.

Je perdis connaissance et l'on m'apporta des sels ; le vitriol de Chypre et l'ammoniac ne laissant nul refuge dans la pâmoison, je sortis de ma faiblesse sans délai.

On parla par-dessus ma figure de mille remèdes et ceux que je parvins à comprendre semblèrent hors de toute science raisonnable ; jus de cloportes, yeux d'écrevisses pilés, vipères sèches…

Enfin, je sus que toute femme en âge d'être mère *recevait un courrier de Rome*[67] chaque mois, et la chose me parut acceptable dès lors qu'elle me fut ainsi présentée.

*

Une redoute libre[68] sera donnée à Schönbrunn dans quelques jours. Je désespère de m'y rendre, et Wolfgang hésite encore, car les personnes protectrices de son art n'aiment guère se mélanger au peuple lors des divertissements.

*

Mon aimable beau-frère, époux de cette chère Aloisia, est bien en peine ; l'empereur Joseph II fit demander aux acteurs de choisir un rôle à jouer devant le grand-duc. Ce bon Joseph Lange choisit Hamlet. On lui fit savoir que c'était impossible qu'il jouât ce rôle, réservé depuis toujours au chef régisseur du théâtre, Brockmann, pour sa parade habituelle.

Mon beau-frère Lange laissa donc sa place à Brockmann. Cependant, on informa le régisseur du théâtre, contre la somme de 225 florins, qu'il se devait, lui aussi, d'oublier toute idée de jouer Hamlet devant le grand-duc. Et pourquoi ? Eh bien, le grand-duc, depuis l'accession au trône de Catherine II par usurpation de ses droits, est fréquemment victime de crises d'humeur sur le modèle du rôle de Hamlet ! C'eût été offense au grand-duc que de jouer sa nature en public.

*

Quelques heureuses nouvelles sont enfin arrivées de Salzbourg ; la santé de mon futur beau-père m'est précieuse car je ne souhaite rien qui puisse affecter mon Fiancé ni attrister sa belle humeur.

Nous nous trouvons fort embarrassés car un Monsieur Ceccarelli, sur recommandation de Leopold Mozart, doit venir coucher dans la chambre de Wolfgang, durant son séjour à Vienne. Il ne saurait en être question car Wolfi ne souhaite partager sa couche avec nulle autre personne que sa future femme, et la dimension de la chambre ne permet point l'installation d'un lit de plus.

Toutefois, il doit satisfaire monsieur son père et ne peut laisser cette personne, ce Monsieur Ceccarelli, dormir sous un porche.

Je me suis mise en quête d'un logis pour lui ; bien des chambres se trouvent disponibles sur le Graben. Cependant les propriétaires n'aiment guère ne louer que pour deux nuits.

Maman a alors proposé à ce Monsieur Ceccarelli la chambre laissée libre par Mozart depuis son départ, mais au prix d'une huitaine complète.

Ma mère ne manque en aucun temps d'esprit de calcul !

*

Wolfgangerl donne beaucoup d'académies en cette période ; une chez son Altesse Royale l'archiduc Maximilien, puis, quelques jours plus tard, à la maison Auernhammer. J'ai été distinguée à cette dernière – et ma secrète forfanterie se prédit sur ma figure – par quelques dames de qualité. La comtesse Thun était présente, invitée par Wolfgang, et nous échangeâmes quelques sentiments sur le jeu de Barbara Auernhammer, dans la sonate à deux[69] composée pour l'occasion.

Demain on donne le bal libre à Schönbrunn ; Wolfi s'est mis en tête de jouer quelques variations sur des chansons russes ! Nous nous sommes retrouvés, fort discrètement, chez sa logeuse, Madame Contrini, afin d'emprunter un domino noir[70] pour Wolfgang et un rose pour moi.

Il n'est cependant nullement question de m'y rendre en compagnie officielle de Wolfgang, car les commérages iraient alors bon train jusqu'à ma mère. Ce sera un divertissement plaisant de nous chercher dans le monde ! Lorsque viendra le moment pour Wolfgang de jouer ses airs russes, il y aura belle lurette que nous nous serons déjà retrouvés ! Je me réjouis d'avance de cette redoute car ce sera ma première grande soirée au-dehors depuis la fin de mon état de souffrance.

*

Las ! je n'ai pu retrouver mon Troignet masqué[71] dans cette foule et les bousculades de la redoute de Schönbrunn. Il y eut tant de confusions lors des préparatifs de cette fête que certains ne purent s'y rendre, alors qu'ils s'étaient inscrits dès l'ouverture de la liste. Il y eut un trouble véritablement inattendu ; les familles très connues se sont vu livrer leurs billets chez elles, tandis que les autres durent attendre qu'un commis soit envoyé à leur demande. C'est ainsi que les jeunes commis, ignorant de nombreuses adresses, se renseignèrent auprès des personnes croisées dans les escaliers : « Etes-vous Monsieur Untel ? » Ceux-ci, disposés à plaisanter, répondirent que oui, et les jeunes commis remirent les billets d'entrée de la noblesse aux coiffeurs et femmes de chambre !

Au bal, alors que le peuple et la noblesse dansaient avec brusquerie, séparés en deux groupes, la grande-duchesse se trouva sauvagement arrachée du bras de l'empereur, et jetée au milieu de la foule agitée. Comme l'empereur refusait que sa garde l'aidât à écarter la populace pour reprendre sa cavalière, il dut distribuer lui-même quelques royaux coups de pied et frapper plusieurs estomacs.

L'une des impériales rossées m'a justement atteinte au corset, et je dus, sous la douleur du coup porté, me faire reconduire à l'Œil de Dieu ; soutenue par ma sœur Josepha, je trouvai la force de glisser jusqu'à mon lit ; on délaça mon corset avec empressement et nous pûmes découvrir avec désolation une vaste tache bleutée, sur mon sein gauche. Mon excellente Sophie se rendit nécessaire par son *assa foetidia*[72] ; tandis que la respiration me revenait, elle fourgonna dans la chambre de notre mère, et revint avec un pot de camphre. La pommade blanche au parfum vif et pénétrant soulagea sans délai mes dernières convulsions.

Les premiers rayons de lumière du matin m'éveillèrent, et je remarquai alors un billet disposé sur mon chevet.

Je reconnus l'écriture de Wolfgang : il ne pouvait se rendre à la redoute de Schönbrunn et déplorait que nous ne nous y retrouvions comme prévu ; un autre devoir des plus formels l'appelait, car il se trouve pressenti pour enseigner son art à la princesse Elisabeth Wilhelmine Louise de Wurtemberg, âgée de quatorze ans. Il n'était nullement question de sauter une telle espérance car cela pouvait permettre l'accomplissement de nos projets pour demain, sans attendre qu'on donnât enfin son opéra. Si une telle charge se trouvait officielle, nous pourrions bientôt passer en fiancés officiels dans les allées du Prater.

« *Amuse-toi bien, mais point trop ! je te baise 1 000 fois les mains et suis à jamais ton Baron de la queue de Cochon.* »

*

J'ai bien du mal à comprendre l'obligation pour Wolfgang, de me décrire, dans une lettre adressée à son cher papa, en des termes peu avantageux ; mais depuis, il m'a longuement expliqué la nécessité que je parusse plus utile que frivole et j'en suis, à présent, toute autant convaincue. Combien nous serait douce la bénédiction de Monsieur Mozart et comme je me trouverais heureuse de ne plus entendre les paroles de ma mère au sujet de notre commerce de sentiments !

Lorsque Wolfi écrivit à son père mon portrait en termes choisis, il prit garde de ne souligner que les mérites dont je me sais solennellement ornée. Pourrions-nous espérer avec raison que Monsieur Mozart applaudisse notre union, dès lors que son fils me représenterait toute en appas et coquetteries, encline au badinage, cajoleuse et peu soucieuse de la tenue d'une maison ? Certes non ! C'est bien à dessein que mon portrait lui sera montré de façon tranquillisante : assez mal vêtue, dépourvue d'esprit et bonne ménagère, peu dépensière (contrairement à ce qui lui fut raconté à Salzbourg) et me coiffant seule tous les jours, à l'opposé de ma future belle-sœur Nannerl, qui a toujours recours à ses amies pour dresser ses cheveux à la dernière mode ; ainsi Monsieur Mozart saura combien son fils m'aime pour mon âme et non pour mes grâces, et comme je répugne à jouer des leurres éblouissants et trompeurs !

Mon très cher père !
(...) Etant par mon tempérament plus attiré par la vie calme et familiale que par le bruit je n'ai jamais été habitué – depuis ma plus tendre jeunesse – à veiller à mes affaires, en ce qui concerne mon linge et mes vêtements etc. et je ne peux penser à rien de plus utile pour moi qu'à une femme. Je vous l'assure, il y a bien des dépenses inutiles qui m'incombent parce que je ne prends garde à rien. Je suis tout à fait persuadé qu'avec une femme (et avec les revenus que j'ai moi seul), je m'en sortirais mieux que maintenant. Combien de dépenses inutiles ne disparaîtraient-elles pas ? On en a d'autres à la place, c'est vrai, mais on les connaît, on compte dessus, et, en un mot, on mène une vie ordonnée. A mes yeux, un célibataire ne vit qu'à moitié. Mes yeux sont ainsi, je n'y peux rien. J'ai

suffisamment réfléchi, et tout pesé, je ne peux penser autrement.

Maintenant, qui est donc l'objet de mon amour. Ne vous alarmez pas, là non plus, je vous en prie ; quand même pas une Weber ? Si, une Weber – pas Josepha – pas Sophie – mais Constanze celle du milieu. Jamais je n'ai rencontré dans une seule famille une telle disparité de caractères. L'aînée est une personne paresseuse, grossière et fausse, plus rusée qu'un renard. La Lange est fausse, méchante et ce n'est qu'une coquette. La plus jeune est encore trop jeune pour être quelque chose. Elle n'est qu'une gentille créature, mais trop légère ! Dieu la préserve de la séduction. Mais celle du milieu, c'est-à-dire ma bonne et chère Constanze – la martyre parmi elles et justement peut-être pour cette raison celle qui a le meilleur cœur, la plus habile, en un mot la meilleure. Elle s'occupe de tout à la maison mais ne saurait les satisfaire. Oh, mon excellent père ! Je pourrais vous écrire des pages entières si je voulais décrire toutes les scènes qui nous ont été faites à tous deux dans cette maison. Si vous le désirez, je le ferai dans une prochaine lettre. Mais avant de vous délivrer de mon bavardage, il faut que je vous familiarise un peu avec le caractère de ma Constanze bien-aimée. Elle n'est pas laide, mais elle n'est toutefois rien moins que belle. Toute sa beauté réside en deux petits yeux noirs et une belle taille. Elle n'a pas de vivacité d'esprit, mais suffisamment de sain entendement pour remplir ses devoirs d'épouse et de mère. Elle n'est pas portée à la dépense, c'est absolument faux. Au contraire, elle est habituée à être mal vêtue. Car le peu que la mère pouvait faire pour ses enfants, elle l'a fait pour les deux autres, mais jamais pour elle. C'est vrai qu'elle aimerait être habillée gentiment et proprement, mais sans luxe. Elle est en mesure de se faire la plupart des choses dont une femme a besoin ; et elle se coiffe elle-même tous les

125

jours. Elle sait tenir un ménage et a le meilleur cœur du monde – je l'aime et elle m'aime de tout cœur ! Dites-moi si je peux souhaiter une meilleure femme ?

Je dois encore vous dire que jadis, lorsque j'ai quitté mon service[73] je n'étais pas encore amoureux – l'amour est né grâce à ses tendres soins et à ses services (lorsque j'habitais chez elles). Je ne souhaite donc rien tant que d'obtenir quelque chose d'assuré (ce dont j'ai, Dieu merci, véritable espoir), et alors, je ne cesserai de vous prier de me permettre de sauver cette malheureuse et de faire son bonheur – et le mien en même temps – et je dois dire également, le nôtre à tous – car vous êtes heureux lorsque je le suis, n'est-ce pas ? (...) Je vous ai maintenant ouvert mon cœur. (...)

Je vous baise 1 000 fois les mains et suis à jamais votre fils très obéissant,

W. A. Mozart[74].

Il nous faut soupirer désormais la réponse de Monsieur Mozart. Sera-t-il surprenant pour lui de lire combien Wolferl se hâte de m'arracher à cette condition de fille honnie, reléguée aux basses besognes ? Mais cela est ainsi. Connaissant l'esprit généreux et honnête de son fils, Monsieur Mozart devrait comprendre la solennité de nos sentiments et la nécessité de notre union.

*

Mademoiselle Nannerl avait écrit à son frère son projet de venir passer quelques moments à Vienne ; nous nous faisions une joie de l'accueillir, et pensions qu'il eût été plus commode de convaincre Monsieur Mozart de notre mariage, après qu'elle-même eût pu constater notre amour véritable, ainsi que le contraire des infamies transportées sur ma personne par un certain Winter jusqu'à Salzbourg, et qu'elle plaiderait notre affaire avec l'honnêteté d'une sœur aimante.

Hélas, Mademoiselle Nannerl ayant reporté son voyage à une autre époque, nous restons dans l'attente fébrile d'une lettre paternelle.

Les commérages de Monsieur Winter m'affligent au plus haut point ; se peut-il qu'un homme répande de telles bassesses sans jamais avoir rencontré, ne serait-ce qu'une seule fois, la personne victime de ses médisances ? Wolfgang ne serait pas en mesure d'envoyer à son père et à sa sœur les sommes d'argent espérées, par la faute de mes dépenses personnelles en divertissements, caprices et autres frivolités biscornues !

*

Cette huitaine restera à jamais dans ma mémoire, après ce soir, car Wolfgang et moi venons d'avoir un entretien des plus embarrassants : mon Belmonte profita de l'absence de Josepha sortie réprimander notre petite bonne, pour avouer dans la pénombre du salon quel piège honteux ma mère et mon tuteur avaient arrangé en secret ; ma jeune sœur Sophie abandonna alors son ouvrage et laissa échapper un « oh ! » d'indignation. Nous écoutâmes toutes les deux le récit de mon fiancé, et je crus perdre la raison : alors que les derniers jours de l'été parurent envelopper tout le monde d'un engourdissement confortable, mon tuteur Thorwart et ma mère, Caecilia Weber, firent signer à Wolferl une promesse de mariage, ou plutôt un contrat d'engagement, afin de garantir à ma mère le versement d'une pension de trois cents florins chaque année si Wolfgang ne m'épousait pas dans les trois années à venir !

Ainsi ma mère et mon protecteur avaient mûrement ourdi ce piège, comprenant les calculs habiles et rusés, déjà tâtés lors des fiançailles de ma sœur Aloisia !

Comment décrire l'offense que me cause cette nouvelle ? Et comment croire que mon fiancé pût s'en sortir autrement qu'en signant cet infâme document ?

Seuls avec Sophie pour quelques instants encore, il ôta de sa poche le précieux document et me le révéla. Je n'eus d'autre pensée que déchirer cette scélératesse et lui dit doucement : « *Cher Mozart ! Je n'ai nul besoin de votre assurance écrite, je vous crois sur parole*[75] ! »

Les débris de papier enfouis dans mon corset, je me rendis à l'office. Une serviette trempée d'eau fraîche blanchit le pourpre de ma colère et je repassai au salon, alors que Josepha franchissait l'entrée.

Revenue au calme de ma chambre, je ne trouve nul mot qui puisse peindre mon écœurement.

Il me semble ainsi bien naturel, que Wolfi peine à écrire en ce moment ! Comment eût-il été aisé pour lui de composer, d'achever son opéra, alors que son cœur renfermait un tel secret pour son père, sa sœur ? Un esprit si pur, si noble, ne peut s'épanouir dans la petitesse d'un tel climat, pour se donner tout entier à son art ! Ô Amour, combien les heures qui suivirent ce contrat durent se comparer à la torture ! Et comme j'aurais soulagé cette ignoble contrainte plus tôt, mais encore eût-il fallu que je la susse à temps !

*

Wolfgang tarde à répondre à la lettre de son père ; la bénédiction que nous attendions n'est point venue, et, au lieu de cela, une lettre, oh ! quelle déception, emplie de révolte, de menteries colportées, de comptes à rendre et toute la colère qu'un père puisse manifester à un fils scélérat.

Les commérages ont si bien circulé à mon sujet, avec l'assiduité malveillante de ce Winter, que Wolfgang se trouve dans l'obligation de fournir à monsieur son père, les adresses de M. Auernhammer, chez qui j'ai déjeuné une fois, ainsi que celle de la baronne Waldstätten, afin qu'elle témoigne en ma faveur des bons soins que je lui donnai lors de sa courte indisposition. Je ne suis nullement la friponne qu'on veut peindre et Wolfgang ne peut se laisser davantage soupçonner d'oisiveté : tous les jours à six heures, son coiffeur fait son ouvrage, dès sept heures, il est habillé, puis il écrit jusqu'à dix heures. A dix heures, justement, il donne une leçon chez Mme von Trattner, à onze heures, une autre leçon chez la comtesse Rumbecke. Chacune lui paie vingt-sept florins pour douze leçons ; puis il mange, et lorsqu'il est invité, il dîne à deux ou trois heures, vers cinq heures il se retrouve au calme de sa chambre pour écrire, jusqu'à neuf heures, excepté les jours d'académie. Puis il vient – enfin ! – à l'Œil de Dieu, où notre plaisir est généralement gâché par les attaques acides de maman.

Winter, cette crasse, apprenant nos projets de mariage, a tenté de convaincre Wolfi de ne point convoler par ces mots : « *Vous n'êtes pas malin de vous marier. Vous gagnez assez d'argent, vous le pourriez bien ; prenez donc une maîtresse. Qu'est-ce qui vous en empêche ? Une petite merde de religion*[76] *?* »

Et c'est à ce triste individu que l'on accorde sa confiance de père, avant d'accorder ou refuser son consentement à notre mariage ? Je ne puis croire qu'un homme averti comme Monsieur Mozart se laisse duper par tant de perfidie !

1782

Hiver, janvier 1782

Je demeure dans l'attente d'une nouvelle de mon futur beau-père ; nous ne parvenons point à taire notre irritation au sujet des médisances de Winter, et de l'effet que ces faussetés ont produit sur monsieur son papa.

Nous avons terminé l'année de façon bien maussade. Que vais-je devenir ?

Pour la première fois, depuis son départ de Salzbourg, le fils et le père Mozart n'ont pas échangé de vœux pour la nouvelle année.

Mon Astre s'en trouve bien attristé, mais il ne souhaite pas envoyer d'autre lettre que la traduction de son impatience et l'empressement face à notre mariage.

*

Trente ducats !

J'ai trente ducats dans mon aumônière ! Mozart le virtuose les a reçus de mon tuteur, après l'affrontement avec Clementi, en présence de Joseph II et de la grande-duchesse de Russie Maria Feodorovna. L'empereur a longuement parlé en privé avec

Wolfgang et nos projets de mariage sont royalement mesurés comme une bonne nouvelle.

Pourtant, dès le début de cette académie, il m'a semblé que l'empereur souhaitait avantager Clementi ; l'un des deux piano-fortes était désaccordé et gardait trois touches bloquées, et c'est sur cet instrument que Wolfi dut témoigner de tout son art.

J'ai reconnu sa sincérité et sa bonne humeur, dans l'entrain qu'il montra à jouer de bonne grâce sur cet instrument boiteux. Nous pensâmes ensuite, à l'abri des oreilles indiscrètes, combien ce Clementi est agile de la main droite, notamment dans les passages de tierces, mais pour le reste, les sentiments et le goût lui font cruellement défaut ; Wolfi parle de lui comme d'un simple *mécanicien*.

Après cette académie réussie, l'empereur fit remettre cinquante ducats à Mozart. Les trente en ma garde, sont réservés pour notre alliance. C'est encore Thorwart qui s'est fait l'intermédiaire du royal présent des cinquante ducats.

Je le hais comme il n'est point permis de l'écrire !

Je hais ce laquais, devenu réviseur des comptes du Théâtre national, animé d'une dureté et d'une sournoiserie qui n'ont d'égale que sa triste figure.

*

Je ne souhaite rien plus que quitter cette maison familiale et ne plus entendre les impressions de ma mère.

Connaît-on une femme plus cupide qu'elle ?

Les dernières visées de Caecilia Weber sont celles de nous loger dès notre conjungo ; ainsi, nous serions à la merci de ses emportements, elle garderait le droit de venir à toute heure, prétextant quelque souci d'entretien, et pourrait à loisir augmenter son loyer ou nous jeter à la rue[1] !

Je refuse toute pensée que ma nouvelle vie, dès que Dieu, la Sainte Vierge Marie et saint Jean de Népomucène m'auront exaucée dans mes prières, puisse dépendre des humeurs de ma mère.

*

Ce soir, bien que j'aie dû souffler ma chandelle de bonne heure – car ma mère ne m'en donnera plus avant deux jours –, je me suis appliquée à écrire une première lettre destinée à Nannerl.

Les mots me semblent sans effet en bien des commerces, mais je ne connais aucune autre manière d'attirer ses bonnes grâces.

Cette lettre, je ne peux me résoudre à l'envoyer, car rien, rien dans le choix des traits ne peut dire comme je souhaite m'en faire une bonne amie. Une sœur, cela ne serait-il pas merveilleux ?

Se peut-il qu'un présent saisisse son cœur ?

Puis-je atteindre, justement ce cœur, alors qu'il pleure ses projets de mariage ruinés ?

Et s'il était par trop rude, à tout noble cœur, de se réjouir de la félicité d'un frère, alors que sa propre fortune s'éloigne ?

Pauvre Mademoiselle Nannerl !

Et puis quoi ! ne serons-nous pas sous peu de la même famille ? Je peux, ce me semble, raisonnablement l'appeler Nannerl, du moins dans ce journal.

Il est bien désolant de ne pouvoir songer au mariage, alors qu'elle a déjà trente ans. Ce vaillant Franz Armand d'Ippold n'a pas trouvé grâce aux yeux de Monsieur Mozart, malgré ses cinquante ans (ou cela serait-il à cause de ses cinquante ans ?), son illustre passé de capitaine des armées impériales, puis sa charge de majordome des pages, et aujourd'hui directeur du Collegium Virgilanum de Salzbourg pour les jeunes filles de la meilleure noblesse. Ce qu'il ne peut offrir en fortune et richesse, il le possède tout de même en titres !

Nannerl avait imaginé venir à Vienne afin de gagner quelque argent dans les académies privées et aussi en donnant des leçons. Son fiancé pouvait espérer également une charge aux appointements suffisants pour leur garantir une vie honorable.

Las ! Nannerl ne peut se résoudre à braver l'interdiction de son père et regarde son feu follet s'éloigner à jamais…

Se pourrait-il que Wolfi ose se passer de la bénédiction de son papa, pour me conduire en notre Stephansdom, que je devienne son épouse légitime ?

Ô très saint Jean, faites que Monsieur Mozart ne s'oppose nullement à notre bonheur, ou que Wolfi trouve la vigueur de braver les avis contraires…

*

L'Enlèvement au sérail trouve en tout temps sa place dans le cœur de mon cher compositeur. Pourtant, chaque jour, il lui faut solliciter quelques protections, sans jamais montrer son attente – donner des leçons et regarder ses élèves appliquées gratter les claviers (cependant peu habiles à travailler avec tout le transport que l'art exige) –, se montrer en chaque lieu où l'argent se meut et se dépenser dans les divertissements, les réjouissances musicales.

Iphigénie en Tauride et *Alceste* de Gluck remportent assez de succès ici, pour ne laisser aucune place à d'autres œuvres à présent…

Les dépenses de toute nature sont si sévères, qu'il fut infaisable d'économiser les trente ducats réservés pour notre mariage.

Et ces saisons qui changent! Le temps, un jour maussade, un jour clément, oblige toute personne de qualité à se vêtir selon les caprices solaires. Puis les modes changent, et tout devient confus ou déshonorant, lorsque l'on est vu couvert des modèles de la saison passée.

Les couleurs de cette année sont vives; les Viennois sont en rivalité de grâces et l'ingéniosité des Français parvient jusqu'ici, dans la composition de monticules de cheveux.

Mademoiselle Auernhammer est très élégante, toutefois, c'est avec une réelle modestie qu'elle se couvre. La pauvre est bien en peine de trouver quelques artifices qui lui donneraient meilleure tournure; ainsi à l'académie où j'eus le plaisir de l'entendre jouer à ravir, elle me confia son désespoir secret. Je sus la tendresse de Wolfgang à mon égard, parvenue jusqu'à son triste cœur. « Je ne suis pas belle, me dit-elle alors, au contraire je suis affreuse. Je n'ai pas envie d'épouser quelque héros de bureau à trois cents ou quatre cents florins d'appointements, et je ne trouverai pas d'autre mari; j'aime mieux donc rester comme je suis et vivre de mon talent. »

Cette pauvre demoiselle, tout pareillement à ma sœur, se languit en secret de trouver un jour un esprit allié, doté d'un regard assez étourdi pour ne point voir ses disgrâces.

Il est vrai que les salons se peuplent des plus belles personnes; celles qui n'ont guère la facilité d'appartenir à ces essaims doivent au moins posséder un art qui puisse les y introduire. Ainsi Aloisia, ornée d'une voix enchanteresse et des vertus de physionomie que les adorateurs aimaient à flatter, s'est promenée sous les dorures et conclut un mariage semble-t-il réussi.

Je me souviens combien Wolfgangerl, alors qu'il m'était autorisé de ne l'appeler que Mozart, aimait ma sœur, et se perdait dans l'espoir d'une diligente union.

Combien ma désolation fut vraie de le savoir éconduit, sitôt remplacé, tandis qu'il roulait à s'en détruire le cul vers sa bien-aimée, un soir de Noël.

Et comme je bénis aujourd'hui Monsieur Mozart de n'avoir en aucun temps cédé aux supplications de son fils amoureux et de l'avoir empêché d'épouser ma coquette sœur !

Il m'est aisé maintenant de saisir la nécessité pour Wolfi de me décrire à son père comme le contraire de ma sœur, afin de l'assurer que notre disposition est fondée sur la raison, et nullement sur le badinage ou la physionomie !

Et puis, je ne suis nullement le rejeton d'une famille sans titre ! Mon pauvre père ne put s'enorgueillir de porter la particule de notre famille, car ce fut mon oncle qui la reçut ; sans cela, j'eusse été *Constanze von Weber*, et cela eût peut-être hâté le consentement de Leopold Mozart…

*

Ce matin une pensée m'est venue et m'effondre.

Lorsque Caecila Weber, chère maman au cœur le plus noble, a marchandé mon honneur contre sa bourse, le peu de crédit que l'on me porte s'en trouva sitôt chiffré !

Ainsi Aloisia dont la grâce renversait tous les cœurs, Aloisia dont les vocalises ravissaient déjà les nobles salons, fut échangée contre sept cents florins annuels.

Qu'en est-il de ma personne, souillon de Constanze, cuisinière, camériste, lavandière et pauvre fille ? Trois cents florins annuels suffiront à étouffer le chagrin de Caecilia Weber, sauver la fille ou défendre l'honneur perdu.

Oh ! qu'importe mon coût ; plus important, il m'eut alors semblé plus honteux encore.

Je ne sais tout à fait.

*

Trois élèves en musique !

Wolfi compte désormais trois élèves : la comtesse Rumbecke, Madame von Trattner et maintenant la comtesse Zichy.

Tout ceci, pour soixante-dix florins par mois, ce qui nous assure des revenus déjà plus élevés qu'à Salzbourg ! Une quatrième élève serait bienvenue, ainsi nous serions en mesure de convoler promptement, et de trouver un logement ouvragé de quelques ornements poétiques.

Chaque venue de mon Joyau est un enfer sans pareil ; ma mère, toujours présente, se divertit à rompre nos échanges par ses méprisables remarques.

Les bouteilles de punch ne se nombrent plus.

Lorsqu'elle se trouve rassasiée de ma tristesse et que ses humeurs sont suffisamment déversées, Caecilia Weber s'écroule dans un sofa et ronfle comme un pouacre.

Hier soir, tandis que son esprit de sabotage s'était largement manifesté, nous la regardâmes endormie, ivre et tordue dans sa position de précieuse ridicule,

offerte au tout-venant. Mon Joli, d'ordinaire si charitable, ne trouve plus d'excuses à ses déportements.

Que Caecilia Weber veuille se libérer de moi ne me
laisse aucun doute. Pourtant, si je devais tarder à quitter l'Œil de Dieu, cela lui serait supportable à
condition d'en être largement dédommagée !

*

Les heures me semblent bien longues ; Wolfgangerl
est prié à dîner ; nos comtesses musiciennes raffolent
des saillies friponnes de leur jeune maître de musique,
au point qu'il doive allaiter ce penchant pour la bouffonnerie hors des leçons ; et de ne point y être retenue
ne m'affecte nullement, bien que les quintes drolatiques et les mots d'esprit de mon Aimé vaillent tous
les sels.

Ainsi, je profite de son absence pour confectionner
une paire de bonnets pour Nannerl.

Ces coiffes, selon la dernière mode viennoise, se
portent ornées de rubans et de nœuds joufflus, assortis
aux toilettes ou parfois innocemment à la couleur des
yeux. Et puisque ma future belle-sœur dispose d'un
regard semblable à celui de son cher frère – Ô cet
infini bleu, voile de notre très Sainte Vierge –, le bleu
des rubans de mon choix ajoutera sa note d'éclat, en
rappel à ses innocents atours.

Puissiez-vous, chère Nannerl, deviner par ces
modestes présents toute mon impatience d'être votre
amie, votre sœur affectionnée, et voir comme je vous
aime déjà !

*

Mon ouvrage de piqûre brise la sévérité de certains
jours. Ma mère nourrit l'espoir que ces coiffes lui

soient destinées ; ainsi s'est-elle tue depuis hier et je n'entends plus de blâmes assommants de sa part.

*

Je n'ai point encore reçu mon courrier de Rome et ce retard engage bien du désordre dans mon cœur. Depuis que notre médecin m'a fait expliquer l'office de mes boyaux et la besogne de mes entrailles, sans relâche j'interroge leur écume à chaque nouvelle lune.

Je sais désormais comment fouiller mes cuisses à la dérobée, pour surveiller l'arrivée de ce flot jadis tant redouté.

Oh ! pouvais-je me figurer qu'un jour l'absence de cette poisse rouge me causerait un tel tourment ? Et comme soudain mes saignements, mes foies de lapin en caillots me manquent !

Et ma gorge ! Ma gorge soudainement enflée, jaillit de mon châle, mes tétons dressés crèvent la toile de mon corset.

Et ces reproches soudains de ma tripe ! L'odeur du punch est à vomir, le parfum de Josepha est à vomir, les relents de cuisine sont à vomir, la couleur de mon teint d'olive est à vomir.

Tout me sort par la gueule.

Une catin ! Oui, c'est bien par ces mots-là que Caecilia Weber désignerait sa propre fille si, entre deux hoquets de carafon, l'idée que j'aie pu soulager la crampe de mon Soucy lui abordait l'esprit.

Oui, Mère, un être excellent m'enseigne l'art de foutre et l'ivresse que cela me procure n'est aucunement comparable à celle qui vous terrasse.

Avale[2] !

Que la taille de ma chère Aloisia fût si enflée dans l'octave précédant son mariage ne vous affligea nullement, tandis que, jeune oie, je la pensais bouffie de ses vocalises !

Sans doute à l'heure de mes noces sera-t-il temps d'élargir mes lacets, afin que ces petits pieds qui grandissent peut-être en moi puissent ainsi frémir et cacheter notre amour ?

Et ma chère maman, si bien dotée en esprit de calcul, vous vous chargerez de compter les jours depuis notre hymen, afin d'annoncer la naissance précoce et maintenir l'honneur des Weber !

*

Wolferl ! mon Sauveur, puisses-tu m'arracher rondement à cet abîme…

Ô très saint Jean, protégez *notre* petit si cela est bien un enfant, et non pas la chiasse qui loge dans mon ventre incommodé !

*

Voici bien deux jours que mon affectionnée maman ne raille plus personne qui vive à l'Œil de Dieu. Wolfi peut aussi nous visiter sans l'amertume des tristes jours. *On* lui demande même des nouvelles de son opéra… avec toutes les mines affectées et les gargouillades[3] mondaines. *On* sort aussi des petits biscuits de la cachette de l'office et *on* en offre à l'assemblée hésitante.

Pendant ces heures d'inquiétantes représentations, je finis mes travaux d'aiguille pour Nannerl.

*

Notre apparente félicité fut de courte durée ; lorsque ma mère considéra mon ouvrage accompli, elle s'en empara et voulut s'en coiffer avec brusquerie ; la taille du bonnet n'étant nullement mesurée pour une terrine de cinq livres, elle fut bien ridicule, déguisée de cette exquise fantaisie, trop étroite, posée sur son sommet, comme un couvercle de pâté en croûte.

Nous ne pûmes alors camoufler nos rires, tandis que les prudentes Sophie et Josepha avaient déjà regagné leurs chambres particulières, à l'abri des strophes insultantes. Un éventail, deux bouteilles, une paire de souliers et la clochette de service volèrent au travers du salon ; la clochette termina sa course sur un *fa* du piano ; la touche d'ivoire se brisa et sauta en l'air, accompagnée d'un *gling* joyeux.

Et tiens, avale !

La veillée familiale changea de figure, et Wolfgang considéra le *gling* comme l'annonce d'un fatal repli vers ses appartements.

*

Je suis toujours dans l'attente ; sans nouvelles du courrier de Rome ! Les reproches et les renvois de ma tripaille me laissent sans paix.

Je viens d'apprendre que Mademoiselle Josepha Barbara Auernhammer vomit elle aussi, à s'en péter les veines du cou. Ô combien les vieilles pies vont-elles jaboter sur son compte !

Je n'ai point l'heur d'être retenue à ses confidences, mais, si Mademoiselle Laideron venait à souffrir du même mal que moi, cela signifierait alors que des qualités bien cachées lui permirent de surprendre un galant et lui offrir son panier à percer en moins d'un mois. Il faut aller loin, sans doute, pour trouver le céladon qui tomberait dans pareille crevasse !

Oh, non ! quelle méchante je fais – mais le trouble qui m'accable excuse bien les bavardages.

Printemps 1782

Il est bien dommage que mon courrier de Rome n'emprunte la turgotine[4] pour se rendre jusqu'à l'adresse de mes cuisses! Cette diligence bien suspendue et légère possède la réputation d'arriver à l'heure, car six ou huit chevaux la tirent, quels que soient sa charge ou le nombre de voyageurs à l'intérieur.

Les plus coquettes personnes viennent de France et voyagent avec leurs fantaisies reconnaissables; les dames ne peuvent porter leurs monticules de cheveux aussi haut qu'en France, par raison des plafonds de carrosses que nul ne fera remonter; certaines dames ne peuvent tenir assises et se tiennent pliées en deux le temps de leur transport. Les plumes, les bouffettes et les mèches poudrées sortent par les côtés des diligences, aspirées au vent, et selon la longueur, il se peut qu'un ruban se coince dans la roue et arrache d'un coup brutal la touffe de la coquette! Pis encore, une demoiselle de Strasbourg, jadis coiffée *A la Belle Poule*[5], a rencontré la mort lors de son voyage en diligence; ses rubans de toute beauté, noués près de sa gorge en appel au tâtage, pendaient à l'extérieur de la voiture. Las! cette fantaisie, ce caprice de mode lui garrotta la gorge en plein voyage, alors que tout son voisinage de transport s'était endormi. Au matin, un claquement de fouet annonça l'arrivée de la diligence et l'on entendit les hurlements d'effroi des voyageurs ; la pauvre coquette n'avait plus de figure que le nom ; ses yeux étaient sortis comme deux grosses boules de billard injectées de sang, sa langue pendait, toute bleue. On raconte que des vers de bouche sortaient aux commissures de ses lèvres, frétillant pareils à des petites langues d'oiseaux.

Cela n'est-il pas ridicule de se couvrir ainsi des dernières modes au point d'y laisser sa toison ?

*

Le pape doit venir dans quelques jours ; cela est une nouvelle gaie.

*

Mademoiselle Laideron est toujours souffrante et garde la chambre ; son papa est aussi bien mal, à ce que l'on raconte ; il ne reste que la mère encore debout. La mienne pense qu'il s'agit d'une sorte d'épidémie foudroyante pour les tripes. Elle me prie de ne point l'approcher et d'éviter même de lui parler, afin que le mal reste en moi et ne vienne rudement l'envahir.

Il est heureux qu'elle pense à une maladie contagieuse, ainsi les frémissements de cette âme, peut-être en mon sein, ne seront plus témoins de ces mauvaisetés.

*

Une académie pour Mozart : le bonheur de jouer en public lui est à nouveau offert. Il n'est point de couleur pour décrire la fièvre qui le visite à chacune de ces heureuses occasions ; des extraits d'*Idomeneo* sont prévus au programme, ainsi qu'un *Concerto pour piano* et une *Fantaisie* qu'il improvisera en place[6].

*

J'aime la lumière du mois de mars.
J'aime la morsure du vent.
J'aime la tristesse des jardins frileux.
J'aime les heures passées auprès de Vous...

*

Sans cette ourse grincheuse, les moments où la figure de Wolfi paraît au porche seraient les plus exquis ; sans ma mère si rêche, ces visites seraient de nouvelles fêtes dans mon cœur !

A dix heures, Caecilia Weber, toujours effrayée par mes nausées et la contagion d'un mal fatal, m'encourageait à prendre l'air sur le Graben.

Comment dois-je traduire cette invitation ?

Chacun ici connaît le Graben et l'incessant défilé des bécasses autour de la colonne de la Peste[7] ! Il est des heures où s'y promener prend figure d'un aveu ! Ces dames que l'on nomme bécasses sont bien sûr vêtues sans commune mesure avec ma mise ordinaire ; je n'affectionne nullement les décolletés avenants et prends garde à ne point relever l'ourlet de ma jupe plus haut que la cheville...

Notre colonne de la Peste se trouve naturellement placée là, en souvenir de l'épidémie de peste. Ce monument m'impressionne car il se compose d'un curieux mélange d'humilité devant Dieu et de fascination morbide pour le mal.

Une célébration de la foi plus gaie se trouve tout près de cette colonne et des bécasses ; ma belle, ma grande Peterskirche. Les trois têtes d'anges qui ornent les bancs me sont souvent apparues comme annonciatrices du nombre d'enfants que je mettrais au monde.

*

Nous ne sommes pas sortis, Wolfgang et moi, hier soir. Mon fiancé souhaite que ma réputation ne souffre d'aucune tache. Ô chéri ! nul avant toi ne s'était jamais autant soucié de ma personne…

*

Une bien triste nouvelle aujourd'hui ; le papa de ma compagnonne de vomi, ce brave monsieur Auernhammer, est mort à six heures et demie. Une inflammation des boyaux a fini de le vider comme un canard. Wolfgang se figure que sa femme s'est employée à hâter la fin du pauvre homme, en lui servant sa détestable recette de poumons à la chicorée.

Peut-être mon enfant serait-il orphelin depuis ce soir, si mon Blond avait loué cette affreuse chambre chez les Auernhammer, derrière la cuisine, à trois pouces de l'empoisonneuse !

*

Ce soir, nous visiterons mon amie Maria-Elise Wagner et nous l'écouterons jouer du glassharmonica[8], son étrange instrument de verre qu'elle frotte avec ses doigts mouillés. Wolfgangerl m'a dit qu'en 1764, à Londres, alors qu'il était un petit enfant, une femme, Marianne Davies, l'avait fortement impressionné. Plus tard, alors qu'il effectuait lui-même quelques tournées musicales en Europe, leurs destinées s'étaient à nouveau croisées, mais il n'avait jamais oublié le sentiment que cet instrument lui avait procuré.

*

Mon état ne me laisse plus de doute !
Ô Dieu ! que vais-je devenir ?

*

Peut-être seront enfin parvenus jusqu'à Nannerl les deux bonnets confectionnés de mes mains, ainsi que deux autres petits présents, sans grande valeur, toutefois très à la mode viennoise ; une petite croix ornée d'émail fin ainsi qu'un petit cœur percé d'une flèche. Wolfi a pris la liberté de rappeler à sa sœur que le petit cœur percé d'une flèche irait à merveille avec son âme éplorée ; j'ignore si ce trait d'esprit sera bienvenu dans le cœur de ma future belle-sœur. Oh ! plaise à Dieu qu'elle le soit bientôt…

Je suis une pauvre fille qui ne possède rien[9] et me nourris de l'espoir de devenir l'amie, la confidente de Mademoiselle Nannerl.

*

Ce matin, sur le parvis de la foire, un marchand libérait des oiseaux de leur cage ; leur chant clair était pareil à un adagio solennel. C'est bien là l'emplette la moins attendue que j'eusse fait de toute ma vie : un charmant sansonnet au plumage jaune moucheté de gris. L'oiseau change de maître dès ce jour.

Je suis allée le déposer dans la chambre de Wolfgang, tandis qu'il donnait sa leçon à madame Zichy ; le bel oiseau chansonnait encore, alors que je refermais doucement la porte.

*

Me voici perdue !

Afin de raisonner ensemble en toute discrétion des chapitres personnels, nous avions pris le goût de nous écrire par billets codés ; nos rendez-vous et nos sentiments tracés à la plume ne permettaient nullement à autrui de deviner notre commerce.

Las ! voici que ma mère, logée dans son cabinet d'aisances pour un long séjour, entre deux chiures incommodes, s'est vouée au déchiffrage de nos billets[10].

Il n'est plus de secret à l'avenir, et voici qu'elle connaît certainement mon état, puisqu'elle doit lire en ce moment que j'ai appris à foutre. Nos billets semblaient codés avec application et j'aurais volontiers gagé là-dessus :

Enfin, *j'ai le temps de vous écrire, mon amie.*
Je *cours d'un salon à l'autre, et si j'en avais le sursis, je*
Mettrais *bien des compliments à vos pieds lors de*
Ma *prochaine visite. Faites en sorte*
Que *je vous retrouve, dès mon retour de l'académie*
Bien *reposée. Qu'il me soit permis de dire mon plus*
Profond *respect à madame votre mère*
Dans *les heures qui me semblent une éternité.*
Votre *sansonnet chante l'air de Belmonte dans son*
Nid, *dès les premiers rayons du jour naissant.*
A *travers sa mélodie, votre voix m'est offerte*
Dix *minutes chaque matin ainsi qu'aux fraîches*
Heures *du crépuscule.*
Votre Mozart très affectionné.

Qui donc soupçonnerait une invitation des plus coquines dans ces lignes paisibles ? Caecilia Weber ! dotée d'un esprit vif – dont j'ignorais l'existence, instruite sans nul doute aussi par mes nausées et ma poitrine débordante –, est sortie du cabinet tous cotillons froissés, l'ourlet coincé dans la culotte, l'arrière-train exposé aux frimas :

– Où se cache Constanza ? Venez ici sur-le-champ !

La vigueur m'abandonna sur l'instant. J'ai glissé jusqu'à son effrayante silhouette ; ma mère se tenait courbée, afin de laisser sortir quelques fusées d'humeurs bruyantes. Les modestes zéphyrs[11] de jeune fille avaient depuis fort longtemps déserté cette deuxième bouche, et laissé place aux gros vents de poissonnière.

– Vous perdez la raison, ma fille, dit-elle avec emportement. Que vous pique-t-il de laisser vos correspondances dans les commodités ? Cela serait-il en vue de vous en frotter l'arrière ?

– Oh ! non mère ! Mozart n'écrit point à ce destinataire-là.

– Cela est bien fâcheux, car c'est ce que mériteraient vos histoires de petit oiseau, et mon cul saurait mieux démêler ces galanteries que votre esprit paresseux !

Et ce fut tout ; je compris alors ma fortune !

Ma mère ne s'était nullement attachée au contenu caché de ce billet, par trop occupée à sortir les tristes sons de son échine. Elle s'étonnait au juste que l'on puisse s'écrire pour, *d'apparence*, ne rien se dire.

D'apparence.

Mais la lecture du *premier mot de chaque ligne* de ce billet compose une tout autre littérature !

*

Une baronne prise d'affection pour mon Amour nous retient à dîner tous les deux. Oh ! que vais-je porter pour faire honneur à mon fiancé ?

*

150

Le souper à l'hôtel de la baronne Waldstätten fut un divertissement bien plaisant ; la baronne parle volontiers des sujets embrasés de la littérature, et donne aux calomnies tout son esprit, à rendre audacieux le plus rebattu des commérages ! Déjà assez âgée – trente-huit ans –, elle vit séparée de son époux dans une enviable liberté ; son salon est très estimé par les penseurs et les artistes à la mode.

Lorsque nous fûmes introduits dans les salons, je sentis que ma robe de percale était par trop austère pour l'heure ; je n'eusse goûté la joie d'être mêlée aux autres convives en raison de la modestie de ma toilette, si la baronne ne s'était prise de charité à mon sujet : elle détacha gracieusement sa broche de diamants, et la piqua à l'instant au centre de ma gorge. Durant le dîner, je lui adressai une mine obligée qu'elle ne vit nullement, tant affairée par ses hôtes, en outre fort divertissants.

Une grande table était dressée avec des fleurs et des chandeliers d'argent. La nappe festonnée de fils de soie était bien plus richement ornée que ma triste robe ! Je mesurai combien l'éclat de ce joyau m'avait sauvée du grotesque ! La broche guida aussi quelques regards vers ma gorge et Wolfi parut bien piqué que l'on s'attardât sur mes attraits.

Que m'importait alors tout cela ! Je n'eus de curiosité que pour les lourdes draperies de soie bleue et les bouillonnants aux fenêtres, séparés par d'immenses pilastres à la mode antique, les trois étages de moulures dorées embrassant le plafond, décoré d'un ciel orageux et d'angelots rieurs. Je ne vis nulle toise de mur qui ne montrât ici de l'or, là quelque bronze ou cristal étincelant.

Jusque sur le sol, on eût dit que toutes les grâces et les valeurs s'étaient donné audience ! Les croisillons du parquet, en chemin de labyrinthe, n'étaient que rivalité d'éclat entre toutes les essences de bois précieux.

Et madame, toute à son aise, au centre d'une assemblée de personnes de qualité ; on parla de Goethe ainsi que du *Château d'Otrante* de Walpole[12]. Je ne connais nullement ce château. Par-dessous la nappe, Wolfi m'écrasa le soulier, lorsque je répondis « *peut-être aurais-je un jour l'occasion de m'y promener* » à mon aimable voisin de table. Un éclat de rire commun résonna, et l'on déclara que j'étais *divertissante*, avec mille manières.

Lorsque nous fûmes seuls, Wolferl m'enseigna l'histoire de ce château : il n'existait que dans le conte de son illustre auteur, Horace Walpole, confident de madame du Deffand, brillante et aveugle, cependant morte depuis deux ans. Ce château n'était que le rêve d'une œuvre littéraire ! Par enchantement, l'auditoire du dîner prit ma remarque pour un mot d'esprit, et cela nous épargna le déshonneur de mon ignorance.

Dans cet olympien salon, tout semblait emprunt de douceur de vivre, de parfums et de mets délicats ; les plus belles manières affrontant les plus jolis raisonnements. Le souvenir de l'Œil de Dieu devint un abîme comparé à cet éden.

Puis la comtesse me fit l'honneur de m'entretenir quelques instants sur sa santé chancelante, après que Wolfi eut chanté mes louanges dans les petits soins de l'ordinaire ; je me trouvai confuse, telle une suivante dont l'avenir se décide au service de sa majesté la reine. *On* parla sans que je fusse consultée, puis, *on* décida que tout était décidé : une voiture de la baronne Martha Elisabeth Waldstätten viendrait ce soir prendre mes effets personnels.

Ma mère, empressée de flatter l'aristocratie viennoise, considérerait assurément cette proposition comme une fortune.

Ainsi, dans son âme, je m'en allais pénétrer d'autres compagnies que celles des compositeurs affamés. Il ne me resterait plus qu'à entraîner l'appétit d'un beau parti, pour conclure un mariage avantageux !

Et Wolfi verserait alors ses trois cents florins annuels de rente, car l'offense de mes badinages causerait la fin de notre contrat sur l'instant.

Rien n'échappe à Caecilia Weber…

*

Tous les dimanches, mon Tendre se rend à douze heures chez le baron Van Swieten où se jouent les fugues de Bach et celles de Haendel. Wolfgang s'est essayé sur une toccata d'Eberlin, mais il la trouve difficile à retenir, et, honnêtement, trop médiocre.

Ô Seigneur, son esprit si vif ne trouve le repos et la satisfaction que dans les exercices difficiles !

Je l'ai trouvé très affecté d'apprendre la mort du Bach de Londres[13] ; je compris son intérêt pour l'art de la fugue, et je le grondai tendrement de ne point s'y être exercé.

Toute la connaissance musicale d'un artiste se trouve mêlée au hasard ; si un voyageur ne se trouve point en place où l'on joue une œuvre, il risque alors de l'ignorer toute sa vie !

Et voici qu'aujourd'hui son œuvre se trouve enrichie d'une fugue, composée sur mes gentils reproches[14] ; je crois que Wolferl désire l'envoyer à Nannerl, accompagnée de recommandations de jeu *andante maestoso*, pour garantir un effet savant…

*

Je plains amèrement mon amie.

Pauvre Maria-Elise Wagner! Si jeune, et déjà veuve.

En ville, toutes les lèvres murmuraient au sujet de la maladie de son mari : une allure cadavérique en quelques jours et une envie de dormir, sans jamais trouver le sommeil; sa langue se chargea de glaires et sa salive devint laiteuse. On pensa alors qu'il resterait sourd ou imbécile.

L'imbécile mourut d'un coup, assis sur sa chaise percée, son arrière donnant de la trompette encore longtemps après son dernier souffle.

Maria-Elise rit autant qu'elle pleura.

*

Je n'ai plus guère de temps pour tenir ce journal à présent que je demeure chez la baronne; les journées s'écoulent vivement et je n'ai nul besoin d'écrire pour dépenser mon temps.

Le matin, nous nous rendons à l'église, puis ce sont les requêtes des nécessiteux qui envahissent les salons de madame; le dîner est souvent agrémenté de compagnies joyeuses; l'après-midi, nous sortons les petits chiens dans le parc; au souper, les esprits les plus aiguisés se mesurent aux beautés et aux grâces. Parfois nous nous rendons aux académies données dans les autres salons. Sinon, les soirs ordinaires, nous passons encore au boudoir, où les jeux nous attendent : parties de cartes, rébus, pharaon, bout-rimé, billard, jacquet.

Les règles du pharaon m'ont été enseignées par un personnage d'agréable compagnie. Il faut un banquier pour jouer et ce rôle est tenu par le jeune amant de la baronne. Oui! la baronne ne se prive nullement des agréments que sa condition lui procure et ses charmes font encore bel effet sur le cœur des messieurs. Oh ! ils se gardent bien de montrer leur inclination au regard des invités, cependant quelques œillades bien placées alors que je regardais dans leur direction pour la suite du jeu ont trahi leur commerce. Il se fait appeler chevalier Schmetterling[15], j'ignore pour quelle raison. C'est lui qui remplit le rôle du banquier au pharaon, ainsi la baronne le place face à elle et peut tout à loisir admirer sa bonne figure ; le banquier Schmetterling joue seul contre nous tous ; chacun d'entre nous pose son enjeu sur l'une des cinquante-deux cartes. Le banquier possède un jeu identique, dont il retire deux cartes ; une à droite pour lui-même, une seconde à gauche pour les joueurs. Il gagne tout l'argent sur la carte de droite et double les sommes placées sur la carte de gauche.

C'est ainsi que mon éducation se complète, que ma conversation s'aiguise, ma bourse se réduit et mes manières s'arrondissent.

Ma taille pareillement.

Mon Foye peut à loisir venir me rendre visite chez la baronne ; il nous est aisé de rester un moment seuls, bâtir notre avenir à la clarté des chandeliers d'argent ou de l'appui silencieux des nains de marbre du parc.

Il connaît les tourments de mon état, et cela ne fait qu'attiser son désir de faire de moi son épouse légitime au plus tôt.

*

J'ai pris la liberté d'écrire à Nannerl, en post-scriptum, afin de lui adresser mes compliments ; Ô très saint Jean, faites qu'elle m'aime comme je l'estime !

Aurais-je une réponse à cela ? :

Très chère et honorable amie[16] !

Je n'aurais jamais eu l'audace de me laisser aller à suivre mes sentiments et mon désir de vous écrire, honorable amie, si Monsieur votre frère ne m'avait assurée que vous ne m'en voudriez pas d'entreprendre cette démarche qui vient de ma grande impatience de converser, au moins par écrit, avec une personne qui, bien que je ne la connaisse point, m'est très chère par le nom de Mozart qu'elle porte. – Pourriez-vous m'en vouloir si j'ose vous dire que, sans avoir l'honneur de vous connaître en personne, je vous vénère plus que tout, simplement en tant que sœur de votre honorable frère, et que je vous chéris et ose vous demander votre amitié. – Sans vouloir être fière, je peux dire que je la mérite à moitié, et m'efforcerai de la mériter complètement ! Puis-je vous adresser en retour la mienne (que je vous ai déjà offerte depuis longtemps dans le secret de mon cœur) ? Oh oui, je l'espère. Je demeure dans cet espoir

> *Très chère et honorable amie,*
> *Votre dévouée servante et amie,*
> *Constanza Weber.*
> *Je vous prie de faire mon baisemain*
> *à Monsieur votre Papa.*

*

Ces derniers jours du mois d'avril seront sans doute les plus pénibles de ma vie ; voici que, non contente d'avoir perdu au pharaon, je me suis trouvée ce jour pliée par d'affreuses coliques venteuses.

Assurément, les manifestations de nos ventres font la gaieté des soirées, cependant mes zéphyrs n'étaient nullement accompagnés du soulagement familier.

Il semble que mon état subisse bien des changements ; je crois qu'il n'est plus question d'être grosse ; la baronne fit mander son médecin et l'on examina avec le plus grand soin mes excréments. On décida de me saigner aux plis du coude, par quatre ouvertures ; lorsque mon sang et mes humeurs composèrent un caillot assez important, on estima que cela suffisait.

Puis je sus qu'étant grosse de quelques jours, ne point se faire saigner au moins une fois par huitaine était un véritable péril. En effet, le sang que l'enfant n'utilisait point à sa construction devait impérativement être sorti, faute de quoi, il se vengeait en sortant par tous les passages naturels.

*

Il en est donc fini de cet état de création ; et les écoulements rougeâtres reparaissent dans ma vie pour quelques journées que je désire les plus éphémères. Il n'est plus de questions sur l'enfant qui m'habite ; voici qu'il déserte mon ventre pour rejoindre les cieux. Chacun de ses efforts me perce le sein d'une impitoyable douleur.

Que s'évapore l'âme de ce bourgeon d'amour voué à l'Eternel. Ô combien de larmes, combien de chants attristés pour accompagner ton voyage, petit ?

Envole-toi, petit messager.

Précède-moi devant Dieu et dis-lui bien mon chagrin.

Et puis dis-lui aussi… tu sais bien, puisque tu es un ange.

Adieu, adieu !

*

Une jeune personne, fort belle et distinguée bien qu'un peu réservée, est arrivée dans la résidence de la baronne ; il s'agit de Mademoiselle Katharina Peter, nièce de la baronne. Sortie par sa tante de l'austère couvent où l'on s'inquiéta de son éducation durant sept années, la voici désormais libre et presque effrayée des plaisirs que procure sa nouvelle condition.

Elle apprend, avec une remarquable application, à se coiffer selon les caprices de la mode, et maquille son regard avec toute la maladresse de son jeune âge.

*

Les parties de cartes reprennent leur cadence et je participe aux divertissements sans lamentations.

La baronne a perdu beaucoup d'argent, tandis que je perdais toute ma sève ; ce soir, les saillies drolatiques de cette foire aux vanités ne m'ont plus fait rire.

Alors que j'envisageais de regagner ma couche, un chapeau[17] se piqua d'ordonner leurs gages aux perdantes ; dans une agitation parfaite, ces messieurs décidèrent de mesurer les mollets des joueuses malchanceuses. Tandis que je m'enfuyais sur la pointe des souliers, Schmetterling me retint par le jupon et je fus aspirée en arrière. Madame la baronne s'était prêtée au jeu avec une telle disposition d'esprit que je pris le parti de relever moi-même ma robe. Puis ce fut une tempête de rires, car nos mesures étaient à peine inégales. Schmetterling mima la confusion et déclara que les yeux bandés, au simple toucher, il ne lui serait jamais possible de rendre à chacune son mollet respectif.

Mademoiselle Katharina Peter semblait observer une tribu d'insectes curieux et ne se mêlait nullement aux divertissements, malgré les tendres suppliques de sa joyeuse tante. Un châle solidement fixé sur sa poitrine, quelle que fût l'heure, et sa triste figure auraient bien raison du plus hardi des courtisans ! La pauvre fille se pensait peut-être encore au couvent. Et toute cette joie, pour une mesure de peau dévoilée, ces cris, ces applaudissements, tant de liesse pour si peu de chose… tout cela devait lui paraître bien insignifiant.

La baronne conclut qu'elle possédait toutes les grâces d'une jeune fille, et pour ma part, je ne conclus rien du tout, excepté une envie de m'étendre, d'implorer Crepitus[18], que cessassent mes coliques venteuses, aussi que revienne la sécheresse de mon flanc.

Tandis que je gardais la chambre tout le jour, mes sœurs et Wolfgang vinrent me visiter; il ne me fut pas offert de lui réciter mon état véritable, ma désolation, car nous fûmes en compagnie.

Je racontai alors mon aventure de joueuse vaincue et le gage que je dus payer pour mon infortune. Pour lors, Wolfgang montra son mécontentement, tordit sa bouche en tous sens et souhaita m'entendre regretter mes façons *déshonorantes*.

Ô combien ai-je souhaité alors *te* dire, mon Amour, que l'heure n'était point aux reproches, mais aux larmes, que nous gémissions ensemble et que non point le déchirement nous oppose !

Comme par trois fois je te sommais de bien me laisser juger de ce qui me semblait séant ou non, tu partis en claquant les huis.

Sophie parut sincèrement navrée de cet incident, tandis que, et cela me chagrina, Josepha sembla satisfaite de la scène; je l'implorais alors de n'en dire aucun mot à notre mère, et bien qu'elle le promît, je ne pus m'empêcher de songer qu'en misant sur cette promesse je risquais de perdre une fois encore.

Puis de ma couche, alors que j'espérais trouver le sommeil, on m'apporta un billet de Wolfgang[19].

Très chère, excellente amie !

Vous me permettrez bien encore de vous donner ce nom !
Vous ne me haïrez pas au point que je ne doive plus être votre
ami et vous – plus mon amie ? – et – si même vous ne vouliez
plus, vous ne pouvez pourtant pas me défendre de penser du
bien de vous, mon amie, comme j'y suis désormais habitué.
Repassez bien en vous-même ce que vous m'avez dit
aujourd'hui, vous m'avez (en dépit de toutes mes prières)
éconduit par 3 fois et dit, en pleine figure, que vous ne vouliez
plus avoir affaire à moi. Moi, à qui il n'est pas égal comme
vous, d'oublier l'objet de mon amour, je ne suis pas assez
emporté, irréfléchi et insensé pour accepter ces refus. Je vous
aime trop pour franchir ce pas. – Je vous prie donc, encore
une fois, de bien réfléchir et considérer la cause de toute cette
fâcheuse affaire et de bien peser pourquoi j'ai critiqué votre
malheureuse inconscience qui vous faisait raconter à vos
sœurs – nota bene en ma présence – que vous vous étiez laissé
mesurer les mollets par un chapeau. Pas une femme qui tient
à son honneur ne le fait. – La maxime, qu'« on doit faire
comme les autres en compagnie », est fort bonne. – Encore
faut-il tenir compte de bien des circonstances accessoires :
savoir si la réunion ne comprend que des bons amis et
connaissances à vous, si vous êtes une enfant, ou déjà une
jeune fille « à marier », surtout si vous êtes une fiancée enga-
gée, et par-dessus tout, si les gens sont tous de votre niveau
social ou d'une classe inférieure – et surtout s'il y en a d'une
classe plus distinguée ?

Si vraiment la baronne s'est laissé faire cela, c'est un cas
tout différent, car elle est déjà elle-même une femme sur le
retour (qui ne saurait plus aguicher), et puis surtout une
femme qui aime les et caetera. J'espère, très chère amie,
que vous ne voudriez jamais mener une vie comme la sienne,
même si vous refusiez d'être ma femme. S'il vous a été
impossible de résister à l'envie de faire comme les autres

160

(bien que ce « faire comme les autres » ne convienne pas toujours à un homme et moins encore à une femme), par Dieu, que n'avez-vous pris le ruban et ne vous êtes-vous mesuré vous-même les mollets (comme l'ont fait, en pareil cas, en ma présence, « toutes les femmes d'honneur »), au lieu de vous laisser faire par un chapeau ? Moi, moi-même, je ne vous l'aurais fait en présence d'autres personnes ! Je vous aurais remis le ruban en main. Encore moins fallait-il donc l'accepter d'un étranger qui ne vous est rien.

Mais cela est du passé. Un petit aveu que votre conduite de ce jour-là a été un peu irréfléchie aurait tout remis en place – et – si vous n'êtes pas fâchée, très chère amie, tout pourrait encore s'arranger. Voyez par là combien je vous aime ! Je ne m'emporte pas comme vous – je pense – je réfléchis – et je ressens. Sentez vous-même – ayez de la sensibilité – et je suis assez assuré pour pouvoir dire aujourd'hui même : Constanze est la bien-aimée vertueuse, jalouse de son honneur, raisonnable et fidèle bien-aimée de son bien intentionné

Mozart.

Comme tout cela devient fâcheux ! Et je ne comprends plus cette audace que nous avons de nous tutoyer parfois, pour revenir souvent au froid et respectueux vouvoiement. Chéri ! que dois-je lire dans ce *vous* si distant ?

Oh ! que n'aurais-je offert pour que ce différend n'eût jamais de suite ! Mais il était si embarrassant de parler, en présence de mes sœurs, tandis que toute ma chair se gâtait de douleurs, et qu'un seul refuge me manquait, celui de tes bras autour de mon sein fiévreux.

*

J'ai reçu l'honneur d'une lettre de Nannerl, en remerciement de mes petits présents ; j'en ai ressenti un bonheur véritable et prendrai prochainement la liberté de lui écrire à nouveau.

Puisqu'il serait osé de lui poser toutes les questions qui me viennent à son sujet, c'est par son frère que je me trouverai renseignée.

Porte-t-on des franges à Salzbourg ?

Et Nannerl sait-elle les confectionner elle-même ? Je me suis ainsi garnie deux robes de piqué, car cela est ici le goût du moment ; je sais maintenant les confectionner et serais très honorée d'en fabriquer pour ma belle-sœur ; il lui suffit de m'indiquer la couleur de son choix. A Vienne, toutes les teintes sont en vogue : blanc, noir, vert, bleu, puce. Une robe d'atlas ou de gros de Tours[20] doit être ornée de franges de soie, telle que la mienne se trouve désormais.

La baronne, dans sa grande générosité, m'a offert les fils de soie afin que ma robe habillée le soit plus encore. Me voici fidèle aux caprices de la mode pour la toute première fois !

Les fils ordinaires peuvent aussi se tordre en franges, et l'on ne remarque pas trop de différence avec la soie, à condition qu'ils ne soient pas touchés ; ils ont aussi l'avantage de pouvoir être lavés avec la toilette[21].

*

Wolfgang a terminé le deuxième acte de *L'Enlèvement au sérail*, le voici de retour sur sa table de travail à cette œuvre qui l'habite et le porte aux limites des nuages. La comtesse Thun eut droit à quelques notes de ce nouvel acte achevé et, à regarder la satisfaction de mon musicien, je sais que les louanges n'ont pas manqué.

Son troisième acte se trouve déjà dans sa tête, sa *citrouille*, comme il aime l'appeler.

*

Les académies de musique reprendront très bientôt, car un certain Martin s'est lié à Wolfgang pour organiser ces musiques tous les dimanches, dans l'Augarten ; j'aime ce jardin dessiné par un Français[22], planté d'arbres majestueux et rares. Je retrouve les arabesques de Schönbrunn et la grâce des images de Paris dans les dessins formés par les allées. Depuis que ce jardin est ouvert au public, il n'est point rare d'y croiser toutes les beautés au bras des meilleurs talents. On peut aussi visiter la manufacture de porcelaine « A la Ruche ». Ainsi, chacun peut à loisir profiter des curiosités de l'endroit, car bien des concerts sont donnés le matin, dans le pavillon du restaurant, près de la salle de danse et celle de billard. Ceux de Martin et de Mozart seront douze ; douze concerts donnés dans ce jardin de paradis, ainsi que quatre exécutions nocturnes sur les plus belles places de Vienne.

*

Mon teint brunit dès les premiers soleils de printemps ; je déteste cela. On doit me comparer à une paysanne rougie par les efforts ou à un étendard.

Comme tout semble paisible, dans l'Augarten !

Ecrire quelques mots dans ce carnet trop souvent délaissé vaut tous les remèdes. Mon fiancé se livre pour l'heure aux répétitions du premier concert ; il est agréable d'être à l'ombre d'un tilleul centenaire[23], pour entendre ces notes sublimes s'envoler avec les tourterelles. La symphonie de Van Swieten a résonné avant celle de Wolfgang ; Mademoiselle Berger chante fort bien quelques mesures, puis suivra un jeune violoniste. Mademoiselle Laideron (ne vomit-elle plus ?) pour terminer, se distinguera dans un *Concerto à deux pianos*[24]. Wolfgang aime jouer avec elle car, ce qu'elle n'offre point en grâces, elle le compense dans son jeu et sa sensibilité.

Un jour, peut-être, pourrai-je à mon tour chanter quelques notes et faire entendre au monde de quel organe je me trouve dotée.

Un jour, que Dieu seul désignera…

Mademoiselle Auernhammer ne semble nullement grosse, enfin si l'on veut dire, car la pauvre est naturel-lement volumineuse, mais elle ne semble avoir aucune espérance de maternité ; son mal était donc bien le même que celui qui fit trépasser son pauvre père.

Nous étions trois à vomir ; monsieur son papa est mort, la fille est restée pansue, et moi qui étais grosse, me voici transformée en demeure inhabitée.

*

Wolfgangerl possède les plus belles connaissances qu'on puisse souhaiter en ville, et cela nous laisse entrevoir notre vie de demain, sous les nombreuses protections.

Les concerts donnés au jardin n'empêcheront nulle-ment l'écriture de son opéra, cependant, une sorte de nécessité urgente guide ses décisions ; les concerts rap-portent assez d'argent tout de suite, tandis que l'opéra, n'étant point achevé, ne peut espérer commencer ses répétitions avant quelques semaines. C'est aussi au contact de la vie populaire qu'il puise ses idées et rien ne convient plus qu'une bonne soirée, en joyeuse compagnie.

Ainsi va la création, ainsi va mon homme.

Les dernières lettres écrites à Monsieur Mozart portent ma signature ; le concert de dilettantes à l'Augarten prend tout le temps de Wolfi, toute son énergie, au point qu'il lui faut une aide pour clore sa correspondance. Cela sera pour moi une manière de m'introduire graduellement dans l'esprit de Monsieur Mozart, et de lui faire connaître mon brûlant désir de le servir et de l'honorer. Dans sa dernière lettre, il propose à son père d'engager leur servante Thérèse Pänckl à son service, afin qu'elle soit notre bonne d'enfant. Mais, ajoute-t-il avec esprit, elle devra s'exercer au chant avant d'espérer cette charge.

C'est donc de ma main que l'honorable maison Mozart à Salzbourg reçut les plus aimables salutations :

Monsieur votre cher fils vient d'être appelé chez la comtesse Thun et n'a donc nullement le temps de terminer la lettre à son cher père. Il m'a confié la commission de vous faire savoir qu'il le regrette beaucoup, parce que c'est aujourd'hui jour de courrier, et que pour que vous ne restiez pas sans lettre de lui. La prochaine fois, il écrira plus à son cher père. Excusez-moi d'écrire, moi, ce qui ne vous fait pas aussi plaisir que si monsieur votre fils l'avait fait. Je suis votre fidèle servante et amie

Constanza Weber.

Je vous prie de transmettre mon compliment
à mademoiselle votre aimable fille.

Il me faudra bien lui dire que pour le moment nous n'avons plus à nous soucier de trouver une bonne d'enfant ; je n'ai pas trouvé les façons pour le lui dire, ni même le meilleur instant ; nos entrevues sont brèves et il se trouve sans relâche flanqué de ce Monsieur Martin. Tout son temps passe dans l'organisation de ces concerts.

*

La douceur du temps permet désormais les déjeuners aux jardins ; mon Diamant est souvent retenu chez la comtesse Thun. J'ai eu l'honneur d'y être conviée à maintes reprises, cependant je ne peux laisser ma bonne baronne dans la solitude et certains de ses hôtes me sont devenus si familiers qu'il m'est agréable de les trouver là chaque soir.

Je suis allée rendre visite à l'Œil de Dieu ; les sourires ont déserté cette demeure et je plains Sophie d'être enfermée dans un tel climat.

Ma mère se montre excellemment révérencieuse et lisse envers *son cher Mozart* ; elle connaît les projets de ses concerts publics et ne peut ignorer le bénéfice que ce succès rapportera : elle compose ses mines en fonction de cet augure.

*

Les meubles de l'Œil de Dieu ont changé de place, enfin je suppose qu'une personne s'est chargée de ces mutations. Je ne reconnais plus cette demeure ; ma petite Sophie m'a bien attristée en racontant comment notre mère tente de les forcer, elle et Josepha, à boire de l'alcool. Peut-on infliger cela à une enfant ? De colère, ma mère a frappé son joli paravent de soie chinoise et son bras est passé au travers. J'aimais cet objet, ses ornementations galantes et ses délicates broderies ont souvent apaisé mes instants de mélancolie.

*

Mademoiselle Auernhammer m'a fait une bien curieuse confidence ; une grande famille de Salzbourg lui propose d'aller vivre là-bas enseigner l'art de la musique contre un traitement de trois cents florins par an. Cela me semble d'autant plus curieux que Nannerl jouit d'une excellente réputation dans sa ville et la famille Mozart est sans nul doute la plus recommandée pour cet art.

Bien sûr, je ne doute point des compétences de Mademoiselle Laideron, mais pourquoi serait-elle plus considérée à Salzbourg que Nannerl ?

*

Le premier concert à l'Augarten a remporté un succès très remarqué ; l'archiduc Maximilien était présent, ainsi que la comtesse Thun et Monsieur Wallenstein[25], le baron Van Swieten et une foule d'autres personnes les plus en vue. Je suis si fière !

*

Le troisième acte de l'opéra est désormais terminé ; le succès des concerts au jardin ont donné à mon Ange bien des tourments mais tant de satisfactions ! Le voici désormais bien occupé par ses leçons du matin, l'écriture de son opéra, puis les concerts à l'Augarten.

Nous sommes retenus à déjeuner tous les deux chez la comtesse Thun ; Wolfi lui montrera son troisième acte. Il ne lui reste désormais qu'un travail ennuyeux à faire : corriger.

Les répétitions commenceront dès lundi prochain !

Il n'est nul besoin d'être devin pour comprendre que tout le mois de juin sera pris par cet opéra et ses répétitions au théâtre. Nous serons si peu ensemble ! J'ai maintenant toute l'assurance de nos sentiments et ne veux plus m'inventer de craintes insensées. Je reconnais avec difficulté combien j'ai tort de m'emporter sur des causes de jalousie ; Wolfgang n'aime pas que je le tourmente avec cela, mais parfois les mots sortent de ma bouche malgré moi, mon cœur s'affole et je ne puis retenir les manifestations de mes inquiétudes ; je suis heureuse qu'on remarque son talent, sa musique et que cela le distingue de tous les autres compositeurs de Vienne. Mais je ne parviens jamais à supporter qu'on s'approche de lui et le complimente, que ces jeunes voix toujours enclines à séduire empruntent le plus court chemin vers son cœur : la musique.

*

La chaleur est là presque tous les jours ; la baronne s'évente le matin et se plaint d'accablement le soir. Mon amie Maria-Elise Wagner est venue me rendre visite et la baronne l'a retenue à souper. Grâce à cette généreuse et noble personne, je me trouve en honnête compagnie.

Elle semble bien remise de la mort de son nourrisson, car elle n'en fait nulle mention dans ses conversations. Une voiture fut mise à notre disposition pour la reconduire à son logis et, à mon retour, j'eus la surprise de trouver la baronne souffrante.

Ce que sa femme de chambre voulut bien me confier m'étonna au plus haut point : le chevalier Schmetterling nourrissait une forte inclination pour la demoiselle Katharina, et venait d'informer la baronne de sa nouvelle fantaisie ; ce fut un grand choc pour ma bienfaitrice, de se savoir détrônée par sa nièce protégée et affectionnée, sainte-nitouche aux yeux de félin.

Las ! je n'eus de mots pour apaiser son déchirement et la baronne s'enfonça dans ses draps, secouée de sanglots.

Les jours suivant cette révélation, elle refusa toute nourriture et se fit porter son miroir afin de guetter les signes de vieillissement tant redoutés.

La baronne ne prononça plus un seul mot ; une huitaine passa ainsi, dans le silence de cette vaste demeure attristée, rythmée par les évanouissements et les vapeurs de cette pauvre créature. Au neuvième jour, n'y tenant plus davantage, je décidai d'apporter mes remèdes à cette mélancolie se transformant au fil des jours en véritable petite mort.

Je pris donc ses affaires en main : pour commencer, mander le médecin de la baronne ; celui-ci me gronda de ne point l'avoir fait quérir plus tôt.

La position prolongée dans un lit avait, hélas, épaissi le sang et dérangé l'esprit de la malade. On ouvrit un large passage pour une saignée de *salvatelle*, placée entre le petit doigt et l'annulaire – car c'est bien celle-ci qui sauve la vie en cas de danger de mort. Lorsque les écoulements devinrent lents et que la malade fut livide comme l'imposait sa noblesse, on boucha le soupirail par lequel toutes ces chaleurs et vapeurs étaient sorties, à l'aide d'une étoffe mouillée de tisane.

Puis, le médecin demanda à la baronne de bien vouloir se mettre sur son séant, ce qu'elle ne fit point, car la malheureuse n'entendait plus rien. On la releva donc par force et, tandis que tout son être se reposait sur mon soutien, deux veines de la tête furent ouvertes, pareilles à celles qui traitaient l'esquinancie[26].

Puis la baronne fut remise allongée, mais on la retourna sur la face ; je lui tins la figure, de crainte qu'elle ne s'étouffât entre ses coussins.

On dégagea la marge de son aristocratique anus, afin de voir s'écouler, là encore, quelques perles bien fluides et d'un rouge rassurant.

Nous reçûmes, la femme de chambre et moi, toutes les recommandations pour les soins à lui donner, et je promis de me lever la nuit afin de veiller sur la baronne.

C'est maintenant durant cette nuit de veillée que je me trouve installée au bonheur-du-jour de la baronne. Eclairé par une faible chandelle, son teint de cire est une image bien désolante.

Eté 1782

Les répétitions de *L'Enlèvement au sérail* ont pré-
ludé dans la liesse. Wolfgang montre toute sa joie et
son excellente humeur. Je prie chaque matin pour son
succès !

*

Un terrible complot semble se préparer et nous
ignorons par quel côté les ennemis de la musique de
Mozart attaqueront. Il n'a jamais été dit que d'autres
opéras se préparent à jouer ; son œuvre ne peut donc
faire ombrage à quiconque. Pourquoi tant d'hostilité,
pourquoi jeter à bas son talent ?

Je sais bien, et Wolfgang comprend mieux que tout
le monde, que si ses œuvres ont le succès qu'elles
méritent, si l'on reconnaissait enfin le génie de mon
grand compositeur, si l'on voulait bien lui confier toutes les musiques à jouer dans les prochaines années,
plus personne ne donnerait une miche de pain contre
l'opéra d'un autre.

Qui peut bien avoir intérêt à calomnier un
artiste dont les merveilles se mettent au service du
public ? Un autre compositeur ? Foutre ! la place ne
manque nullement aux amateurs, quant aux véritables

talents, ils savent entretenir les relations utiles à leur protection.

*

La poitrine de ma gentille baronne se soulève lentement. Je l'ai veillée toute la nuit, mais elle semble encore moins vaillante qu'hier. Pourtant j'ai prié de toute mon âme !

Il est pressant de mander une fois encore le médecin, que l'on fasse quelques nouvelles saignées à blanc.

Tandis que la maisonnée sommeillait encore, Mademoiselle Katharina Peter est sortie de son boudoir et a couru à ma rencontre, pour obtenir des nouvelles de sa chère tante. Est-il nécessaire d'être cruelle et de lui dire combien la faute de ce mauvais sort lui revient ? Puis-je assassiner cette belle jeunesse innocente, et lui faire partager la souffrance de sa tante ? Assurément non, il ne me viendrait jamais le courage ou la méchanceté de le lui révéler.

La ferveur dont elle fait preuve dans ses prières montre toute l'honnête affection qu'elle a pour la baronne.

Elle reste des heures agenouillée sur le carreau, les mains jointes par un chapelet d'or et de béryl, à réciter des prières ; même dans la prière et le chagrin, sa beauté reste sans rivalité possible.

*

La pluie ne cessera-t-elle donc jamais ? Les rues sont couvertes de boue et les marchandises de la foire sont toutes gâtées. J'ai cherché des herbes à infuser, mais rien ne me parut pouvoir ressusciter ma bienfaitrice. Au loin, je reconnus une silhouette épaisse et familière ; Josepha s'achetait les gourmandises qu'elle dévorerait en chemin. Je n'eus aucun désir d'aller la saluer ; le temps me manquait, la pluie salissait tout et… je ne souhaitais pas entendre par sa bouche les réflexions de Caecilia Weber, ou ses demandes pressantes de faveurs.

*

Aujourd'hui, Wolfi a terminé ses leçons du matin, passé une tête gaillarde à la porte du salon et disparu à toutes jambes en direction du théâtre pour les répétitions. Quelques feuilles sont tombées de son portefeuille et je me suis précipitée à son secours les ramasser.

Cela me rappela nos premiers échanges à l'Œil de Dieu, lorsqu'il revint vivre chez nous.

Nos querelles stupides sont bien loin, et nous nous sommes amusés, les mains noircies de boue dégoûtante. Il a considéré ses feuilles un moment : « *Bah ! de toutes façons je n'avais pas écrit tout l'opéra, car je ne veux pas risquer que l'on fasse des arrangements à ma place. Ainsi, vois-tu, ma bonne Constanze, personne d'autre ne sait ce qui devra être joué, même le meilleur des trompettes ou clarinettes[27] !* »

Il s'approcha de moi un peu plus encore et chuchota : « *Excepté ma charmeuse de flûflûte, qui saurait m'interpréter l'air des grelots sans partition, hum ?* »

Puis il disparut, convenant de nous retrouver pour quelques instants, après ses répétitions.

Il n'est point possible de laisser la baronne sans aide la nuit durant, car elle pourrait avoir besoin de réconfort et s'étonner que je ne sois présente à son chevet.

*

Je ne vois aucune amélioration chez ma baronne ; sur les conseils de son médecin, j'ai fait mander un prêtre, car nous en sommes bien là. Comme il est difficile de retenir mes larmes, lorsque je rencontre sa figure amaigrie et son pauvre sourire éteint !

*

Le père Pozzi est annoncé pour délivrer à la malheureuse les derniers sacrements. Je l'attends fébrilement. Nous prions tous.

*

Le *padre* Pozzi est venu.

Il parut fort ému par la figure sereine et délicate de la baronne ; ses cheveux épars étaient mouillés, disposés autour de son visage pareils à ceux de Marie-Madeleine. Sa chemise de linon brodé frémissait sur sa poitrine.

Il s'assit près du grand lit, écarta les lourds rideaux et ouvrit son livre de prières.

Un parfum d'églantines sauvages flottait dans la chambre ; je cherchai le bouquet, mais n'en vis aucun.

Tandis que le jeune prêtre disait ses prières sans relâche, la baronne ouvrit les yeux et son visage s'agrémenta du franc sourire de jadis.

Elle se tourna vers le *padre*, puis le considéra avec une infinie tendresse ; il prit la main qu'elle lui tendait et la serra dans la sienne.

La baronne parut recevoir alors la foudre exactement ; elle releva sa tête et pria avec le *padre*.

Leurs voix mêlées, le doux parfum d'églantine eurent raison des langueurs de la baronne ; voici qu'après tant de jours sans boire ni manger, l'eau bénite coulée dans sa gorge lui rendit force et vigueur.

Nous eûmes, la femme de chambre et moi, le sentiment de vivre un miracle. Oui, Dieu, dans sa très grande bonté, avait rendu la vie et la foi à cette chère baronne, dans les yeux du jeune prêtre.

Voici qu'elle tomba en pâmoison devant ces boucles blondes et ce sourire un peu poltron ; on eût dit une sainte face aux anges ; excepté ses façons si confondantes et son appétit soudain pour un nouveau galant !

L'éclat de ses regards trahissait son goût pour la passion ; l'ombre de Schmetterling s'évanouissait pendant que le rose lui revenait aux joues.

Le jeune *padre* Pozzi découvrira dans peu de temps les vertiges de l'amour et le combat contre ses propres démons !

J'ai couru répandre la nouvelle jusque chez mademoiselle sa nièce ; les larmes de contentement plurent sur ses pommettes de marionnette. Schmetterling accourut au chevet de la baronne et lui baisa les mains, avec une affliction si ronde qu'elle prononça d'une faible voix la bénédiction pour ses futures noces.

Ainsi donc, ma baronne si honnête, si charitable, tourne son regard vers son galant à la verdeur prometteuse, et offre sa clémence aux jeunes amants.

*

La voiture de la baronne m'a conduite ce matin à la chambre de Wolfgang. Ma bienfaitrice est parfaitement remise de son cruel dépérissement, je peux désormais m'effacer ; nos arrangements ont pris fin à la date dépassée, cependant je me trouve maintenant commodément remerciée de mes bons soins, et dotée d'une noble et estimable amie.

L'idée de retourner chez ma mère n'est guère plaisante ; je ne sais quelle conduite lui montrer pour lui convenir sans trahir ma nature.

Wolfgang m'a tant de fois priée de le rejoindre à sa chambre ! Il me paraît prudent de ne m'y rendre qu'après maintes précautions de n'y être surprise. Mon amie baronne a bien insisté auprès de son postillon : on ne dépose les effets de mademoiselle qu'après avoir reçu l'assurance que personne de sa connaissance ne l'ait remarquée à cet endroit.

Mon Sauveur ! Ma Fressure, me voici !

Les pluies d'été ont ceci d'enchanteur qu'elles aménagent une place aux arcs-en-ciel cotonneux. Celui de cette fin de journée forme une voûte colorée, au-dessus de la colonne de Peste du Graben ; l'or du sommet n'a jamais autant brillé.

Le postillon m'a précédée dans l'escalier, chargé de mes petits bagages, alourdis par les présents que la baronne m'a offerts : une robe de soie bleu ciel, un éventail chinois et une boîte à secrets, ornée d'un paysage de fausses ruines.

Le sansonnet dormait au fond de sa cage ; ma visite nocturne le réveilla. Il s'occupa de remettre de l'ordre dans son plumage, tandis que je vérifiais à mon tour celui de mes cheveux.

Oh ! je n'attendis guère plus de dix minutes, avant d'écouter des bottes monter les marches de l'escalier. Sitôt la porte ouverte, Wolfi jeta au loin ses feuilles de notes et me souleva dans ses bras.

Nous restâmes ainsi l'un contre l'autre, jusqu'à l'étourdissement. Je suis si bien lotie d'être aimée de celui que mon cœur a choisi !

*

Nos résolutions de mariage se formuleront assez tôt, car le succès des concerts au jardin apporte de l'argent et l'opéra sera applaudi ; Joseph II a clairement manifesté son soutien à Mozart, car il semble que les intrigues pour faire capoter l'œuvre se précisent.

Que les chrétiens reçoivent une leçon de morale des musulmans afin de les soumettre à la tolérance, n'est point du goût de tout le monde…

L'oppression est clairement dénoncée dans cette œuvre admirable et chacun devrait reconnaître une part de lui-même dans les dialogues.

Rien ne semble pouvoir ternir l'incomparable humeur de Wolfi !

Nous n'avons point couché ensemble, car il vient de recevoir la commande d'une nouvelle symphonie de la part de son père[28] et il fallut qu'il écrivît une partie de la nuit pour satisfaire cette demande, et qu'elle parvienne à Salzbourg avant le 29 juillet.

A la pâle lumière du candélabre, j'eus tout le bonheur de regarder sa figure et son esprit parti ailleurs, au centre des notes qui volaient entre ses tempes. Lorsque le sansonnet donna sa première voix du jeune matin, Wolfi s'allongea près de moi ; il dormit deux heures, le visage caché entre mes seins.

Puis les premiers rayons de juillet vinrent tiédir nos fronts et ce fut une nouvelle journée.

Nous nous séparâmes par un long baiser *à la française* ; je ne connaissais nullement cette coutume, mais elle réveilla tous mes penchants et me fit regretter de ne l'apprendre qu'à cette heure. Wolfgang avait enveloppé mes lèvres de sa bouche, puis sa langue humide et chaude parcourut cette lisière et força son passage. Lorsque la mienne vint à sa rencontre, je fus troublée par ce goût singulier ; tant de saveurs, de raffinements se trouvaient ajoutés au simple baiser que les précédents me parurent bien fades. Ah ! j'ignorais combien les Français gouvernaient l'art de ces riens qui agacent la chair et dictent la fonte des pudeurs !

Quel bonheur de brasser cette pulpe mouillée, fouiner dans sa bouche à la recherche d'une nouvelle étreinte de langue. Quel ballet de salive écumeuse !

Quel sacrifice d'être appelés vers nos devoirs réciproques !

Wolfi avec sa comtesse, moi vers la baronne…

*

Ce soir fut une fête !

Ils étaient tous là : la baronne, Schmetterling, Katharina – qui ne mérite plus guère son surnom de sainte, à en juger par ses charmants bruits de poulette. Dans les loges du théâtre, je reconnus quelques figures habituées de l'endroit. De loin, mademoiselle Auernhammer semblait très en joliesse, je veux dire très arrangée au regard des semaines passées.

Wolfgang, mon Maestro, au centre des musiciens, vêtu de son habit de soie mauve : *L'Enlèvement au sérail* va commencer…

Rendez-vous compte ! voulais-je crier à l'assemblée, je suis la fiancée de ce petit homme, là-bas, ce grand maître de musique pour qui nous sommes tous ce soir venus ; voyez ma fierté de lui !

La symphonie d'ouverture commença et chacun sauta sur son siège ; l'humeur allègre des notes surprit l'assemblée. Tout commença dans l'excitation générale ; les deux ouvertures s'enchaînèrent aux airs du début, d'une façon pleinement poétique.

Puis l'air de Belmonte, qui figure déjà dans l'ouverture, fut entendu, mais cette fois en majeur ; quelques sifflets couvrirent sa voix par moments, mais l'ensemble resta très appréciable. Le lied, le duo coupé de *parlato* résonnèrent sous les puissants bravos qui couvraient les sifflets. Mon cœur battait au rythme de chaque lied ; j'étais au bord de l'évanouissement !

Au deuxième acte, les duos furent bissés ainsi que le rondo !

Le troisième acte remplit l'assemblée d'un pur bonheur, malheureusement Fischer se trompa et fut un piètre Osmin. De ce fait, Ernst Dauer dans son rôle de Pedrillo fut troublé et se reposa sur Adamberger pour tout rattraper. Je ne reconnaissais plus mon Wolfgang, tellement la colère était visible sur sa figure. Mais au public, rien ne parut ennuyeux ; la Cavalieri interpréta une Konstanze fort brillante et je compris enfin le choix de Wolfgang, pour la pureté de son organe.

Toutes les places du théâtre étaient occupées, les loges, le troisième étage, tout était loué ! Les applaudissements résonnèrent longtemps et Wolfgang Amadé Mozart, mon fiancé, profita de cette gloire si méritée. J'étais la plus triomphante des promises !

Dès le *Singspiel* terminé, je me rendis à la demeure de maman lui faire partager mes impressions sur la gloire de son futur beau-fils. Je fus accueillie à coup de marmite sur les flancs, car j'avais manqué tous mes devoirs envers ma mère, *si aimante, qui s'est tant sacrifiée pour moi*, en ne lui procurant aucune place pour cette soirée, où les plus nobles personnes s'étaient côtoyées.

Comment pouvais-je croire qu'après tant de misères souhaitées, tant d'offenses et d'âcreté, Caecilia Weber souhaitait plus que tout au monde applaudir la musique de celui qu'elle avait lié de force à mon destin ?

*

Le comte Zichy fait envoyer une voiture, pour que Wolfgangerl se rende à Laxenburg en sa compagnie, et se produise devant le prince Kaunitz.

Une nouvelle tâche, urgente et de la plus haute importance, s'impose à présent : l'arrangement de son opéra pour harmonie[29] avant que n'importe qui d'autre le devance et tire les bénéfices de cet opéra.

Mon Dieu ! mais comment trouvera-t-il le temps, entre ses élèves du matin, les musiques données çà et là, Konstanze et Belmonte au théâtre, les académies, l'écriture de cette symphonie pour son papa et, maintenant, cet arrangement impérieux de l'opéra ?

*

La Gazette de Leipzig tombée entre mes mains me rend enragée depuis hier ! Un certain Christoph-Friederich Bretzner a osé écrire d'ignobles calomnies à propos de *L'Enlèvement au sérail* : « *Certain individu, du nom de Mozart, demeurant à Vienne, a eu le front de faire un usage illégal de mon drame* Belmonte et Konstanze *pour en tirer un livret d'opéra. Je proteste ici de la façon la plus solennelle contre cette atteinte à mes droits, me réservant de prendre éventuellement toutes autres mesures[30].* »

Je m'étonne de cette affirmation, car je crois que les personnages de ce drame, écrit par ce Bretzner, pourraient eux aussi chercher leurs origines dans quelques œuvres de Gluck, et *La Rencontre imprévue*, ou bien encore avec Goethe et son *Roi Thamos*.

Et ne dit-on pas, en ville, que *L'Enlèvement au sérail* de Konstanze est en fait *mon* enlèvement de l'Œil de Dieu ?

*

Les deux premières représentations de *L'Enlèvement au sérail* ont déjà rapporté douze cents florins !

Ce sera la fête de Nannerl, le 26 juillet ; Wolferl et moi lui avons écrit une courte lettre, à laquelle j'ai ajouté mes vœux. Dans deux soirs, l'opéra sera donné en l'honneur de toutes celles qui se nomment Anne.

Bien sûr mon style ne peut rivaliser avec celui de ma très honorable future belle-sœur, mais ne sont-ce pas les qualités du cœur qui priment ?

Amie très honorée !

Excusez-moi si je prends la liberté de vous importuner encore par mes griffonnages, seulement l'approche de votre fête sera mon excuse ! Et si cela vous ennuie (comme toutes les félicitations), je me console de n'être certainement pas la seule qui vous importune ainsi. Et la moindre des choses que je mérite, c'est que vous me supportiez comme les autres, au nom de Dieu ! Si vous pouviez voir dans mon cœur et tout y lire. Peut-être alors serais-je exclue de cette masse – tout au moins. Peut-être – non, sûrement – je mérite même une petite préférence parmi les exclus. Je vous souhaite donc de tout cœur d'être aussi heureuse pas seulement de le devenir ! – mais vraiment de l'être autant que je me promets de l'être à l'avenir – alors vous le serez comme je l'espère de tout mon cœur de

Votre dévouée servante et amie,
Constanza Weber.

Si Dieu veut, encore cette fois, j'aurai le bonheur de lire une réponse à ma courte lettre…

*

Wolfgang ne s'offre pas une minute de repos, sa tête et ses mains sont entièrement pris par sa musique.

Hier, l'opéra fut donné pour la troisième fois, sans que Fischer et Dauer ne commettent les erreurs de jadis. Un grand *applauso* termina toute la représentation, en l'honneur de toutes les Nannerl, comme Wolfgang l'avait promis à sa sœur, si chère sœur.

Le public est véritablement fou de cet opéra ; tant et si bien que c'est maintenant Wolfgang qui doit s'opposer à certaines représentations prévues, car il redoute qu'il ne soit par trop rabâché aux oreilles et qu'une lassitude leur arrive prématurément.

Il profite de son succès et son âme joyeuse me cause tous les bonheurs.

*

La chaleur de midi est accablante ; mon corset reste dans la moiteur jusqu'au soir tombé ; des couronnes mouillées se dessinent sur les étoffes de mes vêtements, exactement sous les bras, au point que je dois épier mes gestes.

Wolfgang peine à retenir ses vomissures lorsqu'il se trouve près de mademoiselle Auernhammer, il est fort incommodé par ses suées et sa gorge négligée ; il ne saurait être question pour moi de lui présenter de pareilles auréoles.

*

Je suis allée ce dernier jour de juillet rendre visite à mes sœurs ; j'avais apporté un panier garni de friandises et un adorable chaton tout gris, trouvé dans les allées. La pauvre bête était couverte de puces.

Josepha et Sophie m'accueillirent avec sentiment; nous pûmes évoquer mes espoirs d'un diligent mariage, avec l'aide de Dieu, et sourire des premiers émois de Sophie pour le fils d'une comtesse voisine. Josepha ne mentionna nullement l'existence d'un galant et je me gardai bien d'évoquer cette question. Je remarquai juste quelques taches de gourmandise sur son châle de mousseline, croisé sur sa robuste poitrine. Si Josepha conservait sa faiblesse pour les friandises, c'est bien que personne n'occupait encore son esprit.

Manger et chanter, voici tout l'univers de ma sœur aînée.

Le petit chat fut baptisé Kapuzin, car il portait sur la tête une sorte de capuche de poils sombres, retombant jusque sur son petit nez. Il but une tasse entière de lait et partit à la découverte de son nouveau logis, tremblant de son audace.

La journée fondit dans le partage des petits bonheurs de femmes; Sophie avait commencé la peinture d'un galon de ruban, qu'elle pensait coudre sur les bords d'une robe neuve. Josepha se mit au piano et nous enchanta des airs qu'elle joua; mes sœurs se montrèrent charmantes et tranquilles; un arôme de douceur rassise remplissait tout le salon. Puis ma mère entra chez elle, précédée de grands fracas et l'on entendit un hurlement déchirant depuis le salon.

Nous nous transportâmes alors vers notre mère, dont, étrangement, je n'avais pas reconnu la voix.

Nous la trouvâmes figée dans le corridor; une vilaine grimace gâtant sa figure et les couleurs de son fardage tournées au verdâtre.

A nos mines questionneuses, elle ne répondit guère

et se contenta de soulever ses cotillons : Kapuzin gisait sur le carreau, écrasé par le *délicat* soulier de ma mère.

La pauvre Sophie se jeta au sol et recueillit le petit corps duveteux en sanglotant amèrement. Puis, lorsque après tant de désolation, nous levâmes les yeux vers notre mère, cherchant la peine, l'affliction, oh ! juste une trace de regret, nous ne vîmes que sécheresse sur ses traits verdis.

Je me trouve honteuse d'avoir abandonné mes sœurs au triste sort que ma mère leur réserve ce soir ; cependant, les reproches pour avoir amené ce petit chat dans la maison eurent raison de mon indulgence ; j'avoue m'être montrée fort irrespectueuse, car Caecilia Weber n'avait point fini de baver ses égarements que je lui fis écho par une paire de *crepita ventris*[31], juste avant de claquer les huis d'entrée.

Lorsque à la nuit tombée, je racontai mon chagrin à Wolfgang, il m'enveloppa de mille cajolis.

Après notre souper sur une nappe reprisée, il décida d'écrire à son cher papa, afin de le prier de donner son accord pour notre mariage.

(…) Très cher excellent père !

Il faut que je vous demande, que je vous prie pour tout au monde : donnez-moi votre accord pour que j'épouse ma chère Constance. Ne croyez pas que ce soit uniquement pour le mariage – car là, je pourrais volontiers attendre. Mais je vois que c'est absolument nécessaire pour mon honneur et pour l'honneur de ma fiancée, pour ma santé et pour mon état d'âme. Mon cœur est agité, mon esprit troublé – comment penser à des choses sérieuses et travailler ? – d'où cela vient-il ? – La plupart des gens pensent que nous som-

184

mes déjà mariés – sa mère s'en emporte – et la pauvre fille
est maltraitée à mort, tout comme moi. Il est aisé d'y remé-
dier. Croyez-moi, on peut vivre aussi facilement qu'ailleurs
dans cette ville de Vienne si coûteuse, cela dépend seule-
ment de l'économie et de l'ordre. Et ce n'est jamais le cas
pour un jeune homme, surtout s'il est amoureux. Celui qui a
une femme comme celle que j'aurai peut certainement être
heureux. Nous vivrons dans le calme et la paix – et serons
tout de même joyeux. Et ne vous faites pas de souci – car
même si je devais tomber malade, ce dont Dieu me préserve
(surtout si je suis marié), je suis prêt à parier que les per-
sonnages les plus éminents de la noblesse me viendraient en
aide. Je peux le dire avec assurance. (…) J'attends votre
consentement avec impatience (…), il en va de mon honneur
et de mon repos. Ne repoussez pas trop loin le bonheur
d'embrasser bientôt votre fils et sa femme. Je vous baise
1 000 fois les mains et suis à jamais votre fils obéissant,

W. A. Mozart.
P.-S. J'embrasse ma chère sœur de tout cœur.
Ma Constanze vous fait à tous deux ses compliments. Adieu.

Alors que nous achevions cette lettre, celle de Monsieur Mozart arriva par la dernière voiture de poste.

*

Wolfgang est très affecté de la froideur de son père ;
aucun mot de satisfaction concernant le succès de son
opéra ; mais encore des commérages à propos des fan-
faronnades, des critiques que Wolfi clamerait à l'en-
contre des *professori* de musique de la ville. Qui peut
bien se distraire à décrire de telles stupidités jusque
Salzbourg ?
Pourquoi faut-il qu'une mauvaise nouvelle en masque une seconde et gâche le reste du jour ?

Août 1782

Nous occupons désormais un petit appartement, dans la maison dite du « sabre rouge », Hohe Brücke n° 387. Pour Wolfgang, c'est une sorte de retour dans sa petite enfance, car il se souvient fort bien de cette demeure, depuis qu'il y vécut en 1767, avec ses parents.

Enfin, cet appartement demande quelque décoration, toutefois il n'en demeure pas moins agréable.

Nous étions désolés de n'avoir plus aucun endroit pour nous aimer, et le succès de son opéra permet de payer un loyer plus important.

*

Katherl, la servante de maman, est venue, encombrée des manuscrits de musique de Wolfgang ; tout ce qui était resté à l'Œil de Dieu fut empaqueté par ma mère avec une précipitation montrant sa mauvaise humeur et renvoyé à son propriétaire. Il fallut aussi lui en donner quittance par écrit.

*

Sophie est arrivée, secouée de sanglots. Après un verre d'eau fraîche, elle se remit un peu et parvint à dire quelques mots : « *Constanza, tu dois absolument retourner à la maison car maman veut te faire ramener par la police !* »

Etait-il possible que la police rentrât ainsi dans n'importe quelle maison, se saisisse d'une personne par la force ?

Maman ne reculerait devant aucun scandale, afin de bien montrer que l'on ne badine pas avec l'honneur de la famille. Quelle humiliation ce serait pour moi, pour Wolfgang, d'être prise comme une fille sur le Graben et reconduite à ma chère maman !

Mon Dieu ! épargnez-moi ce déshonneur, je ne sais plus où aller…

Je suppose que ma mère marche les mille pas dans son salon, sous le regard de Josepha et de Thorwart. Pour une affaire de cette importance, je suis certaine que l'appui de mon tuteur lui aura été nécessaire. Peut-être même est-ce son idée de me terroriser ainsi, de troubler Wolfi dans cette période musicale agitée. N'ont-ils point de cœur ? N'ont-ils jamais connu l'ivresse et la désespérance de nos sentiments ?

*

Nous n'avons aucun accord de Monsieur Mozart pour notre mariage ; parfois l'attente d'une lettre ou d'un billet est insupportable.

Wolfgangerl s'est hâté d'écrire une lettre à la baronne Waldstätten, afin de lui exposer toutes les misères que ma mère nous inflige, et lui demander l'un de ses bienveillants conseils ; Wolfgang souhaite m'épouser aujourd'hui même, si cela est possible, sinon demain.

Et Thorwart, faut-il le rencontrer ? Cependant, le rencontrer signifie ployer. Se présentera-t-il devant la baronne ? Mon cœur est sans repos, la tête me tourne, je ne puis endurer tous ces supplices ; je voudrais vivre ma passion dans la paix.

*

Ce matin, nous nous rendons tous les deux à l'abbaye des Théatins, afin de nous confesser, avant notre mariage.

Je me suis souvent rendue à l'église ces derniers jours d'embarras et chaque fois qu'il le put, c'est-à-dire lorsqu'il n'avait de leçon prévue à cette heure, mon Héros m'accompagnait faire mes dévotions.

De cette parfaite piété, de la contemplation sans mesure que nous éprouvâmes à chacune des saintes messes, Wolfi affermit sa représentation de notre duo : « *(...) nous sommes faits l'un pour l'autre – et Dieu qui organise tout et qui a voulu cela ne nous abandonnera pas*[32] ».

Après-demain, nous serons mari et femme devant Dieu ! Après-demain, sera notre *finale*, notre triomphe.

Mais avant cela, cette faveur bénie, nous devons signer notre contrat de mariage, où nous indiquerons le partage de tous nos biens. Mon excellente amie, ma généreuse et drôle alliée, Martha Waldstätten me fait don d'une de ses plus jolies robes ; une œuvre de soie grise, ornée de dentelles blanches et argentée aux manches. On ne comptera plus le nombre de volants, de nœuds et de choux ; sa coiffeuse sera à ma disposition pour les ornements de tête et les mèches à tisser.

Je voudrais être la plus gracieuse.

Je voudrais lire dans les yeux de mon Chêne le ravissement de me prendre pour épouse.

Vienne, 3 août 1782.

Au nom de la très Sainte Trinité, Dieu le père, le Fils, et le Saint-Esprit, Amen.

Aujourd'hui, *à la date ci-dessous, a été conclu et signé le contrat de mariage suivant entre le noble seigneur Monsieur Wolfgang Mozart, Maître de chapelle, célibataire en tant que fiancé d'une part, et la noble demoiselle Constance Weberin, fille légitime mineure de feu le noble seigneur Monsieur Fridolin Weber, musicien décédé de la cour impériale et royale et de son épouse encore en vie, la noble dame Caecilia Weberin, en tant que fiancée d'autre part, en présence de ces messieurs les témoins réunis à cet effet :*

Premièrement, *la demoiselle Constantia Weberin est promise à Monsieur le fiancé, à son humble demande, jusqu'à confirmation par le prêtre.*

Deuxièmement, *la jeune fiancée apporte en cas de mariage 500 florins à Monsieur son fiancé.*

Troisièmement, *celui-ci s'engage à verser 1 000 florins en cas de rupture du contrat, de sorte que la dot et le droit de réfutation se montent à 1 500 florins, comme pécule de survie. Mais ce que*

Quatrièmement, *les deux contractants achèteront, hériteront, gagneront et obtiendront de bon droit au cours de leur vie commune, par la grâce de Dieu, deviendra alors bien commun ; et les deux parties auront les mêmes droits et devoirs s'ils acquièrent des terrains.*

Cinquièmement, *chacun peut, par codicille à son testament, faire cadeau des plus-values à l'autre partie. Par suite*

Finalement, *ce contrat de mariage sera fait en deux exemplaires identiques, signé par vous, les* *contractants, Madame la mère, Messieurs le tuteur et les témoins (mais aussi ceux-ci sans engager leur responsabilité personnelle), et remis à chacun. Actum.*

Vienne le 3 Août 1782.

Maria Constanza Weber, *fiancée*

Maria Cécilia Weber, *mère de la fiancée*

Johann Carl Cetto v. Kronstorff, *conseiller régional impérial et royal de Basse-Autriche*

Conviés comme témoins :

Johann Thorwart, *le réviseur de la direction des théâtres impériaux et royaux, et tuteur*

Wolfgang Amadé Mozart, *fiancé.*

Franz Gilowsky de Urazowa, *magister chirurgiae anatomiae.*

Voici le contrat signé ! Demain, oui, demain, avec l'aide de Dieu et la bienveillance de la baronne, je serai… Constanze Mozart, Madame Mozart !

Demain je serai tout autre, étourdie de ma fortune.

Ce soir, mère se trouve assez satisfaite car, depuis vingt mois, l'engagement de mariage signé par Wolfgang était devenu une véritable obsession, et bien qu'il fût déchiré, le second modèle n'en demeurait pas moins au domicile de Thorwart !

Le consentement de Monsieur Leopold Mozart n'est nullement parvenu par la poste de ce jour ; nous serons tout de même mariés demain !

Pour mon honneur, et faire cesser les rumeurs, Wolfgang a eu l'élégance d'inscrire sur le registre deux adresses différentes de résidence ; L'Œil de Dieu possède deux entrées, une sur la place Saint-Pierre, l'autre Tuchlauben ; en vérité, il n'a logé que quatre mois chez maman, et onze mois sur le Graben.

Nous avons été dispensés de publication des bans, bien que ce soit exceptionnel. Nous avons prêté serment, l'un et l'autre, qu'aucun empêchement n'existait à notre mariage. Rien n'est plus vrai ! Il n'existe aucun empêchement...

Vienne, 4 août 1782.

L'honorable Monsieur Wolfgang Adam Mozart, un Maître de chapelle, célibataire, né à Salzbourg, fils légitime de Monsieur Leopold Mozart, Maître de chapelle en ce lieu, et de feu son épouse Maria Anna, née Pertl, avec le consentement du gouvernement, habitant depuis douze jours n° 387 Hohe Brücke, auparavant cinq mois sur le Graben, et avant cela, un an à l'Œil de Dieu, Tuchlauben, depuis seize mois en permanence ici, comme le certifient son témoin et ceux de l'épousée.

Et la noble demoiselle Konstanzia Weberin, née à Zell en Autriche inférieure, fille légitime de Monsieur Fridolin Weber, musicien de la cour impériale et royale, et de son épouse Cecilia, née Stamin, avec le consentement du tuteur auprès maréchal de la cour, habite depuis deux ans place Saint-Pierre à l'Œil de Dieu n° 577, comme le certifient le tuteur et les témoins.

Témoins de la mariée Monsieur Johann Thorwart, réviseur de la direction de la cour impériale et royale, et Monsieur Johann Cetto v. Kronstorff, conseiller régional impérial et royal de Basse-Autriche, et du marié Monsieur Franz Gilowsky, docteur en médecine.

Dispensés du dépôt de bans en vertu de leur serment.

Mariés le 4 août

Wolff[33].

*

Je suis Constanze Mozart !

Je suis mariée à Johann Chrysostomus Wolfgangus Theophilus Mozart[34].

Je suis unie, devant Dieu, à celui que j'aime.

Il ne sera jamais de plus émouvante cérémonie que la nôtre, en ce jour béni.

L'orgue de Stephansdom annonça la grandeur de Notre-Père, par ses notes soufflées. Ô Dieu, comme Votre puissance résonnait dans la bouche de ses immenses aiguilles de fer tandis que je m'avançais gravement jusqu'à Vous.

Jusqu'à *lui*.

Les bruissements de ma robe étaient pareils aux ailes des anges. Oh ! tout embrassait la bienfaisance et l'harmonie.

Toutes les personnes présentes avaient souhaité ardemment que ce mariage fût prononcé, mais aucune ne portait en son cœur autant d'émotion que la mariée, nul ne pourrait mesurer ma félicité.

Lorsque nous fûmes unis par nos vœux, je me mis à pleurer – Wolfgang aussi – et l'assemblée de témoins fut si touchée par notre bonheur, que tout le monde fondit en larmes, même le prêtre[35].

Ce fut en vérité d'un bel effet de concert, toutes ces personnes troublées, de la plus sensible à la plus sèche.

La baronne Martha Waldstätten nous a offert notre festin de mariage. Une solennelle table fleurie fut dressée dans son parc ; toutes les chandelles de la ville semblaient avoir été sollicitées pour illuminer le jardin ; une légère brise de nuit agitait les pendants de cristal des candélabres.

Schmetterling et sa gracieuse Katharina dansèrent au son des violons ; la baronne avait invité quelques musiciens à jouer les œuvres de Wolfgang, afin que la fête célébrât tous les talents : le triomphe de l'amour, la beauté des notes, le cœur de l'été, le parfum des lis, et sa propre renaissance.

Le père Pozzi ne dansa point, mais il devisa de longs moments auprès de Thorwart et – peut-être, avec l'aide de Notre-Seigneur – parvint-il à adoucir son cœur ?

Ma mère n'entendit rien aux musiques de son beau-fils, elle cria pourtant le goût exquis de la baronne et voulut complimenter la magnificence de tous ces apparats.

– Baronne, ce souper est plus « princier que baron-nesque[36] » et je dois vous dire tout le bien que je pense de votre goût en musique !

– Je suis fort aise qu'il vous ravisse, mais ce n'est pas moi que vous devez flatter ! Ces notes qui char-ment votre esprit, sont de votre gendre affectionné ; il eut été dommageable de composer ses merveilles au bureau de la police, pour sauver sa fiancée d'un fâcheux complot. L'Allemagne tout entière eût alors été privée d'une œuvre qui vous enchante à présent !

– Et tiens, avale ça ! chuchota Wolfgang. Je gage que ta mère nous laissera respirer quelque temps après la saillie de la baronne !

Rien ne peut éteindre mon bonheur ; à présent, je me moque de tout.

*

Enfin la bénédiction paternelle nous est parvenue ! Monsieur Mozart, dans sa grande bonté et la confiance qu'il accorde à son fils bien-aimé, donne tout son consentement à notre union.

Sera-t-il nécessaire de lui faire savoir que nous n'avions nullement attendu cet accord pour nous unir devant Dieu?

Enfin, nous avions espéré tant de fois cette lettre qu'à force d'être déçus et pressés de toutes parts, aucun autre *finale* ne s'offrait à notre embarras.

*

Voici qu'aux petits matins pâles je m'éveille dans les bras de mon époux, et nul ne peut m'en faire la réprimande; le cœur de l'été bat, tandis que je ne compte déjà plus nos levers éblouis par cette clarté merveilleuse et notre félicité.

Les rideaux restent fermés jusque dix heures. Le sansonnet s'impatiente sur sa branche de noisetier dès que sonnent les cloches de Maria am Gestrade, mais nous ne l'écoutons guère, trop occupés que nous sommes à célébrer notre copulation.

Encore tout parfumé des senteurs de ses rêves agités, Wolfgang s'oblique sur moi, ivre de volupté, toujours disposé aux attaques de cajolis; nulle trêve n'est possible!

Oui, je le reconnais encore, cette fièvre de chatteries me fait perdre la mesure!

Je ne puis me refuser à lui, car sur l'ordonnance de Dieu, je suis sienne; je ne désire point priver son joli tison des niches que mes chemises abritent, d'autant que la punition me serait également cruelle.

Il n'a jamais montré tant de dispositions à me mignoter, me complimenter.

Me visiter tout entière.

Me prendre ainsi sans repos, compter mes grains de

beauté, froisser mes cheveux et murmurer tant de confessions : il m'aime. Il le montre et le chante ; et chacune de nos odyssées s'épuise dans un gémissement animal, ruisselant de bave, de larmes et de foutre.

Il m'aime.

Moi, Constanze Mozart, dépourvue de grâces.

Et jamais, ô grand jamais, je n'osai espérer dépenser tout mon temps au lit, sans risquer les rebuffades et le mépris de ma mère ! Comme cela est doux de s'étirer mollement, au chant du sansonnet, consulter l'heure et, la lisant, retourner quelques minutes, quelques heures même, à la délicieuse paresse…

*

Il est bien dommage que l'on organise tant de secrets autour des choses de l'amour, à la connaissance des jeunes filles.

Toute cette arrogance, ce désir concentré en un membre bouffi, dressé, et ce ruisseau d'écume !

*

Aujourd'hui, nous avons rendu visite à ma mère ; je n'y retournerai plus que pour un anniversaire ou la fête d'une de mes sœurs.

Nous évoquions avec esprit les plats de cuisine ratés que j'avais préparés à mon époux et qu'il s'était interdit de critiquer, faisant confiance à ma volonté de fleurir hâtivement dans cet art. Mes sœurs, et surtout Josepha dont la cuisine est renommée, riaient de bon cœur.

Ma mère prit alors les airs de la *Cavalieri* pour dire toute sa désolation de voir Wolfgang inséparable désormais de cette misérable créature terne et crétine que je suis.

Je fondis en larmes.

Wolfgang pénétra alors la déception de Caecilia Weber, que nos engagements ne fussent rompus, et qu'ainsi la pension tant espérée ne lui parvînt jamais.

Mon mari, fortement irrité par cette attitude, et tandis que mes pleurs redoublaient, me prit par le bras avec bonhomie et déclara qu'il était temps de rentrer[37].

Je suis bien malheureuse de cela ; je ne crois pas être en mesure de lui pardonner un jour ses cruautés.

*

La baronne est toujours aussi divertissante ; ses propos d'aujourd'hui nous ont enseigné qu'elle n'a jamais eu l'heur de goûter une langue !

Wolfi, profitant de l'absence du *padre* Pozzi, taquina la baronne sur les différentes saveurs de chaque langue, accompagnée d'une raillerie musicale au pianoforte. Toutes y furent illustrées, mais peu me restent en mémoire : celle de monsieur le baron, toujours absent, qui devait avoir un goût de tabac espagnol, celle de Schmetterling, sans nul doute parfumée à l'eau de rose (un papillon ne butine-t-il pas les fleurs ?), la mienne, chargée de tous les promeneurs jouissants de nos baisers, celle de monsieur son père, qu'il espère infusée à la merde, à force de mordre sa crotte à pleines dents, la langue de ma mère, crochue comme celle d'une vipère empoisonneuse, et enfin, l'organe du *padre*, qui ne s'agite dans sa nef que pour réciter quelques bienfaitrices paroles, assurément marinées au vin de messe !

La baronne, divertie par les joutes de Wolfgang, riposta que la langue du *padre* n'était nullement l'organe le plus agité de sa personne, ni celui qui dispensait le plus de bienfaits !

Wolfgang lui jura solennellement sur les notes finales, de nantir ces papilles baronnesques des meilleures langues de veau conservées au sel, ainsi que des plus avantageuses langues de bœuf fumées, venues de Salzbourg par poste spéciale.

*

Nous irons peut-être à Paris pour le carême prochain.

Wolfgang prend des leçons de français et d'anglais. Du fond de ma couche, j'écoute les leçons et répète à mi-voix ces prononciations étrangères.

*

A la demande de Gluck, l'opéra de mon mari sera encore donné durant cette octave ; ils doivent déjeuner ensemble et dépenser des heures de conversation à propos de leurs idées, du talent des autres et des complots que l'on fomente dès qu'une œuvre se distingue.

Nous espérons le retour des familles aristocrates de la campagne ; comme toujours, il ne saurait être question pour nous de rentes en l'absence de ces fortunes dépensières.

Le concert de l'harmonie au Augarten nous permettra encore quelques dépenses dans l'attente des jours fastes de la saison.

Septembre 1782

Nous nous occupons de renouveler nos vêtements, afin que nos toilettes soient en accord avec la gloire de mon mari. Depuis hier, un beau frac rouge lui fait très envie et lui déchire le cœur. « Je voudrais avoir tout ce qui est bon, véritable et beau ! » m'a-t-il déclaré dès son lever.

Certaines dépenses sont véritablement nécessaires ; nous ne pouvons prétendre fréquenter les meilleures académies et les riches salons sans montrer quelque goût pour les délicates choses et l'aisance de se les offrir.

Faire pitié serait un suicide.

Pour ma part, deux nouvelles robes se pressent dans notre armoire, deux chapeaux assortis et trois paires de gants. Cependant, je crains fort de ne pouvoir profiter de ces magnifiques étoffes ; je n'ai nullement reçu mon courrier de Rome ; il n'y aurait rien d'étrange à ce que je fusse à nouveau grosse.

*

De la bière, je voudrais boire des chopines entières de bière ! la mousse me fait saliver, les bulles au fond de la gorge me chatouillent jusque dans mes songes.

Comment pourrais-je boire des cruchons entiers de ce breuvage, alors qu'il me tourne la tête et me fait rire sottement ?

Je suis dans ma vingt et unième année et pourtant, certains matins, je me sens lourde, âgée et rompue.

Wolfi a même écrit à son père que j'allais avoir bientôt 91 ans !

Nannerl ne donne point de nouvelles depuis notre mariage.

Il m'eût été plaisant de savoir son contentement de notre union ; peut-être cela est-il trop d'exigence de ma part, croire qu'elle pût saluer un état dont les jouissances lui sont encore interdites ? Pourtant, combien de fois n'ai-je pas souhaité son bonheur avant le mien !

*

Nous devrions bientôt rembourser à notre amie baronne la taxe de mariage qu'elle a dépensée pour nous permettre de convoler. Que serions-nous devenus sans le soutien de cette noble personne ?

Que Dieu la protège !

*

Les langues salées et fumées sont arrivées de Salzbourg. Monsieur Mozart les a envoyées sans délai.

Nous en porterons deux à la baronne et garderons les deux autres pour nous ; je n'ai jamais goûté ces langues fumées et leur aspect ne me tente guère. Elles sont grosses et tordues, habillées d'une épaisse peau blanchâtre recouverte de petits boutons pointus.

Ah ! de les regarder, les nausées se sont emparées de mon cœur ; j'ai couru jusqu'au trou d'aisances rendre les saucisses de ce matin.

*

Mon beau-père semble éprouver une certaine inclination pour la baronne, bien qu'il ne l'ait jamais ren-
contrée ; mon époux – ah ! quel bienfait de pouvoir le
nommer ainsi ! – se trouve bien embarrassé car il
devra avertir son père que la baronne n'est pas tout à
fait… enfin ne possède pas toutes les qualités qu'un
homme de rigueur et d'honneur peut prévoir.

Comment faire savoir les mille grâces et dispositions de cette noble amie, décourager mon beau-père
sans insulter ses intentions, ni faire offense à celle à
qui nous enveloppe des meilleures attentions ?

Cela me rend tout à fait triste.

*

L'Enlèvement au sérail a déjà été donné dix fois
depuis le 16 juillet. Les louanges sur Konstanze et
Belmonte rosissent les joues de mon homme. Enfin,
la gloire tant espérée !

Avec elle, arrivent aussi les rivalités mesquines et
les faussetés.

*

Le temps me fait défaut, hélas, afin d'écrire mes
pages ; entre deux vomissures et ma nouvelle
condition de femme du plus grand compositeur de
Vienne, je trouve peu de pauses silencieuses. Parfois
même, toutes les plumes de cette maison sont gâchées,
et il n'en reste aucune pour mes griffonnages sur la
peau de mon confesseur de papier.

*

L'Opéra de Berlin désire recevoir une copie de
L'Enlèvement au sérail : Wolferl sent venir l'orage
entre ses tempes. Il n'est plus question que ce soient

les autres qui tirent profit de son travail : « *Je serais peiné que mon talent puisse être payé en une seule fois, surtout pour cent ducats! Je ferai représenter mon opéra à mes frais, et je gagnerai au moins 1 200 florins en trois représentations; au moins mes ennemis ne se moqueront pas de moi. Il n'est pas question que je vende mon œuvre pour cent malheureux ducats, alors que le théâtre en tire quatre fois plus de bénéfices en quatorze jours! Je ne suis pas le sot qui laisse tirer aux autres le bénéfice de son travail et de sa peine, et abandonne tout profit ultérieur qu'il pourrait tirer de son œuvre!* »

Octobre 1782

Summer est nommé maître de musique au service de la princesse Wurtemberg, à raison de quatre cents florins annuels. Wolfgang dit que ces appointements de misère lui retirent l'incommodité d'avoir refusé cette offre. Pourtant, je me souviens bien de son empressement à connaître le nom de l'élu et ses espoirs d'être celui-ci, au point d'oublier les divertissements de la Redoute !

Il est cependant bien vrai que le talent ne doit s'acquitter d'une somme aussi piètre, si noble soit l'élève.

*

J'ignorais que Mademoiselle Laideron logeait chez la baronne ; enfin, comment une telle nouvelle put-elle me rester méconnue, tandis que Tout-Vienne savait déjà la chose avant que ses effets personnels n'y fussent déposés ?

Wolfi savait-il la nouvelle ?

Lorsque je pénétrai sa pièce de travail, une fois encore je fus émue aux larmes de voir cette nuque inclinée sur sa table. Ô mon ange, combien de fois n'ai-je rêvé d'entrer ici en toute légitimité…

– Puis-je te déranger, Wolfi ?

Nulle réponse audible ne me parvint, mais sa tête se secoua en un *oui* bien affranchi. Je m'approchai ; aussitôt, sa petite main se posa sur mon arrière et fourgonna les étoffes.

– Savais-tu que Mademoiselle Lai... enfin que la fille Auernhammer logeait chez la baronne ?

Ses doigts se perdirent dans ma pelisse fiévreuse.

– Et toi, répondit-il, sais-tu qui voudrait bien se loger dans ce petit coin fripon ?

– S'il te plaît, Wolfi, je te parle avec sérieux...

– Oui, je le sais bien puisque c'est moi qui l'ai demandé à la baronne !

– Pou... pourquoi ne m'en avoir jamais dit le moindre mot ?

– Quand je pense à la Auernhammer, cela me dégoûte tout de suite. Je préfère penser à toi, et puis à ça !

Pour la seconde fois du jour, nous déposâmes sur la courtepointe toute l'essence de notre affection. Lorsque notre étreinte prit fin, je courus vomir quelques gorgées et Wolfi se remit à l'écriture de son rondo.

*

J'ai toujours ces imbéciles pensées de cruchon de bière ! Mon Fafelu se moque tendrement de mes envies et ne cesse de solliciter toutes les bonnes âmes afin de m'en procurer parfois.

Nous nous trouvons tous deux animés de niaiseries : je ne cherche que manger sans vomir aussitôt et gâcher ainsi le moins possible de nourriture ; les truites fumées semblent me faire profit, mais elles sont grossières à manger au petit jour.

Wolfi pense constamment au frac rouge que la baronne a promis de lui fournir, aux boutons de nacre sertis de pierres blanches et jaunes qu'il voudrait faire coudre dessus.

Mes négligés devraient être livrés cet après-midi ; l'un est bleu, orné d'un galon de fils blancs et bleus, tandis que l'autre est couleur puce, orné de dentelles blanches et dorées. L'ampleur de ces vêtements devrait ne laisser paraître que peu mon embonpoint à venir.

J'ai aussi acheté une canne, pour Wolfi.

Le pommeau est orné d'une grenouille enflée, assise et la bouche ouverte ; ses yeux sont en pierre de couleur rouge. Je lui en ferai la surprise demain.

*

L'opéra pour Berlin n'est toujours pas copié ; selon mon homme, rien n'empêche un copiste d'en réaliser un modèle pour son compte, qu'il revendra ensuite sans que jamais le compositeur ne le sache ou n'en tire le moindre bénéfice. Cet état de choses l'enfonce communément dans une brusque fureur.

A bien y méditer, les quatre cents florins de revenus assurés à Summer pour enseigner l'art de la musique à la princesse n'étaient pas si négligeables ; je ne comprends pas toujours ses retenues, mais je m'efforce de toujours soutenir sa pensée. A ce propos, lorsque ma mère avait échangé mon honneur contre une rente de trois cents florins annuels, la somme m'avait alors semblé honteuse. Mais pour être le maître de musique de la princesse, cela se calcule autrement : cette jeune personne loge sur le Wieden et pour rejoindre ses appartements princiers et donner sa leçon, il faut bien dépenser vingt kreutzers de voiture. Il ne reste alors que 304 florins sur le salaire. Si la princesse n'est pas disposée à prendre sa leçon à l'heure dite, il faut attendre, et là, sans doute perdre ses autres élèves, ou déjeuner fort mal dans une auberge chère. Et les autres élèves, les comtesses et baronnes, considèrent que leur argent vaut bien celui de la Wurtemberg. Wolfgangerl est certain que par ses radineries célèbres l'empereur ne souhaitait nullement lui offrir le salaire mérité ; son opéra remporte un tel succès que désormais plus personne n'ignore le talent de mon mari, et que ce talent se paie. Deux autres élèves nous donneraient le même salaire que la princesse, mais au moins, ces dames sont flattées d'apprendre de la bouche même de mon mari et ne le considèrent nullement comme un valet musicien !

*

Toute la ville parle de l'anéantissement de la flotte française et de la libération de Gibraltar ; depuis ses déconvenues en France, Wolfgang jouit franchement chaque fois qu'il apprend une mauvaise nouvelle pour les Français ; je ne partage nullement son point de vue, ni le contraire, car je n'entends que peu de chose en politique.

*

Notre voyage à Salzbourg sera reculé de quelques mois ; il serait déraisonnable de se priver de l'argent et des relations des familles aisées qui rentrent à Vienne ces jours-ci.

Et je ne me sens guère encline à me briser le cul dans une voiture des heures durant, sans compter les inconvénients de mon état qui se confirme.

*

Mademoiselle Laideron donne une académie au théâtre et Wolfgang a promis de jouer avec elle. Comment fait-il donc pour supporter ainsi ses relents d'aisselles et son haleine aux dents gâtées ?

Novembre 1782

Les pluies escortent le retour des grandes familles ;
hier encore, sans répit, comme génisse qui pisse, le
déluge s'abattit sur toute la ville ; les voitures peinent
à circuler et les chevaux patinent dans la boue.

Toutes les dames, revêtues de leurs nouvelles toilettes de saison, se voient alourdies de ganses de boue
au bas de leurs jupes. Il n'est plus question de porter
des soieries de Lyon, car la couleur des étoffes ne
résiste pas aux humidités d'automne.

Les coiffures souffrent, les cheveux frisent en
tous sens et leur poudrage se transforme en pâte col-
lante. Nulle n'est à son avantage à cette période de
l'année.

*

Mon amie Maria-Elise Wagner est venue me rendre visite ; comme je lui ai trouvé fort mauvaise
mine, je lui ai donné ma boîte de *mouches à
coquette*[38] ; ainsi, chaque jour, elle posera sur sa
pommette un grain d'opium caché sous une petite
pastille de velours noir. De nos jours, les élégantes
masquent avec esprit leurs indispositions, car ces faux
grains de beauté présentent la commodité d'attirer les

regards aux endroits charmants et de soigner bien des souffrances.

*

Deux jeunes personnes sont depuis ce matin à mon service ; Wolfgang hésitait entre ces deux femmes ; il a soufflé qu'elles fassent leurs journées d'essai en même temps. L'une est fort jeune, seize ans peut-être, et ses mains laissent à penser qu'elle ne fut pas toujours dans la nécessité de travailler pour gagner son pain. La seconde est immense, robuste comme un homme et parle avec un fort accent français.

Je ne sais si l'idée de les faire travailler ensemble le premier jour est excellente. Nous verrons cela.

*

Aloisia est à l'étranger pour ses représentations ; ses nouvelles me manquent. Et puis, je le confesse, ma victoire eût été plus savoureuse, si le jour de mes noces, il m'avait été offert de lire sur sa figure toute la joie sincère d'une sœur affectionnée. Sait-elle seulement que je suis Madame Mozart ? Peut-être ne désire-t-elle aucune nouvelle de Vienne, de ma mère, de moi, de jadis.

*

Lorsque la pluie nous laisse une part de ciel, c'est-à-dire vers l'aurore, Wolfgang part pour de longues promenades à cheval dans la campagne. Durant ses absences, je ne m'impose aucune tâche ; mes yeux s'ouvrent sur la chambre baignée d'une opaline clarté. Le premier bonheur qui m'appelle est son billet déposé sur le chevet : « *Bonjour, chère petite femme ! Je souhaite que tu aies bien dormi, que rien ne t'ait*

207

dérangée, que tu n'aies pas de mal à te lever, que tu ne t'enrhumes pas, que tu ne doives pas te baisser, te relever, t'énerver avec les domestiques ni trébucher sur le pas de la porte. Réserve les ennuis ménagers pour mon retour. Surtout, qu'il ne t'arrive rien! Je reviens à sept heures, etc. »

Puis ce sont les comtesses Zichy et Rumbecke qui dépensent leur matinée avec lui ; depuis leur retour, elles le font quérir pour reprendre les leçons là où elles les avaient abandonnées au profit de la campagne.

*

Mes envies de bière s'effacent un peu ; ce sont maintenant les tétons de Vénus qui me font saliver. J'adore ces marrons sucrés, parfumés à l'alcool, que l'on présente surmontés d'un grain de café, selon la dernière fantaisie du confiseur.

*

Ma jeune servante m'agace et je ne trouve nul repos en sa présence ; elle semble fouiner partout de ses petites mains blanches et désapprouver le moindre de mes actes.

Je n'aime guère la voir taper les linges de notre lit, épousseter les touches du clavier de piano, et servir Wolfgang à table, avec ses mines de duchesse dans le besoin. Quant à l'autre, elle se cure le nez en cuisinant, et boit derrière mon dos, à même la cruche.

*

Notre voyage à Salzbourg ne se fera nullement durant cet automne ; hier encore, le temps fut si misérable que les voitures pouvaient à peine avancer en ville. Il faut compter quatre ou cinq heures pour parvenir à une station et faire demi-tour une fois arrivés ; la diligence à huit chevaux n'a jamais atteint son premier relais, et dut rebrousser chemin.

J'eusse aimé baiser les mains de mon beau-père pour sa fête et son anniversaire, mais le temps conjugué à mon état laisse peu d'espoir de voyager ces jours-ci.

*

Ma bonne baronne s'est lassée des services du *padre* Pozzi ; voici qu'il doit désormais dire ses sermons avec peine, et le chagrin se lit sur son visage, pour peu que l'on connût les heures de gloire qui précédèrent sa fortune éteinte.

*

Les nouvelles de mon beau-père ne sont guère nombreuses en ce moment, et dans ses lettres, il se plaint de n'en recevoir aucune de nous ! L'une des deux servantes aura donc gardé l'argent de cette commission et jeté la lettre quelque part, dans une flaque de boue.

Puis-je, dois-je me mettre en colère ou la rosser ?

Il est fâcheux de ne posséder tous les mots, toutes les manières qui siéent désormais à ma nouvelle condition. Femme d'un musicien habile et célèbre, je me dois d'être semblable aux dames de qualité, car c'est à ma physionomie et mes jolies façons que l'on jugera Wolfgang.

Et qui dois-je accuser de cette indélicatesse, sans offenser l'autre, puisque je dépose les lettres dans l'entrée, sans me soucier de connaître le nom de celle qui s'en chargera ?

*

Le froid me saisit aux mains lorsque je m'éloigne du poêle de céramique. L'air passe sous les fenêtres. Je n'ose me plaindre de ce logis.

Notre canari est tout ébouriffé dans son nid; nous lui avons cherché un nom, mais aucun n'est retenu à ce jour.

Pourquoi pas Trompette?

Mon Dieu! comment nommerons-nous notre premier enfant?

Leopold, Carl, si c'est un garçon.

Theresia pour une fille?

*

Mes sœurs Sophie et Josepha ne m'ont donné aucune nouvelle depuis plusieurs jours. Depuis son entrée au Burgtheater en qualité d'actrice, ma jeune sœur ne dispose plus que de la moitié de son temps. Sophie, actrice! Lorsque je la revois enfant si frêle, si réservée...

Il m'arrive d'être dans l'ennui, durant les sorties de Wolfgang. Je ne monte guère à cheval, et mes espérances d'enfanter interdisent ce genre de divertissement brutal.

J'aime les jeux de boules, le billard aussi, les promenades sur le Graben et la fraîcheur des soirées de printemps.

Les pluies maussades privent notre logis de lumière naturelle; les candélabres sont allumés tout le jour.

*

Je me suis brûlé la main sur la poignée d'une marmite en cuivre; Wolfgang m'a sévèrement grondée. A force de repos, je finis par ne plus savoir comment occuper mes heures.

Ecrire, mais que dire, lorsque mes journées s'étirent dans l'ennui ?

La princesse Wurtemberg a reçu un fort beau présent pour sa fête ; on raconte en ville que l'objet vaut quatre-vingt-dix mille florins, sans compter la montre sertie de diamants et ce nouveau titre d'*archiduchesse d'Autriche*, reçus le même jour.

*

Mon amie Martha m'a fait donner une jolie boîte de tétons de Vénus, ainsi qu'un troublant ouvrage en français, *Les Liaisons dangereuses*. Oh ! j'ignorais que l'on pût écrire des choses aussi scandaleuses, mais combien intéressantes !

Je comprends que mon excellente baronne ne puisse se satisfaire longtemps d'un galant poltron et rougissant.

Je ne suis pas allée au cabinet d'aisances depuis plusieurs jours ; Wolfgang s'enquiert chaque matin des déchets de mes *ouvertures*, cependant rien ne se présente.

Je devrais peut-être reprendre de la bière et cesser les tétons de Vénus.

Wolfgang se prépare à faire graver trois concertos pour piano[39]. Je les ai entendus et nous nous sommes divertis à chanter ensemble quelques parties sur l'œuvre ; Trompette a chanté les dernières notes fort justement et Wolfi s'en est montré attendri.

Décembre 1782

Nous avons une nouvelle servante ; les deux précédentes ne nous convenaient aucunement. Nous n'avons jamais connu le nom de celle qui garda en poche les six kreutzers des lettres à envoyer. Comme elles se révélèrent assez associées dans les mauvaises actions ou les cachotteries, mon mari perdit patience et leur signifia leur congé à toutes deux.

La nouvelle semble plus docile et, surtout, elle a déjà entendu un long sermon à propos de l'argent et des quelques objets onéreux de la maison[40] ; Wolfgang connaît le nombre de tabatières précieuses qu'il possède, ainsi que ses boîtes à cure-dents, les montres avec leurs chaînes et cordons, sans oublier les quelques petits bijoux que je tiens de mes anniversaires.

J'ai toujours près de moi le charmant portrait en silhouette de monsieur Mozart. Oh ! comme j'aimerais lui présenter mes compliments et l'embrasser, lui faire savoir tout mon amour, lui dire toute ma joie d'être un peu sa fille !

Et Nannerl, j'ai tant hâte de lui marquer toute ma tendresse, la cajoler, voir sa gaieté d'être bientôt la tante de mon petit.

*

Wolfgang est engagé dans tous les concerts du prince Galitzine. C'est avec les meilleures manières du monde qu'on traite mon mari ; une voiture avec équipage lui est envoyée et toujours le raccompagne à notre logis.

L'académie de ce soir me fait une forte impression ; je suis invitée à m'y rendre. Ma nouvelle servante a pris appui avec ses pieds contre l'armoire de chambre, afin de serrer mon corset au plus juste. C'est assurément la dernière fois que je parviens à me glisser dans cette robe, offerte par mon amie la baronne.

Je me suis coiffée toute seule, selon la mode viennoise ; des rubans bleus entremêlés aux cheveux, point trop poudrés et cependant bien remontés. Comme je ne possède aucun collier, je porterai un ruban de velours sagement noué à ma gorge.

Tout m'effraie…

*

Dieu ! que les richesses de cette maison princière étaient majestueuses ! Nous fûmes introduits dans le salon de la façon la plus solennelle, par un domestique maniéré. Dès que ces dames et ces messieurs virent Wolfgang, ils se pressèrent de le saluer et chacun le complimenta.

Je mesure combien la renommée de mon mari grandit chaque jour, car, encore cette semaine, son opéra fut donné dans une salle remplie, et l'on en parlait encore hier dans ce salon princier.

Des hôtes de qualité invitèrent Wolfgang à écrire un opéra italien ; de nouvelles chanteuses et quelques chanteurs doivent arriver à Vienne dans peu de semaines et l'on commence déjà à penser aux œuvres futures ; il serait si dommage qu'aucun talent ne se mette au service de ces voix dont on parle partout en Europe !

Nous rîmes beaucoup à cette soirée, car le nouvel opéra d'Umlauff, ou plutôt sa comédie avec ariettes, fut donnée le 13, hier soir, au théâtre. Rien que son titre provoqua les mots d'esprit de toute l'assemblée : *Quelle est la meilleure nation ?* A-t-on idée de nommer ainsi une comédie !

Mon époux narra aux invités fort attentifs la façon qu'il avait eue de refuser cette pièce misérable, persuadé qu'il s'y ferait siffler, « *car même avec la musique la plus belle, on aurait du mal à supporter ; cependant, la musique est elle-même si mauvaise que je ne sais qui du poète ou du compositeur remportera le prix de l'horreur*[41] » !

– Les anastrophes d'Umlauff ont fait un plouf, ai-je osé dire, et à défaut de connaître *quelle est la meilleure nation*, l'on sait maintenant pour l'ennui *quel est le meilleur poison* !

Sidérée de ma propre audace, je sentis mes jambes qui faillirent se dérober.

– Oh oh ! riposta le comte Rosenberg en s'avançant vers nous, mais je vois que notre *maestro* de musique s'entend aussi pour choisir son *impresario* ! Voyez comme avec esprit et vénusté, on étalonne les mérites de son sylphe – notre Mozart, à ceux d'un pauvre diable !

Leur Mozart vint au secours de mon embarras, et ce fut alors une épouse rougissante qu'il eut la fierté de présenter aux éventails agités de cette éblouissante et vaniteuse compagnie.

Dans la cahoteuse voiture qui nous reconduisit à notre logis, Wolfgangerl décida de se mettre en quête d'un livret afin de satisfaire la demande du comte Rosenberg-Orsini : un fameux opéra italien.

Je n'aime pas beaucoup ce Rosenberg ; je ne sais dire pourquoi en vérité…

*

Notre nouvel appartement me comble de joie ; les pièces sont plus vastes et les fenêtres fort nombreuses. Comme nous n'avons guère d'effets personnels, et que ce nouveau terrier se trouve dans la même maison, notre déménagement fut aisé. Gabriela, notre petite bonne, se chargea de monter les paquets embarrassants et lourds, afin que, sur les instances de Wolfi, toutes les charges me fussent épargnées. Deux poêles de céramique sont bien nécessaires pour chauffer ce bel appartement. Les volets des fenêtres se ferment de l'intérieur et toutes les moulures murales sont ornées d'une fine pellicule d'or. La toile bleue des rideaux est encore fraîche, bien que çà et là quelques empreintes de soleil aient marqué les heures lumineuses des étés passés.

Notre chambre et celle de Gabriela sont séparées par une sorte de réduit, dont je n'ai pas encore compris ni décidé l'usage. Wolfgang s'amuse à dire que notre salon mesure mille pas de long et un seul de large[42]. Enfin, nul ne peut croire le meilleur compositeur actuel vivant dans un corridor !

*

Demain Wolfi aura une musique chez la comtesse Thun.

Le 18 également.

Il se lève tôt, chaque matin, m'embrasse tendrement, avec mille cajolis et sottises improvisés. Parfois même, ce ne sont que des saloperies.

Puis, il se rend à ses leçons qui le conduisent jusqu'à 2 heures, le ventre cahoté de faim. Nous déjeunons alors et bavardons de ses élèves.

Nous faisons toujours la sieste, mais il n'est plus question de la faire ensemble ; Wolfgang doit réellement reprendre un peu de sommeil ; et si je demeure à ses côtés, il s'agite et m'honore en plusieurs fois.

Puis s'annoncent les musiques et académies de toutes parts, avant qu'il ne revienne, parfois épuisé, souvent satisfait, à sa table de travail, pour composer jusqu'à la première heure de la nuit.

Ainsi la nuit dernière, j'entendis la réduction de son opéra pour piano, un chant de barde pour Gibraltar, l'un des derniers concertos pour sa souscription, et les notes d'un quatuor en *sol* majeur[43].

*

J'adore Klosterneuburg[44] !

Nous y sommes arrivés hier matin ; la baronne Waldstätten aime s'entourer d'amis lorsqu'elle séjourne en cette vaste demeure. Mademoiselle Laideron s'y trouve également.

Elle m'accompagne dans mes promenades matinales ; au moins la fraîcheur de l'automne et le vent léger m'épargnent-ils ses terribles odeurs !

Tout ici appelle au repos et au ravissement : quelques pas dans le cloître gothique adossé à l'église et c'est le silence qui revient en soi. La chapelle Saint-Leopold est la gardienne paisible des châsses de saintes reliques, baignées de lumières bleues et violettes. Lorsqu'un pâle soleil frappe les vitraux, tout l'édifice révèle la grandeur de Dieu. Tout mon être devient chapelle, je le sens bien ; une vie grandit en moi…

*

Les soirées sont toujours d'une folle gaieté chez la comtesse ; mon mari s'abandonne tout entier à la musique et joue selon sa belle humeur.

J'ai goûté ce soir le bonheur de chanter avec Wolfgang *Oragnia figata fa*, de la façon la plus ridicule ; debout sur une chaise, prenant une voix d'enfant et finissant chaque couplet par un baiser sur le nez de toute personne qui s'est présentée devant mes lèvres[45].

Mademoiselle Laideron s'est présentée la première, pour demander son baiser sur le nez ; je bus une pleine gorgée de vin du Rhin, puis retins ma respiration.

Cependant, elle ne mérite plus guère que je l'affuble de son épouvantable nom, car elle me couvre de mille attentions délicates, et bien qu'elle ne puisse encore nier son inclination pour mon mari, son désintéressement dans chacun de ses gestes force toute ma gratitude.

*

Nos offrandes à la messe furent des instants bien émouvants. Je me rappelle n'avoir jamais prié avec autant de ferveur qu'au moment de nos fiançailles.

Je me demande ce que peut bien faire Gabriela, toute seule dans notre maison ; je suppose, j'espère, qu'elle s'active utilement, et non à fourgonner dans nos affaires.

Faudra-t-il la gratifier d'un petit gage supplémentaire, pour cette fin d'année ?

1783

Janvier 1783

Nous voici rentrés à notre logis de Vienne.

La maison est parfaitement tenue.

Gabriela a déposé sur la table de billard un petit bonnet d'enfant en plumetis blanc. Quelle attention délicate ! Et par combien de kreutzers vais-je devoir récompenser cette touchante prévenance ? A trop lui donner, elle me croirait riche, tandis que le contraire me passerait pour affreusement avare et regardante sur tout.

*

Nous nous trouvons fort incommodés : nos vœux de nouvelle année ne sont nullement parvenus à Salzbourg, car… ils ne furent jamais écrits ! Comment pûmes-nous commettre un tel oubli ? – négliger imprudemment d'écrire nos vœux de nouvel an à Monsieur Mozart ainsi qu'à Nannerl !

Assurément, cette vie des derniers jours nous a révolutionné la tête ; le goût des belles et bonnes choses, l'insouciance, nous auront détournés de nos obligations familiales.

J'ai enfin quelques nouvelles de ma sœur Aloisia ; ses musiques à l'étranger se terminent bientôt et elle se fera une joie de m'embrasser dès son arrivée. Je suis impatiente de lui dire mes noces et ma grossesse.

Mon ventre est rond.
Tout rond et bien dur.
Gabriela brosse mes tuniques chaque soir, car ce ventre cogne partout et reçoit toutes les taches du monde.
Je n'ai plus envie de bière ; je voudrais bien des huîtres à présent.

*

Nous avons une nouvelle élève : la comtesse Pàlffy. Il ne me semble guère prudent de l'avoir acceptée, car son oncle pourrait bien voir une bravade dans ce choix. L'archevêque Colloredo n'a certainement pas oublié les circonstances de la rupture du contrat de son maître de musique, et l'idée que son ancien *valet-musicien* servît aujourd'hui de professeur à sa nièce pourrait bien passer pour une bravade.

*

Ma bonne baronne parle de ne plus jamais revenir à Vienne et de quitter cette cité pour toujours. Mais elle ne voudrait nullement quitter la ville toute seule et la compagnie d'un galant lui fait défaut.
Je crois que Monsieur Mozart n'a pas tout à fait délaissé toute idée de lui plaire. Ce serait alors le mariage de la carpe et du paon. Wolfgang doit sans délai refroidir son père, sans ruiner son humeur et sa considération, ni souiller l'honneur de notre généreuse amie.

*

Ma chère Aloisia est enfin de retour !

Ah ! Dieu qu'il m'est douloureux de la retrouver aussi gracieuse qu'autrefois ! Plus encore même, car la voici assurée de son talent et la vénération de quelques admirateurs généreux enfièvre sa vanité. Sa conduite et ses manières n'ont guère changé ; cela me déçoit assez.

Wolfgang a terminé la composition d'un rondo pour elle ; ce *Mia speranza adorata*[1] risque de la laisser trompeter combien mon homme lui garde toute son inclination. Je serais bien aise de lui faire savoir tout son amour pour moi, si ce moment m'est offert.

*

L'académie à la Mehlgrube s'est déroulée en ma présence. Je ne voulais nullement laisser à ma sœur l'occasion de séduire encore par l'enchantement de son organe. Il me faut cependant reconnaître que cette aria ne pouvait être chantée que par elle.

Ou par moi, peut-être.

Mais qui s'en soucie, aujourd'hui ?

Mon beau-frère Joseph Lange semble bien maussade et je crois avoir remarqué son impatience devant les minauderies de ma sœur.

Je suis bien certaine que les églises n'ont pas reçu l'honneur de sa visite depuis longtemps, à moins, bien sûr, qu'on lui ait demandé de chanter une messe.

Ô très saint Jean, pouvez-vous visiter le cœur de ma sœur et la guider sur le sentier de la modestie et de la fraternité ?

*

C'est à présent le carnaval et l'on danse partout ! Les redoutes et les bals privés sont si nombreux que l'on pourrait aisément changer de compagnie quatre fois la même soirée.

Wolfgang désire que nous organisions un bal masqué chez nous. Quelle merveilleuse idée !

La liste de nos invités sera longue ; y figurent déjà ma bonne Martha Waldstätten – seule à six heures, fiancée à l'aube ? –, le baron Wetzlar et son épouse (comment festoyer sans inviter notre propriétaire ?), un autre inconnu pour moi, un certain Monsieur von Edlenbach.

Celui que nous aimons qualifier de *charlatan*, notre chirurgien et témoin de mariage Gilowsky, figure également sur la liste, ainsi que Stéphanie le Jeune et son épouse comédienne Anna Maria Myka.

Adamberger sera de la fête et c'est tout naturellement qu'il dénichera sa place auprès de Gilowsky, car il se trouve marié *lui aussi* avec une comédienne, nommée Maria Anna *elle aussi*, mais Jacquet de son nom de famille, et travaillant au Burgtheater, *elle aussi*.

Nous n'oublierons point nos aimables relations, en les personnes de Josepha Auernhammer (qui pêchera là peut-être de quoi se marier avantageusement), notre chevalier Schmetterling et sa belle craintive – grosse de peu –, mon amie Maria-Elise Wagner (son masque gardera le secret de son deuil), et tant d'autres personnes encore qu'il nous faudra ouvrir les deux pièces vides à côté de notre appartement.

*

Ce matin est un miracle que Dieu seul a composé ; tout au fond de mon être, pénétrée d'un frisson modeste et confus, je sens combien mon sein se façonne en cathédrale.

Me voici habitée.

Mon petit bouge et montre sa vigueur depuis la première heure du jour.

Ce sont assurément les huîtres qui l'ont réveillé ; ce sera une fille. Comment avais-je envisagé de t'appeler, déjà ? Theresia.

Wolfgang n'a point retenu de cette idée, car cela lui rappelle le prénom d'une innocente domestique : « *Thresel, bête comme un bretzel, Thresel à qui manque un jour de la semaine !* »

*

Notre bal masqué fut une fête éblouissante !

J'ai passé tant d'heures à confectionner des guirlandes de fleurs en papier qu'à présent cet ornement me sort par la gueule. Nous avions loué toute l'argenterie, la verrerie et le cristal trouvés en ville ; j'avais disposé cent chandelles pour éclairer ce bal ; on eût dit, en entrant, les festivités du palais de Schönbrunn, en petit modèle.

Wolfgang était dissimulé sous une tête d'âne, le temps de saluer nos invités. Chacun d'entre eux paya deux florins l'entrée. Gabriela s'occupa de collecter l'argent, puis elle s'agita en tous sens afin de servir les boissons et les rôts. Wolfgang n'avait imposé qu'une seule condition : que personne ne puisse trouver la moindre chaise, afin que l'on dansât jusqu'à l'aube. La table, habillée d'une nappe de lin blanc, fut bientôt quitte de bouteilles de vin du Rhin, de cruches de punch et de champagne. Nous dansâmes depuis six heures du soir jusqu'au matin sept heures, sans que la musique s'interrompît.

Vers cinq heures, Martha Waldstätten reprit le chemin de sa résidence en galante compagnie, coiffée d'un chapelet de petites saucisses fumées que son nouvel adorateur mordait à pleines dents. Je ne connais ni le nom de cette personne ni son visage, car il fut parfaitement impossible de lui faire ôter son masque. Ma bonne baronne le connaît-elle seulement ?

Février 1783

Voici bien quinze jours que notre bal eut lieu, et pourtant il m'arrive de trouver encore des bris de verre ou des confettis entre les planches du parquet; Gabriela attend peut-être que je m'estropie pour passer le sol en surveillance, et me débarrasser à sa place enfin des résidus de cette soirée.

Wolfgang abandonne et reprend, puis abandonne encore son projet d'écrire un opéra allemand d'après la comédie *Arlequin serviteur de deux maîtres* de Goldoni.

Les dernières souscriptions des concertos n'accomplissent nullement ce que nous espérions : les demandes sont insuffisantes. Nous avions emprunté de l'argent par l'intermédiaire de Trattner, certains que nous étions de rembourser sans délai cette somme. Bien sûr, l'opéra *L'Enlèvement au sérail* joue en salle remplie de monde, pour la dix-septième fois, mais cet argent-là ne sert qu'à vivre chaque jour.

Les souscriptions devaient à elles seules nous permettre l'inutile, le superflu, les menus plaisirs.

Et voici que cette situation périlleuse me fait regretter les frais de notre bal masqué. Et ce Trattner, l'homme le plus indiscret du monde, nous fait savoir aujourd'hui que notre créancier ne peut attendre davantage, qu'il déposera même une plainte si son argent ne lui est rendu avant demain !

Que faire ?

Notre honneur et notre réputation seraient entre les mains de ce triste personnage ? Diable ! Rien n'est moins supportable qu'une telle infamie.

Wolfgang écrit en cet instant même un billet à notre unique sauveur, peut-être. Notre si bonne baronne.

Très honorée Madame la baronne !

Je suis actuellement dans une belle situation !

(...) Que votre Grâce songe quel mauvais tour ce serait pour moi ! En ce moment il m'est impossible de rembourser, même la moitié ! Si j'avais pu imaginer que la souscription de mes concertos marcherait si lentement, j'aurais emprunté l'argent pour une période plus longue ! Je prie votre Grâce, au nom du ciel, aidez-moi à ne pas perdre mon honneur et ma bonne réputation ! Ma pauvre petite femme est quelque peu indisposée et je ne peux donc pas l'abandonner, sinon je serais venu moi-même adresser de vive voix ma requête à votre Grâce. Nous baisons 1 000 fois les mains de votre Grâce et sommes tous deux

les enfants très obéissants de votre Grâce,

W. A. et C. Mozart[2].

Je ne suis pas trop indisposée, si ce n'est par la contrariété de notre ennuyeuse dette. Mais comment Wolfgang pouvait-il se rendre chez notre protectrice et l'implorer de ce service sans perdre une part de sa dignité ?

Deux heures après que notre bonne Martha Wald-stätten eut connu l'ampleur de notre désarroi, un billet affectueux ainsi que l'argent de notre dette nous furent remis en mains propres. Dieu bénisse notre sauveur !

*

Nous devons déménager une fois encore et cela m'attriste. Je me trouvais fort bien dans cet appartement ; c'est à la demande du propriétaire que nous devons partir. Heureux encore que ne soit venu le moment de mes couches !

Nous serons restés dans ce logis si peu de temps que l'occasion de trouver un usage au cagibi ne m'aura jamais été permise.

Notre prochaine adresse est sur le Kohlmarkt, dans la maison du « Salut de l'Ange » au numéro 1179. Ce sera notre cinquième adresse, depuis que Wolfgang a quitté l'Œil de ma mère.

Vais-je enfin pouvoir donner libre cours à mon goût pour les guipures, décorer l'alcôve du petit lit de rotin, poser quelques malles de vêtements et ranger les petits effets de ma fille dans une place décidée ?

Ô très saint Jean, donnez à mon mari l'envie de rester en place et à notre propriétaire la patience des sages.

Ma petite fille me donne mille coups dans la tripe. Chaque matin, alors que toute blottie contre le dos de mon Tendre je savoure mon éveil, cette petite furie botte les fesses de son père et le tire du lit.

Nous n'avons toujours rien décidé. Peut-être Wolfgang aimerait-il un prénom illustrant un don, un mérite, ou bien une vertu ?

Je m'appelle bien Constance, notre fille pourrait fort bien se nommer Claire, Désirée, Prudence, ou Clémence.

Mon Wolfi, toujours d'humeur piquante, souffle Augustine, pour peu qu'elle soit de grande taille, puis aussi Pierrette, à condition qu'elle soit ronde et présente une tête dure comme un caillou.

– Et si d'aventure elle se montrait toute petite ? m'inquiétai-je.

– Alors… alors rien. Ou bien Miette, oui… c'est cela, Miette ira très bien sur un chicot d'amour !

– Comme cela est vilain !

*

J'ai dormi deux bonnes heures de sieste, bercée par la douce pensée de nos dettes effacées, et le prénom de notre fille enfin trouvé : elle se nommera Maria Anna pareille à Nannerl, et Nepomucena pour notre saint protecteur. Ainsi la tante sera flattée, et Leopold Mozart me félicitera.

Maria Anna.

Existe-t-il un plus bel hommage à Notre-Seigneur Jésus-Christ, que celui des prénoms de sa sainte mère et de sa grand-mère ?

Mars 1783

Aloisia a donné son académie et Wolfgang a joué un concerto. Les applaudissements ne cessant, il dut jouer son rondo une seconde fois. Sa figure était comme j'aime : lumineuse et pleine d'une joie enfantine.

Ma sœur s'est illustrée dans son aria *Non so donde viene*. J'étais assise dans la loge toute proche de celle de Gluck ; ce charmant homme de goût n'eut assez de mots pour complimenter l'œuvre de Wolfgang. Mon beau-frère Joseph fut à l'honneur aussi, car Aloisia chanta merveilleusement.

Lorsque Wolfgang vint me rejoindre dans la loge tout énervé, sous le tonnerre d'applaudissements et de bravos, j'entendis ses questions depuis la galerie.

– Et toi, ma Stanzi, as-tu bien goûté cela, hein, qu'en dis-tu ?

C'est le ravissement de Gluck qui résonna alors dans notre loge.

– *Maestro*, il n'est pas de mots pour vous dire l'ivresse que causent vos notes ! Puis-je espérer vous tenir à déjeuner dimanche prochain ?

Si je n'y prenais garde, je laisserais mon âme se figurer que tout cela illustre le bonheur…

*

Hier à la redoute, nous étions déguisés de façon fort incommode. Wolfgang avait revêtu le costume d'Arlequin de son père, tandis que j'étais une Colombine bien embarrassée par sa panse.

Ma sœur (encore et toujours cette chère Aloisia) était, elle aussi, en Colombine. Quelle incroyable fatalité, n'est-ce pas, d'être ainsi assortie à mon mari, tandis que le pauvre Joseph se languissait en Pierrot !

J'aime ces divertissements, mais je maudis l'idée que mon Arlequin puisse trouver un agrément en d'autres compagnies que la mienne.

*

Ces temps-ci, Wolfgang semble favoriser auprès de lui des connaissances dont je ne comprends pas toujours les pensées. Plusieurs d'entre elles, comme le baron Van Swieten, le comte Esterhàzy, entretiennent avec lui des conversations inhabituelles et mystérieuses.

Des mots traversent les cloisons de notre logis : *égrégore*, puis aussi *fraternité* résonnent de leurs échanges. J'ai bien tenté de participer à leurs discussions, cependant le silence règne dès mon approche.

Qu'ont-ils donc à faire tant de mystères, pareils à des conspirateurs ?

*

Un peintre vient ici deux fois par semaine faire mon portrait et celui de Wolfgangerl. Je ne parviens jamais à rester en place et ce brave homme fait preuve d'une saisissante patience. Lors de nos premières séances de pose, je me trouvais à mon aise dans ma robe ajustée ; j'ignorais qu'il préluderait son travail par les détails de toilette et de coiffure. Las ! voici qu'il n'est plus question pour moi de glisser un bras dans cette robe, tant je suis grosse.

Que faire ?

Une idée insolite vint à mon esprit ; que Gabriela pose à ma place dans cette éclatante robe, le temps que nous parvenions à la figure. La pauvre fille doit ainsi rester deux heures, dans une attitude qui ne lui est point naturelle, la nuque agacée par les volants de dentelle fine.

La voir ainsi placée, et vêtue à mon image, me trouble à chaque fois.

Lors de la séance de pose d'hier, il s'est produit un événement fort amusant : Gabriela était assise à ma place, dans ma tenue de pose, tandis que je profitais du jour pour mes besognes de couture. La malheureuse fille voulut se détendre un bras, pourtant le peintre lui ordonna aussitôt « *Ne bougez plus, je vous prie* ». Elle se remit en position et n'osa plus ciller. C'est alors que, de retour de sa répétition, Wolfi entra dans le salon, fort enjoué. Se fiant à la silhouette vue de dos, il fondit sur Gabriela, la serra dans ses bras et lui mordit le cou, en grondant ainsi qu'un pourceau. La pauvre fille brailla de surprise, de frayeur (de plaisir ?), tandis que Wolfgang la mâchait toujours. Lorsque mon mari orienta ses grognements et son attention vers la fenêtre, il me vit enfin.

Il n'est pas de discours pour représenter le dégoût que cette méprise lui inspira ; il crachota sur le parquet, et jura « *Ah ! mais quelle horreur ! Pouah ! Un plat, vite ! Je vais dégueuler !* »

Il fallut à l'instant reconduire le peintre, puis retenir Gabriela, qui rassemblait nerveusement ses affaires afin de nous donner son congé.

Quelques instants plus tard, alors que ses pleurs furent asséchés, nous comprîmes sa désolation d'être mordue, certes, mais plus encore son humiliation *d'être à dégueuler*.

L'habileté de Wolfgang à son adresse éteignit son affliction, et ses maigres effets personnels reprirent place en leur tiroir.

Mon mari se promit d'employer cette idée de confusion, entre une soubrette et sa maîtresse, dans un opéra[3].

Avril 1783

Je ne peux plus me baisser, ni remonter mes bas de laine toute seule ; mon ventre est si gros, tellement porté en avant ! Gabriela se montre fort dévouée et ses bons soins rendent mon attente presque plaisante.

Je n'ai plus envie d'huîtres ni de bière ; désormais ce sont des tasses de chocolat qui agacent mes envies.

J'ai aussi bien du tourment, avec de grosses verrues blanches poussées sur mes doigts. Cela est d'une laideur qui m'afflige, et l'inconfort de ces boules m'empêche de serrer les doigts.

*

Nos portraits au pastel sont achevés et, de l'avis de tous ceux qui les contemplent, ils sont fort ressemblants. Wolfgang arrange un paquet, destiné à son père et sa sœur. Pour la première fois depuis son installation à Vienne, mon mari est en mesure d'envoyer plus d'argent à son père qu'il n'en attend. J'espère que ces *galettes* en complément amélioreront l'ordinaire à Salzbourg.

Que dira Monsieur Mozart devant mon portrait ? Oh ! je sais bien qu'il me trouvera assez vilaine, comparée à ma sœur.

Et Nannerl, ma si chère, si honorée belle-sœur ! M'aimera-t-elle comme je chéris son portrait ?

*

Mon petit, notre fille roule en cabrioles dans son abri maternel. Le soir venu, lorsque tout est silencieux, après que Trompette a fermé son bec, nous demeurons ensemble près du poêle brûlant. La tête posée sur mon ventre enflé, Wolfi écoute les murmures de cette vie qui se meut en mon sein. Notre brindille d'amour croît doucement et montrera tantôt toute sa vigueur.

Il pense aussi « *que toutes les femmes devraient remercier Dieu si elles étaient si heureuses pendant leur grossesse*[4] ».

*

L'empereur était présent à la dernière académie où Wolfi joua. Il aurait dû bisser le rondo, mais il s'est rassis, et au moment de rejouer son rondo, il a repoussé le pupitre pour jouer une petite surprise. Le public se tint debout un long moment, criant bravo, *bravissimo*. L'empereur écouta la musique jusqu'au bout et quitta sa loge lorsque Wolfgang eut fini. Cela était donc bien le signe que sa majesté n'était venue que pour entendre le meilleur de ses compositeurs de musique !

*

Le temps s'adoucit enfin.

Nos réserves de bois sont épuisées et nous remiserons bientôt nos châles de lainage aux malles.

Les remuements de ma fille sont parfois pressants, et c'est maintenant la nuit que cette grenouille préfère dévoiler toute son impatience de naître.

*

Les journées me semblent bien courtes et réjouissantes maintenant ; il m'est devenu pénible de marcher, je ne puis plus m'habiller, me coiffer est une épreuve sans pareille, les parfums de cuisine me soulèvent le cœur, mais je ne puis m'empêcher de savourer cet état de grâce, et toutes les prévenances dont on m'honore.

*

Wolfgang est fort attristé par la mort d'une dame d'Epinay à Paris[5]. De ce qu'il m'a conté, elle fut parfaitement bonne pour lui et le couvrit de mille bienfaits ; le désarroi de Wolfgang après la mort de sa mère avait touché son noble cœur.

Lorsque mon Amour confia sa peine au baron Van Swieten, ils s'entendirent pour conclure que l'*Orient Eternel* valait mieux que toutes les afflictions d'ici-bas. Et suivirent de Van Swieten des mots bien compliqués de sens pour illustrer l'achèvement d'une vie de bons offices ; une fois encore, lorsque j'entrai et déposai quelques friandises sur la table, les conspirateurs se turent.

*

Que change-t-on plus souvent que les chemises de peau ou les linges de lit ?

L'adresse de Constanze et Wolfgang Mozart !

Nous voici dans un... sixième logis, sur la Judenplatz, numéro 244. Cette fois, nous redescendons au premier étage et je confesse que cela me semble moins pénible.

Notre résidence précédente ne coûtait rien, car nous avions consenti à nous y installer afin de permettre à notre propriétaire de recevoir une dame. Les frais de déménagement étaient aussi offerts par le baron juif Wetzlar ; et maintenant que nous quittons notre aimable baron juif, nous voici relogés sur la place des Juifs…

J'aime assez cette partie de la ville, bien que son histoire soit teintée de quelques bassesses encore visibles. On raconte qu'au XIIIe siècle, les juifs furent autorisés à s'installer à Vienne, puis aussi d'y acheter des maisons et d'y faire commerce. Il y eut un hôpital, une synagogue, une école ainsi que des bains autour de cette place. La vie s'organisait comme partout ailleurs. Puis, un jour devenu tristement célèbre, le 14 mars 1421, on persécuta les juifs ; ils durent se laisser baptiser de force ou périr par le feu.

Comment peut-on baptiser de force alors que la foi ne signifie rien si la crainte s'en mêle, si Dieu n'est accepté en soi ? Ne serions-nous que des fauves se déchirant pour des psaumes, pensant que la Vérité réside dans le nombre ?

Mai 1783

Monsieur mon beau-père s'impatiente de notre visite. Comme je suis contente de lire son empressement à nous embrasser ! Wolfgang ne peut se résoudre à me faire voyager dans les dernières semaines de ma grossesse ; je pense en effet que cela est plus sage.

Aujourd'hui, l'air est douceâtre. Le Prater se délivre de l'hiver et la nature semble recouverte d'un voile moelleux.

« Nous avons mangé dehors et restons donc jusqu'à 8 ou 9 heures du soir[6]. »

Mon mari délaisse ses chères feuilles de notes pour quelques moments et nos promenades sont un tel bienfait ! Mes pieds enflés débordent drôlement de mes souliers ; j'ai eu l'audace de marcher nu-pieds dans les allées, au soir tombé, afin de rejoindre la voiture.

*

Gilowsky viendra considérer ma santé dès son retour de Salzbourg ; je ne puis plus me retenir de cracher des vents par l'arrière, depuis hier. Ces désastreuses rafales me surprennent aussi bien la nuit qu'en société.

Ce n'est nullement le bruit qui dérange Wolfi ou fait encore tressaillir Gabriela, mais surtout l'inquiétude que mon enfant ne soit privé d'air propre.

Puis, je dois bien le confesser, je suis attristée de ne rien recevoir de mon beau-père et de ma belle-sœur à propos de la naissance prochaine ; pas le moindre petit présent, ni même un mot, oh ! juste un tout petit mot de sentiments…

Aujourd'hui, maman s'est foulée d'une visite à mon nouveau logis ; je fus bien en peine de la recevoir avec prévenance, j'étais sans cesse indisposée par mes pets.

– Fi diable ! vous dînez dans les cimetières, pour sentir pareillement ?

Assurément, sa demande n'eût jamais été posée en ces termes fâcheux, si mon mari n'avait été dans l'obligation de nous quitter quelques heures.

Je fondis en larmes ; Caecilia Weber ne parut s'en émouvoir nullement.

– Allez, dit-elle en prenant sa cape, les femmes grosses sont sujettes aux fantaisies puantes, cela est bien répandu. Prenez garde tout du moins à ne pas chier dans votre lit en poussant ma petite-fille dehors !

Lorsque mon tendre époux revint de ses obligations, il était de joyeuse humeur et son agitation si touchante étouffa mes misérables pleurnicheries : « *J'ai eu affaire à un certain Abate Da Ponte, poète de son état. Il est pour l'instant follement occupé avec les corrections pour le théâtre. Il doit per obligo, écrire un livret tout nouveau pour Salieri. Ce qui ne sera pas terminé avant deux mois. Il m'a promis de m'en écrire ensuite un nouveau ; qui sait, maintenant s'il pourra – ou voudra – tenir parole ! Messieurs les Italiens sont très aimables en face ! Suffit, nous les*

connaissons ! S'il s'entend avec Salieri, je n'en
obtiendrai jamais rien de ma vie – et j'aimerai tant
me distinguer aussi dans un opéra italien[7]. »

Ô saint Jean, venez encore au secours de notre
cause ! Si Salieri craint à ce point le talent de mon
mari, il se peut en effet qu'il compose assez pour
occuper ce Da Ponte toute l'année et ne lui laisser
ainsi aucune liberté à notre sujet.

Wolfgang n'est aucunement si docile que je me le
figurais ; ses yeux d'enfant bouffon cachent un esprit
fort et décidé. Ainsi, chaque jour viennent mille
recommandations, et aussi, un nouveau prénom pour
notre petit.

Maintenant, ce sera Leopoldine[8] ; ainsi, mon beau-
père qui en sera le parrain sera doublement flatté ; et je
ne peux dire mon sentiment, car l'affaire est arrêtée.

J'ai tout de même quelque fortune, car mon mari
n'est point têtu sur le vœu que notre petit soit un mâle.
Pourtant, il m'eût été plaisant de choisir le prénom
qu'elle portera sa vie durant.

A moins que nous ne fassions comme mes beaux-
parents : retenir un ou deux prénoms que l'on
n'emploie jamais. Ainsi Wolfgang, n'entendit jamais
ses parents l'appeler Johann Chrysostom.

*

Je suis affreuse, énorme comme nulle ne s'est
jamais vue.

Gabriela doit maintenant découdre les flancs de mes
robes, car aucune d'entre elles ne résiste ; je ne peux
suivre la mode et cela m'arrange bien, car je trouve ce
nouvel usage des corsages transparents méprisable et
grossier. Malgré tous les soins que l'on apporte à ma

coiffure chaque matin, je me trouve fort laide ; des taches sombres se dessinent autour de mes lèvres, un peu semblables à des moustaches de chocolat léger.

Parfois aussi, je m'ennuie.

La lecture des *Liaisons dangereuses* me fait craindre bien des intrigues auxquelles les galants se mesurent. Oh ! je pourrais aisément confier à Wolfgang l'objet de ma lecture, mais il sera bien temps de cela, lorsque mon ventre sera libéré et mes appas sitôt disponibles !

Et combien les complots de Mme de Merteuil contre Valmont m'effraient ! Parfois, cette vie de bouffonnerie voluptueuse, ces joutes de galanterie me font redouter que ma bonne Martha ne se gaspille à son tour, ou perde son âme dans sa quête de compagnie. *Gott sei Dank* ! ma baronne ne se trouve point accablée des misères de Mme de Merteuil, atteinte de la petite vérole, devenue borgne et défigurée…

Qui pourrait ne pas frémir en songeant aux malheurs que peut causer une seule liaison dangereuse[9] ?

Suffit ! Tout cela est littérature et la vie progresse autrement.

Juin 1783

Mon Johann Chrysostom d'amour est souffrant !
Voici trois jours qu'il ne quitte plus notre lit et sommeille sans relâche. Au petit matin, secoué de fièvre,
ses lèvres ont ânonné mon nom à l'aide. Pauvre
chéri ! le voir ainsi, si faible dans notre grand lit, m'a
donné toute la désolation du monde. Et moi si grosse,
suant à me transporter d'une chaise au lit, marchant
comme une oie, contrainte de laisser Gabriela prodiguer tous les soins à celui que je ne veux jamais
partager !

Tant de dévouement devrait me toucher, mais il
m'agace, m'incommode au plus haut point. J'ai fait
mander le médecin pour ce soir.

*

Gilowsky vient de quitter notre logis.

J'ignorais tant de fièvres différentes ! Fièvre maligne, fièvre lancinante, ardente ou pourprée, épuisante
ou encore putride !

Pauvre chou ! ce serait ainsi une mangeaille corrompue, un froment qui te plante au lit et cause tous
ces désordres !

Ma sœur Sophie est venue chez nous porter quelques remèdes de maman, assortis d'un billet où les meilleurs vœux de guérison sont écrits aimablement. Cela signifie-t-il la fin de ma désespérance face à la sécheresse du cœur de Caecilia Weber ?

*

Enfin une lettre de ma chère Nannerl !

Oh ! tous les bienfaits de ces heureuses lignes sont indéfinissables. Chère Nannerl, vous me souhaitez ma fête, cependant il n'existe aucune sainte Constanze au calendrier. J'accepte bien que ce ne soit pas ma fête, si cette absence me permet de vous lire si plaisante !

Je ne puis dire comme je suis remuée d'une si généreuse pensée.

*

Wolfgang va presque bien aujourd'hui ; sa maladie lui laisse tout de même un vilain catarrhe. Sa voix est changée, il ne peut chanter et s'amuse du couple que nous formons : « *Ma Stanzi marche comme une oie, et je parle comme un canard. Nous voilà bien assortis !* »

*

La sage-femme m'a rendu visite ce matin car j'aurais dû accoucher depuis trois jours ; je souhaite maintenant que cela se fasse le plus tôt possible, afin de prendre la voiture et nous rendre à Salzbourg, embrasser Nannerl et baiser les mains de monsieur mon beau-père.

Le *visum repertum* de la sage-femme prévoit l'entrée de Leopoldine en ce monde pour le 15 ou le 16 de ce mois.

Oh ! Seigneur, que tout se passe en un instant et sans désordre !

Wolferl écrit en ce moment, depuis notre lit, une lettre à son père : « *Comme je ne pensais pas que la plaisanterie devienne si vite réalité, j'ai toujours repoussé de me jeter à genoux, joindre les mains et de vous prier humblement, mon père chéri, d'accepter d'être parrain ! – Mais comme il en est encore peut-être temps, je le fais maintenant. – Entre-temps (dans le ferme espoir que vous ne me le refuserez pas), j'ai déjà veillé depuis que la sage-femme a fait son* visum repertum, *à ce que quelqu'un tienne l'enfant à votre place sur les fonts baptismaux, qu'il soit generis masculini ou faeminini !* »

18 juin 1783.

Hier matin, le 17 à six heures et demie, ma chère femme, tu as heureusement accouché d'un gros garçon fort et rond comme une boule. A une heure et demie du matin, les douleurs ont commencé et c'en fut donc fini de cette nuit pour notre tranquillité et notre sommeil à tous les deux ! A quatre heures, j'envoyais chercher ta mère puis la sage-femme ; à six heures on te passa sur le siège et à six heures et demie, tout était fini. Ma belle-mère rachète maintenant par toutes les gentillesses le mal qu'elle a fait, à toi sa fille, avant notre mariage. Elle reste auprès de toi toute la journée.

Je me soucie de la fièvre de lait ! car tu as les seins assez gonflés ! Maintenant, contre ma volonté, et cependant avec mon accord, l'enfant a une nourrice ! Ma chère femme, que tu sois ou non en mesure de le faire, tu ne devais pas nourrir mon enfant, c'était ma ferme résolution ! Mais mon

enfant ne devait pas non plus avaler le lait d'une autre!
j'aurais préféré l'élever à l'eau[10], comme ma sœur et moi.
Toutefois, la sage-femme, ma belle-mère et la plupart des
gens ici m'ont proprement prié de ne pas le faire pour la
bonne raison que la plupart des enfants nourris à l'eau
meurent parce que les gens d'ici ne savent pas s'y prendre;
cela m'a donc incité à céder car je ne voudrais pas qu'on
pût m'en faire le reproche.

Wolfgang Mozart,
Ce jour béni, dans le journal
De ma chère et excellente
Petite femme Constanza.

*

Me voici proprement remise de mes couches; les
deux journées douteuses suivant la naissance sont
maintenant des souvenirs confus.

Mes seins sont cruellement gonflés et souffreteux;
les afflux de lait montent en tirant mes tétons vers
le dehors; maman me fait porter des bouquets
d'herbes de cuisine dans le corsage afin de tarir mon
lait.

Je suis confondue que l'on parle autour de moi,
comme si j'étais absente ou bien un animal. Tout le
jour, on murmure des avis sur mes seins, mon ventre,
le retour de couches.

J'entends aussi que l'on invite Wolfgang à la patience, la douceur; pourquoi faut-il qu'il soit patient?

*

Il nous faut présentement déclarer à Monsieur
Mozart que notre enfant est baptisé Raimund et non
pas Leopold. Comme je voudrais que les choses fussent différentes! A peine l'enfant fut-il né que Wolf-

gang annonça la nouvelle à notre baron juif et bon ami Wetzlar ; il vint aussitôt et s'offrit lui-même comme parrain. Ni Wolfgang ni moi – bien affairée et rompue par mon devoir –, n'eûmes la pensée de lui refuser car à l'instant où nous pensions désigner mon beau-père, le baron Wetzlar souleva mon fils d'un air joyeux et dit : « *Ah! nous avons maintenant un petit Raimund!* » en l'embrassant.

Et voici que ce matin, notre petit fut baptisé[11] Raymond Leopold, des bras de son baron de parrain.

Je suis bien aise que chacun se soit mis contre l'avis de mon mari pour nourrir l'enfant à l'eau. Car en fait d'eau, il s'agit d'une tisane d'orgeat et cette préparation réclame toute la science dont les jeunes mères sont dépourvues.

Notre petit Raimund ressemble à son père, en très petit modèle. Je souhaitais durant ces mois d'espérance qu'il prit tout de son cher papa, et qu'il ne soit nullement pourvu de mes disgrâces naturelles.

Ses oreilles sont miennes ; aucun de ces deux petits coquillages n'est dessiné comme les oreilles de Wolfgangerl, que ma bienheureuse belle-mère s'était visiblement hâtée de finir, au moins d'un côté.

Il est vrai qu'en naissant plus tard qu'attendu, Raimund prit le temps de composer les moindres détails de sa physionomie !

*

Mon enfant me manque ; le voir ainsi dans les bras d'une nourrice me meurtrit l'âme. Qu'une étrangère plonge ses grosses mains dans ses langes, à la recherche d'un signe lorsqu'il pleure, m'arrache le cœur.

La langueur se saisit de tout mon être ; mon mari épuise toutes ses idées de consolation pour me distraire.

Il est tout émerveillé devant les traits de son fils et ne cesse de le regarder dormir ; ce papa s'étonne aussi qu'un si petit être puisse jouer d'autant d'instruments : « *Il est terriblement occupé à boire, crier, pisser, chier et cracher, etc.* [12] »

Wolfgang a profité d'une somnolence de ma mère pour me montrer sa dernière œuvre. Un quatuor pour cordes, joué au piano, ne peut pas donner tout son effet, mais son *allegro moderato* me suffit pour comprendre que...

– Non, Wolfi ! tu n'as pas fait cela, je ne puis le croire !

Comment conter ce qui ornait alors sa figure : la fierté, la malice ? Non, le petit grand homme que j'aime ne pouvait montrer un tel culot !

– Si ! Si ! écoute encore, là... alors, tu t'es reconnue ?

Ce qu'il fit, durant mes plaintes sur la chaise d'accouchée : un fameux quatuor, où l'on entend drôlement mes cris [13].

Et non satisfaite de m'être distinguée en glapis de bête sauvage, il me faudra maintenant entendre en public cet effort transformé en notes de musique !

Ainsi va le génie de mon homme ; pour lui, tout est musique, même cela.

*

Ma gorge dégonfle et me semble moins cuisante ; notre petit Raimund est aujourd'hui un soprano égal à la Cavalieri. Il crie si fort à l'heure de ses collations qu'il est impossible d'en sauter le moment. Et puis toute cette crotte ! est-il possible que tous les hommes, avant d'être raffinés et honnêtes aient autant chié sur les doigts de leur mère ?

*

L'Enlèvement au sérail donne maintenant toute sa splendeur au-dehors de Vienne ; après Prague, Bonn s'embrase pour ses notes olympiennes.

Juillet 1783

Mon beau-père nous a fait remettre quelques feuilles d'un projet d'opéra, *L'Oie du Caire*, d'un certain Varesco, pourtant mon Chéri ne désire plus jamais composer sous l'ordonnance de quiconque, fût-il son très respecté père ou non : « *(...) si Varesco espère tirer une rémunération de son opéra, il faut qu'il commence par accepter de modifier, refondre les choses autant et aussi souvent que je le voudrai, et qu'il n'en fasse pas à sa tête, lui qui n'a aucune connaissance ni pratique du théâtre. Et vous pouvez toujours lui faire remarquer qu'il importe guère qu'il veuille ou non écrire l'opéra ; je connais maintenant les plans et n'importe qui d'autre peut les écrire aussi bien que lui*[14] ».

Depuis l'abord de ce Da Ponte chez notre ami (et parrain !) Wetzlar, je vois bien que Wolfgang erre et tourne dans la maison. Je craignais que les cris de notre enfant ne troublent l'oracle de ses inventions et je dois bien noter le contraire : à chaque heure de collation de Raimund, Wolfgang s'incline sur son fils et contemple son gosier en silence : un si petit organe, avec de telles dispositions à vous briser l'ouïe, il y a bien Dieu derrière tout cela !

*

Ma sœur Aloisia se dit fort agitée par l'arrivée d'une autre chanteuse : Nancy Storace[15] fait parler d'elle dans tout Vienne, pourtant personne ici n'a encore eu l'honneur d'entendre le moindre *la* sortir de sa gorge. A ce que l'on raconte, sa beauté serait sans égale…

Ma sœur s'applique à ne jamais fricasser son prestige de cantatrice ; pourtant, ses qualités vocales sont bien les seules qu'on glorifie aujourd'hui dans les galeries et les loges ; ses méchantes humeurs et ses moqueries ont bien fini de distraire les admirateurs.

Et aussi Joseph Lange.

Je ne suis pas mécontente de ce qui lui arrive !

Toutefois je ne suis pas fière d'avoir de telles pensées…

*

Ma sœur tirera sa gloire (encore) dans un opéra italien d'Anfossi et pourra ainsi défendre ses privilèges de *prima donna*.

Selon l'usage, mon époux vient d'achever l'écriture de deux arias pour elle, et une autre pour Adamberger. Ces airs seront interprétés de façon à présenter tous leurs talents que les opéras ne peuvent pas toujours souligner, notamment lorsque les rôles ne sont point écrits à leur intention.

L'opéra de Salieri a été un désastre, et s'est tristement illustré dans le journal des petitesses. Il n'en faut pas davantage pour que ce musicien ombrageux et sournois fasse courir à Vienne une rumeur honteuse :

251

Wolfgang Amadeus Mozart aurait la prétention de corriger l'opéra d'Anfossi !

Comment déjouer cette cabale ?

Comment avertir Anfossi que nul ne prétend corriger ses feuilles, ni l'insulter dans son art ? Tantôt chanté par Aloisia et Adamberger, avec les notes de Wolfi pour deux ou trois airs, il se trouvera bien offensé d'un tel boniment !

Pour une fois que ma sœur et Adamberger sont fondus dans une même œuvre !

Wolfi tourne et vire dans la maison à la recherche d'un moyen de bâillonner ce complot ; il n'est nullement question de se façonner un ennemi en la personne d'Anfossi, même si ses notes ne sont pas au goût d'un Mozart.

*

Le catarrhe dont souffrait mon Génie est venu sur moi ; je n'ose plus embrasser mon enfant ni personne. Ma voix s'en trouve méconnaissable et lorsque je parle je sens bien que la compagnie retient ses rires.

Ma mère est retournée chez elle ; je suis bien aise de son départ, car sa présence, bien que très salutaire et active, m'a parfois pesé. Il n'est pas de jeune couple qui ne désire ménager un peu de son intimité, et celle-ci nous a fait âprement défaut ces derniers jours.

A peine les huis refermés sur ses ourlets de robe, nous vîmes trois bouteilles d'excellent vin posées à même le sol.

Ma mère avait oublié ses bouteilles ainsi qu'un petit sac de friandises ; je voulus alors les lui porter dans l'escalier.

– Chuuut ! murmura Wolferl, laisse donc partir ta mère et m'offrir par ces bouteilles, de quoi fêter ma riposte à la cabale de Salieri !

– Que dis-tu là ?

– Prêt à la querelle, prêt à la bataille ! Seul un pauvre poltron défaille. Devrais-je trembler ? devrais-je reculer ? Et manquer de courage devant le danger ? Non certes pas ! Il faut tout risquer !

Comme cela était drôle, d'entendre les vers de *L'Enlèvement au sérail* dans sa bouche ! Je décidai de ranger les trois amusantes bouteilles ; trois bouteilles, trois tailles différentes.

– Ah ! répondis-je, je vois qu'on est de bonne humeur ! tes affaires doivent aller diablement bien !

– La bonne humeur et le vin adoucissent l'esclavage le plus dur. Regarde ces bouteilles, celle-ci est la mère, et celle-ci est la fille. Si j'osais !

Il osa sur le coup.

– Raconte-moi Wolfi, suppliai-je, dis-moi ce que tu as fait pour Salieri !

– Pour ou contre Salieri ? Rien du tout, il se mordra les doigts tout seul en lisant, demain… Quel ravissement et quel plaisir éclatent en mon cœur brusquement ! Exalté, je veux sauter et courir et vous dire la nouvelle sans perdre un instant, et avec des rires et des plaisanteries, prédire l'allégresse et la joie à votre pauvre cœur plein d'effroi. Hum… voilà un vin, un fameux petit vin… passe-moi la mère !

J'ignorais toujours par quelle jonglerie serait étouffé le complot de son rival. Peut-on seulement l'appeler rival, car pour cela, il faut bien une habileté, un savoir, une science égale…

Mon homme souriait aux anges, la bouche fêlée jusqu'aux oreilles. Qu'il était drôle ainsi chu, les jambes étirées, les manchettes de chemise toutes pen-dillantes !

– Alors, insistais-je, qu'as-tu fait contre Salieri ?

– Rien du tout, t'ai-je dit. Je n'ai rien fait contre lui, en revanche, j'ai réservé bien des compliments à Anfossi. Passe-moi la grand-mère !

– Tu as raison Wolfi, déclarai-je, rien n'est aussi haïssable que la vengeance. Un homme généreux pardonne sans rancœur. La magnanimité, la bonté et la tolérance sont seules l'apanage des grands cœurs. Qui ne reconnaît point cette Vérité doit être à jamais méprisé !

– Ah ! je vois que mon excellente petite femme a bien lu mes vers ! Tu me fais plaisir, ma Stanzi, mais… vraiment, je dois l'avouer rien ne vaut le vin ! je préfère le vin à l'argent et aux filles. Que je sois contrarié ou d'humeur chagrine, vite une bouteille et tout s'efface avant même qu'elle soit vidée ! Ma bou-teille ne me fait jamais la tête comme ma petite femme quand elle s'est levée du pied gauche. Et elle me parle des douceurs de l'amour et du mariage. Que veux-tu, un peu de vin sur ma langue et ma vie est transformée en palais[16] !

Notre représentation intime fut abrégée par des bruits de pas décidés dans l'escalier : Caecilia Weber apparut avec brusquerie.

– J'ai oublié mes affaires, dit-elle sans plus de politesses.

Wolfi se leva et vacilla jusqu'à ma mère ; il prit appui sur mon bonheur-du-jour[17], heureusement posté sur son chemin.

– Ah ! belle-maman, vous êtes tristement dotée de ce que l'on nomme *l'esprit de l'escalier*. Ici comme partout ailleurs, il est nécessaire d'avoir de l'esprit et de savoir glisser un bon mot au moment nécessaire. Las ! il arrive qu'on ne sache comment répliquer, ou bien alors que ce soit trop tard, en descendant l'escalier. Ainsi faites-vous, belle-maman, partie du cercle très fermé des possesseurs *d'esprit de l'escalier*, car en partant vous laissâtes vos friandises et vos bouteilles entre mes pieds, et pensâtes sur le chemin du retour, ou alors sur le Graben, en voyant passer les bécasses, ou bien que sais-je, dans votre escalier, vous pensâtes... heu... vous pensâtes comme Orphée[18] se lamentant « *J'ai perdu mon Eurydice, rien n'égale mon maaalheur !* » mais fi d'Eurydice, vous perdîtes votre famille de bouteilles, la petite, la moyenne et la vieille, à qui je viens de présenter mes hommages. Trop tard ! la vieille m'a complimenté le gosier !

*

A présent, je sais comme Rosenberg se trouvera obligé par Wolfgang Mozart, de faire paraître sur le livret de l'opéra d'Anfossi quelques mots bien sentis, en allemand et en italien, à l'endroit de messieurs les conspirateurs jaloux : « *Avertissement. Les deux airs de la page 36 et de la page 102 ont été mis en musique par M. le maestro Mozart, pour faire plaisir à Mme Lange, ceux écrits par M. le maestro Anfossi n'étant pas adaptés à ses capacités, mais à celles d'une autre chanteuse. Ceci doit être souligné afin de rendre honneur à qui de droit sans qu'aucune partie songe à porter atteinte à la réputation et à l'honneur du si célèbre Napolitain[19].* » Et tiens, avale !

*

Je suis si empressée de partir pour Salzbourg !

Mon Fou présente sans cesse de nouveaux empêchements à notre départ; j'ai bien compris aussi qu'il redoute terriblement les représailles du prince archevêque Colloredo. Et s'il le faisait jeter en prison, au prétexte qu'il n'a jamais démissionné, ou jamais rendu l'argent de son voyage? Bien d'autres s'y sont trouvés pour moins que cela. Le père et le fils s'écrivent encore à ce sujet mais certaines parties de leurs lettres sont codées.

Je ne parviens nullement à démasquer ce principe d'écriture. *Malefisohu*, où trouver la méthode qui m'enseignera ce code?

Si j'avais l'audace de mander à mon époux de me l'enseigner? Oh, il refuserait! trop heureux de conserver quelques mystères d'enfant, à me livrer dans nos années de vieillesse.

*

Ma bonne baronne ne donne plus guère de nouvelles ces derniers temps; nous pensons qu'elle a peut-être vraiment quitté Vienne pour rester à Klosterneuburg. Et Mademoiselle Laideron?

Je me suis rendue au chevet de madame Schmetterling, jeune épousée, vite percée, fraîche accouchée, déjà dupée, sitôt trompée. Son beau chevalier se sera vite lassé de ces retenues; une femme doit faire bien des choses pour garder son mari satisfait de sa couche et de sa *garniture causante*.

Pauvre Katharina, qui n'entend rien aux besoins naturels de l'homme, sauf peut-être le temps de la libre pissette au fumier! La voici seule et bien désolée, son enfant de six livres et demie accroché au sein; une fine rayure de sang coule sur la joue du petit, le téton est crevassé et la jeune mère souffre en silence.

Une bouteille de schnaps alsacien posée sur la table de nuit.

Qu'est-ce donc cela?

Katharina étale l'eau de vie sur son sein avant chaque tétée, ainsi l'enfant s'en trouve fortifié pendant son sommeil. Il dort beaucoup d'ailleurs, cela est-il commun ? Mais cette senteur d'ivrogne sur un tout petit être est assez incommodante.

Nous causâmes de mille choses sans attraits, afin d'oublier ce relent et la souffrance de sa crevasse fort mal placée.

On frappa à la porte de la jeune accouchée; en bonne paysanne, ce n'est ni le médecin qu'elle fit mander, mais le barbier, parfois arracheur de dents, et aussi forgeron. Il est alsacien, lui aussi, et s'y entend en remèdes contre l'entêtement du sort. Il suffit de boire ce breuvage et Schmetterling supposera sa bévue, se jettera à ses genoux, implorera sa grâce. Et qu'y a-t-il dans ce fluide obscur?

Une décoction de sureau dans un lait de vache, quelques feuilles de sauge séchée, et une mesure d'eau d'orge.

Et cette chose qui flotte en surface, qu'est-ce donc ? Ah! Dieu qu'il est imprudent de percer les recettes de la science. Quatre boules des chartreux de Molsheim? De quelles boules parle-t-il d'un air si piqué?

Buvez tout, buvez d'un trait et que saint Jean de Népomucène vienne en aide à votre cause, chère petite bécasse. La cruche rendue bien vide, je distinguai alors cette chose retombée dans le fond : une jolie limace rouge.

*

Les allées du Graben paraissent plus nourries que jadis ; il me semble aussi y compter davantage d'enfants. Serait-ce d'être mère à mon tour, qui me fait remarquer davantage les enfants ?

Je suis encore bien jeune, et mon mari n'a que vingt-sept ans ; combien d'années de félicité nous attendent encore et combien d'enfants sacreront notre amour ?

Je suis en hâte de partir pour Salzbourg, pour embrasser ma nouvelle famille. Wolfgang refuse d'emmener notre fils à ce voyage. Nous devrons le confier à sa nourrice qui vit dans les faubourgs de Vienne.

Je sais qu'il a raison, cependant cette distance me fait craindre l'ennui de mon petit garçon.

*

Nous avons reçu une lettre de Nannerl ; oh ! ce billet n'est guère le plus affectueux que Wolfgang reçut, mais il donne des nouvelles et promet aussi quelques remontrances : notre peu d'empressement à venir à Salzbourg montre bien le peu d'affection que nous leur portons !

Puisqu'il faut répondre au plus vite à de tels dires, je m'en charge personnellement :

Très honorée et chère Mademoiselle ma belle-sœur !

Mon cher époux a bien reçu votre lettre et il a été heureux, tout comme moi, que vous ayez tant hâte de nous voir. Il a toutefois été peiné que vous nous suspectiez de ne pas avoir la même nostalgie ; et en vérité, cela m'a attristée moi aussi ! Mais pour vous prouver que tout est à nouveau rentré dans l'ordre, nous vous avouons que nous avons toujours eu l'idée de venir début août, et par la suite que nous n'envisagions qu'une petite surprise qui ne vous sera plus destinée, à vous, mais qui au moins en restera une pour votre cher et excellent père, si vous pouvez garder le silence, ce dont nous vous prions instamment; car ce n'est qu'à cette condition que nous vous découvrons la vérité. Bref, vous nous avez contraints à vous dévoiler notre secret par votre vilaine lettre. Mais nous sommes heureux si nous pouvons faire à notre cher père un plaisir auquel il ne s'attend pas! – Donc – je vous demande la discrétion. D'ici au premier août, j'aurai le bonheur et le plaisir de vous embrasser, et en attendant, je demeure, avec tout le respect, très chère belle-sœur,

Votre belle-sœur sincère,
Maria Constanza Mozart[20].

Puis, au bas de cette correspondance, j'ajoute un post-scriptum en faveur de mademoiselle Marguerite Marchand, bien charmante rencontre de Mannheim puis de Munich, et dotée d'un éblouissant talent de musicienne. Aujourd'hui pensionnaire chez mon beau-père, tout son art devait charmer son excellent professeur!

Ma très chère mademoiselle Marchand!
J'ai été très heureuse d'apprendre que vous vous souveniez de moi et que vous alliez essayer de m'écrire. Croyez bien qu'aller à Salzbourg pour avoir la chance et le bonheur de faire personnellement la connaissance de mon beau-père et ma chère belle-sœur et de leur témoigner mon respect me rend aussi heureuse que vous-même lorsque vous vous réjouissez d'avoir l'occasion de revoir vos chers parents. Et puis pour embrasser ma chère mademoiselle Marguerite – dont j'ai découvert à Mannheim et à Munich

qu'elle était une jeune fille fort habile qui aura eu depuis
l'occasion de se perfectionner encore. Quel ne sera pas
mon plaisir de vous revoir, de vous embrasser et d'admirer
vos talents ! le 1ᵉʳ août, si Dieu le veut, je le pourrai ! Entre-
temps, je vous conseille la discrétion la plus absolue et suis
                    Votre servante obligée et amie,
                    Maria Constanza Mozart.

Mes verrues me font affreusement souffrir ; ma
soubrette s'est rendue au logis du faiseur de Katharina, avec un modeste remerciement pour le remède
qu'il fera connaître.

« *Liez sur votre dos un faisceau de neuf espèces de*
bois différents et lavez les verrues le jour d'un enter-
rement, elles se décomposeront comme le cadavre
dans sa tombe. »

Je n'oserai jamais livrer à Gilowsky cette idée
absurde de questionner d'autres esprits de science.
Mais il semble que ce genre de remèdes, appuyés de
nombreux signes de croix aillent, *deo gratias*, vers
une guérison plus empressée. Il me faut désormais
guetter le malheur d'une personne pour m'offrir le
bonheur de perdre mes verrues.

Nous emporterons avec nous Trompette et cela me
semble bien injuste ; j'eusse aimé confier la surveillance de cet oiseau à Wetzlar et tenir mon enfant
dans les bras, au lieu d'une cage crottée !

Mes effets personnels sont rondement rassemblés et
tiennent dans un bagage plutôt ramassé ; ce n'est pas à
Salzbourg que je montrerai des façons de coquette :
trois robes et de nombreux petits ornements que j'offrirai à ma belle-sœur, si toutefois elle me les envie.
J'emporte ma robe de coton bordée de franges de fil, la
seconde de linon bleu et la troisième pour les redoutes,

les soirs de divertissements ou d'académie. Rien de très éblouissant dans ce trousseau, mais l'esprit de fantaisie viennoise est bien présent, en peu de colifichets.

Wolfgang prépare tout seul ses effets ; il aime nombrer ses précieuses feuilles de notes, ordonner ce qui peut attendre, prévoir ce qui voyagera. L'élégant frac rouge, présent de notre généreuse baronne, ainsi que sa canne à tête de grenouille feront de lui un voyageur assez distingué.

*

Ce matin, nous nous sommes transportés chez la nourrice de Raimund ; ses manières sont peu délicates, pourtant mon cher époux lui avance toute sa confiance. Notre petit grain d'amour sourit déjà, et semble avoir bien grandi et forci ; je suis fâchée que ses premiers sourires soient à l'adresse de cette grosse laitière et non à sa mère. Comme adieu, Wolfgang lui chanta sa berceuse d'enfant *Oragnia figata fa*, puis *Nanetta Nanon*, et termina par un doux baiser sur son petit nez. Lorsque nous reviendrons, il aura tant changé ! me reconnaîtra-t-il ?

J'ai donné ses gages à notre bonne et lui ai repris la clef de la maison. Pauvre fille, il lui faudra trouver une autre place durant notre absence, et mériter ailleurs sa mangeaille.

*

Enfin nous partons !

Comme cela est excitant ! me voici bientôt, Mademoiselle Nannerl et Monsieur Mozart, patience ! et je me jetterai à vos pieds vous dire tout mon respect.

Le temps rime avec mon cœur, le voyage sera léger.

*

261

Hier matin, tandis que nous montions dans la voiture, une bien déplaisante surprise nous retarda : un créancier a empêché notre départ, jusqu'à ce nous lui versions 30 florins en remboursement d'une dette[21]. La meilleure part de ce que nous avions gardé pour les jouissances du voyage est passé dans cette créance de dernière heure ! Pour lors, je ne parviens pas à savoir de quelle dette il s'agit ; mon mari souhaite que nous oubliions cela au plus vite et dédaigne en parler.

Notre voyage se passe assez bien, excepté les rages de Wolfgang contre le postillon et les chemins peu carrossables qu'il emprunte.

La nourriture du relais de poste, où nous prîmes notre premier repas de voyageurs, était détestable ; le vin semblable au vinaigre, la viande brûlée et le pain taché de moisissures.

J'aimerais tant écrire davantage ! le temps presse, les affaires de chaque journée s'unissent contre cette joie. Wolferl écrit beaucoup aussi, mais pour installer les petits signes sur ses feuilles, il lui faut une société autour de lui, tandis que moi, je ne peux écrire n'importe où ni en compagnie ; nous devons être singuliers à voir, chacun avec ses feuilles, sa plume, un air songeur !

*

La route est longue, mais le paysage varie. Ce jour, nous avons fait une halte de quelques minutes dans une forêt obscure, car la voiture avait écrasé un furet. Le postillon souhaitait le dépecer ; l'affaire lui prit quelques secondes, juste pour moi le temps d'atteindre un gros arbre derrière lequel froisser les jupes et me soulager la pissette.

*

Enfin voici Salzbourg !

Dieu, comme les montagnes sont fières et boisées ! Au premier regard, j'ai aussi nombré au moins cinq coupoles d'églises. La voiture progresse tandis que mon cœur m'abandonne ; seront-ils là, au *terminus* de la voiture ?

Personne.

Ah, cela est peut-être préférable. Ainsi la surprise sera certaine.

Nous nous transporterons vers la maison, Wolferl parlera sans relâche ; je connais cette chiasse de mots, elle déguise une crainte véritable.

Que dire de mon épouvante ? Ma bouche est si sèche que mes lèvres restent collées sur mes dents.

*

Ite missa est.

J'ai rencontré ma belle-sœur et mon beau-père. Leur joie de revoir ce *fils simplet et frère nigaud*[22] se devinait sur leurs figures plaisantes. Je demeurai en retrait à guetter leurs longues embrassades. Nannerl possède des mains aussi petites que son frère, et Monsieur Mozart a le blanc des yeux jaunâtre. Mon Dieu, comme ils s'embrassèrent souvent et longtemps !

Wolfgangerl se tourna ensuite vers moi, prit ma main et la conduisit entre celles de son père : « *Mon père chéri, voici ma bonne Constantia,* omnium uxorum pulcherima et prudentissima[23], *votre belle-fille et mère de votre petit-fils, qui – si le voyage ne lui avait*

263

brisé son cul de jeune accouchée –, se plierait en
deux pour déposer à vos pieds ses respectueuses
salutations ! »

Mon beau-père ne souhaita nullement tenir ses
mains autour de la mienne ; il s'inclina vers sa fille et
l'invita, par un regard, à m'accorder quelque politesse.

C'est un pain de glace que Nannerl m'offrit à
embrasser.

Oh ! comme je souhaitais alors que la terre s'ouvre
et y engloutisse mon désenchantement !

Seule Mademoiselle Marchand m'adressa un peu
de bonté.

*

Le portrait de feu ma belle-mère est pendu au centre de leur salon ; elle paraît un peu sévère, cependant
Wolfgang me conte tant de bouffonnerie en sa
compagnie que je prends aujourd'hui cette gravité
pour une noble façon. Le bleu de sa robe vante excellemment son regard. J'eusse peut-être trouvé en son
cœur une place méritée, si elle n'était désormais bienheureuse. Comme je déplore de ne jamais lui remettre
son petit-fils et surprendre le sentiment façonner sa
bonne figure de grand-mère !

*

Troisième jour à Salzbourg.

C'est l'anniversaire de Nannerl aujourd'hui, et nous
l'avons fêté avec un bol de punch offert par son frère.
Tout le monde but, conduit par le bercement d'une
encombrante horloge.

Wolferl se conduit de façon enfantine depuis notre
arrivée : il ouvre tous les tiroirs et retourne chaque

264

recoin de la maison. Son père s'est amusé de le voir chercher fébrilement tous les éléments nouveaux de cette demeure, depuis son départ de Salzbourg.

Je ne sais si mon homme pêche des vestiges d'enfance, des souvenirs du passé, ou s'il remet à l'heure les nouvelles que l'exil lui a fait manquer.

Je suis restée seule à table, avec mon beau-père.

Dois-je forcer cette intimité que l'on me refuse pour l'instant, et comment puis-je seulement avoir l'audace de hâter son commencement ?

Très souvent, *ils* se mettent ensemble au piano ; chaque fois, je lis sur les mines de ma belle-sœur tout le triomphe de son art sur moi, et toute la connaissance de son frère, que mes quelques mois de mariage ne m'ont pas encore accordée.

Ô Dieu, pourvu qu'*on* veuille bien m'estimer comme je les respecte ! Accordez-moi la victoire de savoir m'en faire aimer !

Le bon frère vient d'improviser une cantate en l'honneur de sa sœur, mais je crois qu'elle n'apprécie guère les railleries sur ses 32 ans, et son état de vieille fille. Il choisit d'enchaîner alors par une mélodie en bouts-rimés :

Meilleurs vœux
Dans le punch vieux !
Je sortis aujourd'hui sans pourquoi t'avouer.
La raison, je peux bien te le dire,
Etait de te faire un tout petit plaisir.
Sans veiller à la dépense, au labeur ou à la peine.
J'ignore certes si mon punch sera en veine,
Oh, ne dis pas – non – mon bouquet n'embaumerait ;
Je pensais : tu aimes les Anglais.

Si tu aimais Paris, des rubans te donnerais,
Un bouquet raffiné
Des parfums embaumés.
Mais toi, sœur chérie, tu n'es pas une coquette.
Prends donc ce punch, fort et délicieux, sœurette,
Savoure-le, tel est mon seul souhait[24].

Le salon du maître de musique est assez démesuré et huit pièces me semblent superflues pour si peu de personnes. Par la grâce de Dieu, les élèves pensionnaires aident au paiement du quotidien. Le plancher craque sous nos pas ; je n'ose me déplacer lorsque se joue la musique.

Plusieurs cibles de tir à carreaux[25] sont attachées au mur et je remarque que, bien des fois, Wolferl gagne les parties.

Notre oiseau Trompette apprécie le temps de Salzbourg et cela me réconforte ; sa cage n'a nullement sa place dans la maison, ma belle-sœur l'ayant suspendue au-dehors.

Notre chambre, enfin la chambre de Wolfi est parfaitement convenable pour deux galants. Nous logeons à côté de ma belle-sœur. Les murs de séparation sont peu épais ; la nuit, nous nous entendons péter.

Peut-être alors l'intimité familiale débutera par ce partage brumeux ?

Août 1783

Voici déjà une semaine que nous sommes à Salz-bourg et je déplore toujours l'absence de bonté de Nannerl à mon adresse. Il n'est rien, rien que je puisse faire pour la charmer ou lui être seulement supporta-ble. Ah, Nannerl, vous eussiez lu mon cœur, alors vous sauriez les vers d'une sœur, composés de lar-mes !

Je ne suis qu'une Weber, *on* me le fait bien enten-dre. Je ne puis prendre part aux discours, car la famille évoque sans relâche les souvenirs du passé, et l'*on* affiche bien cette espèce de faveur possédée sur le vrai Wolfgang, celui que je ne connais point et qui ne m'appartiendra jamais.

J'ai parfois droit à d'aimables salutations, cepen-dant, elles se trouvent toujours appuyées par une remarque piquante, de ces lèvres pincées des salons du grand monde ; Nannerl connaît ces boudoirs, puisqu'elle y fut reçue comme enfant prodige avec son frère. Il semble que ces événements aient laissé quelques traces inutiles à sa grâce naturelle.

Oui, il est fâcheux qu'un tel talent se masque der-rière la froideur empruntée et qu'une figure si plai-sante ne s'abandonne à la courtoisie.

L'homme que j'aime ne ressemble aucunement à sa famille !

Mon beau-père m'offre parfois l'aumône d'un regard ou d'une étude mesurée de mes toilettes ; j'ignore si tout cela se veut flatteur, car ne possédant que deux robes ordinaires et une de fête, j'ai peu l'occasion de me distinguer. Nannerl ne fait aucun compliment sur mes rubans ou les colifichets que je change chaque jour, toujours selon le goût viennois, et je désespère de lui offrir l'un d'eux.

*

Mon Joli s'est replacé à l'écriture d'une composition particulière : une *Messe en ut mineur*[26]. Cette œuvre sera *notre* œuvre et elle sera inoubliable dans l'histoire des Mozart. En effet, c'est moi, misérable Constanze, en apparence dépouillée de toute grâce, de tous les talents, qui vocaliserai les parties de *soprano*.

Oui ! l'éducation musicale dont mon père nous combla, mes sœurs et moi, trouve aujourd'hui toute sa raison d'être et je veux, je ferai honneur à sa mémoire.

Je ferai honneur à la mémoire de mon père.

Je ferai honneur au talent de mon époux.

Je louerai Dieu et saint Jean de Népomucène.

Je célébrerai notre premier anniversaire de mariage !

Je ferai ravaler son orgueil à ma belle-sœur…

Me jugera-t-on enfin digne d'être Madame Mozart, belle-fille d'un fameux auteur de méthode de violon, belle-sœur d'une virtuose au piano, épouse d'un compositeur dont Vienne chante les gloires, mère d'un petit Raimund chantant *Oragnia figata fa*, debout sur une chaise, à l'image de son père ?

*

Nous répétons ensemble les notes écrites pour mon organe ; il n'existe pas de mots pour dire ma fierté. Toute mon âme chante, tout mon être tressaille par ces notes à la gloire de Dieu.

Je sais, car je connais son cœur mieux qu'*on* ne m'en accorde le droit, je sais bien que mon mari souffre de la sécheresse que l'*on* me témoigne ici.

Ô combien je regrette que notre petit Raimund ne soit avec nous ! Ainsi, ses petites manières, ses appels auraient vaincu le cœur de cette lapilleuse famille !

*

Notre Trompette a cessé de chanter ; ce matin nous le trouvâmes tout raide au fond de sa cage. L'orage de cette nuit aura refroidi cette innocente créature. Glacé et trempé jusqu'à l'os, voici comment se termine la vie de notre oiseau. Pourquoi Wolfgang n'osa-t-il dire à sa sœur que notre petit protégé vivait chez nous, à l'abri du frais, des méchantes pluies de fin d'été ?

Nannerl *oublie* son journal dans le salon de musique ; la page ouverte présente un billet qu'elle m'adresse en secret : ne sont mentionnés que les événements des journées moins maussades ; mon nom n'est jamais accompagné d'une quelconque marque de gentillesse : « *Mon frère et ma belle-sœur se sont rendus avec moi chez Hermes*[27]. »

Voilà tout.

*

Avant-hier, nous passâmes une excellente journée ; nous nous rendîmes à la messe de dix heures puis des personnes vinrent à la maison faire une musique. Plus tard, nous sommes montés sur le Mönchsberg ; une fois parvenus au sommet, nous bûmes de la bière à l'ombre des grands arbres. L'ivresse me rendit le sourire, et les mains caressantes de mon époux me réconfortèrent. Il faisait une chaleur accablante et mes tempes battaient le tambour.

Hier, nous prîmes deux voitures pour faire nos dévotions à la basilique de Maria Plain, accompagnés de quelques connaissances fort divertissantes. Puis tout le monde rentra faire une visite au capitaine Hermes.

*

Je m'ennuie de mon enfant !

Michael Haydn est un honnête ami. Wolfgang goûte sa compagnie et j'apprécie beaucoup son obligeance. Il n'est pas une journée sans me faire un aimable compliment.

Il est pourtant très souffrant et craint fort de perdre sa situation ; le prince Colloredo lui a commandé un certain nombre de *Duos pour violon et alto*. Michael est si souffrant qu'il n'a été en mesure d'en composer que quatre sur les six attendus ; son salaire lui sera retiré s'il ne livre pas les musiques à temps !

Je mesure toute la générosité de mon époux par l'empressement avec lequel il termine la composition de ces deux derniers duos. Quel jeu d'enfant pour un tel talent, de composer *à la manière de* Michael Haydn, en moins de deux jours !

Et quelle victoire, certainement, de tromper ainsi Colloredo qu'il déteste jusqu'à la frénésie, en lui livrant *incognito* deux œuvres de sa main[28]! Et tiens, avale! comme dit mon Héros.

*

Nannerl était hier soir dans sa chambre, alors que je me transportais aux commodités; comme sa porte était restée béante, je me permis d'y frapper quelques petits coups. Elle tressaillit et plissa le nez.

– Qui est-ce? demanda-t-elle avec une inquiétude rare.

– Ce n'est que moi, Constanze. Je me figurais que nous pouvions causer ensemble, un petit moment avant notre coucher.

– Ah oui, et qu'aurions-nous donc à nous dire?

– Je… je ne sais, en vérité. Que lisez-vous?

– Je ne lis point, affirma-t-elle. Je m'instruis. Avez-vous seulement déjà fait cette expérience?

Tant de dédain se lisait sur sa figure que j'en perdis l'équilibre. Le moment vint pour moi de gouverner la situation, et de protéger mon honneur.

– Mais oui, j'ai aussi l'expérience de l'instruction! D'ailleurs je sais lire la musique, je chante, j'entends le latin, le français et aussi l'italien; voyez-vous Nannerl, mon père professait beaucoup, afin que ses quatre filles soient instruites.

Elle fit une moue désolée.

– Ce n'est pourtant pas avec cela, que vous pouvez prétendre apporter à mon frère tous les bienfaits qu'une épouse lui doit! rétorqua-t-elle avec foi[29].

– Oh, je vois! ai-je retourné, vous n'êtes seulement pas fiancée et voici que vous allez m'instruire sur le mariage!

C'est alors que je vis deux coupelles de verre emplies d'eau, posées sur son livre ouvert. Quelle uti-

271

lité pouvaient bien représenter ces coupelles ainsi gorgées ?

Wolfgang interrompit notre entretien et me ceintura de ses bras affectueux.

– Je viens quérir ma petite femme, murmura-t-il à son aimable sœur, puisqu'elle aime mieux causer, que se mettre en couche avec son mari ! Hé ! je vois Nannerl que ton raffinement te prive de l'usage des besicles ! Quelle fierté de cacher cette faiblesse ! Mais ta trouvaille de coupelles pour en faire des loupes est, ma foi, fort astucieuse, je m'en servirai à mon tour à Vienne. Très bien… nous allons, ma chère épouse et moi te tirer notre révérence, te souhaitant de jolis rêves, même les plus flous… heu, les plus fous.

Dès que nous fûmes dans notre chambre, Wolferl éteignit ma fâcherie : « *J'ai tout entendu, et je te donne raison, n'aie crainte ma Stanzerl.* »

Je connais le bon cœur de mon époux ; mais ce soir, je me sens inconsolable.

*

Encore une belle journée ; ce matin nous nous sommes rendus à la messe, puis nous sommes rentrés à la maison familiale. Là, quelques visiteurs se sont mêlés au jeu de *Tresette*. Un abbé s'est fortement mis en colère au cours de cette partie de cartes. L'après-midi, Nannerl s'est rendue au jardin de Mirabell, tandis que Wolfi et moi sommes restés ici répéter de nouveau la musique de *notre* messe.

Ma voix s'élève dans les nuances que mon mari espérait ; à force de labeur, de recueillement, j'entends bien que mes vertus de chanteuse sont toujours honorables et j'ai bien vu, aussi, les larmes de ravissement dans ses yeux de satin.

Dans quelques semaines, en fin de messe, peut-être Monsieur Mozart et sa fille m'accepteront dans leurs pensées caressantes.

Au couvent des Ursulines, nous avons assisté aux prêches, à la messe, ainsi qu'à la prise d'habit des novices[30]. Nannerl parut très troublée lorsque les jeunes personnes confirmèrent leurs vœux.

Septembre 1783

Je me languis de mon fils.

Oh! comme j'aimerais tâter ses petites mains, bercer son sommeil et embrasser sa peau d'angelot.

Nous attendons des nouvelles de notre ami Wetzlar depuis Vienne; il est bien singulier qu'il n'ait encore écrit le moindre billet. Il doit se divertir et manquer de temps pour penser à ses pauvres amis, perdus dans les montagnes.

*

Mes verrues semblent tomber en poussière, du moins celles de la main droite; le matin où nous mîmes Trompette dans un trou du jardin, avec mille précautions, entouré d'un petit linge, je me souvins des remèdes : *neuf essences de bois fixées sur le dos, puis se laver les mains le jour d'un enterrement.* Notre Trompette eut bien un enterrement de premier ordre. Son emplacement n'est cependant respecté par personne; on joue facilement aux quilles au-dessus de sa carcasse, en piétinant la petite butte de terre fraîche. Qui sait combien de temps met l'âme pour s'élever jusqu'aux cieux, si nul ne l'écrase ?

*

J'ai fait la connaissance d'une dame von Paradis, dont la fille aveugle joue excellemment du piano. Wolfgangerl a causé avec cette jeune personne, séduit par sa virtuosité. J'aime le voir ainsi comparer ses goûts avec d'autres gens car je connais fort bien l'insuffisance de mon savoir et n'ai nullement la prétention d'empêcher ces aubaines de partage. Je souffre assez du peu de Lui dont *on* veut bien me laisser jouir ici !

*

La messe de sept heures est vraiment celle que j'affectionne le moins ! Wolfgang et moi restons parfois au lit ; ces matins-là, j'aime muser, écouter les bruits de la ville qui s'agite sans nous.

Bien que je haïsse l'idée de me refuser à lui, je ne me sens nullement capable de reprendre nos badinages avec la même ardeur que jadis ; ma tripe est encore souffreteuse. J'ai découvert d'autres divertissements de litière : la crampe matinale ! Celle de mon mari doit être tirée impérativement avant qu'il pose un pied au sol. Nous avons baptisé ce jeu « *schlumpi pumpi* ». Quel amusement de le voir ainsi étendu, libre à mes caprices ! Nous sommes bien distants des serments de novices, bien que j'ignore encore des chapitres des agréments de l'alcôve.

Oh, si Nannerl connaissait les ravissements du mariage dont elle se prive par ses airs hautains ! mais peut-être en connaît-elle désormais une partie, grâce – à cause ? – du peu de muraille qui sépare nos lits…

*

Le jeu est un passe-temps de tous les jours dans cette petite ville ; ainsi, lorsque les dévotions matinales sont quittées, on s'ingénie à se divertir dans les maisons. Les musiques, les tirs, tarots et jeux de quilles occupent toutes les fins de journée. Les loteries privées sont organisées dans quelques demeures et l'on s'y rend sur invitation secrète ; ce jeu hautement interdit présente tout l'avantage de la fièvre clandestine et offre des gains fort intéressants.

*

Aujourd'hui nous sommes allés chez un tanneur que connaît assez bien ma belle-sœur. Les bains froids et les bains à vapeur étaient si tentants que, Wolfgangerl et moi, nous nous baignâmes malgré les fortes pluies ! La désapprobation silencieuse et méprisante de Nannerl faillit refroidir toutes les cuves, pourtant bien fumantes.

*

Les journées passent au galop, malgré tout ce que je puis déplorer ; mon tendre époux est près de moi, toujours habité d'un bouillon entre ses tempes, une harmonie dans l'esprit. Nannerl se promène souvent au parc Mirabell et lorsque je me trouve en sa compagnie, il n'y a que les éternuements du chien Pimperl[31] ou les rencontres *imprévues* avec monsieur d'Ippold pour distraire nos silences étouffants. Nannerl semble ne pas avoir accompli le deuil de la demande en mariage d'Ippold, refusée par son père. Pauvre Nannerl ! je comprends qu'elle ait souvent tant de peine à se montrer charmante ; déjà trente-deux ans, et se voir pauvrement accompagnée d'une belle-sœur peu intéressante, ne pouvant recevoir ses confidences ni partager ses bonheurs, faute de communauté de goûts…

Grâce à Dieu, Marguerite Marchand, pensionnaire des Mozart, se joint parfois à nous et sa conversation est assez divertissante. Mais elle n'est guère au goût de Nannerl car sa vanité de virtuose ne souffre aucune comparaison avec les talents supérieurs au sien.

Ah, Nannerl, si vous vouliez, ne serait-ce qu'un court moment, me gratifier de l'amabilité que vous offrez à de simples chiens errants, je saurais bien, moi, vous montrer toutes les richesses de mon cœur.

Certains soirs, Nannerl soupe hors de notre compagnie ; la voici maintenant introduite chez Madame d'Ippold où les jeux de tarots s'étirent vers la nuit. Quelle fausse situation !

*

Mon Chérubin pensait que son père et Nannerl me feraient don des cadeaux qu'il avait reçus dans son enfance ; il n'en fut rien. Mon époux ne semble guère pardonner cette méchanceté. Je suis attristée, qu'*on* ne veuille pas me croire digne de recevoir ces objets, afin de les transmettre à mon fils et, à travers leur souvenir, chérir cette mémoire familiale[32]. Je ne désire pas ajouter mon sentiment à ceux de mon mari ; rien ne sert de discourir là-dessus.

*

Hier soir, nous sommes allés à la comédie *Henriette ou Elle est déjà mariée* de Grossmann, d'après l'œuvre de Jean-Jacques Rousseau. Quelle virtuosité, quelle audace dans les paroles ! Puis nous sommes allés souper et danser jusqu'à quatre heures du petit matin. Là, un admirateur d'Aloisia m'apprit qu'elle avait donné naissance à son troisième enfant, mais souffrait d'une terrible langueur. Vers six heures, alors que le jour s'ouvrait, nous rentrâmes en voiture. Je n'avais plus dansé ainsi depuis le bal de notre appartement à Vienne. J'ai appris à danser la contredanse avec Wolferl et nous avons raillé toutes nos maladresses ; mes chevilles ne sont que souffrance, au double de leur taille accoutumée !

Tout à l'heure, Nannerl et mon beau-père se sont levés peu gracieux vers une heure de l'après-midi. Je suis restée un moment au lit, afin d'écouter les petits bruits d'une maison vivante, mais aussi pour tenter d'appâter mon mari vers mes avantages, redevenus excellemment disponibles. Nous nous sommes agacés et chatouillés un long moment.

Combien la vie est sucrée entre ses bras !

*

Voici que ce matin, une lettre du baron Wetzlar nous est enfin parvenue ; à sa lecture, je compris sans délai qu'il s'était produit quelque chose de tragique : Wolfgang se colora d'une pâleur laiteuse, puis il jeta la lettre aux flammes de l'âtre.

Bientôt je m'approchai de lui, mais il lui fut impossible de me parler. Que se passe-t-il ? A-t-on encore une fois découvert une cabale contre ton opéra ? Mon amour, sèche tes larmes et parle-moi, je suis ta femme, je saurai bien apaiser ton trouble…

Je n'ai jamais vu mon époux ainsi ; je ne sais comment venir à son secours.

J'attends qu'il me confie la cause de son supplice.

*

Ô Dieu ! pourquoi ?

Je ne puis croire cette sinistre nouvelle qui m'assassine.

Ma crotte, mon angelot !

Notre petit Raimund est mort !

Secoué de convulsions, pauvre chéri, une fièvre sournoise t'emporta. Me voici en pleurs, privée de Toi pour toujours.

Tes pauvres yeux que la terre vient de manger ! Qu'ai-je donc fait, au lieu de te bercer ce 19 août, tandis que tu bataillais pour ta survivance ? Pauvre mère ignorante, je jouais aux cartes, je tirais une crampe, puis aussi, je gémissais d'être repoussée des Mozart.

Ah, que n'ai-je insisté davantage pour te nourrir de mon lait, plutôt que t'avoir accroché aux mamelles d'une nourrice d'opéra ! Et n'était-il pas encore trop tôt pour remplacer le lait par le jus de pommes acides ?

Octobre 1783

Voici qu'à présent l'écriture de mon journal n'apaise aucunement mon chagrin. Je ne puis dire ce qui se passa ces derniers jours, je n'en ai nulle idée. Oh, j'attendais un geste d'honnête désolation, une marque d'affliction de Nannerl.

Mais non, rien.

Rien du tout.

Rien qui soit teinté de charité ne loge en elle. Son frère peut bien ratisser des heures, elle préfèrera encore le perdre à jamais, plutôt que feindre la pitié pour un demi Weber mort.

Toujours ces silences pincés devant mes larmes ; de quelle chair est-elle donc pétrie pour ne jamais se trouver touchée de mon infini malheur ?

Mon beau-père m'impose le supplice de sa morale pataude ; j'ignore si ces mains tachées de soleil savent enlacer un cœur en peine, ou flatter une joue d'enfant. Qui se soucie aujourd'hui de notre croix si lourde à porter, de ce cruel chagrin ?

Ce bon Michael Haydn est le seul réconfort que nous connaissons et cette vérité étrangère m'afflige encore davantage, pour Nannerl et son père. Quelle infamie, pour une famille, de laisser aux étrangers le rôle du soutien qu'elle refuse d'offrir...

Marguerite Marchand, brave Gretl, ménage son possible afin de détourner ma tristesse ; mais ses généreuses idées sont toujours bannies par ma sèche belle-sœur. Monsieur mon beau-père ne cesse de louer les talents de son élève, et cela importune violemment Nannerl. Sa beauté et ses grâces s'altèrent dans la rivalité stupide.

Aujourd'hui, nous avons répété notre messe. Wolfi pense que ma valeur vocale sera bientôt démontrée, et indiscutable. Je sens qu'il est satisfait de moi, de nous.

Son *Gloria* est à lui seul aussi long que toute la *Messe en si mineur* de Bach ! Lorsque nous sommes arrivés à Salzbourg, il y a maintenant une éternité, quelques feuilles de cette messe étaient déjà bien avancées jusqu'à l'*Et incarnatus est.* Ici, dans la demeure familiale, et malgré ce foyer incroyablement hostile, il trouve l'inspiration pour finir le *Sanctus* ainsi que le *Benedictus*.

Mon cœur saigne encore à la pensée de notre petit Raimund, mais son esprit me porte dans ses bras. Combien de temps faut-il, pour que se dressent au dos des petits anges leurs ailes veloutées ?

*

Voici enfin arrivé le matin de *notre* messe ; nous la donnerons à l'abbaye bénédictine de Saint-Pierre, car ce couvent ne dépend nullement de Colloredo. Tous les chanteurs et les musiciens de la Cour sont prêts pour ce suprême moment musical. Wolfgang est exalté, toutefois sa présence m'apaise. L'agitation n'est point ce que je ressens le plus ; une sorte de tourment plutôt. Oui, je suis tremblante à l'idée de gâter son œuvre, que mes qualités vocales m'abandonnent, qu'un flot de larmes m'assaille.

Un castrat doit chanter les parties soprano, si toutefois je souhaite interrompre ma prestation. Une sorte de *doublure*, en somme…

Aujourd'hui 26 octobre, est le jour de fête de Saint-Amand, saint patron de l'abbaye. Le choix de ce jour pour la représentation permet de fêter l'événement sans que cela soit une messe à proprement dite, aussi de masquer les parties manquantes, qui font de l'œuvre une messe inachevée[33]. Ce jour de fête nous dispense de respecter les règles liturgiques traditionnelles.

Mon Dieu, comme j'ai peur !

*

Pas un mot.

Aucun compliment ne sortit de l'auguste bouche de Nannerl après la messe. Mon beau-père ne dit pas non plus son sentiment. Quelle misère de préférer ainsi taire le talent de son fils prodige, plutôt que de devoir me mêler aux compliments…

Wolfgang était fort satisfait de mes vocalises ; par deux fois, nous eûmes les larmes aux yeux, tandis qu'il dirigeait l'orchestre et les chœurs.

Ô Dieu, que ne puis-je vous baiser les mains, pour tant de beauté par ces notes ! Combien mes membres tressaillirent, et comme je fus heureuse de chanter ainsi votre gloire !

Désormais savent-ils au moins que je peux chanter, me mêler aux musiques données dans le salon du maître des lieux. Voudront-ils me faire profiter de leurs divertissements ?

J'en doute fort ! a déploré Wolfgang, et je ne souhaite pas leur laisser davantage la liberté de le témoigner. Nous partirons demain, tiens-toi prête ma Stanzerl.

Demain nous repartons pour Vienne !

A neuf heures et demie, la voiture me transportera loin de Salzbourg où me furent défendus tous les agréments d'une bru dévouée, et d'une sœur affectionnée.

Je me retire de toi, ô ville qui ne veut pas de mes caresses.

Salzbourg la sévère.

Salzbourg sourde à mes cajolis.

Adieu à jamais.

*

La route me semble plus longue dans ce sens ; nous nous arrêtons cette nuit à Vöcklabruck. Je suis si lasse. Je n'ai qu'un désir, me jeter dans un lit propre et dormir jusqu'à l'aube, ou peut-être pleurer.

Aujourd'hui nous nous arrêtons quelques heures à Lambach ; Wolfgang jouera la messe sur l'orgue de l'abbaye. Il se sent chez lui ici, car la famille Mozart a toujours gardé l'habitude de séjourner en cet endroit à chacun de ses voyages. Nous n'avons parcouru que la moitié du chemin d'hier, pourtant je me sens encore bien plus accablée.

Mon Divin donnera une musique ce soir au clavicorde du prélat, en souvenir des années passées avec son père à Salzbourg. Même éloignée, tout me rappelle encore Monsieur Mozart.

*

Nous voici à Linz et j'en suis fort heureuse ; cette ville active transporte avec ses habitants des parfums d'agréments de toutes sortes. Nous logeons sur la Minoritenplatz, dans le palais du vieux comte Thun ; un valet nous attendait avec impatience. Je ne saurais dire de quelles prévenances on nous couvre dans cette maison.

Avant de nous coucher, nous écrivîmes, enfin Wolfi écrivit une lettre à Salzbourg (mon Dieu, je ne veux même plus prononcer ce nom !) afin de donner quelques nouvelles.

(...) Je ne saurais assez vous dire de quelles amabilités on nous comble dans cette maison. Ma femme et moi vous baisons les mains, vous demandons pardon pour vous avoir importunés si longuement et vous remercions encore une fois pour toutes les bontés que nous avons reçues. Dites à Gretl en particulier de ne pas faire tant de singeries quand elle chante, car les minauderies et les simagrées ne sont pas toujours agréables. Seuls les ânes s'y laissent prendre. Moi, pour ma part, je supporte plus facilement un paysan qui n'a pas honte de chier et pisser en ma présence plutôt que de me laisser enjôler par de telles fausses manières qui sont exagérées au point qu'on les saisirait à pleines mains. Adieu donc. Nous vous embrassons notre chère sœur de tout cœur. Je suis à jamais votre fils reconnaissant[34].

W. A. Mozart.

La figure réjouie de mon cher petit homme certifie ce que mes sentiments ont pénétré : par cette lettre, il crache poliment sur l'*accueil* qu'on nous réserva, sur les *bontés* dont on nous combla, sur notre *chère* sœur, et sur la *fierté* du maître à propos de son élève étonnante.

Novembre 1783

Nous nous attarderons encore à Linz, car ici on nous réserve un excellent traitement ; tout le monde semble connaître notre chagrin sans mesure et supposer notre trouble. Les comparaisons entre Linz et ce sale bourg de Salzbourg sont encore plus cruelles à reconnaître, et n'apaisent aucun de nos tourments.

Mardi prochain, Wolfi donnera un concert au théâtre ; ses amis lui ont arraché cette promesse assortie d'un pâle sourire.

*

Nous avons rencontré le docteur Gilowsky ; il n'aime guère la mauvaise mine de mon mari. Wolfgang a refusé de se faire saigner, et dit à son ami : « *Mon cœur saigne déjà bien assez, va charlatan.* »

Mon Amour n'a rien perdu de son espoir de lire quelques lignes de regrets attristés, provenant de son père ou de sa sœur ; les heures passent, teintées d'une langueur à laquelle je me garde bien d'ajouter ma propre désolation.

*

En quatre jours seulement, voici la symphonie[35] pour le concert de ce soir, achevée à l'intention de notre aimable et noble comte Thun. Il ne me semble pas que cette composition soit la meilleure de toutes celles écrites à ce jour, car elle est chiée dans la hâte et le supplice.

J'assisterai au concert de ce soir, au palais du comte Thun, puisque nous y logeons. Et, bien que notre infortune soit répandue, il serait discourtois de s'esquiver au moment des musiques. Wolfgang souhaitait m'entendre chanter quelques notes, mais, hélas, de ma gorge ne sortiraient que des larmes.

Qu'on veuille bien me laisser en paix, reculée des divertissements, morfondue sur ma chaise. Va, toi ! va mon homme, détourne ton âme de sa tristesse, enivre-toi de compliments, goûte au baume de la reconnaissance ; les faveurs de nos hôtes sauront peut-être rendre à ton aimable figure son éclat disparu. Va, toi ! va mon homme, écoute les bravos de la noblesse et regagne la confiance de ton art.

*

Ce soir, Wolfi m'a fait un dessin[36], en présence de quelques amis ; un *Ecce Homo* accompagné d'une dédicace « *dessiné par W. A. Mozart, Linz ce 13 novembre 1783, dédié à madame de Mozart sa (sic) épouse.* »

Nous étions en compagnie fort agréable. Pourtant, toute la liesse qui nous entoura durant le souper ne parvint nullement à divertir Wolfgang. Il resta silencieux malgré les prières de nos amis et aucune tentation ne le décida à frôler le moindre instrument. Une fois pourtant, il abandonna ses griffonnages et nous crûmes que le désir l'animait enfin ; il resta un court instant muet, puis, après avoir embrassé ma main de toutes ses forces, se remit à son *Ecce Homo*.

Toutes les demandes qui assaillent son cœur se trouvent résumées en ce dessin.

*

Nous préparons notre retour à Vienne, car désormais plus rien ne nous retient à Linz. Même les bienfaits de nos compagnons de veillées ne peuvent interdire la sévérité de notre demain.

Partons vite !

Chers amis, il n'est point de meilleure compagnie que la vôtre, mais je désire fuir, m'enfuir.

M'enfouir.

Décembre 1783

Notre appartement est bien vide et bien triste.

Nous étions partis, l'âme sereine, le cœur léger, laissant notre petit Raimund à sa nourrice, certains de le reprendre fort et gras, grandi et dégourdi.

Et voici son petit lit désert ; les draps blancs portent encore son odeur de lait caillé. Ô petit ange blond, combien je t'aimais !

Au crochet de la cage de notre Trompette, j'ai pendu deux saucisses de viande séchée et fumée. Mais cette demi-livre de chair ne chante pas au petit jour et les saucisses ne témoignent aucun attachement.

Un voile de poussière recouvre tous les meubles du salon, les rideaux portent des plis jaunis de soleil, ma maison n'est que désolation.

J'aimais tant ce logis, voici que maintenant je hais cet appartement. Et nulle ombre de soubrette pour m'alléger la charge de ranger les petits vêtements, plier le berceau.

Je suis seule avec mon chagrin.

Chacun est seul avec sa peine.

Misérables que nous sommes.

*

Une ancienne dette[37] vient de nous être réclamée ; Wolfgang l'avait contractée en 1778, et bien que cette lettre de change établie sur six semaines soit parfaitement périmée, il semble que nous soyons dans l'obligation d'honorer cet engagement.

Les embarras d'ordre financier me semblent bien grotesques, au regard de tout ce qui me chagrine à présent.

Mon mari trouve quelque distraction dans la besogne ; *L'Oie du Caire* enchaîne tout son temps et avale son énergie. L'espérance d'un nouvel opéra est providentielle pour lui ; je suis bien aise de le voir rejoindre ses activités, et parfois même, l'ébauche d'un sourire orne ses traits.

Nos lettres au *sale bourg* restent souvent sans aucune réponse. Pourtant, lors de ces dernières écritures, nous n'avions nullement omis de dire notre peine pour notre cher petit Raimund perdu.

Mais rien, toujours rien à propos de mon pauvre bébé, du côté du *sale bourg*.

*

Aloisia et son mari viennent de recevoir la liberté de partir en concert quelques mois, afin de détourner ma sœur de ses langueurs[38]. De quoi peut-elle bien souffrir, elle qui tient entre ses bras son troisième enfant, elle qu'on acclame à la plus insignifiante des jactances ?

Oh ! j'ai tant espéré sa visite, mais *on* m'a fait savoir que ses couches ayant été fort difficiles, Madame Lange devrait rester en son lit encore quelques jours.

Les projets de concert possèdent des vertus guérisseuses supérieures à ma triste compagnie ou mes lamentations ! Ces voyages, couronnés de *bravissimos* la conduiront à Dresde, Hambourg, Berlin, Francfort-sur-le-Main et Munich.

Bon voyage, chère sœur !

*

Wolfgangerl ne se lasse jamais de composer et, dans son élan, écrit à son père quelques mots de son nouvel opéra. Comme je me trouve actuellement couverte de curieux petits boutons rouges, partout sur le dos, les bras et le cou, Wolferl demande à son père de nous faire connaître la recette d'un remède de Tomaselli ; une sorte de pommade poisseuse qui guérit excellemment de la gratte. Nous avons aussi demandé plusieurs statues de l'Enfant Jésus de Notre-Dame-de-Lorette en cire, afin de les disposer dans notre appartement et ainsi, implorer sa très sainte protection dès notre lever.

*

Deux événements fort heureux viennent polir mon horizon : mon courrier de Rome est en retard de plus de six jours et nous avons trouvé un nouveau logis ! Pour cette nouvelle espérance d'être mère, je ne veux nullement me réjouir trop tôt, car l'ombre de la mort flâne toujours dans mon esprit. Notre futur appartement se situe sur le Graben, au troisième étage de la maison Trattner ; Wolfgang connaît parfaitement cette adresse pour être venu maintes fois enseigner la musique à son élève, Theresia von Trattner. Cette dame fort aimable est la seconde épouse du libraire et éditeur viennois. Notre loyer sera de soixante-quinze florins par trimestre ; cela sera le septième appartement !

*

La Société des veuves et des orphelins des musiciens viennois a donné un concert, il y a deux jours, au profit des familles dans l'embarras. Wolfgang a joué un concerto, tandis qu'Adamberger chanta l'un de ses rondos. La salle était emplie de monde et les applaudissements ont résonné longtemps entre les murs. Le lendemain, n'étant point disponible pour jouer une seconde fois, Mozart fut remplacé par un violoniste de renommée confuse : la salle resta presque vide.

Puissions-nous bientôt mesurer l'attachement des Viennois à la musique de mon mari ! Oh, oui – qu'enfin et pour toujours le *sale bourg* se morde les doigts d'estimer si peu son enfant !

*

Nous sommes toujours sans domestique, mais je me fais une joie de préparer seule nos effets pour notre déménagement. Adieu, chambre funèbre et salon triste ! Un enfant dormira bientôt entre mes bras, tandis que je le bercerai au timbre des notes enchantées de Wolfgang.

1784

Janvier 1784

Cette nouvelle année nous fait prendre beaucoup de dispositions ! Les moments font défaut pour bien des tâches ; mon journal m'invite à ses pages, cependant je préfère réserver mon temps à des faits plus nécessaires. Aussi, me contenterai-je de noter les événements d'importance.

Nous sommes maintenant installés dans notre bel appartement ; nous approchons des splendeurs de nos rêves. La rumeur de notre loyer s'étend sur tout Vienne, et les indiscrets peuvent désormais mesurer le succès des œuvres de mon mari ; alors qu'un appartement bourgeois coûte ici soixante florins par an, voici que nous paierons pour le nôtre soixante-quinze florins pour six mois, plus un florin d'éclairage. N'est-ce pas enfin le signe de notre entrée dans le monde ? Les plafonds sont richement décorés de rosaces et de feuilles d'acanthe dorées. L'ensemble paraît si pesant qu'il m'arrive de trembler, la nuit, lorsque le parquet craque, d'être assassinée par l'effondrement de ces richesses ornementales ! Comment les princesses font-elles pour croître sous de telles décorations sans craindre d'être assommées par le poids des ornementations de plafonds ?

Une armoire particulière est montée pour Wolfgang, *l'armoire aux projets*. A gauche, se trouvent les œuvres en cours d'écriture, les plans presque aboutis, des livrets, quelques idées. A droite, les compositions inachevées, les œuvres abandonnées ou remises à plus tard. Toutes celles déjà jouées, parfois même gravées ou imprimées sont dans une seconde armoire fermée à clef. Un large portefeuille de cuir serre les compositions que Wolferl aime garder près de lui, à chacun de nos transports : Benda, Bach, Haydn, et bien d'autres maîtres admirés. Mes mains ne s'aventurent jamais dans ces précieux casiers, même si l'ordre des feuilles semble fort négligé. Wolfgang arrange des repères dans cette disposition surprenante et si, occasionnellement, ce qu'il cherche ne vient pas à lui, il préfère alors refaire une copie de l'œuvre gravée dans sa tête, au lieu de creuser ses étages de feuilles et gâcher sa patience[1].

Notre grand billard possède sa place définie, dans un salon particulier tapissé de tissu bleu. Aussi, est-il aisé pour son bel esprit de quitter la table de travail pour la table à cartes, ou de délaisser son piano au bénéfice du billard. Le piano restera dans le premier salon, ainsi il sera plus commode à transporter pour les académies et les concerts privés de cette saison musicale. La grande maison Trattner, où nous logeons désormais, compte aussi parmi ses nombreux avantages une vaste salle de concert, pareille aux nombreuses constructions de cette période. Dans quelques semaines, Wolfgang donnera des académies privées par abonnement dans cette salle. Ô saint Jean, faites que les billets soient assez nombreux pour que nous conservions ce riche logis en consolation !

*

Les feuilles de l'opéra *L'Oie du Caire* viennent de rejoindre le fond de la pile de droite, dans l'armoire aux projets. *Ite opera est*, car Wolfi trouve le livret trop faible et cette histoire d'oie géante lui semble parfaitement crétine.

Mon courrier de Rome ne viendra plus ; maintenant me voici certaine d'être à nouveau grosse. Ma gorge se trouve plus enflée que pour l'attente de mon bien-heureux Raimund – Ô paix ! paix à son âme immaculée !

Ce sont les faisans au chou qui habitent mes songes maintenant, et les bouteilles de céramique emplies de bière me font vomir. Nous passons de longs moments dans les tavernes, en excellente compagnie. Wolfgang boit d'avantageuses gorgées de punch à la santé de notre prochain enfant, tandis que je me bourre la tripe de chou fermenté.

*

Ma sœur s'est fort bien distinguée dans *L'Enlèvement au sérail*, joué hier au Kärtnertortheater. Wolfi dirigea l'œuvre et les applaudissements ne cessèrent qu'après leur départ de la scène. Il semble pourtant que toutes ces récompenses n'améliorent pas l'humeur de notre *prima donna*. Elle et son mari partiront en tournée comme prévu, maintenant que les bénéfices d'hier sont empochés.

Comment peut-elle ainsi se laisser aller à la langueur, alors que tout prospère et triomphe dans sa vie ?

Février 1784

Mon époux souhaite désormais tenir un livre de compte de nos dépenses, ainsi qu'un catalogue de toutes ses œuvres. La première inscrite ne m'est nullement destinée; c'est une certaine Babette Ployer qui reçoit l'honneur d'être en première page de ce catalogue, avec un concerto pour piano[2].

Les gains des leçons et des académies forment une liste plus longue, comparée à la liste du cahier de nos dépenses. Nous voici raisonnables, excepté pour les vêtements à la dernière mode. Il n'est plus guère possible, du fait de notre condition, de conserver des habits usagés, ni même de les arranger pour donner quelque illusion. La mode change si vite ! et Paris nous envoie ses caprices avec tant de retard que nous ne sommes jamais assurés d'être dans le vent. Ainsi la mode du *pouff*, lancée par une suivante de Marie-Antoinette, reine de France, est parvenue jusqu'à nous un an après que la reine en fut lassée !

*

Il y a bien des détails à repenser dans les méthodes de gravure des œuvres musicales. Ainsi, lorsqu'un compositeur souhaite éditer, et donc graver (sur cui-

298

vre) ou imprimer (en caractères mutables) une de ses œuvres, est-il obligé de se fier à l'honnêteté du graveur ainsi qu'à celle du copiste. Cette situation ne nous convient pas, car bien souvent, certaines œuvres se trouvent jouées, sans que nous n'en tirions le moindre profit. Nous ne pouvons aucunement protéger ni assurer la propriété des œuvres, pas plus que nous ne pouvons empêcher un coquin de tirer des gains d'une copie de ces compositions. Pourquoi le monde entier semble-t-il se moquer parfaitement qu'on se livre au pillage du labeur d'autrui ?

Je voudrais bien savoir comment procéda mon beau-père, lorsqu'il fit éditer en 1756 à Augsbourg sa méthode *L'Ecole de violon*. Wolfgang devrait peut-être lui mander quelle méthode employer pour se garantir le succès d'une publication qui sert encore aujourd'hui sa réputation. Wolfgang balance à éditer ses œuvres en *praenumerotation*[3], bien que ceux qui se hâtent dans cette aventure en tirent de grands bénéfices.

Il devrait profiter du courrier pour se faire envoyer son certificat de baptême, afin de s'inscrire dans les registres de la Tonkünstler-Societät[4] et ainsi, entrer officiellement dans la grande famille des musiciens viennois.

*

Mes folles envies de chou ne me quittent plus et cet état me prend dès le réveil ; Wolfgang me prie de bien grossir et qu'ainsi notre enfant puisse toutes les forces que la nature exigera de lui. Il n'est guère difficile pour moi de le contenter, car la seule occupation qui m'intéresse véritablement est de picorer toutes les friandises du monde ; la liste de nos dépenses de mangeaille devancera bientôt celle des gains !

Mars 1784

J'étouffe dans mon corsage ; je viens de commencer la confection d'une tunique à mes nouvelles mesures, ornée de guipures sur le devant. Je me sens assez laide sans cause particulière.

La salle de concert de notre résidence Trattner est réservée les trois derniers mercredis de carême pour trois concerts par souscriptions. Déjà, plus de cent souscripteurs ont réservé leur place, et d'ici la date, nous espérons en avoir au moins trente encore. Nous avons fixé le prix à six florins. La noblesse a déjà fait savoir qu'elle ne viendrait que si Mozart jouait en personne…

*

Mon Virtuose n'est guère disponible pour moi en cette période ; bien sûr, notre liste de gains est assez longue pour combler tous nos caprices, cependant je n'ai plus de goût pour les divertissements. Ses matinées sont entièrement prises par les leçons, et presque chaque soir par les académies ; le programme des jours à venir est à frémir.

A vomir.

Voici que toute ma tripe me reproche mes agapes solitaires ; c'est en dégueulant que je me suis rendu compte de tout ce que je dévore. Le chou et le chapon, les biscuits roulés, les morceaux de sucre et la gelinotte. Tout était mélangé sur le carreau ! A regarder tout cela, je balançais entre le dégoût et le soulagement.

*

Je m'ennuie souvent.

Wolfgang dépense tout son temps et toute son énergie pour ses académies du soir.

Lundi 1er mars, chez le comte Esterhàzy.

Jeudi 4, chez le prince Galitzine, ambassadeur de Russie.

Vendredi 5, encore Esterhàzy.

Lundi 8, où donc ? chez Esterhàzy, bien sûr !

Jeudi 11, académie chez Galitzine.

Vendredi 12, chez Esterhàzy, pour varier un peu...

Lundi 15, le même !

Mercredi 17, enfin ! la première académie privée de Wolfgang, ici, dans la salle Trattner.

Jeudi 18, Galitzine.

Vendredi 19, Esterhàzy.

Samedi 20, ah, tiens ? académie chez Richter.

Dimanche 21, première académie de Wolferl, au théâtre.

Lundi 22, Esterhàzy.

Mercredi 24, seconde académie privée, salle de concert Trattner.

Jeudi 25, Galitzine.

Vendredi 26, mon Dieu ! encore Esterhàzy.

Samedi 17, on jouera chez Richter.

Lundi 29, Esterhàzy régalera encore ses invités avec mon mari.

Mercredi 31, ce sera la troisième académie privée de Wolfi, ici, dans la salle de concert de notre logis.

Jeudi 1ᵉʳ avril, la seconde académie au théâtre.

Samedi 3 avril, Richter a déjà retenu sa soirée avec Mozart.

N'est-ce pas épuisant, pour un musicien de talent, d'être aussi demandé ? Ainsi chaque matin passe dans les leçons, les dîners sont bâclés, puis les moments de composition arrivent et sont aussitôt suivis d'académies dans toutes ces nobles maisons[5].

L'idée de donner quelques concerts privés nous vint de Richter, tandis qu'il admirait le jeu de Wolfgang. Nous buvions du chocolat en sa compagnie, et mon mari s'était piqué d'improviser une musique en hommage à mon *bon petit bedon, brave petit soldat moustachu...* Je tramais de contester vivement, mais les notes du piano résonnèrent plus vite que mes reproches.

Wolfi joua mille variations nouvelles durant un grand moment. Richter, qui ignorait alors que rien n'importune plus Mozart qu'une parole sur sa musique, osa dire toute son admiration.

– Mon Dieu ! combien j'en bave, comme je me donne du mal et pour n'obtenir aucun succès ! et vous, mon ami, vous n'en faites qu'un jeu !

– Oh ! dit alors mon mari, moi aussi j'ai dû me donner du mal, pour n'avoir plus, aujourd'hui, à m'en donner.

Sans conteste, le talent de Richter au piano est complet, mais il est bien loin d'équipoller le génie de Mozart, qu'il admire et caresse. Aussi, eut-il l'idée généreuse de prévoir avec son maestro favori une série de concerts privés, afin que de cet art maîtrisé, naissent encore un peu plus de gloire et d'honneurs.

Enfin, ces projets montrent doucettement leur figure et j'ai pu compter au moins vingt et une musiques prévues rien que pour le mois !

*

La fortune semble inonder notre ciel, car déjà cent soixante-quatorze souscripteurs sont inscrits pour *nos* académies privées. La première s'est très bien passée et le nouveau concerto écrit pour cette occasion fit sensation[6]. Notre profit peut déjà s'estimer à plus de 1000 florins, si aucun événement ne vient gâcher ces prévisions !

Las ! nous avons dû faire imprimer un avertissement public, afin d'annuler la première académie au théâtre. Et pourquoi cela ? Eh bien, tout simplement parce que le prince Alois du Liechtenstein donne chez lui un opéra à la même date ! Il nous enlève toute la noblesse de Vienne ainsi que tous les musiciens de l'orchestre[7]. La prochaine date pour Wolfgang au théâtre sera donc fixée au 1er avril prochain.

*

Je m'ennuie à périr.

Les choux ont cessé de me procurer cette ivresse de jadis ; je cherche en vain quels mets pourraient m'aider à passer le temps et bien grossir. Mes zéphyrs m'incommodent diablement, cependant Wolfgang les traite avec son infinie disposition d'esprit.

– Ah, tiens ! mon soldat moustachu pète à s'en déchirer l'uniforme, et ce fumet rappelle drôlement les rues de Paris !

Je me suis divertie à compter, sous forme d'inventaire, la condition et le rang des 174 souscripteurs à qui nous devons notre prospérité de l'heure[8].

Eh bien ! j'ai nombré 144 hommes et 30 femmes. Les messieurs semblent plus touchés par la musique que ces dames.

87 personnes appartiennent à la haute aristocratie, aux maisons princières et comtales.

73 sont plutôt de la basse aristocratie et de noblesse commerciale.

13 personnes ne sont que des bourgeois.

13 d'entre tous ces souscripteurs sont titulaires de hautes charges de l'Etat ou de la cour.

20 diplomates et agents de la cour sont à remarquer aussi.

17 petits fonctionnaires sont amateurs de musique.

20 militaires se pressent aux académies de Wolfgang.

15 financiers, commerçants et entrepreneurs ont réservé leur place.

43 noms restent sans métier officiel.

J'ignore combien font partie de ces *cercles secrets*, ces sortes de *sociétés discrètes*[9] où l'on travaille à des choses que nul profane ne peut entendre. Pourtant, il m'arrive de deviner des confidences entre certaines personnes fort estimées à Vienne et mon mari ; enfin, je ne comprends rien à leurs jactances murmurées.

Tous ces noms me laissent penser que, désormais, nous sommes bien d'une condition supérieure à Vienne. Sinon, pourquoi se déplacerait-on avec tant de pétulance ?

*

Mon Fripon achève l'écriture de concertos qui le *mettent en nage*[10]. Ces trois œuvres seront au goût du public, j'en suis bien assurée, car il a mis tant d'ardeur à leur composition que leur effet ne peut être que divin.

Avril 1784

Me voici bien grosse désormais.

Bien seule aussi ; et ce n'est guère la compagnie de notre nouvelle bonne, Liserl Schwemmer, ou celle de notre cuisinière qui peuvent distraire mes heures. Cela est bien certain !

Mes sœurs ne s'épuisent guère en visites.

Dieu merci ! mon mari arrange ses journées pour me réconforter du mieux possible, et traîner cette grossesse à mes côtés. Nous jouons au billard tous les après-midi, mais je perds sans relâche. Mon ventre me gêne et mes pets détruisent mon application. Wolfi assure que je suis son plus fidèle instrument à vent et que cela mériterait un concerto particulier. Mes cheveux ont beaucoup poussé ces dernières semaines, mais voici que drôlement, des touffes entières restent sur mes brosses. Je crains de voir mon crâne devenir lisse ; le tourment de rester engageante au regard de Wolfgang m'anime chaque jour. Que deviendrais-je, chauve comme un vieillard de cinquante ans ?

*

Ma bonne et fidèle amie Martha, la baronne Wald-stätten, fut une des premières à prendre une souscrip-

306

tion pour nos concerts privés. Ce fut le moment de la revoir avec ravissement, aussi de faire la connaissance de son nouvel amant : un homme d'âge fort avancé, suffisamment marié pour ne jamais devenir poisseux. Mon Dieu ! pourvu que le baron ne se pique point de musique, pour se rendre aux mêmes académies que son épouse légitime !

J'ai bien du mal à rester assise[11], car l'enfant frappe mes entrailles d'une force fabuleuse.

Oh ! j'ai si peur qu'un triste sort vienne encore ternir notre enchantement, aussi j'évite de penser à lui, je m'interdis de l'imaginer, je retiens toutes mes caressantes pensées. Oui, je me défends de t'aimer, *petit chou d'amour*, ainsi les anges ne seront point jaloux de notre félicité.

*

J'ai commencé la confection d'un tablier fin pour Nannerl, orné de volants de mousseline ; je broderai des entrelacs de fleurs sur la bavette.

On parle partout en ville d'une modiste qui donne le ton sur Paris, et à laquelle Marie-Antoinette confie son élégance. Ainsi, le moindre événement politique se transforme en colifichet posé sur une coiffure de cette Bertin ; une inquiétante épidémie donnera aussi bien l'idée d'une nouvelle étoffe à gros pois, imitant les boutons de ceux dont on craint la contagion. Ici, personne, pas même la plus renommée des suivantes, n'oserait tirer profit de la désolation d'autrui pour souffler ses créations, et trouverait encore moins à qui les vendre !

*

Vingt-quatre ducats, ou cent huit florins, voici l'offre que Wolfgang vient de repousser, à propos de l'une de ses dernières œuvres. Il a bien raison. Nous préférons les conserver quelques années, et les donner ensuite à graver afin que leur profit nous soit pleinement gardé.

Désormais, les copies des œuvres de mon mari sont accomplies dans notre logis, en notre présence[12], afin qu'un second modèle ne soit pas copié en cachette et vendu sans notre accord.

Je dois ressembler à une poissarde, affublée de mes amples tuniques, à tourner autour de cette table de travail, épiant la corvée du jeune copiste. Il me faut aussi le récompenser d'un chocolat tiède, le rassurer d'un sourire aimable ; combien les déconvenues passées nous ont rendus méfiants !

*

Qui est cette Regina Strinasacchi, qui arrive de Mantoue et, de passage à Vienne, propose de donner un concert avec mon mari, le 29 de ce mois ? Est-elle dotée d'autres vertus que sa virtuosité ? Est-elle mariée ?

*

J'en sais davantage aujourd'hui à propos de Mademoiselle Regina Strinasacchi ; son adresse se manifeste au violon, et partout on complimente ses notes. Agée de vingt ans à peine, sa physionomie ne présente aucune grâce qui puisse m'inquiéter, ni darder Wolfgang de sentiments confondus.

Au concert qu'ils ont donné ensemble ce soir, la partie violon était à peine terminée, Mozart joua sa partie piano devant une page blanche ; le temps lui avait manqué pour finir cette *Sonate en si bémol*. Mais silence là-dessus, car nul ne l'a remarqué !

Mai 1784

Les journées paraissent bien longues, dans cette attente qui me déforme. Quel curieux effet d'être ainsi habitée d'un nouvel être que j'imagine, sans rien connaître de lui.

Wolfgang est rentré de sa promenade matinale à cheval, avec deux branches de muguet. Le mois de mai apporte tant d'espoir de douceur pour l'été !

Notre livre de gains et dépenses se trouve toujours tenu fort à jour ; ainsi ces *deux brins de muguet* [13] figurent-ils dans notre deuxième cahier de dépenses.

Les grandes familles partent bientôt pour la campagne, d'autres se retirent à Baden bei Wien prendre les eaux. Nous allons rendre visite au vieux comte Thun, justement à Baden.

J'adore Baden !

Tout m'enchante en cet endroit, même les évocations des fâcheux événements ; la colonne de la Peste, et ses volutes nuageuses, ses petits angelots posés sur une boule d'or. Le clocher de l'église, mesuré autrefois à plus de soixante-trois mètres, me cause le tournis. Et cette vue de notre forêt viennoise aux couleurs indécises, capricieuses, infidèles ! Jamais deux voyages ne sont teintés des mêmes feuillages colorés.

Quand partons-nous ? J'ai hâte de baigner mes jambes enflées dans cette eau sulfureuse ; ses bienfaits apaisent les plus fortes indispositions, malgré son terrible parfum de dents gâtées.

Ah, quelle puanteur !

Cela m'amène à Mademoiselle Auernhammer. Je me suis promise de ne plus lui donner de quolibets, mais je ne puis faire comme si je la trouvais soudain bonne à respirer. Je brûle de savoir : s'est-elle enfin déchaussée pour un mari peu regardant ? S'est-elle découragée de badiner sans retour avec mon mari ? Ne remarque-t-elle toujours aucunement le dégoût qu'il s'efforce de lui cacher ?

*

A la foire de ce matin, nous tombâmes en pâmoison devant un adorable petit étourneau vendu dans une cage dorée. Son chant était semblable à l'allégretto du concerto que Wolferl vient de terminer.

Le voici maintenant pendu à la place des saucisses fumées. Voilà bien de quoi trépasser ! Chanter pareil aux allégrettos d'un musicien de génie, pour finir accroché au clou d'une paire de saucisses de foie !

*

Mon amie Maria-Elise Wagner m'a rendu une visite fort agréable hier. Je demeure bien fâchée de son départ ; elle prépare ses effets pour un long voyage. A ce qu'elle voulut bien me conter, il est fortement question de mariage.

Mais avec un… Corse.

Mein Gott ! qu'est-ce donc que cela, un Corse ? J'étais bien ignorante, jusqu'à ce qu'elle me l'enseignât. Ce serait un habitant d'une île aussi petite qu'une province, parfois française, souvent génoise, maintes fois disputée par quelques hommes d'Etat et ainsi que des guerriers. A ce que l'on dit aussi, cette peuplade souvent envahie et humiliée par ses occupants se reconnaît par sa furieuse résistance, ainsi que par une physionomie peu commune : cheveux bruns, yeux marron ou noirs, et foncés de peau.

Peut-être dans cette Corse pourrais-je découvrir ma provenance lointaine, l'explication de mon teint d'olive en été et de mes yeux noirs qui affligèrent mon pauvre papa si longtemps !

Comme je l'envie ! non pour son mariage incertain, mais pour cette facilité de voyages, cette aisance qu'elle montre pour lancer péter à cent lieues les cérémonies et les galanteries. Oh ! je suis bien certaine de la surprendre un jour vêtue en homme, seulement pour jouir des commodités de l'autre sexe. Revenez-moi vite, chère Maria-Elise et que cette Corse qui vous ouvre les bras ne les referme pas trop fort sur le souvenir de votre fidèle Constanze !

Oh ! comme j'avais tort de me croire seule au monde, sans amie fidèle, sans cœur honnête auprès de moi ; j'ai un excellent époux, une baronne affectionnée et puis vous, qui partez au loin…

Juin 1784

Me voici fort démunie de toute occupation agréable ! Lasse de coudre le tablier de mademoiselle ma belle-sœur, fatiguée d'attendre en vain quelques marques de tendresse du *sale bourg*, j'ai pensé broder une guirlande de chardons sur la bavette. Mais, non ! cela serait mesquin.

Un présent doit être joli et confectionné avec amour ; voici pourquoi je l'abandonne aujourd'hui.

J'ai dépensé toute cette première journée de juin de façon fort paresseuse, à revoir toutes les pages de ce journal. Je n'avais gardé aucune souvenance des premières pages. Toute cette parade de sentiments m'a rendue bien confuse.

Je ne peux rêver aujourd'hui d'écrire avec tant de sottise ingénue nos caresses ; cela ne s'accorde plus aux confidences d'une femme mariée, d'honnête condition. Pourtant, je peux bien le jurer, toujours la même ardeur fiévreuse s'empare de mon être, lorsque au matin, avant de partir chevaucher la campagne, Wolfi frappe les trois coups sur mes reins, d'un maillet bien rose et bouffi d'appétit !

Il me semble qu'aujourd'hui mes écritures se lamentent moins qu'autrefois. Que Dieu m'accorde la fortune, de n'avoir plus que de réjouissantes causeries à noter sur ces pages !

*

Je suis bien grosse, fort laide et privée de mes jambes. La pose allongée, à la romaine, est la seule qui m'apaise à présent. L'enfant me donne mille coups le matin, puis autant le soir. Je me demande bien quelles seront sa nature et ses façons !

Liserl traîne le soulier pour me servir et semble ne pas supposer combien je souffre de faiblesse. Aucune de mes requêtes n'est jamais reçue avec le moindre sourire. Je l'ai surprise à me tirer la langue dans le dos, alors que son reflet se trouvait trahi par la fenêtre ouverte. J'en parlerai à mon mari car cela me contrarie lourdement.

Mais rien ne sert de lutter contre le petit esprit, la fausseté et la sottise. Bien d'autres maisons se laissent *couillonner*[14] par leurs domestiques et n'osent se plaindre au-dehors, car l'on craint toujours d'être pris pour un maître d'esclaves, dès que nos serviteurs geignent.

*

Comme je suis heureuse !

Nous avons reçu un paquet de mon beau-père et de Nannerl ; une paire de boucles de soulier de gentilhomme, ornées de pierres étincelantes et une lettre, fort aimable, fertile en détails et gavée de bons sentiments pour ma grossesse et mes futures couches. *Gott sei Dank* ! A bien y penser, rien ne m'est véritablement adressé, car c'est Wolfi qu'on félicite pour la grossesse et encore Wolfi qu'on prie de me transmettre *bien des choses…*

Hélas, ces boucles de soulier démesurées ne conviennent guère aux petits pieds de mon mari. Nous les placerons, afin d'en tirer le meilleur prix, à condition que le prince Joseph de Furstemberg ne puisse apprendre le sort de son généreux présent.

*

Il me faudrait maintenant reprendre l'ouvrage du tablier de Nannerl et cela me laisse fort embarrassée : dans un mouvement d'humeur bien regrettable, j'ai déchiré l'étoffe en petits carrés et me suis confectionné six mouchoirs. Comme je regrette aujourd'hui ma sotte nature !

*

Je ne puis éteindre ma rage.

Liserl a souhaité ce matin poster une lettre à sa mère ; l'adresse était écrite de telle façon que la lettre n'avait aucune espérance d'atteindre sa destination. Aussi, Wolferl proposa à cette bécasse d'écrire une autre adresse, afin que son billet puisse être amené. Nous fûmes donc dans l'obligation d'ouvrir cette lettre. Cette lettre est si épouvantable que nous décidâmes d'écrire à Monsieur Mozart, afin que les accusations de Liserl soient démenties à Salzbourg, où réside la mère.

Mon très cher père[15] !

(...) On aurait très difficilement accepté la lettre à la poste, puisqu'elle était rédigée ainsi :

Cette lettre à faire parvenir A ma très chérie
Madame ma mère à Salzbourg,
Barbarüschbemerin,
A remettre dans la Judengasse

Chez le commerçant Eberl au troisième étage.

Aussi, je lui dis que je voulais écrire une autre adresse – par curiosité, et plus pour continuer la lecture de ce beau concept[16] *que pour découvrir des secrets, j'ouvris la lettre. Elle s'y plaint de se coucher trop tard et de se lever trop tôt, je crois que de onze heures à six heures, on peut dormir suffisamment. Cela fait quand même sept heures. Nous allons au lit à minuit seulement et nous levons à cinq heures et demie, parfois même à cinq heures parce que nous allons presque tous les matins au Augarten. De plus, elle se lamente de la nourriture et ce, avec les expressions les plus impertinentes ; elle dit qu'elle devra mourir de faim – qu'à nous quatre, c'est-à-dire ma femme, moi, la cuisinière et elle, nous n'avons pas autant à manger que sa mère et elle, toutes les deux... Vous savez que jadis, j'ai pris cette fille, par pure pitié, afin qu'elle ait un soutien à Vienne, où elle n'est pas chez elle. – Nous lui avons promis 12 florins par an, et elle en a été fort satisfaite, alors qu'elle s'en plaint maintenant dans sa lettre. – Et qu'a-t-elle à faire ? Desservir la table, apporter et remporter la nourriture, aider ma femme à s'habiller et se déshabiller. – D'ailleurs, en dehors de la couture, elle est la personne la plus maladroite et la plus sotte du monde. Elle n'est même pas capable de faire le feu, encore moins du café. – Et cela, une personne qui a la prétention d'être une femme de chambre devrait être en mesure de le faire. – Nous lui avons donné un florin, le lendemain, elle a encore réclamé de l'argent. – Elle dut me rendre compte de ses dépenses, et la plus grande part de celle-ci était passée à boire de la bière. – Un certain monsieur Johannes est arrivé avec elle, mais je ne veux pas le voir chez moi. – Deux fois, alors que nous étions sortis, il est venu ici, a fait apporter du vin, et la fille, qui n'est pas habituée à en boire, s'est saoulée au point qu'elle ne pouvait plus marcher et a dû se cramponner partout, et la der-*

nière fois, elle a vomi plein son lit. – Qui garderait alors
une telle personne ? – Je me serais contenté de la leçon que
je lui ai faite à ce sujet et n'en aurais pas parlé dans mes
lettres, mais son impertinence dans sa lettre à sa mère m'y
a poussé. – Je vous prie donc de faire venir sa mère et de
lui dire que je la supporte chez nous quelque temps encore,
mais qu'elle s'occupe de lui trouver un autre employeur
– si je voulais faire des malheureux, je pourrais la renvoyer
sur-le-champ. – Dans cette lettre, elle dit aussi quelque
chose d'un certain M. Antoni – peut-être est-ce un futur
jeune époux. (…)

Cela est bien vrai, nous nous réveillons vers cinq
heures le matin, cependant je reste au lit parfois, car je
ne me sens nullement propre à assister aux concerts
matinaux au Augarten. Tantôt, au lieu d'assister à ces
musiques, Wolfi galope en campagne sur sa monture
et cela me permet de gagner encore deux heures de
repos.

*

Nannerl demande à son frère de se charger de
l'achat d'un tablier de lainage, de voile ou de merlin.
Je me demande si ma belle-sœur souhaite que je m'en
occupe et le choisisse selon mon goût ? Les tabliers
brodés coûtent sept florins. Je crois plus simple de me
remettre à la confection de cette pièce… Ah, si j'avais
été sage et juste, son tablier serait aujourd'hui prêt !
Pourquoi Nannerl ne s'adresse-t-elle point à moi,
qui suis une femme, sa belle-sœur, et puis comprendre
avec aisance ses désirs ? Sans fin, cette mine pincée
me revient en mémoire et s'écoule dans l'encre de ses
rares lettres.

Juillet 1784

J'eus la plus agréable des visites aujourd'hui : Martha Waldstätten demeure une honnête amie pour la modeste personne que je suis.

Que je fus.

Aujourd'hui, nul ne peut me reconnaître derrière cette figure tourmentée, cette physionomie en boule, mes chevilles déformées.

Nous prîmes sa voiture. L'entourage du Prater sous un éclatant soleil parut me guérir un peu. Nous parlâmes de son dernier galant, déjà terni et bientôt *ancien galant*, puis je lui confiai mon désarroi face aux mauvaisetés de notre domestique.

C'est ainsi qu'elle m'enseigna une représentation des choses que je ne m'étais guère figurée jusqu'à ce jour : un maître d'école ne peut espérer plus de vingt-deux florins par an de gages, tandis qu'un professeur d'université touchera trois cents florins. Salieri, maître de chapelle de la Cour, reçoit douze cents florins ! Mais ce n'est pas tout, ainsi le directeur de notre Hôpital général de Vienne reçoit trois mille florins de traitement, alors qu'une famille bourgeoise avec deux enfants pourrait parfaitement vivre sur un train de cinq cents florins annuels[17]. Ainsi, mon mari et moi sommes assez bien lotis pour ne pas nous plaindre.

Mais cette fieffée musarde de Liserl, comment ose-t-elle gémir ainsi ?

*

Je trouve que Wolfgang passe beaucoup de temps en compagnie de la femme Trattner ; bien sûr, Theresia est son élève, mais a-t-elle aussi besoin de leçons à cheval, de cours d'allemand et de latin, de botanique ? Et, demain, quoi d'autre ?

Nous logeons dans cette maison depuis décembre 1783, et j'ai déjà l'idée que cette affaire ne pourra s'étendre un an de plus. Je connais mon homme ; un organe étourdissant, une gorge de rossignol, des mains de virtuose, tout cela peut lui faire perdre l'esprit et le précipiter dans le frisson des sentiments. Qu'y puis-je, ronde comme un *knödel*, allongée sur mon lit, sinon avaler bien pis que l'évidence ?

Pourtant, je ne puis croire au moindre attrait de physionomie de la Trattner, excepté son jeu de mains sur l'instrument ; cette orgueilleuse maison et sa grande salle de concert peuvent-elles passer aux yeux d'un homme faible pour des avantages invincibles ?

Il me faut le protéger de tout : les flatteries le transportent, les applaudissements l'étourdissent, les bravos le gâtent, ses amis l'aiguillonnent, tandis que mes craintes le fâchent, mes répliques brisent ses élans, ma prudence se confond en jalousie.

Ah ! je sens bien qu'en cette époque mon tourment ne se bâtit pas toujours sur les meilleurs motifs. Je me vois si lasse, tellement irritée d'un petit rien.

*

Le silence semble être le seul accord véritable.

*

J'ai été saignée aux chevilles deux fois ce matin. Mon jus coulait au pas de mes tempes. Wolfgang était là, tout près de notre lit. La Trattner s'est précipitée à mon chevet, l'air rondement confuse de ma gêne, ou bien était-ce l'agacement d'être privée de sa lubie favorite, ou encore le goût d'apprendre le sérieux de mon état, cause de son lâchage ?

Je ne peux croire que mon époux lui dise toutes les saloperies qu'il me donne à l'oreille, le soir venu.

Non ! je ne dois point m'abîmer dans le jugement et l'égarement, que seul mon état peut innocenter.

Wolfi était bien là, à genoux près de notre lit, les mains jointes sur mon bras, les yeux assombris d'inquiétude. De sa bouche ruisselaient mille paroles fleuries.

Nous nous aimons, ne le voyez-vous pas, Theresia ?

Je suis toute douleur et rondeur.

Comme il ne peut être question que je me rende aux académies, Wolfi organise quelques petites musiques à notre logis, en l'honneur d'un certain Hampel, clarinettiste et de son fils, violoniste ; ils partiront ensuite pour la Russie.

Comme les grands voyageurs me donnent l'envie !

*

Pour la fête de sainte Anne, nous avons écrit une lettre à Nannerl, afin de lui souhaiter, dans l'octave, tout le bonheur et la félicité possibles, et la prier de nous conserver son amour fraternel.

Mais je sais bien que tout cela ne restera que des mots, des modes de convenances, de belles dispositions polies.

Que puis-je faire de plus, pour m'attirer ses bonnes grâces, qu'envoyer des nouvelles, m'enquérir de sa santé et de celle de son cher papa, lorsque Wolfi manque de temps pour écrire lui-même, broder quelques colifichets et la choisir dans chacune de mes prières?

Est-ce ma faute si malgré tous les attraits qu'on peut encore lui trouver – au mépris de ses trente-trois ans –, ma chère belle-sœur n'est toujours pas mariée? Oh! Nannerl, à peine à la moitié de mes espérances, je vous en supplie, souffrez de regarder votre sœur affectionnée telle qu'une amie dévouée, une fidèle servante, et non comme une friponne, voleuse de petit frère…

*

Nous n'avons encore jamais reçu le certificat de baptême de Wolfgang et la Tonkünstler-Societät refuse son inscription. Que faire?

*

Je ne puis plus bouger du tout. Je suis désormais bien plus grosse et déformée que pour l'espérance de notre pauvre petit Raimund. Sans doute cet enfant-là sera-t-il plus robuste. Mon Dieu! épargnez-nous l'affliction, les pleurs, la désolation d'un deuxième deuil. Seigneur, donnez-lui la vigueur!

Je ne peux écrire davantage car les chaises me plient en deux débris et me font sèchement souffrir. Ecrire depuis mon lit n'est guère mieux car l'écritoire ne peut tenir en balance sur mon sein. Tout mon être est maintenant soufflé de tiraillements.

J'abandonne ce journal.

Août 1784

A la lecture d'une lettre de monsieur papa, nous passons par toutes les agitations : Pimperl, le chien de la maison Mozart, est mort ; il ne prisera plus son tabac espagnol. Peut-être Wolfgang serait-il heureux que je trouve un autre fox-terrier, pour lui remplacer son compagnon d'enfance ? L'autre nouvelle, étonnante, drôle et tranquillisante, concerne le mariage – enfin ! – de Nannerl. Oui ! n'était-ce pas impensable, il y a encore quelques semaines ?

Naturellement, c'est par mon beau-père que nous sommes prévenus de cette affaire car, de la main de Nannerl, nous ne reçûmes aucun avis de contentement, ni son contraire.

Comment se nomme donc l'*occasion* unique, qui trébuche enfin sur ma tendre belle-sœur ?

Eh bien ! je ne sais si nous pourrons nous tutoyer un jour, car voici que Nannerl sera baronne Johann-Baptist von Berchtold zu Sonnenburg, épouse du conseiller et juge de Saint-Gilgen[18], près du *sale bourg*.

Monsieur le baron a quinze ans de plus que notre fameuse Nannerl, c'est-à-dire qu'il affleure cinquante ans et est déjà deux fois veuf ; cinq enfants sont nés de ces copulations continues. Ceux du premier mariage se prénomment Anna-Maria, et tout le monde l'appelle déjà Nannerl, un garçon est aussi baptisé Wolfgang, le troisième enfant Joseph et le quatrième Andrä. Cinq autres enfants nés de ce mariage sont morts. Aux secondes couches, un garçon baptisé Carl.

Madame la baronne va se trouver fort affairée !

Ah ! Nannerl, je suppose que mon tablier de gros merlin brodé ne sied plus à votre condition ; je le garderai donc. Et comme je vois déjà l'assortiment de vos mines triomphales, au titre de noblesse qui vous tombe dans les bras, je ne puis guère m'enorgueillir de vous offrir le moindre présent, par trop modeste désormais.

Nous voici officiellement invités à nous rendre aux noces. Chacun sait qu'il est très recommandé aux femmes grosses de huit mois d'être secouées en voiture, trois jours durant, si l'on souhaite hâter la naissance ! Nannerl et son père entendront très bien qu'il ne m'est pas permis d'aller à ce mariage ; peut-être espèrent-ils toutefois la venue de Wolfgang, qui devrait dans ce cas laisser choir son épouse en couches, pour célébrer sa sœur et peut-être même arranger les divertissements musicaux de la fête.

*

Wolfgang a écrit ce matin une lettre à Nannerl :

Sapristi ! il est temps de t'écrire maintenant, si je veux que ma lettre te trouve encore vestale ! (...) Je t'adresse 1 000 vœux de Vienne à Salzbourg, et surtout que vous soyez ensemble aussi heureux que nous deux ; accepte donc un petit conseil tiré de ma cervelle poétique et écoute ceci :

Tu vas apprendre dans le mariage bien des choses
Qui étaient pour toi de demi-mystères ;
Tu sauras bientôt par expérience
Comment Eve a dû s'y prendre
Pour à Caïn donner naissance
Pourtant, ces devoirs d'épouse, ma sœur,
Tu les rempliras de bon cœur.
Car crois-moi, ils ne sont pas coriaces,
Mais chaque chose a deux faces ;
Le mariage apporte certes des plaisirs très grands,
Mais bien des soucis également.
Donc si ton mari te fait grise mine,
Sans que tu croies le mériter,
S'il te fait quelque caprice,
Pense : c'est bien là d'homme une malice,
Et dis : Seigneur, que ta volonté s'accomplisse
Le jour – et la mienne la nuit.

Ton frère sincère,
W. A. Mozart[19].

Je ne puis griffonner davantage.
L'épuisement m'assaille et mes yeux se ferment.

Septembre 1784

Je n'ai pu me rendre à la représentation du *Re Teodoro* de Paisiello, car je suis trop encombrée pour rester assise tout ce temps. Wolfgang s'y est transporté en compagnie et y rencontra aussi la maladie[20].

Tous ses vêtements furent transpercés de sueur et il lui fallut courir derrière le valet qui gardait son pardessus, car l'ordre avait été donné, entre-temps, de ne pas laisser entrer les domestiques par l'entrée principale du théâtre ; le temps de trouver ce porte-manteau dans le frais, et cela fut terminé !

Le voici fort indisposé et tout secoué de fièvre. Ô très saint Jean, comment vais-je m'occuper de mettre mon enfant au monde, le choyer et soigner aussi mon mari ?

Il se plaint de coliques qui reviennent à la même heure, depuis quatre jours, et se terminent toujours par des vomissements. Le bon docteur et ami Barisiani est ici tous les matins ; ses remèdes semblent apaiser le mal de mon petit homme, mais rien ne peut éteindre mon affolement ; j'ai dû envoyer Liserl à la poursuite d'un chien noir, afin de lui donner en pâture un morceau de pain, recouvert de débris d'ongles de

Wolfgang. La tisane de chicorée mêlée au jus de carottes semblent agir peu à peu.

Je prie, Oh, Seigneur ! comme je prie, de ne point avoir besoin de la chaise d'accouchée dans l'octave !

*

Aujourd'hui est la fête de saint Michel ; tous les domestiques peuvent être congédiés et, s'ils le souhaitent, quitter leurs employeurs.

Ma soubrette est bête à manger du foin, cependant je tremble à l'idée qu'elle ne profite des opportunités de ce 29 septembre pour nous quitter.

*

Ma belle-sœur est désormais baronne ; je désespère de lire un jour de la littérature à mon intention. Mon beau-père est maintenant chargé de lui trouver ses domestiques, à condition que ces jeunes filles présentées ne soient pas des filles que l'on trouve partout. Pourquoi soudain ces demoiselles ne doivent-elles plus ressembler à *l'affreux trou froid*[21] dont la famille s'est autrefois contentée ? Oh ! je me souviens de cet instant de honte lorsque j'entendis au *sale bourg* comment ils désignèrent cette pauvre fille à leur service.

Eh bien ! je ne suis nullement baronne, sinon l'épouse du *baron de la queue de cochon*[22], mais je puis assurer que la plus misérable des femmes de chambre ne sera jamais traitée de la sorte chez moi. Pourtant, j'aurais bien des choses à dire de Liserl !

*

Madame Trattner m'importune grandement ; sa présence à mes côtés se fait de plus en plus fréquente.

Même les volants de sa coiffure m'indisposent!
Quelle mission s'est-elle imposée pour suivre ainsi
chacun de mes gestes d'épouse au chevet de son mari?
Combien de temps encore devrai-je supporter ses
visites réglées et ses mines de fable?

*

Bien des visiteurs se pressent au chevet de Wolfi et
le cajolent de mille façons aimables ; chaque fois qu'il
le peut, mon mari se redresse dans son lit et s'adonne
à d'interminables conversations chuchotées avec ses
visiteurs. J'ignore toujours leurs propos, bien que ces
histoires m'intriguent parfois.

Hier encore, la prudence lui conseilla de garder le
lit, car à peine fut-il debout qu'une douzaine de *crepitum ventris* annonça ce que nous pouvions prévoir. Il
n'y a rien de mieux pour guérir que d'avoir le ventre
libre, la tête froide et les pieds bouillants.

*

Mon mari est presque guéri, mais voici qu'à mon
tour, aujourd'hui, je ne me sens pas très bien.

Je t'abandonne, ô confesseur de papier.

Automne 1784, octobre

Mon enfant, mon petit Carl Thomas est né, bien rond et fort. Le 21 septembre, lorsque les douleurs commencèrent, je m'installai sur la chaise d'accouchée et n'eus pas longtemps à forcer. L'enfant cria à s'en déchirer le cou tandis que je pleurais toutes les larmes du monde.

Son parrain sera Johann Trattner. Ainsi en a décidé le papa.

Je ne puis dire tout mon bonheur de tenir dans mes bras cette crotte merveilleuse ! Et bien que je me sente fort lasse des levers de chaque nuit, il m'arrive de rester penchée sur son petit lit, de longs moments, à contempler ses grimaces digestives.

Aussi, je suis si contente d'avoir enfin quitté cette maison Trattner ! Dans l'octave de mon accouchement, Wolfgang s'est occupé de trouver un nouveau logement, afin que je ne sois plus sujette aux langueurs. Me voici enfin débarrassée de cette stupide Trattner et je préfère mille fois me passer de ses minauderies, que de les supporter pour le poids d'une adresse luxueuse. La maison était fort belle, avec tou-

tes ses statues posées sur la façade ; on eût dit un théâtre plutôt qu'une demeure familiale.

*

Mon beau-père n'a jamais tant écrit qu'en ces jours ;
il n'est aucunement question de m'embrasser pour
cette naissance, mais plutôt d'étendre sur toutes les
pages les détails de la nouvelle vie de Nannerl. Et les
mots les plus gracieux et affectueux vont à *son fils*
qu'il embrasse et loue à chaque ligne.

Son fils.

Mais il ne s'agit nullement de Wolfgang. Non, *ce
fils* qui reçoit tous les baisers est le baron Johann von
Berchtold zu Sonnenburg, beau-fils en vérité, et bien
vite monté en titre dans le cœur du vieil homme. Toutes nos lettres sont transmises à madame la baronne,
afin qu'elle se tienne au fait des événements de notre
vie de *vilains*. Je n'ose demander à mon beau-père de
nous transmettre les lettres de sa fille, comme cela est
fait pour elle. Dans la solitude d'un tel homme, les
lettres remplacent toutes les présences. Souvent, dans
la brume du soir tombant, je l'imagine dans cette vaste
demeure de huit pièces. Je connais l'écho des cloches
de six heures sur la paroi montagneuse, je vois ses
vieilles mains tachées caresser le portrait de son
épouse. Oh ! si vous m'aviez bien voulue pour fille,
comme je vous souhaitais pour père, combien de lettres vous aurais-je alors écrites pour habiter votre
solitude et de visites vous aurais-je déjà rendues ! Que
dis-je, sans doute seriez-vous déjà ici, à Vienne, dans
notre appartement, goûtant la joie d'être grand-père et
applaudissant les notes de votre unique fils.

Ce que vous donnez aujourd'hui au baron dénonce
ce que nous ne recevons jamais ; ces caresses que vous

réservez à la noblesse qui vous flatte, ces délicates attentions dont vous les couvrez sont autant de manières inconnues pour nous.

Votre *baron à la queue de cochon* pourrait tout aussi bien vous honorer dans Vienne et faire résonner le nom des Mozart par des prouesses dont vous ignorez encore aujourd'hui les grandeurs.

Malgré cela, malgré votre froideur et l'ignorance de Nannerl, je demeure dans l'attente d'un billet de votre main, en l'honneur de mes couches.

*

Le souvenir de Madame Trattner me semble maintenant tout à fait acceptable ; je dois ce bienfait à notre déménagement, bien sûr, mais aussi à la vue de sa mine défaite. Je la déteste jusqu'à la frénésie.

Wolfi n'a plus guère de temps à lui consacrer car une nouvelle virtuose occupe tout son esprit : Marie-Thérèse von Paradis, âgée de vingt-cinq ans et parfaitement aveugle depuis sa petite enfance, fait courir toute la noblesse de Vienne. Une grande tournée conduira cette filleule de l'impératrice jusqu'à Paris où certaines de ses compositions enflamment les foules. Les noms de ses professeurs suffisent à dire tout son talent, car Kozeluch et Salieri savent enseigner leur art.

Wolfgang lui écrit un concerto qu'elle emporte avec elle à Paris et fera entendre ses notes au loin.

Ah, et cette pauvre dame Trattner ! j'ai tout fait pourtant – tout – pour lui montrer combien Wolfi s'embrase et délaisse aussitôt ses béguins pour d'autres emportements.

Je n'ignore pas être dépourvue des charmes sur lesquels mon mari s'attarde volontiers. Je ne suis pas aveugle comme Mademoiselle Paradis; je connais cependant les agaceries qui lui feront perdre la raison, les plats qui enchantent son estomac, les musiques qui ravissent ses oreilles et quels amis inviter pour distraire ses fatigues.

Je suis sa femme et nulle autre ne peut prétendre occuper cette place enviée, maintenant que la gloire de ses musiques résonne.

Novembre 1784

Hier, pour la fête de Wolfgang, j'avais organisé une fameuse surprise : un concert en son honneur, donné par ses plus jolies élèves : la Trattner et Mademoiselle Laideron. Je dois avouer que Barbara Auernhammer a joué merveilleusement. Les éclats de rire nous furent offerts par le baron Carl von Bagge, car je l'avais invité à nous rejoindre, puisque nous apprécions sa compagnie, à condition qu'il ne se pique pas de jouer du violon.

Or, cet honnête baron, pitoyable musicien, ne peut se retenir de jouer si l'instrument lui tombe entre les mains. Ainsi, cette rumeur à propos de l'empereur Joseph II : ne pouvant taire son supplice d'entendre le baron gratter son violon, il lui dit, alors qu'il venait d'écorcher les impériales oreilles : « *Mon cher baron, je n'ai jamais entendu personne jouer du violon comme vous.* »

Que pouvait-il y avoir de plus drôle que d'inviter ce baron doté d'une formidable arrogance, au centre d'une assemblée de musiciens méritants ?

Eh bien ! Je ne puis dire toute ma colère, car la chose la plus ridicule à regarder fut certainement moi, Constanze Mozart. Oui, je me suis trouvée drôlement moquée par une salope. Après que ces dames se furent distinguées par leur virtuosité, nous leur donnâmes tous les bravos possibles.

C'est alors que la Trattner remercia *le plus délicat des compositeurs*, pour la merveilleuse *Sonate en ut mineur*[23] qu'il venait de lui dédier ! Wolfgang s'inclina et reçut ses remerciements avec mille gargouillades ridiculement empressées. Je crois qu'à ce moment il m'eût été possible de le tuer !

Je sais maintenant que mon mari a composé cette sonate durant mes couches. Une fort belle mélodie pour une grue qui n'en vaut pas un bémol. Que lui a-t-il pris ? Aurions-nous quitté la maison Trattner en laissant quelques loyers impayés ? Que non point, voici juste une marque d'estime, un geste d'amitié.

Qu'elle aille donc foutre sur l'air de sa sonate !

*

Notre petit Carl nous cause bien du tracas.
Voici que sa bouche est entièrement tapissée de muguet[24] et le pauvre enfant ne peut avaler sans crier tout son désespoir.

Ma mère, sur les instances de ma jeune sœur Sophie, s'est rendue à son secours et a tenté tous les remèdes de sa connaissance.

– Es-tu seulement certaine de ne pas avoir les mêmes levures entre les cuisses ? demanda-t-elle sans attendre que nous fussions seules.

– Je ne saurais vous dire, répondis-je, je regarde peu cet endroit, d'autant que pour encore deux huitaines, la place est impossible à fréquenter.

*

Mon pauvre petit enfant !

332

Seigneur! je ne puis me contenter de le voir pisser et chier bravement; il lui faut manger pour survivre. Sa bouche se trouve toujours tapissée de levures jaunâtres, fort douloureuses et sensibles au chaud. Ma mère conseille de ne plus embrasser cet enfant quelques semaines durant, afin que disparaissent ces affections si piquantes. Peut-on grandir et rester bien rond sans les baisers d'une mère?

Décembre 1784

Le temps me fait défaut; je ne trouve guère l'aisance pour tourner quelques lignes.

Notre demeure est sans nul doute la plus majestueuse de toutes nos adresses. Ce huitième logis pourrait bien être le dernier, celui dont les murs soutiendront les premiers pas de Carl. La table de travail de Wolfgang se trouve à présent sous un plafond largement orné; le médaillon central couronne la beauté, célébrée par trois angelots. Chacun porte une guirlande de fleurs recouverte d'or. Entre les ornements plus petits, le marbre rose frôle des croisillons d'or.

*

Je ne reconnais plus mon mari en cet homme transformé.

Il est si tard; je le regarde, allongé sur notre couche blanche, sa gorge offerte. Il ne dort pas encore; ses yeux, oh! ses yeux perdus, déchirent le décor du plafond.

D'où vient-il, à pareille heure de la nuit?

Que nous as-tu fait, Wolfgang?

Oh! mon Amour, parle, je t'en prie! Ne me laisse pas seule dans ce calme assombri de mystère.

– Oh, ma Stanzi, souffla-t-il, comme j'eusse aimé t'associer à ce voyage[25] !

Qu'a-t-il fait de cette nuit glaciale, qui puisse, à ce point, sembler indicible ?

Maintenant, je sais.

Je ne comprends rien, mais je sais.

Mon mari est devenu fou.

– Hier soir, ma femme, je suis entré dans la Lumière. Mais je n'y suis pas entré comme dans un théâtre, tu comprends ma Stanzerl ?

– Hélas, non ! je ne devine rien de ces charades que tu me livres avec tant de fièvre. Etais-tu en compagnie d'une autre femme ?

– Oh, non ! j'étais avec moi-même et jamais telle harmonie ne fut si parfaite. J'étais seul dans un cabinet, entouré de quelques symboles bien connus ; je distinguai à peine, dans le demi-jour, les traits de ces principes absolus, tu sais, les principes, les notions qui me hantent sans relâche ? J'ai si souvent visité l'intérieur de mon être, j'ai tant souhaité me rectifier, me corriger, et trouver le meilleur de moi-même ! Mon âme profonde et rayonnante.

Mon mari est un être délicat, pur et impressionnable. Quelle est cette Lumière dont il semble ne pas craindre l'éblouissement ? Je ne puis pénétrer son vertige ; il s'engouffre dans une ivresse qui m'est étrangère.

J'ai si peur !

– Tu es en train de perdre la raison ! Ô mon Dieu ! J'ai si peur qu'il soit devenu fou… Je vais envoyer la bonne quérir le médecin.

– Alors il te faudra aussi tenir pour fou bien du

monde, dont la compagnie te semblait flatteuse hier encore !

Il dit alors son ravissement, sa félicité d'être admis à la loge *A la Bienfaisance*, au premier grade d'apprenti. Ainsi, ce soir, tandis que je nourrissais notre petit Carl, sous les ors de notre chambre, mon mari devenait franc-maçon !

— Certains, qui m'affectionnèrent hier pour ma bonne nature, m'appellent aujourd'hui *mon frère*. De cette cérémonie, je retire que je ne serai plus jamais le même ; quoi qu'il advienne, je suis et puis m'affirmer franc-maçon – et cela ne peut être effacé ; on me reconnaît comme tel ; je suis enrichi de cette Lumière qui ne m'aveugle point car j'étais prêt à la recevoir. Je crois en cette doctrine sans dogmes, cette tradition basée sur une recherche savante et cyclopéenne ; je suis cependant condamné au silence, le temps de passer au grade de compagnon. Je ne puis t'en dire davantage sans rompre mon serment de secret. Mon amour, ne vois-tu pas, j'ai des ailes !

Bien des joies nous furent offertes depuis nos sentiments, et pour la première fois, il ne m'est point donné de partager cette liesse. Comment pourrais-je me réjouir de ce que j'ignore, bien que la simple vue de son bonheur suffise à mon contentement ?

1785

Hiver 1785, janvier

Notre petit Carl est fort bien guéri de sa maladie ; il me donne tous les agréments du monde. Je tiens sa petite figure pour une répétition de celle de son père, hormis la couleur de ses yeux sombres, qui viennent assurément de mon sang[1]. Il a tant grandi !

*

Wolfgang sera resté peu de temps réduit au silence de l'apprenti ; le voici déjà compagnon dans une autre loge. Je n'ai aucunement, pour lors, embrassé les dispositions de ses devoirs de maçon, mais j'ai l'appétit d'honorer tout ce qui lui cause la plus petite satisfaction.

De ce que j'ai pu remarquer, sa musique aussi se trouve agrémentée de nouveauté ; hélas, les prosopopées demeurent énigmatiques à mes oreilles profanes. Comment reconnaître l'esprit de l'inconnu dans le souffle gémissant d'un instrument ?

Ah ! je sais lire et écrire la musique, mais hélas, cela ne peut suffire pour l'entendre. Je suis bien fâchée que les femmes ne soient acceptées dans ces compagnies de réflexion[2].

*

Quelle belle façon de commencer l'année ! Ma bonne amie Maria-Elise Wagner m'a écrit une longue lettre ; oh ! comme il me serait agréable de la revoir, mariée, ou peut-être même déjà grosse. Que non point ! La voici désormais revenue de Londres, posée pour quelques semaines à Paris. Qu'a-t-elle fait de son gentil fiancé corse ? Il n'en est nullement question dans sa lettre.

*

Une longue lettre du *sale bourg* : Monsieur Mozart vient d'obtenir un congé afin de se rendre au carnaval de Munich ; durant son absence, monsieur et madame la baronne résideront dans la maison familiale. Et voici ma belle-sœur dotée pour neuf mois d'un double estomac ! Un petit baron a déjà fait l'objet d'un avis officiel, bien que nous n'ayons, à ce jour, aucunement reçu de lettre annonçant cette nouvelle. Je ne sais s'il me faut lui écrire pour féliciter cet état, ou feindre de l'ignorer comme *on* le fit à mon sujet.

Ainsi Nannerl sait maintenant de quels plaisirs elle fut privée jusqu'à trente-trois ans. Son bonheur d'être mère nous rapprochera peut-être. Oh, le Seigneur m'est témoin que je n'ai nul désir plus ardent !

*

Hier soir, nous donnâmes un concert en notre bel appartement. Je confesse volontiers m'être laissée aller à la tentation d'étaler notre nouvelle condition : mes soixante sujets de porcelaine fine se trouvent maintenant montrés[3], ainsi que de belles pièces d'argenterie ; nos salons comptent assez de jolis sièges pour asseoir presque toute la noblesse de Vienne.

Mon homme se plaît toujours en compagnie des amateurs de musique ; l'excellent Joseph Haydn nous honora de sa présence ; combien cet homme est bon, à l'image même de son dévoué frère ; peut-être mon unique souvenir apaisant du *sale bourg*.

*

Mon amie Maria-Elise ne s'est aucunement plu dans cette île de Corse, où son fébrile fiancé souhaitait l'épouser. Toute la beauté de l'endroit réside en une frange de mer qui galonne une terre infinie de buissons. Les divertissements sont rares et les habits de couleurs vives fort mal considérés. Enfin, il semble que ma tendre amie soit peu encline à *avaler* que sa robe de mariée fût coincée sous le genou de son époux, afin de ne jamais se relever avant lui devant l'autel ! Quelle étrange tradition ! Comme il est difficile de s'accommoder d'un homme lorsque l'on possède cet esprit de voyage et de liberté ! Pourtant ce *chapeau* qui l'habille et la promène dans toutes les villes semble chasser tous ses grands principes de liberté. Que faites-vous de votre vie, Maria-Elise Wagner, et comment trouvez-vous l'argent de si beaux voyages ?

*

Wolfgang se trouve à présent maître dans sa loge de maçons ; il n'aura donc été compagnon que six jours[4] ?

Toute sa vigueur se noie dans l'achèvement de ses quatuors[5], des leçons de ses élèves, et tous les divertissements de la pleine saison musicale viennoise. A quel point je suis satisfaite que Wolfgang ait insisté pour prendre une bonne d'enfant ! Sans elle, je me

341

trouverais solitaire, écoutant le chant de notre vaillant étourneau, au lieu de jouir tout à fait du succès de ses musiques.

*

Nous avons cédé six quatuors pour 450 florins. Il n'est guère nécessaire de jacter pour vendre une œuvre, à présent ; la seule signature de W. A. Mozart suffit à promettre des profits en abondance aux éditeurs de musique.

Février 1785

Mon beau-père est arrivé cet après-midi chez nous. De quelle façon dire tout l'espoir que je dépose en son séjour ?

Le petit Carl s'est laissé porter par son grand-père, sans pleurer et lui fit l'honneur d'un renvoi bien fermenté sur son habit de voyage. Quelle douceur alors sur cette rude figure ! Grand-père se déclara ainsi baptisé par son petit-fils. Ô Seigneur ! si l'on ne m'aime point, puis-je au moins espérer que l'on chérisse mon petit Carl ?

*

Quel voyage, pour un homme de soixante-six ans ! La neige et le froid ont bien failli décourager son caractère volontaire.

Le 8 au matin, nous partions vers cinq heures jusqu'à Braunau, où l'on a visité nos bagages ; en vérité, on a fait juste ouvrir et fermer le coffre car les douaniers connaissaient mon nom. Nous avons tout de suite déjeuné et nous avons attelé un troisième cheval, car on nous avait dit que nous aurions du mal à nous en sortir, à cause de la neige. Cela mènerait trop loin de vous décrire tout le voyage dans la nuit. Bref, nous avons vraiment cru devoir laisser la voiture dans la neige et y dormir, ce qui n'aurait pas été trop désagréable car nous étions au chaud, mais le valet de poste aurait eu un long chemin à parcourir avec les chevaux pour atteindre une ferme éloignée. Une fois, étant descendus de voiture, car elle avait glissé dans le fossé, nous étions enfoncés jusqu'à la taille dans la neige d'où le valet de poste avait dû nous tirer, après avoir cherché d'autres chemins à travers champs et que les chevaux se furent éreintés presque à mort, nous sommes arrivés à Haag après quatre heures de route. Le lendemain matin, nous n'avons pu partir qu'à neuf heures, car les paysans devaient tout d'abord déneiger un peu la route. Au sortir de Haag, nous avons rencontré deux hommes qui marchaient vers nous, couverts de sueur ; ils avaient abandonné leur voiture et leurs chevaux pour échapper à la neige. Lorsque nous avons vu les premiers paysans qui nettoyaient la route, nous en avons pris deux qui marchèrent à côté de la voiture pour la freiner dans la neige – jusqu'à ce que nous rencontrions la prochaine troupe d'ouvriers où nous en prenions deux autres, et ainsi, nous sommes finalement arrivés à Lambach à grand-peine à une heure et demie ; nous avons continué à deux heures sans manger jusqu'à Enns. La route a été affreuse d'un bout à l'autre, pleine de neige, de verglas et de trous, et partout des cantonniers[6].

Ce soir, nous nous sommes rendus au premier concert en souscription de Wolfgang, à la Mehlgrube. Je me suis trouvée assise près de mon beau-père, sans parvenir à cacher mon émotion. Qu'allait-il penser de cette musique ? Wolfgang joua merveilleusement son concerto pour piano[7]. Le dialogue de tous les instruments fut si harmonieux que mon beau-père eut les larmes aux yeux !

344

Ô Seigneur ! donnez-lui la fierté de son vrai fils, et qu'il mesure aux applaudissements toute l'estime des Viennois ! Et puis, donnez-moi le courage de me jeter à ses pieds, afin d'implorer une parcelle, une miette, de tout l'amour qu'il donnait à son chien, contre l'offrande d'une belle-fille honnête et dévouée.

*

Avant-hier soir, Joseph Haydn ainsi que les barons Tinti (dont l'aîné est ministre de la cour princière) sont venus pour une musique à notre maison. Je suis toute confondue, car j'ai vu ces gens ainsi que Haydn embrasser mon mari et l'appeler *frère*. Mon beau-père a retrouvé de nombreuses connaissances parmi nos relations et s'est fait assaillir de compliments sur son fils. On joua les trois derniers quatuors de Wolfgang et lorsque les félicitations se terminèrent, Haydn se tourna vers mon beau-père pour lui dire toute son émotion : « *Je vous l'affirme devant Dieu, en honnête homme, votre fils est le plus grand compositeur que je connaisse, en personne ou de réputation ; il a du goût et, en outre, la plus profonde science de la composition*[8]. »
Leopold Mozart ne répondit pas à ce compliment, arrivant de la bouche et du cœur de ce grand compositeur fort estimé, mais je pus lire sur sa figure toute la fierté qu'il en retira.

*

Hier soir, nous nous rendîmes au théâtre pour l'académie d'une chanteuse italienne fort réputée ; nous fûmes assis à deux loges seulement de la belle princesse Wurtemberg. Lorsque mon mari quitta la scène, l'empereur leva son chapeau pour le saluer, agita une main en criant *bravo Mozart*.

345

Bravo ! Bravo chéri !

Je suis bien lasse de l'appeler « monsieur » ou encore « mon beau-père ». Mais cette familiarité qui ne vient pas ne peut aucunement s'installer sur ma demande ; le vieux devrait m'appeler « ma fille », puisque son gendre bénéficie du titre « mon fils ».

Je ne sais rien du sentiment de mon Dodu, à l'égard de toute cette froideur ; il n'a guère le temps de s'arrêter sur ces détails, en cette période.

*

Ce matin, mon beau-père ne s'est pas levé.

Je lui ai porté une infusion de sureau, et j'en porterai une autre avant le repas. J'ai fait appeler secrètement un médecin, qui lui prit le pouls et déclara que tout allait bien[9].

Depuis son lever, mon beau-père ne s'adresse qu'à mon fils, ou bien à mon mari ; je n'existe pas.

Il trouve que le petit Carl ressemble trait pour trait à son papa, et semble en parfaite santé, bien qu'il ait quelques misères avec ses dents qui poussent. Il s'étonne aussi de l'*incroyable* esprit aimable de cet enfant – pourquoi d'ailleurs cela est-il si incroyable ?

Mon fils rit dès qu'on lui parle et ne montre jamais la moindre impatience.

*

Une forte douleur dans la cuisse gauche retient *Mozart l'ancien* dans son lit ; cette fois, cela ressemble bien à des rhumatismes pris pendant les froides journées. Nous sommes tous revêtus de fourrures, car les bourrasques de vent et les pluies neigeuses sont menaçantes.

Je lui ai porté moi-même un thé de racines de bardane ; je ne sais que faire d'autre. Ma sœur Sophie est venue dîner en notre compagnie ; sa nouvelle condition d'actrice au Burgtheater lui donne tous les espoirs de rôles sur mesure. Je n'ai pas revu ma mère de quelques semaines, mais je sais toute la fierté qu'elle retire de nos offices. Notre repas fut assez gai et personne ne sembla se soucier du sommeil, ou des bouderies de mon beau-père.

Ce soir, nous sommes invités à un grand concert ; ma bonne Sophie se propose de rester en compagnie du vieux. « *Ainsi*, dit-elle, *j'aurai tout le loisir de lui vanter naïvement tes mérites et lorsque tu rentreras, avec l'aide de Dieu, monsieur Mozart te demandera, enfin, de l'appeler papa !* »

Rentrés de ce merveilleux concert chez Ployer, mon beau-père n'était pas couché ; nous pénétrâmes dans le premier salon ; je l'entendis déplorer qu'on ne se couchât jamais avant une heure du matin, puis maudire le vent étonnant qui passe sous nos fenêtres et refroidit toutes les pièces, d'ailleurs à peine chauffées. Ainsi, notre vie ne serait que divertissements et pingreries sur le bois de chauffage.

Je pris la résolution de porter les deux dernières grosses bûches dans sa chambre ; mon petit Carl dormait sous la pelisse de fourrure de son père, tandis que je reçus, dans la nuit, le plus brûlant hommage de mon mari. Il est vrai qu'à s'agiter de la sorte, les morsures du froid claquent dans le vide…

*

Aujourd'hui, le vieux ne m'a point parlé, bien que nous l'ayons traîné jusque chez ma mère[10], où la meilleure cuisine l'attendait ; un gros faisan cuisiné au chou, puis des huîtres et toutes les sucreries du monde, sans oublier le vin de champagne et beaucoup de café ne parvinrent nullement à sortir de sa bouche gâtée – oh ! juste le temps que ma mère puisse y croire – quelques mots tels que *belle-fille affectionnée*, ou peut-être... *cette bonne Constanza*. Mais non ! Je demeure une étrangère et cela me tue.

Le vieux aime les commérages, bien qu'il se défende d'y prêter l'oreille ; j'ai bien vu toute la jouissance de sa figure à l'évocation des rumeurs concernant la petite cousine de Wolfi, la « Bäsle » d'Augsbourg. Je connais fort bien les badineries qu'ils échangèrent durant leur jeunesse, les billets assez dégoûtants et remplis de moqueries qui ne faisaient rire qu'eux. Je ne suis aucunement jalouse du passé de mon mari et cette époque peut bien être mentionnée à ma figure.

La petite cousinette vient de donner naissance à une fille, baptisée Josepha. Eh bien ! en quoi cela peut-il provoquer tant de moquerie ?

Le père de l'enfant n'est autre que l'abbé Theodor von Reibelt, chanoine d'Augsbourg et la pauvre cousinette, victime de son inclination, fit inscrire sur le registre des naissances, le nom de *Trazin*.

Le vieux fou s'étrangla de rire ; on lui frappa le dos avec vigueur et j'y mis aussi toute ma rancœur.

Je sais bien que Wolferl signait souvent les lettres qu'il envoyait à sa cousine par Trazom !

Josepha Trazin, je ne connais pas ta destinée, mais ton nom fait déjà rire ton austère grand-oncle. Que ma demeure soit tienne, humble petite cousinette ; simples cousines, mais déjà tristement réunies par les quolibets du vieux Mozart.

Mars 1785

La neige recouvre toute la ville et le froid engourdit nos esprits. Le pain est affreusement cher et les pauvres souffrent encore plus l'hiver. Rien ne donne le sentiment que le soleil puisse déchirer le gris du ciel.

Monsieur mon beau-père souhaite partir dès les premières belles journées ; j'espère ce soleil de tout mon cœur !

Mon enfant se montre toujours mignard et aimable, pourtant, hormis le premier jour de contentement, je déplore la moindre affection pour lui de son grand-père. De quelle chair est donc pétri cet insensible cœur ?

*

Nous sommes tous allés à l'académie la plus grotesque que l'on puisse trouver ! Basilius Bohdanowicz, sa femme et ses huit enfants ont interprété une symphonie, en imitant le son des instruments avec leurs voix, et aussi joué à huit mains sur le même piano. Le final du spectacle, à faire fuir les chiens, montrait trois archets grattant sur un violon, et les figures camuses de ces assassins.

*

Notre piano souffre des transports incessants, du froid et de l'humidité. Pas moins de douze fois ces derniers jours, nous dûmes le faire porter au théâtre ou dans une maison pour les académies. Les marteaux ne retombent pas convenablement et Wolfgang rage contre le gonflement des languettes mobiles. Le moindre gonflement empêche le jeu et Wolfi se prive de son instrument favori. Pourtant, malgré toute sa déconvenue, il n'exprime jamais son impatience de façon désagréable. Quelle heureuse nature ! Tandis que moi, je me ridiculiserais à jeter l'instrument par l'escalier, me féliciterais de le voir se fracasser, puis je pleurerais mon esprit médiocre et mes humeurs affligeantes, seule dans les ténèbres. Ah ! je sais bien qu'il me faudrait *faire le vitriol*, et séparer le pur de l'impur de mon âme[11] ; il n'est pas de journée où je ne regrette mes vilains emportements.

*

Nous n'avons aucune dette et quelques centaines de florins dorment dans une boîte de porcelaine. Je suis toutefois surprise que mon beau-père n'ait jamais sorti le moindre kreutzer de son gilet[12], pas même en cajoleries pour notre petit Carl. Voici à présent l'heure du cireur de parquet, et je n'ai plus d'endroit chaud où me transporter pour écrire, car il frotte et danse dans toute la pièce.

*

Enfin, nous rentrons souper chez Joseph et Aloisia Lange ; mon beau-frère fit le portrait de mon beau-père tandis que ma sœur lui chantait ses airs favoris. Le portrait est très fidèle à son modèle : froid et hautain.

*

J'ai reçu de Maria-Elise une page arrachée du *Journal de Paris*. Mon époux, bien qu'il ait quitté Paris depuis sept ans, est toujours joué dans le Concert spirituel du château des Tuileries ! Ainsi, cette semaine passée, une de ses symphonies fit l'ouverture de ce concert solennel. Etiez-vous parmi toutes ces dames élégantes aux Tuileries, Maria-Elise ? Et qui donc reçoit la faveur de mignoter les collines de votre gorge ?

*

On parle de ma sœur Aloisia dans les gazettes ; oh ! sa gracieuseté cause encore l'admiration des connaisseurs, mais on la blâme de séparer son public en deux essaims : l'un pense qu'elle chante trop fort, tandis que l'autre croit qu'elle possède une faible voix. Je trouve cela excellemment vrai ! Dans un salon, sa voix griffe les oreilles, tandis que le pur silence doit régner dans un théâtre, pour entendre ses notes délicates et les ornements.

Mon beau-père croit m'indisposer en causant de l'organe d'Aloisia ; je sais bien, vieux fou, comme Wolfgang l'aimait, et je sais honnêtement combien sa vue ne l'amollit plus aujourd'hui.

Printemps 1785, avril

Mon Dieu ! il neige si fort que nous avons passé Pâques dans une atmosphère de Noël.

Et mon beau-père est toujours là ; il surveille drôlement le ciel et interroge ses rhumatismes. Rien n'annonce son départ, et tout en lui affiche son impatience. Il me semble que si j'avais manifesté tant de hâte à partir, on m'eût aussitôt reproché cette offense et modéré ma vigueur en quelques discours bien vifs.

Je suis fâchée ; mon beau-père n'estime point que je mérite qu'il fasse l'effort, de seulement cacher cette hâte de partir. Ai-je montré une fois ma propre irritation ?

*

On commence dans toutes les églises à dire des prières pour le temps ; le fourrage d'hiver se trouve épuisé, les paysans doivent tuer leur bétail ou le laisser mourir de faim car ils ne peuvent guère les mener aux champs ; tout est couvert de neige, elle ne cesse pas de tomber.

Je connais bien des secrets que Wolfgang me confie ; l'empêchement de son père, pour se rendre à l'opéra de Paisiello n'est aucunement lié à ses douleurs de vieillard.

Ce soir, le vieux maître de musique sera initié au grade d'apprenti maçon. Comme je voudrais être là ! – petite souris dans un coin de leur Temple, et regarder sa figure, lorsqu'il découvrira son propre fils, devenu son propre *frère*, devenu maître, aussi. Et ce fils-là, aura-t-il de l'aisance à mesurer les hésitations, ou peut-être même les craintes, de son intraitable papa pendant son initiation ?

A cette heure même, le vieux maestro autoritaire devient l'apprenti, galérien du silence et de l'écoute.

Sera-t-il transformé, lorsqu'il rentrera, soutenu dans la neige par son fils, devenu son frère ? Cette métamorphose m'offrira peut-être un beau-père affectueux. Oh ! juste l'entendre dire « bonjour Constanze », ou « merci Constanze », rien que cela suffirait à repaître mon attachement, tellement rompu.

Piétiné.

*

Oh ! je voudrais pleurer.

Vomir toute mon infinie tristesse ! Quelle misérable sotte je fus, d'espérer éternellement que le cœur de ce vieil homme faiblît et cédât à mes caresses.

Je ne puis en souffrir davantage.

Ils étaient à la messe du matin, tandis que je devais rester à la maison ; j'avais envoyé la bonne chercher des lentilles dans une enveloppe d'oreiller, car notre sac de toile est moisi par le temps. Alors que la maison était vide, et que mon petit Carl dormait gentiment, je me rendis dans la chambre du vieux, afin de battre l'avoine de son matelas.

Las ! Que vis-je sur sa petite table ? Une lettre inachevée.

Que fis-je sottement ? Je lus.

Mon cœur se brisa, à la découverte de toutes ces fois où j'étais mentionnée par « *ta belle-sœur* » ou bien « *la femme de ton frère* » dans cette lettre à Nannerl. Ainsi, monsieur, même hors de mon ouïe, vous ne pouvez souffrir de m'appeler par mon prénom ?

Pourquoi cela vous brûle-t-il les lèvres ?

Et plus loin encore, je découvris que l'enfant porté par Nannerl, était déjà baptisé « Prince des Asturies[13] ». L'enfant de Nannerl n'est pas seulement né, mais déjà *on* le considère comme seul et unique héritier de la famille ! Oh ! je ne puis crier ici tout mon agacement, ma peine et ma déception. Un mot ne suffirait à respirer mon chagrin, mon affliction, ma douleur, ma détresse, mon déchirement, mon malheur, ma désolation, ma misère, mon mal, mon tourment, ma souffrance, ma blessure, ma plaie, mon châtiment.

Mon fils.

Tout petit, fils du fils unique.

Si touchant et tellement innocent.

Rien ne sert de bramer mon courroux ; on prendrait cela pour un clabaudage ordinaire.

Puis, un peu plus bas, dans cette même lettre adressée à Nannerl, un terrible post-scriptum : « *Tu peux toujours écrire une lettre ici, mais tournée de façon que ton frère puisse également lire.* »

Vraiment, toutes ces lettres de jadis ne doivent pas être lues par Wolfgang, elles supposent foison de critiques, trop de plaintes, beaucoup de *sa femme*, trop de mépris baronnesque.

Mon fils, mon tout petit Carl de six mois, ne fait pas l'affaire aux yeux de son grand-père et de sa noble tante ; on ne veut voir en lui un honnête membre de la famille, même s'il est *incroyablement* aimable.

*

Le vieux fou est passé compagnon ; Wolfgang m'a tout conté ; enfin, je perçois qu'il ne peut s'aviser de *tout* me narrer. J'avale les faveurs de son récit avec cérémonie. Je le reconnais, toutes ces épreuves pourraient me terrasser de peur ; ou peut-être ne vit-on ces instants que certain d'y être destiné.

Qu'avez-vous appris, jeune compagnon maçon, dans votre loge, on ne vous enseigne donc rien à propos des bienfaisances à répandre autour de soi ? Vous n'avez pas une seule fois consenti à me voir, moi qui suis la femme de votre *frère maçon*, donc un peu votre *belle-sœur maçonne*, mais aussi la femme de votre fils, et surtout, la mère de votre petit-fils.

*

Nous nous sommes fait fabriquer six paires de chaussures chacun ; Wolfgang n'a pu résister à cette nouvelle fantaisie de talons rouges, venue de France. Pour mes souliers, j'ai préféré une ravissante toile grise et des galons de trois couleurs. Les chapeaux se portent aujourd'hui écrasés sur la cervelle, ornés de nœuds défaits et de mousselines vaporeuses. Toutefois, la neige et ces bourrasques incessantes déforment tous les chapeaux des dames qui se pensent à la dernière mode.

*

Dieu bénisse ce jour de votre départ, Monsieur Mozart[14] ! Que le vieil ours rejoigne sa tanière, et le violon son étui.

Mai 1785

Toute la ville paraît fermenter à l'annonce des traductions d'une œuvre scandaleuse : *Le Mariage de Figaro*, de Beaumarchais. Wolfgang se l'est procuré en français, car il ne veut attendre davantage, certain de tenir maintenant l'argument de son prochain opéra, il tourne et claque des talons dans toutes les pièces[15].

Mon petit angelot dort, malgré sa forte diarrhée dentaire. Comme les enfants sont compliqués, toujours quelque chose vient gâter leur contentement !

*

Hier soir, Lorenzo Da Ponte vint à notre appartement, sur la demande de Wolfi. Les deux hommes conspirèrent un moment, puis tombèrent d'accord pour travailler ensemble dans le plus grand secret, car l'œuvre vient d'être interdite au théâtre. Da Ponte se chargera des commerces diplomatiques, car il possède l'avantage de connaître ses ennemis.

Mon beau-père écrit déjà de longues lettres à Wolfgang, emplies de choses que le nouvel état de franc-maçon ne me permet pas de comprendre[16]. D'ailleurs, peu m'importe de connaître le chiffre par lequel ils s'embrassent. Le plus important est qu'ils s'embrassent.

Désormais, ce sont les tempêtes de vent et de pluie qui inondent nos chemins. Je me souviens de mon enfance, où l'on sonnait toujours les cloches pour chasser les orages. Les secousses d'air occasionnées par le son des cloches déplaçaient les orages vers d'autres ciels.

*

Wolfgang s'est plongé tout l'après-midi dans son piano, afin d'en relâcher les cordes. L'humidité est si forte que le bois tout gonflé fait monter les cordes d'un ton entier. Cela ne lui cause aucune gêne pour *Le Nozze di Figaro*, car il n'utilise jamais ses instruments pour composer.

*

Je suis bien lasse aujourd'hui.

Notre petit Carl a eu de fortes convulsions cette nuit. J'eus toutes les peines du monde à le faire revenir; ses lèvres toutes bleues tremblaient, ses yeux paraissaient abandonnés de toute vie. Je fus terrifiée par ses tremblements. Notre bonne, alertée par mes cris, s'était préparée à souffler dans son petit trou du cul. Heureusement, il reprit ses esprits tout seul. Nous lui mîmes de l'esprit de bois de cerf sur la plante des pieds afin d'attirer ses convulsions vers le bas. La bonne prit l'enfant dans ses bras et s'endormit avec lui dans le fauteuil de notre chambre.

*

Wolfgang n'est guère ici tout le jour; ses chevauchées du matin et les leçons de musique lui prennent toute la matinée. Je me sens parfois délaissée.

357

Mes trois sœurs se donnent toutes à leur art de chant et de comédie. Je suis maintenant la seule des quatre filles Weber à ne pas me faire remarquer pour mon art. Oh, je préfère ma condition d'épouse à celle d'Aloisia, sans cesse épiée par ce pauvre Joseph Lange, jaloux et malheureux, ou aux déplacements incessants de Josepha. Toutefois, je serais honorée si l'heur de chanter à mon tour m'était offert.

Je ne trouve plus de chocolat dans tout Vienne ; Wolfgang et son ami Da Ponte aiment le boire préparé à l'eau, sans trop de vanille. Il me semble que leur inspiration n'est nullement tarie par cette pénurie ; les bouteilles de bière et le punch aussi conviennent parfaitement à leurs travaux.

Une heure venue, j'entends mon homme glisser sur le parquet jusqu'à notre lit ; son haleine sent le labeur et ses cheveux sont emmêlés. Comme j'aime lui faire croire à mon profond sommeil et attendre ses invitations !

*

Notre petite bonne nous menace de partir ; heureusement, la bonne d'enfant ne se plaint aucunement de nous et semble même attachée à Carl. Mais l'autre ! nous pourrions bien la faire jeter en prison car elle ne peut rompre son engagement avant la Saint-Michel. Les domestiques sont bien la plaie des meilleurs ménages ! J'accepte ses petits mensonges et ses petits coups dans le nez du soir. Oh ! je ne demande pas un ange pour domestique, d'ailleurs je sais bien qu'un ange ne viendrait pas chez nous.

*

Je n'ai pas d'espoir d'être grosse à nouveau, car mon courrier de Rome est arrivé. Avec lui, de fortes douleurs dans la poitrine.

On me donne du *castoreum* à prendre, mais cette potion puante ne me calme guère. Quel drôle de remède, que ce jus de glandes anales de castor. Qui se charge de capturer cet animal et de lui presser le cul pour traire ce calmant ? La science donne aux savants des occupations bien rebutantes.

Juin 1785

Mon excellente bonne d'enfant souhaite porter une coiffe blanche. Je ne sais si je dois accepter car la coiffe blanche est réservée aux femmes de chambre. Leur condition en fait des domestiques supérieures et leur traitement augmente.

*

La baronne Waldstätten m'a rendu une visite fort agréable cet après-midi. Nous sommes allées nous promener au Prater. Comme je lui confiai les désagréments que me causent toutes les occupations de Wolfgangerl en cette période, elle entreprit de me distraire un peu. C'est ainsi qu'elle me narra comment l'un de ses valets fut renvoyé sans attendre la Saint-Michel, encore bienheureux qu'elle ne le renvoyât pas entre deux policiers ! Ce valet lui semblait un peu fou, et ses appuis le reconnaissaient comme tel. Cependant, ma chère Martha n'avait jamais eu à s'en plaindre. Un soir pourtant, alors qu'elle rentrait d'une académie, elle trouva son valet complètement déshabillé dans sa chambre, étalé sur son lit de soie. Il avait fait la sieste dans un tel état d'ébriété qu'il avait chié et vomi dans le lit.

Eté 1785

L'enfant de Nannerl est né, ce 27 juillet.

Il n'est aucunement nécessaire d'être devin pour imaginer qu'il se nomme… Leopold Alois Pantaleon. Il a pour parrain un vieux fou qui l'aime assurément, et lui trouve toutes les qualités. L'enfant fut baptisé à cinq heures, à l'église Saint-André, puisqu'il est né au *sale bourg*, dans la maison de son grand-père.

*

Pour notre anniversaire de mariage, Wolfigaro m'a fait une ravissante surprise ; une boîte de soie, entièrement brodée de fils d'or. A l'intérieur, la plus merveilleuse des bagues ornée d'une ancre de marine, d'un cœur enflammé, ainsi que d'une croix[17]. Mon oncle Franz Anton Weber s'est marié avec une certaine Genova Brenner[18]. Mon pauvre père aurait été heureux de festoyer à la noce. Caecilia était fort élégante et me fit la joie de porter son petit-fils dans les bras tout le jour pour que Wolfi et moi puissions danser un peu.

Cette journée de liesse m'a rendu ma plus gentille humeur. J'étais joliment vêtue, bien que ces derniers jours ne me procurent aucunement les joies du passé ;

361

je ne sais pourquoi, une langueur s'empare de mon esprit. Mes yeux se remplissent de larmes que seul, le retour de mon époux peut dissiper.

Comme nos promenades sous la tiédeur du Prater me manquent ! Je ne porte finalement jamais les beaux cotillons en vogue, mes chaussures sont encore neuves. Ah ! il faudrait qu'une bonne âme prît mon bien-être en main, et m'obligeât à sortir aux heures clémentes, qu'une rencontre fortuite me tirât un moment de cette tristesse.

*

Les Viennois sont tous fous ; les journalistes ne connaissent rien à la musique et la noblesse croit celui qui parle le plus haut.

Les quatuors à cordes de mon époux sont enfin parus chez Artaria. La sublime dédicace pour son ami très cher figure en première page.

A mon cher ami Haydn,

Un père, s'étant décidé à envoyer ses fils de par le vaste monde, estima devoir les confier à la protection et à la direction d'un homme alors très célèbre qui, par bonheur, était de surcroît son meilleur ami. C'est de la même manière, homme célèbre et ami très cher, que je te remets mes six fils. Ils sont, il est vrai, le fruit de longs et laborieux efforts, mais l'espérance que m'ont donnée de nombreux amis de les voir en partie récompensés m'encourage, et je me flatte à la pensée qu'ils me seront un jour de quelque consolation. Toi-même, très cher ami, lors de ton dernier séjour dans cette capitale, tu m'en as exprimé ta satisfaction. C'est surtout ton suffrage qui m'amène à te les recommander et me laisse espérer qu'ils ne te sembleront pas trop indignes de ta faveur. Daigne donc les accueillir avec bienveillance et sois leur père, leur guide et leur ami ! Dès lors, je te cède mes droits sur eux ; je te supplie de considérer avec indulgence les défauts que l'œil partial d'un père pourrait m'avoir cachés, et de préserver, malgré eux, ton amitié généreuse à celui qui l'apprécie tant et demeure, de tout cœur, ami très cher,

Ton ami le plus sincère,
W. A. Mozart.

La ville entière semble se liguer contre ces chefs-d'œuvre. Personne ici n'embrasse les difficultés de telles compositions. Oh ! je ne suis aucunement experte dans cet art, ni aucun autre, cependant je connais le travail de mon époux et sais mieux que personne combien ces quatuors lui ont causé de suées.

*

Hier, alors que Haydn jouait ses quatuors à Schönbrunn, accompagné d'autres musiciens réputés, le prince Grassalkowicz s'est écrié « *Vous jouez faux !* » Notre bon Haydn dut alors montrer sa partition, afin de prouver qu'il jouait bien les notes de son ami, *le divin Mozart*. Le prince, si furieux de cela, déchira les pages du quatuor et les jeta sur le parquet.

Les critiques nous parviennent de toutes parts ; ainsi, les plus experts des musiciens semblent ne pas comprendre ces associations de notes, qu'ils jugent trop épicées pour le palais ! Tel autre, parle sur sa page de journal d'un « *barbare qui, dépourvu de tout ouïe, s'entête à faire de la musique* ».

Ce ne sont que des ânes ! Et Haydn, ce bon ami fidèle et maître de musique incontesté ne cesse de me dire le génie, l'avance de mon époux sur son temps, le risque de n'être compris par le public avant quelques années ! Mon Dieu, comment croire que notre condition puisse être soumise ainsi aux caprices, à l'ignorance, aux oreilles bouchées des Viennois ?

*

Les quatuors sont revenus d'Italie chez Artaria.

On prétexte le « *trop de fautes de gravure* ». Mais combien d'imbéciles de la sorte priveront le public de cette unique chance de grandir, et d'entendre des harmonies nouvelles !

Artaria peut bien prendre toutes les précautions pour me le dire, je sais déjà que les quatuors ont été recopiés avec quelques petits changements, décidés çà et là, afin de satisfaire les oreilles de ce public chicaneur et borné.

*

C'est la guerre entre l'éditeur Torricella et Artaria. Le premier vient de signaler la publication de six quatuors, pour un prix très économique, sans préciser qu'il s'agissait d'anciennes compositions de Mozart, écrites il y a presque quinze ans maintenant ! Je ne sais comment faire ; les amateurs de musique aiment se procurer de nouvelles partitions, mais celles des quatuors pour Haydn ne trouvent pas leur public.

Nos réserves d'argent s'épuisent.

Que puis-je faire d'autre, sinon me transporter chaque semaine chez les graveurs, juger le bon usage des feuilles de mon mari, puis acheter quelques plumes d'excellente qualité sur le chemin de mon retour. Le prix de vente de six florins et trente kreutzers ne laisse aucune part pour le compositeur, puisque nous avons commis une fois encore l'erreur de les vendre au graveur pour une somme forfaitaire.

*

Personne ne peut admettre l'histoire de ces quatuors pour Haydn. Partout on raconte que Mozart a omis de compter ses instruments en nombre pair, afin que chaque violon réponde à un autre violon. Quels misérables couillons !

Cette affaire prend figure de véritable naufrage ; je ne me soucie plus guère de nos finances, mais de la disposition d'esprit de mon Ciel. Rien ne doit tarir son inspiration ni ternir sa belle âme de musicien.

*

Ma belle-sœur est rentrée à son logis de Saint-Gilgen en laissant son jeune fils en pension chez son père. J'admire cette faculté à délaisser si tôt un nourrisson. Chaque éloignement de mon fils me perce le cœur. Comment fait Nannerl ?

Automne 1785

Un nouvel élève pour Wolfgang.

L'état de nos finances est si dramatique qu'il ne saurait être question de refuser une telle demande.

Thomas Attwood rentre de Naples où il étudia durant deux années ; il a tout juste vingt ans, et déjà bien des éloges voyagent à son sujet. Wolfgang écrit à son intention une sorte de cahier d'études [19].

Notre cahier de dépenses et de gains n'a pas été ouvert de tout l'été. Nos dépenses sont incessantes, tandis que les gains ne suffisent pas à couvrir nos frais.

Gott sei Dank! nous sommes en bonne santé et notre enfant ne souffre d'aucun mal.

*

Le vieux fou écrit des lettres interminables qui ne contiennent rien ; il s'épand en quelques détails sur les aventures de Nannerl et sa cuisinière. Puis de longues lignes « *sur la nécessité de supprimer les couvents de femmes, car ce n'est ni un vrai métier, on n'y trouve aucune tendance surnaturelle, ni une véritable émulation spirituelle, ni bonne école pour bien prier et éteindre les passions ; ce ne sont que des contraintes, des bigoteries, dissimulation, hypocrisie*

366

et infinis enfantillages, et finalement, une méchanceté cachée[20] ».

*

La neige revient cette année de fort bonne heure ; adieu chapeaux légers, voici les étoles de laine et les réserves de bois.

Je suis sortie faire quelques achats et cela faisait un long moment que l'air pinçant du matin ne m'avait piqué la figure ; tous les légumes sont désormais assez chers et le prix du pain recommence à monter.

Je me suis acheté deux éventails. Maintenant je regrette cet achat inutile ; notre situation ne permet nullement ce genre d'élan crétin.

Mais ils sont si charmants !

L'un est en dentelle d'os, orné d'une très belle peinture chinoise sur une soie bleue. Le second semble d'origine française, décoré d'une scène galante dans les tons de rouge.

*

Les divertissements se font bien rares, hormis les académies données dans toutes les grandes maisons. Il n'est nullement question pour nous de retenir nos connaissances à souper, car nos finances sont maintenant assez tragiques.

*

Un homme fort drôle a tenté de lancer un gros ballon dans les airs de Schönbrunn hier après-midi. Las ! l'engin est resté collé au sol, après qu'une vingtaine de fusées lui ont été lancées dans le cul. Nous rîmes de bon cœur, mais Wolfgang restait assis sur une grosse pierre, pensif et absent.

Nous fûmes bien déçus de voir le ballon rester collé à l'herbe gelée, puis, lorsque nous décidâmes de rentrer à notre logis, je remarquai la raide blancheur de mes doigts. Mon époux conserva ses mains autour des miennes, ainsi je pus réchauffer mes doigts, et puis aussi mon âme, dans la flamme de ses yeux.

Je dois encore gronder mon mari car il ne trouve aucunement le temps d'écrire à son père. Je sais bien que les nouvelles écrites de ma main ne font aucun plaisir à la famille. Mieux vaut encore une ligne de Wolfgang, pour dire « *je n'ai guère le temps d'écrire* », plutôt que trois pages de sa misérable femme, donnant de justes nouvelles et d'affectueuses caresses, dont chacun se désintéresse superbement. On préfère connaître la couleur des *ouvertures*[21] du Prince des Asturies, comparer les crottes de la veille avec celles du matin, écrire des pages sur le transport d'une dent de lait poussant nuit et jour. Pourtant, mon petit prince à moi marche et trotte comme un grand enfant, se cache dans les bottes de son papa et rit à s'étrangler lorsque je lui joue les premières mesures *d'Oragnia figata fa*, terminant toujours par un baiser sur le bout du nez. N'aimeriez-vous pas, grand-père, savoir comme votre petit-fils chante les mélodies du passé ?

*

J'ai oublié la fête de Wolfgang, le 20 octobre, ainsi que l'octave qui suivait. Je crois qu'il l'a oubliée, lui aussi ; il est si bon qu'il ne montrera jamais, ô jamais, sa déception d'un tel oubli.

*

Oh ! je n'imaginais pas que notre situation puisse devenir si périlleuse. Wolfgang vient d'écrire à notre ami Hoffmeister, éditeur à Vienne, afin d'obtenir une avance d'argent sur son prochain travail : « *Très cher Hoffmeister !*

Vous êtes mon refuge et je vous prie de me venir en aide avec un peu d'argent dont j'ai en ce moment un besoin pressant... »

Mon Dieu ! qu'allons-nous devenir si, malgré le succès que remportent encore *L'Enlèvement au sérail*, les leçons et toutes les académies des mois passés, nous n'avons pas un kreutzer devant nous ?

*

Nous organisons en toute hâte trois académies en souscription. A présent, cent vingt personnes se sont inscrites ; ce concert nous sauvera pour cette fois.

Que cet opéra à venir nous sorte d'un tel embarras ! Da Ponte prévoit un succès sans pareil avec *Le Nozze di Figaro*.

Ô Seigneur, entendez-nous !...

*

Hoffmeister vient de nous remettre deux ducats, en avance sur sa commande de quatuors pour piano et cordes.

Nous passerons les fêtes de Noël avec ma mère et mes sœurs.

Les manteaux et les capes de fourrure sont nos seuls remèdes contre la maladie ; petit Carl est tout fier de sa pelisse en peau de lapin gris. Ma mère lui a fait confectionner ce mantelet par sa voisine, et offert les boutons dorés. Je suis attendrie par tant de largesse pour mon fils.

*

Ma bonne amie Maria-Elise m'a fait envoyer la semaine passée une boîte contenant de bien curieuses choses : des œufs de fourmis – de France –, pour régaler notre étourneau.

Sa lettre était si drôle ! Wolfgangerl et moi passâmes la soirée à imiter les minauderies des Parisiennes telles qu'il s'en souvenait, et telles que Maria-Elise les narrait aujourd'hui. Rien n'avait changé, sinon l'épaisseur du plâtre de leurs figures. On donne maintenant dans l'esprit de la ferme, un jupon de grosse toile et un fichu de voile sur les épaules ; les bonnets à volants s'enfoncent jusqu'aux oreilles et l'on doit traîner derrière soi un animal ou bien un bâton de bergère. La fantaisie des Français convient à ravir aux humeurs de mon amie.

Parfois je l'envie et je rêve que nous partions, nous aussi, jouir de tous les ailleurs lointains.

1786

Hiver 1786

Je suis bien fâchée d'avoir si peu de temps à consacrer à l'écriture. Où sont désormais ces voluptés, les fracas de mon cœur aux sentiments confus, les troubles notés entre les pages tachées d'encre ? Il reste de cette liberté prenante quelques lignes jetées là, sur les tempes de mon confesseur silencieux, tandis que je m'efforce de surmonter ma fatigue, la froidure d'un hiver maussade et les absences de mon mari.

Les plus jolies personnes sont autour de lui et ne cessent de le complimenter ; Nancy Storace fait partie de cette nouvelle lignée de flatteuses, en attente d'une aria à la mesure de son habileté vocale.

Qu'on me prête du papier et de l'encre, je vais la lui composer, moi, son aria de misère.

Une ode funèbre à sa voix.

Un requiem pour une coquette.

*

Demain sera mon anniversaire ; peu importe qu'on pense à le fêter, dans l'octave ou dans l'oubli.

Je suis si lasse !

*

Les huit loges de Vienne, dont celle de mon mari, viennent de se regrouper en deux. Désormais, les frères maçons travailleront *A La Nouvelle Espérance Couronnée* ou bien *A La Vraie Concorde*.

Oh ! je ne suis aucunement informée par mon mari des travaux de ces loges, mais cette fois, il fallut bien qu'une personne portât le billet de leur *frère* compositeur, foudroyé par un malaise. Je dus frapper à la porte du temple, comme Wolfgang me l'enseigna, afin qu'on m'entendît et qu'on reconnût l'appel d'un frère maçon. Quelle ne fut pas notre surprise réciproque, lorsque la porte s'ouvrit !

Je fus renversée d'émotion, car un visage que je connais fort bien m'accueillit dans une tenue ornée de toutes sortes de décorations brodées, les épaules recouvertes d'un large manteau à capuche noire.

Nous restâmes un instant silencieux. Puis je lui remis la lettre de mon mari.

Cher frère,

Je suis de retour depuis une heure – terrassé par de forts maux de tête et des crampes d'estomac –, j'espérais une amélioration mais ressentant le contraire, je vois bien que je ne serai pas en mesure d'assister à notre première solennité aujourd'hui. Je vous prie donc, cher fr∴ de m'excuser de ce fait sur place et auprès de qui de droit – personne ne perd en cela plus que moi ; je suis à jamais votre

Fr∴ sincère Mozart

A sa grandeur le comte Wen∴.

Oh oui, certainement...

Puis nous nous séparâmes, non sans trouble ; j'aimerais assez, je crois, pénétrer ce lieu étrange, plonger dans les abîmes de la réflexion, vivre la transmission des secrets de ces bâtisseurs de cathédrales intimes… Faut-il impérieusement posséder un esprit différent, pour visiter ce que tant d'autres redoutent ? Et tous ceux qui ne savent ni lire, ni écrire, leur refuse-t-on alors l'accès à la connaissance ? Je connais quelques belles âmes, pourtant rien ne sert d'espérer qu'on nous accueille un jour en ce lieu sacré ; chacun se plaît à croire qu'une femme saurait tout juste épeler son nom…

*

Gottlieb Stephanie le Jeune est de retour, par un livret dont la musique sera confiée à l'illustre Mozart. Cette commande parvient sans détour de la cour de Joseph II, en l'honneur de la visite à Vienne du gouverneur des Pays-Bas. Mon mari devra bien se contenter de quinze jours pour composer cette œuvre ; je connais cette imperceptible grimace, lorsqu'un sujet le rebute.

Ecrire pour des trompettes et des flûtes lui prête des grimaces, le temps de sa composition, semblable à l'enfant apprenant à tracer l'alphabet de mauvaise grâce, la langue sortie, les yeux plissés, les doigts serrés sur la plume.

Et quel est le titre de cette œuvre qui t'inspire tant de grâces, mon ange ? *Der Schauspieldirektor.*

Toute la poésie de ce titre *Le Directeur de théâtre* m'échappe, ou sérieusement, je ne suis d'aucune bonne volonté.

Enfin, si cette œuvre pouvait à ce point nous sortir de la condition fumeuse où se trouvent désormais nos finances, elle pourrait bien s'appeler par le pire des noms, il résonnerait doucettement à mes oreilles !

*

Voici que la fête en l'honneur du gouverneur des Pays-Bas a son écho dans le *Wiener Zeitung* d'aujourd'hui. Des chapitres entiers pour narrer les tables dressées avec faste, les mets délicats, les lumières fort nombreuses et placées de façon astucieuse. On cite la représentation de l'œuvre *Le Directeur de théâtre*, cependant... on oublie de citer le nom du compositeur ! Mais on cite Salieri, reconnu pour son *Prima la musica e poi le parole*, sur un texte de Casti. Parlez-moi de l'ennui et je vous conterai le travail de Salieri !

Nous eûmes toutefois la joie de retrouver quelques voix affectionnées ; ma sœur Aloisia, puis aussi Adamberger et Cavalieri déjà applaudis dans *L'Enlèvement au sérail*, se sont, une fois encore, glorifiés sur les notes de mon mari.

Comment Salieri peut-il tolérer à ce point que sa maîtresse, la Cavalieri, chante les notes de celui qui lui révèle chaque jour son faible niveau ?

Pour cette soirée, nous reçûmes cinquante ducats, alors que cette crasse de Salieri reçut le double, son œuvre étant beaucoup plus longue. Doublement ennuyeuse, en vérité !

L'œuvre de Wolfgang doit maintenant vivre son chemin dans les théâtres de Vienne, si toutefois aucun événement, aucune cabale ne compromet son destin.

*

Wolfgang n'avait aucunement oublié mon anniversaire ; mais c'est un bien curieux présent qu'il m'offre : un affreux petit chien. Ainsi se gâte-t-il lui aussi, puisqu'il adore la compagnie des chiens. Il faut maintenant trouver un nom à cette chose singulière qui pisse partout dès qu'elle est contente, et marche dedans avec la même gaieté.

*

Mon courrier de Rome n'est point là, il semble même que son retard ne soit jamais possible à compenser ! Ma gorge se trouve bien gonflée et ma tripe se distend déjà. Oh ! mon Amour, nous aurons bientôt un compagnon de jeu pour notre petit Carl !

Je ne puis me tromper, car je connais désormais la méthode pour affirmer mes espérances : une huître, sitôt avalée, sitôt rendue. C'est en période de grossesse que je ne puis plus souffrir ces choses-là.

Mes petits hommes chéris, me voici grosse !

Des hommes de science annoncent dans les gazettes de terribles tremblements de terre, pour le 6 février. Je balance entre le rire et la frayeur. Doit-on préparer nos malles et fuir ? Qui sait où aller ? Nul ne peut dire quelle partie de l'Europe sera secouée par cet horrible désastre.

Je suis terrifiée à l'idée que des centaines de personnes doivent regarder leur maison s'enfoncer dans la terre.

Il faut prier. La prière est l'unique refuge et Notre-Seigneur n'abandonne point ceux qui se recommandent à Lui.

*

Toutes ces œuvres jouées en même temps devaient nous rendre un espoir de finances radieuses : *Le Directeur de théâtre*, la reprise d'*Idomeneo*, un concerto au piano terminé dans quelques heures[1] sans oublier *Le Nozze di Figaro* pour bientôt.

Avec l'aide de Dieu, un quatrième ventre à nourrir…

*

Notre chien s'appellera Gauckerl. Il grossit rondement et invente de nouvelles imbécillités chaque jour ; ainsi, pour aujourd'hui, nous pouvons compter un éventail de Chine réduit en bûchettes et la toile de lin d'une banquette déchirée.

On annonce maintenant le tremblement de terre pour le 17 février.

Après-demain !

Oh ! comme je regrette d'avoir larmoyé sur un ennui éphémère, sur mes humeurs de femme souvent fâchée, au lieu d'y voir une précieuse bénédiction.

*

Ce 19 de février nous nous rendîmes au bal masqué, mon Sage costumé en philosophe indien, parfaitement méconnaissable et moi, Schéhérazade, toute d'or et d'émeraude parée. Nous avions passé la nuit précédente à préparer nos effets, car Wolfi souhaitait faire avaler à l'assemblée ses propres devinettes pour celles du philosophe Zoroastre ; nul n'osa lui demander par quel prodige il s'était fourni ces devinettes datées de 563 avant Jésus-Christ. Oh ! comme nous nous amusâmes à combiner ces amusements !

Tous ces apprêts me firent sauter les prédictions de catastrophes ; Wolfgang ne voulut jamais les mesurer avec intérêt : le tremblement de terre n'aurait jamais lieu…

A quel point la soirée fut réussie !

Et comme les mystères de notre philosophe indien intriguèrent les esprits ! Sa plus haute jouissance aura été d'avoir pétrifié l'un des plus sinistres persifleurs de toute la Cour, celui dont chacun redoute les saillies drolatiques, les affronts souriants, les piques et les morsures de son verbe fantaisiste ; le connaître ainsi ligoté dans son rébus, sans réponse spirituelle ou raisonnable, offrit une réparation à bien du monde ; on applaudit alors le philosophe indien, on glorifia ses arcanes. Chacun bénit en secret sa vengeance personnelle, sans jamais connaître le nom véritable de ce bienfaiteur.

> *On peut m'avoir sans qu'on me voie.*
> *On peut me porter sans me sentir.*
> *On peut me donner sans m'avoir.*
> *L.s.e.c.e.n.o.r.s*[2].

Puis, lorsque la réponse à cette charade fut communiquée (les cornes), notre moqueur de la Cour prit cela pour une offense personnelle et se drapa dans sa capote de vampire. Il gravit rondement l'escalier d'apparat et disparut.

Nous dansâmes jusqu'au petit matin et nous rentrâmes en voiture, éclairés par les premiers rayons du jour. Nous étions épuisés et Wolfgang s'endormit, avant même que je ne lui révélasse ma nouvelle grossesse.

*

Toutes ses soirées à venir de cet hiver sont capturées par les académies, la reprise d'*Idomeneo* au théâtre du prince Auersperg, ainsi que le concert de Josepha Duschek à la Hofburg. Nous aurons peu de soirées en duo, et il me sera malaisé de trouver le moment pour lui présenter mon état.

Printemps 1786

Je ne puis me reconnaître en ces méchants caprices qui m'assaillaient encore l'hiver dernier; les réjouissances arrangent bien les dispositions d'esprit et fondent les caprices. Voici les premiers beaux jours, et mon fils grandit merveilleusement.

*

La dernière académie de Wolfgang aura lieu ce soir, au Burgtheater. Toutes les souscriptions sont déjà dépensées dans nos achats ordinaires. Je ne sais si nous pourrons conserver ce bel appartement, au loyer exagéré.

Les brins de muguet sont devenus fort chers; je n'ai rien acheté cette année. Je me suis toutefois rendue chez ma mère, afin de l'embrasser et lui annoncer ma nouvelle grossesse. La maison était fort bien tenue, et Caecilia montra mille grâces à mon égard. On me servit un délicieux biscuit, ainsi qu'un chocolat au léger parfum de vanille.

Nous nous promîmes d'assister à la première représentation des *Nozze di Figaro* ensemble et de fêter cet événement; ainsi, dit alors ma mère, « *tu trouveras bien un moment pour annoncer ton double estomac!* »

*

Les dernières répétitions de l'opéra de Wolfgang sont bien longues et épuisantes, mais il tient à faire répéter ses chanteurs lui-même. Je m'y rends également, et je m'assois près de lui, oh! non pas à côté, mais juste un peu en retrait. Tous les interprètes ont intérêt à étudier avec mon mari. J'ai, pour ma part, avantage à rester auprès de lui, afin de profiter de sa présence, mais aussi de montrer à cette demoiselle Storace mon attachement conjugal. Elle est fort jolie et talentueuse. Wolfgang paraît sensible à ses grâces. Je ne puis détacher mon regard de sa figure; les éclairs brûlants de son génie transpercent les décors. Cela est aussi impossible à décrire que de vouloir peindre les rayons du soleil[3].

Les cabales contre l'œuvre de mon mari sont encore plus puissantes qu'autrefois; j'ignorais que mon beau-père serait averti de cette affaire, depuis son bourg éloigné.

Salieri et Righini sont désormais liés contre le Divin, comme ils le furent lorsqu'il était question de nommer un professeur de musique auprès de la princesse Wurtemberg.

Ah! je voudrais tant qu'on laissât simplement mon homme faire ce qu'il fait mieux que quiconque, mais avec toute la modestie des grands hommes : sa musique.

Ce ne sont que de cruels fauves qui déchirent leurs proies par amusement, ou craignent-ils vraiment qu'après un tel talent on ne leur donne plus un kreutzer pour leurs compositions ?

Ces deux *mécaniciens* de l'art ont chacun dans leurs tiroirs un opéra terminé, et souhaitent le faire passer avant le nôtre. Wolfi ne peut masquer sa colère. « *Si mon opéra ne passe pas le premier, je jure de jeter la partition au feu!* »

Les musiciens de l'orchestre sont maintenant partagés en deux clans, dont une faible partie contre nous. Salieri leur promit-il quelque récompense ? Oh ! pas à Mademoiselle Nancy Storace ni Monsieur O'Kelly. Cette fois, je suis bien aise que l'inclination d'une chanteuse pour mon époux puisse être utile à quelque chose.

Voici que les répétitions ont repris, avec tout l'orchestre, ainsi que les chanteurs. Mademoiselle Storace est encore plus jolie chaque jour ; ce matin, malgré le frais, elle arriva coiffée d'un chapeau fort gracieux, couvert de fleurs fraîches et parfumées. On eût dit un jardin sorti d'une fable merveilleuse.

Mon homme est sur la scène, vêtu de sa pelisse cramoisie et son chapeau haut de forme à galons d'or ; il donne la mesure à l'orchestre. Comme je suis fière de lui, fière de porter notre enfant !

Voici l'air de Figaro « *Non più andrai farfallone amoroso* », chanté par Benucci avec une force de voix grandement développée.

Mon homme murmure *sotto voce* « *Bravo ! Bravo Benucci !* » Combien son bonheur est visible, et comme nous savons, lui et moi, et maintenant les chanteurs et l'orchestre, quelle œuvre magistrale il donne aux Viennois !

Voici maintenant « *Cherubino, alla vittoria, alla gloria militar !* » que Benucci chante d'une voix de stentor ; nous sommes tous saisis de frissons, les acteurs sur scène restent figés, les musiciens sourient. Au finale, tous se mettent à crier « *Bravo ! Bravo ! Maestro ! Viva, viva, grande Mozart !* » A l'orchestre, les musiciens ne cessent de frapper leurs archets sur les pupitres.

numéros chantés, je considère la nouvelle ci-jointe destinée au public (selon laquelle aucun numéro chanté par plus d'une personne ne pourra être répété) comme le moyen le plus adéquat. Il conviendra d'observer ensuite la même règle pour le singspiel allemand, et donc d'y faire connaître cette mesure également. »

Nous savons, tous, qu'une œuvre de cette qualité doit passer en premier et par-dessus toutes les cabales. Ainsi, quelques mesures de notes de Mozart suffisent à écarter les doutes de tous les esprits honnêtes[4]…

*

Ce soir est un grand soir.

Notre opéra donne sa première représentation ; l'empereur sera présent, ainsi que toute l'aristocratie viennoise. Oui, je dis *notre* opéra ; qui sait combien d'heures j'ai dépensé à tailler ses plumes, ranger ses papiers, chanter avec lui les airs achevés, formulé çà et là quelques remarques, organisé ses heures de repas, respecté son repos mérité, supporté les soirées de conseils aux plus jolies personnes de la scène. Qui sait tout cela ? L'œuvre ne présente-t-elle point une part dont je puisse me vanter d'avoir accouché ?

Oh ! je ne puis comparer ce que je suis au talent de mon Basile. Toutefois, une épouse sachant aménager une vie d'agréments autour de son époux possède une part de l'œuvre en secret. Nous aimons nous souvenir des événements remarquables et des hommes qui les fabriquèrent. Mais qui, à présent, se demande avec honnêteté si l'art ou la science eussent été si bien servis, sans l'esprit débarrassé, par une femme prévenante, des corvées et des soucis ordinaires ?

*

Je conserve soigneusement tous les programmes des concerts de mon époux, mais aussi parfois ceux des autres compositeurs, pour peu que l'œuvre m'ait enchantée.

Le Nozze di Figaro
Comédie en musique
D'après le français en quatre actes

La poésie est de l'Abbé Da Ponte,
poète du théâtre impérial
La musique est de Monsieur Wolfgang Mozart
Maître de chapelle allemand.

Préface de Lorenzo Da Ponte :
L'unité de temps imposée par l'usage dans les représentations dramatiques, un nombre de personnages communément imposé dans ces dernières, et divers autres sages points de vue concernant les bonnes mœurs, le lieu et les spectateurs, furent les raisons pour lesquelles j'ai fait non pas une traduction, mais une imitation de l'excellente comédie[5], ou mieux, un résumé de celle-ci.

J'ai pour cette raison été contraint de réduire à onze acteurs les seize qui la composent, lorsque deux rôles peuvent être interprétés par une même personne, de laisser de côté, outre un acteur entier, certaines scènes très charmantes et de nombreuses idées très belles ou des pensées amusantes qui s'y trouvent, et d'ajouter des chants, airs, chœurs ou autres pensées ainsi que des paroles adaptées à la musique, ce que seule la poésie, et non pas la prose, nous permet de faire.

Tant le Maître de chapelle que moi-même ne nous sommes épargnés aucune peine et avons porté tous nos efforts et nos soins pour que cette pièce soit aussi courte que possible. Elle ne sera cependant pas l'une des plus brèves données à notre théâtre.

Nous espérons que le goût si raffiné de notre très honoré public considérera comme une excuse suffisante la diversité des fils de l'action de cette pièce, la nouveauté et la grandeur de celle-ci, la multiplicité et la variété des morceaux de musique que l'on a dû y apporter pour ne pas laisser les acteurs inactifs et éveiller le dégoût et l'ennui des récitatifs, pour conférer des couleurs variées aux différentes passions qui y sont évoquées, et surtout le genre tout nouveau de cette pièce.

*

Ce soir fut donc *notre* grand soir.

Ah, Seigneur ! ce fut la plus belle soirée depuis nos années passées ensemble. L'empereur se leva et applaudit avec les spectateurs, qui ne s'arrêtaient de clamer le nom de Mozart ! Tous les airs furent bissés ! De ce fait, la représentation dura plus longtemps que deux opéras. J'entendis des balcons crier d'illustres voix, pour dire qu'il n'y eut jamais de triomphe plus complet que celui de Mozart et de ses *Nozze di Figaro*.

Caecilia Weber était debout, battant des mains et hurlant, le chignon effondré « bravo, bravissimo mon gendre ! » Ma tête et mon cœur sont encore emplis de tous ces cris.

*

L'empereur ordonne depuis hier que le public ne bisse désormais plus certains airs d'opéra, afin de ne pas épuiser les chanteurs.

Quel dommage ! ainsi, une partie des honneurs offerts aux artistes disparaissent avec ces royales mesures.

« *Ordre de l'empereur Joseph II,*
Pour éviter que la durée des opéras ne s'étale trop, mais pour ne pas froisser les chanteurs de l'Opéra qui cherchent souvent les honneurs dans les bis des

Eté 1786

Mon Wolfigaro ! comme tu peux être fier de ton opéra.

Il ne peut suffire cependant, car seuls les revenus de cette œuvre merveilleuse paient notre loyer démesuré ; comment ferons-nous, dans quelque temps, pour nourrir convenablement nos enfants ? Ah, combien je soupire de n'être une muse d'inspiration de chaque instant, ou bien une musicienne accomplie !

Tous les cochers de fiacre sifflent les airs de *Figaro*, les violonistes de rue donnent quelques variations sur tes airs et enthousiasment les passants. Tous les métiers te chantent et il n'est pas une place où l'on n'entende tes notes.

La troisième représentation nous offre une part de ses bénéfices, comme cela est d'usage ; mais elle ne peut suffire à nos besoins ordinaires.

Mon ventre est si gros, si dur ! ce petit est déjà bien vigoureux et agité.

Que Dieu bénisse notre bonheur.

*

La partition de *Figaro* est maintenant vendue à Prague, pour cent ducats. Une fois encore, les revenus des œuvres sont dérisoires et ne sauraient faire le bonheur d'un compositeur.

Nous savons bien que les académies données en hâte l'hiver passé ont saturé le public de musique. Et point de commande d'opéra à venir…

Wolfigaro doit alors reprendre ce qu'il déteste le plus ; mon pauvre amour regardera encore longtemps ses élèves gratter le clavier ; les leçons l'agacent au plus haut point.

Le seul élève qui puisse apporter quelque consolation au maître est Attwood ; je les ai vus jouer une partie de billard, puis quelques minutes après, disputer une partie de quilles. Les feuilles de composition étaient posées sur la table de pierre et les deux hommes revenaient au cahier entre deux coups. L'aristocratie viennoise n'aime guère ce genre de comportement ; il faut installer l'élève de façon rigide, dans un décor pompeux, face au piano et si possible faire preuve de toutes sortes de petites manies sévères.

Mon époux ne fait rien pour plaire ; tout en lui est vrai et honnête. Le calcul fourbe est étranger à sa nature.

*

Nous avons un pensionnaire à la maison !

Un jeune garçon de huit ans, Johann Nepomuk Hummel[6]. Ses fort belles dispositions à la musique font de lui un élève attentif dont le talent comble Wolfgangerl. Je vois bien comme mon mari se penche avec gentillesse sur les compositions émouvantes de cet enfant. Ce talent lui rappelle ses propres débuts, ô combien pénibles ; le drame des enfants prodiges auxquels le meilleur est sans cesse demandé.

L'enfant est pressé de composer ; le maître calme ses ardeurs.

– Monsieur le kapellmeister, je voudrais bien composer maintenant, car vous, vous avez composé encore plus jeune que moi. Dites-moi comment il faut s'y prendre !

– Rien, répondit Wolfgang, rien ! il faut encore attendre.

– Attendre ? Mais vous avez commencé plus jeune que moi !

– Oui, mais je n'ai pas demandé ce qu'il fallait faire pour cela ! Quand on a l'esprit fait pour cela, cela vous torture, vous oppresse, il faut le faire, et on le fait, sans demander pourquoi.

Le jeune élève fut très attristé, car mon époux lui avait parlé avec brusquerie. Il s'agenouilla auprès de l'enfant qui demandait qu'on lui donnât au moins le nom d'un livre pour apprendre.

– Voyons, reprit Wolfi, en caressant la petite joue, tout cela, les livres ne sont rien. Ici, là et là (il désignait les oreilles, la tête et le cœur) est la meilleure des écoles. Si tout cela en vous est comme il faut, alors au nom de Dieu, la plume à la main, et quand vous avez fini, alors seulement, consultez un homme de bon conseil[7].

*

Nannerl doit avoir reçu la lettre d'anniversaire que nous lui avons écrite ; je me suis permise de joindre à mes griffonnages un charmant dessin de mon petit Carl, réalisé à son intention. Je prie chaque jour pour connaître la joie d'une réponse affectueuse, au moins pour mon fils, quelques félicitations ou remerciements de sa tante.

Par les lettres de mon beau-père, nous savons que Salzbourg est presque englouti sous les eaux de pluie et les bourrasques d'air froid. La rivière Salzach a débordé de son lit et le pauvre homme ne peut rejoindre son logis par l'entrée habituelle. Tous les charpentiers des environs se trouvent immobilisés à clouer des planches sur les ponts du *sale bourg*, afin d'en renforcer les jambes, heurtées par les eaux en furie.

Vienne ne connaît aucunement ces épreuves ; seul mon ventre, comparable aux rivières en crue, semble s'agiter au lever du jour.

*

Le prince Joseph Fürstenberg vient de nous commander trois symphonies, ainsi que trois concertos pour piano. Presque cent vingt florins pour ces six œuvres à venir, voici de quoi espérer une riche fin d'été.

Mon Cœur m'a présenté hier un frère de loge ; Gottfried von Jacquin est une personne de grande finesse, dont la culture ravit les auditeurs. L'aisance de ses manières en fait une compagnie fort appréciable ; sa sœur, Franziska, est désormais l'élève de Wolfi. Le prestige de cette famille sert aussi bien notre honneur que l'univers de la musique. Cette jeune fille possède une voix parfaite, ainsi que son jeune frère ; chaque mercredi soir, nous sommes désormais bercés par leurs notes dans la magnifique demeure familiale.

Oh ! je n'essaie plus de percer les mystères entre Wolferl et ses *frères*, car rien n'est plus fatigant que de tendre l'oreille vers des propos qui, une fois entendus, ne peuvent être compris. Et comment pourrais-je les embrasser ? Il me faudrait alors confier mes indiscrétions derrière la porte !

*

Caecilia m'a rendu visite ce matin ; je suis émue par tous ses bons services qui rachètent bien sa conduite de jadis. Ainsi eut-elle l'idée de conserver une feuille du *Wiener Realzeitung* du 11 juillet dernier, à propos de l'opéra de Wolfgang. J'aime garder tous les papiers et souvenirs de ces œuvres, bien serrés dans un portefeuille. Celui-ci fait un éloge que j'aimerais tant voir affiché dans toute la ville et surtout, à la Cour !

(...) Le Mariage de Figaro. Un singspiel italien en quatre actes. La musique est de M. le Maître de chapelle Mozart.

Dès la première représentation, la musique de Monsieur Mozart a été admirée par les connaisseurs, à l'exception de ceux dont l'orgueil et la fierté ne permettent pas de trouver bon ce dont ils ne sont pas eux-mêmes les auteurs.

Le public (comme c'est souvent le cas) ne savait certes pas où il en était, le premier soir. Il entendait les connaisseurs impartiaux crier bravo, mais des vauriens mal élevés faisaient éclater leurs poumons, à l'étage supérieur, et assourdissaient de leurs Sttt ! *et* Psstt ! *chanteurs et auditeurs, de sorte qu'à la fin de la pièce, les opinions étaient partagées.*

Il est vrai, par ailleurs, que la première représentation n'a pas été la meilleure du fait des difficultés de la composition.

Mais maintenant, après plusieurs reprises, on avouerait clairement faire partie de la cabale *ou* n'avoir pas de goût *si l'on affirmait autre chose que ceci : la musique de M. Mozart est un chef-d'œuvre de l'art. Elle comporte tant de beautés et une telle richesse de pensées qu'elles ne peuvent avoir été puisées qu'à la source d'un génie inné.*

Certains chroniqueurs se sont plu à affirmer que l'opéra de Monsieur Mozart n'a absolument pas plu. On devine facilement quelle sorte de correspondants sont ceux qui divulguent des mensonges aussi éhontés. Il est bien connu que c'est à cause de la troisième représentation de cet opéra et des très nombreuses demandes de bis, qu'on a appris le lendemain que, sur ordre supérieur, il serait désormais interdit de bisser dans les singspiele les morceaux chantés par plus d'une personne[8].

Voilà bien de quoi faire taire toutes les méchantes langues ! Salieri et autres ânes auront composé plus de cabales dans l'année que de chefs-d'œuvre de toute leur triste existence.

*

Nous avons reçu hier un paquet provenant de mon beau-père, contenant les feuilles de musique que Wolfgang avait demandées, il y a fort longtemps. Quelle ne fut point notre surprise, de trouver au milieu de ces pages, une lettre adressée à Nannerl ! Ainsi le billet s'était égaré dans les multiples envois, entre la *baronne* et les *Viennois*.

Je me chargerai personnellement de faire acheminer ce billet jusqu'à Saint-Gilgen, toutefois, je n'ai pu me retenir de le lire de nombreuses fois.

(…) Il ne me plaît guère que tu aies à nouveau des règles irrégulières et faibles. Mais comment en

serait-il autrement si tu ne prends pas régulièrement les médicaments ? Après quelques bains, tout serait redevenu normal, même si elles n'étaient pas très fortes. Bien sûr, jusqu'alors, ce n'était pas un temps à prendre des bains ; mais maintenant, avec l'aide de Dieu, viendra une meilleure saison. Il faut donc en profiter tout de suite et prendre assidûment des bains, sauf le dimanche et les jours fériés. Je t'enverrai des herbes. Puisque après le bain tu dois te reposer au lit, comme l'a indiqué le médecin, il est ridicule et même nuisible et même irresponsable de sortir du lit pour aller dehors et à l'église, et rester parfois dans les courants d'air lorsque la porte de l'église est ouverte. L'être humain est responsable de sa santé devant Dieu, surtout lorsqu'on a des enfants !

Il est très louable d'assister à la messe tous les jours, mais ce n'est exigé ni par l'Eglise, ni encore moins par Dieu. Est-ce mieux ensuite si l'on sacrifie sa santé et qu'on tombe malade au point de ne plus pouvoir assister à la messe ni le dimanche ni les jours de fête ? Vos drôles de paysans ne s'en choqueront pas : car à Saint-Gilgen, lorsqu'on laisse échapper un crepitum ventris, tout le village sent mauvais, avec tous ses notables compris. Chacun saura que toi, madame l'administratrice, as besoin de prendre des bains et il ne sera pas nécessaire que M. le docteur envoie une ordonnance à M. le vicaire, pour qu'il s'autorise à la lire du haut de sa chaire ou l'affiche au clocher. (…)

Je vous embrasse de tout cœur, salue les enfants et suis en hâte,

Le vieux père,
Mozart[9] !

Quelle fortune d'avoir un vieux père qui s'y entend aussi bien, dans les départs et arrivées des courriers de Rome. Ah! je suis bien attristée d'apprendre ainsi les déboires de ma belle-sœur. Que ne prend-elle conseil auprès de moi, qui connais bien la peine de ces épuisements-là!

J'eusse aimé que nous jetions cette lettre, plutôt que la renvoyer de Vienne jusqu'à Nannerl. A présent ma belle-sœur aura une véritable bonne raison de me détester; je connais ses pertes insuffisantes et irrégulières, je connais sa hâte à se briser les jambes sur le marbre glacé de l'église, l'esprit de commère de son vicaire et l'ambiance de son village où personne n'ignore jusqu'aux vilains pets de l'aristocratie.

Pourrez-vous, madame la baronne, pardonner à votre humble belle-sœur d'avoir connu les lignes de votre père et d'en avoir si bien ri?

Automne 1786

Me voici à nouveau mère d'un magnifique Johann Thomas Leopold, depuis le 18 octobre[10]. Lorsque les douleurs s'emparèrent de tout mon être, au milieu de la nuit, Wolfgang partit à la quête de la chaise et tandis qu'il revenait avec l'instrument de supplice, mon enfant et moi étions déjà désunis sur la couche, avec l'aide de Caecilia. Ce petit garçon bien rond fera un fort bon compagnon de jeu pour Carl. Cette fois, il ne sera pas question de lui donner de l'eau d'orgeat ou même un autre remède inquiétant. Je le nourrirai à ma façon, tout comme ma mère me le conseille bonnement.

Le visage réjoui de mon fils Carl devant son petit frère me fait oublier toutes les peines de l'accouchement.

Pourtant, si j'écris les mots qui viennent à mon cœur, une joie calme et bienfaisante me dicte, avec l'aide de Dieu, toutes les paroles de Cherubino.

> *« Je ne sais quelle ardeur me pénètre !*
> *De mes sens je ne suis plus la maîtresse !*
> *Je soupire et je ris tour à tour,*
> *Mon cœur bat au seul nom de l'amour !*

Quand je suis aux genoux de cet enfant,
Un délire inconnu s'empare de mon âme.
Rien qu'à sa vue et rien qu'à ses pleurs,
Je rougis, je pâlis et je tremble à la fois !
Dans les bois, sur la grève,
Sans repos et sans trêve,
Toujours le même rêve
Me charme et me poursuit.
Aux arbres, aux fontaines
Je raconte comme je t'aime,
Je te rejoins jour et nuit…
Et dans mon trouble extrême,
Errant le jour, la nuit
Je m'enivre moi-même
Des plus doux mots d'amour[11] ! »

Voici déjà trois semaines passées depuis mes couches. Notre petit Johann profite merveilleusement ; ses grands yeux bleus se tournent vers son père, lorsqu'il se penche sur son berceau. Son regard possède la douceur que l'on reconnaît aux aveugles, une sorte d'état perdu et vulnérable qui me perce le cœur.

« Ah ! j'ai pour lui une vénération trop profonde.
Quel bonheur est le mien !
Je le vois quand je veux ;
L'habiller le matin
Le déshabiller le soir.
Fixer à ses vêtements épingle à épingle…
L'heureux bonnet et le fortuné ruban
Qui renferment, la nuit, les cheveux
De ce bel enfant béni[12]… »

*

Mademoiselle Nancy Storace est venue traîner sa beauté jusqu'à moi ; un gentil bavoir de batiste brodé pour Johann et quelques friandises données à Carl suffirent à montrer toute sa sympathie pour moi. Je me trouvai bien fâchée d'être en désordre et peu préparée à recevoir sa visite. Mon Dieu, tant de beauté et une telle délicatesse ne peuvent qu'attirer des jalousies !

*

Toutes les œuvres gravées chez les éditeurs ne donnent aucunement les gains espérés ; je ne sais comment soulager mon époux de ses pénibles leçons. Attwood, ainsi que le frère et la sœur Storace, et je crois aussi O'Kelly, se transporteront à Londres après les fêtes de Noël. Wolfgangerl souhaite vivement se joindre à cette troupe de talents, afin de quérir plus loin ce que l'on nous refuse désormais à Vienne : la considération.

Cette beauté, Nancy, propose d'organiser une sorte de tournée de concerts et de rester toujours auprès de Wolfgang, partout en Italie, en Allemagne et en Angleterre.

Que deviens-je dans ces projets que l'on combine sans me consulter ?

*

Wolfgang a écrit hier à son père, afin de lui demander s'il pouvait se charger de prendre nos deux chers enfants chez lui, en pension, durant *notre* voyage en Europe. Puisqu'il ne saurait être question qu'il parte en me laissant seule avec nos deux enfants, ni même que nous partions si longtemps avec deux enfants. Nous pourrions alors verser une pension régulière au grand-père. Oh ! ce serait une excellente solution, ainsi Wolfgang rapporterait de nombreuses commandes et nos enfants grandiraient un peu, juste quelques mois, dans les bras des servantes de mon beau-père.

Quelle bonne idée !

Nous devrons alors remettre notre jeune pensionnaire chez ses parents. Gottfried von Jacquin pourra sans nul doute garder notre oiseau dans sa cage ; je lui demanderai dès ce soir. Je chéris cette personne, il n'existe pas de meilleur cœur.

*

Carl grandit tant et si bien que tous ses vêtements donnent la pitié ; je me suis procuré de belles étoffes pour un petit costume et une robe de chambre, semblable à celle de son papa.

*

Toutes les personnes de notre entourage me font l'honneur de nombreux présents pour Johann. Je ne compte plus ceux qui embrassent Wolfgang et l'appellent *mon frère*. Il me semble qu'ils sont partout, dans toutes les rues, dans les églises, à la foire, au concert ! Il n'y aurait aucune autre vie intellectuelle et raffinée que dans l'univers de ces frères penseurs ?

La voix de mon époux est différente lorsqu'il se trouve en présence de la Storace ; une sorte d'étranglement ridicule lui procure une voix de castrat. Il s'en amuse et ajoute bien des mots d'esprit à cette anomalie. Ils formeraient un bien vilain couple ; la Storace possède une tête de plus que lui, sans compter ses chapeaux ornés de fleurs fraîches, qui lui donnent une allure de gros bouquet.

Oh, non ! je suis bien injuste, si Mademoiselle Storace était un bouquet, ses traits ne dessineraient que les plus nobles et pures combinaisons florales.

*

Je pleure.

Je pleure sans relâche et ne puis me consoler.

Notre petit ange Johann, emporté par un catarrhe. La présence de la mort sur la figure s'est dessinée dans la nuit, tandis qu'à la lueur des chandelles, je surveillais sans répit ses étouffements.

Oh ! quelle angoisse me pénètre !

« *Faut-il croire à tout ceci*[13] ? »

Voici qu'à nouveau un drap blanc referme ton berceau et masque cette figure angélique. Oh, Johann ! mon cœur, je rêvais mille aventures pour toi, et te voici parti pour le plus lointain des voyages, sans moi, sans ta misérable mère accablée.

Tes pauvres yeux que la terre va bientôt manger !

Pourquoi faut-il, ô Seigneur, que par le sommeil des innocentes âmes, nos fautes soient lavées ?

*

Méchant homme.

Vieux fou, avale ton dégoût et chie du marbre !

Alors que notre petit ange se séparait à jamais de mes bras, vous écriviez la plus repoussante lettre qu'un père puisse griffonner à ses enfants. Oh, nous dûmes savoir comme votre temps est pris par l'enfant de Nannerl, mais comment, dans mon innocente confiance, ai-je pu imaginer un bienfait venant avec votre réponse ?

Oui, vieux fou, pendant que vous crachiez à la plume votre aigreur[14], votre refus de prendre nos chers cœurs en pension, nous déposions au fond des ténèbres le corps de notre petit Johann. Ah ! je n'ai plus de larmes pour gémir sur votre destin de vieil homme solitaire, votre indéchiffrable rancune, vos sermons dépouillés de sentiments.

Dans cette lettre, je vous priais aussi de me rassurer sur votre santé ; voici bien comment vous récompensez ma tendresse de fille, par un sordide « *Je vais mieux depuis que j'ai chié ma 67ᵉ année grâce à un laxatif le jour de mon anniversaire.* » N'était-ce pas la plus vilaine façon de nous faire le reproche d'avoir oublié votre anniversaire ? Pardonnez-moi, père, d'avoir en ce novembre, poussé un cercueil d'enfant dans la fosse, tandis que vous poussiez votre crotte commémorative, votre étron du souvenir, votre mélasse d'anniversaire, *assa foetidia*[15] de vos ouvertures.

Merde du diable.

Oh, je ne puis détacher mon regard de cette lettre. Tant de cruauté ! Etait-il nécessaire de déguiser un simple refus en reproches méfiants ?

Mon cher fils,

J'ignore si cette joyeuse idée de me confier vos enfants en pension, durant votre voyage à travers les pays d'Europe, est de toi ou de ta femme – peu m'importe d'ailleurs d'en connaître l'origine mais cela n'est guère possible, et je te prie d'oublier sans délai cette hypothèse.

Je vois que Müller s'est empressé de t'annoncer que je m'occupe, j'éduque et prends soins de ton neveu Leopold, et il t'aura sans nul doute semblé aisé de m'imaginer, pourquoi pas, avec trois enfants à charge.

*Je trouve que cela ne serait pas mal, effectivement ; **ainsi vous pourriez ta femme et toi, voyager tranquillement,***

vous pourriez mourir, ou rester en Angleterre et je pour-
rais toujours vous courir après avec les enfants, ou même
encore au regard de tes faibles moyens qui te permettent de
payer un loyer d'appartement de luxe, sans toutefois soulager les dépenses de ton vieux père ou même encore disais-je
*de **courir après le paiement de la pension des domestiques***
*qui entretiendront les enfants. **Basta !***

Je suis maintenant assez vieux pour comprendre bien
des choses et l'heure n'est plus aux promenades et aux
badinages, lorsque deux enfants viennent alourdir votre
budget. Je croyais ta notoriété suffisamment installée à
Vienne pour que tu n'aies pas besoin d'aller vendre tes
talents ailleurs ; ou bien ce sont les ailleurs qui devraient
(si la gloire est à ce point qu'on me l'a décrite avec ton
dernier opéra) venir solliciter à ta porte l'honneur de tes
compositions.

Je t'embrasse et suis ton vieux père et honnête,

Mozart[16].

*

Mon pauvre petit enfant !

Je pourrais croire que tu t'empressas de mourir – ô
délicatesse d'ange –, pour délivrer ton grand-père de
toute crainte d'avoir à t'éduquer.

Ne craignez plus !

Toi, mon chérubin, la terre prendra charge de ton
âme.

Toi, vieil enragé, la terre hale déjà son tapis de
bienvenue.

*

Comment puis-je accomplir mes devoirs et pleurer
tant de blessures à la fois ? Le souvenir de cette petite
figure hâve de souffrance me tourmente.

Ô combien je souhaitais rester toute la nuit auprès de son cercueil ouvert et guetter le souffle de vie qui reviendrait soulever sa poitrine. Je l'imagine, à présent, dans ce tombeau communautaire glacé, écrasé par les autres corps qu'on aura jetés sur lui. Pauvre petit ange brisé. Combien de bêches de terre et de chaux a-t-on déjà flanqué sur toi ?

1787

Hiver 1787

Le tumulte des mois passés m'a tenue bien à l'écart de commérages de Vienne. Ainsi, j'apprends aujourd'hui seulement que mademoiselle Auernhammer s'est enfin décroché un mari et se nomme désormais Madame Bessenig ; comme elle doit me trouver bien ingrate de n'avoir jamais dit mes compliments à ce sujet !

Et puis mon oncle Weber et sa femme ont eu un garçon ; l'enfant semble bien vivant. Ils l'ont appelé Carl Maria[1].

Le Nozze di Figaro ont succombé aux cabales car il ne trouve plus de public à Vienne. Je ne sais plus comment détourner mon époux de sa déception et j'ignore par quel miracle il parvient encore à composer ses douces harmonies.

Ma sœur Josepha montre à Wolfgang sa gentille désolation, mais je sais bien que dans toute cette peine affectée demeure l'espoir qu'il lui écrive un jour un grand rôle.

*

Nous avons reçu du comte et *frère* Johann Thun une invitation pour Prague afin de constater qu'au théâtre national *Le Nozze di Figaro* remportent tous les succès qui lui sont refusés à Vienne. Les musiciens sont tellement ravis de la partition, qu'ils voudraient recommencer à jouer leurs parties et se joignent à l'invitation du comte Thun et envoient à Wolfgang une pétition, avec toutes leurs signatures, pour hâter son arrivée. Enfin ! Voici bien une lettre qui sauvera mon Aimé de tous ces tourments.

*

Wolfgang prépare nos effets. Ma mère recueillera mon petit Carl dès ce soir. Ô comme l'impatience de cet enfant et son goût pour le changement poignardent mon cœur de mère ; il s'accommode déjà si bien de mon absence !

Nous partirons pour Prague en compagnie du violoniste Franz de Paula Hofer et notre nouveau domestique Joseph. Nous ne devrions pas l'appeler *domestique*, car ce bon homme possède une brasserie, où les gens de musique aiment boire ensemble de la bière. Leonore est véritablement ma domestique, mais sa sottise est sans égale. La figure de Wolfgang n'a guère quitté son habit de tristesse ; je sais que le changement lui rendra quelques joies. Que de morts, avons-nous à gémir ! Notre petit Johann, puis maintenant *Figaro*, dont le souffle coupé à la neuvième représentation ne semble plus montrer le moindre courage.

*

Nous voici à présent bien secoués dans la voiture ; mon époux ne parle toujours pas et je n'ose rompre son silence.

Joseph et Hofer jouent aux cartes et maugréent contre les chevaux qui n'avancent pas.

J'ai affreusement froid aux jambes ; je croyais en la douceur de ce 8 janvier[2], et je me trompais.

*

Encore quelques tracas de voyage et nous serons arrivés à Prague. Wolfgang n'a pas prononcé un seul mot de ces deux jours de voiture. Sait-il toute ma difficulté à sourire, penser ou même respirer, lorsque ses mots me manquent ?

Mon fils Carl doit tenir de charmantes conversations à ma mère, et l'étonner par ses questions incessantes.

*

Enfin Wolfgangerl parle ! et quelles âneries ont animé subitement sa figure ! Ma tripe me fait encore terriblement souffrir d'avoir tant ri de bon cœur ! A l'image des *Illuminés*, nous trouvâmes ce soir, dans le cahot des chemins verglacés, de quoi changer les noms de chacun d'entre nous. Ainsi, désormais certains de nos amis, adeptes de ce mouvement de pensée *Illuminée*, se font appeler Fabius, Philon, ou Spartacus. Nous ne craignons aucunement le ridicule, par l'emprunt de noms de baptême hautement réfléchis et dont le sens et le symbole ne peuvent échapper aux esprits pénétrés. Mon mari s'est lui-même renommé Pùnkitititi ! Il nous faut bientôt en informer nos connaissances, le plus officiellement du monde...

*

Nous prîmes le parti de loger à l'hôtel Aux trois lions d'or, cependant le comte et *frère* Thun s'y opposa avec tous les moyens de son rang ; un domestique vint prendre nos malles et nous transporta à la résidence du comte, où, une fois encore, nous nous trouvâmes au centre des plus délicates marques d'attachement.

*

Hier soir, nous sommes allés au bal! Quelle surprise de voir toutes ces dames de qualité, ces messieurs élégants, danser et sautiller sur les airs de *Figaro*, accommodés en contredanses et en allemand! Et non simplement au bal, mais aussi dans les rues, les jardins publics, partout résonnent les notes de son opéra. On raconte que les harpistes de cabaret sont eux-mêmes obligés de moduler « *Non più andrai* » s'ils veulent s'assurer un public[3]…

*

La joie semble revenue dans le cœur de mon époux. Sa plume tremble entre ses doigts et je me plais à l'écouter dire les plus drôles saloperies à nos amis. Nous avons fêté son anniversaire; trente et un ans! Ce vieillard possède encore assez de verdeur pour m'afficher toute sa flamme, lorsque toutes ces réjouissances musicales nous concèdent quelques moments secrets.

*

Pùnkitititi profite de ma sieste pour écrire à son ami Gottfried von Jacquin, frère… de son élève.

Très cher ami,
Je trouve enfin un instant pour vous écrire; dès mon arrivée, j'avais dans l'idée d'envoyer quatre lettres à Vienne, mais en vain! – je n'ai pu venir à bout que d'une seule (à ma belle-mère), et encore, à moitié seulement. Ma femme et Hofer ont dû la terminer.

408

Dès notre arrivée (à midi) nous avons eu à faire par-dessus la tête pour être prêts à déjeuner à 1 heure. Après le repas, le vieux comte Thun nous régala d'une musique inter-prétée par ses propres gens, ce qui dura environ une heure et demie. Je peux jouir chaque jour de ce véritable divertis-sement. A 6 heures, je me suis rendu avec le comte Canal à ce qu'on nomme le bal de Bretfeld, où la fine fleur de beau-tés pragoises a coutume de se réunir. C'eût été quelque chose pour vous mon ami! Je vous imagine courir, croyez-vous – après toutes ces jolies filles et femmes? Non, clopi-ner derrière elles! Je n'ai pas dansé ni mangé. La première abstinence, parce que j'étais trop fatigué, et la seconde du fait de ma sotte timidité; mais j'ai constaté avec un énorme plaisir que tous ces gens s'amusaient fort à sautiller sur la musique de mon Figaro arrangée en contredanses et en allemand; car ici on ne parle que de Figaro, on ne joue, ne sonne, ne chante, ne siffle que Figaro et toujours Figaro; un bien grand honneur pour moi, certes. Revenons maintenant à mon emploi du temps. Comme je suis rentré tard du bal, et étais de toute façon fatigué par le voyage, j'avais sommeil, rien de plus naturel au monde que d'avoir pensé dormir longuement, et il en fut ainsi. Donc, toute la matinée sui-vante se passa sine linea. – Après le déjeuner, pas question d'oublier la musique de Monsieur le Comte, et comme ce jour-là, on mit justement dans ma chambre un très bon pianoforte, vous pouvez imaginer facilement que je ne l'ai pas laissé inutilisé, ni sans en jouer le soir. Il va de soi que nous avons fait, entre nous, un petit quatuor in caritatis camera. Aussi la soirée passa encore sine linea; et ainsi fut-il. En ce qui me concerne, vous pouvez bien engueuler Morphée, car il nous est extrêmement favorable ici à Pra-gue. Pour quelle raison, je l'ignore. Suffit, nous avons lar-gement passé l'heure du réveil. Nous nous sommes toutefois rendus à 1 heure chez le Pater Ungar[4] pour admirer la

409

bibliothèque impériale et royale et tout le seminarium géné-
ral. Après avoir tout admiré à nous faire sortir les yeux des
orbites, nous entendîmes un petit air de l'estomac, et au
plus profond de nous, nous avons cru bon de nous rendre en
voiture à la table du comte Canal ; Le soir nous surprit plus
vite que vous ne le pensez peut-être ; suffit, il était temps
d'aller à l'opéra. Nous avons donc entendu Les Rivaux
généreux. *En ce qui concerne la représentation de cet opéra,*
je ne peux rien dire de définitif, car j'ai beaucoup bavardé ;
mais pourquoi donc ai-je bavardé, contre mon habitude[5] *?*
La raison vient sans doute de cela. Basta, cette soirée fut
encore perdue, al solito *; aujourd'hui enfin, je suis assez*
heureux pour trouver un moment pour m'enquérir de la
santé de vos chers parents et de toute la maison Jacquin.
J'espère et souhaite de tout cœur que vous vous portiez
aussi bien que nous deux. Je dois vous avouer sincèrement
que (bien que je sois ici l'objet de toutes sortes d'amabilités
et d'honneurs et que Prague soit en vérité une fort belle et
agréable ville) j'ai tout de même hâte de retourner à
Vienne[6] *; et, croyez-moi, la raison principale est certaine-*
ment votre maison. Quand je songe qu'après mon retour je
n'aurai qu'un très bref moment le plaisir de jouir de votre
honorable compagnie, et qu'ensuite, je devrai renoncer si
longtemps, peut-être même à jamais à ce plaisir (si nous
partons finalement à Londres[7]*) – , je ressens alors pleine-*
ment l'amitié et le respect que je porte à toute votre mai-
son ; portez-vous bien, donc, très cher ami, excellent Hinkiti-
Honky ! c'est votre nom, sachez-le. Nous en avons inventé
pour chacun d'entre nous, pendant notre voyage, les voici.
Moi : Pùnkitititi. – Ma femme : SchablaPumfa. Hofer :
Rozka-Pumpa. Stadler : Nàtschibinitschibi. Joseph, mon
domestique : Sagadaratà. Gauckerl, mon chien : Schama-
nuzky. Madame Qualenberg : Runzifunzi. Mademoiselle
Crux Ps Ramblo : Schurimuri. Freystädtler : Gaulimauli.

Ayez la bonté de communiquer son nom à ce dernier. Donc adieu. Vendredi prochain, 19, aura lieu mon académie au théâtre ; je serai sans doute obligé d'en donner une deuxième, ce qui prolongera malheureusement mon séjour ici. Je vous prie de transmettre mon respect à vos nobles parents et d'embrasser pour moi 1 000 fois Monsieur votre frère (que l'on pourrait en tout cas nommer Blatteririzi). Je baise 1 000 fois la main de Mademoiselle votre sœur (le signora Dinimininimi) en la priant d'étudier assidûment sur son nouveau pianoforte – mais ce conseil est inutile – car je dois avouer n'avoir encore jamais eu d'élève aussi appliquée et faisant preuve d'autant d'ardeur qu'elle – et je me réjouis en vérité de pouvoir continuer à lui donner des leçons malgré mes faibles possibilités. A propos, si elle veut venir demain, je serai certainement chez moi à 11 heures. (Quel blagueur je fais[8] !)

Maintenant, il est l'heure de clore n'est-ce pas ? Il y longtemps que vous êtes de cet avis. Portez-vous bien mon cher ! Conservez-moi votre précieuse amitié, écrivez-moi bientôt – mais vraiment bientôt – et si vous étiez trop fatigué pour cela, faites venir Satman et dictez-lui votre lettre ; mais dans ce cas, cela ne part jamais du cœur comme lorsqu'on écrit soi-même. Donc – nous verrons si vous êtes mon ami comme je suis le vôtre et le serai toujours.

Mozart.

P.S. Sur la lettre que vous m'écrirez peut-être, mettez au palais du comte Thun. Ma femme salue de tout cœur toute la maison Jacquin ainsi que Hofer.

N.B. Mercredi, je verrai et entendrai Figaro *– si je ne suis pas sourd et aveugle d'ici là. Peut-être le deviendrai-je seulement après avoir assisté à l'opéra…*

*

Nous avons retrouvé les Duschek ! Franz cherche encore la réponse à l'un des rébus que Wolfgang avait distribué au bal, alors déguisé en philosophe indien ; Josepha Duschek rit bruyamment de toutes les propositions de son époux. Nous nous divertissons merveilleusement ; la bière de Prague est assez différente de celle que nous buvons à Vienne. Ici, il me semble que la tête me tourne davantage, et je suis confondue de fantaisie pour des queues de cerises !

*

La reprise du *Mariage de Figaro* au théâtre a donné à mon homme toute la joie que j'espérais pour lui ; dès notre entrée dans la salle, il fut salué par des applaudissements tels qu'il n'en avait encore jamais vécu de sa vie ; la salle était pleine de monde. Quel bonheur ce fut !

Puis, hier on joua à nouveau *Figaro*, mais cette fois dirigé par Wolfgang et le public montra son exaltation de façon si passionnée ! J'entendais parfaitement les cris du public et me mêlais à cette liesse générale et sans retenue.

Lorsque nous nous retrouvâmes, il me confia son immense joie ainsi que son plus cher désir : « *Puisque les Pragois me comprennent si bien, je veux écrire un opéra tout exprès pour eux !* »

Par la suite, nous connûmes le même accueil inexprimable au concert, où Wolfi donna sa symphonie écrite en décembre dernier tout exprès pour les Pragois. Quels moments inoubliables ! Ma gorge se serre encore, à la pensée de ce peuple si compréhensif et joyeux.

« *A la fin du concert, Mozart improvisa sur le piano-forte pendant une bonne demi-heure et éleva au plus*

haut degré l'enthousiasme des Bohémiens ravis. Ces
applaudissements tempétueux le contraignirent à reve-
nir encore au pianoforte. Ces nouvelles improvisations
firent encore plus d'effet et eurent pour résultat
d'enflammer littéralement l'auditoire. Mozart reparut
de nouveau. Son visage rayonnait du bonheur qu'il
éprouvait à constater les marques d'enthousiasme don-
nées à son art. Il recommença avec plus d'entrain
encore et exécuta des choses inouïes devant un public
pour la troisième fois au comble de l'enthousiasme;
soudain une voix jaillit de la foule attentive : Figaro !
Alors il commença sur le motif de l'air favori « Non
più andrai ! » une douzaine de merveilleuses varia-
tions improvisées. C'est là-dessus que se termina, au
milieu des ovations délirantes de l'auditoire, ce
concert magnifique, pour lui le plus triomphal de sa vie
et, pour les Bohémiens enivrés, le plus délectable[9]. »

*

Lorsque nous quittâmes Prague pour retourner à
Vienne avec nos compagnons de voyage, nous fûmes
troublés d'entendre ce bon Niemetschek[10] saluer le
maestro par quelques mots emplis d'émotion :

– Si je pouvais prier Dieu de m'accorder une dernière
joie terrestre, ce serait de vous entendre encore une fois
improviser au piano ; qui ne vous a pas entendu ne peut
se faire la moindre idée de ce dont vous êtes capable.

Wolfgang reçut cet éloge avec sentiment et lui
répondit de toute sa modestie :

– L'artiste n'est qu'un pauvre diable, puisque son
œuvre n'est pas son œuvre, mais celle d'une instance
supérieure, sinon de Dieu. Allons, mon ami, nous nous
reverrons et jouerons ensemble à l'occasion ! Adieu.

*

Nous voici de retour à Vienne, où le froid me saisit les os.

Wolfgangerl ne parvient aucunement à se remettre de cette sorte d'indifférence qui murmure à son sujet. Les Viennois savent toutes les grâces qu'il reçut en Bohême et je pensais sottement que les remords de ces esprits mélomanes feraient à nouveau résonner les notes joyeuses de *Figaro*. Combien parfois nous sommes peu récompensés de notre attachement à la patrie !

*

Le jeune comte Hatzfeld est mort ; Wolfgang se trouve fort désemparé devant cette nouvelle accablante. Par son art au violon, il couronna les œuvres de mon époux, dès qu'il eut écrit « *Non più, tutto ascoltai* » pour son instrument. Oh ! bien sûr, ils ne se connaissaient que depuis fort peu de temps, mais l'estime et l'attachement n'ont cure des années d'observation, n'est-ce pas ?

Ce pauvre Hatzfeld, cet homme qui voua sa vie à Dieu et à la musique, sut-il avant de trépasser comme Mozart goûtait chaque minute qu'ils passèrent ensemble ?

*

Aujourd'hui fut un jour pénible pour mon mari ; le corps de son ami fut transporté à l'église, afin de recevoir une bénédiction ; des enfants de chœur portèrent des cierges dans leurs petites mains glacées ; six personnes restèrent autour du cercueil, afin de tenir le poêle noir à franges d'or. Ce corps impassible restera dans son cercueil ouvert toute la nuit car il arrive parfois que les morts se réveillent et retournent vivre dans leurs familles. Les veuves ne peuvent jamais assister aux funérailles de leurs défunts époux. Cela n'est point convenable ; elles doivent rester à leur logis, habillées de vêtements de deuil, des cendres de cheminée étalées sur les cheveux.

Depuis 1784, nous ne pouvons plus enterrer nos morts richement dans les cimetières. Notre jeune ami, tout baron qu'il fût, ne pourra être enseveli que dans la terre, sans croix ni stèle gravée ; cela est interdit. Ceux qui le pleurent aujourd'hui devront se satisfaire d'une petite plaque gravée, accrochée à la muraille du cimetière. Ils ne sauront peut-être pas où repose et s'émiette ce corps, et d'ailleurs, cela n'a guère d'importance ; au coucher du soleil, la charrette viendra prendre son chargement inerte et le déposera à Saint-Marx, sans aucun cortège car l'usage ne le permet aucunement.

Resteront alors, pour toute nourriture de l'esprit, des souvenirs que le temps se chargera d'ombrer peu à peu.

Je ne déteste point ce jardin de chair, que l'on nomme cimetière ; je ne puis me résoudre à m'y transporter sans larmes. Lorsque le printemps revient, il n'est pas rare de voir des enfants jouer dans les cimetières ou les jardins d'églises, gambadant sur les ossements de leurs ancêtres mis à nu par les pluies.

Dans six ou huit années, on ouvrira la tombe commune de notre jeune ami, ses ossements seront jetés plus loin et la place se trouvera libre pour d'autres cadavres.

Wolfgang pleure encore ce soir « *cet homme noble, le plus cher, le meilleur des amis, et le gardien de ma vie*[11] ». Hatzfeld avait juste trente et un ans, comme Wolferl.

*

Mon beau-père est bien souffrant. Nannerl s'est transportée à son chevet et le soigne depuis longtemps déjà.

Ah ! comme je voudrais être auprès de vous, vieux père, à changer vos chemises et goûter vos tisanes de plantes.

Comment puis-je vous faire remettre au plus vite les remèdes que ma mère a préparés à votre intention ?

*

Nancy Storace et son frère, ainsi que l'ancien élève Attwood sont désormais partis pour le long voyage qu'ils évoquaient jadis ; les commérages à Vienne rendent le départ de cette beauté responsable de l'affliction de Wolfgang.

On raconte aussi qu'il n'a pas souhaité aller au chevet de son père afin de profiter des derniers moments de compagnie de cette coquette. Je voudrais bien connaître le lieu de départ d'une telle rumeur. Oui, la Storace possède bien des qualités de voix, oui, la Storace montre toutes les grâces d'une personne élégante, mais je ne puis croire que son absence détruise l'âme de mon homme. Toutes ces langues inutiles et méchantes murmurent l'air de « *Ch'io mi scordi di te ?* » comme si cela composait un aveu de ses sentiments. Ne peut-on nommer un lied « *que je t'oublie ?* » sans penser à mal ? Je connais bien, pour l'avoir lu aussi, l'hommage de mon homme sur sa feuille de notes : « *Pour Mademoiselle Storace et moi.* » Est-ce suffisant pour croire tant de sottises[12] ?

416

Je connais cet air mieux que nul autre, pour l'avoir appris par cœur et tenté d'y trouver le plus petit message d'amour caché ; je retrouve là toute la sensibilité de Mozart, toute la fougue de mon mari, la fidélité d'un homme vers ses connaissances affectionnées.

Suffit !

Printemps 1787

Joseph nous porte mille délices à manger; je n'ai guère envie d'être aux fourneaux. Ses talents d'aubergiste nous ravissent, d'autant qu'il peut abandonner son cabaret tout le jour, pour nous servir.

Mon petit Carl est maintenant en pension à Perchtoldsdorf, dans l'établissement fondé par Wenzel Heeger. Cette maison de fort bonne réputation devrait donner à mon fils toute l'éducation lui permettant de devenir un honnête homme.

Il me manque, mais je le sais bien dorloté où il se trouve, et la compagnie d'autres enfants ne peut que remédier à sa solitude d'enfant unique[13]...

*

J'ai bien quelques nouvelles de mon beau-père, écrites par O'Kelly et la Storace depuis le *sale bourg*. La santé déserte sa carcasse, toutefois sa méchanceté demeure. Il fit clairement entendre à Nancy que ses chevaliers servants étaient sans nul doute ses amants ou ceux de sa mère, puis à notre propos, eut peine à croire que Prague ait donné mille florins de revenus. La nouvelle de notre petit garçon envolé au jardin des anges ne parut pas l'émouvoir davantage. Vieux grigou ! allez donc vous faire tâter le pouls.

*

Tout Vienne n'a pas encore abandonné mon mari ; les Jacquin sont devenus des amis encore plus proches depuis les événements tristes de notre vie. Pourtant les commandes musicales n'arrivent toujours pas !

L'opéra destiné à Prague est bien commencé et je vois suffisamment comme Wolferl se donne de la peine.

Gottfried von Jacquin honore notre logis de ses nombreuses visites ; la dernière restera éternellement marquée dans ma mémoire.

Ainsi, les bras chargés d'huîtres fraîches, il trébucha sur notre chien. La pauvre bête se retrouva mouillée d'eau salée et se lécha sans relâche durant deux heures. Ma mère serait bien navrée de voir le chien souffrir ainsi, car voici maintenant dix jours qu'à chacune de ses visites elle tartine son échine de pommades contre les affections de la peau. L'eau de mer fit bondir Gauckerl en tous sens et personne ne sut comment apaiser les piqûres de ce jus âcre tombé des huîtres.

Après que Joseph eut ouvert nos précieuses coquilles, nous dégustâmes tous ensemble le plat entier. C'est alors que je dus me rendre aux commodités en toute hâte, afin de vomir toutes mes huîtres.

– Ma Stanzi, mon SchablaPumfa, s'exclama Wolfgang, serais-tu grosse, pour ainsi dégueuler les coquillages ? par Dieu, ce serait une bonne nouvelle !

Demeurée sans voix, je me souvins alors qu'aucun courrier ne m'était parvenu ces derniers temps.

Oui ! je suis de nouveau grosse.

Nous nous embrassâmes et Jacquin ouvrit le livre de Wolfgang pour y tracer quelques mots : « *Le vrai génie sans cœur est un non-sens. Car ni intelligence élevée, ni imagination, ni toutes deux ensemble, ne font le génie. Amour ! Amour ! Amour ! Voilà l'âme du génie.*

Ton ami E. G. von Jacquin, 11 avril 1787. »

*

Aujourd'hui, les premiers désagréments de ma grossesse se font rondement apprécier ; hier encore, je ne pouvais embrasser les raisons pour lesquelles mon époux ne se rendait en hâte au chevet de son père souffrant.

Je confesse avoir nourri l'espoir d'être (comparée à son père) plus importante à son cœur, au point qu'il ne pût envisager de me laisser pour le vieux. Il n'en est rien. Les raisons de Wolfi sont bien éloignées de celles que j'imaginais avec un ravissement mauvais et inavouable. Ses mots ont coulé de ses lèvres, comme une poésie antique, et je ne puis me lasser de les entendre. « *Je me suis habitué, en toutes circonstances, à imaginer toujours le pire. Comme la mort (si l'on considère bien les choses) est l'ultime étape de notre vie, je me suis familiarisé depuis quelques années avec ce véritable et meilleur ami de l'homme, de sorte que son image, non seulement n'a pour moi plus rien d'effrayant, mais est plutôt quelque chose de rassurant et de consolateur ! Et je remercie Dieu de m'avoir accordé de découvrir le bonheur de le découvrir comme clef de notre véritable félicité. Je ne vais jamais me coucher sans penser, quel que soit mon jeune âge, que je ne serai peut-être plus le lendemain*

– et personne parmi tous ceux qui me connaissent ne peuvent dire que je sois d'un naturel chagrin ou triste. Pour cette félicité, je remercie tous les jours mon Créateur et la souhaite de tout cœur à mes semblables[14]. »

Ces mots-là me rappellent un livre de sa bibliothèque que je tentais de lire alors que ma dernière grossesse me donnait toutes les peines du monde. *Phédon, ou De l'immortalité de l'âme*. Rien de toute cette littérature ne m'avait paru empreint de sens ; aujourd'hui, les larmes de mes chers disparus coulent encore au fond de mon cœur et je crois, je voudrais croire, que la mort, lorsqu'elle ouvre ses bras, les referme autour de nos corps avec tout l'abandon d'une mère aimante.

*

Hier soir, un jeune homme de seize ans à triste figure nous fut présenté ; une curieuse bouche tombante vers le menton, des cheveux couleur de branches automnales. Quelques Viennois commencent à parler de lui, car il est déjà, malgré son jeune âge, organiste en second du prince-archevêque de Cologne. Le comte Waldstein (je n'estime guère cet homme et ses mines suffisantes), chambellan du prince, fit remettre à Wolfgang une lettre de recommandation afin que ce jeune homme lui soit présenté. Ce jeune Ludwig van Beethoven joua quelque chose à la demande de mon mari, mais cela ressembla fort à de l'apparat appris par cœur. Mon époux approuva son jeu assez froidement ; le jeune Ludwig s'en aperçut et le pria de lui imposer un thème d'inspiration libre. Nous pûmes alors voir combien il jouait admirablement lorsque cela lui *parlait*. Nous vîmes aussi combien la présence de Mozart, qu'il appela *maître*, lui inspirait un immense respect. Finalement, il joua de telle façon que Wolfi se retourna vers nos amis et dit en riant : « *Faites attention à celui-là, il fera parler de lui dans le monde !* »

L'assemblée n'osa applaudir, car Wolfgang n'ajouta aucun trait de sympathie à sa remarque. Oh ! je ne voudrais point que ce jeune homme se décourageât par cet accueil polaire, car il faut nous comprendre.

Nous venions juste de bavarder avec Jacquin, à propos de mon beau-père dont les nouvelles restent muettes, et puis aussi, de notre appartement, si beau, si coûteux, qu'il faudra quitter sans délai ; nos revenus n'autorisent plus ce luxe et nous serons bientôt dans un logis rappelant nos premières années de noces.

Le jeune Beethoven put tout de même se féliciter de prendre date pour quelques leçons avec *le maestro* qu'il semblait admirer plus que tout au monde. Mais je ne pus me retenir de sourire lorsque j'entendis Wolfgang calmer les compliments de nos amis car, ainsi qu'il le rappela, « *Un génie n'aurait plus besoin, à seize ans, de prendre encore des leçons. Parlons de son grand talent, honnêtement devant Dieu, je vous prie, mais nullement de génie.* »

Je lui donne raison.

Si ce jeune homme n'est aucunement tenaillé par les notes qui sortent de son cœur, de sa tête et le torturent à perdre le sommeil, il n'est point question de génie.

*

J'aimerais bien avoir une fille.

Oh ! je suis certaine qu'une fille saurait mieux résister aux embuscades de la vie de nourrisson. L'enfant ne bouge pas encore ; si ce n'était ces incroyables sérénades de dégueulis, je ne pourrais me croire habitée d'une nouvelle petite vie.

Seigneur ! par vos bontés, Prague me laisse un bien heureux souvenir.

*

Ludwig van Beethoven n'a pu prendre ses leçons comme cela avait été convenu ; un billet nous informe qu'il se trouve rappelé à Bonn car sa mère est tombée gravement malade[15].

Je pense que Wolfgang est soulagé de ne plus avoir à enseigner la musique à ce jeune homme. Ah ! la rencontre entre deux musiciens cause parfois bien des tracas indéchiffrables.

*

Sigmund Barisiani s'est déplacé en hâte ce matin, Wolferl est très faible. Je crois que toutes ces épouvantables nouvelles lui ont causé une terrible commotion ; la fièvre a enflammé sa tête, ses bras et ses mains sont affreusement enflés ; il est si pâle qu'on jurerait voir un mort, couvert de gouttes de rosée. Il faut vite le saigner, que disparaisse ce mal infect.

Je ne peux souffrir de le voir ainsi ramassé dans notre lit ; et puis, tout cela me fait peur. La dernière fois que j'étais grosse et Wolfgangerl malade, nous ne pûmes garder notre enfant vivant bien longtemps.

Ô ! Seigneur, que ce ne soit pas le même présage. Rendez-moi mon petit homme, ses couleurs et sa gaieté si caressante.

*

Mon Chevalier est guéri ; mes dépenses en cierges et remèdes ont presque ruiné notre ménage.

423

Nous voici dans notre nouvel appartement; les décors majestueux ont disparu. Plus de moulures d'acanthe dorées, adieu tentures et soieries précieuses. Un loyer plus abordable et surtout, hélas, bien plus semblable à nos profits actuels. Oh! nous ne sommes pas si mal, côté jardin de cette Landstrasse.

Nous organiserons peu de musiques privées ici, car l'endroit ne s'y prête guère, mais il existe tant de salles de concert à Vienne!

Peut-être même davantage de théâtres et de salles que de souscripteurs. Ô! très saint Jean, vous qui bénissez toutes prières, donnez-nous le public, puis aussi les souscripteurs; je ne vous demande point la grâce ni la fortune, mais juste assez de commandes et d'amateurs pour maintenir une vie décente à vos adorateurs.

*

L'étourneau a chié ce matin sur le nez de Gauckerl.

Pouvais-je deviner qu'un jour nul autre événement ne serait à noter dans le cœur de mon confesseur de papier?

*

Le *sale bourg* est en deuil.

Mon beau-père est mort.

Mon beau-père est mort, sans laisser à son fils la moindre trace de bonté, pas une ligne de mot aimable, griffonnée ou dictée à ses domestiques.

Paix à son âme.

Pet à son âme,

Qui aimait tant contempler ses ouvertures[16].

Wolfgang ne peut quitter Vienne pour le moment, même pour le *plaisir* d'embrasser Nannerl. *Tout* ici le retient, et je fais bien partie de ce *tout*. Nannerl et son époux ont décidé de mettre en vente aux enchères tous les biens et objets du vieux, après que chacun aura choisi de garder quelques petites choses. C'est encore cet aimable monsieur d'Ippold qui rédige l'*inventorium* des effets de mon beau-père, Wolfgang doit noter les souvenirs de son choix. En tout, 579 objets comprenant aussi des appareils optiques et un grand piano signé Friederici évalué à 999 florins et 42 kreutzers[17]. L'argent de cette vente nous sera d'un grand secours et je dois reconnaître l'intelligence de Nannerl à ce sujet.

Je suis indisposée depuis trois jours ; alitée et couverte toute en suée. Mes jambes n'ont jamais été si gonflées, avec de grosses veines qui semblent vouloir percer la peau. Gottfried m'envoie son médecin pour une bonne saignée, car il est presque notre voisin depuis notre nouvelle adresse. J'espère que nous ne tirerons pas trop de mon jus car l'enfant doit trouver son compte encore quelques semaines. D'affreuses taches brunes sont apparues encore cette fois, autour de mes lèvres. Je perds mes cheveux aussi et mes dents sont toutes gâtées dans le fond. Je ne puis guère avaler de sucre, au risque de hurler la douleur qui m'engourdit la bouche jusqu'aux yeux.

Notre oiseau est mort.
Tout le monde meurt ; cela est effroyable.

Pourquoi tant d'injustice ? Wolfgang aimait écouter son chant ; nous l'avions même noté sur son cahier[18] !

Comme notre appartement donne désormais sur un jardin, Wolferl a creusé un petit trou entre deux rosiers et déposé le petit plumage raidi.

Oh ! comme je comprends ton chagrin, mon homme. Mais je ne puis comprendre la stèle de pierre gravée et ce poème tracé de ta main :

> *Ci-gît un bien cher fou*
> *Un petit sansonnet*
> *Dans ses meilleures années*
> *Il dut éprouver*
> *De la mort l'amère douleur*
> *Saigne mon cœur*
> *A cette seule pensée.*
> *Lecteur ! verse toi aussi*
> *Une petite larme pour lui.*
> *Il n'était pas méchant*
> *Mais peut-être trop bruyant,*
> *Et parfois même*
> *Un petit espiègle vilain,*
> *Sans être toutefois un gredin.*
> *Sans doute est-il déjà là-haut*
> *Pour me louer*
> *De ce service d'ami*
> *Absolument gratuit.*
> *Car lorsque à l'improviste*
> *Il s'est évanoui*
> *Il n'eut pas de pensée*
> *Pour celui qui sait si bien rimer.*
> *Mozart.*

Ô, chéri, comme je voudrais bien percer ton âme et savoir ce que le sort te fit subir pour que te soient dictées ces rimes pour un simple oiseau chanteur, et non pas à la mémoire de ton vieux père.

Dieu l'accueille auprès de Lui !

*

Nannerl écrit encore, à propos des instruments de son père ; elle souhaite garder tous les objets personnels, car personne d'autre ne mérite de les chérir autant, personne n'a présenté jamais un tel dévouement à soigner le vieil homme, et personne, ô personne, ne pleure cet honnête père également.

Ainsi donc, l'heure est aux comptes entre le frère et la sœur : ici on marquera les minutes passées à nettoyer son lit, là on comparera les dons d'argent qui auront adouci ses dernières années de solitude. Comment peut-elle croire que son frère se laissera démunir de tout souvenir, tout objet utile ou de valeur ? Madame la baronne piétine brutalement l'élégance de son rang, dans cette affaire de partage.

Mille fois déjà, nous fîmes savoir que nous avions besoin des objets laissés en héritage, ou bien de leur valeur en argent. Et mille fois nous lûmes les raisons les plus folles, imprévisibles ou fausses.

Nannerl s'était laissé pousser dans l'ombre par l'arrivée de ce petit frère. Oui, si cet enfant petit et maigre n'avait survécu, elle eût été en droit d'espérer la carrière de soliste la plus enviable au monde. Oui, rappelle-toi Wolfi, ton père a délaissé l'éducation de sa fille pour promener ton génie à travers les frontières et n'aura jamais découvert qu'elle en crevait de jalousie.

Puis, tu es parti à Paris avec ta pauvre mère. Là encore, tu as privé ta sœur de sa plus fidèle confidente,

427

mais aussi tu as laissé sur place un Leopold amer et soucieux. Ta mère mourut, et l'on te reprocha long-temps de n'avoir écouté les paternels conseils.

Nannerl n'apaisa aucunement ton sentiment d'être coupable, oh non ! ni la fatalité qui pesait sur tes fai-bles épaules, et qui couronnait enfin ce que l'on avait oublié d'elle : si douce, si sûre, tellement bonne fille.

Puis vinrent tes inclinations, pour la première fille Weber ; rappelle-toi mon Amour, combien Nannerl écumait de rage devant ton périssable bonheur, tes projets et ta bonne fortune. Tu as pleuré ? c'est bien là que ta sœur se fit mielleuse et compréhensive. Enfin, quelque chose de terrible venait masquer ta figure rieuse, enfin, son âge et ses traits déformés de haine la faisaient moins souffrir. Le public adorait déjà ta musique, les femmes chantaient tes notes et tu cla-mais par-dessus tête « *aujourd'hui commence mon bonheur !* » Cela était trop pour Nannerl.

Tu lui ôtas son père de bonne heure, puis tu assassi-nas sa mère en France, et salua des foules de public enthousiaste.

Puis, tu m'as épousée et alors naquit notre petit Carl. Ton père vint chez nous et fit, oh ! peu de temps, mais fit ton éloge musical. Tu entras en maçonnerie, comme on entre dans la Lumière divine, sans craindre d'être ébloui, car ton cœur sincère avait déjà visité les ténèbres. Ton père marcha dans tes empreintes et Nannerl ne sut jamais pourquoi vos échanges de let-tres se teintèrent de complicité soudaine. Pouvait-elle l'accepter ? Nul autre choix ne lui fut offert.

Avec tout cela, pauvre chéri, cœur honnête libre et sincère, tu voudrais que ta sœur t'abandonnât les sou-venirs de ceux qui lui furent si chèrement enlevés, tu crois encore que vos jeux d'antan dicteront ses mots, ses baisers affectueux ou les règles d'un partage consciencieux et loyal[19] ?

Ah, que je plains ton cœur si pur, mais comme j'aime ce noble cœur !

Eté 1787

Nous avons reçu mille florins en monnaie viennoise pour l'héritage de mon beau-père. Je suppose que nous pouvons faire confiance au mari de Nannerl, qui se charge de déclarer la valeur marchande de chaque objet à vendre.

Malgré toutes nos difficultés, Wolfgang a terminé la composition de nombreuses nouveautés ; une plaisanterie musicale, emplie de volontaires fausses notes me fait bien rire, et aussi une sorte de petite musique de nuit[20], mélodieuse et caressante.

*

Lorenzo Da Ponte travaille sur *Don Giovanni* car mon époux et lui sont tombés d'accord sur le livret ; je connais désormais les façons de travailler de ce librettiste dont le talent est reconnu. Ses façons ne s'éloignent guère d'autres que je connais fort bien aussi !

« *Je m'assois devant ma table de travail vers l'heure de minuit : une bouteille d'excellent vin de Tokay à ma droite, une tabatière pleine de tabac de Séville à ma gauche. Une jeune et belle personne que je ne voudrais aimer que comme un père habite avec sa mère dans ma maison ; elle entre dans ma chambre pour les petits services de l'intérieur, chaque fois que je sonne pour demander quelque chose ; j'abuse un peu de la sonnette, surtout quand je sens ma verve tarir ou se refroidir. Cette charmante personne m'apporte alors, tantôt un biscuit, tantôt une tasse de café, tantôt seulement son beau visage toujours gai, toujours souriant, fait exprès pour rasséréner l'esprit fatigué et pour ranimer l'inspiration poétique. Je m'assujettis à travailler ainsi douze heures de suite, à peine interrompues par quelques courtes distractions, pendant deux grands mois. Pendant ce temps, ma belle jeune fille reste avec sa mère dans la chambre voisine, occupée soit à la lecture, soit à la broderie, soit au travail de l'aiguille, afin d'être toujours prête à venir au premier coup de sonnette. Craignant de me déranger de mon travail, elle s'assoit quelques fois immobile, sans ouvrir la bouche, sans cligner les paupières, me regardant fixement écrire, respirant doucement, souriant gracieusement et quelques fois paraissant prête à fondre en larmes ; en somme cette jeune fille est ma Calliope. Je finis par sonner moins souvent et me passer de ses services pour ne pas me distraire, et ne pas perdre mon temps à la contempler. C'est ainsi qu'entre le vin de Tokay et le tabac de Séville, la sonnette sur ma table et ma belle Allemande semblable à la plus jeune des muses, j'écris pour Mozart*[21]. »

« *Eh bien* répond Wolfgang, *ma façon de composer n'est guère éloignée de la vôtre ; en effet, quand je suis en bonne forme, ainsi en promenade après un bon repas, ou la nuit, si je n'arrive pas à dormir, les idées me viennent à torrent. D'où et comment ? je n'en sais rien et je n'y peux rien. Je garde celles qui me plaisent dans ma tête et alors, à ce que dit ma femme, je les fredonne tout haut. Si l'ensemble m'attache, alors je réfléchis pour savoir comment faire un bon pâté, avec tous ces fragments, en tenant compte des exigences contrapuntiques ou les timbres des instruments. Mon cerveau s'enflamme, surtout, contrairement à vous, si l'on ne me dérange pas. Ça pousse, je le développe toujours plus clairement ; l'œuvre est alors achevée dans mon crâne, même si le morceau est très long, et je peux la voir tout entière d'un seul coup d'œil, comme si je regardais un tableau ou une statue. Dans mon imagination, je n'entends pas l'œuvre dans son écoulement, mais je la tiens tout d'un bloc, et cela est un régal ! L'invention, l'élaboration, tout cela ne se fait en moi que comme un rêve magnifique et grandiose, mais lorsque j'en arrive à entendre la totalité assemblée, c'est le meilleur moment. Comment se fait-il que je n'oublie pas, comme on oublie nos rêves ? Cela est peut-être le plus grand bienfait que je dois au Créateur[22]. »*

*

Notre grand et cher ami, le docteur Barisiani, vient de mourir subitement, emporté par le mal d'une personne qu'il soignait. Est-ce le choléra ? Voici que mon Ange d'harmonie ne peut plus écrire d'autres lignes que celles de son chagrin. Ah ! Seigneur, comme nous souffrons d'être privés de ceux que nous aimons !

*

Mes jambes me causent d'affreuses souffrances à chaque pas ; la peau semble plus fine qu'autrefois car le chemin de mes veines bleues se dessine en curieuses cloques atroces et sensibles. Carl s'amuse d'ailleurs à suivre leur contour de ses petits doigts fins. Le moindre coup me procure des saignées naturelles, et chaque fois, la veine se dégonfle et fait moins mal; les plaies se tiennent un long moment ouvertes.

Peut-être des jambes de chevaux d'attelage épuisés ne peuvent-elles soutenir une grossesse de six mois sans causer de dommages.

*

C'est le *frère* Michel Puchberg qui recevra les mille florins de Nannerl et son mari pour la vente des objets de mon beau-père, puisque nous partons bientôt pour Prague présenter le nouvel opéra de mon mari; je suis satisfaite de faire ce voyage avec lui. Prague lui fait tant de bien! Et le regarder ainsi entouré d'amis si chers, boire et jouer en bonne compagnie guérit tous les maux.

Mais avant de partir, nous devrons décider de quitter notre appartement car ce loyer est encore trop coûteux.

*

Nous avons déménagé; cet appartement me semble plus clair que le précédent, et surtout, le loyer nous sera moins difficile à payer. Les pièces sont plus petites, d'ailleurs je trouve qu'elles se rétrécissent à chacun de nos changements. Ainsi semblent-elles davantage meublées! Un pied de sofa s'est cassé dans le déménagement; je ne peux le faire réparer, à moins que Joseph ne trouve lui-même une solution pour remédier à cela. En attendant, les ouvrages de Shakespeare soutiennent le siège. Petit à petit, j'ai le sentiment que nous nous éloignons des mondanités de Vienne, maintenant logés dans cette petite rue étroite.

Ou peut-être est-ce Vienne qui s'éloigne de nous ?…

Automne 1787

Nous voici parvenus à Prague ; Wolfgang n'a guère le temps de rester avec moi. Je me repose autant que cela est possible. Cette villa Betramka me procure bien des rêveries aux décors que nous avions jadis ; les stucs des plafonds sont autant de nuages que je voudrais chevaucher. Nos hôtes sont si délicats, tellement caressants ! Je ne connais pas de meilleure place pour nous deux, en ce moment. Josepha Duschek est une personne fort délicieuse et ses mots d'esprit me font bien sourire.

*

Je crains la colère de mon époux et ne sais comment lui annoncer la nouvelle : son sceau ordinaire est resté à Vienne ; ses correspondances seront revêtues d'une cire rouge que les Duschek lui prêteront mais qu'il déteste. Parfois, il me paraît plus aisé de lui confier une lubie de courtisane qu'une négligence domestique.

Nous verrons bien ; je ne dirai rien avant qu'il ne doive l'utiliser.

*

Il y a fort longtemps déjà, Wolfgang avait promis à Josepha Duschek de lui écrire un air à la mesure de sa grande voix ; las ! le temps s'écoula et l'air ne venant toujours pas à ses oreilles, notre amie perdit patience. Hier, avec ma joyeuse complicité, elle attira Wolfgang sur le petit monticule au fond du jardin, pour lui faire visiter le pavillon qui s'y trouve. Là, il rencontra une table, de l'encre et du papier. La porte se referma sur lui, et mon ange se trouva enfermé dans ce pavillon, jusqu'à ce que l'air soit écrit comme promis, sur les paroles « *Bella mia fiamma, addio !* »

Mozart se soumit à cette nécessité, toutefois, pour se venger de ce complot, il écrivit pour Josepha Duschek plusieurs passages fort difficiles à interpréter ; lorsque l'air fut achevé, on lui ouvrit enfin la porte.

Josepha fut obligée d'interpréter l'air, sous la menace de voir cette partition immédiatement déchirée si elle ne réussissait pas à le chanter sans faute, à première lecture[23].

*

Lorenzo Da Ponte se trouve aussi à Prague. Wolfgang et lui travaillent encore sur *Don Giovanni*. Toutefois, leur façon de travailler est bien curieuse ; ainsi partent-ils des heures, jusqu'au petit matin, pour ne revenir qu'épuisés et rieurs dans les vapeurs d'alcool.

Je me fais du souci, car l'opéra doit se jouer dans quelques jours et l'ouverture n'est toujours pas composée. Nos amis sont fort embarrassés par cette absence, mais Wolferl semble adorer ce flottement et son esprit se fait plus léger d'heure en heure.

*

Hier soir, alors que mes jambes avaient cessé de me faire souffrir, nous nous sommes rendus dans une brasserie peuplée d'artistes et d'amateurs de boissons. Da Ponte nous présenta le bibliothécaire de la famille bohémienne Waldstein de Dux. Cet homme est fort peu commun, bien que doté d'une physionomie ordinaire. Tout son attrait réside en une politesse incroyablement flatteuse. Ainsi, ce monsieur Casanova de Seingalt conte volontiers ses affaires galantes et rapporte chacune d'elles dans un petit *mémorandum* secret. Comme je ris et battis des mains à chaque bonne fortune narrée, il se trouva encouragé à poursuivre pendant des heures.

Wolfgang cessa de trouver Casanova amusant lorsqu'il voulut montrer de quelle façon baiser une main sans montrer ses pensées, et se frayer le plus sûr chemin menant au cœur des dames, fussent-elles comtesse, femme de chambre, coiffeuse ou religieuse. J'écoutais ses paroles et m'enivrais de ces amusantes remarques, lorsque Wolfgang prit la parole et brisa son élan :

Hupsasa, chaudronnier,
Embrasse-moi bonhomme, ne me presse pas,
Embrasse-moi bonhomme, ne me presse pas,
Lèche-moi dans le cul, chaudronnier[23].

*

L'opéra ne peut être joué comme prévu, pour le passage de l'archiduchesse Maria-Theresia, par suite d'une sorte de cabale dont je n'ai pas très bien encore embrassé tout le sens. On donna *Le Nozze Di Figaro* à la place de *Don Giovanni* ; nous nous y transportâmes avec énervement. Le succès fut grandiose et ma fierté de Lui me rendit ivre d'allégresse. La date pour *Don*

Giovanni fut repoussée au 21, mais une chanteuse tomba malade, et personne ne put la remplacer, car la troupe de cet opéra est fort réduite.

Je proposai alors à mon homme de tenir le rôle de *Donna Elvira* car j'avais entendu assez de répétitions et lu suffisamment de partitions écrites pour en connaître les notes. Wolfgang ne refusa nullement d'y réfléchir, jusqu'à ce que nous nous rendîmes compte que j'étais bien grosse de six mois passés ! *Donna Elvira* ne peut être entendue en cet état et je ne puis non plus me transformer, malgré l'urgence et mon désir.

*

Nous avons attendu huit jours que cette chanteuse guérisse. Enfin, nous voici à l'avant-veille de la création du nouvel opéra de Mozart : *Don Giovanni.*

Toutefois, nous avons tant badiné et profité de l'hospitalité des Duschek, que l'ouverture n'est toujours pas composée, et Wolfgang a décidé de l'écrire cette nuit ; il m'a demandé de lui préparer un punch, et de rester auprès de lui, de le tenir éveillé. Je fis selon son désir, et lui racontai des histoires comme la lampe d'Aladin, Cendrillon, qui le firent rire jusqu'aux larmes. Cependant, le punch le faisait sommeiller, et il s'assoupissait dès que j'arrêtais de parler, se remettant au travail dès que je recommençais à raconter. Mais comme l'ouvrage n'avançait pas, je l'engageai à faire un somme sur le divan, lui promettant de le réveiller au bout d'une heure. Il s'endormit si bien que je pris sur moi de ne le réveiller qu'au bout de deux heures ; il était cinq heures du matin. Le copiste devait venir à sept heures ; à sept heures justement, l'ouverture était bien écrite sur le papier. Les copistes eurent du mal à être prêts pour la représentation, et l'orchestre de l'opéra, dont mon Ange connaît la virtuosité, l'exécuta parfaitement à *prima vista*[25].

*

Hier, *Don Giovanni* a été donné pour la quatrième fois ; le succès est immense et toute cette joie se lit sur la figure de mon *maestro*. Casanova était également présent. Oh, je l'ai bien vu ! le premier acte n'était pas encore terminé, et déjà sa bouche collait au ruban d'une vieille élégante. Ses seuls baisers sur mon gant me causèrent, l'autre soir, des frissons que je ne peux ôter de ma mémoire ; sa bouche n'a pourtant rien de plus doux, ou de plus pressant qu'une autre, non, tout se passe dans ses yeux, et cette façon de tâter son effet…

Wolfgang est le centre de tous les compliments, les bravos résonnent de toutes les loges et les galeries.

Ah ! comme je t'aime, ainsi applaudi par ce public, à la fois si fier et si modeste de ta divine musique. Je mesure enfin ton imagination créatrice par l'abondance de tous ces complots épuisés.

Cette quatrième représentation nous offre aussi la satisfaction de gagner quatre cent cinquante florins. Enfin, nous pouvons payer le loyer de notre appartement de Vienne et quelques affaires pour notre enfant à venir.

Je ne veux plus faire porter les petites choses déjà trop mises auparavant ; l'odeur des renvois de lait et la mort empeste encore sur la laine des petits langes.

*

Nous avons quitté Prague pour revenir dans les bras de Vienne ; un sentiment m'étouffe bien que je sois

439

satisfaite de rentrer. Je ne sens plus l'étreinte ni les caresses de cette ville, un nuage argenté et terne flotte au-dessus de mon âme.

*

Gluck est mort.

Orphée a perdu son Eurydice, rien n'égale son malheur.

Je ne sais ce que ressent mon mari à l'annonce de cette mort ; lorsque je regarde le ciel étoilé, il me semble en voir une plus scintillante que les autres. Je ne sais si cette lueur est l'essence de ce bel esprit, parvenu au centre de l'infini.

*

Nous avons reçu de mon beau-frère une page coupée du *Salzburger Intelligenzblatt*, à propos de la vente aux enchères des objets de Leopold. C'est aujourd'hui que je comprends vraiment que plus jamais, non jamais, je ne reverrai cet homme dont je porte le nom ; plus jamais je ne pourrais tenter de m'en faire aimer. Cette lecture terrible enfonce dans mon esprit troublé l'annonce de sa perte. « *Vente aux enchères. Il est ici porté à la connaissance de chacun que le 25 courant, et les jours suivants, de 9 heures à 11 heures du matin, et de 2 heures à 5 heures de l'après-midi, seront mis en vente publique et laissés au plus offrant, à la maison dite du maître de danse, de l'autre côté du pont, divers objets précieux, galanteries et bijoux d'argent, linge de corps et de maison, costumes d'homme, objets d'étain, de laiton, de porcelaine et ustensiles de maison, outre divers livres et instruments de musique. Parmi les objets mis en vente se trouvent également : premièrement un microscope*

440

*démontable avec toutes les pièces, fait par Dollond à
Londres, très bien conservé et sans aucun défaut.
Deuxièmement un remarquable microscope solaire
avec toutes ses pièces, également de Dollond. Troisièmement un télescope (tubus) achromatique de trois
pieds de long avec double objectif, du même Dollond,
et de très bonne facture ; et quatrièmement un piano
du célèbre Friederici de Gera, à deux claviers en bois
d'ébène et ivoire sur cinq octaves, avec un remarquable jeu de cornets et de luth* [26]. »

Voici qu'on disperse maintenant les objets que vous
avez chèrement acquis, monsieur.
Ô vieux fou que j'aimais,
je vous affectionnais tant !
J'eus pourtant en horreur le mal que vous me fîtes,
et les bienfaits que j'attendis en vain. Plus vous vous
montriez dur, et plus je souhaitais vous gagner, vous
révéler toute mon ardeur de fille, ma vénération et
mes gâteries. Dieu est témoin de cette volonté que
j'eus de vous affecter et parfois, vous déchirer.
Adieu, donc.
Vieux fou que j'aimais.

*

Un nouveau poste de compositeur de la Chambre
est créé : Wolfgang se trouve désormais honoré de
cette charge, « *en raison de ses connaissances et de
ses capacités en musique, et du succès qu'il a généralement obtenu* ».
Dois-je sauter de joie, malgré mon énorme
ventre ?…
On offre royalement huit cents florins par an à
Wolfgangerl, et voilà tout. Il est vrai que si personne

de la Chambre ne touche autant, cette somme ressemble davantage à une offense qu'à un bienfait.

Gluck touchait deux mille florins annuels pour sa charge à la Cour. Bien sûr, Wolfgang n'occupera nullement son poste, mais cela peut-il justifier un traitement inférieur de moitié, et même moins encore ? Wolfgang est satisfait et couillonné à la fois.

– Ne peux-tu demander audience et faire que l'on t'accorde le salaire que tu mérites ? ai-je demandé.

– Mon Amour, cela est trop pour les services que je rends, et trop peu pour ceux que je pourrais rendre[27]...

Décembre 1787

Une fille ! nous avons une petite fille.

Theresia Constanzia Adelheid Friderika Maria Anna est toute ramassée. Oh ! comme ses mains sont petites et ses pieds refermés comme des poings serrés. Je ne peux me lasser de la contempler. Carl lui envoie des baisers toute la journée, depuis les bras de son père qui lui permettent de se grandir.

Oh ! comme je bénis ce 27 décembre, où le Seigneur nous fit récompense de ce petit miracle !

1788

Mon Dieu! je n'ai pas ouvert ce livre depuis des mois…

Qu'aurais-je pu noter en ces pages?

Une douce ivresse ondule dans nos cœurs, notre petite Theresia a maintenant cinq mois et je ne me lasse aucunement de l'admirer; ses yeux sont restés d'un bleu que je connais fort bien, pour être ceux de son cher papa, sa chevelure si blonde paraît poudrée; ses oreilles sont assez vilaines, parfaitement façonnées à la manière Weber : étroites et allongées, un peu écartées des cheveux et surtout bien rouges. Ah! elle eût hérité des oreilles de son papa, qu'à défaut de couleur et de forme saugrenue, elle dût souffrir d'en voir une mal formée. Mais non, ce sont bien des oreilles Weber, toutes deux, aussi laides que possible.

*

Don Giovanni est enfin joué à Vienne; ici, on appelle cette œuvre par tous les noms du monde : *Le Festin de pierre*, *Don Juan*, ou encore *La Débauche punie*.

*

Le public ne vient pas à la rencontre de Wolfgang, comme il l'espérait. Peut-être la guerre contre les Turcs a-t-elle imposé des privations effrayantes, au point que nul ne veuille plus dépenser son argent en frivolités ou en divertissements ?

Les journaux semblent s'être unis pour briser l'envol de cette œuvre. Il n'est pas un jour sans qu'une personne me fasse lecture d'un mot pénible à entendre. S'il m'était offert de garder le papier de ces critiques, nous aurions de quoi nous bouchonner le cul toute l'année !

Ces messieurs se sont bien acoquinés avec la troupe de comploteurs. Oh ! de la bouche de Lorenzo Da Ponte, j'entends des propos, maintenant, sur le compte de Salieri. Lorsque l'Empereur voulut parler avec Da Ponte, ils évoquèrent ensemble ce compositeur et c'est alors qu'une impériale colère éclata :

– Ne me parlez plus de Salieri, je sais à quoi m'en tenir sur son compte, je connais ses intrigues et celles de la Cavalieri ; c'est un égoïste qui ne voudrait souffrir au théâtre que ses propres opéras et sa maîtresse. Il n'est pas ennemi de vous seul, il l'est de tous les Maîtres de chapelle, des chanteurs, des Italiens, et surtout le mien parce qu'il sait que je suis au fait de tout. Je ne veux ni de son Allemand ni de lui sur mon théâtre[1] !

*

Nul ne peut taire les mauvaises langues qui circulent en ville. Ici, on lit : l'opéra *Don Giovanni* possède « *une musique savante, mais peu propre au chant* ». Là, on raconte qu'il manque « *quelque chose dans cette musique* »... Il n'y a que l'Empereur pour dire combien « *l'opéra est divin ; et peut-être même*

448

serait-il plus beau que Figaro, *mais ce n'est pas un plat pour les dents des Viennois* ».

– Laissons-leur le temps de le mâcher, murmura Wolfgang. Cet opéra n'est pas pour les Viennois, mais plutôt pour les Pragois ; je l'ai surtout écrit pour mes amis et moi.

*

Nous vivons désormais fort reculés des mondanités de Vienne. Nos amis ne sont plus tout à fait les mêmes qu'autrefois. Les frères de loge de Wolfgang, eux, sont toujours là, présents et fraternels. Mais ils ne peuvent composer à sa place, ni parler à l'oreille des princes durant leur sommeil, afin de leur inspirer l'idée d'une nouvelle commande ou d'une souscription réussie.

Wolfgang n'a cessé de composer, depuis notre retour de Prague[2]. Nous avons même lancé une souscription pour un concert privé, mais pour le moment, aucun souscripteur n'a retenu sa place.

Nos difficultés sont importantes et je ne sais comment venir en aide à mon époux. La tête le brûle parfois lorsque nous parlons des moyens de gagner quelque argent.

Comment Vienne peut-elle abandonner ainsi celui qu'elle flatta si jeune ? Où sont partis tous ceux avec qui nous dansions, buvions et badinions sous les feuillages du Prater ?

Printemps 1788

C'est Aloisia, qui tient, à ravir, le rôle de *Donna Anna*. Une fois de plus, tandis que je me brise les reins sur les basses besognes, ma sœur emplit son cœur des applaudissements de ses admirateurs ; ma mère me plaint silencieusement. Elle n'est jamais une semaine sans porter à Carl quelques friandises et parfois même une pièce d'étoffe pour un vêtement neuf.

Gauckerl fait toujours pipi sur le plancher ; il semble que personne n'ait su prendre le temps d'apprendre la propreté à cet animal imbécile.

*

J'ai pris un bain.

Je ne suis restée que peu de temps dans l'eau tiède, car je ne voudrais point que l'eau pénètre mon corps et le rende affaibli.

*

On croit encore insulter mon mari en le comparant aux auteurs les plus respectables. Une bonne âme charitable m'informe aujourd'hui de ce qu'on dit en ville : « *Encore un opéra qui étourdit le public ! Beaucoup de bruit et de fastes pour épater les foules, rien que des fadaises et insipidités pour les gens cultivés! La musique, quoique harmonieuse et grandiose, est plus savante que plaisante. Pas assez populaire, toutefois, pour susciter l'intérêt général. Et, bien que dans l'ensemble il s'agisse d'une farce religieuse, il faut avouer que la scène du cimetière remplit d'horreur. Mozart semble avoir emprunté à Shakespeare le langage des fantômes.* »

Je ne puis plus souffrir de lire ou d'entendre de telles méchancetés. Qui se soucie, aujourd'hui, de connaître notre désarroi, et combien les ovations publiques manquent à Mozart? Qui veut encore franchir la porte de notre appartement et présenter ses respects à l'épouse du compositeur le plus en vue de Vienne?

Ah! quelques frères maçons, oui, ceux-là ne désertent point notre logis. Tous les autres, qui aimiez tant les notes de Mozart, où êtes-vous maintenant passés?

*

Nous avons emprunté mille florins au frère Puchberg. Dieu bénisse ce saint homme, qui sait prendre pitié de notre infortune! Nous attendons encore les souscriptions de l'académie, ainsi nous devrons, sur cet argent, rendre déjà cent trente-six florins à Puchberg, et plus tard les mille donnés ce matin.

*

Ô ville ingrate, qu'as-tu fait à ton virtuose?

Hier, alors que nous étions si tranquilles en promenade sur le Graben, notre ancien propriétaire sur Landstrasse est venu réclamer de façon fort bruyante les loyers que nous lui devons encore. Après toutes ces dépenses de mon accouchement, les soins à mes jambes meurtries, et notre dernier déménagement, nous voici humiliés publiquement.

Nous ne pouvons plus, désormais, rester en ville.

« *Je n'ai en somme, pas grand-chose à faire en ville, et si je dois, pour des raisons d'affaires y aller, ce sera d'ailleurs assez rare, un fiacre m'y conduira.* »

Les faubourgs de la capitale sont loin d'apporter tous les divertissements profitables aux enfants, cependant nous nous y installerons dès demain. Wärhringerstrasse, à l'enseigne des Trois Etoiles sera bien le pire de tous nos appartements. Nos effets seront rondement remisés dans les malles, et bien que le déménagement coûte encore une somme déraisonnable, nous n'avons guère d'autre choix que celui de nous éloigner des appartements somptueux. Chacun de nos départs est griffé de désespoir. Il faudrait un miracle, oh, oui ! un miracle – pour que reviennent à nos yeux les dorures et les camées d'autrefois.

*

Nous devons, une fois encore, compter sur la fraternité de Puchberg pour vivre. Cette lettre est l'une des plus pénibles qu'il soit donné d'écrire.

Très honorable frère en religion,
Très cher, excellent ami !
… Si vous vouliez bien avoir l'amitié et l'affection de m'assister, pour un ou deux ans, d'un ou deux mille florins, contre intérêts convenables, c'est dans ma subsistance même que vous me viendriez en aide ! Quand on n'a rien devant soi, pas même le nécessaire, il est impossible de mettre sa vie en ordre. Avec rien, on ne fait rien.

... Si vous ne pouviez, peut-être, vous passer d'une pareille somme, je vous prie, tout au moins jusqu'à demain, de me prêter deux cents florins. Maintenant, tenez ma lettre et restez à jamais mon frère et ami, comme de mon côté je serai jusqu'au tombeau.

Votre frère et ami intime et bien sincère,

W. A. Mozart.

*

Je prie chaque jour que l'inspiration de mon époux ne se tarisse jamais, que les souscripteurs viennent en foule et que puisse revenir le temps des langues en sauce, des friandises aux marrons, des chocolats amers, des étoffes de soie, des lustres au jardin…

*

Mon enfant ! ma fille Theresia.

Je ne peux plus souffrir d'écrire ces mots ; mon enfant est morte.

Mon enfant ! ma fille, Theresia.

Je redouble mes clameurs, je crie à l'aide !

Que des bras m'enlacent, que des larmes noient ma gorge !

Oh ! mon amour, mon époux !

Gémissons ! Gémissons ! Gémissons !

Toute ta peine vit en mon âme,

Ce qui t'afflige fait ma douleur.

Soupires-tu ? mon cœur soupire.

Ce qui te trouble fait mon tourment,

Et ma souffrance naît dans ton cœur.

Gémissons, mon amour, mais espérons.

Eté 1788

Ma sœur Josepha connaît enfin un grand bonheur ; le violoniste Franz de Paula Hofer vient de demander sa main à ma mère. Je reconnais, depuis nos tourments, combien ma mère tente d'apaiser mon cœur ; ainsi connaît-elle cette nouvelle depuis quelque temps déjà, mais les événements de notre vie, la perte de mon cher petit ange – oh, petit ange, que la terre de Währing avale doucement – lui avaient dicté la sagesse de ne point m'avertir.

Me voici, cathédrale de mon cœur, me voici parée de ma plus belle robe, au bras de mon époux, fêtons ensemble les amours de Josepha.

Franz est un bien charmant beau-frère ; ses musiques nous enchantent. Quelle excellente compagnie pour nous, cette gaieté de nouveau marié !

*

Notre joie est de brève durée car je ne puis oublier ce maudit 29 juin. Theresia !

Notre enfant fut malade suffisamment de temps pour n'avoir aucune chance de survivre. Wolfgang travaillait alors bien plus qu'en deux mois dans un autre logement ; nous étions si contents d'avoir un petit jardin, des symphonies à faire craquer toutes les cordes d'instruments. Mais point d'argent !

Et toutes les bontés de Puchberg ne purent suffire à assurer notre aisance ; les médecins coûtent si cher, les remèdes demeurent parfois introuvables.

Et le vieux fou n'est plus là pour mander à ses domestiques les plantes à boire…

Mon Valeureux écrit sans relâche, mais à quoi cela sert-il, puisque personne n'achète plus les œuvres gravées, ni les places en souscription ?

1789

Judenplatz, maison A la mère de Dieu.

Depuis les premiers jours de l'année, nous avons un nouvel appartement. Celui-ci semble plus lumineux que le précédent, mais il n'arrange point notre détresse. Oh ! si toutes les compositions de Wolfgang avaient été jouées, si tous ceux qui aimaient sa musique donnaient encore un temps de leurs jours frémissants, nous pourrions alors vivre sur le même pied qu'autrefois, et permettre à mon fils Carl bien des gâteries qui enchantent les petits enfants !

*

Deux élèves ainsi que ces saletés de huit cents florins annuels ne sauraient suffire à vivre convenablement !

Que l'un des élèves soit prince Lichnowsky ne signifie aucunement, hélas, qu'il rapporte plus d'argent qu'un autre, rien de plus que Magdalena Hofdemel, épouse du greffier de tribunal.

*

Nannerl vient d'accoucher de son deuxième enfant. Une petite Johanna. Comment parvint-elle à pousser le petit sans l'aide de son père ?

Oh ! je n'ai rien appris de ma belle-sœur, mais par ce bon monsieur d'Ippold. Quel curieux destin pour cet homme, devenu l'homme de confiance de Wolfgang au *sale bourg*, après avoir été déclaré piètre époux pour Nannerl. Le voici rapporteur des nouvelles, représentant de la famille lors de la vente aux enchères, puis peut-être parrain d'un enfant de Nannerl… je ne sais.

Dois-je écrire ma lettre de félicitations, pour cette naissance, alors que rien, toujours rien, ne vint de sa main après la mort de mes pauvres enfants ?

Dieu bénisse votre petite Johanna, madame la baronne.

*

Le baron Van Swieten commande des variations sur quelques thèmes de Haendel, ainsi que sur *Acis et Galatée*. Ce genre de commande parvient toujours lorsque cela paraît nécessaire : me voici encore grosse.

Et fort malade des jambes, du ventre et de la tête. Mon Dieu ! comment vais-je supporter cette nouvelle épreuve ?

*

Nous avons emprunté cent florins au mari de Magdalena Hofdemel, le tout remboursable dans quatre mois, selon les détails conclus sur la reconnaissance de dette ; je ne puis croire que nous sommes réduits à emprunter pour rendre nos emprunts. Y a-t-il une fin à ce rouleau qui ne cesse jamais sa course ?

*

Le prince Lichnowsky doit se rendre à Berlin afin de régler quelques affaires et, dans sa grande bonté, propose à Wolfgang de profiter du voyage pour tenter sa chance dans une autre ville. Malgré le souvenir de ses quêtes et de ses espoirs souvent déçus, mon mari veut encore croire au miracle d'une proposition.

Je ne puis accepter qu'il parte si loin et me laisse seule à la maison, avec un double estomac et un enfant de quatre ans et demi. S'il m'arrivait de tomber, ou si les forces me faisaient subitement défaut ? Comment pourrais-je m'occuper de notre fils, à présent que nous n'avons plus Leonore à notre service, lassée d'être employée puis congédiée sans cesse ?

*

Il partira, cela est décidé.

Le prince Lichnowsky, honorable gendre de la comtesse Thun, partagera sa voiture avec mon mari. Après cet hiver passé sans donner un seul concert ni avoir recueilli la moindre commande d'opéra, l'idée de Berlin me semble moins grotesque.

Carl et moi allons demain nous installer chez Michael Puchberg. Il me sera aisé de rassembler une fois encore nos affaires, car cette fois, rien n'est encore sorti des malles.

Je n'ose m'installer en aucune place.

Printemps 1789

Budwitz le 8 avril 1789.
Ma petite femme chérie !

Pendant que le prince est occupé à discuter à propos des chevaux, je saisis avec joie l'occasion de t'écrire quelques mots, petite femme de mon cœur. Comment vas-tu ? Penses-tu autant à moi que moi à toi ? je contemple ton portrait à chaque instant – et pleure – à moitié de joie, à moitié de tristesse ! Préserve-moi ta santé si précieuse et porte-toi bien, chérie ! Ne te soucie pas à mon sujet car, pendant ce voyage, je n'ai aucun désagrément – aucune contrariété –, aucune, sauf ton absence – à laquelle, comme il ne peut en être autrement, je ne saurais rien changer ; j'écris ceci les larmes aux yeux ; adieu, je t'écrirai plus, et plus lisiblement, de Prague car je ne serai pas aussi pressé – adieu – je t'embrasse des millions de fois très tendrement et suis à jamais ton

> *Très fidèle serviteur, jusqu'à la mort,*
> *W. A. Mozart.*

P. S. : Embrasse Carl en mon nom.
Bien des choses à M. et Mme von Puchberg.
Plus une prochaine fois.

Depuis notre dispute à propos du gage où je m'étais laissé mesurer les mollets, cette lettre est la première que Wolfgang m'écrit. Maintenant je découvre toute la tendresse de mon époux, ces mots qu'il n'a jamais vraiment dits. Maintenant je connais aussi le chagrin d'être séparée de lui, privée de son odeur.

Ses caresses me manquent.

*

Vienne, le 8 avril 1789.

Mon petit homme chéri[1] !

Je suis satisfaite de te savoir bien arrivé, et fâchée de te voir *obligé* de reprendre la route pour courir derrière Josepha Duschek, jusque Dresde. Les longs voyages ne te valent rien, car ils te brisent le cul et, bien souvent, se terminent par un violent catarrhe. Pùnkitititi doit se garder de l'air frais et de l'humidité. A propos de l'opéra que Guardasoni veut te commander pour l'automne prochain, ne peux-tu, enfin si cela est possible, demander une avance dès maintenant, peut-être même un intérêt sur les bénéfices de l'œuvre, à partir de la deuxième représentation ? Pense aussi à demander quelque argent en plus, pour le voyage car, sinon, il te faudra déduire de tes profits et l'affaire sera moins intéressante pour toi, *pour nous*. Puisque le roi de Prusse demande après toi, et sachant quel musicien Sa Majesté est elle-même, tu devrais, comme tu le penses – et comme je l'espère aussi –, pouvoir trouver ce qu'ici on te refuse avec acharnement. Tu ne te feras aucun souci pour nous lorsque tu sauras qu'on nous couvre des plus complaisantes faveurs, et Anna Puchberg a offert à Carl une petite voiture à attelage. J'eus bien des hésitations à accepter ce présent, car ce n'est ni son anniversaire, ni son filleul. Cette excellente Anna me conta alors l'histoire de son époux, dont j'ignorais tant de détails ! Savais-tu, toi, que ton frère de loge n'était autrefois qu'un petit employé de magasin (celui qu'il a encore aujourd'hui) empli de soieries, velours, rubans, mouchoirs et gants. Lorsque le maître des lieux mourut, il laissa à sa veuve quelques 217 000 florins en héritage. La veuve épousa en secondes noces son employé – notre ami Puchberg –, puis elle mourut à son tour, lui laissant son *embarrassante* fortune entre les mains, ainsi que les cinq enfants de son premier mariage. Savais-tu cela ? Il est heureux qu'il se soit remarié, ainsi avons-nous la jouissance des plaisantes manières d'Anna. Je suis tout de même étonnée car, malgré cette fortune, Michael et Anna Puchberg ne sont pas propriétaires de leur logis ; la maison appartient à un certain comte Walsegg-Stuppach[2]. Nous nous sommes rendus à son académie hier. Cela était bien grotesque et je suis fort aise de te rapporter ce qu'Anna m'a soufflé au sujet de Walsegg.

On raconte ici bien des choses sur ce comte, bien que ses académies soient très appréciées à Vienne, on en demeure pas moins persifleur et piquant à son sujet, et les domestiques parlent copieusement. Le comte achète, dit-on, beaucoup d'œuvres musicales, qu'il copie ensuite de sa main et fait jouer par son orchestre personnel, en organisant toutes sortes d'énigmes et devinettes sur le nom du compositeur. Chacun connaît son dessein, et hier soir, toute l'assemblée complimenta le mystérieux compositeur que l'on jouait. Le comte Walsegg était fort enivré de ce petit jeu car nous déguisions tous notre intelligence de ses subterfuges. Puis, le comte prit sa canne et frappa follement le parquet, avant de dire que l'œuvre jouée était sa propre composition. Oh ! tu n'imagineras jamais combien j'ai déploré ton éloignement, et comme Anna et moi pouffions en cachette. Enfin, nous savons à présent que les bouffonneries et les menteries ne tuent pas. Porte-toi bien, mon Amour, ne sois pas trop candide dans les promesses que l'on te fait, n'écoute pas les flatteries, car elles sont peu coûteuses et ne nourriront personne avant la saint-glinglin. Je t'embrasse comme tu sais, et suis à jamais

Ta fidèle épouse,
Constanzia – SchablaPumfa.

P. S. Tu diras mon souvenir affectueux et reconnaissant à la Duschek, et n'oublieras pas non plus de transmettre toute ma préférence à ton petit bonhomme, que j'espère sagement rangé dans sa culotte, bien au chaud et patient.

*

Dresde, le 13 avril 1789,
A 7 heures du matin.
Très chère excellente petite femme !
Nous pensions être à Dresde samedi après le dîner, mais nous ne sommes arrivés qu'hier dimanche, à six heures du soir – tant les routes sont mauvaises.
Je suis allé hier immédiatement chez les Neumann, où habite Madame Duschek, pour lui remettre une lettre de son époux. C'est au troisième étage, sur le couloir, et on voit de la pièce chaque personne qui arrive. Alors que je m'approchais de la porte, Monsieur Neumann s'y tenait déjà et demanda à qui il avait l'honneur de parler ; je répondis : je vais tout de suite vous dire qui je suis, mais ayez la bonté d'appeler Madame Duschek afin que ma plaisanterie ne manque pas son but. Au même instant, Madame Duschek était devant moi car elle m'avait reconnu par la fenêtre et avait tout de suite dit : Voilà quelqu'un qui ressemble à Mozart. Tout le monde était ravi ; il y avait beaucoup de gens et la compagnie était constituée de femmes en majorité fort laides, mais elles compensaient leur manque de beauté par la vertu ; aujourd'hui le prince et moi allons y prendre le petit déjeuner, puis nous partirons chez Neumann et à la chapelle. Nous partirons demain ou

465

après-demain pour Leipzig. Dès réception de cette lettre, écris déjà à Berlin, poste restante. J'espère que tu auras bien reçu ma lettre de Prague. Les Neumann et la Duschek te saluent ainsi que Monsieur et Madame mon beau-frère et sœur Lange.

Petite femme chérie, que n'ai-je déjà une lettre de toi! Si je voulais te raconter tout ce que je fais avec ton cher portrait, tu rougirais bien souvent. Par exemple lorsque je le tire de sa prison, je dis : Dieu te bénisse, Stanzerl! Dieu te bénisse; coquine, petit pétard; nez pointu – charmante petite bagatelle – Schluck und Druck! – Et lorsque je l'y remets, je l'y fais glisser petit à petit en disant Stu! Stu! Stu! mais avec une certaine insistance, comme l'exige ce mot si plein; et à la dernière poussée : bonne nuit, petite souris, dors bien. Je crois avoir écrit ici quelque chose de bien bête (pour tout le monde, du moins) – mais pour nous, qui nous aimons si ardemment, ce n'est sûrement pas si sot; c'est aujourd'hui le 6e jour que je t'ai quittée et, par Dieu, j'ai l'impression qu'il y a déjà un an.

Tu auras sans doute bien du mal à lire ma lettre parce que j'écris en hâte, et par suite, assez mal; adieu chérie, mon unique! La voiture est là – il ne faut pas comprendre « bravo » la voiture est enfin là, mais « merde ». Porte-toi bien et aime-moi toujours comme je t'aime; je t'embrasse des millions de fois très tendrement

*Et suis toujours
ton époux qui t'aime tendrement
W. A. Mozart.*

P. S. comment se comporte notre Carl? Bien, j'espère; embrasse-le pour moi. Bien des choses agréables à Monsieur et Madame Puchberg.

N. B. Tu ne dois pas mesurer tes lettres d'après les miennes; les miennes sont un peu plus courtes parce que je suis pressé, sinon je remplirais tout une page. Mais toi tu as plein de loisirs. Adieu.

Quel toupet !

Attends un peu, petit fripon, quelle lettre je vais t'écrire et comme je vais te blâmer pour tes reproches déguisés…

*

Vienne, le 13 avril 1789.

Mon très cher mari ! Râleur en chaire,

Comme tu vois, je prends encore aujourd'hui la plume et t'écris, sans mesurer ma lettre aux tiennes. Pourquoi diable ferais-je une chose aussi niaise ?

Je ne sais si, finalement, l'idée de voyager avec le prince Lichnowsky était une bonne idée car je comprends à présent que tu ne peux rester aussi longtemps que tu le souhaites, dans les lieux où ta présence et ta musique sont appréciées. Ne peux-tu faire en sorte que le prince aille régler ses affaires, et que tu puisses arrêter les tiennes où bon te semble ?

Carl va fort bien ; il y a suffisamment d'enfants dans cette maison pour qu'il s'occupe, parfois même à des jeux les plus crétins du monde ; les grands se sont amusés à mettre le feu au chat des voisins. A présent, ils sont tous punis, et je ne puis lever la punition de Carl, sinon je donnerais tort à notre hôtesse, dont je reconnais toutes les bontés.

Je suis fort aise d'apprendre que tu étais en compagnie de femmes assez laides. Quelle obligation as-tu de regarder si les femmes sont moulées ou vilaines ? puisque la tienne reste sous bonne surveillance, et pleure notre séparation chaque jour.

Ces remarques sont inconvenantes et m'irritent – et je n'ai nul besoin de savoir qui jouit de ton regard sucré. La

467

Duschek connaît déjà bien assurément sa fortune, être seule ou presque avec toi, à charmer tes oreilles, le plus court chemin conduisant vers ton cœur. Pour moi, tu n'as pas de souci à te faire, je m'ennuie honnêtement pour pleurer ton absence. L'enfant a bougé ces jours et déjà mes jambes me font sèchement souffrir. Que reste-t-il de ce qui te régalait autrefois ? Me voici indéfiniment grosse, pétrie de gênes incessantes aux jambes, moins attrayante que jadis. Enfin, je compte me détourner de mon chagrin, aux parties de cartes ce soir. Les Puchberg invitent toutes sortes de gens à jouer trois fois par semaine. Prends soin de toi et reste mon époux bien-aimé et fidèle, comme je demeure

ton épouse fidèle et affectionnée,
Constanze.

*

Dresde le 16 avril 1789,
la nuit à 11 heures et demie.
Très chère, excellente petite femme !
Comment ? Encore à Dresde ? Eh oui ma chérie ; je vais tout te raconter en détail. Le lundi 13, après avoir pris le petit déjeuner chez Neumann, nous sommes allés à la Cour, à la chapelle ; la messe était de Neumann (qui dirigeait lui-même) – très médiocre ; nous étions dans un oratoire en face de la musique ; tout à coup, Neumann me poussa et me conduisit à Monsieur von König, qui est directeur des plaisirs (des tristes plaisirs de la cour électorale). Celui-ci fut extrêmement aimable et lorsqu'il demanda si je voulais me faire entendre de Son Altesse, je répondis que ce serait un grand honneur pour moi, mais que je ne pouvais demeurer ici, puisque cela ne dépendait pas de moi – et on en resta là ; mon princier compagnon de voyage invita les Neumann et la Duschek à déjeuner ; au cours du repas, arriva la nouvelle que je devais jouer à la Cour le lendemain, mardi

14, à 5 heures et demie. C'est quelque chose de tout à fait extraordinaire, car ici, il est en général très difficile de se faire entendre. (...)

J'ai joué à la Cour le nouveau Concerto en ré, *et le jour suivant, au matin, je reçus une fort belle boîte ; nous avons déjeuné chez l'envoyé de Russie où j'ai beaucoup joué. Après le repas, on décida d'aller voir un orgue. Ce que nous fîmes à 4 heures. Neumann en était ; – tu sais qu'il y a ici un certain Hässler (organiste d'Erfurt) ; il était présent lui aussi. C'est un élève de Bach. Sa force est l'orgue et le clavier. Comme je viens de Vienne, les gens d'ici croient que je ne connais pas ce style et cette manière de jouer. Je me suis donc assis à l'orgue et ai joué. Mon prince Lichnowsky (qui connaît bien Hässler) eut grand peine à le convaincre de jouer également ; la force de Hässler, à l'orgue, réside dans son jeu de pieds, mais comme ici les pédaliers sont gradués, ce n'est pas un si grand art ; par ailleurs, il a simplement appris par cœur les harmonies et les modulations du vieux Sébastien Bach, et il n'est pas capable de développer correctement une fugue – son jeu n'est pas solide – et il est donc loin d'être un Alberchtberger. Après cela, on décida d'aller une fois encore chez l'envoyé de Russie afin que Hässler m'entende au* forte piano ; *il joua aussi. Et au* forte piano, *je trouve que la Auernhammer est aussi forte que lui. Tu peux imaginer que son prestige a considérablement baissé. Nous nous sommes ensuite rendus à l'opéra qui est vraiment misérable. (...)*

Après l'opéra nous sommes revenus à la maison ; et voici le moment le plus heureux pour moi ; je trouve une lettre de toi, ma chérie, mon excellente, que j'attendais depuis si longtemps avec un ardent désir. Duschek et Neumann étaient là comme d'habitude, et je suis tout de suite allé dans ma chambre, triomphalement, j'ai embrassé la lettre un nombre incalculable de fois avant de l'ouvrir, puis – je l'ai avalée plus que je ne l'ai lue. Je suis resté longtemps dans ma chambre; car je ne pouvais la lire suffisamment de fois, et la baiser. A mon retour auprès de la compagnie, les Neumann me demandèrent si j'avais reçu une lettre, et lorsque je répondis par l'affirmative, ils me félicitèrent cordialement car je m'étais plaint chaque jour de n'avoir pas de nouvelles; les Neumann sont des gens très cordiaux. Venons-en à ta chère lettre, car la suite de mon séjour ici, jusqu'à notre départ suivra prochainement.

Chère petite épouse, j'ai une foule de prières à t'adresser:

1 – je te prie de ne pas être triste.

2 – de faire attention à ta santé *et de* ne pas te fier *à l'air du printemps.*

3 – de ne pas sortir à pied toute seule – et encore mieux – de ne pas sortir à pied *du tout.*

4 – d'être totalement assurée de mon amour; je ne t'ai pas encore écrit la moindre lettre sans avoir posé devant moi ton cher portrait.

5 – je te demande de faire attention, non seulement à ton *et à* mon *honneur dans ta conduite, mais également aux* apparences. *Ne sois pas fâchée de cette demande. Tu dois justement m'aimer encore plus du fait de mon attachement à l'honneur.*

6 – et ultimo *je te prie de donner plus de détails dans tes lettres. J'aimerais savoir si mon beau-frère Hofer est venu le lendemain de mon départ? S'il vient souvent comme il l'a promis? – Si les Lange te rendent parfois visite? Si le portrait avance? Comment tu vis? tant de choses qui m'intéressent naturellement.*

Maintenant, porte-toi bien, très chère, excellente, pense que chaque nuit, avant d'aller au lit, je parle une bonne demi-heure à ton portrait et fais de même au réveil.

Après-demain, 18, nous partons. Dorénavant, écris toujours à Berlin, poste restante.

Oh! Stu! Stri! – je t'embrasse et t'étreins 1095060437082
fois (tu peux ici t'exercer à prononcer) et suis à jamais

ton mari très fidèle et ami,

W. A. Mozart.

La fin du séjour à Dresde suivra prochainement. Bonne
nuit[3] !

*

Vienne, le 24 avril 1789.

Mon cher mari !

Mon excellent petit homme !

Je ne veux plus inventer de rivales, pour la seule distraction d'avoir à les combattre. Je suis trop lasse de ces badinages. Oh ! comme je regrette de t'avoir tourmenté, avec ma sotte rivalité de mégère. Je sais fort bien ce qui demeure entre nous, et ne devrais sainement jamais croire qu'une Duschek, si habile et capable soit-elle, puisse te faire maltraiter notre hymen. Je trouve que sa voix n'est guère préférable à la mienne, mais plutôt qu'elle a bénéficié d'une pratique plus zélée.

Suffit ! Maintenant, parlons de ton séjour ; ainsi, te voici avec un nouvel ennemi, en la personne de ce Hässler ! Comme je te plains, mon cher Amour, d'être encore une fois *obligé* de montrer ton art, dans l'espoir d'en retirer une place, au prix de l'humiliation de celui que l'on te présente, sans répit ni mésaise, pour un génie du clavier, ou un démon du pédalier. Il est bien fâcheux d'avoir joui d'un professeur comme Sébastien Bach, et de n'être pas en mesure de développer une fugue ! Tu dois maintenant me bénir de t'avoir poussé vers l'art de la fugue.

Carl se porte bien, toutefois il se conduit comme un petit sauvageon. Sa tête est couverte de poux ; depuis hier, il porte un chiffon et des fanes de carottes brûlées sur ses cheveux coupés courts ; Anna les lui fera frictionner, avec un vinaigre de sa composition.

471

Cher petit mari polisson et dégoûtant, j'ai moi aussi un flot de réponses à te donner :

1 – j'ai bien cessé d'être triste, dans le moment même où j'ai reçu ta lettre.

2 – je ne sors pas à pied seule, et aucunement à pied tout simplement, car les divertissements viennent à moi, ici chez les Puchberg.

3 – tu ne dois nullement craindre pour ton et mon honneur, car le meilleur gardien de ce précieux domaine est mon amour pour toi. Il est certain que je suis parfois trop affable ou même liante, cependant je ne crois nullement laisser de place aux effronteries malséantes.

4 – Hofer et Josepha ne sont pas venus le lendemain de ton départ. Quoi ? te voici prêt à écrire ta colère ! Rassure-toi, mon Porcelet libertin, ils sont venus le jour même et ont fort bien concouru à tarir mes larmes.

5 – je n'ai pas encore reçu de visite des Lange ; et je n'en attends guère avant plusieurs jours, car ils ont un enfant sérieusement souffrant.

6 – Lange n'a pas terminé ton portrait, je crois qu'il préfère attendre ton retour, et aussi le problème avec l'enfant comme je t'ai dit.

7 – ne te lasse point de parler avec mon portrait, avant de dormir, car dès ton retour, c'est à mon petit pétard que tu devras réciter tous ces poèmes.

On m'attend, je dois te quitter, mais jamais sans te dire mon impatience de te voir revenir, te prier de ne point m'oublier, pas même une minute, très cher mari polisson, libertin de mon cœur, débauché de la cuisse, drôle du buffet, jouisseur de mes fesses, sybarite du chaud trou, cochon déréglé et combien je demeure

ta fidèle épouse et petite chatte
Constanza Mozart.

*

Voici maintenant dix-sept jours que je n'ai pas reçu de lettre de Wolfgang. Je ne puis souffrir ce silence, tout m'importune et paraît décrire qu'il m'abandonne.

Je ne vois guère aujourd'hui ; des centaines de mouches volantes devant mes yeux, ainsi qu'un effroyable susurrement d'oreilles m'affaiblissent. L'enfant bouge sans cesse à présent, même la nuit.

Ô Dieu ! entendez les prières de votre fille !

*

Vienne, le 5 mai 1789.

Mon très cher époux,

Je reste sans nouvelles de ta part et cela me cause un désespoir infini. Que dois-je penser ? L'assurance que tu me pries d'avoir – à propos de tes sentiments – ne saurait suffire à effacer de mon esprit toute crainte d'une déplorable nouvelle.

Ici, on remarque suffisamment mon agitation pour tenter de la détourner par mille tortillages affectueux ; je ne puis souffrir de rester si longtemps sans nouvelles. Ah ! je voulais te conter à quelle corvée je fus conviée, le 28 avril : Seydelmann donnait à Vienne son opéra *Il Turco in Italia*. Mon Dieu, quel ennui ce fut ! Et il me semble avoir reconnu clairement certaines de tes notes ; les turqueries ne semblent pas avoir inspiré cet homme au point d'écrire un opéra tout entier sans piocher dans l'œuvre d'autrui, bien meilleure influence. Je ne comprendrai jamais qu'on s'extasie sur une crotte pareille et surtout, comment ce triste personnage puant la bière et les dents gâtées, jouit des protections de l'envoyé de Russie et de l'électeur de Saxe ! Qu'attend-on pour envoyer chier Seydelmann dans un pays où le goût pour l'art de l'opéra n'a que peu d'importance ? Si les Français sont restés comme tu les connus, ils devraient alors s'enticher de lui, pour une mesure de son caca d'opéra. Je ne puis écrire davantage, car des troubles bien insupportables m'incommodent, comme des mouches noires volantes devant mes yeux, ainsi qu'un bourdon incessant à mes oreilles. Mais, toi, écris-moi. Ne me laisse pas, je te prie, imaginer pire qu'une simple vérité.

As-tu autant de travail qu'il devienne compliqué de griffonner quelques lignes pour ton épouse, qui t'attend fidèlement? A propos, comment va la Duschek? Non, ne m'écris point pour me donner des nouvelles de sa personne, je ne me soucie à présent que de toi et demeure ton épouse fidèle et affectionnée

Constanza Mozart.

*

Vienne, le 9 mai 1789.

Mon cher époux bien-aimé!

Je suis toujours sans nouvelles de toi et j'ignore désormais quel chemin attend ma lettre; si elle te rencontrera à Berlin, ou si elle te suivra pour, finalement, revenir à Vienne avant toi. Oh! comme je voudrais te savoir en parfaite santé, heureux et tout empli de projets, les poches alourdies de *galettes*. Toi, ô mon amour qui aimes tant travailler la tête froide, le ventre plein et les pieds au chaud, peux-tu enfin me rassurer sur le sort qui nous attend? Je ne cesse de prier notre très saint Jean de Népomucène. Cette très chère Anna a mandé son médecin pour moi, car ma jambe gauche me fait encore affreusement souffrir; un vaisseau que l'on pouvait déjà bien ramasser entre les doigts a crevé hier, alors que je marchais gentiment vers l'autel de l'église. Je ne sentis aucunement la douleur à cet instant, plutôt une sorte de délivrance; depuis, une humeur jaunâtre ruisselle sans répit. Je me hâte à présent, car on attend ma lettre et ne puis la cacheter sans t'assurer, une fois encore et à jamais, de tout l'amour

de ton épouse affectionnée,
Constanza Mozart.

*

Leipzig, le 16 mai 1789.

Ma très chère, excellente petite femme de mon cœur!

Comment? Encore à Leipzig? Certes, ma dernière lettre du 8 ou du 9 t'annonçait que je repartirais dans la nuit à 2 heures, mais les nombreuses demandes de mes amis m'ont convaincu de ne pas affronter Leipzig (à cause des erreurs d'une ou deux personnes), mais d'y donner une académie le mardi 12. Pour ce qui est des applaudissements et des honneurs, elle fut suffisamment brillante, mais nettement plus maigre en ce qui concerne le bénéfice; la Duschek, qui est ici, y a chanté; les Neumann de Dresde sont également là; le plaisir de demeurer aussi longtemps que possible en compagnie de ces chers braves gens (qui te disent tous bien des choses) m'a fait repousser mon départ jusqu'à présent; je voulais partir hier, mais ne pus obtenir de chevaux – aujourd'hui, idem; *car tout le monde veut partir précisément maintenant et le nombre de voyageurs est extraordinairement grand; mais demain matin à 5 heures, on part. Ma chérie! je regrette beaucoup que tu te trouves dans la même situation que celle où j'étais, mais peu à peu, j'en suis presque heureux; mais non! je souhaiterais que tu n'aies jamais été dans cette attente et j'espère vraiment qu'au moment où j'écris ces lignes, tu auras reçu une de mes lettres; Dieu sait quelle en est la raison! J'ai reçu ta lettre du 13 avril le 21 à Leipzig; puis je suis resté 17 jours sans lettres à Postdam, je n'ai reçu que le 8 mai ta lettre du 24 avril, sinon rien, sauf hier celle du 5 mai; de mon côté, je t'ai écrit le 22 de Leipzig, le 28 de Postdam, le 5 mai à*

nouveau de Postdam, le 9 de Leipzig et aujourd'hui le 16. –
Le plus curieux est que nous étions au même moment dans
la même triste situation *! J'ai tremblé du 24 avril au 8 mai,
et si j'en juge par ta lettre, ce fut aussi l'époque où tu te
faisais du souci à mon sujet. J'espère que tu as maintenant
surmonté cela, et d'ailleurs je me console à la pensée que
nous n'aurons bientôt plus besoin de lettres mais que nous
pourrons nous parler de vive voix, nous embrasser et nous
serrer mutuellement sur le cœur. Je t'ai dit dans ma dernière lettre de ne plus m'écrire ; c'est certainement le plus
sûr ; mais je te demande de répondre à cette lettre et
d'adresser ton mot à Prague, chez Duschek ; tu dois faire
une enveloppe en bonne forme et lui demander de passer
au moins 8 jours à Berlin ; de ce fait, je ne pourrais arriver
à Vienne avant le 5 ou le 6 juin ; donc, 10 ou 12 jours après
que tu auras reçu cette lettre. Encore une chose au sujet
des lettres perdues : j'ai écrit également le 28 avril, à notre
ami Puchberg ; je te prie de le saluer 1 000 fois et de le
remercier en mon nom. Je te remercie bien pour le récit de
l'opéra de Seydelmann, bien sûr, il porterait mieux le nom
de Maassmann[4] ; mais si tu le connaissais personnellement,
comme moi, tu le nommerais Bluzermann, tout au moins
Zimmentmann – porte-toi bien petite femme chérie, réalise
toutes les prières exprimées dans ma lettre, car l'amour, le
véritable amour en a été l'inspirateur et aime-moi comme
je t'aime ; je suis à jamais*

      ton seul véritable ami et fidèle époux,
      W. A. Mozart.

      *

Berlin, le 19 mai 1789.
Très chère, excellente petite femme de mon cœur !
 *J'espère bien que tu as reçu des lettres de moi, car elles
ne se seront pas toutes perdues. Je ne peux pas écrire beau-*

*coup cette fois, car je dois faire des visites; je n'écris que
pour t'annoncer mon arrivée; je pourrai peut-être partir
d'ici le 25, je m'y efforcerai tout du moins, mais te le
confirmerai d'ici là; je partirai de toute façon avant le 27,
et serai si heureux d'être à nouveau auprès de toi, mon
amour! Mais la première chose que je ferai sera de te crê-
per le chignon : comment donc peux-tu croire, oui, seulement même supposer que je t'aie oubliée? Comment cela
me serait-il possible? Pour cette seule pensée, tu recevras
dès la première nuit une solide fessée sur ton charmant
petit cul fait pour recevoir des baisers, compte là-dessus.
Adieu*

> *à jamais ton*
> *unique ami et époux*
> *qui t'aime de tout cœur,*
> *W. A. Mozart.*

*

Vienne, le 21 mai 1789.
Mon cher Amour!

Les nouvelles arrivent aussitôt, dès lors qu'elles sont
désagréables ou offensantes; je ne te laisserai pas davantage ignorer ce que l'on raconte déjà à Vienne, ainsi tu
comprendras, comme je l'attends – et tu sauras, comme je
le crois, faire fondre ces vilenies : on raconte que de retour
à Berlin, *contre toute sagesse et raison de l'épargne*, tu t'es
rendu à la répétition de la reprise de *L'Enlèvement au sérail*.
L'organe de la chanteuse Baranius ne te donnant pas satisfaction – dans les vocalises, tu fus *obligé* de lui faire répéter
son rôle en privé. Et là, il semble que tu sois devenu assez
proche des organes de cette coquette siffleuse au point de
lui faire chanter le 7e *sol* allongée sur le dos, ce qui relève
du miracle – une honnête prouesse vocale de sa part, et de
la tienne une affligeante bassesse conjugale. On dit aussi

que tu n'es point embarrassé de savoir qu'en foutant cette vautrée, sa majesté Frédéric-Guillaume te doit d'être royalement cocu. Ma sœur Josepha et son mari Hofer me supplient de ne rien croire de tout cela, mais je ne puis entendre leurs prières ; c'est toi et toi seul que je veux, non point entendre, mais regarder dans les yeux pour connaître ton sentiment à ce sujet. Dois-je me réjouir ou craindre ton retour ?…

Constanze Mozart.

*

Je ne sais, en sincérité, s'il recevra cette lettre ; dois-je l'envoyer, et ainsi, lui apprendre la source de l'hostilité avec laquelle je le retrouverai, ou alors guetter son retour, pour déchiffrer dans ses yeux, ô ses chers yeux, toute l'innocence de mon époux, martyr des intrigues et des complots éternels ?

*

Berlin, le 23 mai 1789.
Très chère, excellente petite femme !
J'ai reçu ici, avec un plaisir extraordinaire ta chère lettre du 13 – mais je ne reçois qu'à l'instant l'avant-dernière, du 9, qui a dû revenir de Leipzig à Berlin. La première chose à faire est de t'énoncer les lettres que je t'ai écrites, puis celles que j'ai reçues de toi. Je t'ai écrit le 13 de Dresde et le 17, le 22 **en français**[5] *de Leipzig, le 28 et aussi le 5 mai, le 9 et le 16 de Leipzig, le 19 de Berlin et maintenant le 13, cela fait donc 11 lettres. J'ai reçu de toi celle du 8 avril, celle du 13, celle du 24, celle du 5 mai, celle du 13 et celle du 9 à Berlin. Donc, 6 lettres.*
Entre le 13 et le 24 avril, il y a un trou, comme tu le constates, et une de tes lettres s'est sans doute perdue – aussi ai-je dû rester 17 jours sans nouvelles ! Si toi aussi tu as dû

vivre 17 jours de la même façon, c'est qu'une de mes lettres a été perdue ; Dieu merci, nous aurons bientôt surmonté cette fatalité ; pendu à ton cou, je te raconterai dans quel état je me trouvais alors ! mais tu connais mon amour pour toi ! Où crois-tu que j'écris ces lignes ? à l'auberge dans ma chambre ? Non ; au jardin zoologique, dans une auberge (une maison de jardin avec une belle vue) où j'ai déjeuné aujourd'hui tout seul, pour pouvoir m'occuper de toi toute seule ; la reine veut m'entendre mardi ; mais ici, il n'y a pas grand-chose à gagner. Je me suis fait annoncer parce que c'est l'usage et qu'elle aurait pu le prendre mal. Ma petite femme chérie, il faudra, à mon retour, que tu te réjouisses de me voir moi *plutôt que l'*argent *que je rapporte.* 1.100 friedrich d'or ne sont pas 900 florins, mais 700 florins ; c'est du moins ce qu'on m'a dit ici. 2. Lichnowsky m'a quitté plus tôt, car il était pressé, et par suite, j'ai dû vivre de ma bourse (dans cette ville si chère de Potsdam) ; 3. J'ai dû lui prêter 100 florins car sa bourse se vidait – je ne pouvais guère le lui refuser, tu sais pourquoi[6]. 4. L'académie de Leipzig, comme je l'ai toujours dit, a mal marché, et j'ai donc fait, avec le retour, 32 miles pratiquement pour rien ; et là, c'est Lichnowsky le seul coupable car il ne m'a pas laissé en paix, il fallait que je retourne à Leipzig. Mais – plus à ce sujet de vive voix ; ici, il n'y a 1, pas grand-chose à attendre d'une académie et 2, le roi n'aime pas trop cela. Il faut donc que comme moi, tu te satisfasses d'une chose, à savoir, que je suis bien heureux d'être dans les bonnes grâces du roi ; ce que je viens d'écrire reste entre nous. Jeudi 28 je pars pour Dresde où je passerai la nuit. Le 1er juin, je dormirai à Prague, et le 4 – le 4 ? – auprès de ma petite femme chérie ; prépare bien proprement ton si joli petit nid chéri, car mon petit coquin, en vérité, s'est fort bien conduit et ne souhaite rien de plus que posséder ta ravissante minette. Imagine le garnement qui, pendant que j'écris cela,

479

se faufile sur la table et me questionne, et moi, franchement, je lui donne une sèche pichenette – mais le bonhomme n'est que raide. Et maintenant, le chenapan brûle encore plus et ne se laisse presque pas dompter. J'espère que tu viendras au-devant de moi à la première poste ? J'y arriverai le 4 à midi ; j'espère que Hofer (que j'embrasse 1 000 fois) y sera aussi ; si Monsieur et Madame von Puchberg s'y joignaient également, il y aurait rassemblés tous ceux que je souhaite. Et n'oublie pas Carl. Maintenant, la chose la plus importante : il faut que tu amènes une personne de confiance qui accompagnera mes bagages dans ma voiture à la douane, afin de m'éviter cette corvée inutile pour que je puisse me rendre à la maison avec vous, mes chers amis. Mais à coup sûr !

Adieu donc – je t'embrasse des millions de fois et suis à jamais

ton époux très fidèle,
W. A. Mozart.

*

Prague, le 31 mai 1789.
Très chère, excellente petite femme !
J'arrive à l'instant. J'espère que tu auras reçu ma dernière lettre du 23. C'est toujours d'accord ; j'arrive jeudi 4 juin entre 11 et 12 heures à la dernière, ou à la première station de poste où j'espère vous retrouver ; n'oublie pas d'amener quelqu'un qui se rendra à la douane à ma place. Adieu. Mon Dieu, comme je suis heureux de te revoir ; en hâte.

Mozart.

*

Oh ! comme nos retrouvailles furent printanières !
Nous étions tous là, Carl tout embrasé de revoir son cher papa, les Puchberg.
Et moi, fiévreuse et aussi boiteuse.

Seulement dans un baiser, le premier, je sus.

A notre étreinte, je fus pénétrée d'une paisible assurance ; un doux ravissement me vêtit alors et son parfum de suée m'enivra. Nulles gredines au monde ne pourraient me dépouiller, me dépecer de cet amour.

Ecorcher mon âme.

Ces yeux de ciel, ces petites mains caressantes, cette nuque tomenteuse, cette oreille de coquillage fané, tout cela est *à moi* et ne frémit *qu'avec moi*.

J'en ai l'assurance à présent.

Eté 1789

Me voici bien souffrante, condamnée à garder le lit, sans marcher du tout ; ma cheville et mon pied sont affreusement ouverts, d'une plaie fendue jusqu'à l'os. Je souffre et peine à bâillonner mon supplice pendant le sommeil de mes petits hommes ; je ne parviens plus à dormir et les forces m'abandonnent. Les tourments de mon état se remarquent sur les traits de Wolfgang, qui se décourage en soupirs silencieux. Las ! je suis peut-être à l'heure de la mort, au lieu de chérir mon enfant jusqu'à son envolée.

La fièvre s'empare de moi et, bien souvent, je ne puis mander un simple verre d'eau claire, sans pêcher les mots en vain. Maman et Sophie sont chaque jour à mon chevet, et par leur paix caressante et dévouée, j'entrevois la gravité de mon état.

Je suis perdue ; on me le cache malhabilement.

Je ne sais si ces lignes seront les dernières qu'il me sera donné de griffonner. Ô Seigneur, que deviendront mes pauvres hommes si je dois, à présent, vous rendre mon âme ?

*

(...) J'ai vécu dans le désespoir au point non seulement de ne pas sortir, mais également de ne pas pouvoir écrire, tant j'étais affligé. Elle est maintenant plus calme ; et si ces abcès ne s'étaient pas rouverts, ce qui est fatal dans sa situation, elle pourrait dormir ; on craint seulement que l'os soit touché ; elle accepte son sort avec une patience étonnante et attend l'amélioration ou la mort avec un calme véritablement philosophique, j'écris cela les larmes aux yeux[7].

Mozart.

*

Chambre de ma chère sœur Constanze, juillet 1789.

Ma chère sœur et amie Constanze,

Oh ! je voudrais tant que tu me grondes très fort d'avoir osé griffonner mes pauvres lignes dans ton carnet ; ainsi, cela voudrait dire que tu seras parfaitement remise de cette affreuse fièvre, et ton emportement, alors, sera pour moi un orage d'été bienfaiteur. Réveille-toi ma sœur, libère-toi de cette brûlure qui t'emporte vers les cieux et reviens-moi comme je t'aime ; ton mari est là, près de toi, il travaille à ton chevet.

Je regarde ton sommeil paisible, dont tu fus privée si longtemps. Nous nous taisons, comme au bord d'une tombe, pour ne pas te réveiller.

Tout à l'heure, Joseph (un domestique, n'est-ce pas ?) est entré brutalement dans la chambre. Wolfgang, effrayé que sa chère femme fût troublée dans son sommeil, voulut faire signe de ne point faire le plus petit bruit, il repoussa la chaise derrière lui. Et comme il taillait des plumes, il avait son canif ouvert à la main ; il se l'enfonça en pleine chair jusqu'au manche. Bien que sous le coup de la douleur, ton mari ne fit pas un mouvement et ne dit rien, il me fit seulement signe de sortir avec lui. Nous allâmes dans une chambre où notre mère s'est retirée (car nous voulons lui cacher à quel point tu es malade), afin qu'elle pût nous aider. Elle pansa ton mari et lui mit de l'huile de Saint-Jean dans sa profonde blessure. Elle réussit à le guérir, et, bien qu'il marchât un peu courbé par la douleur, il fit en sorte de le dissimuler pour que tu n'en susses rien.

Ton cher mari a tellement pris l'habitude de marcher sur la pointe des pieds et d'obliger la maison au silence absolu par ses « chut ! » énergiques, que l'autre jour, alors que sur le Graben nous rencontrions un ami très cher, au lieu de lui tendre la main il ordonna un « chut ! », comme si nous étions près de ta chambre.

Reviens, ma chère sœur, reviens à nous, qui t'aimons et pleurons aujourd'hui ton mal. Gémissons ! gémissons, mais espérons…

Puisses-tu, demain, avec l'aide de Notre-Seigneur, gronder très fort, pour avoir écrit cette prose dans ton livre,

ta petite sœur très affectionnée

Sophie.

*

Baden.
Gloire à Notre-Seigneur !
Me voici presque remise de cette terrible maladie ; toutefois, je dois encore prendre des remèdes, supporter les sangsues pour chaque nouvelle saignée, et panser chaque jour les ulcères variqueux de mon pied. Oh ! je ne peux prétendre sauter et batifoler dans les jardins, mais la clémence de l'été, et cette cure à Baden me remettront tout à fait de cet événement fâcheux.

Ce bon Puchberg nous a prêté 150 florins, car il ne reste plus un kreutzer des profits du voyage de Wolfgang. Ô mon Amour, qu'allons-nous devenir ?

« Mon destin m'est, hélas, si hostile – et seulement à Vienne ! que je peux même rien gagner, quoi que je puisse tenter : voici quinze jours que j'ai fait circuler une souscription, et seul le nom de Van Swieten y figure ! »

La dernière souscription ne présentant qu'un seul nom sur la liste, nous avons dû consentir à l'annuler. Quel déshonneur, pour son art et pour les hommes qui s'affirment *amateurs* de musique, de laisser ainsi l'âme d'un compositeur s'abîmer dans les ténèbres de l'infortune !

Je ne puis approuver comme Vienne se lasse rondement de ce qui l'embrasait jadis ; on complimente et flatte volontiers les jeunes prodiges, ainsi *notre* ancien élève, le petit Hummel. Ah, je me souviens de son charmant visage d'enfant, et combien son art réjouit Wolfgang. C'est désormais ce jeune musicien qui remplit les salles de théâtre. Mon mari me conta son concert de Berlin, dans la salle de Corsika[8] où les applaudissements durèrent si longtemps qu'il ne put s'empêcher de songer aux compliments qu'il recevait lui-même encore hier.

Vienne, quel attrait possèdes-tu donc pour ainsi prendre dans tes bras le talent de tes enfants, et que ces pauvres enfants t'aiment encore lorsque tu les abandonnes ?

Vienne, pour t'aimer tout à fait, il faut donc connaître la défaite, vivre l'échec, embrasser le désastre.

Vienne, mauvaise mère ; tes intestins sont emplis de nos merdes.

*

Me voici à Baden, puisque cette satanée médecine semble être le seul remède contre mes ulcères variqueux. Les cures et les bains coûtent si cher !

Je me traîne avec peine, et mon ventre déjà généreux me fait choir en avant. Nous sommes gentiment installés dans la chambre d'une vaste demeure, où les fenêtres, que dis-je, *la* fenêtre donnant sur la rue laisse entrer la lumière de l'été. Mon cher petit Carl anime mes journées de solitude, par ses jeux et sa bonne humeur d'enfant.

Je m'ennuie de Wolfgangerl ; je le crois bien seul, dans notre logis ; je ne peux souffrir cette idée, pourtant il me faut garder la raison.

*

Martha Waldstätten est à Baden !

Quelle surprise, de retrouver cette chère amie, prenant les eaux juste à côté de moi. Tout d'abord, ce fut une physionomie démesurée qui préleva ma curiosité ; un chapeau de couleur drôlement courageuse, des rubans de mille reflets et une taille bien prise, si menue !

Puis ses manières, ah ! il me semble qu'entre toutes les *silhouettes*, je reconnaîtrais ma bienfaitrice.

Je suis bien aise de la trouver là !

A présent, il me semble possible de me rendre à pied aux bains, mais je ne le souhaite guère ; Wolfgang m'interdit de marcher, même en compagnie. Et puis aussi, deux messieurs ont prêté leur voiture, pour Martha et moi.

L'un de ces messieurs est son…

Je veux dire le plus jeune, le plus gracieux, le moins galant aussi, jouit de la compagnie de ma bonne baronne, aux heures où les bains se ferment.

Le plus âgé n'est pas très vieux, mais il a l'âge d'une beauté décrépite et peut aisément passer pour mon père.

Je ne lui connais pas d'autre nom que Cesari.

Et je ne lui reconnais pas d'autre usage que d'avoir une sérieuse inclination pour ma personne et m'envoyer sa voiture, afin qu'elle me dépose aux bains, sans marcher, et porter à mes services son domestique le plus dévoué.

*

Lorsque le soir tombe et qu'à l'horizon la lune d'argent se découpe, Carl et moi rentrons dans notre chambre et nous mettons au lit bien douillettement.

Le bain de ce soir m'a rendue toute rouge ; certaines fois, cette eau sulfureuse et chaude me donne aussi la nausée. Partout où les sources coulent, cette odeur de pet est insupportable.

Cesari m'a baisé la main ce soir ; ainsi voulut-il me faire savoir toutes ses excellentes dispositions. Et puis j'ai vu aussi Salieri, qui semblait fort satisfait de me rencontrer en compagnie d'un autre homme que mon époux. Dieu seul sait quelle bêtise ce méchant homme est capable d'imaginer ! Heureusement, ses nombreuses malles me laissent penser qu'il était sur le point de quitter Baden. Qu'il aille foutre au diable !

*

Je sais désormais qui le vieux Cesari me rappelle. Cesari est le sosie de… du… vieux fou !

*

Aujourd'hui, les heures seront enchanteresses !

Une jolie boîte est arrivée par la voiture de poste, de Vienne. Carl a ouvert le paquet avec empressement : pour notre anniversaire de mariage, Wolfgang m'offre un charmant compagnon, un canari jaune et gris, dans une belle cage ronde. Quelle délicieuse prévenance !

Oh, Wolfi ! j'étais si triste ce matin, je désirais tant être auprès de toi ; j'avais décidé, dès notre réveil, de renvoyer la voiture du *vieux* et consacrer tout mon temps à t'écrire pour te questionner sur tes occupations.

*

Baden le 5 août 1789.

Mon cher et merveilleux petit homme !

Tu ne peux savoir combien ce présent me comble de joie ; ainsi ai-je maintenant un peu de toi près de moi. Oh ! Carl est si content d'avoir un compagnon siffleur ; nous ne cessons de lui chanter « *Non più andrai* », afin qu'il l'apprenne et te réserve le contentement de l'entendre lorsque tu viendras nous rejoindre. Car tu viendras, n'est-ce pas ? Je compte les jours qui nous séparent et te retiennent en ville. Sais-tu qui j'ai retrouvé ici, à Baden ? Cette chère Martha Waldstätten, venue prendre les eaux, elle aussi ; sa compagnie m'offre tous les agréments du monde, et de plus, j'ai maintenant tous les avantages d'une dame de la noblesse, car deux messieurs se font très pressants ; le plus jeune est très empressé auprès de la baronne, et le plus âgé, Cesari, m'entoure de mille attentions. Son domestique est un parent de Joseph. Ils semblent te connaître parfaitement tous les deux (le jeune de Martha et le vieux). Chéri ! tu seras parfaitement satisfait et tranquille, lorsque tu sauras que je ne marche *jamais* seule ou à pied, car ce vieux bonhomme me fait envoyer sa voiture deux fois par jour, pour aller prendre les eaux. Parfois, il se trouve lui-même dans la voiture et me tient compagnie, sinon, le plus souvent, la voiture n'est que pour moi. J'ai tant hâte de marcher à nouveau comme autrefois ; certains jours, le frôlement des étoffes de ma robe réveille la douleur de ma cheville ; alors je pense à tes conseils, mais l'impatience me gagne et je voudrais pleurer de rage. Carl profite un peu de mon incommodité pour désobéir, mais il ne fabriquera jamais, de lui-même, autant de bêtises et de fâcheuses inventions que chez les Puchberg !

Ce jour, en rentrant des bains, je me suis rendue (toujours en voiture, n'aie crainte !) à l'étalage du marchand de grains, devant la colonne de la Trinité. Je voulus acheter de quoi nourrir notre petit canari, mais il ne restait plus rien. Il se contente pour l'instant de miettes de pain et de petits morceaux de fruits secs. Pourrais-tu, mon Chéri ! m'envoyer de quoi nourrir convenablement cette petite créature, et nous assurer ainsi ses plus belles mélodies pour demain ? Joseph doit savoir où trouver des cocons de fourmis, et demande-lui aussi, puisqu'il sera en emplettes pour moi, de se rendre chez ma mère, afin qu'elle lui donne les décoctions de thym et de romarin pour mon mal, et aussi l'électuaire[9] qu'elle devait se procurer, mais sans opium car je ne souffre plus la nuit.

Je sais que tu voudrais faire reprendre Le Nozze di Figaro au Burgtheater, avec de nouveaux airs, pour cette saison. Comme on ne parle plus ici que d'une certaine Adriana Ferrarese ou quelque chose comme cela, je pense que tu as déjà pensé à sa voix pour tes nouveaux airs. Je suppose aussi que tu es obligé de la faire répéter ; je sais comme tu t'embrases lors des répétitions, pour l'avoir remarqué à Salzbourg lorsque nous préparions la messe. J'ai bien voulu décrocher quelques indications sur la physionomie de cette

Adriana Chose, mais tout ce que l'on apprend ici, c'est que sa grâce a fait oublier la joliesse de ma sœur, et que sa vertu est unique.

Oh ! je prie, Chéri, que l'instant d'être dans tes bras soit demain ; je voudrais apprendre dès maintenant que tu abandonnes tes tâches, et ta chanteuse fardée faussement vertueuse pour me rejoindre ! En te glissant sous mon drap, tu reconnaîtras alors à quel point tu me manques, et que nulle autre ne peut égaler le contentement et la béatitude de mes caresses sur la troisième jambe de Pùnkititi.

Ne laisse pas le pétard de cette Adriana Ferrarese enflammer ton cerveau ; je ne te le pardonnerai jamais.

Mille baisers de ton épouse attentive, sage et grosse,
Stanzerl Mozart.

*

Petite femme chérie !

J'ai lu ta chère lettre avec bonheur – et espère que tu auras reçu ma 2ᵉ avec la décoction, l'électuaire et les œufs de fourmi. Demain matin, à cinq heures, je pars – si ce n'était pour le simple plaisir de te revoir et de te serrer dans mes bras, je ne partirais pas encore, car on va bientôt donner mon Figaro *pour lequel je dois procéder à quelques modifications qui rendent ma présence nécessaire aux répétitions. Il me faudra donc rentrer pour le 19 – mais rester ici jusqu'au 19 sans toi serait impossible ; petite femme chérie, je veux te parler très franchement, tu n'as absolument aucune raison d'être triste – tu as un mari qui t'aime, qui fait pour toi tout ce qu'il est en mesure de faire – pour ce qui est de ta jambe, tu n'as besoin que de patience, cela ira certainement mieux ; je suis heureux lorsque tu es gaie – c'est certain – , je souhaiterais seulement que tu ne sois pas aussi frivole, parfois – avec[10] de même qu'avec (N.N.) lorsqu'il était encore à Baden ; songe que les... ne sont avec aucune femme aussi libres qu'avec toi, même s'ils les connaissent peut-être mieux que toi, et (N.N.) qui est normalement un homme correct et particulièrement respectueux envers les femmes, a été conduit à écrire dans ses lettres les sottises les plus abjectes et les plus grossières. Une femme doit toujours veiller à être respectée – sinon elle est le sujet de conversation des gens. Ma chérie! excuse-moi d'être aussi franc, mais ma sérénité l'exige, ainsi que notre bonheur à tous les deux – souviens-toi seulement que tu m'as avoué toi-même un jour que tu* étais trop liante *– tu en connais les conséquences, souviens-toi aussi de la promesse que tu m'as faite – Ô Dieu! essaie seulement, ma chérie! – sois gaie et joyeuse, aimable avec moi – ne nous tourmente pas, toi et moi, avec une jalousie inutile – aie confiance en mon amour, tu en as bien des témoignages! et tu verras comme nous serons heureux; sois-en sûre, seule l'attitude réservée d'une femme peut enchaîner l'homme. Adieu – demain je t'embrasserai de tout cœur.*

Mozart.

*

Voici maintenant déjà plus de dix jours que nous sommes réunis à Baden, et cela me semble être d'hier. Comme le temps passe vite! Lorsque Wolfi est arrivé, nous sommes allés dîner dans une auberge, où le personnel chante admirablement tous les airs célèbres de comédie. Je fus bien contrariée d'apprendre combien S., ainsi que le domestique de Cesari, avaient propagé de vilains commérages à mon sujet; il faudrait toujours se lamenter, gémir et se plaindre, ainsi les esprits fourbes seraient continuellement heureux et ne penseraient plus à frelater de nouvelles rumeurs sur les gens.

*

Nous prenons les bains ensemble tous les jours ; cette puanteur est fort commode, car elle supporte tous les *crepita ventris* secrets ! Je n'ai guère de temps pour écrire, et cette fois, je n'en suis nullement attristée. Gauckerl est parti se promener seul ; qui sait si les chiens ne choisissent pas de nouveaux maîtres à l'occasion ?

*

Les plus délicieux moments que nous passons l'un avec l'autre sont toujours barbouillés, encrassés malgré moi, par cette affreuse idée de notre séparation. Je ne parviens en aucun temps à jouir des divertissements ; il me faut toujours torchonner cela par d'obscures pensées.

Cela est idiot.

Et cela décourage parfois mon époux.

*

Le voici maintenant disparu à Vienne ; je demeure à Baden, car les bains me sont fort bénéfiques. Carl, perturbé par le départ de son cher papa, salit les draps toutes les nuits et cela me réveille, lorsque mes reins sombrent dans le pipi brûlant. Je ne peux me résoudre à le gronder. Cela n'est qu'un moment à passer ; mais, dès ce soir, ce petit cochon ira dormir seul dans un autre lit. Nous ne resterons que peu de jours maintenant, d'autant que cela coûte assez cher et le moment n'est guère choisi pour de telles dépenses.

Martha est repartie pour son château, bien fortifiée par ces *bains de jeunesse*. Mon vieux Cesari n'envoie plus sa voiture, car je l'ai laissée par trois fois retourner vide chez son maître, sans un mot de ma part.

*

Je préfère que l'on parle de moi pour des manières vilaines et peu attachantes, plus que pour cette sorte de légèreté chimérique. Hommes ! à quel point les commerces sont entortillés avec vous ; ainsi, d'un naïf sourire poli, vous vous croyez encouragé à mordiller l'oreille. La vertu ne se mesure point aux promenades les yeux baissés ! L'honneur peut aussi se déguiser en une dentelle ajourée, derrière un éclat de rire un peu trop bruyant. L'honnêteté ne peut se peser par votre surveillance, messieurs, trop tôt déformée à combiner la cheville pour un haut de cuisse.

*

Wolfi doit être à son affaire, pour l'heure ; les répétitions des *Nozze di Figaro* résonnent à mon âme ; j'aime tant cet opéra ! et Wolfgang porte si haut son art dans cette musique qu'il me semble impossible de ne point la goûter.

Oh ! je voudrais te rejoindre à pied Wolfi, sans attendre que tu viennes me prendre ; j'ai bien fait le compte, 36 000 pas nous séparent. Combien d'heures de marche, pour tous ces pas ?

*

Vienne le 19 août 1789.

Petite femme chérie !

Je suis bien arrivé ici à 8 heures moins le 1/4, et alors que je frappais à ma porte – c'est Hofer, qui est en ce moment ici et te salue, qui a écrit cela – je l'ai trouvée close car le domestique n'était pas à la maison. J'ai attendu en vain un quart d'heure, puis je suis allé chez Hofer et, imaginant que j'étais à la maison, je me suis complètement

493

habillé. – La petite ariette que j'ai écrite pour la Ferrarese devrait plaire, je crois, si toutefois elle est capable de l'interpréter de façon naïve, ce dont je doute fort. En tout cas, elle lui a beaucoup plu à elle ; j'y ai déjeuné – je crois qu'on donnera sûrement Figaro *dimanche, mais je te le dirai auparavant. Comme je me réjouirais de l'entendre avec toi ! Je vais tout de suite voir s'il n'y a pas eu de changement ; si on ne le donne pas d'ici samedi, je serai aujourd'hui même auprès de toi. Adieu, chérie ! ne sors* jamais *seule, cette pensée m'effraie à elle seule,*

à jamais ton
Mozart qui t'aime.

*

Quel bonheur !

Je peux enfin priser l'air des salles de théâtre, dans l'étoffe d'une robe neuve et goûter les glorifications du public. Oh ! bien sûr, l'époque des vivats, debout sur les fauteuils, a bien disparu mais le retour de *Figaro* présage quelques menus profits, et parce que les représentations prospèrent, la Cour vient de commander une nouvelle œuvre.

Une commande ! Ô bénie soit la cour de Vienne…

Cette fois, Wolfgang ne peut aucunement choisir le thème de l'œuvre, car l'histoire est désignée par Joseph II, à propos d'un petit tapage fort divertissant, qui circule dans les nobles salons viennois. C'est encore la fidélité des femmes que l'on veut brocarder !

Les deux cents ducats promis pour cet opéra autorisent toutes les offenses, même si Wolfgang n'aime guère railler les femmes. Deux cents ducats ! ce sera le plus cher de ses opéras. Ô Seigneur, Vienne se souvient enfin de son enfant !

Mais il faudra vivre, dans l'attente des premières représentations ; nos provisions d'argent ont fini d'être des réserves ; Wolfgang ne peut se convaincre de vendre notre voiture et le cheval. Pourtant, la pension de ce bidet coûte assez pour regretter ses moins de vingt milles en deux heures !

Automne 1789

Il y a maintenant un mois, le 16 novembre, je donnais naissance à une petite fille, Anna Maria.

Le paradis porte à présent un chérubin de plus ; notre brindille d'amour est morte, après une heure de vie.

Ô Seigneur Tout-Puissant,
prenez-moi dans vos bras,
je voudrais tant la rejoindre.
Portez-moi jusqu'aux cieux,
laissez-moi contempler,
flottant au-dessus des airs
Oh ! dans l'infini de l'aube,
la soie brune de ses cheveux
Ô Dieu ! donnez-moi, ce soir
d'embrasser son lit de nuages
Et déposer à ses jolis pieds,
le baiser d'une mère éplorée.

*

Je devrais à présent cajoler cinq enfants, pourtant le ciel ne m'a permis que d'acheter quatre cercueils ; et cette fois, guérie de mon pied souffrant, il m'eût été consolant d'accompagner à la tombée du jour ce cortège funèbre, et voir, et puis aussi toucher, cette terre qui mange les yeux de mes pauvres enfants, éternellement.

Oh ! je ne connais aucune façon pour déguiser mon chagrin, consoler ce ventre abandonné, pleurant mes larmes de sang – qui cherche ses fruits disparus dans la nuit.

Petit Carl ; tant de fois je t'ai promis une compagnie de jeux ! Et cette année encore, tu me vois gémir et te mentir…

*

Ce bon Puchberg mérite plus que toute autre personne le nom de *frère* ; les 300 florins (nous l'avions prié d'envoyer 400 florins) qu'il nous prête encore permettront de payer les déboursés que nous n'attendions pas. L'enterrement de notre petite Anna Maria, puis aussi le docteur Closset, car mes couches pénibles m'ont laissée longuement affaiblie, le bois de chauffage, la nourriture et le service de Joseph.

Wolfgang devrait vendre son bidet, je voudrais en parler de nouveau avec lui, car je ne vois guère l'utilité de garder son propre cheval lorsque sa nourriture représente déjà un embarras. Suffit ! tout cela n'est point l'urgence.

*

Les répétitions du nouvel opéra ordonné préluderont dans peu de jours ; par la faute des complots de Salieri, Wolfi refuse qu'elles soient publiques. Seront alors conviés à cette répétition de *Così fan tutte*, deux amateurs les plus critiques et bienveillants au monde : Michel Haydn et Puchberg.

*

Les Français animent les conversations de tous les salons ; des *sans-culottes* (mais, sont-ils véritablement nus dans leurs pantalons ?) se sont emparés d'une… Bastille d'importance. A Vienne, on bourdonne que les francs-maçons sont directement liés avec les jacobins de France.

On raconte aussi, par l'intermédiaire de Salieri, comment *Figaro* est bien la preuve que Mozart défend la cause des révolutionnaires…

Pour lors, Wolfigaro ne veut rien entendre de tout cela ; je connais sa figure lorsqu'une affaire agite son esprit.

1790

Hiver 1790

J'ai si froid.

Du fond de mon âme, je ressens la meurtrissure du temps.

*

Mozart ne cesse de nourrir les conversations des gens ; on murmure autant de louanges que d'imbécillités. Ici, il est baptisé « *le compositeur au gros nez* », avec le motif que son nez aurait enflé drôlement depuis notre mariage. N'a-t-on jamais lu quelque chose de plus insensé ? Là, on jacte qu'il est aux oreilles ce que la peinture est au regard ; *un peintre des oreilles*, voici de quoi jaboter et pouffer dans les salons...

La naissance de *Così fan tutte* se déroule mieux que toutes les autres. Ainsi, dans le *Journal du Luxe et des Modes* peut-on lire aujourd'hui : « *J'ai à vous annoncer un nouveau et excellent ouvrage de Mozart, que notre théâtre s'est attaché ; il a été représenté hier pour la première fois sur la scène du théâtre impérial national. De la musique, il suffit de dire qu'elle est de Mozart.* »

*

Nous avons fêté l'anniversaire de Wolfgang et puis celui de Carl et aussi le mien, avec quelques amis et beaucoup de retard; je lui ai offert une pipe dans un bel ivoire de Chine, enfermée dans un écrin de velours brodé d'un cœur en fil d'argent.

Trente-quatre ans!

Notre petit Carl est très remuant; avec sa boîte d'artiste il griffonne des notes de musique sur les marches de notre escalier.

Pour célébrer mes vingt-huit ans, ma mère, mes sœurs et Wolfi m'ont offert le plus adorable des chapeaux, orné de rubans et de choux; hélas! il n'est assorti avec aucune de mes toilettes.

*

Nous avons encore emprunté cent florins à Puchberg.

*

L'empereur est mort!

A cinq heures trente, ce matin, Joseph II quitta son pays en sanglots.

Pauvres de nous! Tous les théâtres sont en deuil et fermeront pour des semaines entières… Ne pourrait-on faire hommage à sa mémoire en laissant justement *Così fan tutte* se jouer, puisque l'empereur avait lui-même choisi le thème de l'opéra?

Pauvres de nous!

Le Nozze di Figaro venaient juste de reprendre, l'argent allait retrouver le chemin de nos bourses, et *Così*! *Così* devait, si justement, réveiller la mémoire des Viennois…

*

Nous n'avons plus jamais de nouvelles de Nannerl ; je ne sais si je dois lui écrire, ni de quelle façon elle accueillerait ma lettre, si j'osais déranger sa tranquillité par mes roturiers barbouillages.

Bien sûr, je comprends que nos changements de quartier aient pu désorienter ses désirs ; cependant depuis fort longtemps, nous logeons dans les faubourgs de Vienne, où chacun connaît le maître de musique et saurait bien faire suivre les lettres !

*

Le grand-duc de Toscane, Leopold, se trouve désormais à la tête de notre pays ; il sera Leopold II et prendra la succession de son frère, notre empereur trépassé. Bien des changements sont redoutés, car, déjà, on murmure les pires grondements sur ses royales révisions.

Wolfgang se trouve assez satisfait d'une nouvelle réjouissante : le comte Rosenberg est disgracié, et ne peut plus diriger le moindre musicien ; ainsi disparaît de la scène un ennemi de mon époux ! Mon cœur m'a toujours dicté de ne jamais avoir foi en cet homme, Orsini-Rosenberg…

Malheureusement, Lorenzo Da Ponte se trouve dans la même position ; il devient alors brûlant de travailler avec lui. De la sorte, je me rends compte combien ma sottise affirme tantôt des âneries : la Ferrarese n'a jamais été – oh ! pas même d'un cil – la maîtresse de Wolfgang, car tout Vienne s'étonnait de son inclination pour le vieux Da Ponte, à l'heure où je craignais, niaisement, qu'elle ne donnât dans l'œil de mon faible mari.

*

Puchberg nous prête encore cent cinquante florins ; Dieu bénisse ce cœur sans égal !

Salieri, cet animal crevé, ne se dérobe jamais aux veuleries réfléchies : il offre, à cette heure même, la démission de son poste de directeur de l'Opéra, pour laisser sa place à son élève Weigl. Ainsi, ce faquin pétri de ridicule et de bassesse gouvernera les ficelles de son pantin, sans jamais recevoir à la face les offenses.

Nous gardons tous les deux espoir d'une nouvelle charge, car personne, pour l'heure, ne semble réclamer une démission de Mozart. Van Swieten nous presse d'écrire une lettre à l'archiduc Franz, fils de Leopold, et mendier toute sa bienfaisance. Je ne sais si l'idée est entendue ; Wolfgang ne parvient plus à quêter, attendre, attendre, puis masquer son mécontentement.

Leopold se souvient-il de Mozart, jeune compositeur en vogue, annoncé pour prêcher son art à la jeune princesse Wurtemberg, alors fiancée à son fils Franz ?

*

Je n'ose interroger mon homme sur le progrès de ses entreprises ; nos dépenses sont réduites au plus absolu, et notre appartement ne permet aucune visite. Oh ! celles de ma sœur Josepha et de son mari Hofer sont toujours les meilleurs moments de la semaine ; ensemble nous buvons de la bière et les hommes s'abandonnent tout entier à la musique. Parfois même, Josepha et moi chantons des arias et, alors, ces merveilleux moments me font pleurer de joie.

*

Je voudrais que nous empruntions de l'argent à un usurier car je crains d'épuiser la patience de ce bon Puchberg et qu'un soir, las d'attendre ses remboursements, il trompette notre embarras autour de lui. Mais Wolfgang refuse d'y croire.

Notre logeur consent à attendre encore son paiement. Mon mari perd toutes ses agréables humeurs ; la bière ne le guérit nullement des langueurs.

Je suis dégoûtée du poumon en sauce.

Je rêve la nuit de poissons fumés, de chandeliers d'argent et de calices en cristal.

Je n'en puis plus.

Les forces me quittent et Wolfgang s'épuise au travail.

Qu'allons-nous devenir ?

Printemps 1790

Le docteur Closset m'envoie à Baden prendre les eaux, car mes ulcères ne s'améliorent aucunement; les vertus cicatrisantes des eaux soufrées sont mon seul salut, mais elles ne sont d'aucun secours contre les maux de Wolfgangerl. Si je dois partir pour Baden, nous ne savons comment payer une telle dépense. A moins de reprendre des élèves; pauvre cher Amour, qui déteste les leçons! Depuis le départ du petit Hummel et notre installation dans les faubourgs, plus un seul élève n'est venu apprendre la musique auprès de Wolfgangerl. Une fois de plus, nous devrons déménager car ce logis fort modeste ne peut recevoir les élèves.

*

Wolfgang connaît un appartement Rauhensteingasse[1]. Comment rejoindre cet endroit avec nos meubles et nos effets, et trouver les deux cent soixante-quinze florins que coûterait ce déménagement?

Puchberg ne répond plus à nos demandes pressantes.

Vous avez raison, très cher ami, de ne me gratifier d'aucune réponse! – mon impudence est trop grande. Mais je vous prie de considérer ma situation sous tous les aspects, de réfléchir à ma chaude amitié et à ma confiance en vous, et de me pardonner! Si vous voulez, et pour l'amour de Dieu – tout ce dont vous pourrez vous passer facilement me sera agréable. Oubliez mon insistance, si cela vous est possible, et pardonnez-moi. Demain, le comte Hadik m'a convié pour une musique, afin de lui faire entendre le Quintette *de Stadler et le* Trio *que j'ai écrit pour vous, et je prends la liberté de vous y inviter. Je serais venu vous parler de vive voix, mais ma tête est tout enveloppée de linges à cause des douleurs rhumatismales qui rendent ma situation encore plus sensible. Encore une fois, aidez-moi selon vos possibilités pour cet instant seulement, et pardonnez-moi.*

A jamais tout vôtre
Mozart.

*

Mon malheureux époux supporte un supplice de toute sa tête et les dents. Il ne saurait être question de faire venir le docteur Closset; ma mère nous fait préparer une cruche de bière, et deux électuaires d'opiat.

Aujourd'hui, comme je me transportais au logis de maman, quérir les remèdes pour mon époux indisposé, accompagnée de mon gentil Carl, je me trouvai fort humiliée par le marchand de mode du *Stock-im-Eisen*.

Ah! je crus mourir de honte, d'être ainsi crochetée par cet indélicat. Bien sûr, l'hiver passé, nous fûmes obligés de remplacer plusieurs habits! Comment dissimuler à la Cour notre gêne, si Wolfgang chasse un poste, couvert de vieilleries? Et l'épouse d'un compositeur de la Chambre peut-elle étaler à quel point on saute les revenus de son époux? A présent, cet homme réclame son argent, me poursuivant de la cathédrale au Graben, sans ménager ses effets de théâtre. Je dus alors le prier à voix basse, de m'accompagner jusqu'à Wolfgang, qu'il vît son état et pleurât avec nous notre empêchement passager.

*

Nous sommes encore dans l'espoir d'une réponse favorable de notre futur Empereur.

Mais rien.

Toujours rien.

Hier, nous nous sommes rendus jusque chez Puchberg ; ses domestiques lui auront certainement déjà dit que nous étions venus dîner, comme il nous y avait autorisés, afin de faire l'économie des repas[2]. Nous cherchons désormais un usurier, assez chrétien pour ne pas nous couillonner. Deux élèves, Franz de Paula Roser[3], et Joseph Leopold Eybler, avalent leurs cours avec Wolfgang, mais cet appartement ne peut assurément convenir longtemps. Huit élèves nous sortiraient de cette mendicité sournoise[4].

Quand pourrons-nous en changer, et organiser quelques musiques par souscriptions ?

*

Je me trouve vraiment contrainte d'aller prendre les eaux car c'est mon tour de souffrir. Wolfgang n'écoute guère mes prières – oh ! je voudrais tant rester auprès de lui, et il m'envoie à Baden ! Le docteur Closset m'ordonne soixante bains pour cette saison, et il en sera de même à l'automne prochain. Seigneur ! je ne veux plus supporter ces ulcères et causer tant de soucis à mon mari…

*

Vienne le 2 juin 1790.

Petite femme chérie !

J'espère que tu as bien reçu ma lettre ; il me faut un peu te gronder ma chérie ! S'il n'est pas possible que tu aies reçu une lettre de moi, tu aurais pu au moins écrire, toi-même ; ne dois-tu que répondre ? *J'attendais à coup sûr une lettre de ma chère petite femme – mais je me trompais, hélas ; répare cela, je te le conseille, sinon je ne te le pardonnerai jamais de ma vie. Hier je suis allé voir la deuxième partie de la* Cosa rara *– mais cela ne me plaît pas autant que les Anton. Si tu viens en ville samedi, tu pourras rester la moitié du dimanche – nous sommes invités à Schwechat (où vivent les parents de Eybler), à une messe, puis à déjeuner. Adieu, fais attention à ta santé ; – à propos... (tu sais qui je veux dire) est un gredin – d'abord il me fait en face des courbettes, mais il se moque en public de* Figaro *– et il m'a fait un grand tort au sujet de l'affaire que tu sais –* j'en ai la certitude.

Ton mari qui t'aime
de tout cœur,
Mozart.

*

Baden, le 4 juin 1790.

Mon petit homme chéri !

Oui, je le confesse sans morgue, à peine étais-je parvenue à Baden que je voulus me réjouir pleinement de ce changement. Oh ! ne va pas avaler que notre séparation me fasse jouir d'un bonheur qui me gagne au point de mépriser de t'écrire, mais tu sais bien, Wolfi, comme l'air nouveau et les conversations familières me rendent frivole ! Me pardonneras-tu, doux seigneur et maître, maintenant que l'étourderie est réparée ? – Je suis accablée par la *nouvelle*, je pense que tu veux parler de

… et de la lettre qu'il t'avait recommandé d'écrire à Sa Majesté ; je ne sais que dire. Nous avions tant de soutien, tant d'amis dans notre maison ; ainsi tous ceux-là n'étaient que flatteurs et profiteurs d'une époque, où l'on clamait tes dispositions divines dans les meilleures places de musique ? Peut-être, chéri, faut-il se méfier de la volonté de celui qui te rapporte les propos incertains de S. A quel dessein s'est-on arrangé pour t'apprendre cette rumeur ? – Et si cela n'était encore qu'un commérage réglé par ce Salieridicule qui ne supporte pas ton talent ? Non, je délire, la frénésie s'empare de mon esprit. On m'a dit un jour qu'il te jalousait, certes, mais qu'il ne ratait jamais une représentation de tes œuvres et se procurait toutes les partitions gravées de ta main. Si Sa Majesté ne souhaite pas te prendre à son service, au moins seras-tu comme bien d'autres qui furent tes ennemis, et ce que tu perdras en *influence* à la cour, le gagneras-tu en amitiés inattendues ! Amour ! ne crains point, ta musique parle pour toi et défend bien mieux ton affaire que le meilleur ambassadeur ! Chéri ! je viendrai samedi, sois-en sûr, et je rendrai aussi visite à ton *brigand du milieu*, afin de lui montrer tout mon art du baiser tandis que toi, tu oublieras tes soucis, sous les caresses d'une bien brûlante épouse ! L'eau ici est mortellement chaude, vois-tu comme mon cerveau se trouve engourdi par cette chaleur ? Contente-toi avec moi de ce qui n'est pas ramolli, et embrasse, et puis flaire aussi cette lettre ici… car mon petit pétard s'est frictionné à cet endroit. Ainsi, comment trouves-tu l'air de Baden ? Ma foi bien respirable, n'est-ce pas, Coquin ? !

Que cette douce senteur de SchablaPumfa annonce à ton grand javelot l'ouverture des visites à mon cul, chaque jour que Dieu fait.

Je te prie, Wolfi, de ne plus te crucifier avec cet argent que tu voudrais voir danser dans mes mains ; il y a bien, *en attendant*, d'autres grelots dont la musique me contentera. Amène-les donc, sinon arrange les joutes pour samedi.

Je dois te quitter désormais, puisqu'il est minuit plein, et t'affirmer toujours, comme je t'embrasse et demeure

ton épouse très fidèle,
Stanzi Marini[5].

*

Je ne me suis aucunement rendue à Vienne ; mon époux s'est transporté jusqu'à Baden, où nous restons ensemble. Il n'est plus question de déménagement à présent ; nos maigres revenus ne le permettent point.

Plus de concerts par souscriptions, car la noblesse se prépare à rejoindre ses quartiers d'été.

Plus de leçons ni d'élèves.

Wolfgang reste ici, à Baden, avec moi ; il retournera à Vienne lorsque cela sera vraiment nécessaire, pour diriger son opéra.

Les éditeurs nous offrent pour la gravure des œuvres, des sommes d'argent négligeables. Se peut-il vraiment qu'on ne veuille plus, dans les salons de musique, des notes du grand Mozart ?

Qui joue-t-on dans ces misérables assemblées musicales ?

Nos emprunts à Puchberg sont maintenant à cinq cents florins. Pourquoi n'a-t-il jamais voulu consentir le même prêt en une seule fois, ainsi nous aurions pu régler toutes nos dépenses, au lieu de survivre un peu chaque jour…

Eté 1790

Nous n'avons plus aucun espoir de réponse de l'Empereur; pas plus qu'il ne serait question de connaître les motifs de son silence.

Les premières belles journées de l'été donnent toute leur clémence; mon cher mari est resté à Baden. Ainsi faisons-nous des économies.

Et puis mes ulcères commencent à cicatriser!

Comment se peut-il qu'une eau d'une telle puanteur refermât les plus vilaines plaies?

Le baron Van Swieten propose à Wolfgang de réorchestrer *Les Fêtes d'Alexandre* et l'*Ode à Sainte-Cécile* de Haendel, pour une de ses académies privées; je ne sais s'il faut remercier pour cette aubaine, ou maudire sans preuves toute la descendance de celui qui, peut-être, a poussé la lettre de Wolfgang à l'Empereur, vers les oubliettes.

Sommes-nous véritablement victimes d'un complot?

*

L'argent de Swieten a permis, hier, d'envoyer quelques florins au marchand de mode impatient; nous aurons bien besoin de son goût et de ses services lorsque nous rentrerons à Vienne, car la mode n'est plus comme jadis.

Ainsi les contraintes françaises ont fini de séduire les dames ; on porte maintenant des toilettes anglaises. La mode française se trouve secouée par les révolutions et les bonnets de laitières ne séduisent guère chez nous. Les Anglais, après avoir été nourris d'influences françaises pour leurs meubles et leurs toilettes, se libèrent désormais de ces contraintes de corsets étouffants ; mais qui, de nos jours, voudrait suivre encore les caprices d'une mode issue d'un pays en révolution ? A Paris, les manières élégantes peuvent dénoncer la noblesse ; il semble plus prudent de marcher dans le crottin pour paraître gueux, que de montrer ses affinités avec la délicate aristocratie.

A Vienne, les manières sont différentes ; nous devons déguiser avec soin notre faveur pour les révolutionnaires, les Illuminés et les francs-maçons, tous désormais soupçonnés de préparer un complot universel.

Pourquoi ne pouvons-nous espérer une situation impérissable, dans cette ville ardente, où 210 000 âmes clament leur amour de la musique ?

Peut-être justement parce qu'ici, tout le monde joue de la musique et tout le monde l'apprend. Les académies sont si nombreuses qu'il serait aisé d'en écouter plusieurs en une seule soirée d'hiver. Ces académies sont toujours réglées de la même façon ; on commence par un quatuor ou une symphonie, ensuite de quoi on applaudit. Les demoiselles apparaissent l'une après l'autre, posent gracieusement leur sonate pour piano – et la jouent tant bien que mal. D'autres beautés viennent ensuite chanter leurs airs, prélevés dans les opéras les plus récents. La chose plaît. On applaudit encore.

Toute jeune fille raffinée, qu'elle possède ou non du talent, doit apprendre à jouer du piano ou à chanter ; premièrement, c'est la mode ; deuxièmement, c'est la manière la plus commode de se produire élégamment en société et donc – si la nature le veut – de se faire remarquer et de trouver un riche parti. Les fils doivent eux aussi apprendre la musique ; premièrement, parce que c'est la mode ; deuxièmement, parce qu'elle sert d'introduction dans la bonne société, et beaucoup de musiciens peuvent trouver ainsi une riche épouse, ou bien une place très satisfaisante.

Excepté Wolfi, dont les desseins n'ont jamais été de se marier avec une riche personne, et qui espère, encore pour demain, une place assez satisfaisante…

Mon Dieu ! l'heure du bain est déjà passée !

*

Wolfgang a écrit à Puchberg…

Avec sa bien aimable réponse, étaient glissés 25 florins.

Ô ! comme je me soucie de notre devenir ; hier encore, lorsqu'une réponse de l'Empereur pouvait flatter notre compagnie, on prêtait facilement 150 florins. Désormais, Vienne ne veut plus gager sur les exploits de son vieil enfant prodige.

*

Mon pauvre mari est bien souffrant depuis hier !

Je me suis tant inquiétée, persuadée, sotte, qu'il dépensait son temps de façon inutile ou frivole. Lorsqu'il rentra, trempé de sueur, la figure si pâle, j'eus peine à me souvenir des remarques que j'avais préparées à son endroit. Oh, chéri, nous voici tous les deux souffrants comme des vieillards miséreux de quarante ans !

*

Très cher ami et frère,

Si mon état était supportable hier, je vais aujourd'hui fort mal ; je n'ai pu, de douleur, fermer l'œil de la nuit ; sans doute me suis-je hier trop échauffé dans mes démarches et ai-je, sans m'en rendre compte pris froid ensuite ; imaginez ma situation – malade et écrasé de tourments et soucis – une telle situation empêche également la guérison rapide. Dans 8 ou 15 jours, je recevrai une aide – sûrement – mais pour l'instant, je suis dans la misère. – Ne pourriez-vous pas me soutenir par un petit quelque chose ? Tout me serait utile pour l'instant. – Et vous calmeriez dès lors votre

véritable ami, serviteur et fr.,
W. A. Mozart.

Oh, Amour ! Tu crois m'épargner les soucis en écrivant tes lettres en cachette. Comme je t'aime, pour ces prévenances, et combien je peine à feindre mon insouciance.

La réponse de Puchberg est arrivée : 10 florins accompagnent sa désolation fraternelle.

Jamais encore nous ne reçûmes une aide aussi réduite ; on montre bien maintenant le peu de crédit qu'on prête aux projets du compositeur de la Chambre impériale.

*

Ma sœur Josepha vient de donner naissance à son premier enfant ; la petite se prénomme Josepha, et bien

515

que toute froissée, Franz Hofer lui donne déjà d'infinies communautés de traits avec sa grand-mère Weber. Quelle charmante lettre ! toute emplie de contentement et d'espoir pour cette enfant. Dieu accorde santé et vie à cette petite créature innocente. Oh ! que Josepha et ce bon Hofer ne rencontrent jamais de tels chagrins que les miens.

*

Le roi et la reine de Naples sont à Vienne pour les fiançailles de leurs deux filles (fort laides à ce que l'on raconte), avec les deux fils de Leopold II, notre nouvel Empereur. Les deux sœurs épouseront donc leurs cousins, dont l'un est déjà le veuf de la gracieuse Elisabeth de Wurtemberg, qui chavira le cœur de mon vieux fou, un soir à l'Opéra.

Pour ces royales fiançailles, de grandes fêtes sont organisées ; on prépare certainement déjà toutes les musiques, et Wolfgang sera assurément invité à composer, répéter, puis diriger l'orchestre. Toute la noblesse doit déjà battre ses redingotes et pourchasser les modistes dans tout Vienne.

Je suis si gaie – nous serons bientôt assourdis d'applaudissements, ivres de vins de Champagne et de danse !

Que vais-je porter, à cette merveilleuse assemblée ? Toutes mes ceintures de percale sont désormais passées, mes souliers ont perdu leurs jolies pierres brillantes. N'ai-je donc pas une seule de toutes ces robes, avec laquelle on ne m'ait déjà vue ?

Leopold II connaît assez mon mari, pour ne pas oublier qu'il avait souhaité le prendre à son service en Toscane, après leur rencontre en 1770. Et puis, malgré toutes les interdictions qui frappèrent le *Figaro* de Beaumarchais, il autorisa tout de même les représentations des *Nozze di Figaro* à Florence !

Je n'ose plus sortir de notre logis de Baden ; tout le monde connaît désormais la nouvelle : Haydn se trouve officiellement invité aux fêtes de fiançailles royales à Vienne. A cela, Wolfgang et moi ne trouvons rien d'anormal.

Toutefois, le musicien de la Chambre impériale est mon mari et non son *papa spirituel* ; à ce titre, Wolfgang Mozart devrait sans contredit figurer sur toutes les invitations. Voici qu'il n'en est nullement question !

Ce bon Haydn ne s'est aucunement manifesté ces derniers jours, sûrement s'imagine-t-il que son ami et frère est invité aux fêtes et croit-il le rejoindre bientôt. Hélas ! mon cher, si cher ami ! on n'invite plus Mozart, mais on l'évite.

Bien pis encore ! Malgré son habile démission de son poste au théâtre, Salieri est officiellement invité aux fiançailles ! Ce coquin est toujours directeur de musique de la Cour ! Aux fiançailles, on le remarquera flanqué de son élève que nul ne peut ignorer désormais : ce petit Weigl de rien du tout !

Comment se peut-il que tous les musiciens de la Cour, ainsi que ceux dont on réclama la démission, soient officiellement invités par la Cour, et que Wolfgang Mozart soit oublié ?

*

Mon Dieu ! cette fin d'été n'aura jamais cessé de martyriser mon petit homme !

On prépare désormais le couronnement de Leopold II; Sa Majesté sera sacrée empereur à Francfort très bientôt, le 9 octobre prochain.

Cette fois, ce sont dix-sept musiciens de Vienne que l'on engage au couronnement, mais Wolfgang, lui, n'est pas convié à ce voyage officiel.

Je ne puis croire désormais qu'il s'agisse d'un oubli, ni même d'un grossier dédain pour sa musique dont le public raffole moins en ce moment. Bien des compositeurs vécurent de leur médiocrité cette année, sans toutefois qu'on eût oublié de les inviter à torchonner le couronnement.

Oui, je pense à Salieri et cela me rend folle jusqu'à la frénésie.

*

Toujours ces assourdissantes rumeurs, sur un complot contre tous les rois et toutes les reines du monde. Un maître de la Loge fait clairement état de la convenance de mon mari avec les révolutionnaires de France; il dit que cet imprudent, en exprimant hautement son soutien, emmène avec lui tous ses frères dans l'abîme. Ne peut-on, discrètement, lui rappeler son devoir de silence?

On se souvient trop du coup de pied au cul lancé par le comte Arco, lorsque Wolfgang désirait se libérer du prince-archevêque Colloredo. On raconte aussi comment les roturiers de Paris défilent dans les rues, chantant « *Se vuol ballare* »! Mon mari redoute plus que tout d'être pris pour l'inspirateur de cette révolution, avec son *Figaro*…

Oh! ma tête explose à tous ces propos, ces questionnements incessants!

Cette idée de Liberté, Egalité, Fraternité, criée dans les rues de France ne peut aucunement provenir d'un simple compositeur de la Cour. Mon Dieu, ne pouvez-vous, dans votre très grande bonté, montrer au monde en colère, à la noblesse de Vienne, comme mon Homme, si affaibli aujourd'hui, ne peut pas être celui qui éperonne les roturiers affamés de justice ?

S'il est vrai que *L'Enlèvement au sérail* chante la *Liberté*, et que *Le Nozze di Figaro* vocalisent l'*Egalité, la Fraternité* dont les francs-maçons se soucient n'est pas moins applicable à tous les hommes de cette terre !

*

Mon époux, auteur de *Figaro*, ami des Illuminés et franc-maçon est devenu un individu suspect[6]. Ce brave petit homme cesserait d'être à la mode. On ne prononcerait désormais son nom que dans la crainte d'être sévèrement réprouvé !

Hommes de mauvaise volonté, croyez-vous qu'on puisse ainsi rejeter la figure éclatante de l'art, croyez-vous que Mozart soit devenu un séditieux, un arbre vidé de toute sève ?

Mais il ne vous laissera pas, oh ! je le sais, il ne vous laissera pas, les prêcheurs, les imposteurs, les détrousseurs de notes, les fourbes et les médiocres, lui prendre son honneur et l'enterrer vivant.

Automne 1790

Je suis rentrée à Vienne.

Depuis hier, Wolfgang tourne autour du billard et ne se repose pas un instant; choquant ses talons l'un contre l'autre, se passant son chiffon à encre sous le nez, avec sa grimace pensive.

Puis, brutalement :

– Soit ! je ne suis pas invité à Francfort, alors que tout Vienne s'y trouve ? Je vais donc m'y rendre par mes propres moyens ! Stanzi, regardons, veux-tu, ce que contient ma garde-robe !

– Amour, ai-je dit, je puis comprendre ta désolation, toutefois… nous n'avons aucun argent pour ce voyage !

– Suffit ! J'ai pensé à tout. Snaï[7] ! Allons préparer mes bagages, veux-tu ?

Nous choisîmes alors de ses toilettes les plus raffinées, afin qu'il parût en public dans la plus éclatante élégance[8].

Puis, nous nous mîmes en quête d'un prêteur, pour quérir l'argent commode à ce voyage.

Enfin, dans l'heure, nous trouvâmes un prêteur chrétien; il entra dans notre logis, et déposa sur la table tout ce qui lui sembla fructueux :

– 1 hanap en faïence française, décor bleu et rouge de fleurons, dentelles, croisillons et mascarons,

– 2 saupoudreuses de faïence dito, décor rouge et bleu de broderies, bouquets et fleurons, en forme de balustre,

– 1 chauffe-mains en faïence allemande, en forme de petit livre feint, au décor de bouquets de fleurs,

– 1 compotier de faïence dito, décor bleu de corbeilles fleuries, guirlandes et fleurons,

– 2 tabatières en faïence et argent, décor de paysages et allégories, cœurs percés,

– 1 terrine-légumier en faïence allemande, décor de rocailles et coq,

– 1 chandelier d'argent à cinq lumières avec bobèches travaillées,

– 8 fourchettes et 8 cuillers, 2 grandes cuillers de service, 8 petites cuillers à chocolat, 1 louche à potage, 1 cuiller à entremets de service, le tout en argent,

– 8 couteaux en fer, à manches d'ivoire sculpté en ronde bosse ; figures de Vénus et l'Amour et de Mercure, poinçon français de Lyon,

– 1 candélabre à cinq lumières, en argent,

– 2 cruchons de grès ordinaire, avec casque en métal travaillé,

– 1 bonbonnière en argent, couvercle décoré de pierres de couleur rouge, violette et rose,

– 1 coupe en faïence espagnole, bords droits sur piédouche, décor lustré de feuillages, reflets cuivreux,

– 1 plateau de service en argent, poignées en nacre et argent,

– 1 violon de faïence italienne, décor bleu de fleurs et fleurons, puis il se transporta dans la seconde pièce et nota aussi ce qui nourrissait encore mon orgueil et l'esprit de nos souvenirs d'aisance :

– 2 miroirs, encadrement de bois sculpté et doré et de glaces,

– 1 canne haute, en ivoire sculpté en forme de bambou, décorée de feuillages dorés,

– 1 pendule en cartel, en bois peint et bronze doré, décor de fleurs sur fond vert en vernis ; cadran à treize cartouches émaillés,

– 1 nécessaire à toilette : aiguière et son bassin, 2 grandes boîtes à poudre, 1 boîte rectangulaire, le tout en argent ciselé et gravé,

– 1 console en bois doré, forme demi-lune, dessus de marbre rouge, décor sculpté de têtes de béliers, guirlandes de fruits et pieds de biche,

– 1 table-bouillotte en bois de placage, à pieds cannelés, chutes de bronze, dessus en marbre blanc à galerie.

Heinrich Lackenbacher offrit huit cent florins contre tous ces souvenirs. Huit cents florins, contre la pendule cartel de mon pauvre père, la bonbonnière de Martha Waldstätten, puis aussi la tabatière du vieux fou…

Laissez donc votre mine fâchée, Lackenbacher, et cette liste écrite salopement ; dites aussi comment signer ce contrat qui nous saigne à blanc.

*

Demain matin, dès cinq heures, Hofer viendra prendre six malles et les portera à son logement ; toute notre vie entassée dans six malheureuses malles !

Comment rester désormais dans cet appartement à demi vide, sans bois de chauffage pour l'hiver, sans décoration ni agrément?

Nous voici à présent sans domicile durable, privés de refuge intime et des petits luxes qui rendent les jours moins pénibles. Tout Vienne se trouve déjà en route pour Francfort et cela me rassure; ainsi n'y aura-t-il aucun témoin de notre triste déménagement, notre migration déshonorante.

Dans quelques heures, mon petit Homme et Hofer trotteront vers Francfort, dans notre voiture particulière, et rejoindront ceux qui délaissent et méprisent maintenant son art; je resterai avec Josepha et son jeune enfant. Leur asile m'avance le confort et la tranquillité des économies, ainsi que les agréments de la compagnie de ma sœur; nous chanterons ensemble, nous inviterons Sophie et maman, nous ferons quelques musiques, et au reste nous boirons des cruches.

*

Notre reconnaissance de mille florins de dette est maintenant signée; nous devrons trouver avant deux ans la méthode, l'argent du remboursement de ces huit cents florins de prêt, sans compter les deux cents d'intérêts.

Mon Dieu! comme cette somme paraît énorme, ainsi présentée en pièces de 20 kreutzers et pièces en argent de 1 mark de Cologne.

*

Je dois maintenant sasser avec un *frère*, l'éditeur Hoffmeister, pour engager une affaire de mille florins en espèces; nous le rembourserions alors en compositions de musique, jusqu'à la valeur des mille florins.

*

Vienne, le 2 octobre 1790.

A six heures, le matin,

Cher excellent petit homme de mon cœur !

Oh ! comme cela est étrange de t'écrire, sans même savoir où ma lettre te touchera ; je connais ton voyage et je sais déjà comme ton cul pâtit des banquettes de carrosses ! Josepha voudrait aussi savoir les dommages causés sur Hofer. Nous avons fort peu dormi cette nuit passée, car la petite Josepha nous a fait entendre ses pleurs ; les coliques des nourrissons sont bien embarrassantes pour les jeunes mères, mais dis bien à Hofer qu'il ne s'inquiète nullement, car tout ceci est parfaitement commun. Je me suis rendue compte que dans notre déménagement, nous avons oublié de vider le trou du plancher, où tu cachais les travaux *de ce que tu sais* ; il serait fâcheux qu'un autre dénichât cela. – *Nous nous comprenons*, je pense[9]. Je vais dès ce soir m'y rendre, afin de débourrer ta cache, puisque je n'ai pas encore rendu la clef. Vois-tu comme parfois, lorsque je te désobéis, nous pouvons trouver bien des avantages à mes négligences étourdies. Je craignais ta fâcherie, à ne point m'être occupée hâtivement de faire porter la clef au propriétaire, mais j'avais bien des motifs raisonnables à te dire ; suffit ! à présent, je me félicite de cette heureuse lenteur. Sinon, tu dois savoir que j'ai rencontré Hoffmeister, et ton affaire semble lui convenir, à ce que dit Stadler, mais tu ne pourras pas le rembourser en composant ce que bon te semble ; ainsi souhaite-t-il déjà te commander une œuvre sur un thème fermenté dans son cerveau. A propos, à cause de ta manie de donner des petits noms à tout le monde, j'ai appelé Stadler « groseille » mais comme nous n'étions pas seuls, il feignit ne pas avoir entendu ou compris ! Il m'en parlera bientôt, j'en suis certaine. Sinon, savais-tu que Müller, pour qui tu composes ta musique à horloge, cache un autre personnage que celui que nous connaissons ? Ainsi, par Josepha, qui raffole des intrigues amusantes, je sais que derrière Müller[10] se cache un comte Joseph Deym ; il ne lui suffit pas de tenir une galerie de figures de cire, il lui faut aussi cacher son vrai nom pour ne pas être la risée de ses semblables aristocrates, avec ses marchandises et curiosités, comme ses horloges à musique. Il se serait étrangement égaré dans un *duel* finissant de manière fâcheuse et ne désire pas que cela s'affiche. Tu peux compter sur Josepha pour clamer avec *innocence* ce que chacun veut garder secret !

J'ai trop peur, *in fine*, qu'un domestique ou autre visiteur trouve tes papiers ennuyeux, je vais donc maintenant les quérir et reprendrai cette lettre bientôt.

Chéri ! tes documents sont maintenant ici, chez Hofer et nous avons trouvé un bon endroit pour remiser les feuilles de la *G*.

Gauckerl est désormais gardien de tes griffonnages, réunis sous sa paillasse. Je prie pour que ce chien imbécile n'aille pas un jour pisser sur sa propre couche !

Adieu, mon petit homme, ne te laisse duper par aucune éloquence et souris à toute cette assemblée de bras cassés, comme si j'étais près de toi ! Dieu te garde et fasse voler jusqu'à ta bouche de velours, tes yeux de soie et ton gros nez, les 1 000 baisers de

> ton épouse fidèle et aimante,
> Constanza.

*

Francfort-sur-le-Main, le 3 octobre 1790.
Très chère, excellente petite femme de mon cœur !

Je suis maintenant consolé et heureux. D'abord parce que j'ai reçu de tes nouvelles, ma chérie, ce que j'attendais avec tant d'impatience ; deuxièmement à cause des informations rassurantes concernant mes affaires – j'ai fermement décidé d'écrire tout de suite un Adagio pour l'Horloger – et de faire sonner quelques ducats dans les mains de ma chère petite femme ; c'est donc ce que je fais, mais comme c'est un travail que je déteste, j'ai été assez malheureux de ne pouvoir le terminer – j'y travaille chaque jour – mais je dois sans cesse m'interrompre parce que cela m'ennuie. Si ce n'était pour une raison aussi importante, il est certain que je l'abandonnerais pour de bon – mais de cette façon, j'espère pouvoir en venir à bout petit à petit. Si c'était pour un grand automate et si la chose résonnait comme un orgue, oui, cela me plairait ; mais ici, le mécanisme est composé de petits tuyaux qui ont un son aigu qui me semble enfantin.

Je vis encore très retiré jusqu'à ce jour – je ne sors pas de la matinée mais reste dans ce trou qui est ma chambre, et compose ; ma seule distraction est le théâtre où je retrouve pas mal d'amis de Vienne, Munich, Mannheim, et même de Salzbourg – le corniste Lang et le trésorier Goes sont là – et le vieux Wendling avec sa Dorothée – cul envolé ; c'est ainsi que j'aimerais continuer à vivre – mais je crains que cela ait une fin, et qu'une vie mouvementée ne commence – on veut déjà partout m'avoir et si je répugne à me laisser regarder de tous les côtés, j'en reconnais toutefois la nécessité – et au nom de Dieu, je dois en passer par là ; mardi, la troupe de comédiens de l'électorat de Mayence donnera mon Don Giovanni en mon honneur. Adieu, ma chérie – salue pour moi le peu d'amis qui me veulent du bien, fais attention à ta santé qui m'est si chère et sois toujours ma Constanze comme je serai à jamais ton

Mozart.

N. B. Ecris-moi souvent, même si ce ne sont que quelques lignes. (...) Demain lundi, a lieu l'entrée[11], et dans huit jours, le couronnement.

Pauvre Amour !

Comme je le plains, d'être exilé dans son trou ! Oui, il écrit « *on me veut partout* », pourtant le prêteur et nos créanciers n'ont que faire de ce goût d'entendre gratuitement les notes de mon mari ! Jadis, on le réclamait pour son jeune âge, puis ce fut pour vérifier si les années n'avaient point desséché la source ; plus tard, on réclama ses notes et courut à nos académies pour la seule et unique raison de son talent ; à présent, c'est sa figure défaite que l'on veut regarder, voir comment ses doigts rougis par le froid de notre logis se tiennent sur le clavier. Oh ! Salieri, je vous imagine fort bien flairer les habits de Wolfgang pour y reconnaître l'odeur du moisi. N'en faites rien ! votre odorat de chien galeux sera fort déçu, car les eaux de Cologne et les parfums français sont encore communs dans nos armoires.

Combien je redoute pour mon Amour les prochaines fêtes ! il n'a aucune place officielle et devra se contenter d'être mêlé à la foule des inconnus de la rue.

*

Leopold II est entré dans Francfort, avec une suite solennelle de 1 493 carrosses, tirés par six chevaux. Salieri fait partie de cette suite. Ô Wolferl, ange de bonté, je n'ai nul besoin que tu m'écrives les événements ; les gazettes en parlent assez pour me supplicier depuis Vienne. Rien que l'argent pour l'avoine de ces 8 958 chevaux suffirait à nourrir notre famille une année durant !

Je sais bien qu'il ne gagnera pas suffisamment pour rembourser les huit cents florins empruntés, et même si Hoffmeister donnait demain ce que nous espérons contre sa musique, nous devrions alors manger la moitié de cet argent, pour rembourser notre premier emprunt. Peut-on se sortir d'un tel embarras, en prenant mardi de quoi payer ce que l'on emprunta lundi ?

*

Très chère excellente petite femme !

(...) Il ne faut plus m'écrire maintenant, car lorsque tu liras la présente, je ne serai sans doute plus ici, puisque je pense donner mon académie mercredi ou jeudi, et vendredi – tschiri tschischi – le mieux sera de prendre immédiatement la fuite. Petite femme chérie ! j'espère que tu te seras souciée de ce que je t'ai écrit – et t'en occupes encore ; je ne gagnerai sûrement pas assez ici pour être en mesure de payer dès mon retour 800 ou 1 000 fl. – mais si l'affaire avec Hoffmeister est au moins engagée au point que seule ma présence manque, je toucherai tout de suite sur 2 000 florins (moins les intérêts gros à 20 pour cent) – 1 600 florins de la main à la main. Je peux alors rendre 1 000 florins, il m'en reste encore 600. Pour l'avent, je commencerai de toute façon à donner de petites musiques de quatuors en souscription – je prendrai aussi des élèves – (...) je t'en prie, réalise seulement pour moi l'affaire avec H. si tu veux que je revienne. Si seulement tu pouvais voir dans mon cœur – il s'y déroule un combat entre le souhait, le désir de te revoir et de t'embrasser, et l'envie de ramener beaucoup d'argent à la maison. J'ai souvent eu l'idée de continuer à voyager encore – mais lorsque je me forçais à prendre cette décision, il me revenait à l'esprit combien je regretterais de m'être si longtemps séparé de mon épouse pour une issue aussi incertaine et peut-être même infruc-

tueuse – j'ai l'impression d'être éloigné de toi depuis des années. Crois-moi ma chérie, si tu étais avec moi, je m'y résoudrais peut-être plus facilement – mais – je suis trop habitué à être avec toi – et je t'aime trop pour pouvoir rester séparé de toi trop longtemps – et puis ce qu'on fait dans les villes de l'empire n'est qu'ostentation ! Je suis certes célèbre, admiré et aimé, ici ; mais les gens sont encore plus pingres qu'à Vienne. Si mon académie marche assez bien, je le dois à mon nom. (...) Mais, je serai heureux lorsque ce sera fini. Si je travaille assidûment à Vienne et prends des élèves, nous pouvons vivre dans le bonheur ; et rien ne peut m'écarter de ce plan, sinon un bon engagement à une cour quelconque. Essaie seulement de mener à bien l'affaire avec Hoffmeister grâce à « Groseille » et autres, et de faire mieux connaître ma décision de prendre des élèves ; nous ne manquerons alors de rien. Adieu – ma chérie – tu recevras encore des lettres de moi, mais je ne pourrai hélas plus en recevoir... Aime toujours ton

Mozart.

(...) Fais attention à ta santé. Et prends garde en marchant.

Wolferl ne me dit rien de sa déception, mais je la connais par les journaux qui me déchirent le cœur ; *Don Giovanni* n'a pas été joué à Francfort, car le directeur de la troupe a changé d'avis. *L'Amour chez les fous*, de Dittersdorf, a remplacé l'œuvre de mon mari. Remplacé ? Assurément, cette chose ne l'aura pas égalée.

Jamais.

Puis il y eut la messe du couronnement ; on joua la *Missa Solemnis* de Righini, avec tous les musiciens de la cour de Mayence et quinze musiciens de Vienne, venus dans la suite de l'empereur. Wolfgang Mozart n'était point convié à rejoindre cet ensemble.

Un ours et un fou dirigèrent tout l'orchestre.

Salieri et Umlauff.

On pense assurément qu'un fabriquant de bruit sera plus à la hauteur de la tâche, qu'un *révolutionnaire agacé*.

*

Francfort-sur-le-Main, le 15 octobre 1790.

Petite femme chérie de mon cœur !

Je n'ai pas encore reçu de réponse à mes lettres de Francfort, ce qui ne m'inquiète pas peu. Aujourd'hui à 11 heures a eu lieu mon académie, qui a été magnifique en ce qui concerne les honneurs, mais maigre pour ce qui est du bénéfice. Par malheur, il y avait un grand déjeuner chez le prince et grandes manœuvres des troupes de Hesse – mais chaque jour de ma présence ici, il y eût de tels empêchements. Ceux-là – tu ne peux pas les imaginer – mais malgré tout, j'étais de si bonne humeur et ai tant plu qu'on m'a imploré de donner une académie dimanche prochain. Je pars donc lundi. Je dois clore car sinon, je manque la poste. (...) Je crois aussi comprendre que tu doutes de ma ponctualité à t'écrire ou plutôt de mon ardeur, ce qui me blesse. Tu devrais mieux me connaître. Ô Dieu, aime-moi seulement moitié moins que moi je t'aime et je suis satisfait, à jamais ton

Mozart.

*

Pour la première fois depuis notre mariage, j'ai pris seule une décision d'importance. Les lettres de Wolfgang et son assurance à trouver de nombreux élèves m'ont encouragée à suivre mon idée ; nous avons économisé un loyer grâce à Josepha et Hofer. Toutefois, et bien que les heures dépensées ici ont été des plus apaisantes, il ne serait question de reprendre des élèves sans un logement convenable, où seraient placés le billard ainsi que le piano.

Oui, le billard, car mon époux n'hésite jamais à dicter ses modèles de composition en jouant au billard. Son esprit peut embrasser tant de choses à la fois, que cela en est même un jeu ; aussi, me suis-je parfois divertie à lui lire un conte qu'il ne connaissait pas, tandis qu'il devait, sur sa table, résoudre une énigme de savants calculs mathématiques et, plus tard, me rapporter les détails du conte légendaire !

*

Avec l'aide de Dieu et les bras de notre bon Joseph, nous voici logés Rauhensteigasse, au premier étage de la Petite Maison Kayser.

Les meubles qui se trouvent déjà dans cette maison seront bien utiles, en attendant que nos affaires personnelles soient reprises chez le prêteur. Je voudrais tant reprendre le cartel de mon pauvre père ! Je le revois encore, fourgonnant les rouages du mécanisme de sa pendule.

*

Quelques âmes pieuses se sont empressées de me rendre visite, dès leur retour de Francfort ; ainsi je connais déjà la nouvelle, à propos de la deuxième académie de Wolfgang. On donnait le même jour la *Cantatra Sacra* de Walter ; le concert de mon époux fut donc annulé au profit d'une autre œuvre, où toute la noblesse s'était dépêchée.

*

Mon petit Carl semble enchanté de ce nouveau logis car le voisinage compte beaucoup d'enfants du même âge ; ainsi n'aurai-je pas l'affliction de ces pauvres parents qui déplorent les jeux favoris de leurs galopins dans les jardins des églises, sur les ossements rougis et cassants remontés des fosses inondées.

*

Je suis impatiente de montrer notre maison à Wolfgang !

On entre par l'escalier dans le fond, et on arrive par un vestibule-cuisine. Dans le coin de la cuisine, il y a une grande cheminée, ainsi qu'un tuyau pour le poêle du salon ; le salon est un peu sombre, car les fenêtres donnent sur une petite cour ; entre le salon et la salle de billard, se trouve un tout petit salon, qui reçoit la lumière du jour ; le *grand* salon est éclairé par un lustre que je n'aime pas beaucoup, mais je ne veux nullement offenser ma mère, qui vient de me l'offrir. Le salon de billard n'est séparé du cabinet de travail que par une porte vitrée ; son cabinet de travail sera la pièce la plus claire et la mieux ventée. Toutes les autres pièces sont dépourvues de fenêtres, car la maison est d'époque gothique. Les meubles sont fort simples et conviennent parfaitement au goût du moment ; toutes les courbes compliquées sont démodées et l'on préfère désormais les lignes droites assez modestes, dans toutes sortes de bois. Les tapisseries de coton sont maintenant à carreaux, dans des combinaisons de couleur fort agréables : bleu et blanc, vert et blanc, rouge et blanc, brun et blanc. Je ne sais quelles couleurs choisir ; je voudrais que cela soit mon unique embarras ! Le divan est recouvert de motifs réguliers, aux couleurs sages. Je changerai aussi les motifs de nos panneaux de papier, afin de rafraîchir notre décor à moindre coût[12].

La poste me remet aujourd'hui une lettre bien opportune !

Je ne connais aucunement ce monsieur O'Reilly de Londres qui écrit à :

Monsieur Mozart, célèbre compositeur de musique à Vienne,

Londres, ce 26 octobre 1790.

Par une personne attachée à Son Altesse Royale le Prince de Galles, j'apprends votre dessein de faire un voyage en Angleterre, et comme je souhaite de connaître personnellement des gens à talent, et que je suis actuellement en état de contribuer à leurs avantages, je vous offre, Monsieur, la place de compositeur en Angleterre. Si vous êtes donc en état de vous trouver à Londres vers la fin du mois de décembre prochain 1790 pour y rester jusqu'à la fin de juin 1791 et dans cet espace de temps de composer au moins deux opéras ou sérieux ou comiques, selon le choix de la Direction, je vous offre trois cents livres sterling avec l'avantage d'écrire pour le concert de la profession ou toute autre salle de concert à l'exclusion seulement des autres théâtres. Si cette proposition peut vous être agréable et vous êtes en état de l'accepter faites-moi la grâce de me donner une réponse à vue et cette lettre vous servira pour un contrat.

J'ai l'honneur d'être, Monsieur, votre très humble serviteur,

Robert Bray O'Reilly.
P. S. Ayez la bonté de diriger votre réponse au Panthéon à Londres.

Mon Dieu !

Nancy Storace et ses compagnons de voyage auront tenu leur engagement d'enlever un poste pour Wolfgang à Londres ! Est-elle éprise de mon époux au point de lui aménager une situation, par ses connaissances et l'usage de ses... *qualités*?

*

De quelle façon pourrions-nous partir? Notre garçon a bientôt six ans; il pourrait bien vivre en pension. Mais il me semble intolérable d'en être séparée si longtemps, alors qu'il est encore petit. Et la charge actuelle de Wolfgang, ce titre – *renversant*! – de musicien de la Chambre impériale, ne se quitte pas en un jour, sans bâcler toutes les requêtes absolues, mendier la permission, et surtout, l'arracher. *On* ne veut déjà plus de lui, pour bien des raisons; en lui accordant le droit de partir, *on* se débarrasse de lui, mais *on* assurerait sa réussite. Serait-ce acceptable pour ses rivaux? En refusant sa demande, *on* feint d'y être attaché, et l'*on* se garantit la représentation de son infortune. Je connais déjà bien des noms qui achèteraient leur billet de souscription pour un tel spectacle :

La Désolation de Wolfgang Mozart
ou
La Main Tranchée de Dieu

Drame en trois actes

Et l'argent de cette odyssée? Où trouverions-nous encore une âme assez pieuse pour prêter sans garantie? Les meubles et l'argenterie sont déjà gagés.

Wolfgang ne jouira jamais du délai pour composer assez et s'acquitter de nos dettes avant décembre prochain. Cela ne peut se rêver.

Ah! je comprends aujourd'hui la colère du peuple! Pourtant, les Evangiles nous avaient fort bien instruits : « *On donnera à celui qui a déjà, mais à celui qui n'a pas, on ôtera même ce qu'il a.* »

Captif de sa situation, sacrifié par les nécessités, voici comment le meilleur des compositeurs se trouve conduit à refuser la meilleure proposition qu'on puisse lui faire demain !

*

Le prince Esterhàzy est mort, et son successeur déteste la musique. Tout l'orchestre se trouve à présent congédié. Joseph Haydn est libre !

*

Je regrette d'avoir soupçonné la Storace pour ses bienfaits. Une proposition comme celle de Londres ne peut venir que du seul talent de mon mari. Oh ! si je devais à présent me méfier de toutes les beautés qui savent chanter, et dont le mariage est un échec…

*

Hier, 10 novembre, mon époux m'est revenu.

Oh ! je ne puis dire toute ma joie de le revoir, malgré sa figure lasse et son teint pâle. Notre nouvelle habitation le comble d'aise ; la pièce que j'ai choisie pour son cabinet de travail est parfaitement à son goût. Et le salon fera sensation, dès lors que nous aurons recommencé les concerts par souscriptions ! Le vent d'automne filtre un peu sous les fenêtres, et je n'ai pas dépensé l'argent restant en bois de chauffage, car il m'a semblé plus raisonnable d'attendre les gains de Wolferl à Francfort. Las ! ses maigres bénéfices ne paieront ni le voyage ni le bois de chauffage. Eh bien, nous danserons[13] !

*

Mon mari m'a fait un curieux présent, en souvenir de son voyage : un mouchoir de la foire de Francfort, où sont écrits les *Droits de l'homme*, ainsi qu'un charmant cahier intitulé *Vivre Libre ou Mourir* ! Quel Etat acceptera de respecter ces principes de droits des hommes, composés par les frères maçons, pour hasarder l'effondrement de sa couronne ? La police fouille sans relâche les lieux de rencontre des francs-maçons et des jacobins de Vienne ; nous avons cherché ce matin quelques planches de parquet à ôter, afin d'enfouir nos secrets périlleux dans l'abîme. Je crains que les femmes ne puissent espérer devenir franc-maçonnes avant quelques années ; il n'est plus question de créer une loge pour le moment. Wolf-gangerl ne veut prendre aucun risque, ni mettre en péril toutes ces femmes qui, à mon image, s'impa-tientent de partager les travaux de ces penseurs érudits.

*

Haydn goûte maintenant la joie de sa liberté ; il quitte Vienne pour Londres où l'on réclame sa musi-que. Heureux homme ! Voici comme la fortune [14] vous ouvre ses bras d'or !

*

Mon amie si facétieuse, Maria-Elise Wagner, m'écrit enfin une lettre depuis sa nouvelle résidence !

Très chère amie !
Pardonnez-moi, ce long silence vous a peut-être laissée penser que je vous oubliais, mais il n'en fut rien, je puis vous l'assurer. Je vous dois bien des explications sur mes agissements, depuis ma dernière lettre. J'étais à Paris, et

voici qu'à présent, je me trouve... à Paris. Je n'ai pu me résoudre à quitter cette ville, tant mon existence s'y trouvait plaisante ; j'eus le privilège d'être présentée au chocolatier autrichien de la reine Marie-Antoinette, par l'entremise du comte de M. A. (vous me comprenez), représentant de l'Autriche à Paris. Le chocolatier, dont le poste faisait bien des envieux car on le dit plus lucratif que maintes baronnies fièrement armoriées et gironnées, eut les plus galantes dispositions à mon endroit. Je devins son aide, puis sa conseillère, puis aussi son amie de cœur ; nous inventâmes ensemble, pour Sa Majesté, le chocolat au bulbe d'orchidée, pour fortifier, un chocolat à la fleur d'oranger pour les humeurs chagrines, puis un autre au lait d'amandes, afin de faciliter les royales digestions. L'art de vivre ici n'est que libertinages et plaisirs ; une invention me permit également de bâtir une réputation enviée. Toutes ces dames de la cour ne souhaitant nullement s'encombrer des grossesses et des nourrissons issus de leurs désordres, j'eus l'idée de poser dans le fondement d'une certaine madame de P... proche de la reine, un louis d'or trempé dans un jus de citron. On s'empressa alors de louer mes services et je fus instruite de maintes intrigues. A présent, le chocolatier et moi n'avons plus guère de commerce ensemble, mais il demeure un confident que j'affectionne. Suffit ! Je suis fort aise d'avoir rompu mes fiançailles avec la Corse, car sinon, il ne m'eût été point permis de connaître toutes ces bagatelles passionnantes ; pouvez-vous vous représenter votre fidèle amie, en robe de mariée, à genoux devant l'autel de l'église, attendant sa bénédiction nuptiale, un pan de sa robe sèchement pincé sous le genou de son promis ? Ainsi que le veut l'usage en Corse, je devais glisser une partie de ma robe sous son poids afin de ne pouvoir me relever avant lui, et qu'il décidât lui-même du bon moment. Oh ! chère amie,

537

vous savez lire mon cœur et comprenez alors mon impuis-
sance à accepter cela.

Ainsi je demeure à Paris depuis cette annulation, toute-
fois je rêve encore de revenir à Vienne et vous serrer dans
mes bras, ma chère amie. On crie beaucoup dans les rues
ici, et Dieu merci, ma roturière naissance est le meilleur
gardien qui soit. Savez-vous que l'on prononce mon nom
« Vanier » ici ? N'est-ce pas amusant ! Ecrivez-moi, si vous
le pouvez, j'aimerais tant vous lire et connaître de vos nou-
velles ! Pardon, si vous le pouvez encore, pour cet abandon
de nos correspondances ; écrivez rue du Croissant à Paris,
je vous répondrai rondement et vous dirai encore combien
je demeure

votre fidèle amie,
Maria-Elise Wagner.

Les Françaises savent ainsi se passer des naissances
qu'elles ne souhaitent pas endurer ; ce ne sera point
mon dessein : mon courrier de Rome présente un nouveau et merveilleux retard !

Me voici de nouveau grosse, emplie d'ardeur et
d'espoir pour Wolfgang et Carl.

Oh Dieu, par Votre Main toute-puissante, Vous
avez fait du retour de Francfort une bénédiction !

*

Joseph Haydn a occupé toute sa dernière journée à
Vienne en notre compagnie ; c'est ainsi que nous
connaissons, par une lettre de son frère Michael à Salzbourg, la naissance du troisième enfant de ma belle-
sœur Nannerl. Une petite Maria-Babette. Je n'imagine
aucunement lui écrire pour l'en féliciter car sans nouvelles de sa part, je puis considérer qu'elle a fait vœu
de nous jeter dans l'ignorance de cette nouvelle.

Savez-vous, Nannerl, combien votre frère se languit parfois de vous lire[15] ?

*

Joseph Haydn connaît notre embarras et brûle de nous emmener dans son fabuleux voyage. Entre mon petit homme et son *papa* spirituel de cinquante-huit ans, les adieux sont déchirants.

– Cher papa, tu n'es pas fait pour courir le monde, et tu parles si peu de langues !

– La langue que je parle est comprise du monde entier, répondit Haydn de sa voix caressante.

Ils se sont embrassés longuement puis, les yeux emplis de larmes, Wolfgang s'effondra :

– Je crains, papa, que ce soit la dernière fois que nous nous voyions…

Haydn promit d'écrire dès son arrivée à Londres et nous supplia de tout oser, afin que nous le rejoignions en hâte, comme on nous en avait déjà prié, et que soit applaudie la musique de Mozart, *le plus grand compositeur au monde…*

Après ces adieux, Wolfgang demeura figé dans son cabinet de travail et je n'osai gêner son affliction.

J'attendis seule, dans notre ténébreux salon.

Dès lors que minuit eut sonné, je l'invitai à se coucher, mais il sembla ne point m'entendre. J'entrai alors dans son cabinet, et reconnus le parfum d'un tabac de pipe[16].

Lorsque je lui appris mes espérances de grossesse, il quitta sa table et s'avança de quelques pas, me considéra de la plus cajoleuse des façons. Puis, dans un silence de messe, Wolfgang s'agenouilla, et couvrit mes mains de baisers vêtus de larmes.

Nous attendîmes l'éternité. Oh! la terre pouvait bien s'ouvrir et engloutir le monde, j'étais bienheureuse.

Je remerciais Dieu de nous dévoiler, en cet instant, tout l'espoir que notre cœur embrassait encore.

Mon petit homme resta à genoux et souffla doucement « *Mon Amour, ave verum corpus…* »

1791

Hiver 1791

La boue glacée des rues me cause bien des frayeurs ; je redoute encore la faiblesse de mes jambes.

Nous avons repris Leonore à notre service, mais je préfère marcher avec le soutien de mes petits hommes.

Ce soir, nous étions retenus à souper à la table de ma mère.

Lorsque nous entrâmes près de l'âtre, Carl découvrit un sapin dans le salon de sa grand-mère, éclairé de mille lumières. Chaque branche portait des fruits secs gracieusement enveloppés, ainsi qu'une coquille de noix emplie d'huile, où brûlait une petite mèche de coton. Devant l'émerveillement de Carl, Caecilia devint toute bienfaisance et prit l'enfant sur ses genoux ; je les regardai alors, car je n'eus pas souvenir d'une telle tendresse de sa part à mon endroit ; je fus heureuse pour mon fils qui en bénéficiait aujourd'hui. Sa voix était plus douce que mes souvenirs d'enfance ; de piètre mère, Caecilia Weber était passée à l'état d'excellente grand-mère.

– Ecoute, chéri, dit-elle à mon fils, les légendes nourrissent les gentils rêves de ton enfance, mais elles sont aussi, pour ta grand-mère, un obligeant sujet de cajolis. Alors voici : il était une fois, une mère de famille très occupée à nettoyer sa maison pour honorer saint Nicolas ; elle nettoyait sa maison avec tant de vigueur, que les araignées présentes durent fuir au grenier pour échapper au balai. Quand la maison retrouva sa tranquillité, les araignées revinrent avec prudence. Elles descendirent les escaliers, sur la pointe de leurs huit pattes velues. Oh ! comme elles furent étonnées de trouver au milieu du salon, un arbre magnifique. Comblées d'aise, les araignées montèrent au long de l'arbre, sur toutes les branches et jusqu'au sommet. Quel amusement formidable on leur avait offert, après ces affreux coups de balai ! Hélas, l'arbre fut bientôt enseveli sous les toiles d'araignées et cela lui donna une triste figure de vieux sapin poussiéreux. Lorsque saint Nicolas descendit dans la cheminée, avec ses vêtements neufs et ses cadeaux, il fut charmé par le travail des araignées. Toutefois, comme saint Nicolas savait combien la mère se trouverait fâchée devant la triste figure de son arbre, il transforma les toiles d'araignées en fils d'or et d'argent, et le rendit ainsi plus beau qu'avant l'ouvrage des araignées ! Depuis ce jour, on dit que dans chaque arbre, se cache une petite araignée qu'il ne faut pas déranger, car elle façonne les guirlandes du sapin. Maintenant, chéri, allons décrocher quelques friandises de l'arbre et les donner à ta maman, car tu le sais, un petit enfant arrivera bientôt dans notre famille, et comme les fées protègent les mères et leurs enfants, il faut leur donner quelques sucres à manger, ainsi, elles ne viendront pas voler la nourriture sur l'arbre ni maudire l'enfant à naître.

Mon fils, lorsque à ton tour tu seras père[1], puis grand-père, te souviendras-tu des contes de Caecilia Weber, qui dispense maintenant toutes les caresses à son petit monde ?

*

Ma chère Sophie a déposé sur la fenêtre de sa chambre une bassine d'eau froide, et quelques gouttes de plomb fondu dans cette eau ; il fallut attendre deux longues heures que l'eau gelât et montrât dans ses gerçures les initiales de celui qui deviendrait son mari. Nous ne pûmes lire aucune lettre et nous comprîmes alors le message : Sophie souffrirait la prochaine année solitaire, en demoiselle[2].

Minuit sonna au clocher et nous partîmes rejoindre notre logis, afin d'échapper aux animaux domestiques ensorcelés ; ils allaient bientôt, pour la nuit, hériter du don de la parole et dépenseraient tout leur temps à blâmer leurs maîtres. Malheur à celui qui tenterait de les épier : il deviendrait sourd, ou peut-être muet !

*

Je me porte à merveille, et Wolfgang compose volontiers quelques pièces de bal pour la redoute, bien qu'elles ne l'intéressent nullement, ainsi que la pièce pour le cabinet d'art de Müller.

Cet étrange personnage donne une fête pour l'inauguration du mausolée à la mémoire du maréchal Gideon von Laudon. Toute la noblesse se précipite à cette curiosité et entend ainsi les œuvres de mon mari[3].

*

Ce matin, à sept heures, un frère est venu proposer à Wolfi d'écrire une œuvre pour son théâtre ; je ne connais guère ce théâtre en bois, construit comme un œuf, fort mal fréquenté si l'on en croit sa réputation. « *Ami et frère, viens à mon aide, je suis perdu ! On* m'a promis un prêt de 2 000 florins, si tu écrivais une œuvre pour moi ; avec cette somme, je pourrais payer mes dettes et sauver mon théâtre ! – Tu me tireras de la ruine et tu montreras au monde que tu es l'homme le plus noble sur terre ! »

Le livret que ce frère propose est assez inhabituel, car Wolfgang n'a encore jamais écrit de féerie. Que donneront les dialogues, s'ils sont écrits par ce Schikaneder, à la renommée de ne posséder aucune culture spirituelle, ni la moindre honnêteté ? – On jabote assez à son propos et sur cette loge de ripaille qu'il fréquente ; leurs *travaux* ne seraient qu'orgies licencieuses et débauches bien saucées.

Ce n'est guère encore cette fois que la fortune se dessine, car ce directeur de théâtre aux abois ne peut nous donner aucune avance sur l'œuvre. L'argent resté libre de notre dernier emprunt s'affaisse chaque jour. Dans quelques semaines, nous n'aurons plus rien.

*

Ce bon Joseph Deiner, que mon cajoleur époux aime nommer « *son valet Primus* » ne sera, hélas, jamais vraiment notre domestique ; sa brasserie compte bien assez de clients pour lui assurer les revenus nécessaires à son train. Tous les gens de musique à Vienne se retrouvent dans son établissement, où la bière et les écuelles de vomi escortent l'inspiration. Les talents partis à Londres ont laissé leur place déserte aux tables de bois ; nul ne peut remplacer les êtres qui nous manquent. Notre généreux Primus donne grandement de son temps, et tous les services à ceux qu'il estime : notre bois de chauffage d'aujourd'hui provient des réserves de sa brasserie.

Printemps 1791

Nous avons reçu trente florins de Puchberg, après que nous les lui avons demandés ; cette pauvreté de notre bourse, mêlée au silence de nos amis d'autrefois, me semble tyrannique. Je ne me rappelle point Wolfgang refusant un jour la plus petite grâce, aux personnes de modeste condition, pourvues de volonté et d'honnêteté. Pourquoi faut-il que nos liens avec autrui se limitent désormais aux requêtes ?

Le kappellmeister Hoffmann est tombé malade ; il se peut que son poste devienne libre dans quelque temps. Nous avions commencé l'écriture d'une lettre, afin de solliciter son poste, mais depuis, ce brave homme s'est parfaitement remis de sa maladie. L'honorable magistrature de Vienne nous promet aujourd'hui cette place, dès que son occupant sera mort.

Wolfgang ne peut se résoudre à formuler de tels souhaits contre un embellissement de notre condition ! Le talent du vieil Hoffmann est admirable, et Wolfgang respecte son âge avancé[4]. En attendant, la magistrature de Vienne désigne mon mari *adjoint sans solde* du Maître de chapelle de la cathédrale.

Voilà donc un indigne sort : adjoint sans solde de celui qu'on voudrait en même temps contempler et pousser dans la fosse !

*

Emmanuel Schikaneder a déposé le livret de l'opéra que mon mari doit composer ; les premières pages de lecture ont offert un délassement assez gai à Wolfgang car elles semblent écrites pour l'esprit d'un enfant, mais en réalité, toute la foi du franc-maçon se trouve interprétée dans ces pages.

Oh ! j'ai si peur, maintenant qu'ils s'entendent sur cette œuvre, que l'on reproche à Wolfgang de composer une allégorie des révolutionnaires, que des semaines de travail opiniâtre et courageux ne soient punies par de nouvelles rebuffades de l'Empereur...

Et ce théâtre extravagant, où le public du tout-venant n'espère que des œuvres populaires, louant ses principes de *Liberté*, *Egalité*, voici que cet opéra de frères projette maintenant d'illustrer la *Fraternité* !

Les trente-cinq musiciens du Freihaustheater sauront-ils rendre toute son âme à la musique de mon époux ? Ces instrumentistes habitués aux mélodies rudes du peuple ne vont-ils pas fournir de quoi ternir l'œuvre de son créateur ?

*

Je me trouve un grain perdue, dans la lecture de cette *Flûte enchantée*. Un beau prince, appelé Tamino, poursuivi par un serpent, perd la conscience et se trouve sauvé par trois dames, qui tuent le serpent et disparaissent. Un oiseleur, Papageno, qui avitaille une Reine de la Nuit, se vante auprès du prince d'avoir lui-même tué le serpent ; les trois dames reviennent le punir de son mensonge et l'encourager à délivrer Pamina, fille de la Reine de la Nuit, des griffes d'un cruel Sarastro. Un portrait, une flûte magique, taillée dans une racine d'olivier millénaire, ainsi que des clochettes, l'aideront à délivrer celle dont il est déjà fort épris…

Oh, chéri ! comment, par cette œuvre, imagines-tu prêcher au public les *Devoirs de l'homme envers toute l'humanité*, sans craindre les châtiments impériaux ?

Et le secret maçonnique, tu dois le protéger, ne pas le répandre aux regards de ceux que tes frères et toi appelez *profanes* ! Souviens-toi, combien je fus troublée, lorsque tu partageas avec ma pauvre tête l'agitation de ton initiation. Oh ! mon cœur battait tout à ton contentement. Aujourd'hui, je connais quelques principes du labyrinthe, où le choix du sentier cause bien du déplaisir, mais le public, Wolfgang, le public, que pénétrera-t-il de cette œuvre qui professe toute sa force philosophique cachée sous un aspect infantile ?

J'ai si peur de demain…

*

Je dois à présent préparer mes effets, afin de me rendre à Baden, pour une nouvelle cure. Dieu fasse que ce soit la dernière ! Cette grossesse me semble la plus hasardeuse de toutes ; je ne puis marcher que sur la pointe du pied droit, depuis le réveil de mes ulcères variqueux. Je n'ai plus d'*ouvertures* journalières et mes crottes sont si pénibles à produire qu'il me faut souffrir les coliques à toute heure du jour et de la nuit. Le petit logement où je me trouvais fort aise lors de mon dernier séjour à Baden ne convient plus à mon état ; la vue d'un escalier m'affole.

Bien que notre bourse soit assez vide pour considérer cette cure pour déraisonnable, Wolfgang écrit à Stoll, maître d'école et chef de chœur à Baden. Je ne puis me soustraire à cette évidence : je dois partir.

Très cher Stoll !

(…) je vous prie de me réserver un petit appartement pour ma femme ; elle n'a besoin que de 2 pièces ; ou d'une pièce et d'un petit cabinet. Mais le principal, c'est qu'il soit de plain-pied ; le quartier que je préfèrerais, est celui qu'a habité Goldahn, chez le boucher au rez-de-chaussée. Je vous demande de vous y rendre tout d'abord. Peut-être est-il encore libre. Ma femme arrivera samedi, ou au plus tard lundi. Si nous ne l'obtenons pas, il faut simplement veiller à ce que ce soit près des bains, mais plus encore au rez-de-chaussée – chez le greffier municipal, où Monsieur le Docteur Alt habitait de plain-pied, cela conviendrait également – mais l'appartement du boucher serait préférable à tous les autres. J'aimerais aussi savoir si le théâtre a commencé à Baden ?

(…)

Mozart.

P. S. C'est la lettre la plus bête que j'aie écrite depuis que je suis né ; mais elle est assez bien pour vous[5].

Les mots d'esprit rebattus de Wolfgang me tranquillisent ; ainsi mon départ n'entachera pas sa belle disposition et sa fraîche besogne pour cette *Flûte enchantée* qui gorgera tout son temps. Ô très saint Jean, et notre bourse !

*

Carl a quitté sa pension de Perchtoldsdorf ; cette institution n'existe pas depuis très longtemps, mais elle possède le renom de façonner les enfants à tous les arts et toutes les sciences nécessaires. Mon fils me manque bien souvent, mais je n'ai guère de souci à son sujet. Nous partons ensemble pour Baden, demain.

*

Jamais le voyage jusqu'à Baden ne me sembla si harassant que cette fois; comment font certaines personnes pour s'y rendre à pied en six heures de marche? Samedi, la voiture cahota trois heures car nous nous sommes longuement arrêtés, à Wiener Neudorf, pour changer les chevaux.

Aujourd'hui, ce n'est pas une simple lettre que mon mari m'envoie, pour s'enquérir de mes nouvelles; il m'envoie une lettre, dans la poche de Sabinde! Ainsi, je me trouve fort bien secondée par cette jeune idiote, qui ne comprend jamais ce que j'attends d'elle, toutefois elle sait rester droite et me servir de canne.

Maintes fois déjà à notre service, cette jeune femme qui possède deux cœurs mais aucune cervelle, a accepté sans grimacer d'être employée si nos profits sur les concerts l'autorisaient, puis congédiée chaque fois que les souscriptions ne donnaient aucun profit.

*

Mon très cher excellent petit homme!

Je ne puis te dire comme le voyage, cette fois, me parut infini; je n'eus pas d'autre compagnie que celle de Carl, endormi sur mes genoux, à couper le sang par le poids de sa tête. Mon Dieu, pour être si lourde, elle doit contenir toutes les sottises à venir, déjà commandées dans ses rêves! Sabinde est bien arrivée et je dois te dire que ton idée me ravit, bien que sa brise de bouche soit à faire fuir les chiens.

Elle doit avoir des vers de dents, mais je n'ai pas de remède ; j'ai donc recommandé à ton fils de ne point se laisser embrasser. Lors de mon départ, aussi rapide que si tu l'avais organisé afin d'introduire une galante, sitôt la couche libérée (ah ! mais ne te fâche point, je peux encore te maltraiter, comme tu étrilles tes amis !), donc, lors de ce départ rondement mené, j'ai omis de te dire l'invitation de Leutgeb à souper ; comme cela est lisse et courtois de sa part ! Savait-il que je partais, et dans ce cas, voulut-il distraire ta solitude et t'offrir sa compagnie pour la soirée, ou surtout se passer de la mienne ? L'appartement est proprement comme tu l'as demandé, ainsi n'ai-je pas d'escalier à grimper ou à descendre ; pour le moment, aucune connaissance n'est venue à moi. Je suis dans la solitude où tu préfères me savoir… Je voudrais bien, si cela t'est possible, recevoir ma robe de gros Tours jaune et le chapeau assorti ; tu dois, dans ce cas, aller voir la couturière, afin de la ranimer, car demain je ne pourrai fermer les agrafes de ma robe ni retrouver mes poches si elle s'endort ainsi sur l'ouvrage. Dis-moi aussi, ce que deviennent tes projets avec ce Süssmayr et si tu le trouves encore assez *trou du cul* ? Sabinde ne souffre franchement plus que nous l'appelions Sabinde ; est-elle bête ! Je lui ai cent fois témoigné comme les petits noms donnés par les enfants sont autant de caresses, mais non, plus entêtée tu ne peux te figurer. Que vas-tu faire de Leonore ? Vas-tu la garder à ton service, le temps de mon séjour ? Ne voudrais-tu troquer avec moi, prendre Sabinde et m'envoyer Leonore, au moins pour la mangeaille ! Ma jambe gauche est déjà parfaitement nettoyée de ses humeurs, la droite est presque cicatrisée ; un voile de fine peau s'est formé sur la plaie ; prie pour moi, chéri ! je n'ai aucun malaise, sinon celui de chercher tes mains dans mes songes.

Attrape mes baisers qui volent vers toi, derrière la voiture, non, les voici qui dépassent la voiture, sur la queue

des chevaux, 2 389 754 baisers qui galopent vers toi. Ah !
l'un d'eux s'est écrasé sous un crottin, les sabots l'ont avalé,
pauvre baiser en flaque de bouse ! Mais voici le cortège de
tous les autres, ils filent dans l'escalier, frappent à ta porte,
n'entends-tu pas « Ouvrez-nous ! nous sommes les baisers
de SchablaPumfa, vite ! nous avons soif de bouche à
embrasser ! » As-tu ouvert la porte ? – Oui ! en voici un,
puis deux, et… Oh ! le troisième dans l'œil. Pardon, chéri !

Constanza Mozart.

*

Je connais ma fortune d'avoir un époux aimant et
plein de fantaisie ; je n'espérais nulle réponse de sa
part avant un jour ou deux, car je le sais maintenant
fort occupé à la composition de sa *Flûte enchantée*.
Sa lettre de ce matin est la plus amusante : la première
partie, toute en français, emploie le vouvoiement, tandis que la seconde partie, toute en allemand, préfère
notre familiarité usuelle.

Ma très chère épouse !

*J'écris cette lettre dans la petite chambre au jardin chez
Leutgeb où j'ai couché cette Nuit excellemment – et
j'espère que ma chère épouse aura passé cette Nuit aussi
bien que moi, j'y passerai cette Nuit aussi, puisque j'ai
congédié Leonore, et je serai tout seul à la maison, ce qui
n'est pas agréable.*

*J'attends avec beaucoup d'impatience une lettre qui
m'apprendra comme vous avez passé le Jour d'hier ; je
tremble quand je pense au baigne de st. Antoin, car je
crains toujours le risque de tomber sur l'escalier, en sortant – et je me trouve entre l'espérance et la Crainte – une
Situation bien désagréable ! – si vous n'étiez pas grosse
J'en craignerais moins – mais abbandonons cette Idée*

triste! – le Ciel aura eu certainement soin de ma Chère Stanzi-Marini. (…)

Je reçois à l'instant ta chère lettre et constate avec plaisir que tu vas bien. – Madame Leutgeb m'a noué aujourd'hui le jabot, mais comment ? – mon Dieu! – j'ai bien sûr protesté, disant que tu le faisais comme cela! – mais cela ne servit à rien. Je suis heureux que tu aies bon appétit – mais qui mange beaucoup doit aussi beaucoup chier. – Non je voulais dire beaucoup aller. – Mais je ne voudrais pas tu fasses de grandes promenades sans moi. – Suis bien tous mes conseils, ils viennent vraiment du cœur. Adieu – ma chérie, mon unique! attrape-toi aussi en l'air – 2 999 de mes baisers et un ñ volent vers toi, et attendent d'être assis. – Maintenant, je te dis quelque chose à l'oreille. – et toi à la mienne. – Maintenant, nous ouvrons et fermons le bec – de plus en plus – et plus – finalement, nous disons : c'est à cause de Plumpi-Stumpi, tu peux interpréter cela comme tu veux. – C'est justement la commodité. – Adieu – 1 000 tendres baisers, à jamais ton

Mozart.

*

Mon cher excellent petit mari !

Je dois te confesser une bien curieuse histoire ; je n'avais nullement compris que Sabinde voyageait avec ta lettre seulement pour me la remettre et qu'elle devait ensuite poursuivre son chemin jusqu'à sa demeure familiale. Crois-tu qu'elle puisse être assez niaise pour rester tout ce temps dans mes jambes, sans oser me dire son dessein ? Eh bien, oui, elle l'est ! Je l'ai donc mise dès ce jour dans la voiture, afin qu'elle rallie sa campagne et Carl fut bien fâché de son départ. Que Franziska Leutgeb ne sache point nouer ton jabot à ma manière n'est pas une surprise ; il faut t'aimer comme je le fais, pour réussir cette tâche savante, sur un pantin qui bouge sans cesse et râle toujours que cela est trop serré ou pas assez joufflu. Je dois maintenant te laisser car je vais prendre mon bain, et t'envoyer un flacon de cette eau terriblement puante, que tu boiras à ma santé ! Une caresse de ma part à l'oiseau, une pour le chien, puis une dernière pour ton joli… Non ! une bonne pichenette à ton Zig, cela étouffera sa vanité ; dis-lui bien comme je le dompterai, s'il ose afficher sa belle tournure, par-delà tes culottes. Mille baisers moins un, de ton épouse

Constanza.

P. S. Le dernier baiser manquant pour le *mille*, est celui que ton fils affectionné t'envoie de toute son âme.

*

Toutes les bénédictions reposent sur nous !

Mes jambes et mes pieds vont si bien que je ne désespère nullement de revenir à Vienne dans quelques jours. Wolfgang est venu passer deux petites journées avec nous, mais hélas, en compagnie des Schwingenschuh. Leur présence ne m'est aucunement désagréable, cependant je préférais être seule avec mon mari, afin qu'il me possédât tout le jour, comme il me le promit avant d'être flanqué de ces braves personnes. Les Schwingenschuh étant retournés à Vienne dans la même voiture que mon époux, aucun moment de communion ne fut possible ; Carl dormit entre nous, blotti contre son papa, car Wolfang l'avait trouvé fiévreux.

*

Me voici de nouveau victime de souffrances dans le ventre ; je ne sais si ce sont mes ouvertures qui reviennent, grâce à l'électuaire contre la constipation, ou si l'enfant demandera à naître plus tôt…

Que fait mon petit homme, durant mes bains, où la peau de mes pieds prend une couleur blanche de mort, et cette mollesse répugnante ? On l'espère à l'académie d'une demoiselle Krichgässner et son harmonica de verre ; mon mari raffole de cet instrument aux harmonies célestes. Son jeune *trou du cul* doit aussi bien l'occuper quelques heures, par ses leçons de composition, et puis Schikaneder chaperonnera l'avancée de ses écritures, par de quotidiennes visites et beaucoup d'invitations dans son ridicule *œuf de bois*.

*

Ma très chère épouse !

Criés avec moi contre mon mauvais sort ! Mademoiselle Kirchigessner ne dône pas son académie lundi ! – par conséquent j'aurais pu vous posséder, tout ce jour de dimanche – mercredi je viendrai sûrement[6] !

Je dois me dépêcher car il est déjà 7 heures moins le quart – et la voiture part à 7 heures – Fais attention au bain, prends garde de ne pas tomber, et ne reste jamais seule – à ta place, je ferais une interruption d'une journée pour ne pas prendre la chose trop brutalement. J'espère que quelqu'un aura dormi auprès de toi cette nuit. Je ne peux te dire ce que je donnerais pour être avec toi à Baden au lieu de rester ici. Par pur ennui, j'ai composé aujourd'hui un air pour l'opéra – je me suis levé dès 4 heures et demie. Miracle, j'ai réussi à ouvrir ma montre ; mais comme je n'avais pas la clef, je n'ai pas pu la remonter, n'est-ce pas triste ? Schlumbla ! Voici encore un mot pour réfléchir. En revanche, j'ai remonté la grande pendule. Adieu. Chérie ! aujourd'hui je déjeune chez Puchberg. Je t'embrasse 1 000 fois et dis, en pensée avec toi, la mort et le désespoir étaient son salaire[7] !

Ton mari qui t'aime à jamais,

W. A. Mozart.

Que Carl se tienne bien, embrasse-le pour moi. (Prends de l'électuaire si tu es constipée, mais seulement dans ce cas-là, et fais attention à toi le matin et le soir, lorsqu'il fait frais.)

*

Nous voici vers la fin du printemps et je me porte tout à fait mieux ; mon époux se trouve déjà en route pour Baden et nous passerons ensemble les prochains jours. Quel bonheur ! Quelle joie aussi pour Carl !

*

Cette grossesse n'est aucunement comparable aux précédentes ; quelque chose de différent habite mon âme, jusque dans mes songes. La nuit dernière, ainsi ai-je rêvé que nous marchions dans le sable, Notre-Seigneur et moi. J'écoutais Ses nobles recommandations, Sa voix m'enveloppait dans un châle de mousseline, oh ! comme nous étions sereins, Lui si parfait, moi si confiante… Alors le Seigneur me dit « N'ai-je pas toujours été près de toi, à tous les chagrins, à chaque épreuve de ta vie ? » Dans ce merveilleux songe, nous marchions ensemble, mon pas était réglé sur le Sien. Puis, lorsque je me retournai, je m'étonnai qu'aucune empreinte de ses pas ne fût marquée dans le sable ; où se trouvaient les traces du Seigneur dans le sable ? J'appelai de toutes mes forces, agenouillée, L'implorant de ressusciter à mes côtés : « Ô Seigneur, n'abandonnez pas la pauvre pécheresse que je suis, ne me laissez pas seule, ayez pitié de moi ! » Une voix claire et douce souffla à mon âme égarée : « Mon enfant, là où tu ne vois qu'une seule paire d'empreintes, regarde mieux, je te porte dans mes bras. »

Alors je sus que je n'étais point endormie ; ma chambre, par une ombre paisible et silencieuse, veillait sur mon fils ensommeillé.

*

Wolfgang et son *trou du cul* sont à Baden pour quelques petits jours ; je ne puis dire tout mon bonheur d'être pétrie par ses mains charnues[8] et caressantes. La présence du jeune Süssmayr m'importune bien moins que je ne l'eusse cru, car son maître de musique veille à l'occuper par de multiples tâches de copies.

Le bon Stoll, maître des chœurs, montre une telle admiration pour Wolfgang que sa présence soigne tous les maux ; ainsi, après un silence de huit années, mon époux s'est-il piqué de composer une musique d'église. Nul ne peut, à l'écoute de ce miracle, empêcher ses larmes et songer à ses chers disparus. Oh ! c'est bien la voix des anges que l'on entend dans les notes de cet *Ave verum corpus*[9]. Si demain, je devais trépasser en couches, je voudrais que cet air m'accompagnât ; alors je partirais en laissant mes deux hommes le sourire aux lèvres.

*

Wolfgang est retourné à Vienne, la procession des piaristes pour la Fête-Dieu est un événement qu'il ne veut manquer cette année, puisqu'aussi bien nous espérons faire entrer notre fils chez les piaristes. Oh ! mon époux ne serait jamais rentré à Vienne, me laissant seule en grossesse, à charge d'un enfant turbulent ; j'ai le plus savant des médecins, le plus fidèle second, et une brave nourrice : *le trou du cul*.

Je possède quelques florins d'avance, Puchberg se montre fort confiant dans l'avenir de cette *Flûte*

558

enchantée qui m'effraie. Je ne puis dire toute mon appréhension à Wolfgang ; il n'est pas bon pour sa musique qu'il soit soucieux et seul dans le même temps.

Encore plaisante-t-il assez sur la compagnie d'un couple de rats logé dans notre salon, qui ose parfois s'aventurer dans notre chambre, et goûter le coton du linge.

*

Je ne veux plus donner à ce charmant garçon les plus vils noms d'*ouvertures* ; cela n'est point justice, de railler un caractère lent et de vilaines manières un peu rustaudes. Wolfgang l'appelle maintenant *Snaï*, qui ne veut rien dire du tout, ou bien *Süsscrotte*, pour les mauvais jours. Je crains de meurtrir son cœur gentillet ; pourtant, ce jeune homme connaît l'estime de Wolfgang à son endroit. Toutefois les mots d'esprit peuvent un jour causer bien des afflictions, sans que nul ne l'ait jamais souhaité. J'aime beaucoup le badinage, les jeux de langage, mais je n'apprécie point la moquerie, lorsqu'elle se veut remplaçante de l'esprit.

Mais j'ai bien épié la bouche de Süssmayr : elle représente drôlement un anus, froncée et rose pâle.

Nous irons ensemble à la messe demain matin, ainsi m'aidera-t-il à transporter ma pauvre lenteur pour la Fête-Dieu.

*

Ma très chère épouse !

(…) Où j'ai dormi ? A la maison bien sûr – j'ai fort bien dormi, mais les souris m'ont longuement tenu compagnie – j'ai fort bien discouru avec elles. Avant cinq heures j'étais

débout. A propos, je te conseille de ne pas aller à la messe
demain – ces paysans me semblent vraiment trop grossiers;
bien sûr, tu as déjà un compagnon grossier – mais les pay-
sans n'ont pas de respect pour lui, perdunt respectum,
parce qu'ils voient bien tout de suite que c'est un médiocre.
Snaï! – je répondrai à Süssmayr de vive voix, ce serait trop
dommage de gâcher du papier pour cela. – (...) Adieu, je
t'embrasse 1 000 fois en pensée et suis à jamais ton

Mozart.

P. S. : Il serait bon que tu donnes un peu de rhubarbe à
Carl. Pourquoi ne m'as-tu pas envoyé la grosse lettre?
Voici une lettre pour lui – j'attends une réponse. – Attrape
– attrape – bis – bis – bs – bs – tout plein de baisers volent
vers toi, dans l'air – bs – en voici encore un qui trottine par
derrière.

Je reçois à l'instant ta deuxième lettre; ne te fie pas aux
bains! – Et dors plus – pas si irrégulièrement! Sinon, je
suis inquiet. Je suis déjà un peu tourmenté. Adieu.

Il est bien fâcheux que cette lettre ne me soit parvenue ce matin, car, sans que je l'eusse comploté, j'ai
désobéi à mon obligeant mari; nous nous sommes
rendus à la messe, toutefois nous ne pûmes assister à
la procession, car je fus saisie d'amollissement avant
la communion. Aussi, je dus rejoindre mon logis, soutenue par le bras de Snaï.

Eté 1791

Je ne me souvenais pas avoir négligé tant de jours mon confesseur de papier.

Carl et Snaï s'amusent à la fureur ensemble, lorsque le travail de copie est achevé. Wolfgang ne peut toujours nullement se résoudre à noter toute sa musique sur les feuilles de ses partitions, aussi, Snaï copie-t-il des pages de notes sans connaître jamais l'harmonie de l'ensemble.

Sa présence me rassure, et son esprit s'éveille petit à petit aux mots d'esprits de Wolfi ; j'eusse été honnêtement désolée que nos piques lui fissent offense.

*

Quelle bénédiction ! Une commande officielle d'opéra ! Le couronnement de Leopold II à Prague donnera finalement à Mozart l'occasion de jouer la gloire de notre empereur. L'œuvre sera *La Clemenza di Tito* [10]. L'abaissement et les humiliations du couronnement de Francfort sont désormais oubliés. Oh ! maintenant je sais, il n'y a qu'une seule paire d'empreinte dans le sable…

*

Vienne, le 10 juillet 1791.

Ma très chère fille,

Tu voudras bien, je te prie, pardonner à ta mère le trouble de tes bains, pour t'entretenir d'une affaire qui, je le crains, gâchera peut-être le restant de ton séjour à Baden. Dieu est mon témoin, je ne veux non plus saccager les bienfaits de ta cure.

Un mort ? – Non point, mais pis que cela.

Un vol ? – Non point, mais pis que cela.

Un commérage ? – Oui, ma fille, et de la pire espèce.

Cette calomnie vient cravacher ce que j'ai de plus cher dans ma condition de veuve, de mère et de grand-mère : l'honneur de notre famille. Ma fille, je ne te laisserai pas davantage lire mes griffonnages et te lasser par des mystères auxquels tu vas, je le gage, mettre un terme en hâte. Voici, ma fille, Oh ! tu vas me condamner, me détester sur l'instant, mais sache bien que c'est ta mère qui parle et ne veut que te préserver. Voici donc, ma fille, Oh ! Dieu que cela m'est gênant, de te dire comme on raconte à Vienne, et même à Baden (car la rumeur serait peut-être née à Baden), on dit, on ment, on raconte, on se gausse de ta grossesse, car ce serait un certain Süssmayr le père de l'enfant. On veut aussi pour argument votre résidence combinée à trois, lorsque ton complaisant mari te rend visite à Baden. Ma fille ! ne laisse quiconque crotter ce que ton mari et toi avez bâti avec tant d'ardeur et d'honnêteté ; je ne peux avaler une seule de ces imputations fausses, mais, hélas, nous savons que d'autres les écouteront, les transporteront, peut-être même jusqu'à la Cour, où l'on guette les fourvoiements, pour les employer contre le talent de ton mari. Je conseille que tu rentres sans plus reculer à Vienne car de ce que je sais par ton mari, tes ulcères vont beaucoup mieux ; pour le bébé, je serai là, ma fille, n'ayez crainte lui

et toi. Je suis à jamais ta mère affectionnée qui t'embrasse
et serre bien fort contre son cœur son petit Carl.

Caecilia Weber, née Stamm[11].

Mon Dieu! de quelle charogne sont donc faits ceux-là, pour broder de telles perfidies? Nul n'aura d'obligeance pour ma personne, grosse de neuf mois, lésée de mes jambes et assaillie de tourments! Oh! Wolfgang, viens me chercher, ne me laisse point périr à Baden où les conversations sentent plus mauvais que les eaux de soufre!

*

Voici une semaine, mon enfant, Franz-Xaver Wolfgang est né[12]; c'est un garçon bien rond et assez agité.

Lorsque les douleurs commencèrent, je n'eus guère le temps de m'installer sur la chaise; l'enfant sortit seul, sans efforts et aussitôt, cria au monde son appartenance.

Il ne présente presque pas les traits de son père pour l'heure; mais une mignardise, signe du doigt de Dieu, détruit ce méprisable commérage sur notre fils:

Béni sois tu Franz-Xaver Wolfgang,
Petit ange à l'oreille ornée d'une
Rareté paternelle,
Difformité miraculeuse,
Singularité providentielle
Défaut mignon
Oui, petit chéri, te voilà honoré
D'une malformation
Ton oreille gauche est pareille à celle de ton papa[13]!

*

Franz-Xaver, que j'aime déjà nommer *petit Wolf-gang*, reçoit pour parrain Johann-Thomas von Trattner; ainsi mes deux fils ont-ils un protecteur unique.

Oh! Seigneur, laissez-moi rêver au trépas de notre malheur, par la naissance de mon petit cœur et des deux opéras à écrire.

Salieri peut bien parader[14] dans tout Vienne, et dire que Mozart s'accommode d'une tâche qu'il a lui-même refusée par cinq fois; les compliments, les honneurs de cette œuvre glorifieront mon époux, au couronnement de l'empereur en Bohême.

*

Un homme de valeur!

Un grand homme est mort!

Et mon époux pleure à chaudes larmes le décès de ce frère, Ignaz von Born, enfermé dans le demi-jour de son cabinet de travail. La peine et le chagrin dictent à son âme les notes à la mémoire de ce grand frère.

Je n'ose le déranger.

*

Un homme d'allure triste, fort maigre et vêtu de deuil s'est présenté à notre porte. Je nourrissais *petit Wolfgang*, il me fut impossible de lui refuser l'accès; ce fut un peu le diable qui pénétrait notre refuge. Il parvint à rencontrer Wolfgang, tout juste remis de son chagrin. J'eus peine à ouïr nettement leur conférence et cela me fâcha.

– De la part de qui venez-vous? demanda Wolfgang.

– L'homme ne désire pas se faire connaître.

– Très bien. Qu'attend-il de moi?

– Une personne est morte, qui lui est et lui sera toujours très chère ; il souhaite tous les ans célébrer le jour de sa mort de façon discrète mais digne et vous demande à cette fin de composer un *requiem*.

Wolfi demeura prudent dans le gris de son cabinet, grandement confondu, je le crois, par le ton solennel de ce visiteur, et ses mines affectées.

– Travaillez avec tout le soin possible : l'homme est un connaisseur.

– Tant mieux !

– Vous ne serez pas limité par le temps.

– Parfait.

– Combien de temps vous faudra-t-il à peu près ?

Wolfgang demanda quatre semaines de délai, puis cent ducats d'honoraires. J'entendis alors le tintement d'une bourse posée sur la table.

– Vous aurez les cinquante autres à la livraison de l'œuvre. Adieu.

Les empreintes dans le sable ! Cela n'est pas le diable, mais le sceau de Dieu !

Cela ne peut se justifier d'une autre façon ; le doigt de Notre-Seigneur ordonne. On ne commande à nul autre que Mozart les plus parfaites harmonies d'église !

N'est-ce point un frère de loge qui est venu jouer ses bouffonneries ici ?

Les cent ducats ne sont nullement des bouffonneries.

Mais alors de qui cela peut-il bien être [15] ?

*

Lorenzo Da Ponte se trouve obligé de partir pour l'Angleterre, et l'Empereur ne peut plus souffrir sa présence ; une fois encore, il nous fut offert de partager ce voyage, et une fois encore, nous dûmes refuser, car les travaux commencés ne peuvent être interrompus.

Mon Chevalier se trouve bien attristé de perdre son ami, ne sachant ni l'un ni l'autre la durée de cette séparation. Comme le sort se montre cruel parfois !

Tous ceux qui partent pour l'étranger causent le même chagrin que ceux qui meurent, car nous craignons toujours que les adieux soient définitifs.

*

Wolfgang se brise les reins à sa table de travail ; à plusieurs reprises, j'ai surpris ses mains frotter doucement son dos. Parfois, pour se déplier de la plume, sa pauvre main nécessite un long massage.

Comment se plaindre, à présent, de cette surcharge de travail ? Terminer *La Flûte enchantée*, écrire maintenant ce *Requiem*, et l'impériale *Clémence de Titus*.

*

Nous partons !

Au nom du Ciel, je dois choisir entre mon jeune fils et mon époux ; Prague réclame la présence du compositeur, et Mozart réclame la présence de sa femme.

Carl et Franz-Xaver ne peuvent se joindre à nous ; cela ne peut s'envisager.

Josepha dont la petite fille est encore assez jeune pour justifier une nourrice, prendra chez elle mon nourrisson. Carl vivra quelques journées bien assez amusantes dans sa pension, avec ses petits amis.

En grande hâte nous devons préparer ce voyage, qui signera le retour de Mozart, le retour de sa musique, le retour de l'amour de son public, le retour des revenus honorables !

Anton Stadler voyagera avec nous car sa place de clarinettiste est réservée dans l'orchestre de Prague ; et puis aussi Süssmayr ! il peut rendre mille services utiles, par sa petite connaissance de la composition musicale et sa bonne cadence de copiste !

La chaise de poste roulera trois jours et trois nuits, afin de nous déposer à Prague au plus vite.

*

Tandis que je montais dans la voiture, le sombre messager vêtu de gris tira ma robe et demanda :

– Que deviendra le *Requiem* ?

– Excusez, monsieur, dit Wolfgang, mais ce voyage est indispensable, et je me suis trouvé dans l'impossibilité de prévenir votre maître, puisque je n'en connais nullement l'identité ; dites à votre maître que dès mon retour, ma première tâche sera ce *Requiem*, s'il veut bien attendre jusque-là, car lui seul peut le décider…

*

Nous voici tous quatre silencieux, certains bercés par le cahot de la voiture, Wolfgang tenaillé par la pensée. Les paysages de cette longue route offrent l'illusion de parcourir le monde entier. Près de Vienne, ce sont encore les champs de moissons qu'on laisse brunir, tandis que les vignes sagement rangées dessinent leurs guirlandes d'or et de sang. Vingt et une postes nous attendent, vingt et un arrêts profitables aux voyageurs ; mes couches récentes ne me permettent guère de rester tout le jour sans pisser, en position assise perpétuelle.

Nous traversons les domaines de la noblesse, les

vignobles de Retz paraissent plus vastes encore, depuis les hauteurs de notre route[16]. Wolfgang ne cesse de parler de ce livret de Métastase, sur lequel les plus grands compositeurs ont parfois brisé leur plume, et souvent honoré leur réputation ; ainsi Gluck à Naples, Galuppi, Anfossi et Salomon, l'imprésario de Haydn. Ces précédentes et glorieuses prestations n'effraient nullement mon époux ; je redoute simplement son épuisement, car sa mine est pâle à faire peur et son humeur assez triste.

L'Empereur et l'Impératrice devront trouver dans cette œuvre de leur choix toute l'illustration de leur clémence reconnue, depuis qu'ils ont fait interdire les pratiques de torture en Toscane. On chantera ainsi la grandeur et la clémence de Leopold II, par les notes de Mozart.

Ô chéri, j'entends bien la tempête entre tes tempes, et comment tu voudrais montrer par *Titus* les principes maçonniques de tolérance, soutenus par tes puissants frères de loge praguoise !

*

Nous voici à Prague ; il est impossible de trouver la moindre chambre libre dans une auberge. Nous profitons de l'hospitalité des Duschek, villa Betramka, dans les vignobles des faubourgs. Je suis épuisée par ce voyage, et Wolfgang est toujours aussi pâle.

Salieri est arrivé bien avant nous ; je suis agacée par sa perpétuelle présence. Bien sûr, à Francfort, il était un invité officiel, mais cette fois, c'est Mozart qui compose et je ne vois pas la nécessité de faire passer cet envieux au premier plan. On raconte qu'il a franchi la porte de la ville avec cinq voitures pour vingt musiciens, et… trois partitions de messes de Mozart[17].

Ainsi, cet homme jaloux, qui dépense une virulence folle à détruire la réputation de mon époux, ne peut se séparer des œuvres de celui qu'il admire et déteste le plus au monde. Comme je plains cette curieuse nature, faite de contrastes !

*

Nous nous rendons presque tous les jours au café, avec nos amis, près de la Betramka, afin de nous distraire en jouant au billard. Depuis quelque temps, nous avons remarqué qu'en jouant, Wolfgang chantonne tout doucement un air ; lorsque nous écoutons attentivement, cela donne « *hm, hm, hm* » ; puis, lorsque son adversaire joue son coup de billard, Wolfgang sort de sa poche son petit carnet, regarde rapidement ses notes, ou bien en écrit de nouvelles. Ce soir, une fois rentrés à la maison Duschek, il s'est précipité sur le piano et nous a joué un quintette de sa *Flûte enchantée* « *Wie, wie, wie ?* », qui commence exactement par les mêmes motifs que celui qu'il chantonnait pendant la partie de billard.

Que l'on me présente, aujourd'hui, un compositeur capable de laisser l'incessante créativité de son esprit, au milieu des distractions et des amusements, jouer à la fois un coup de billard gagnant, chanter tout bas *La Flûte enchantée*, puis au même moment, fabriquer un air pour *La Clémence de Titus* !

*

La santé de mon époux me cause tous les tracas du monde ; sa mine est triste, son teint pâlit de jour en jour. Il prend toutes sortes de remèdes que Snaï lui procure ; les coliques nerveuses s'emparent de lui le soir, les douleurs aux mains ne le lâchent plus jamais, et le dos, son pauvre dos, courbé sur la plume et l'encrier…

Lorsque le génie s'empare de son esprit, il ne trouve nul repos, le jour comme la nuit, se trouve souvent bien mal et perd connaissance des minutes entières du fait de la fatigue.

Chéri ! je te connais désormais mieux que quiconque, et malgré tes remarques enjouées, je lis toutes les inquiétudes sur ta figure. Mon Amour, profitons des joies que la compagnie de nos amis procure, et laissons à demain le soin de gâcher nos journées par ses mauvaises nouvelles. Regarde, écoute ! ici et là-bas, c'est Mozart qu'on applaudit et nul autre que toi…

*

Hier, 6 septembre 1791, dans la cathédrale Saint-Guy, l'empereur Leopold II a été couronné roi de Bohême. La cérémonie fut belle et fastueuse ; j'y trouvai aussi quelque chose d'émouvant, mais cela provenait de la musique de mon époux, remarquablement dirigée par cet incompréhensible Salieri.

L'archevêque de Prague a dénudé l'épaule gauche de notre empereur et l'a doucement ointe d'huiles saintes ; puis, les huiles furent retirées à l'aide de pain et de sel. On plaça sur sa tête la couronne de saint Wenceslas, et ses mains reçurent le sceptre et la pomme dorée de l'Empire. Son vœu solennel fut prononcé au son des trompettes et timbales.

Wolfgang montra discrètement son exaspération qu'on parlât sur une musique, cependant comme il s'agissait de trompettes, instruments qu'il déteste par-dessus tout, il s'en trouva finalement amusé.

Le soir, on donna l'opéra de mon époux, *La Clemenza di Tito*. Dix-huit jours, dix-huit petits jours suffirent à l'esprit de Mozart pour créer la majeure partie de cette œuvre ; Snaï se rendit fort utile sur les récitatifs et sut aussi apaiser les angoisses étonnantes de son maître. La représentation de son opéra et les applaudissements ont remis quelques couleurs à ses traits. Tout son contentement lui fait dire combien Vienne délaisse son enfant : « *Mon orchestre est à Prague.* »

*

Ce soir, Wolfgang se rend à la loge *Vérité et Unité*, où l'on jouera sa cantade *Die Maurerfreude* ; je crains toujours que ces assemblées soient désormais victimes de guet-apens car l'empereur fait publier un mémoire de son ministre de la police, dans lequel on dénonce clairement les Illuminés, les rose-croix, les frères de la *Stricte Observance* et les maçons des loges de Saint-Jean, pour dangereux traîtres et conspirateurs, aidant à diffuser les idées révolutionnaires de France jusqu'en Autriche. Ô très saint Jean, puisque mon mari travaille au rite qui vous honore, protégez-le des médisances, des complots et de l'adversité de ses ennemis incultes !

*

Nous voici revenus à Vienne ; je me suis transportée en hâte chez Josepha, où mon petit Franz-Xaver m'offrit le plaisir de ses charmants sourires. Comme la figure des nourrissons change, en l'espace de quelques petites semaines ! – Nous partîmes toutes les deux rendre visite à notre mère, puis nous sommes allées reprendre Carl.

*

Je suis heureuse de retrouver mon logis, fort bien meublé depuis que nous avons repris quelques objets de nécessité où nous les avions gagés. Les cinquante ducats d'avance du *Requiem*, puis les deux cents de *La Clémence de Titus* ne permettent nullement de payer toutes nos dettes, cependant cela suffit pour ne point en faire de nouvelles !

Wolfi ne s'est offert aucun repos depuis notre retour de Prague ; il écrit sa *Flûte enchantée* malgré les douleurs incessantes de son dos et de ses mains.

Je ne sais plus comment le soulager ; Caecilia recommande les tasses de chocolat bien chaud ; je ne vois cependant nulle amélioration de son état.

Nous sommes allés ce matin au Freihaus visiter le théâtre d'Emmanuel Schikaneder et son voisinage, car je ne connaissais point cet endroit. On m'avait décrit un gros œuf ridicule en bois, mais ce que j'ai visité ne mérite aucune moquerie ; un ensemble de maisons énormes dotées de six grandes cours et trente-deux escaliers mange cette île située au centre de la Wien. Plus de deux cents appartements sont occupés par des familles d'artisans qui travaillent tous les métiers du monde, au moulin, au pressoir à huile… Dans la plus grande des cours, se trouve un jardin d'ornement avec des allées, des parterres de fleurs, un charmant kiosque de bois et une très belle fontaine. Dans une autre partie de cette cour, des tables et des bancs de l'auberge attendent les clients. Toute la grande cour est occupée en largeur par le théâtre de Schikaneder ; cette grande bâtisse de pierre et de tuiles n'est point conforme à ce que l'on m'avait décrit. Pourquoi voulut-on encore montrer à Wolfgang le pire aspect des choses, au lieu de l'encourager à composer pour le peuple ?

Ce théâtre en vaut bien un autre, avec sa scène de douze mètres de profondeur, et toutes les meilleures techniques de spectacle. Mille places permettent aussi d'assurer un succès honnêtement rémunérateur aux œuvres de mon époux, bien plus que ces aristocrates personnes qui agitent leurs éventails d'un air entendu et n'applaudissent que gantées de soie.

Où se trouve l'œuf grotesque et fragile qu'on m'annonça ? Je ne vois que nobles pierres de taille, jardinières remplies de fleurs et toutes sortes de machines incroyablement compliquées, que l'on monte sur scène afin de réaliser d'étonnants tours de magie.

Ici, le premier et le deuxième parterre seront remplis de monde enthousiaste, les deux rangs de loges et les deux galeries accueilleront le petit peuple qu'on méprise ailleurs.

Puisque ce peuple nourrira mes deux enfants, Dieu bénisse le peuple et son théâtre !

*

Wolfgang travaille sans relâche et je formule toutes les craintes pour sa santé ; je ne parviens nullement à le forcer au repos. Il se dit hanté par l'homme du *Requiem*, parcouru d'une sorte de grand froid qu'il ne peut décrire.

Mes jambes me font à nouveau bien souffrir et je ne puis plus supporter le frôlement des étoffes sur mes varices ; ce matin, dès que je fus levée, mon pouls battit la tempête dans mon pied droit et enfla toute la jambe. Je ne voudrais pas retourner en cure, car les soins coûtent cher et je préférerais que nous profitions de l'argent neuf pour embellir notre décor, et changer quelques vêtements selon la mode d'automne.

*

La Flûte enchantée ne donnera pas satisfaction à tout son public; Emmanuel et Wolfi ont choisi de révéler quelques secrets de maçonnerie, afin de montrer combien cette philosophie est loin de mériter toutes les critiques, les craintes et les menaces qui l'entourent depuis les événements français.

Cela risque de mécontenter de nombreux frères de voir certains de leurs principes livrés aux regards profanes. Mais cela peut aussi renverser les esprits moqueurs et craintifs de connaître quelques secrets et d'en apprécier la valeur humaine.

Oh! il ne saurait être question de trahir, de violer le *secret*, mais toutes ces petites choses que chacun croit reconnaître ou comprendre seront enfin mises dans l'ordre et proposées sous forme de symboles. Qui d'autre pourrait à présent se soucier de lire trois bémols à la clef, de voir et d'entendre chanter trois dames, trois enfants?

Les vers de Schikaneder ne semblent pas toujours très adroits, mais ils viennent du cœur. Et bien qu'il n'appartienne pas à une loge de Saint-Jean, au contraire de Wolfi, j'entends qu'ils parlent un langage unique et se comprennent par des signes, des mots et des attouchements discrets.

*

Les répétitions de *La Flûte enchantée* ont à présent commencé; ma sœur Josepha tient le rôle de la Reine de la Nuit. Sa grande voix trouve dans ces notes toute l'étendue de son registre. Cet air est sans nul doute l'un des plus difficiles que j'ai entendu chanter, sans compter *Popoli di Tessaglia*, écrit pour Aloisia il y a bien longtemps…

La jeune fille qui tient le rôle de Pamina est à peine âgée de dix-sept ans… Cette petite Anna Gottlieb enchante mon époux, sans que ses appas et ses charmes ne puissent avoir la moindre importance.

Les répétitions sont assurément le meilleur remède à sa mélancolie ; dès les premières notes jouées, sa figure s'anime des plus gaies expressions. Les chanteurs et Wolfgang se retrouvent parfois la nuit, dans le kiosque de la cour du théâtre, pour leurs bruyantes et joyeuses répétitions[18].

Toutefois, dès que nous retrouvons le chemin de la maison, mon mari blêmit et dit toute sa crainte du sombre messager du *Requiem*. Depuis notre retour de Prague, son acharnement au travail est sans pareil ; il écrit jusqu'à l'abandon de ses forces, et alors, nous devons le porter dans son lit, sans connaissance.

Certains soirs, je souhaiterais qu'on me portât dans mon lit, et qu'une âme bienveillante s'occupât d'endormir mes enfants à ma place.

Mon époux n'a plus guère de temps pour me cajoler ; toute sa sève est bue par son travail ; il n'y a que le sommeil qui puisse l'aider à surmonter cette fatigue immense. Parfois, nous sommes tous dans notre grand lit, et j'ai trois têtes étourdies de fatigue à caresser.

Automne 1791

Hier eut lieu la première représentation de *La Flûte enchantée*; le commencement était à sept heures. La salle du théâtre était emplie d'un monde qui ne connaît pas Mozart et n'a même jamais entendu parler de sa musique. Son nom figure en caractères minuscules sur le programme, caché par les grosses lettres des noms d'acteurs et de l'auteur, Emmanuel.

Wolfgang a dirigé son œuvre depuis le clavecin; Snaï était près de lui, tournait les pages de sa partition. Le chef d'orchestre habituel attendra quelques jours avant de diriger l'opéra, car mon époux tient à le faire lui-même encore un peu. En attendant, ce connaisseur de la musique de Mozart tient le *glockenspiel*.

Le premier acte passa dans une ambiance étrange, le public, ne retrouvant pas ses farces habituelles, parut déconcerté par cette œuvre. Wolfgang disparut alors dans les coulisses, pâle comme un mort, persuadé que cet échec signait la fin de sa condition, de nos espérances. Emmanuel Schikaneder connaît son public et trouva les mots qui rassurèrent le grand Mozart, devenu si fragile…

On joua le deuxième acte; le public commença alors à montrer sa joie. Les acteurs furent souvent obligés de bisser leurs airs ou de chanter plus fort que les applaudissements ; le peuple prit ainsi possession de *La Flûte enchantée*.

Lorsque Wolfgang fut acclamé avec tout l'enthousiasme et l'insistance du public, nous dûmes le rechercher partout car il s'était caché pour ne pas se montrer ; Emmanuel et Snaï parvinrent à le sortir de sa cachette et l'amenèrent de force sur la scène, sous les bravos et les applaudissements.

*

Mon petit homme est le plus grand homme du monde.

*

Franz-Xaver grandit formidablement vite ; il rote aussi généreusement, cela lui donne une chose commune de plus avec son papa. Nous avons déjeuné avec Joseph *Primus*, dans sa brasserie Au Serpent d'argent ; il connaissait déjà le succès de l'opéra de Wolfgang et le complimenta longuement pour cette œuvre. Nous passâmes un agréable déjeuner, bien que *Wolfgang miniature* ait fait caca sur la culotte de soie brodée du *grand Wolfgang*.

*

Carl est retourné en pension. Je n'ai pas été en mesure de l'accompagner jusqu'à la porte de son institution de Perchtoldsdorf, car une fois encore, j'ai des difficultés à marcher.

*

Pour le deuxième soir, le théâtre était encore rempli au point de craquer les murs ; il n'existe pas un jardinier, un artisan qui ne souhaiterait assister à l'opéra. La foule montre tout son plaisir à cette représentation, et les initiés en retrouvent la haute signification.

Le succès et les honneurs nous reviennent. Emmanuel Schikaneder semble tout à fait certain de bénéfices importants ; la moitié des recettes revient à Wolfgangerl.

Les traces de pas dans le sable !

*

Nous avons remboursé une partie de nos dettes grâce à l'argent de *La Clémence de Titus*, et aux cinquante ducats d'avance sur le *Requiem*.

Wolfgang brûle d'ouvrir une loge où les femmes pourront être initiées ; elle s'appellera *La Grotte* et se formera dès le début de l'année 1792. Oh ! je serais si heureuse d'entrer dans cette *Lumière* dont ils parlent… Anton Stadler nous prie de lui prêter cinq cents florins ; pourrions-nous refuser l'aide aux amis, maintenant que nous avons de quoi payer notre loyer et faire prendre nos repas chez Joseph *Primus* ? Wolfgang et lui parlent longuement de La Grotte ; je suppose qu'Anton Stadler occupera un poste important dans ce projet. Est-il le futur Vénérable ? Tout me porte à le croire car j'entends souvent Wolfgang plaisanter et l'appeler « misérable ». Ses mots d'esprit ne se soucient jamais de la mesure[19].

*

Je dois à présent quitter Vienne et retourner prendre les eaux à Baden. Je ne puis me séparer de mon nourrisson ; ma sœur Sophie m'accompagnera donc en cure et me soulagera de certaines tâches pénibles.

Mon retour de couches est fort épuisant, car les saignements ont repris ; certains jours, j'ai le sentiment de produire des foies de volaille.

Süssmayr est moins utile à Vienne et le changement d'air lui convient également ; il m'accompagnera à Baden et se chargera ainsi des copies à écrire. Sa pension est fort moins coûteuse à Baden, à condition qu'il ne prenne point de bains.

Wolfgang a parfois de bien curieuses idées ; Snaï ne fera plus parler les méchantes langues en restant avec moi à Baden, ainsi chaperonnée par ma jeune sœur ; mais que dira-t-on de Sophie, justement ? Ne va-t-on pas croire qu'elle commerce ses sentiments avec Snaï ? Wolfgang et maman ne seront jamais d'accord pour un tel mariage, si tel était leur dessein. Sophie est une jeune personne dotée d'un esprit très vif et son époux devra suivre cela, ou mieux, dominer un peu ces ruades de licorne passionnée.

*

Vienne, les 7 et 8 octobre 1791[20],
Vendredi à 10 heures et demie du soir.
Très chère excellente petite femme !
Je reviens à l'instant de l'opéra ; il était plein comme toujours. Le duo Mann und Weib, *etc. et le glockenspiel du premier acte ont été bissés comme d'habitude. De même que le trio des jeunes garçons au 2ᵉ acte – mais ce qui me fait le plus plaisir, c'est* **le succès silencieux** *! – On sent bien que la cote de cet opéra ne cesse de monter. Voici maintenant mon emploi du temps ; tout de suite après ton départ, j'ai fait deux parties de billard avec M. Mozart (celui qui a écrit l'opéra chez Schikaneder). Puis j'ai vendu mon canasson pour 14 ducats. Ensuite j'ai demandé à Joseph d'appeler* Primus *pour qu'il aille me chercher du*

café que j'ai bu en fumant une merveilleuse pipe de tabac ; puis j'ai instrumenté tout le rondo de Stadler ; les Duschek vont tous bien ; – il me semble qu'elle n'a pas reçu de lettre de toi – et pourtant j'ai du mal à le croire ! – suffit ! ils sont déjà tous au courant du magnifique accueil réservé à mon opéra. Le plus curieux dans tout cela, c'est le soir où mon nouvel opéra a été donné pour la première fois avec tant de succès, ce même soir, on interprétait pour la dernière fois à Prague le Titus avec un égal succès extraordinaire. Tous les morceaux ont été applaudis. Bedini a chanté mieux que jamais. Le petit duo en la des deux jeunes filles a été bissé et on aurait volontiers répété également le rondo – si on n'avait pas voulu ménager la Marchetti. Stadler (ô miracle bohémien ! écrit-il) a recueilli tous les bravos du parterre et même de l'orchestre. (…) A cinq heures et demie, je suis sorti par la Stubentor – et ai fait ma promenade favorite jusqu'au théâtre en passant par le Glacis. Et que vis-je ? qu'humai-je ? Don Primus avec ses côtes de porc grillées ! Che gusto ! – maintenant je mange à ta santé – il sonne tout juste onze heures ; peut-être dors-tu déjà ? chut ! chut ! chut ! je ne veux pas te réveiller !

Dimanche 8. J'aurais voulu que tu me voies dîner hier soir ! Je n'ai pas trouvé notre vieille vaisselle, j'ai donc pris la blanche avec les perce-neige – et ai posé le chandelier à deux lumières avec des bougies devant moi ! (…) Tu seras maintenant en plein bain, alors que j'écris ceci. Le coiffeur est venu à six heures précises, et Primus a fait du feu dès cinq heures et demie, puis il m'a réveillé à six heures moins le quart – Pourquoi faut-il qu'il pleuve juste maintenant ? J'espérais que tu aurais beau temps ! Couvretoi chaudement pour ne pas t'enrhumer ; j'espère que le bain te permettra de passer un bon hiver – car seul le souhait de te garder en bonne santé m'a fait te pousser à aller *à Baden. Je m'ennuie déjà de toi – je l'avais prévu. Si je n'avais rien à faire, je partirais tout de suite pour te rejoindre pour huit jours ; mais là-bas, je n'ai aucune commodité pour travailler ; et j'aimerais bien, autant que possible, éviter tout embarras ; rien n'est plus agréable que lorsqu'on peut vivre un peu tranquille ; c'est pourquoi il faut bien travailler et je le fais volontiers.*

Donne en mon nom quelques bonnes paires de gifles à Süssmayr et demande à Sophie (que j'embrasse 1 000 fois) de lui en administrer quelques-unes aussi – au nom de Dieu – qu'il n'en manque pas ! Je ne voudrais pour rien au monde qu'il puisse me reprocher, aujourd'hui ou demain, que vous ne l'avez pas bien servi et soigné – donnez-lui plutôt trop de coups que pas assez.

Il serait bon que vous lui pinciez le nez avec une écrevisse, que vous lui arrachiez un œil ou lui asseniez quelques blessures visibles, afin que le bonhomme ne puisse nier avoir reçu quelque chose de votre part ; adieu, chère petite femme ! – la voiture s'en va. J'espère recevoir à coup sûr une lettre de toi aujourd'hui, et dans ce doux espoir, je t'embrasse 1 000 fois et suis à jamais ton

époux qui t'aime,
W. A. Mozart.

Quelle joie de recevoir de telles nouvelles !

Ainsi nous pouvons désormais regarder demain avec la confiance de jadis. Ô Seigneur, je me rendrai à l'église chaque matin, afin de remettre entre Vos très saintes bontés, la santé de mes deux fils, le succès des musiques de mon époux et la fin de mes ulcères variqueux.

*

Baden, le 8 octobre 1791.

Mon très cher petit homme,

Nous voici installés dans cet appartement, un peu entassés et refroidis par l'humidité des pluies. Mais qu'importe ! Sophie est assez souffrante, elle a certainement attrapé un refroidissement durant le voyage, avec sa gorge dénudée ; pourtant les œillades brûlantes de Snaï sur ses deux monticules auraient bien dû réchauffer tout cela. Elle ne semble guère prêter la moindre attention à ses espérances et je m'amuse de leur petit manège. Elle l'évite autant qu'il la cherche ! Chéri ! je dois te demander encore de faire quelque chose pour moi, afin de suivre tes chers conseils et ne pas tomber malade à mon tour ! Envoie donc Joseph pour moi prendre les deux châles commandés chez le marchand de mode et fourre-les dans un paquet destiné à ta petite femme. Tu trouveras sans nul doute l'affaire assez chère, cependant les nouvelles de tes musiques me donnent bien des espoirs pour nos profits à venir. Oh ! j'ai tant souhaité que Vienne n'oublie de te glorifier pour avoir transporté sa musique aux étrangers ! A propos, puisque tu as la chance, à présent, de voir Josepha dans les coulisses, et de l'entendre sur scène, peux-tu lui dire encore mes compliments pour son rôle de la Reine de la Nuit. Je ne connais pas encore l'avis de maman, toutefois je veux bien gager sur son immense fierté. Et que dit Hofer ? Parvient-il encore à s'opposer aux caprices d'une Reine aussi terrifiante ? Monsieur le syndic de la ville m'a déjà fait son compliment pour ton opéra et l'on me salue gracieusement aux bains. Chéri ! que cette année emporte avec elle la fin de nos tourments et je serai la plus heureuse des épouses. Je n'ai pas encore frappé Snaï, mais je m'arrange toujours pour le pincer au sang, lorsqu'il s'octroie une petite sieste, ou bien le matin avant la messe. Il te prie de ne point passer trop de temps à ton cabinet sans lui, car dit-il, les cabinets sans trou du cul ne sont plus que des boudoirs. Voilà encore une belle chose qu'il eût été dommage de ne pas lire ! Je t'écrirai très bientôt, à présent je dois aller aux bains, et te dire encore comme je t'embrasse (mais pas partout, car certains endroits sont malodorants le matin), et demeure ta

petite femme caressante,
Constanza.

*

Vienne, les 8 et 9 octobre 1791,
Samedi soir à 10 heures et ½.
Très chère, excellente petite femme !
C'est avec le plus grand plaisir et un sentiment de joie que j'ai trouvé ta lettre à mon retour de l'opéra ; bien que le samedi soit un mauvais jour car c'est un jour de courrier, l'opéra a été donné dans un théâtre comble, avec le succès et les bis *habituels ; demain, on le redonnera, mais lundi il y aura relâche – il faut donc que Süssmayr amène Stoll mardi, où on le redonnera pour la première fois – je dis pour la première fois – car on le jouera certainement de nombreuses fois à la suite. Je viens d'engloutir un délicieux morceau d'esturgeon que* Don Primus *m'a apporté (il est vraiment mon fidèle valet de chambre) – et comme j'ai aujourd'hui un solide appétit, je l'ai envoyé m'en chercher encore un peu, si c'est possible. Entre-temps, je continue donc ma lettre. Ce matin, j'ai composé assidûment au point que je me suis attardé jusqu'à 1 heure – je me suis précipité chez Hofer (pour ne pas manger tout seul) et y ai rencontré ta maman. Tout de suite après le déjeuner je suis rentré à la maison et ai écrit jusqu'à l'heure de l'opéra. Leutgeb m'a demandé de l'y emmener une nouvelle fois, ce que j'ai fait. Demain j'y conduis maman. Hofer lui a déjà donné le livret à lire au préalable. Pour maman on pourra dire qu'elle a regardé l'opéra, mais pas qu'elle l'a entendu.*

(…) Je suis allé à l'orchestre au moment de l'air de Papageno, avec le glockenspiel, car j'avais envie de le jouer moi-même aujourd'hui… – Par plaisanterie, j'ai fait un arpeggio, *à un moment où Schikaneder marque une pause – il sursauta – regarda vers l'orchestre et me vit – lorsque cela revint une deuxième fois – je ne le fis pas – il s'arrêta alors et ne voulait pas continuer – je devinais alors ses pensées et fis à nouveau un accord – alors il frappa son glockenspiel et dit « ferme-la » – tout le monde se mit à rire – je crois que nombreux sont ceux qui ont découvert, par cette plaisanterie que ce n'est pas lui qui joue de cet instrument. Par ailleurs, tu ne peux pas savoir comme il est charmant d'entendre la musique à partir d'une loge située près de l'orchestre – c'est beaucoup mieux qu'à la galerie ; dès que tu reviendras, il faudra que tu essayes.*

Dimanche, 7 heures du matin. J'ai fort bien dormi et espère que tu en as fait autant. J'ai magnifiquement savouré un demi-chapon que Primus *m'a apporté. A 10 heures j'irai à la messe chez les piaristes car Leutgeb m'a dit que je pourrai alors parler au directeur. J'y resterai pour le déjeuner.*

Primus *m'a dit hier soir qu'à Baden de nombreuses personnes sont malades ; est-ce vrai ? Fais attention à toi, ne te fie pas au temps. A l'instant,* Primus *arrive avec la sotte nouvelle que la voiture est partie ce matin avant 7 heures et qu'il n'en part pas d'autre avant cet après-midi – tout ce que j'ai écris cette nuit et ce matin n'a donc servi à rien, tu n'auras ma lettre que ce soir, ce qui m'attriste. Dimanche prochain, je viens à coup sûr à Baden – nous irons ensemble au casino, et lundi nous rentrerons tous à la maison. (…)*

Adieu, chérie ! je t'embrasse des millions de fois et suis à jamais ton

Mozart.

P. S. Embrasse Sophie de ma part. J'envoie à Süssmayr quelques bonnes chiquenaudes et lui secoue bien fort la tignasse. Mille compliments à Stoll – l'heure sonne – porte-toi bien ! – nous nous reverrons !

N. B. tu as sans doute envoyé au lavage deux paires de culottes d'hiver jaunes qui vont avec les bottes, car Joseph et moi les avons cherchées en vain. Adieu.

*

Snaï est maintenant retourné à Vienne avec Stoll, me laissant seule avec Sophie et petit Wolfgang, le temps d'assister à la représentation de *La Flûte enchantée*. Je pensais que ma jeune sœur profiterait de ces moments pour me confier, peut-être, une petite inclination pour Süssmayr, mais cela ne fut pas.

*

Baden, le 12 octobre 1791.

Mon cher, très excellent petit homme !

Je te remercie pour mes deux châles et surtout, pour cette gentille surprise d'y avoir ajouté les peignes assortis ; je les avais remarqués, mais je trouvais alors déraisonnable de les acheter ; je suis si heureuse d'avoir un mari qui me gâte ainsi ! Comme je te chéris !

J'ai bien envoyé tes culottes jaunes au lavage, car j'ai pensé que l'hiver serait prompt à venir, et n'ai pas voulu qu'elles te fassent défaut aux premiers froids. Ton *trou du cul* m'est revenu avec Stoll, aussi content que s'il avait composé lui-même ton opéra ; cela me fait grand plaisir de voir qu'il se trouve encore autour de toi des âmes chrétiennes se réjouissant avec sincérité des bonheurs qui te glorifient. Ce matin, je me suis rendue à la messe où j'ai prié comme jamais pour remercier Notre-Seigneur de toutes les bénédictions qui nous entourent à présent. Notre fils profite merveilleusement de tous ses repas, Sophie prend son rôle de seconde petite mère très au sérieux, nous chantons ensemble *Oraginia Figata fa*, et cela fait sourire ce petit ange. J'ai coupé une mèche de ses fins cheveux, puis l'ai gardée dans le médaillon de ton cher portrait ; à présent, sa petite oreille inachevée se voit un peu, mais cela m'enchante de voir cette partie de mon grand homme partout avec moi.

Chez les piaristes, j'espère que tu pourras trouver un accord avec le directeur car je crois vraiment, comme toi, que cette institution serait de meilleure qualité pour Carl. Je trouve que d'une façon générale, son instruction est honnête, mais il lui manque certaines politesses et gentilles façons ; il parvient à présent à l'âge où l'on pardonne moins les manquements. Iras-tu le voir un peu à sa pension ? Je dois te laisser maintenant, car il est minuit plein et je ne veux manquer mon réveil pour me rendre à la messe, selon mes vœux, puis aux bains. Je sens toutes les améliorations de mes pieds à présent, et je reconnais que tu avais, une fois encore, raison de m'envoyer ici. Le temps maussade me fait languir des promenades, mais je sais aussi que tu n'aimes guère me savoir vaguer sans toi. Il m'eût été pourtant bien agréable de sortir mes nouveaux châles ! Cette fois, je termine ! Mille baisers vers toi, de ta chère Sophie, de Snaï et de ta petite femme chérie qui t'aime et qui bâille,

Constanza.

P. S. Connais-tu justement la dernière poésie de S… ? La voici :

Ah ! que faire, ma mère, j'ai le con qui bâille ?
Hélas ! ma fille, fouttez-y de la paille !

*

Vienne, le 14 octobre 1791.

Très chère, excellente petite femme,

Hier, jeudi 13, Hofer m'a accompagné voir Carl. Nous y avons déjeuné, puis nous sommes rentrés en ville ; à 6 heures, je suis passé en voiture prendre Salieri et la Cavalieri, et les ai accompagnés à la loge – puis je suis allé rapidement chercher maman et Carl que j'avais laissés chez Hofer. Tu ne peux imaginer combien tous les deux ont été aimables, comme non seulement la musique, mais également le livret et tout l'ensemble leur ont plu. Ils disent tous deux que c'est un opéra digne d'être interprété pour les plus grandes festivités devant le plus grand des monarques, qu'ils le reverront certainement très souvent car il n'ont encore jamais assisté à plus beau et plus agréable spectacle. Lui écouta et regarda avec la plus grande attention, et de la Sinfonie jusqu'au dernier chœur, il n'est pas un morceau qui ne lui ai tiré un bravo ou un bello ; quant à elle, elle n'en finissait pas de me remercier pour cette amabilité et dit qu'ils avaient bien eu l'idée hier de venir à l'opéra. Mais ils auraient dû prendre place dès 4 heures – alors que, là, ils le voyaient et l'écoutaient tranquillement. Après le spectacle, je les ai fait reconduire et ai soupé avec Carl chez Hofer. Puis je suis revenu à la maison avec lui et nous avons tous les deux merveilleusement dormi. Ce n'est pas un petit plaisir que j'ai fait à Carl en l'emmenant à l'opéra. Il a une mine magnifique – pour ce qui est de la santé, on ne pourrait trouver de meilleur endroit, mais le reste est malheureusement misérable ! Ils peuvent certes proposer au monde une éducation de bon paysan ! mais suffit, et comme les études sérieuses (que Dieu nous protège) ne commencent que lundi, j'ai demandé qu'on laisse sortir Carl jusqu'à dimanche après le dîner ; j'ai dit que tu aimerais le voir. Demain dimanche je viens te voir avec lui, tu peux alors le garder avec toi, sinon, je le reconduis dimanche après le dîner chez Hegger ; refléchis, en un mois on ne peut rien gâcher, à mon avis ! Entre-temps, on peut régler l'affaire avec les piaristes et on y travaille vraiment. Par ailleurs, il n'est pas pire qu'il n'était, mais il ne s'est pas amélioré non plus d'un cheveu. Il a toujours les mêmes mauvaises manières, il rechigne volontiers comme toujours, et étudie presque moins volontiers encore car là-bas, à ce qu'il m'a avoué lui-même, il ne fait que traîner dans le jardin pendant cinq heures le matin et cinq heures après le déjeuner ; en un mot, les enfants ne font que manger, boire, dormir, et se promener ; Leutgeb et Hofer viennent de me rendre visite ; le premier reste déjeuner avec moi, je viens d'envoyer mon fidèle camarade Primus *chercher quelque chose pour le déjeuner à l'hôpital des Bourgeois ; je suis très content de ce bonhomme, il ne m'a laissé tomber qu'une seule fois et j'ai été obligé d'aller passer la nuit chez Hofer, ce qui m'a fort ennuyé, car ta sœur et lui dorment trop longtemps à mon goût. Je préfère être à la maison où je suis habitué à mon emploi du temps, et cette unique fois m'a mis de fort mauvaise humeur. Hier, j'ai perdu toute ma journée à cause du voyage à Perchtoldsdorf, c'est pourquoi je n'ai pu t'écrire. Mais que tu ne m'aies pas écrit, toi, pendant deux jours, c'est impardonnable. J'espère recevoir à coup sûr de tes nouvelles aujourd'hui. Et te parler demain, et t'embrasser de tout cœur. Porte-toi bien, à jamais ton*

Mozart.

P.S. J'embrasse Sophie mille fois, fais ce que tu veux avec Süssmayr. Adieu.

Je reconnais là l'esprit généreux et confiant de mon époux ; Salieri et la Cavalieri ! – son plus grand rival et sa maîtresse dans une loge, assis près de lui, à l'écoute de son opéra prodigieux. Pouvaient-ils alléguer que le public ment, que l'œuvre est piètre, le compositeur médiocre ? Il faudrait être Dieu en personne pour ne pas jalouser le génie de mon homme ni souffrir d'entendre toutes les louanges et les politesses à son sujet !

Ô chéri, je crains une amabilité feinte de Salieri, il se peut qu'elle te coûte fort cher demain…

*

Nous sommes enfin rentrés à Vienne ; mes petits hommes vinrent nous rejoindre et nous prîmes la route du retour tous ensemble, Sophie, Süssmayr, Carl, Wolfgangerl, Franz-Xafier et moi. La distance me parut longue et les conversations peu animées.

Wolgang n'est plus le même que jadis ; une image le tourmente et je ne retrouve plus sa gracieuse disposition d'esprit. Ses traits sont labourés par un accablement dont je ne connais point l'espèce.

*

Je ne sais comment détacher Wolfgang de cette mélancolie envahissante ; ses cheveux blonds restent en désordre tout le jour, sa petite queue nouée avec négligence ; il travaille sans trêve cette messe des morts et ne quitte plus son cabinet de travail. Oh ! Wolfi, je voudrais tant que renaissent les aurores où nous jouions au billard, nos cajolis dérobés dans l'office, nos gentilles querelles dans la nuit fraîche…

J'invite à présent, sans le prévenir, des gens qu'il aime ; ils feignent de le surprendre, absorbé sans relâche dans son impitoyable devoir ; il s'en montre ravi, mais il continue à travailler ; nous bavardons beaucoup, même fort, près de lui, mais il n'entend rien. Lorsque l'un de nous lui adresse la parole, il répond alors brièvement, sans se fâcher, puis se remet aussitôt à écrire.

*

Nous voici seuls, Chéri! Carl est rendu à sa pension, perfectionner sa désastreuse politesse, notre petit enfant dort, Joseph est à sa brasserie, les fenêtres sont closes, parle-moi, je te prie, ne me laisse point méconnaître tes supplices!

Je suis seule, désespérément seule; Wolfgang combat les spectres de son sommeil et ne partage aucunement ses songes avec moi. Je ne sais encore pas, ce qui habite son âme et torture son esprit, devenu âprement funeste.

*

Condamné! Un sinistre déshonneur s'abat sur nous par l'annonce de cette infamie; par décision de justice en faveur du prince Lichnowski, Wolfgang se trouve condamné à rembourser 1 435 florins 32 kreutzers. La moitié de son salaire de musicien de la Chambre impériale sera confisquée; nous voici saisis pour une durée de… 3 ans et demi!

Quelle tragédie!

Oh, je ne nie nullement l'évidence de ce dû, pourtant j'espérais que la condition de ce prince lui permît d'attendre nos bénéfices, avant que son indignation se manifestât.

Et si le succès se tarissait avec *La Flûte enchantée*, nous n'aurions, alors, que le traitement de la Cour pour subsister, à présent diminué de moitié!

– *Ma Stanzi Marini, je sens que ce sera bientôt fini de faire de la musique; je suis saisi d'un froid que je ne puis m'expliquer. Je ne sens que trop que je n'en ai plus pour longtemps. Je ne peux me défaire de cette idée.*

– Chéri! je ne veux pas en ouïr davantage, nos désolations cesseront, ma santé n'occasionnera plus d'empêchements, nos enfants sont magnifiques et heureux, ta musique comble le théâtre chaque soir ; Ecoute ! je connais les bénéfices de ta *Flûte enchantée*, écoute ! 8 443 florins à partager en deux, entre Schikaneder et toi, ne vois-tu pas enfin le recommencement de la prospérité ? Jamais nous ne fûmes pareillement intéressés aux profits de tes opéras ! Chéri ! reprends tes esprits et vois comme la fortune ouvre ses bras. Regarde, voici des propositions comme peu de compositeurs en reçoivent à présent ; lis, te dis-je ! on te mande en Hollande, lis ! Regarde encore, on te veut en Angleterre, Da Ponte, Haydn et Nancy Storace t'attendent à Londres, et aujourd'hui en Hongrie, où la noblesse te propose une rente annuelle confortable, rien que pour écrire ce que tu voudras. Prends cela, lis bien curieusement toutes ces lettres, les références que l'on te voue, les louanges que l'on chante dans toutes les sociétés de goût et d'élégance. Ce prince n'a point consenti à remettre ses intentions, soit ! les profits de *La Flûte enchantée* paieront, sans quoi, il devra languir trois ans et demi avant de ramasser ses 1 435 florins. Tout cela ne peut flétrir ma jubilation d'être mère, ma fierté de toi, de ce que nous fûmes et de ce que nous sommes aujourd'hui. Debout, mon petit homme ! là où tu ne vois que troubles et malheurs, écoute les notes de Mozart…

– *Hélas, ma chère petite femme, je sens bien qu'il est trop tard. J'écris cette messe des morts, et je sens bien que ce* Requiem *est le mien…*

*

Cette infinie tristesse qui emprisonne son cœur est effrayante ; son regard, d'une déchirante mélancolie, n'étreint plus ce qui l'entoure. Ô mon Dieu ! sauvez-nous de cet abîme infini…

*

Les nuits se montrent interminables et désolantes, pour qui veille les siens ; ce matin, les remèdes préludent l'apaisement de ses souffrances, mais mon preux Baron de la queue de cochon ne peut se résoudre à se lever, tant les fièvres secouent sa pauvre carcasse. Mon enfant m'appelle et je ne peux démêler, entre mes deux souffreteux, qui réclame les secours les plus pressants.

Sophie ! Maman ! Leonore !

Venez à mon secours, que l'on fasse quérir le médecin ! mon homme se brûle d'une chose terrassante contre laquelle il ne peut lutter. Mon Dieu ! madame Mozart, et vous aussi, vieux fou, regardez votre fils honnête et pieux, voyez sa figure d'une blancheur pareille à la chemise d'un pendu, entendez ma détresse et voyez ses meurtrissures ; posez vos mains de brume sur son front délicat, baisez ses tempes avec le souffle d'une brise légère !

Sophie est là et ne me quitte pas un moment. Leonore pleure continuellement ; je préférerais la renvoyer chez elle que d'ouïr son désespoir depuis l'office.

Les bras et les jambes de Wolfgang sont enflés par le diable ; nous dûmes taillader sa chemise aux ciseaux, puisque ses membres ne peuvent plus se courber aux gestes familiers ; et ses doigts, ses pauvres doigts boursouflés !

Le docteur Closset s'oppose à toutes mes demandes de précieux conseils, car il craint de s'abuser dans son étude de la maladie ; nous devons attendre la visite de Sallaba, Chef de l'Hôpital général. Est-ce si critique, au point qu'un savant s'émeuve et se couillonne lui-même ? Comme l'attente est insoutenable ! Que savent-ils des plaies que Dieu nous envoie parfois, et de leur suprême dessein ?

*

Sophie achève la confection d'une robe de chambre feutrée, que Wolfgang enfilera par-devant, afin de ne point souffrir de ses bras infirmes.

*

A moi, Seigneur !

Portez-moi dans Vos bras, montrez-moi encore une fois Vos empreintes dans le sable ; je ne puis croire en Votre renoncement ! Les médecins se trompent, cette maladie ne peut être fatale. Ne sacrifiez point l'être le plus charitable au monde sur l'autel des médiocres, sinon qui chantera Votre gloire, demain ?

Il ne mourra pas.

Je ne puis me résoudre à le croire.

*

L'Empereur nous fait une grâce infinie ; voici que désormais Wolfgang est nommé directeur musical de la cathédrale Saint-Etienne ! L'annonce de cette bénédiction parlera à son pauvre cœur et lui donnera – oh ! je l'espère –, toute la sève favorable à son lever et faire avaler à Closset sa sentence de charlatan.

Peut-être Salieri a-t-il fini de fomenter ses diaboliques ruses contre Wolfgang, car cette nomination ne peut s'accorder sans qu'on l'ait consulté. Dieu a parlé au cœur de cet homme !

*

On pratique ce matin deux saignées, pour relâcher ses bras et ses jambes perclus; la connaissance revenue, Wolfi réclame la partition du *Requiem*. Je ne sais si je dois lui rendre ses notes; il prétend aussi rendre visite à ma mère, dans quelques jours, afin de la féliciter pour sa fête, et lui porter, selon son habitude, un paquet de café et du sucre.

Qui peut éprouver une plus grande joie que moi, de l'entendre ainsi afficher ces meilleures nouvelles?

Sophie rentre chez maman, comme enfin rassurée sur notre sort.

Wolfgang se trouve joliment fâché de ne pouvoir assister aux représentations de son opéra; sa montre posée à ses côtés, je le vois suivre les minutes: « *C'est à toi maintenant, Reine de la Nuit!* »

La représentation terminée, mon époux pose sa faible tête sur le côté et dort comme un enfant; sa poitrine se soulève lentement. A la lumière des chandelles, des perles de moiteur luisent sur son sein et coulent doucement vers la couverture de neige[21].

*

Cette nuit, je n'ai pu dormir; Wolfgang va si mal que je pensais qu'il ne verrait point le jour se lever.

Oh! Sophie, reste auprès de moi aujourd'hui, car si cela se reproduit, il mourra cette nuit.

– Ah! chère Sophie, souffla mon époux, comme c'est bien que vous soyez là; il faut que vous restiez cette nuit et me voyiez mourir.

– Oh! cher Mozart, ne parlez pas ainsi, ôtez-vous cette idée de la tête…

– *J'ai déjà le goût de la mort sur ma langue, et qui soutiendra ma très chère Constanze si vous ne restez pas?*

– Mais je dois d'abord retourner auprès de notre mère et lui dire que vous aimeriez bien m'avoir aujourd'hui près de vous, sinon elle pensera qu'il est arrivé un malheur.

– Oui, murmura-t-il, faites cela, mais revenez vite.

*

Mon Dieu, quel désespoir !

J'accompagnai ma jeune sœur jusque dehors et la suppliai d'aller voir les prêtres de Saint-Pierre et d'en prier un de venir ; il pouvait ainsi passer comme par hasard.

Tout à l'heure, Wolfgang fut pris d'affreux vomissements qui l'épuisèrent et déposèrent dans la chambre une odeur de cadavre. Il réclama la présence de Snaï, puis celle de Hofer, pour transmettre ses instructions quant à son *Requiem*.

Cette détestable messe des morts est devenue une obsession.

– *Ne t'avais-je dit, ma bonne Constance, que j'écrivais ce* Requiem *pour moi-même ?*

*

Sophie est revenue ; notre mère s'est laissé convaincre d'aller passer la nuit chez Josepha. Süssmayr est au chevet de mon époux, le *Requiem* posé sur le couvre-lit blanc ; il écoute les consignes de son maître, car il devra finir l'œuvre après sa mort.

De sa faible voix, il dicte toutes ses recommandations, d'un maître affectueux à son élève terrorisé.

– Tu devras te mettre en quête d'inspiration, afin d'en extraire le savoir dont tu es avide ; tu trouveras ainsi chez d'autres compositeurs ce que je n'ai pas cru devoir te donner. Tous les ouvrages qui parlent de musique ne sont pas recommandables, il en existe même de fort mauvais ; il te faut donc un certain discernement dans les choix. Sache que la faculté de reconnaître le bon du mauvais te sera donnée par la vocation dont c'est la première grâce. Si tu n'avais pas ce don, il te faudrait renoncer à des études qui te mèneraient nulle part pour ce que tu n'y serais pas appelé. Si tu désires vouer ta vie à la musique, tu n'en auras profit que le jour où tu auras le savoir pratique suffisant pour composer sans risquer de te perdre. Essaie de garder ton esprit libre de toute influence néfaste ; tu formeras ainsi, peu à peu, ta pensée et ta musique sur l'arbre noble de ta maturité ; les fruits seront alors prêts à être cueillis[22].

J'envoyai Leonore quérir le docteur Closset ; il ne fallut pas moins de deux heures, pour le trouver à l'opéra ; il refusa de venir avant la fin du spectacle.

Seigneur ! que le succès de cette œuvre ne fasse point venir Closset trop tard, ou refuser l'assistance à celui qui écrivit les notes qui ravissent à présent ses oreilles. Nul prêtre n'est venu au chevet de Wolfgang ; un franc-maçon peut bien crever, moins béni qu'un chien galeux.

*

Wolfgang me réclame, et mon petit enfant pleure au fond de son berceau. Puisse une âme pieuse bercer mon enfant pendant que se meurt mon amour !

Mon époux me fait mander, afin de connaître l'avis de Closset.

– Il n'a pas dit grand-chose, chéri, tu dois rester au calme et cesser quelque temps de composer ; ainsi ton esprit refroidira et tu seras bientôt debout.

– *Je ne te crois pas, souffla-t-il, je sais que cela n'est pas vrai et j'en suis très affligé. Je dois mourir maintenant que je pourrais m'occuper de toi et des enfants. Ah! je vous laisse à présent dans le besoin...*

*

Wolfgang ne veut plus entendre le chant pointu de son petit oiseau; nous devons loger la cage dans une chambre voisine. Oh! je connais désormais tous ses supplices, puisqu'il ne peut même plus souffrir ce qu'il aimait tant écouter...

Depuis ce lent sommeil impénétrable, toute sa figure et sa poitrine sont recouvertes d'une fine couche de givre; à la lueur des flammes, le corps de mon époux semble parsemé de mille diamants scintillants.

Je ne peux croire que la vie s'échappe d'un être d'une telle pureté; que vais-je devenir sans ses petites mains caressantes?

Ô Seigneur, portez-le dans vos bras cette nuit...

5 décembre 1791

Hurle, ma douleur.
Le feu me tourmente trop
et sa Mort déchire mes chairs
et rompt mes os.
Il était jeune,
faible et malade.
Mon âme et mon esprit m'abandonnent.
Cruel poison,
Wolfgang est égal au corbeau noir.
Dans son corps,
se trouvent le sel, le soufre et le mercure.
Que ceux-ci soient comme il convient
sublimés, distillés,
séparés, putréfiés,
fixés,
cuits et lavés,
afin qu'ils soient bien nets
de leurs déchets
et de leurs saletés[23].

Sophie ! dis-moi encore les derniers mots de mon époux, tandis que j'œuvrais à l'office pour son soulagement. Tu l'entends encore ? Son dernier geste fut d'imiter avec ses lèvres les timbales du *Requiem*, oh ! Sophie, fais-le-moi entendre encore une fois…

Tes bras de sœur affectionnée soutinrent sa pauvre tête. Comme je t'envie, Sophie.

Comme je te hais, d'avoir bercé son dernier souffle à ma place.

Pardon ! Mille pardons à genoux, je ne te hais point.

Je voudrais tant mourir avec Lui.

Pourquoi ne me laisse-t-on pas couchée contre son corps adoré, prendre son mal et le rejoindre aux cieux[24].

*

Vole, mon Ange,
précède-moi devant Dieu.

Prends ces fleurs, sens mes baisers, écoute aussi mon cœur.

Ce que tu as écrit jadis, à l'intention de ton ami,
Je le réitère ici pour toi, ployant sous la douleur.
Epoux chéri ! Mozart immortel, pour moi et toute l'Europe –
Toi aussi, tu reposes désormais – à jamais ! ! –
A 1 heure après minuit, dans la nuit du 4 au 5 décembre de cette année,
Il quitta, dans sa 36ᵉ année – trop tôt, ô, combien ! –
Ce monde bon, certes – mais ingrat ! – Oh Dieu ! –
Huit années nous unirent d'un lien affectueux et indélébile !
Oh, que ne puis-je être bientôt unie à toi pour toujours.
Ton épouse éperdue de douleur,
Constanze Mozart née Weber.
Vienne 5 décembre 1791[25].

*

L'empreinte.

Müller s'est agenouillé près de Toi, mon petit homme, pour prendre l'empreinte de ton visage passé à l'Orient éternel ; je ne puis défaire mon regard de ta bouche close et ces lèvres tant embrassées, de tes pauvres yeux que la terre va bientôt manger, de ta petite oreille au défaut si gentil, de tes mains croisées sur ton ventre, où déjà frétille l'impatiente vermine.

Ton masque funéraire de plâtre n'est point, et ne sera jamais, le reflet de Wolfgangerl Mozart, celui que tous les hommes doivent pleurer avec moi.

Adieu. Oh, comme je t'aime !

*

Chéri ! je ne puis t'accompagner vers ce trou glacial où d'autres corps t'attendent ; je dois rester ailleurs, loin de Toi, mon petit homme, bien loin de ceux qui feront résonner leurs soupirs sous les voûtes de pierre…

Van Swieten m'a priée de le laisser organiser tes funérailles ; mon Wolfi, nous ne sommes point nobles, et ne pouvons prétendre à de pompeuses cérémonies. Te rappelles-tu comme nous cherchions les tombeaux de nos enfants ? Qui peut à présent les reconnaître, alors que nous n'avons nullement le droit de poser une croix, ni même une discrète plaque gravée !

Ô Dieu ! je ne veux plus respecter les usages, rester devant mon âtre, les cheveux enduits de cendres et pleurer mon homme, cachée des regards. Je voudrais me mêler aux foules qui hurlent sous ma fenêtre.

Les vois-tu ?

Regarde, chéri, tous ces mouchoirs blancs que l'on agite sous nos huis, vois comme Vienne te pleure, entends ce chœur de larmes.

*

Tes *frères* sont venus.

Ils m'ont arrachée à toi ; je voulais encore tiédir tes mains et mourir de ton mal. Que n'es-tu mort les bras enlacés autour de moi, personne n'eût alors osé nous séparer !

Ils m'ont embrassée, puis, chacun a ployé une épaule que je pourrais mordre ou baigner de mes larmes, à la grâce de mon désespoir.

Tes *frères* t'ont vêtu d'une longue cape de satin noir et d'une capuche, descendue jusque sur ton paisible front. Tes si beaux cheveux blonds ! cette moisson d'or se trouve à présent cachée par cette pointe obscure. Rejoindras-tu nos chers disparus dans cet habit noir ?

Puis, quatre de tes *frères* t'ont porté dans leurs bras – ô Seigneur, pourquoi ne point Vous réserver cette tâche hier encore ? ils t'ont déposé au fond d'un cercueil.

Te souviens-tu, chéri, des mots que tu choisis, afin d'instruire notre fils sur les mystères de la mort ?

« On nous met dans un cercueil, cela est une sorte de cocon ; puis on dépose le cocon dans la terre, et des ailes nous poussent ; ainsi, lorsque nos ailes sont assez agiles, nous pouvons monter dans les cieux rejoindre Dieu Tout-Puissant ; nous sommes alors des milliers de papillons joyeux et insouciants. »

Lorsque les ailes te seront poussées, mon Ange – viens, oh ! viens chaque jour…

6 décembre 1791

Ton corps, ce cadavre qui m'a tant honorée, est à présent dans la petite chapelle du Crucifix, au flanc nord de Stephansdom[26]. Je ne puis croire que chacun puisse désormais te voir, étendu dans cette boîte du diable, montré, sans défense.

Pour ces funérailles de troisième classe, oh ! chéri, tu ne dois point déplorer l'absence des porteurs de poêle ni même celle d'enfants de chœur ; nous ne sommes pas nobles et je ne puis braver les interdictions que l'aristocratie n'ose elle-même défier.

Tes petites mains resteront ainsi, montrées à tous jusqu'à la tombée du jour ; on craint d'enterrer les êtres vivants. Bientôt, on m'annoncera que tu ne t'es point relevé ; les bruits du corbillard confirmeront mon plus grand malheur ; on t'emportera alors, contre trois florins, jusqu'au cimetière, où le tombeau communautaire assourdira le craquement de tes os jetés dans la chaux.

Qui étouffera mon désespoir, mes hurlements, et le chant de ton oiseau ?

*

Comme le jour disparaît vite, lorsque l'on espère un messager avant sa fin !

Je priais, j'espérais, je recommandais mon infortune à Dieu, j'implorais ton réveil, je compromettais mon âme par un pacte cruel avec le diable…

J'étais, ce soir, prête à tout engager contre le bonheur de te retrouver vif, bien gai et fripon, remuant, rusé.

Puis, taquin, piquant, chantant des saloperies, et bandant du tison.

*

Hélas. Oh ! hélas !

L'heure est passée à présent ; on ne viendra plus en hâte m'avertir de ton réveil. Sait-on seulement où je me tue aujourd'hui[27] ?

Chéri ! Comme tu suivis *La Flûte enchantée* depuis ton lit de mort, j'escorte à présent la marche lente de ton corbillard solitaire ; bientôt, les arbres des larges allées de terre s'inclineront, au cri d'effroi des corbeaux devant ta pâleur.

Ah ! je ne puis trouver de consolation ! je voulais tant, Chéri, te rejoindre par la pensée, guidée dans la *Grotte*, telle Pamina dans la main de Tamino dans le temple de Sarastro ; qui fera demain rayonner la lumière sur les ténèbres de mon esprit éteint ?

Adieu !

Mon Ange, ma Passion, ma Douleur et mon Maître.

*

Oh ! Dieu Tout-Puissant, on n'aura point attendu la raideur de son cadavre pour dire déjà les pires vilenies et me les colporter jusqu'à ma chambre de veuve[28]. Salieri pleure avec le peuple viennois, mais il sait que la mort de son idole sauve sa fortune : « *Il est certes dommage d'avoir perdu un si grand génie ; mais cela vaut mieux pour nous qu'il soit mort. Car s'il avait vécu plus longtemps, personne ne nous aurait plus donné la moindre miette de pain pour nos compositions.* »

Vois, chéri, comme la conscience revient aux médiocres, à présent que l'on ne redoute plus l'audace de tes créations, l'harmonie de tes notes et la voix de Dieu par ta musique !

Oh ! Salieri, vous causâtes tant de dommages à mon époux par vos mauvaises paroles, vos conspirations perfides, que je ne puis vous plaindre, à présent, de devoir vous contenter de vos petits talents, votre inspiration étriquée, vos piètres façons, vos opéras pitoyables, votre sollicitude merdique, votre triste maîtresse, et vos misérables orémus, ô combien exaucés ! à la mort du plus haut interprète de Notre-Seigneur, âgé de trente-cinq ans, dix mois et huit jours…

*

Comme Caecilia Weber après la mort de Fridolin, feu mon père, comme Nannerl pleurant la fin solitaire de votre papa, je dus, aujourd'hui, supporter que l'on dressât l'inventaire par le comptage de tes effets personnels. On fourragea dans les armoires et visita tous les replis de notre logis.

Cette effroyable liste, volontairement abaissée, dépréciée, de façon que tes fils et moi, ta pauvre veuve, soyons dispensés de frais de succession, donnera peut-être encore à tes rivaux des idées de vils commérages ; tu verras qu'un jour *on* dira que nous étions misérables, que nos enfants dormaient dans la paille, tandis que nous pétions dans la soie de Chine, que notre logis était sombre[29] au point de repousser le plus effronté des rats. Cet *inventaire de succession* sera la source de mille bavardages et indiscrétions, on nous raillera avec mépris, on me saluera bientôt par aumône.

Je puis te l'assurer solennellement, Wolfgang, ô Epoux Chéri, je t'en fais serment, nos fils marcheront la tête haute, le cœur victorieux et leur esprit sera le plus miséricordieux du monde.

*

Je connais aujourd'hui le nom du ténébreux amateur de *Requiem*; mon Ange! tu es mort d'épuisement pour un secret infantile et vaniteux! Te souviens-tu de l'arrogant comte Walsegg, propriétaire du logis de Puchberg, cet homme sombre et écrasant, qui recopie de sa main les œuvres achetées secrètement aux jeunes talents anonymes pour les faire jouer dans son salon, tandis que ses hôtes, affectant l'étonnement, font semblant de jouer aux devinettes pour trouver l'auteur des musiques? Suffit! à présent nous savons qui faisait tant de mystères pour ce *Requiem*; pour la messe d'anniversaire de sa défunte épouse, Walsegg exige la plus belle des célébrations funèbres. Qu'il en soit satisfait!

*

La bonté de Puchberg est infinie.

Il refuse de faire notifier nos dettes et ne veut plus jamais entendre parler du moindre remboursement; je crois aussi, mon Ange (as-tu déjà des petits bourgeons d'ailes?), que notre ami, ton *frère* Puchberg se trouve fautif de notre malheur, par cette idée qu'il a eue de te recommander à Walsegg.

605

Serais-tu vif, à présent, si ce *Requiem* n'avait hanté ton esprit le jour et la nuit, si Puchberg n'avait cru t'aider par cette entremise ?

Peut-être aussi fondait-il l'espoir de regagner son argent, en te livrant discrètement ce travail… Mais, aujourd'hui, cet homme honnête et secourable, ne réclame rien à la veuve de son estimé frère.

*

Toutes mes vomissures ont éclaboussé le sofa du salon ; je ne puis endormir mon courroux.

Je devais, ce matin, déposer quelques pièces signées à la chapelle de la Cour ; lorsque je m'y suis rendue, on me fit traîner dans une petite antichambre, où se trouvaient des papiers amoncelés. Soudain, au bas d'une page dont le coin sortait du portefeuille, il me sembla reconnaître la signature de Snaï ! J'en fus tout d'abord consternée, car je ne lui connaissais aucun voisinage avec la Cour ; je devins par suite affolée d'un trouble impénétrable, et comme personne ne venait encore m'annoncer mon audience, j'ai tiré sur la feuille afin de la lire entièrement.

Oh ! Dieu, la nausée s'empara de mon cœur, comme je découvrais par quelles formules cajoleuses et fausses recettes, Süssmayr, ton *trou du cul*, se recommandait à la protection de Salieri ! Ainsi, dès le mois de juin, alors que ton affection pour lui se manifestait en bienfaits et mots d'esprit, Snaï était payé *pour services rendus* aux messes de Pentecôte ! Mon pauvre amour ! voici comment nous fûmes espionnés, même doublement copiés, car les travaux que tu lui confiais tombèrent peut-être dans les mains de Salieri avant de retourner aux tiennes ; la prudence et la raison t'inspirèrent de ne jamais remettre à cet âne malveillant

d'autres pages à copier que celles des accompagne-
ments de tes musiques. Mon petit homme, aujour-
d'hui, je vomis toute ma crépine à cette seule pensée.

> *Tremble ! tremble !*
> *Mort à toi, ô misérable !*
> *Traître, entends gronder la foudre.*
> *Voici l'heure des vengeances,*
> *Ce soir même sur ta tête,*
> *Le tonnerre tombera !*
> *C'est la foudre ! c'est la foudre !*
> *Sur ta tête, dès ce jour,*
> *La foudre tombera*[30] *!*

*

Je n'ai rien reçu de Nannerl.

Mes pauvres enfants seront doublement orphelins.

La partition du *Requiem* visite mes songes ;
j'attends un signe de toi, pour décider qui finira l'ouvrage ; ainsi Walsegg aura son œuvre et tes fils et moi,
percevrons l'argent promis.

Tu me disais souvent combien ce travail te procurait le plaisir de travailler sur ton genre de prédi-
lection, la musique d'église, et que tu le composerais
avec une telle application que tes amis et tes ennemis
l'étudieraient après ta mort. Je t'entends souffler :
« *A condition que je reste assez longtemps en vie, car
ce doit être mon chef-d'œuvre et mon chant du
cygne.* »

Tu travaillas avec la plus grande diligence, mais
comme tu te sentis faible, Süssmayr dut souvent chanter, avec toi et moi, ce que tu avais écrit, et recevait
ainsi un véritable enseignement. Te souviens-tu,
comme tu lui disais en riant : « *Ah ! tu es comme une*

poule à trois poussins, tu mettras longtemps à comprendre. » Tu prenais alors la plume et écrivais les principaux passages de ton œuvre, qui dépassaient l'entendement de Süssmayr. Chéri ! je peux te reprocher d'avoir manqué d'ordre dans tes papiers, et d'avoir égaré bien des fois ce que tu avais commencé à composer ; pour n'avoir pas à le chercher longuement, tu préférais le réécrire ; c'est ainsi qu'à présent, je retrouve certaines choses une seconde fois, mais sans rien qui diffère de ce que tu avais perdu, car l'idée saisie dans ta pensée était solide comme un roc et ne se modifiait jamais[31].

Paix à ton âme !

*

Eybler est venu me rendre la partition du *Requiem* ; il ne peut souffrir de continuer derrière toi, car il dit que ton génie ne supporte nulle comparaison.

Je reconnais son écriture dans le « *Dies irae* », ainsi que sur « *Hostias* ». Toutes les parties manquantes ont été comblées, et au mépris de leur tournure honnête, Eybler ne veut plus rien entendre de ce *Requiem*, malgré toute l'estime que tu portais à sa musique.

Oh ! Wolfi, à présent, je ne sais comment faire.

*

Ton frère de loge, Franz Hofdemel, à qui nous avions jadis emprunté quelques florins, a tenté de tuer sa femme Magdalena, ton élève affectionnée. La voici mutilée pour toujours, par les coups de rasoir de ce furieux, qui, persuadé que l'enfant porté par Magdalena était de toi, a voulu les tuer tous les deux, et vous réunir dans le tombeau communautaire. N'est-ce pas la preuve que le diable existe ? Hofdemel s'est suicidé ; il laisse sa veuve défigurée, sur le point d'accoucher dans son propre sang.

Je suis si lasse de ces calomnies qui poussent le désespoir jusqu'à l'assassinat. Que l'on veuille considérer ma situation et ne point m'importuner avec les commérages, ni les calculs sordides.

Magdalena est grosse, certes. Et si Wolfgang était l'auteur de cet enfant à venir, il a dû alors profiter de ma faiblesse du mois d'août, après avoir donné naissance à notre petit Franz-Xaver Wolfgang.

Un frère est mort, une femme souffre, un enfant naîtra orphelin, par la faute de ces rumeurs.

Ce sont tous des criminels assoiffés ; leurs méchantes langues sont des armes affûtées dont chacun doit craindre le fil.

*

Snaï fut rude à persuader d'achever ton *Requiem*. Il fallut le prier, le supplier, en souvenir des amis que vous fûtes... Oh ! ne va point te fier à son humilité et croire qu'il refusait, sur-le-champ, par débordement de modestie ! Non ! ce drôle était fâché, jaloux de Eybler, car c'est à *lui seul* que tu avais confié tes ultimes instructions pour achever l'œuvre et non pas à Eybler. Nul autre que cet âne n'a jamais autant mérité ses sobriquets. Rien n'est sorti de mes lèvres, Wolfi, aucune allusion sur son commerce avec Salieri ; mais tu sais mon indignation et le dégoût que ce triste pantin m'inspire désormais ! Je lui donnai 52 florins[32] afin que notre arrangement prît à ses yeux valeur de contrat, et qu'il usât d'une muette habileté que, hélas, rien ne m'assure.

Seigneur ! comment peut-on avaler, ne serait-ce

qu'une seconde, que j'aie pu gratifier ce crétin vaseux de faveurs et de caresses ?

Voici maintenant l'heure de rassembler toutes les pièces qui décideront de mon avenir ; une lettre à Sa Majesté l'Empereur, que Thorwart a bien voulu me souffler afin de solliciter une pension, le terrible inventaire de succession, puis la liste des œuvres que tu composas depuis le jour de notre rencontre[33].

Tout cela se trouve à présent dans ton portefeuille ; ah ! je te revois passer le corridor de l'Œil de Dieu, où tes pages de notes s'échappèrent de ce portefeuille, pour glisser jusque sous ma robe de nuit...

Wolfi ! ne m'abandonne point !

Pareils à Tamino et Pamina, marchons par la magie de la musique, sans peur, à travers les ténèbres et la mort.

En quelque lieu que tu ailles,
Je serai à tes côtés !
Je te conduirai moi-même,
Car l'amour guide mes pas.
Il peut joncher mon chemin de roses,
Car les roses ont toujours des épines.
Tamino, joue de ta flûte enchantée,
Elle nous protégera dans notre course.
Notre Père, en un instant magique,
Tailla cette flûte
Des plus profondes racines d'un chêne millénaire,
Sous la tempête, le tonnerre et la foudre,
Maintenant viens et joue de ta flûte,
Elle nous guidera sur la terrible route[34].

*

Adieu ! mon Homme, mon Commencement,
Adieu ! Adieu ! nous nous reverrons…
Mon Tout, adieu ! sois ma Fin
Comme je demeure

                              ton épouse éplorée de douleur,
                                    Constanze Mozart.

                    Le soir approche.
L'épaisseur du silence charrie sa marée de mélancolie ;
            je ne m'opposerai point à son ressac.
M'asseoir, sur la première marche du perron, ne pas
                          vaciller,
                  dans la houle funeste.
Lever les yeux ; cette nuit bleutée, les premières étoiles
                        scintillent.
                    En choisir une
                      Légendaire.
          Mais non ! Une autre est plus éclatante.
          Sans retour, ce sera la plus lointaine.
                      Oh, Wolfi !
      La guetter, comme nos rendez-vous secrets,
            épier son voyage et la reconnaître
                      entre mille.
          Lui offrir un nom ; ce sera le tien,
                    M'y confier.
Tu me manques, est-ce que tu me vois, m'entends-tu ?
Une brise légère effleure mon visage, un bruissement
                de verdure agite la nuit.
                  C'est toi, je te sens.
          Je sais bien que ce n'est pas le vent,
j'ai reconnu ton parfum dans la paume qui m'a
                      caressée.

ANNEXES

Demande à Sa Majesté

Konstantia Mozart née Weber
Veuve de feu Wolfgang Amadeus Mozart
Compositeur de la Chambre impériale et royale
Demande, en vertu de sa situation affligeante,
Un salaire de charité pour elle et ses 2 fils mineurs,
Et ose, du fait qu'elle ne bénéficie d'aucun droit fondé,
S'en remettre totalement à la grâce sérénissime.

Vienne le 11 décembre 1791.

Votre Majesté !

*La soussignée a eu le malheur de subir la perte irré-
parable de son époux et d'être laissée par lui avec deux
fils mineurs dans une situation qui confine à la détresse
et au dénuement*[1].

*Elle sait, à son grand désespoir, que feu son époux
n'ayant pas eu 10 années de service, elle n'a pas, en
vertu de la loi sur les pensions, le moindre droit à un
quelconque salaire de soutien, et qu'il ne lui reste donc
d'autre possibilité que de s'en remettre à la grâce de
Votre Majesté et aux soins généreux qu'Elle accorde
généralement aux indigents de toute sorte.*

*Mais pour ne pas sembler, peut-être, indigne de béné-
ficier de la clémence suprême, elle se permet de tracer*

une faible description de la situation extrêmement fâcheuse dans laquelle elle se trouve, et d'en exposer humblement les raisons :

1. Feu son époux n'a jamais eu la chance de trouver une occasion favorable lui permettant de mettre ses talents suffisamment en valeur aux yeux de tous, pour lui assurer un avenir meilleur – et c'est la raison pour laquelle il ne fut pas en mesure de laisser en héritage le moindre patrimoine. Il lui aurait certes été possible

2. De trouver très facilement sa chance à l'étranger et de placer sa famille dans une excellente situation s'il avait prêté l'oreille aux demandes qu'on lui a faites si souvent, et s'il n'avait pensé que la grâce de servir Votre souveraine cour constituait son plus grand renom.

3. La fleur de son jeune âge et l'espoir très certain d'asseoir assez tôt de manière durable le bien-être des siens par son talent si rare ne lui firent pas envisager l'éventualité de la situation présente. C'est la raison pour laquelle il ne songea même pas à assurer à ses héritiers une assistance, même minime, en se faisant admettre au sein de la Société des veuves et des orphelins de la musique.

4. Enfin, ce tableau n'est que plus touchant lorsqu'on sait qu'il fut ravi au monde au moment même où ses espoirs pour l'avenir commençaient à s'éclaircir de tous côtés. Car outre l'offre de succession au poste de Maître de chapelle de la cathédrale Saint-Etienne qu'il avait reçue il y a peu de temps, il avait obtenu peu de jours avant sa mort l'assurance, de la part d'une partie de la noblesse hongroise, de recevoir une souscription annuelle de 1 000 florins, et d'Amsterdam celle d'obtenir une somme annuelle encore plus considérable, en échange de laquelle il aurait dû seulement composer quelques morceaux exclusivement pour les souscripteurs.

La requérante ose une fois encore s'en remettre totalement à la grâce suprême et à la bonté paternelle bien connue que Votre Majesté assure en particulier aux nécessiteux de cette sorte, d'autant plus qu'elle conserve encore, dans sa situation affligeante, l'espoir que Votre Majesté ne l'exclura pas, elle et ses deux fils mineurs, de la générosité sérénissime.

Konstanzia Mozart, née Weber,
veuve de feu Wolfgang Amadeus Mozart,
compositeur de la Chambre impériale et royale.

Acte de clôture de succession
et d'inventaire

Nom du défunt : M. Wolfgang Amadeus Mozart.
Condition : Maître de chapelle et compositeur de la Chambre imp. et roy.
Etat : marié, âgé de 36 ans.
Domicile : 970 Rauhensteingasse, Petite Maison de l'empereur.
Jour du décès : le 5 décembre 1791.
Conjoint survivant : Konstanzia.
Enfants survivants, adultes et où ils se trouvent : –
Enfants survivants, mineurs, et où ils se trouvent : 2 petits garçons : Karl, 7 ans et Wolfgang 5 mois, tous deux au domicile conjugal.
Existe-t-il un testament : aucun mais un contrat de mariage = 3 août 1782[2].
Où se trouve-t-il : entre les mains de la veuve.
Prochains parents : Mme la veuve proposera dès que possible un fondé de pouvoirs.
N. B. : *fondé de pouvoirs* : Michael Puchberg, commerçant avec priv. Imp. et roy., Hoher Markt, Maison du comte Walsegg.

Argenterie

3 petites cuillers pr.

Vêtements et linge de corps

1 veste de drap blanc avec gilet de Manchester
1 veste bleue
1 veste de drap rouge
1 veste de Nankin
1 veste en Atlas avec pantalons brodés de soie
1 costume complet en drap noir
3 paires de bottes
3 paires de chaussures
9 paires de bas de soie
9 chemises
4 cravates blanches

1 redingote de couleur gris souris
1 redingote en drap
1 veste de drap bleu avec fourrure
1 veste en fourrure doublée de fourrure
4 divers gilets
9 pantalons
2 chapeaux unis
1 bonnet de nuit
18 mouchoirs
8 culottes, 2 chemises de nuit,
5 paires de sous-bas

Lingerie et linge de maison

5 nappes, 16 serviettes, 16 torchons
10 draps

1 lit conjugal et 1 lit d'enfant, pour information
1 lit de domestique

Objets à usage domestique dans la première pièce

2 armoires en bois noble
1 sofa avec tapisserie en canevas,
6 chaises avec tapisserie en canevas

2 tabourets
1 armoire d'angle en bois blanc,
1 table de nuit
1 rouleau, 2 rideaux

Dans la deuxième pièce

3 tables en bois noble
2 divans avec dessus-de-lit en grosse toile,
6 chaises avec dessus en grosse toile
2 armoires laquées

1 miroir dans un cadre doré
1 lustre de taille moyenne
paravents de papier
3 figures de porcelaine,
1 boîte de porcelaine

Dans la troisième pièce

1 table de bois noble
1 billard de drap vert
5 boules et 12 queues

1 lanterne
4 chandeliers
1 poêle de fonte avec tuyaux

Dans la quatrième pièce

1 table de bois noble
1 canapé de vieux tissu damassé
6 chaises assorties
1 bureau à rouleau
1 pendule, avec mécanisme dans une caisse dorée
1 pianoforte avec pédalier
1 alto avec étui
1 bureau laqué

2 bibliothèques en bois blanc
60 divers objets en porcelaine
1 pilon en laiton
3 chandeliers en laiton
2 moulins à café
2 chandeliers en verre
1 théière en métal
1 plateau laqué
quelques verres

Dans l'entrée et la cuisine

2 tables de bois blanc
1 vieille armoire en bois blanc
1 paravent

2 lits de bois blanc
1 armoire
quelques ustensiles de cuisine

Livres[3]

Selon la liste :
Introduction à l'Histoire du Saint Empire romain germanique jusqu'à la mort de l'empereur Charles VI
Almanach musical pour l'Allemagne
Percy, tragédie en 5 actes, Hannah More
L'Etranger rationaliste à Venise
Faustin ou Le Siècle philosophique des Lumières, Johann Pezzl
Le Compagnon et collection d'anecdotes en 6 volumes
Magazine de la musique
Œuvres posthumes de Frédéric II, en 15 volumes

Petits poèmes lyriques, 3 volumes, Christian Weisse
Atlas des enfants, ou méthode nouvelle, courte, facile et démonstrative pour apprendre la géographie
Odes funèbres « Tristia », Ovide
Toutes les comédies, 4 volumes de J.-B. Poquelin, dit Molière
Écrits, 4 volumes, Salomon Gessner, offerts par l'auteur
Guide de voyage géographique dans tous les états de la monarchie autrichienne et route de Saint-Pétersbourg en passant par la Pologne
Esquisse du caractère et des actes de Joseph II
Anthologie des petits écrits, de Sonnefels, 10 volumes
Fragments philosophiques sur la musique pratique, Amand Wilhelm Smith
Curieuse et nouvelle façon de ponctuer
Méthode d'initiation au rationalisme, Ebert
Fleurs sur l'autel des grâces, épigrammes anonymes
Description historique de la Terre pour le bien des jeunes enfants
Sciences naturelles pour la jeunesse, 3 volumes
Théâtre secondaire, 6 volumes, Johann Dyk
Petite bibliothèque des enfants, 12 volumes, Campe
Automates ou la capacité de l'entendement humain
Socrate Mainomenos, ou les dialogues de Diogène de Sinope, Wieland
Obéron, poèmes
L'Arcadie de la Brenta ou la Mélancolie vaincue, Cavaliero
Introduction à la mythologie des anciens Grecs et Romains
La métaphysique en connexion avec la chimie, Œtinger
Arithmétique et algèbre
La Sainte Bible
Phédon, ou de l'Immortalité de l'âme, Moses Mendelssohn
Les Voyages européens les plus nobles, 4 volumes, Krebel
Essai pour rendre plus facile la langue anglaise, Streit

La Parure de la jeunesse, 3 volumes, Schönberg
Œuvres, 7 volumes, Metastasio
6 volumes de comédies
P.A.C. de Beaumarchais, *La Folle journée, ou le Mariage de Figaro*
L'éternelle prudence protège l'innocence, opéra-comique

Eloge funèbre en tenue de loge à La Nouvelle Espérance couronnée

Le Grand Architecte de l'Univers vient d'enlever à notre Chaîne fraternelle l'un des maillons qui nous étaient les plus chers et les plus précieux. Qui ne le connaissait pas ? Qui n'aimait pas notre si remarquable frère Mozart ?

Il y a peu de semaines, il se trouvait encore parmi nous, glorifiant par sa musique enchanteresse l'inauguration de ce Temple.

Qui de nous aurait imaginé qu'il nous serait si vite arraché ?

Qui pouvait savoir qu'après trois semaines nous pleurerions sa mort ?

C'est le triste destin imposé à l'Homme que de quitter la vie en laissant son œuvre inachevée, aussi excellente soit-elle. Même les rois meurent, en laissant à la postérité leurs desseins inaccomplis.

Les artistes meurent après avoir consacré leur vie à améliorer leur Art pour atteindre la perfection. L'admiration de tous les accompagne jusqu'au tombeau.

Pourtant, si les peuples les pleurent, leurs admirateurs ne tardent pas, bien souvent, à les oublier. Leurs admirateurs peut-être, mais pas nous, leurs frères !

La mort de Mozart est pour l'art une perte irréparable. Ses dons, reconnus depuis l'enfance, avaient fait de lui l'une des merveilles de cette époque. L'Europe le connaissait et l'admirait.

Les Princes l'aimaient et nous, nous pouvions l'appeler : « mon frère ».

Mais s'il est évident d'honorer son génie, il ne faut pas oublier de célébrer la noblesse de son cœur.

Il fut un membre assidu de notre Ordre. Son amour fraternel, sa nature entière et dévouée, sa charité, la joie qu'il montrait quand il faisait bénéficier l'un de ses frères de sa bonté et de son talent, telles étaient les immenses qualités que nous louons en ce jour de deuil.

Il était à la fois un époux, un père, l'ami de ses amis,
et le frère de ses frères. S'il avait eu la fortune,
il aurait rendu une foule aussi heureuse
qu'il l'aurait désiré.

*
***
*****
****

Liste des œuvres* de Wolfgang Mozart depuis son arrivée à l'Œil de Dieu le 1er mai 1781, jour béni

301 293a	Sonate en sol majeur pour violon et piano	Début 1778 Mannheim
302 293b	Sonate en mi bémol pour violon et piano	Début 1778 Mannheim
303 293c	Sonate en do majeur pour violon et piano	Début 1778 Mannheim
304 300c	Sonate en mi mineur pour violon et piano	Début été 1778 Paris
305 293d	Sonate en la majeur pour violon et piano	Début 1778 Mannheim
354 299a	12 variations pour piano sur « Je suis Lindor »	Début 1778 Paris
486a	Recitatif et aria pour soprano « Basta, vincesti »	1778 Mannheim
307 284d	Ariette en do majeur « Oiseaux, si tous les ans »	Hiver 1777-1778 Mannheim
308 295b	Ariette « Dans un bois solitaire »	Hiver 1777-1778 Mannheim
313 285c	Concerto en sol majeur pour flûte	Début 1778 Mannheim
314 285d	Concerto en ré majeur pour flûte (ou hautbois)	Début 1778 Mannheim

---

* La numérotation des œuvres de Mozart fut publiée en 1862 par Ludwig von Köchel et révisée en 1937 par Alfred Einstein. Cette liste se trouve régulièrement enrichie, et donc, modifiée, au fur et à mesure des nouvelles découvertes et acquisitions.

316 300b	Récitatif et aria pour soprano « Popoli di Tessaglia »	Juillet 1778 Paris
322 322	Kyrie (fragments)	1778 Mannheim
323 323	Kyrie (fragments)	1778 Salzbourg
310 300d	Sonate en la mineur pour piano	Eté 1778 Paris
306 300l	Sonate en ré majeur pour violon et piano	Eté 1778 Paris
311a	Ouverture en si bémol majeur	1778 Paris
315 285^e	Andante en do majeur pour flûte et orchestre	1779-1780 Salzbourg
315a	8 menuets	1779 Salzbourg
317 317	Messe en do majeur « Coronation »	23 mars 1779 Salzbourg
318 318	Symphonie en sol majeur n° 32 (ouverture)	26 avril 1779 Salzbourg
319 319	Symphonie en si bémol n° 33	9 juillet 1779 Salzbourg
320 320	Sérénade en ré majeur « Posthorn »	3 août 1779 Salzbourg
321 321	Vesperae de Dominica en do majeur	1779 Salzbourg
324 324	Hymne « Salus infirmorum » (incertain)	1779
325 325	Hymne « Sancta maria, ora pro nobis » (incertain)	1779
327 327	Hymne « Adoramus te » (de Gasparini)	
328 317c	Sonate d'église en do majeur pour orgue et cordes	Début 1779 Salzbourg
329 317a	Sonate d'église en do majeur pour orgue et cordes	Mars 1779 Salzbourg
334 320b	Divertimento en ré majeur n° 17	1779-1780 Salzbourg
335 320a	Deux marches en ré majeur	Août 1779 Salzbourg
344 336b	Opéra (singspiel) « Zaïde » (incomplet)	1779-1780 Salzbourg
345 336a	Chœurs et Interludes pour « Thamos : König in Ägypten »	1779 Salzbourg

364 320d	Sinfonia concertante en mi bémol pour violon et alto et orchestre	1779 Salzbourg
365 316a	Concerto en mi bémol pour deux pianos n° 10	1779 Salzbourg
368 368	Récitatif et aria pour soprano « Ma che vi fece, o stelle »	1779-1780 Salzbourg
378 317d	Sonate en si bémol pour violon et piano	Début 1779 ou 1781
336 336d	Sonate d'église en do majeur pour orgue et cordes	Mars 1780 Salzbourg
337 337	Messe « Missa solemnis » en do majeur	Mars 1780 Salzbourg
338 338	Symphonie en do majeur n° 3429	Août 1780 Salzbourg
339 339	Vesperae solemnes de confessore en do majeur	1780 Salzbourg
340 340	Kyrie (perdu)	1780
341 368a	Kyrie en ré mineur novembre	1780-mars 1781 Munich
342 342	Offertorium « Benedicite angeli »	(de Leopold Mozart)
362 362	Marche idomeneo en do majeur	1780-1781 Munich
349 367a	Chant pour piano « Die Zufriedenheit was frag ich »	Hiver 1780-1781 Munich
350 350	Chant pour piano « Schlafe mein Prinzchen »	
351 367b	Chant pour mandoline « Komm liebe Zither »	Hiver 1780-1781 Munich
445 320c	Marche en ré majeur pour orchestre	Eté 1780 Salzbourg
562a	Canon en si bémol pour 4 voix en 1	1780 Vienne
A191 562c	Canon en do majeur pour 4 voix	1780 Vienne
366 366	Opéra seria « Idomeneo, rè di Creta » 29 janvier	1781 Salzbourg et Munich
367 367	Ballet pour Idomeneo 29 janvier	1781 Salzbourg et Munich

369 369	Récitatif et aria pour soprano « Misera, dove son ! »	8 mars 1781 Munich
370 370	Quatuor pour hautbois et cordes	1781 Munich
371 371	Rondo pour cor et orchestre en mi bémol majeur	1781 Vienne
372 372	Allégro en si bémol pour piano et violon	24 mars 1781 Vienne
373 373	Rondo en do majeur pour violon	2 avril 1781 Vienne
374 374	Récitatif et aria pour soprano « A questo seno de vieni »	Avril 1781 Vienne
375 375	Sérénade en mi bémol pour instruments à vent	11 octobre 1781 Vienne
376 374d	Sonate en fa majeur pour violon et piano	Eté 1781 Vienne
377 374^e	Sonate en fa majeur pour violon et piano	Eté 1781 Vienne
379 373a	Sonate en sol majeur pour violon et piano	Avril 1781 Vienne
380 374f	Sonate en mi bémol pour violon et piano	Eté 1781 Vienne
352 374c	8 variations pour piano en fa majeur sur « Dieu d'amour »	Juin 1781 Vienne
353 300f	12 variations en mi bémol pour piano sur « La belle Françoise »	1781-1782 Vienne
359 374a	12 variations pour piano et violon sur « La Bergère Célimène »	Juin 1781 Vienne
360 374b	6 variations pour piano et violon sur « Hélas, j'ai perdu mon amant »	Juin 1781 Vienne
361 370a	Sérénade en si bémol pour instruments à vent « Gran Partita » n° 10	1781 ou 1781-84 Vienne
390 340c	Chant pour piano « An die Hoffnung »	1781-1782 Vienne
391 340b	Chant pour piano « An die Einsamkeit »	1781-1782 Vienne

392 340a	Chant pour piano « Verdankt sei es dem Glanz »	1781-1782 Vienne
400 400	Allégro d'une sonate pour piano en si bémol majeur	1781 Vienne
448 375a	Sonate en ré majeur pour deux pianos	Novembre 1781 Vienne
330 300h	Sonate en do majeur pour piano	1781-1783 Munich ou Vienne
331 300i	Sonate en la majeur pour piano « Alla Turca »	1781-1783 Munich ou Vienne
332 300k	Sonate en fa majeur pour piano	1781-1783 Munich ou Vienne
440 440	Aria pour soprano « In te spero o sposo »	1782 Vienne
347 382f	Canon en ré majeur pour 6 voix « Lasst uns ziehn »	1782 Vienne
348 382g	Canon en sol majeur pour 12 voix « V'amo di core tene- ramente »	1782 Vienne
363 363	3 menuets	1782-1783 Vienne
382 382	Rondo en ré majeur pour piano et orchestre	Mars 1782 Vienne
383 383	Aria pour soprano « Nehmt meinen Dank, ihr holden Gön- ner ! »	10 avril 1782 Vienne
384 384	Opéra « Die Entführung aus dem Serail » (*L'Enlèvement au sérail*)	16 juillet 1782 Vienne
385 385	Symphonie en ré majeur, n° 35 « Haffner »	Juillet 1782 Vienne
386 386	Rondo pour piano et orchestre en la majeur	1782-1783 Vienne
386d	Récitatif « O Calpe » (frag- ments)	1782 Vienne
387 387	Quatuor en sol majeur pour cordes n° 14	31 décembre 1782 Vienne
388 384a	Sérénade en do mineur pour instruments à vent n° 12	Juillet 1782 ou fin 1783
389 389	Duo « Welch aengstliches Beben » (Die Entführung)	1782 Vienne

393 385b	« Solfeggi » pour soprano	Août 1782 Vienne
394 383a	Fantaisie et fugue en do majeur pour piano	Début 1782 Vienne
396 396	Adagio pour piano et violon (fragments)	1782 Vienne
397 397	Fantaisie pour piano	1782 Vienne
398 416^e	6 variations pour piano sur « Salve tu, Domine »	Mars 1783 Vienne
399 399	Suite pour piano en do majeur	1782 Vienne
401 401	Fugue pour piano en sol mineur	1782 Vienne
402 402	Sonate pour piano et violon (fragments) en la majeur	1782 Vienne
403 403	Sonate pour piano et violon (fragments) en do majeur	1782 Vienne
404 404	Andante et allegretto pour piano et violon (fragments) en do majeur	1782 Vienne
404a 404a	6 préludes pour fugues de J.S. & W.F. Bach pour trio à cordes	1782 Vienne
405 405	Arrangements de 5 fugues de J.S. Bach pour cordes	1782 Vienne
406 516b	Quintette en do mineur pour cordes	1788 Vienne
407 386c	Quintette pour cor et cordes en mi bémol	Fin 1782 Vienne
408 383^e	Marche en do majeur	1782 Vienne
408 383f	Marche en do majeur	1782 Vienne
408 385a	Marche en ré majeur	1782 Vienne
409 383f	Menuet Symphonique en do majeur	Mai 1782 Vienne
413 387a	Concerto en fa majeur pour piano n° 11	1782-1783 Vienne
414 385p	Concerto pour piano en la majeur n° 12	1782 Vienne
415 387b	Concerto en do majeur pour piano n° 13	1782-1783 Vienne
416 416	Scena et rondo pour soprano « Mia speranza adorata »	8 janvier 1783 Vienne
417 417	Concerto en mi bémol pour cor	27 mai 1783 Vienne

418 418	Aria pour soprano « Vorrei spiegarvi, oh Dio »	20 juin 1783 Vienne
419 419	Aria pour soprano « No, no, che non sei capace »	Juin 1783 Vienne
420 420	Aria pour ténor « Per pietà, non ricercate »	21 juin 1783 Vienne
421 417b	Quatuor en ré mineur pour cordes n° 15	Juin 1783 Vienne
422 422	Opéra bouffe « L'oca del Cairo » (fragments)	Fin 1783
423 423	Duo en sol majeur pour violon et alto	Eté 1783 Salzbourg
424 424	Duo en si bémol pour violon et alto	Eté 1783 Salzbourg
425 425	Symphonie en do majeur, n° 36 « Linz »	Oct.-nov. 1783 Linz
426 426	Fugue en do mineur pour deux pianos	29 décembre 1783 Vienne
427 417a	Messe en do mineur	Juillet 1782-oct. 1783
428 421b	Quatuor en mi bémol pour cordes n° 16	Juin-juillet 1783 Vienne
429 429	Cantate « Dir, Seele des Weltalls »	1783 Vienne
429 429a	Cantate « Dir, Seele des Weltalls » avec piano	1783 Vienne
430 424a	Opéra bouffe « Lo sposo deluso » (fragments)	Fin 1783
431 425b	Récitatif et aria pour ténor « Misero ! O sogno ! »	Décembre 1783 Vienne
432 421a	Récitatif et aria pour basse « Così dunque tradisci »	1783 Vienne
433 433	Arietta pour basse « Maenner suchen stets »	1783 Vienne
434 434	Terzetto « Del gran regno delle Amazoni »	1783 Salzbourg
435 416b	Aria pour ténor « Müt' ich auch durch tausend Drachen »	1783 Vienne
436 436	Notturno pour deux sopranos et basse « Ecco quel fiero »	1783-1786 Vienne
437 437	Notturno pour deux sopranos et basse « mi lagnero »	1783-1786 Vienne

438 438	Notturno pour deux sopranos et basse « Se lontan »	1783-1786 Vienne
439 439	Notturno pour deux sopranos et basse « Due pupille »	1783-1786 Vienne
439b 5	Divertimenti en si bémol	1783 ou après Vienne
441 441	Trio pour soprano, ténor et bass, « Liebes Metel, wo is' s Betel ? »	1783 Vienne
442 442	Trio pour piano, violon et violoncelle (incomplet)	1783 Vienne
443 443	Fugue pour 3 parties vocales (fragments)	1782 Vienne
444 425a	Introduction pour la symphonie n° 37 en sol majeur de M. Haydn	Fin 1783 ou 1784 Vienne
446 446	Musique pour une pantomine (fragments)	1783 Vienne
333 315c	Sonate en si bémol pour piano « Linz »	1783-1784 Linz et Vienne
346 439a	Notturno pour deux sopranos et basse « Luci care, luci belle »	1783-1786 Vienne
449 449	Concerto en mi bémol pour piano n° 14, « First Ployer »	9 février 1784 Vienne
450 450	Concerto en si bémol pour piano n° 15	15 mars 1784 Vienne
451 451	Concerto en ré majeur pour piano n° 16	22 mars 1784 Vienne
452 452	Quintette en mi bémol pour piano et instruments à vent	30 mars 1784 Vienne
452a/Anh. 54	Larghetto en si bémol majeur pour piano et instruments à vent	
453 453	Concerto en sol majeur pour piano n° 17, « Second Ployer »	12 avril 1784 Vienne
453a	Marche funèbre en do mineur pour clavier	1784 Vienne
453b	Livre d'exercice pour Barbara Ployer	1784 Vienne

454 454	Sonate en si bémol pour piano et violon « Strinasacchi »	21 avril 1784 Vienne
455 455	10 variations en sol majeur sur « Unser dummer Pöbel meint »	25 août 1784 Vienne
456 456	Concerto en si bémol pour piano n° 18 « Paradis »	30 septembre 1784 Vienne
457 457	Sonate en do mineur pour piano	14 octobre 1784 Vienne
458 458	Quatuor en si bémol pour cordes « Hunt »	9 novembre 1784 Vienne
459 459	Concerto en fa majeur pour piano n° 19	11 décembre 1784 Vienne
460 454a	8 variations pour piano sur « Come un agnello »	Juin 1784 Vienne
461 448a	6 menuets pour orchestre	Début 1784 Vienne
462 448b	6 contredanses pour orchestre	Janvier 1784 Vienne
463 448c	2 menuets avec contredanses pour orchestre	Début 1784 Vienne
447 447	Concerto pour cor en mi bémol	1784-87 Vienne
464 464	Quatuor en la majeur pour cordes n° 18	10 janvier 1785 Vienne
465 465	Quatuor en do majeur pour cordes « Dissonant » n° 19	14 janvier 1785 Vienne
466 466	Concerto en ré mineur pour piano n° 20	10 février 1785 Vienne
467 467	Concerto en do majeur pour piano n° 21	9 mars 1785 Vienne
468 468	Chant avec piano « Lied zur Gesellenreise »	26 mars 1785 Vienne
469 469	Oratorio « Davidde penitente »	Mars 1785 Vienne
470 470	Andante pour un concerto de violon de Viotti (perdu)	1785 Vienne
470a	Orchestration pour un concerto pour violon de G.B. Viotti	Avril 1785 Vienne
471 471	Cantate « Die Mauererfreude »	20 avril 1785 Vienne
472 472	Chant avec piano « Der Zauberer »	7 mai 1785 Vienne

473	473	Chant avec piano « Die Zufrie-denheit »	7 mai 1785 Vienne
474	474	Chant avec piano « Die betro-gene Welt »	7 mai 1785 Vienne
475	475	Fantaisie pour piano en do majeur mineur	20 mai 1785 Vienne
476	476	Chant avec piano « Das Veil-chen »	8 juin 1785 Vienne
477	479a	Maurerische Trauermusik	Novembre 1785 Vienne
478	478	Quatuor en sol mineur pour piano et cordes	16 octobre 1785 Vienne
479	479	Quatuor pour soprano, ténor et deux basses « Dite almeno »	5 novembre 1785 Vienne
480	480	Trio pour soprano, ténor et basse « Metina amabile »	21 novembre 1785 Vienne
481	481	Sonate en mi bémol pour vio-lon et piano	12 décembre 1785 Vienne
482	482	Concerto en mi bémol pour piano n° 22	16 décembre 1785 Vienne
483	483	Chant avec Chœur « Zerfliëet heut »	Fin 1785 Vienne
484	484	Chant avec Chœur « Ihr unsre neuen Leiter »	Fin 1785 Vienne
410	484d	Adagio en fa majeur pour deux cors de basset et basson	Fin 1785
411	484a	Adagio en si bémol pour deux clarinettes et trois cors de bas-set	Fin 1785 Vienne
506	506	Morceau avec piano « Lied der Freiheit »	Fin 1785 Vienne
	506a	Etudes pour Thomas Attwood	1785-1786 Vienne
485	485	Rondo en ré majeur pour piano	10 janvier 1786 Vienne
486	486	Opéra (Singspiel) « Der Schauspieldirektor »	7 février 1786 Vienne
487	496a	12 duos pour 2 cors de basset	27 juillet 1786 Vienne
488	488	Concerto en la majeur pour piano n° 23	2 mars 1786 Vienne

489 489	Duo pour soprano et ténor « Spiegarti no poss' io »	10 mars 1786 Vienne
490 490	Scena et rondo pour soprano « Non piú, tutto ascoltai », « Non temer, amato bene »	10 mars 1786 Vienne
491 491	Concerto en do mineur pour piano nº 24	24 mars 1786 Vienne
492 492	Opéra bouffe « Le Nozze di Figaro » (*Les Noces de Figaro*)	1er mai 1786 Vienne
493 493	Quatuor pour piano et cordes en mi bémol	3 juin 1786 Vienne
494 494	Rondo en fa majeur pour piano	10 juin 1786 Vienne
495 495	Concerto en mi bémol pour cor	26 juin 1786 Vienne
496 496	Trio en sol majeur pour piano, violon et violoncelle	8 juillet 1786 Vienne
497 497	Sonate en fa majeur pour piano à quatre mains	1er août 1786 Vienne
498 498	Trio en mi bémol pour piano, clarinette et alto « Kegelstatt »	5 août 1786 Vienne
498a	Sonate pour piano (fragments)	1786 Vienne
499 499	Quatuor en ré majeur pour cordes « Hoffmeister » nº 20	19 août 1786 Vienne
500 500	12 variations en si bémol pour piano	12 septembre 1786 Vienne
501 501	Andante avec 5 variations en sol majeur pour duo de piano	4 novembre 1786 Vienne
502 502	Trio en si bémol pour piano, violon et violoncelle	18 novembre 1786 Vienne
503 503	Concerto en do majeur pour piano, nº 25	4 décembre 1786 Vienne
504 504	Symphonie en ré majeur, nº 38, « Prague »	6 décembre 1786 Vienne
505 505	Scena et rondo pour soprano, « Ch'io mi scordi di te ? »	26 décembre 1786 Vienne
507 507	Canon en fa majeur « Heiterkeit und Leichtes Blut »	Après le 3 juin 1786 Vienne
508 508	Canon en fa majeur « Auf das Wohl aller Freunde »	Après le 3 juin 1786 Vienne

635

508a	2 canons en fa majeur pour 3 voix, 14 canons en fa majeur pour 2 voix	Après le 3 juin 1786 Vienne
355 576b	Menuet en ré majeur pour piano	1786-1787 Vienne
357 357	Sonate pour piano à quatre mains (fragments)	1786 Vienne
509 509	6 danses allemandes pour orchestre	6 février 1787 Prague
510 510	9 contredanses (incertain)	1787
511 511	Rondo pour piano en la mineur	11 mars 1787 Vienne
512 512	Récitatif et aria pour basse, « Alcandro, lo confesso »	19 mars 1787 Vienne
513 513	Aria pour basse, « Mentre ti lascio »	23 mars 1787 Vienne
514 514	Rondo pour cor et orchestre (fragments)	1791 Vienne
514a	Quintette pour cordes (fragments)	1787 Vienne
515 515	Quintette en do majeur pour cordes	19 avril 1787 Vienne
516 516	Quintette pour cordes en sol mineur	16 mai 1787 Vienne
516f	« Musikalisches Würfelspiel » en do majeur « Un jeu de dés musical »	Début 1787 Vienne
517 517	Chant pour piano « Die Alte, Zu meiner Zeit »	18 mai 1787 Vienne
518 518	Chant pour piano « Die Verschweigung »	20 mai 1787 Vienne
519 519	Chant pour piano « Das Lied der Trennung, Die Engel Gottes weinen »	23 mai 1787 Vienne
520 520	Chant pour piano « Als Luise die Briefe »	26 mai 1787 Vienne
521 521	Sonate en do majeur pour piano à quatre mains	29 mai 1787 Vienne
522 522	Divertimento pour quatuor à cordes et 2 cors « Ein musikalischer Spaß »	14 juin 1787 Vienne

523 523	Chant pour piano « Abendemp-findung »	24 juin 1787 Vienne
524 524	Chant pour piano « An Chloe »	24 juin 1787 Vienne
525 525	Sérénade pour quatuor à cordes « Eine kleine Nachtmusik »	10 août 1787 Vienne
526 526	Sonate en la majeur pour violon et piano	24 août 1787 Vienne
527 527	Opéra bouffe *Don Giovanni*	29 oct 1787 Vienne/Prague
528 528	Scena pour soprano « Bella mia fiamma »	3 novembre 1787 Prague
529 529	Chant « Des kleinen Friedrichs Geburtstag »	6 novembre 1787 Prague
530 530	Chant « Das Traumbild »	6 novembre 1787 Prague
531 531	Chant pour piano « Die kleine Spinnerin, Was spinnst du ? »	11 décembre 1787 Vienne
532 532	Terzetto « Grazie agl'inganni tuoi » (sketche)	1787 Vienne
343 336c	2 hymnes allemands d'église	1787 Prague ou Vienne
533 533	Allégro et andante en fa majeur pour piano	3 janvier 1788 Vienne
534 534	Contredanse pour orchestre « Das Donnerwetter »	14 janvier 1788 Vienne
535 535	Contredanse pour orchestre « La Bataille »	23 janvier 1788 Vienne
535a 3	Contredanses pour orchestre	Début 1788 Vienne
535b/Anh. 107	Contredanse en si bémol majeur (fragments)	1790-1791
536 536	6 danses allemandes pour orchestre	27 janvier 1788 Vienne
537 537	Concerto en ré majeur pour piano, n° 26 « Coronation »	24 février 1788 Vienne
537d	Arrangement d'aria pour ténor de Carl Philipp Emanuel Bach	Février 1788 Vienne
538 538	Aria pour soprano « Ah se in ciel »	4 mars 1788 Vienne
539 539	Chant « Ein Deutsches Kriegslied »	5 mars 1788 Vienne

540 540	Adagio en si mineur pour piano	19 mars 1788 Vienne
540a	Aria pour ténor, « Dalla sua pace »	24 avril 1788 Vienne
540b	Duo pour soprano et basse « Per queste tue manine »	28 avril 1788 Vienne
540c	Récitatif et aria pour soprano « In quali eccesi »	30 avril 1788 Vienne
541 541	Ariette pour basse « Un bacio di mano »	Mai 1788 Vienne
542 542	Trio en mi majeur pour piano, violon et violoncelle	22 juin 1788 Vienne
543 543	Symphonie en mi bémol, n° 39	26 juin 1788 Vienne
544 544	Marche « Ein Kleiner marsch » (perdu) 1788 Vienne	
545 545	Sonate pour clavier en do majeur pour débutants « Sonatina »	16 juin 1788 Vienne
546 546	Adagio et fugue pour cordes en do mineur (ou pour 2 pianos)	26 juin 1788 Vienne
547 547	Sonatina en fa majeur pour violon et piano	10 juillet 1788 Vienne
A135 547a	Sonate en fa majeur pour clavier	Eté 1788 Vienne
548 548	Trio en do majeur pour piano, violon et violoncelle	14 juillet 1788 Vienne
549 549	Canzonetta pour deux sopranos et basse « Piu non si trovano »	16 juillet 1788 Vienne
550 550	Symphonie en sol mineur n° 40	25 juillet 1788 Vienne
551 551	Symphonie en do majeur n° 41 « Jupiter »	10 août 1788 Vienne
552 552	Chant pour piano « Beim Auszug in das Feld »	11 août 1788 Vienne
553 553	Canon en do majeur « Alleluia »	2 septembre 1788 Vienne
554 554	Canon en fa majeur « Ave Maria »	2 septembre 1788 Vienne
555 555	Canon en la mineur « Lacrimoso son io »	2 septembre 1788 Vienne

556 556	Canon en sol majeur « G'rech-telt's enk »	2 septembre 1788 Vienne
557 557	Canon en fa mineur « Nascoso e il mio sol »	2 septembre 1788 Vienne
558 558	Canon en si bémol « Gehen wir im Prater »	2 septembre 1788 Vienne
559 559	Canon en fa majeur « Difficile lectu mihi mars »	2 septembre 1788 Vienne
560a 559a	Canon en fa majeur « O du eselhafter Peierl »	2 septembre 1788 Vienne
560b 560	Canon en fa majeur « O du eselhafter Martin »	2 septembre 1788 Vienne
561 561	Canon en la majeur « Bona nox, bist a rechta Ox »	2 septembre 1788 Vienne
562 562	Canon en la majeur « Caro bell'idol mio »	2 septembre 1788 Vienne
A66 562ᵉ	Trio pour violon, violoncelle et viole (fragments)	1788 Vienne
563 563	Divertimento en mi bémol pour cordes 27 septembre	1788 Vienne
564 564	Trio pour piano, violon et violoncelle en sol majeur	27 octobre 1788 Vienne
565 565	2 contredanses pour orchestre	1788 Vienne
566 566	Arrangement de *Acis und Galathea* de Haendel	novembre 1788 Vienne
567 567	6 danses allemandes pour orchestre	6 décembre 1788 Vienne
568 568	12 menuets pour orchestre	24 décembre 1788 Vienne
569 569	Aria « Ohne Zwang » (perdu)	1789 Vienne
570 570	Sonate en si bémol pour piano	Février 1789 Vienne
571 571	6 danses allemandes pour orchestre	21 février 1789 Vienne
A5 571a	Quatuor pour soprano, deux ténors et basse, « Caro mio Druck und Schluck »	1789 Vienne
572 572	Arrangement du *Messie* de Haendel	Mars 1789 Vienne
573 573	9 variations en ré majeur pour piano	29 avril 1789 Potsdam

574 574	Kleine Gigue en sol majeur pour piano	16 mai 1789 Leipzig
575 575	Quatuor en ré majeur pour cordes « Prussian »	Juin 1789 Vienne
576 576	Sonate en ré majeur pour piano	Juillet 1789 Vienne
577 577	Rondo pour soprano, « Al desio, di chi t'adora »	Juillet 1789 Vienne
578 578	Aria pour soprano « Alma grande e nobil core »	Août 1789 Vienne
579 579	Aria pour soprano « Un moto di gioia mi sento »	Août 1789 Vienne
580 580	Aria pour soprano « Schon lacht der holde Frühling »	17 septembre 1789 Vienne
581 581	Quintette pour clarinette et cordes en la majeur	29 septembre 1789 Vienne
582 582	Aria pour soprano « Chi sà, chi sà, qual sia »	Octobre 1789 Vienne
583 583	Aria pour soprano « Vado, ma dove ? – oh Dei ! »	Octobre 1789 Vienne
584 584	Aria pour basse « Rivolgete a lui lo sguardo »	Décembre 1789 Vienne
585 585	12 menuets pour orchestre	Décembre 1789 Vienne
586 586	12 danses allemandes pour orchestre	Décembre 1789 Vienne
587 587	Contredanse en do majeur, « Der Sieg vom Helden Koburg »	Décembre 1789 Vienne
565a	Contredanse en ré majeur (fragments)	1790-1791
588 588	Opéra bouffe *Così fan tutte*	26 janvier 1790 Vienne
589 589	Quatuor en si bémol pour cordes « Prussien » n° 22	Mai 1790 Vienne
590 590	Quatuor en fa majeur pour cordes « Prussien » n° 23	Juin 1790 Vienne
591 591	Arrangement des *Fêtes d'Alexandre* de Haendel	Juillet 1790 Vienne
592 592	Arrangement des *Ode à Sainte Cécile* de Haendel	Juillet 1790 Vienne

593 593	Quintette en ré majeur pour cordes	Décembre 1790 Vienne
594 594	Adagio et allégro en fa mineur pour orgue mécanique	Octobre-décembre 1790 Vienne
356 617a	Adagio en do majeur pour Harmonica de verre	1791 Vienne
412 386b	Concerto pour cor en ré majeur	1791 Vienne
595 595	Concerto en si bémol pour piano nº 27	5 janvier 1791 Vienne
596 596	Chant pour piano « Sehnsucht nach dem Frühling »	14 janvier 1791 Vienne
597 597	Chant pour piano « Im Frülingsanfang »	14 janvier 1791 Vienne
598 598	Chant pour piano « Das Kinderspiel »	14 janvier 1791 Vienne
599 599	6 menuets pour orchestre	23 janvier 1791 Vienne
600 600	6 danses allemandes pour orchestre	29 janvier 1791 Vienne
601 601	4 menuets pour orchestre	5 février 1791 Vienne
602 602	4 danses allemandes pour orchestre	5 février 1791 Vienne
603 603	2 contredanses pour orchestre	5 février 1791 Vienne
604 604	2 menuets pour orchestre	12 février 1791 Vienne
605 605	3 danses allemandes pour orchestre	12 février 1791 Vienne
606 606	6 danses allemandes « Landler » pour orchestre	28 février 1791 Vienne
607 605a	Contredanse, « Il Triofo delle Donne » pour orchestre	28 février 1791 Vienne
608 608	Fantaisie en fa mineur pour orgue mécanique	3 mars 1791 Vienne
609 609	5 contredanses pour orchestre	1791 Vienne
610 610	Contredanse pour orchestre « Les filles malicieuses »	6 mars 1791 Vienne
611 611	Une danse allemande	6 mars 1791 Vienne
612 612	Aria pour basse « Per questa bella mano »	8 mars 1791 Vienne

613 613	8 variations pour piano en fa majeur sur « Ein Weib ist das herrlichste Ding »	Mars 1791 Vienne
614 614	Quintette en mi bémol pour cordes	12 avril 1791 Vienne
615 615	Chœurs « Viviamo felici » (perdu)	1791 Vienne
616 616	Andante en fa majeur pour petit orgue mécanique	4 mai 1791 Vienne
617 617	Adagio et Rondo pour harmonica de verre, flûte, hautbois, alto et violoncelle	23 mai 1791 Vienne
618 618	Motet en ré majeur « Ave verum corpus »	17 juin 1791 Baden
619 619	Cantate, « Die ihr des unermëlichen Weltalls »	Juillet 1791 Vienne
620 620	Opéra « Die Zauberflöte », *La Flûte enchantée*	30 septembre 1791 Vienne
A78 620b	Etude contrapuntique	Septembre 1791 Vienne
621 621	Opera seria *La Clemenza di Tito*	6 sept. 1791 Vienne et Prague
621a	Aria pour basse, « Io ti lascio, o cara, addio »	Septembre 1791 Prague
622 622	Concerto en la majeur pour clarinette	Octobre 1791 Vienne
623 623	Cantate « Eine kleine Freimaurer Kantata »	15 novembre 1791 Vienne
624 626a	Cadences pour concertos de piano	1768-1791 Vienne
625 592a	Duo comique pour soprano et basse, « Nun, liebes Weibchen »	Août 1790 Vienne
626 626	Requiem en ré mineur	Fin 1791 Vienne

Requiem en ré mineur[*]
de mon époux, ô regretté
Wolfgang Mozart

I. INTROÏT

REQUIEM

Entièrement écrit de la main de Mozart.

Seigneur, donnez-leur le repos éternel,
et faites luire pour eux la lumière sans déclin.
Dieu, c'est en Sion qu'on chante dignement vos louanges ;
à Jérusalem on vient vous offrir des sacrifices.
Ecoutez ma prière, Vous, vers qui iront tous les mortels.
Seigneur, donnez-leur le repos éternel,
et faites luire pour eux la lumière sans déclin.

II. KYRIE

KYRIE

Parties vocales et basse continue notées de la main de Mozart.
Trompettes et timbales ajoutées par Süssmayr.
Cor de basset, basson, violon I et II, alto, ajoutés par Freystädtler.

---

[*] Cette proposition de combinaison entre Mozart et trois de ses élèves pour l'achèvement du *Requiem* a été établie par H.-C. Robbins Landon.

Seigneur, ayez pitié,
Christ, ayez pitié.
Seigneur, ayez pitié.

III. SEQUENCE

N^o *1 DIES IRAE*

Parties vocales et basse continue, notées de la main de Mozart.
Instrumentation et petites additions de Eybler.
Autographe de Süssmayr avec ses propres additions.

Jour de colère que ce jour-là, où le monde sera réduit en cendres, selon les oracles de David et de la Sibylle.
Quelle terreur nous saisira, lorsque le Juge viendra pour tout examiner rigoureusement.

N^o *2 TUBA MIRUM*

Parties vocales et basse continue entièrement de la main de Mozart.
Instrumentation de Eybler.
Additions de Süssmayr et son autographe.

La trompette répandant la stupeur parmi les sépulcres, rassemblera tous les hommes devant le trône.
La mort et la nature seront dans l'effroi,
lorsque la créature ressuscitera pour rendre compte au Juge.
Le livre tenu à jour sera apporté,
livre qui contiendra tout ce sur quoi le monde sera jugé.
Quand donc le Juge tiendra séance, tout ce qui est caché sera connu,
et rien ne demeurera impuni.
Malheureux que je suis, que dirai-je alors ?
Quel protecteur invoquerai-je,
quand le juste lui-même sera dans l'inquiétude ?

Toutes les parties vocales et la basse continue sont de la main de Mozart.
Instrumentation de Eybler et petites additions.
Signature de Süssmayr, avec ses propres ajouts.

Ô Roi, dont la majesté est redoutable,
vous qui sauvez par grâce,
sauvez-moi, ô source de miséricorde.

N° 4 RECORDARE

Souvenez-vous ô doux Jésus,
que je suis la cause de votre venue sur terre.
Ne me perdez donc pas en ce jour.
En me cherchant, vous vous êtes assis de fatigue,
vous m'avez racheté par le supplice de la croix :
que tant de souffrances ne soient pas perdues.
Ô Juge qui punissez justement, accordez-moi la grâce
de la rémission des péchés avant le jour
où je devrai en rendre compte.
Je gémis comme un coupable :
la rougeur me couvre le visage à cause
de mon péché ; pardonnez, mon Dieu,
à celui qui vous implore.
Vous qui avez absous Marie-Madeleine,
vous qui avez exaucé le bon larron :
à moi aussi vous donnez l'espérance.
Mes prières ne sont pas dignes d'être exaucées,
mais vous, plein de bonté, faites
par votre miséricorde que je ne brûle pas au feu éternel.
Accordez-moi une place parmi les brebis
et séparez-moi des égarés en
me plaçant à votre droite.

N° 5 *CONFUTATIS*

Parties vocales et basse continue entièrement de la main de Mozart.
Instrumentation de Eybler.
Additions de Süssmayr et son autographe.

Et après avoir réprouvé les maudits
et leur avoir assigné le feu cruel,
appelez-moi parmi les élus.
Suppliant et prosterné, je vous prie,
le cœur brisé et comme réduit en
cendres : prenez soin de mon heure dernière.

N° 6 *LACRIMOSA*

Esquisse de la main de Mozart.
Eybler a ajouté 2 mesures.
Süssmayr pose sa signature en ajoutant ses propres notes.

Oh! Jour plein de larmes, où l'homme
ressuscitera de la poussière :
cet homme coupable que vous allez juger :
Epargnez-le, mon Dieu!
Seigneur, bon Jésus, donnez-lui le repos éternel. Amen.

IV. OFFERTOIRE
N° 1 *DOMINE JESU CHRISTI*

Esquisse de la main de Mozart.
Autographe de Süssmayr avec ses propres additions.

Seigneur, Jésus-Christ, Roi de gloire, délivrez les âmes
de tous les fidèles défunts des peines de l'enfer
et de l'abîme sans fond : délivrez-les de
la gueule du lion, afin que le gouffre horrible

ne les engloutisse pas et qu'elles ne tombent pas
dans le lieu des ténèbres. Que saint Michel,
le porte-étendard, les introduise dans la sainte lumière.
Que vous avez promise jadis à Abraham
et à sa postérité.

N° 2 HOSTIAS

Esquisses de la main de Mozart.
Autographe de Süssmayr avec ses propres notes.

Nous vous offrons, Seigneur, le sacrifice et les prières
de notre louange : recevez-les pour ces âmes
dont nous faisons mémoire aujourd'hui.
Seigneur, faites-les passer de la mort à la vie.
Que vous avez promise jadis à Abraham
et à sa postérité.

V. SANCTUS

SANCTUS

Süssmayr

Saint, saint, saint le Seigneur, dieu des Forces célestes.
Le ciel et la terre sont remplis de votre gloire.
Hosanna au plus haut des cieux.

VI. BENEDICTUS

BENEDICTUS

Süssmayr

Béni soit celui qui vient au nom du Seigneur.
Hosanna au plus haut des cieux.

VII. AGNUS DEI

AGNUS DEI

Süssmayr

Agneau de Dieu qui enlevez les péchés du monde, donnez leur le repos.
Agneau de Dieu qui enlevez les péchés du monde, donnez leur le repos éternel.

VIII. COMMUNION

LUX AETERNA

Süssmayr

Que la lumière éternelle luise pour eux, au milieu de vos Saints et à jamais, Seigneur, car vous êtes miséricordieux.

REQUIEM AETERNAM

Süssmayr

Seigneur, donnez-leur le repos éternel et faites luire pour eux la lumière sans déclin.
Au milieu de vos Saints et à jamais, Seigneur, car vous êtes miséricordieux

* * * * * * *

BIBLIOGRAPHIE

W.A. Mozart, NISSEN (et Constanze), rare édition ancienne publiée par souscription sous la direction de Constanze Nissen, veuve Mozart

W.A. Mozart, WYZEWA et SAINT-FOIX, Bouquins

Correspondance Mozart, 7 tomes, Geneviève GEFFRAY *, Flammarion

Mémoires, Lorenzo DA PONTE, Mercure de France

Dictionnaire Mozart, H.-C. ROBBINS LANDON, Fayard

Mozart et Salzbourg, Geneviève GEFFRAY, Mozarteum de Salzbourg

1791, la dernière année de Mozart, H.-C. ROBBINS LANDON, J.-C. Lattès

Mozart et les franc-maçons, H.-C. ROBBINS LANDON

Le Testament philosophique de Mozart, René TERRASSON, Dervy

Mozart en son âge d'or, H.-C. ROBBINS LANDON, Fayard

Livrets d'opéra, Alain Pâris, Bouquins

Vie de W.A. Mozart, NIEMETSCHEK

Nécrologie, SCHLICHTEGROLL

Mozart, Alexandre OULIBICHEFF, Librairie Séguier

Mozart, Jean et Brigitte MASSIN, Fayard

Mozart, Marcel BRION, Perrin

Mystérieux Mozart, Philippe SOLLERS, Plon

Mozart, Etienne GERVAIS (1832)

Le Nozze di Figaro, J.-V. HOCQUARD, Aubier Montaigne

Mozart raconté par ceux qui l'ont vu, PROD'HOMME, Stock
Mozart vivant, Jacques BRENNER, Editions du Sud
Mozart, Annette KOLB, Albin Michel
Mozart, Henri de CURZON, Editions de la Nouvelle Revue
   Critique, 1938
Mozart aimé des dieux, Michel PAROUTY, Gallimard, 1988
Analyse graphologique de Mozart, Nicole ROLLET, Editions
   Traditionnelles

(*) Ouvrages et textes de G. Geffray

- Chronique des trois séjours de Mozart à Paris, in *Mozart à Paris*, Paris, musée Carnavalet, 1991, pp. 21-25
- Correspondance des Mozart, in *Mozart : Les chemins de l'Europe*. Actes du Congrès de Strasbourg, 14-16 octobre 1991, Strasbourg, Conseil de l'Europe, 1997, pp. 199-209
- *Delitiae Italiae. Mozarts Reisen in Italien*, Bad Honnef 1994 (en collaboration avec Rudolph Angermüller)
- *Delitiae Italiae. I viaggi di Mozart in Italia*, Rovereto, 1995 (en collaboration avec Rudolph Angermüller)
- Eintragungen von Georg Nikolaus Nissen ins Gasteiner « Ehrenbuch » (1824), in *Mitteilungen der Internationalen Stiftung Mozarteum 49* (2001), Salzbourg, novembre 2001, pp. 131-173
- Expositions. Mozart, in Festival d'Aix-en-Provence 1988, pp. 82-83
- Faksimile des Allegro C-Dur für Klavier KV 6, Salzbourg 1997 (Allemand, français, anglais)
- Journal intime. Mozart au jour le jour, in *Le Monde de la Musique* n° 223, Paris, juillet-août 1998, pp. 40-45
- Mozart und das Geld, in *Mozart 1791-1991*, Paris 1991, pp. 68-69
- Mozart auf der Reise nach Prag, Dresden, Leipzig und Berlin, Bad Honnef 1995

- Die Mozart-Briefe. Mozart's letters, in *Da Capo*. Gästezeitung – City Journal, Salzbourg 1995, p. 37
- « Die Nannerl leidet durch den Buben nichts mehr » in Maria Anna Mozart. Die Künstlerin und ihre Zeit, herausgegeben von Siegrid Düll und Otto Neumaier. Möhnesee, Bibliopolis 2001, pp. 11-48
- « Die Narren sind halt aller Orten nicht gescheid » Leopold Mozart und die Sonnenfinsternis in Paris, anno 1764, in *Mitteilungen der Internationalen Stiftung Mozarteum 47* (1999), Salzbourg Novembre 1999, pp. 19-23
- « Meine Tag Ordnungen » Nannerl Mozarts Tagebuchblätter 1775-1783 mit Eintragungen ihres Bruders Wolfgang und ihres Vaters Leopold. Bad Honnef 1998
- « Von Paris aus geht der Ruhm und Name eines Mannes von grossem Talente durch die ganze Welt » Das Musikleben in *Paris im 18. Jahrhundert*, in : *Almanach der Mozartwoche* 2000, pp. 19-24

NOTES

1781

1. Saint Jean de Népomucène : Jean Welfin, dit Népomucène parce qu'il est né à Nepomuch en Bohême, fut consacré au Seigneur dès les premiers jours de sa vie car ses parents regardaient sa naissance comme le fruit de leurs prières à la Vierge Marie. Il grandit dans la piété et acheva ses études à l'université de Prague. Il se présenta à son évêque afin de recevoir l'onction sacerdotale, après s'être préparé par le jeûne et la prière ; il reçut de son évêque la mission de se livrer à la prédication de la parole de Dieu. Très vite, il devint chanoine de Prague. L'empereur lui offrit un évêché et diverses richesses qu'il refusa par humilité ; il crut cependant devoir accepter la place d'aumônier de la Cour. Il devint le confesseur de l'impératrice Jeanne de Bavière et l'aida dans sa progression chrétienne. La conduite irréprochable de Jeanne de Bavière fit l'objet d'affreuses calomnies qui parvinrent aux oreilles de son époux. Malgré la violence légendaire et les menaces de l'empereur Wenceslas, Jean de Népomucène ne révéla jamais les secrets des confessions de Jeanne ; indigné par cette résistance, Wenceslas fomenta sa vengeance en secret ; il ordonna que l'on fît rôtir son cuisinier dans sa propre cheminée, à la place d'une volaille. Jean de Népomucène se jeta aux pieds de l'empereur et le supplia de gracier l'innocent cuisinier. C'est alors que Wenceslas proposa à l'aumônier de trahir les confessions de son épouse, en échange de la vie du cuisinier. Et, sans attendre de réponse, l'empereur fit jeter au cachot l'aumônier puis ressortir pour subir maintes tortures par le feu. Quelque temps plus tard,

guéri de ses brûlures, Jean de Népomucène fut ligoté puis porté sur le pont de la Moldau et précipité dans le fleuve. On raconte qu'une clarté céleste brilla là où flottait le corps du martyr, et qu'il fut récupéré et enseveli en grande pompe. Trois cents ans plus tard, lorsque son tombeau fut ouvert, pour sa canonisation, on trouva sa langue intacte, comme une chair vivante, fidèle à la parole de Dieu. Depuis ce jour, saint Jean de Népomucène est le protecteur des pauvres et des malheureux, venant au secours des causes désespérées.

2. L'ortie est connue pour ses vertus antihémorragiques.

3. Mozart ne remit à la princesse électrice Elisabeth Maria Auguste de Bavière ses *Sonates pour piano et violon* K. 301 et K. 306 que le 7 janvier car leur expédition jusqu'à lui fut retardée. Lettre du 8 janvier 1779.

4. *Donner dans l'œil* : taper dans l'œil, faire une forte impression. Claude Duneton, *La Puce à l'oreille*, Balland.

5. L'orgue dont Mozart se servit se trouve aujourd'hui à Strasbourg, dans l'église Saint-Thomas.

6. *Beuschel* : plat traditionnel autrichien composé d'abats tels que les poumons et autres bas morceaux, servi dans une sauce aigre. Constanze se compare, par opposition à la beauté d'Aloisia, à un bas morceau dont les hémorragies constituent la sauce aigre.

7. *Engageantes* : volants de dentelle ou de guipure placés au bas des manches, à la hauteur du coude.

8. La scène se déroula le soir du 25 décembre ; Mozart remit à sa fiancée l'air de *Popoli di Tessaglia* K. 316 dont il était si fier.

9. Mozart ne portera plus de perruque dès son installation à Vienne et gardera même une certaine fierté de sa chevelure naturelle. Son coiffeur rapporte l'anecdote selon laquelle « *il devait le suivre en le coiffant, dans ses déplacements incessants jusqu'au clavecin, le tirant par la queue* (catogan) *et avait ainsi l'avantage d'entendre certaines de ses créations en cours* ». On sait que ce coiffeur venait tôt le matin car Mozart écrivit une lettre précisant « *qu'il était vêtu et coiffé dès 7 heures* ». Le soir de ses fâcheuses retrouvailles avec Aloisia, il porte sur lui un costume rouge aux boutons noirs de deuil, selon l'usage français, mais en Autriche, ce sont les valets-musiciens et autres domestiques qui portent ce costume rouge. L'humiliation qu'Aloisia lui fait subir ce soir-là le marquera à vie. Les boutons d'habits font partie des accessoires de haute curiosité, servant également de témoignage de sentiments, de préoccupations, d'idéaux, de goût et de prospérité.

10. Les sonates gravées offertes à l'électrice de Bavière sont les K. 301-306. Cf. note 3.

11. Cette vieille chanson grossière de Goetz von Berlichingen : « *Ich lass das Mädel gern, das mich nicht will* » se traduit par : « *Ceux qui ne n'aiment pas, je les emmerde !* » Mozart changea les paroles ce soir-là, mais chacun reconnut l'air et comprit le message.

12. *Rouler carrosse* : mener un train de vie important, et légèrement ostentatoire. *La Puce à l'oreille* de Claude Duneton, Balland.

13. Cette période sombre n'est guère propice à la création pour Wolfgang Mozart. On notera toutefois la composition des œuvres K. 378/ K. 365/ K. 318 / K. 319/ K. 320/ K. 334/ K. 364/ K. 337, ainsi que des fragments pour *Zaïde*.

14. Aloisia était souvent nommée en famille « Louise » ou encore « Luise ».

15. Aloisia était enceinte et ce fut le moyen de pression que Caecilia Weber utilisa pour obtenir un « dédommagement » à ce déshonneur causé par le jeune veuf Joseph Lange. Pour information, à cette époque, 500 florins permettaient à une famille de quatre personnes de vivre bourgeoisement.

16. *Négligé* : vêtement inventé au XVIIIe siècle, plus facile à porter chez soi, moins encombrant, et moins fastueux que les tenues d'apparat.

17. *Prater* : parc de 1 287 hectares, ouvert au public depuis 1766 et proposant de nombreuses réjouissances populaires. Concernant les casaquins et pet-en-l'air nommés plus haut, il s'agit de vêtements semblables à des vestes à basques, qui soulignent le buste ou la taille, portés à l'extérieur par les dames à la mode.

18. Partie des fauteuils située derrière l'orchestre, et sous les chandeliers d'éclairage. Les meilleures places étaient dans la galerie et les loges, où les chandelles ne coulaient pas sur les spectateurs.

19. De fort petite taille, effectivement : 1,62 mètre (5 pieds et 4 pouces).

20. Signatures humoristiques que Mozart s'amusait à utiliser dans ses correspondances intimes. Mozart usa du verlan et de toutes sortes de déformations des mots, construisant des phrases impossibles à traduire, du fait de cette gymnastique qui comprenait plusieurs langues mélangées, déformées, généralement sensées ou humoristiques. Le résultat faisait beaucoup rire son entourage.

21. *Mordre sa crotte à pleine dent* : expression très en vogue, employée généralement dans une poésie (affectionnée par Madame Mozart mère) permettant de souhaiter à l'être aimé, toute la souplesse, jeunesse et santé nécessaires à cet exercice.

22. Mozart redoutait les indiscrétions et rédigeait souvent les lettres adressées à son père de façon codée, notamment lorsqu'il souhaitait se plaindre d'un puissant aristocrate, d'un employeur ou d'un personnage officiel.

23. *Menon* : mot caresse, signifiant « petit doux ». Ainsi dans *Margot la ravaudeuse*, de Fougeret de Monbron, 1750 : « (…) Mon Menon, que je t'aime ! Que tu fais bien cela ! Courage cher cœur, bijou de mon âme ! » *Dico des mots caresse*, Marie Treps, Seuil.

24. L'oreille gauche de Mozart présentait une malformation assez rare ; sa conque était totalement lisse. Cette malformation prit plus tard le nom « d'oreille de Mozart » dans la littérature médicale. Le dernier enfant de Mozart naîtra également avec cette malformation, ce qui sauvera Constance des rumeurs d'adultère.

25. *Histoire du costume*, Racinet.

26. *Histoire du costume*, Racinet.

27. Recette du foie gras du xviiie siècle : « *On prend une oie engraissée par les juifs de Bohême, pesant plus de trois livres ; on fait rôtir le foie, puis on en fait une purée, mélangée à de la muscade, clou de girofle, et toutes les épices disponibles, jusqu'au nombre de 15. On peut enrouler la purée de croûte et rôtir encore une fois.* »

28. *Mozart en son âge d'or*, H.-C. Robbins Landon, « La vie musicale à Vienne en 1781-1782 ».

29. La foire était l'équivalent du marché de nos jours.

30. Extrait de sa lettre adressée à Leopold en mai 1781.

31. Extrait d'une lettre à Leopold le 12 mai 1781.

32. Extrait d'une lettre adressée à Leopold. H.-C. Robbins Landon, *Mozart en son âge d'or*, Fayard.

33. Jean et Brigitte Massin, *Mozart*, Fayard.

34. Anna-Sabina Lange, fille d'Aloisia et de Joseph Lange, est née le 31 mai 1781.

35. *Panier percé* : expression qui signifiait « se faire dépuce-ler », en rapport avec le panier qui soutenait la jupe. Cela dit, rien ne prouve qu'Aloisia était vierge lorsqu'elle rencontra Joseph Lange. Il est peu probable que Mozart ait eu des relations sexuel-les avec elle, car à cette époque il considérait que cela était indi-

gne. Les flirts caressants étaient réservés à la petite cousine, la Bäsle, encore que nous n'en ayons aucune preuve, sinon les cochonneries qu'ils échangeaient par correspondance.

36. Témoignage de Sophie Haibl, sœur de Constanze, dans la biographie de Niemetschek et dans le recueil de Prod'homme, où elle détaille les petites manies de Mozart.

37. Inventaire des livres de bibliothèque de Mozart, effectué *post-mortem*, *Dictionnaire Mozart*, de H.-C. Robbins Landon. La majeure partie des livres que possédait Mozart est répertoriée en annexe. Toutefois, nous savons par les époux Novello que Constanze refusa toute sa vie de compléter cette liste, par les titres de certains ouvrages réputés *dangereux*. Il se peut que ces livres en 7 tomes aient été des écrits maçonniques.

38. Anecdote relatée par Nannerl, la sœur de Mozart.

39. *Warum o Liebe*… la partition de cette composition a longtemps été considérée comme perdue. K. 365a. La liste de Köchel est désormais faussée car une page de cette partition a été retrouvée aux Etats-Unis et vendue aux enchères en 1996. Exposé au Trésor du Mozarteum, ce fragment de partition, confié par son propriétaire, M. Packard, devrait remplacer l'ancien n° 365a sur la liste de Köchel.

40. Constanze cite ici la liste des œuvres en cours ou achevées à cette période : *Idomeneo, Re di Creta*, K. 366. Janvier-février 1781 : K. 368, K. 341, K. 370 – 8 mars 1781 : K. 369 / K. 361 – mars 1781 : K. 371, K. 372 – avril 1781 : K. 373, K. 374 en cours entre avril et juillet 1781 : K. 376, K. 377, K. 380, K. 379, K. 374g, K. 359, K. 360, K. 352.

41. *Octave* : série de huit jours.

42. *Marli* et *bagnolette* : marli : coiffure en gaze, dont les bouts sont retournés et fixés avec une épingle. Bagnolette : coiffure en toile, en forme de capuche, souvent froncée derrière, pour l'aisance des cheveux, et retenue au cou par un lien, lui donnant un aspect de « capuche de moine ».

43. Mozart écrivit l'air de *Konstanze* entre le 30 juillet et le 1er août 1781, ainsi que le premier air de *Belmonte* et le trio final du premier acte.

44. Lettre à son père du 8 août 1781.

45. On notera que Wolfgang acquiert une certaine assurance et maturité dans sa création, sans être encombré par ses sentiments pour Constanze. Rappelons que sous le « règne » d'Aloisia, il ne voulait que lui plaire et l'air *Popoli di Tessaglia* n'était écrit que pour l'entendre en faire l'éloge.

46. Extrait de la biographie de Niemetschek remanié à la façon dont Constanze pourrait l'exprimer, alors toute à son sentiment pour Mozart.

47. Georges Benda : compositeur de *Medea* (1ᵉʳ mai 1775, Leipzig) ainsi que d'*Ariane à Naxos* (créé le 27 janvier 1775, Gotha). Dans une lettre du 12 novembre 1778, Wolfgang écrivit à son père : « *J'ai vu* Medea *de Benda, celui-ci a également composé* Ariane à Naxos*, les deux pièces sont vraiment remarquables – vous savez que Benda a toujours été mon favori parmi les maîtres de chapelle luthériens ; j'aime tant ces deux œuvres que je les emporte avec moi ; imaginez maintenant ma joie d'avoir à faire ce que j'ai toujours souhaité ? On devrait traiter ainsi la plupart des récitatifs dans l'opéra – et parfois seulement – lorsque les mots peuvent être bien exprimés en musique, chanter les récitatifs.* »

48. *Chapeau* : surnom donné pour « dandy » ou séducteur, vêtu à la mode.

49. Lettre à Leopold du 22 août 1781.

50. *Peterskirche* : église Saint-Pierre, située Petersplatz, construite entre 1702 et 1733, à l'endroit d'un édifice carolingien, premier sanctuaire paroissial officiel de Vienne (mentionné pour la première fois en 1137).

51. Lettre à Leopold du 1ᵉʳ août 1781.

52. *L'Enlèvement au sérail*, acte Iᵉʳ, 6ᵉ aria.

53. *L'Enlèvement au sérail*, acte Iᵉʳ, 6ᵉ aria (traduction Alain Pâris, *Livrets d'opéra*, Bouquins).

54. Nouvelle adresse de Mozart : Graben 1175, actuellement n° 17.

55. *L'Enlèvement au sérail*, acte II, n° 16, quatuor.

56. *Equarta labia* : malformation congénitale dite de nos jours « bec de lièvre ».

57. *Renaître* : faire baptiser. Sur les actes de naissance, il est fréquent de lire la date de baptême faire suite à la date de naissance, ou même la remplacer.

58. Message écrit en 1781 dans le livre de prières de Constanze. En écrivant « Trazom » et « Znatsnoc » Mozart se livre à son jeu favori du verlan.

59. La chapelle Sainte-Madeleine, construite au xivᵉ siècle, fut détruite par cet incendie du 12 septembre 1781. Elle ne fut pas reconstruite et on utilisa son emplacement pour agrandir la cathédrale Saint-Etienne. Aujourd'hui, les fondations de cette chapelle disparue sont encore visibles dans les catacombes de la cathédrale.

60. Nannerl, surnom de Maria Anna, sœur aînée de Wolfgang Mozart. En Allemagne, Autriche et également en Alsace, la famille, la religion et les superstitions imposaient les prénoms des nouveau-nés. Maria Anna fut nommée comme sa mère, mais plus encore en l'honneur de deux femmes : la mère et la grand-mère maternelle de Jésus-Christ.

61. Il y avait bien deux pianos dans l'appartement de madame Caecilia Weber, à l'Œil de Dieu.

62. Johann Thorwart (1727-1813). Avant de devenir inspecteur du vestiaire et des comptes du Théâtre national, il fut valet puis coiffeur du prince Lamberg. Personnage assez complexe, décrit par Da Ponte dans ses *Mémoires* comme un fieffé intrigant ; il rampa devant François II pour obtenir un titre de noblesse (qui lui fut accordé). Toutes ses relations douteuses et ses manigances lui permirent d'amasser une fortune considérable. Cet homme célèbre dans le milieu du théâtre était certainement redouté par Mozart et l'impressionna peut-être… au point de lui extorquer une signature sur un document qui engagerait toute sa vie.

63. Extrait de lettre à Leopold du 13 octobre 1781.

64. *Marillen/zwetschken knödels* : abricots ou prunes enrobés d'une pâte et roulés dans la chapelure.

65. Souvenirs du coiffeur de Mozart, consignés dans le livre de Prod'homme.

66. Lettre à son père du 3 novembre 1781. Lorsqu'il parle de *la manière la plus agréable au monde*, il n'est pas certain que ce soit à propos de la sérénade, mais peut-être de la manière dont il allait se déshabiller, en compagnie de Constanze. Qui sait ?

67. *Attendre* ou *recevoir un courrier de Rome* : avoir ses règles. Allusion au rouge de la robe des Cardinaux. *La Puce à l'oreille* de Claude Duneton, Balland.

68. *Redoute* : endroit où l'on se rend sur invitation pour jouer et danser, paré et parfois masqué. La redoute libre, en revanche, permet l'accès à tous.

69. *Sonate à deux* : sans doute la *Sonate pour deux pianos en ré majeur* K. 448. Sujet à controverse depuis la découverte d'un fragment à la bibliothèque de Kremsier en Tchécoslovaquie, en 1963, par Gerhard Croll. Il s'agirait peut-être du *Larghetto et Allégro en mi bémol majeur* (ne figurant pas au catalogue de Köchel). Si tel était le cas, *Sonate à deux* signifierait sonate à deux mouvements et non pas à deux instruments, nommé généralement *Sonate a due* par Mozart. (*Détails Correspondance Mozart*, traduits par Geneviève Geffray, Flammarion, lettre n° 459).

70. *Domino* : costume de bal masqué ou costumé, qui consiste en une robe avec un capuchon ou camail, noir ou rose.

71. Mozart ne s'est pas rendu à cette redoute, comme précisé dans la lettre à son père (Flammarion, lettre n° 460). Elle eut lieu le 25 novembre 1781.

72. *Assa foetida* : gomme résine, à l'odeur fétide, extraite de la férule persique (ombellifères). Ancien nom du benjoin.

73. « *Service* » sous-entend « quitté le service de Colloredo, prince-archevêque de Salzbourg ».

74. Traduction de Geneviève Geffray, *Correspondance Mozart*, Flammarion. Lettre n° 461.

75. En réalité, il semble que Mozart ait signé cet engagement durant la fin de l'été, juste avant de quitter l'Œil de Dieu. Constanze était présente lors de cet entretien et déchira le papier en présence de sa mère et de Mozart, disant les paroles citées dans le texte. De ce fait, Caecilia Weber considéra Mozart lié par une cause plus forte que celle d'un contrat écrit : la parole d'honneur.

76. Phrase de Winter écrite par Wolfgang Mozart dans une lettre à son père, du 22 décembre 1781. Mozart n'écrivit pas « merde » en entier, par respect pour son père, mais juste « m… » avec les points de suspension de sa main. Geneviève Geffray, *Correspondance…*, Flammarion.

1782

1. Mozart écrivit à son père (lettre n° 469, Flammarion) qu'il avait parfaitement compris les visées de Caecilia Weber, et se refusait à toute idée d'être logé par sa belle-mère, une fois marié.

2. *Avale !* : expression favorite de Mozart pour signifier : « Tiens, prends ça dans les gencives ! »

3. *Gargouillade* : sorte de danse formée de pas ridiculement tortillés. En musique, c'est un détail de mauvais goût, sans netteté, comparé à un gargouillis.

4. *Turgotine* : diligence utilisée entre Strasbourg et Bâle, économique et utilisée par Mozart et sa mère en 1778. De Strasbourg à Paris, par la turgotine, ils mirent quatre jours et trois nuits.

5. Coiffure *A la Belle Poule* : cette mode arrive à Paris en août 1778, à la suite de la déclaration de guerre entre la France et l'Angleterre, lorsque Louis XVI écrivit : « *La dignité de ma cou-*

ronne et la protection que je dois à mes sujets exige enfin des représailles. » Les dames élégantes fêtèrent l'événement à leur façon, en portant notamment des coiffures « *A la Belle Poule* », nom de la frégate qui s'opposa à l'*Arethusa* lors des premiers affrontements. Madame Mozart mère décrit à Nannerl dans ses lettres les coiffures des Françaises « *si hautes qu'on a dû surélever les carrosses car aucune femme ne pouvait s'y tenir assise droite!* » L'influence de la mode française se constatait à l'étranger encore longtemps après qu'elle fut abandonnée à Paris.

6. Académie au théâtre où Mozart joue des extraits de K. 366, K. 175 et sa *Fantaisie* improvisée.

7. *Nymphes du Graben* : filles de joie qui défilaient sur cette avenue, jusqu'à la colonne Pestsäule. (Traduction exacte de ce ballet de prostituées : Der Schnepfen-Strich, Le passage des bécasses.)

8. *Glassharmonica* : instrument très en vogue au XVIIIe siècle, formé de petites coupelles ou de tubes de verre que l'on fait résonner avec les doigts humides. C'est pour une virtuose de cet instrument que Mozart composera en 1791 son célèbre *Adagio* en ut majeur (Marianne Kirchgässner). Cet instrument fera également partie de ses objets fétiches.

9. Constanze envoya avec une lettre de Mozart une petite croix, les deux bonnets confectionnés, ainsi qu'un cœur percé d'une flèche. A la demande de Constanze, Wolfgang Mozart déclare dans sa lettre que « *ce n'est qu'une pauvre fille qui ne possède rien* » car elle souhaite faire preuve d'humilité et espère se faire aimer de sa future belle-sœur. Ce sera, hélas, en vain.

10. Mozart était un habitué des lettres codées, avec son père notamment, plus encore peut-être à partir de leur initiation respective en franc-maçonnerie. Il n'y aurait rien de surprenant à ce qu'il ait utilisé cette méthode avec Constanze. Ce code de Malefisohu (dont le fonctionnement est assez simple) était un système propre à la famille Mozart. Il y a peu de chances pour que sa simplicité ait échappé aux autorités. En revanche, les messages cachés dans chaque premier mot de chaque phrase, est une méthode que les amoureux affectionnaient particulièrement, ou bien encore les lignes alternées. George Sand utilisa ce système dans ses célèbres correspondances friponnes avec Alfred de Musset.

11. Le zéphyr était le nom à la mode du pet, à la cour de France au XVIIIe siècle (*Histoire anecdotique du pet*, Jean Feixas).

12. *Le Château d'Otrante*, œuvre littéraire d'Horace Walpole en 1764. Ouvrage satisfaisant « *les âmes sensibles qui frissonnent*

661

à la lecture de ces romans gothiques » (Jérôme Godeau, Valentine de Ganay, *Les Mots du* XVIIIᵉ *siècle*, Paris-Musées /Acte-Sud).

13. Bach de Londres : Johann Christian Bach, fils cadet de J.-S. Bach. Mozart et lui se lièrent d'amitié lorsqu'ils se rencontrèrent en 1764-1765. L'influence de Bach sur Mozart se lit beaucoup dans ses concertos écrits après son retour à Salzbourg, ainsi que dans certaines de ses symphonies.

14. Il semble en effet qu'il ait composé un *Praeludium et fugue en ut majeur pour piano*, (K. 394 383a) à la demande de Constanze, et plus tard, la *Fugue pour piano* K. 383b. Par ailleurs, il est possible que Leopold Mozart ait été piqué par la remarque de Wolfgang, le fils apprenant à son père comment Constanze lui fait « découvrir et étudier » l'art de la fugue. Dans l'esprit du père, cela peut être perçu comme l'observation d'une lacune dans l'enseignement qu'il a dispensé à son fils. Nannerl n'ayant jamais véritablement passé sa période œdipienne, on peut supposer qu'elle épouse alors tous les ressentiments de son père et s'engage tête baissée dans son hostilité irraisonnée envers Constanze.

15. Phonétiquement « chevalier Papillon » en allemand. Personnage fictif de l'auteur. La séparation conjugale et la liberté de Martha Waldstätten sont en revanche parfaitement reconnues, notamment grâce aux éléments fournis par Mozart dans ses correspondances.

16. Lettre de Constanze en post-scriptum datée du 20 avril 1782, nᵒ 473, IV, Flammarion. L'espoir est de taille, mais il sera déçu à jamais. Nannerl garde encore à cette époque une jalousie sans limites pour son frère, dont le talent lui ôte toute gloire, et pour ses projets de mariage, alors que les siens sont ruinés par son propre père qu'elle adore. Nannerl n'appréciera jamais Constanze, même lorsqu'elles seront âgées et veuves toutes les deux, presque voisines à Salzbourg sur la fin de leur vie.

17. Voir note nᵒ 48, année 1781.

18. On trouve des traces d'un Dieu du pet, du nom de Crepitus dans les anciennes écritures. *Histoire anecdotique du pet*, Jean Feixas. L'auteur le fait mentionner par Constanze de façon humoristique.

19. Lettre de Mozart du 29 avril 1782 ; les fiancés se réconcilieront très vite. Constanze n'a jamais détruit cette lettre, ce qui semble prouver qu'elle avait la conscience tranquille, car toutes les lettres susceptibles de créer par la suite une polémique (notamment concernant les activités de franc-maçon de son mari) furent

détruites par ses soins, ou par son second époux Nissen, passionné par l'histoire de Mozart. Flammarion, n° 475.

20. *Gros de Tours* ou *atlas* : tissus de soie réservés aux robes habillées.

21. Wolfgang dans une lettre à son père se charge de poser ces questions de mode à sa sœur, pour le compte de Constance. Mozart était assez attaché à la mode vestimentaire et n'aimait guère se voir décalé par rapport aux tendances.

22. Jean Tréhet redessina ce parc en 1712 ; il avait tracé le jardin de Schönbrunn en 1691.

23. La plupart des arbres de ce parc ont été plantés en 1650.

24. *Concerto pour deux pianos en mi bémol* K. 365.

25. Wallenstein est Ferdinand Ernst Waldstein, chambellan, compagnon de voyage de l'archiduc. Il sera également l'inspirateur de Beethoven, qui lui dédicacera la *Waldstein-Sonate*, nommée encore *Sonate « Aurore »*.

26. *Esquinancie* : terme de médecine pour désigner un mal de gorge (Littré).

27. Dans une lettre à son père du 20 juillet, Mozart raconte que la partition de son opéra est salie parce qu'elle est tombée dans la boue ; concernant d'autres partitions, les ratures ou les parties laissées volontairement vierges sont expliquées par Mozart dans différentes correspondances. Rappelons qu'à cette époque les auteurs n'ont aucun moyen de protéger la propriété de leurs œuvres ni de limiter leur exploitation. Mozart est souvent pressé d'écrire les paroles de ses œuvres, afin que personne d'autre ne s'en charge avant lui et ne puisse revendiquer les bénéfices de ce travail à sa place. Quelques feuillets de partitions sont également connus par les listes de chiffres qui les recouvrent ; il ne s'agit pas là d'une tentative de dissimulation de l'œuvre mais d'une inquiétude tenace à propos de sa situation financière, et ces calculs de « recettes-dépenses » ont été dressés sur la première feuille venue.

28. *Symphonie pour Haffner* K. 385. La seconde qu'il lui écrira, la première datant de 1778, composée à la demande de son père pour la cérémonie d'anoblissement de son ami Haffner prévue pour le 29 juillet.

29. Les arrangements étaient à produire avant qu'un autre s'en charge car il n'existait aucun système de protection des droits d'auteurs. Mozart souhaitait donc écrire au plus vite (en moins d'une semaine) cet arrangement pour harmonie (harmonie signifiant instruments à vent).

30. *Mozart*, Jean et Brigitte Massin.

31. Nom latin du pet. Expression affectionnée par Leopold Mozart.

32. Réflexion de Mozart dans une lettre à son père, n° 485, Flammarion.

33. Mozart ne signa pas différemment le registre de la cathédrale Saint-Etienne ; on sait que Constanze et lui pleurèrent beaucoup d'émotion durant leur mariage, on peut supposer qu'il s'agit d'un oubli de leur part ou d'une erreur de transcription. Geneviève Geffray, *Correspondance Mozart*, Flammarion.

34. Jean Chrysostome était le saint du jour de sa naissance ; Wolfgang est le prénom de son grand-père maternel ; Theophilus le prénom de son parrain.

35. Lettre de Mozart à son père, n° 484.

36. « Plus princier que baronnesque » : lettre à son père n° 484, *Correspondance Mozart*, Geneviève Geffray, Flammarion.

37. Anecdote racontée par Mozart dans une lettre à son père, n° 488. On ignore cependant l'objet de la dispute.

38. *Mouche à coquette* : petit morceau de taffetas, de velours ou de feutrine, découpé à la grandeur d'une aile de mouche, que les dames (et quelques hommes) se mettent sur le visage, ou encore sur les parties de leur décolleté qu'elles veulent souligner. La mouche peut masquer une vilaine cicatrice, cacher un grain d'opium contre les douleurs, attirer le regard... Les premières mouches à coquettes apparaissent dans la littérature vers 1655. Aux bals masqués et déguisés, il n'est pas rare de rencontrer des dames sans masque, la figure entièrement couverte de mouches au point qu'on ne puisse les reconnaître. La mouche est avant tout l'art de dissimuler les disgrâces et les remèdes, sous un prétexte coquet.

39. Köchel, n°⁵ 413, 414, 415.

40. Lettre à son père, n° 501. Mozart explique l'arrivée d'une nouvelle servante et le sermon qu'il lui a fait dès son arrivée.

41. Lettre à son père, n° 501.

42. Lettre à son père, n° 502.

43. Le *Quatuor à cordes en sol majeur* ne sera terminé que le 31 décembre ; c'est le premier des six dédiés à Haydn.

44. Klosterneuburg, situé à 13 km au nord de Vienne.

45. D'après Leolpold Mozart, lorsque Wolfgang était enfant, il n'allait jamais se coucher sans avoir chanté *Oragnia figata fa marina gemina fa*, debout sur une chaise, finissant par un baiser sur le nez de son père. Nannerl ainsi que Nissen (selon les souve-

nirs de Constanze) confirmeront à leur tour cette histoire. On pense reconnaître une mélodie de Nassau, que Mozart travaillera d'ailleurs en plusieurs variations (K. 25). Geneviève Geffray, dans le volume II de la *Correspondance Mozart*, cite une autre mélodie que Mozart affectionnait particulièrement, dont les paroles semblent dépourvues de sens : « *Nanetta Nanon, puisque la bedetta fa Nannetta, inevenedetta fa Nanon.* »

1783

1. *Mia speranza adorata* composé pour Aloisia Lange le 8 janvier 1783, K. 416.

2. Lettre à la baronne Waldstätten n° 511.

3. Dans *Le Nozze di Figaro*, on retrouve l'esprit de confusion entre une maîtresse et sa servante ainsi que l'aveuglement du comte fripon.

4. Lettre à Leopold, n° 514.

5. Louise Florence Pétronille de La Live d'Epinay, bienfaitrice de Mozart lors de son séjour à Paris en 1778. Elle avait précédemment offert à la mère de Mozart, en 1763, une bague en améthyste que Leopold réclamera à son fils, en 1778, après le décès de sa femme. Wolfgang expliquera alors que la bague est restée entre les mains de l'infirmière, qui réclamait son salaire après avoir soigné Madame Mozart.

6. Lettre écrite depuis le parc du Prater à Leopold, n° 516.

7. Lettre à son père, n° 517, Flammarion. Tous les détails concernant ce projet et son aboutissement sont écrits dans les *Mémoires* de Lorenzo Da Ponte, Mercure de France.

8. Mozart retint définitivement ce prénom, ainsi que cela est mentionné dans la biographie écrite par Nissen et Constance Mozart. Leopold ou Leopoldine.

9. Lettre de Mme de Volanges qui conclut l'œuvre *Les Liaisons dangereuses* de Laclos. A propos des *Liaisons dangereuses* en langue française, on notera que les époux Novello mentionnent dans leur journal l'aisance de Constanze dans cette langue et leurs conversations avec elle, ainsi que son immense savoir des musiques de son défunt mari, connaissant par cœur les airs de ses opéras, les chantant avec une visible émotion. Nous nous éloignons de plus en plus de l'image stupide, froide et inculte que de

nombreux biographes peindront de Constanze, hélas encore aujourd'hui, faute de s'être convenablement documentés à son sujet.

10. Mozart et sa sœur furent effectivement nourris à l'eau d'orgeat. La lettre de Mozart à son père est ici légèrement modifiée par l'auteur : au lieu de s'adresser à son père, Mozart s'adresse à sa femme par l'intermédiaire de son journal intime. Le « elle » est remplacé par « tu ».

Traduction de Geneviève Geffray de cet extrait :

Vienne, ce 18 de juin 1783.

(…) Hier matin, le 17 et six heures et demie, ma chère femme a heureusement accouché d'un gros garçon fort et rond comme une boule. A une heure et demie du matin, les douleurs ont commencé – et cela en fut donc fini de cette nuit pour notre tranquillité et notre sommeil à tous les deux. A quatre heures, j'envoyais chercher ma belle-mère – puis la sage-femme ; à six heures elle se mit sur le siège – et à six heures et demie, tout était fini. Ma belle-mère rachète maintenant par toutes les gentillesses le mal qu'elle a fait à sa fille avant son mariage. Elle reste auprès d'elle toute la journée.

Je me soucie de la fièvre de lait ! – car elle a les seins assez gonflés ! – Maintenant, contre ma volonté, et cependant avec mon accord, l'enfant a une nourrice ! Ma femme, qu'elle soit ou non en mesure de le faire, ne devait pas nourrir son enfant, c'était ma ferme résolution ! Mais mon enfant ne devait pas non plus avaler le lait d'une autre ! – j'aurais préféré l'élever à l'eau, comme ma sœur et moi. Toutefois, la sage-femme, ma belle-mère et la plupart des gens ici m'ont proprement prié de ne pas le faire pour la bonne raison que la plupart des enfants nourris à l'eau meurent parce que les gens d'ici ne savent pas s'y prendre ; cela m'a donc incité à céder – car – je ne voudrais pas qu'on pût m'en faire le reproche.

11. Baptisé ou « rené ». Toute cette histoire qui semble mettre Mozart dans une situation embarrassante face à son père, est relatée dans sa lettre n° 520.

12. Lettre de Mozart à son père, n° 521.

13. Mozart composa le *Quatuor en ré mineur* K. 421 pendant l'accouchement de Constanze. Elle racontera aux époux Novello qu'on pouvait l'entendre crier dans le troisième mouvement.

14. Lettre à son père, n° 521.

15. Nancy Storace : Anna Selina Storace, nommée Nancy (1765-1817), fille de contrebassiste italien, née à Londres,

ancienne élève de Venanzio Rauzzini. Dotée d'un physique très avantageux et d'un bel organe vocal ; il n'en faudra pas davantage pour qu'on imagine une liaison entre Mozart et elle, encore aujourd'hui, bien que l'entente du couple Mozart ne soit plus à démontrer, et qu'on connaisse également la jalousie de Constanze, qui ne manquait certainement pas de surveiller les *inclinations* de son époux sensible.

16. Ces dialogues sont extraits des arias de *L'Enlèvement au sérail* ainsi que du *finale* entre Konstanze, Blonde, Belmonte et Pedrillo.

17. *Bonheur-du-jour* : petit meuble secrétaire de dame, souvent en bois précieux.

18. Allusion à l'opéra de Gluck, *Orphée et Eurydice*, créé en 1762 à Vienne, puis remanié en 1774 à Paris. Gluck est considéré par Mozart comme l'un des plus grands réformateurs de l'opéra, contrairement aux dialogues du film *Amadeus*, où Mozart qualifie l'œuvre de Gluck de « mortelle ». Wolfgang Mozart ne supportait pas que l'on critique le talent ; il n'aurait jamais dit cela à propos de Gluck.

19. Lettre à son père, n° 522.

20. Lettre de Constanze à sa belle-sœur Nannerl, du 19 juillet 1783. Flammarion, n° 525.

21. Souvenir évoqué par Constanze, et consigné par Nissen, son second mari, dans la biographie qu'il consacra à Mozart.

22. *Fils simplet, frère nigaud* : une des signatures humoristiques de Mozart.

23. Petite phrase par laquelle Mozart termina une lettre à la baronne Waldstätten et traduisible par : « *Constanze la plus belle et la plus sage de toutes les épouses.* » L'auteur l'utilise comme Mozart aurait très bien pu le faire, au moment des présentations familiales. On sait combien Mozart aimait faire de l'humour lorsqu'il se sentait un peu mal à l'aise, mais lorsqu'il décrivit Constanze comme *la plus belle et la plus sage des épouses*, rien ne permet de remettre en cause sa sincérité, contrairement à la période où il la décrivait à son désavantage, afin de faire ployer son père devant ses projets de mariage.

24. Flammarion, *Correspondance de Mozart*, n° 526.

25. *Tir à carreaux* : jeu de tir très affectionné par la famille Mozart. Encore aujourd'hui très répandu dans les cafés d'Autriche et de Bavière. Les cibles sont décorées de scènes grotesques ou bucoliques et les noms des vainqueurs sont peints autour de la

cible. Il semble que Mozart ait souvent été vainqueur, au point de mentionner dans plusieurs de ses lettres ses exploits dans les joutes familiales, le rappelant à l'occasion par la signature humoristique que « *poète des cibles couronné* ».

26. *Messe en ut mineur*, K. 427, composée à Salzbourg, inachevée. Constance interpréta la partie de soprano ; un castrat était prévu pour la remplacer, en cas de nécessité. Nous savons que Constance interpréta cette messe car cela est consigné dans le journal de Nannerl, cependant sans aucun commentaire. Cette composition merveilleuse ne peut être interprétée que par des cantatrices exceptionnelles ; de nombreux biographes décrivent encore Constance Mozart comme une charmante idiote, ne comprenant rien à la musique ni à l'inspiration de son époux. La lecture des correspondances entre les époux montre régulièrement comme Mozart se confiait à sa femme, aussi bien pour des questions d'acoustique des salles de spectacle, que pour sa technique d'écriture. Nous savons maintenant qu'elle chantait suffisamment bien pour que son mari (qui ne supportait aucune médiocrité) lui confie l'interprétation d'une composition d'église, genre qu'il affectionnait tout particulièrement et pour lequel il n'aurait jamais supporté la moindre insuffisance vocale.

27. Effectivement, Nannerl n'écrivait dans son journal que des considérations sur la météorologie, les messes et quelques divertissements. Nulle mention ne laisse entendre un quelconque attachement à sa jeune belle-sœur. Wolfgang Mozart s'amusera souvent à écrire des âneries dans le journal de sa sœur, afin de briser un peu le caractère froid et solennel de cet exercice quotidien.

28. *Duos pour violon et alto* écrits durant la maladie de Michael Haydn : K. 423 et K. 424.

29. De nombreuses biographies octroient à Nannerl cette terrible phrase : « *Mon frère avait épousé contre l'avis de notre père une jeune fille qui ne lui convenait pas* ». Il semble que cette expression ait été ajoutée et modifiée par Friedrich Schlichtegroll, dans le nécrologe qu'il écrivit, et ne soit nullement de la main de Nannerl. (Voir *Correspondance*, Geneviève Geffray, volume VI, lettre 786, annotation n° 121. Egalement *Nécrologe* de Schlichtegroll, Editions Centre interdisciplinaire d'études et de recherches sur l'expression contemporaine.)

30. Journal de Nannerl, 28 août 1783.

31. Le chien des Mozart, Pimperl était un fox-terrier. Il comptait parmi les membres importants de cette famille, au point d'être

représenté sur une cible de tir à carreaux, faisant le beau devant Nannerl (vêtue et coiffée bourgeoisement) assise au piano ; il aimait priser le tabac espagnol.

32. Nissen, dans sa biographie, raconte en quelques mots la déception de Mozart et la certitude qu'il eut des mauvaises intentions de son père et de sa sœur. A partir de ce jour, il semble qu'il limita ses échanges verbaux et écrits à la stricte nécessité polie.

33. Constanze chanta effectivement la partie soprano de cette *Messe en ut mineur* K. 427, le 26 octobre, jour de la Saint-Amand. Cf. n° 137.

34. Lettre à son père, n° 527.

35. *Linz Symphonie* K. 425, écrite réellement en quatre jours, juste avant la date du concert.

36. Ce dessin a véritablement existé, car plusieurs personnes l'ont vu ; il est malheureusement perdu. Sa dédicace portait semble-t-il la faute « *pour sa épouse* » au lieu de « *pour son* épouse ». Il est à noter que pour un étranger, le mot « épouse » est féminin, et doit logiquement être accompagné d'un pronom féminin. Les bizarreries de la langue française ont peu souvent piégé Mozart, mais l'époque troublée de sa vie constitue aussi une excuse.

37. Lettre à son père, n° 528.

38. Note de Geneviève Geffray dans les *Correspondance* de Mozart : il semble que les grossesses répétées aient ébranlé la santé d'Aloisia Lange et l'empereur l'autorisa à partir en tournée avec son mari. Elle souffrait de dépression nerveuse.

1784

1. Constanze Mozart dira à Nissen, son second mari, que Wolfgang mettait moins de temps à réécrire une œuvre qu'à la chercher dans ses piles de papiers en désordre.

2. *Concerto pour piano* K. 449, destiné à son élève Babette Ployer.

3. *Praenumerotation* signifie souscription.

4. Tonkünstler-Societät, fameuse Société des veuves et orphelins des musiciens viennois, dont Mozart ne fera jamais partie, faute d'avoir pu fournir son certificat de baptême, puisqu'il semble que Leopold ne lui ait jamais envoyé, malgré ses demandes déguisées par des raisons amusantes.

5. Lettre à son père, n° 533.

6. *Concerto en mi bémol majeur* K. 449.

7. Lettre à son père, à la suite de la liste des 174 souscripteurs, n° 534.

8. La liste exacte des souscripteurs, numérotée et expliquée, se trouve dans les notes relatives à la *Correspondance Mozart* n° 534, sur 14 pages. Cette étude en pourcentages se fonde sur les travaux de Heinz Schuler réalisés en 1983 et 1990. (Note de Geneviève Geffray.)

9. Constanze fait ici allusion à la franc-maçonnerie.

10. Concertos qui *mettent en nage* : K. 451, K. 453, K. 449. Lettre à son père, n° 542.

11. Lettre à son père, n° 544 : « *Le futur héritier ne laisse pas Constance tranquille, elle ne peut tenir assise longtemps.* » Wolfgang Mozart tente de faire gentiment participer son père à ses attentes de jeune père, mais il comprendra un jour que celui qu'on nomme « l'héritier » de la famille ne sera jamais son enfant, mais celui de sa sœur Nannerl, pourtant cadet de son cousin.

12. Lettre à son père, n° 541 : « Je fais tout copier chez moi, et en ma présence. »

13. Deux branches de muguet, 1 kreutzer, noté dans le deuxième cahier de Mozart en mai 1784, ainsi que l'achat d'un étourneau dont il notera le chant, suivi de l'appréciation « *Que c'était beau !* ».

14. Mozart emploie dans sa correspondance le terme « couillonner » notamment dans les explications sur le livret de *L'Oie du Caire*. Le terme que l'on retrouve dans sa version originale est « *cujoniren* ».

15. Lettre à son père, n° 542.

16. Le mot « concept » est écrit tel quel dans la lettre n° 542.

17. Notes de Geneviève Geffray. Notes de la lettre n° 542, page 313, paragraphe 11.

18. Saint-Gilgen, lieu de naissance de Madame Mozart, née Pertl. La sœur de Mozart se retrouve donc dans le village natal de sa mère, et dans sa maison également, car le père de Madame Mozart exerçait la même profession que l'époux de Nannerl.

19. Mozart écrivit à sa sœur la lettre n° 545, dans laquelle il suggère que son père aille vivre à Saint-Gilgen ou à Vienne, suivie d'une affectueuse poésie en l'honneur de son mariage prochain.

La version de Constanze, écrite par Nissen, son second mari, dans sa biographie de Mozart est un peu différente :

> « Tu apprendras du nouveau dans le mariage
> Pour moi, tot était autrefois mystère,
> Que de choses, j'ai appris par l'expérience,
> Comment Eve s'y prit, étant au Paradis,
> Et comment Caïn fut mis au monde.
> De l'hyménée, les devoirs importants,
> Tu les rempliras joyeusement…
> Ils ne sont pas difficiles, crois-moi,
> Mais ils ont un bon et un mauvais côté.
> Au milieu des joies que l'on éprouve
> Il y a des souffrances et des mécomptes,
> Quand ton seigneur et maître sera en courroux
> Contre toi, malgré ton innocence,
> Sois gentille et dis avec le prophète,
> Seigneur, que ta volonté soit faite ! »

20. Contrairement aux affirmations des Massin dans leur biographie, Mozart ne peut avoir contracté son infection le 24 août au théâtre, car il n'y eut pas de représentation ce soir-là au Burgtheater. Mozart se rendit à cette représentation au Burgtheater début septembre, certainement le 6. Il restera très souffrant durant quatre jours, puis reprendra progressivement ses activités. Par ailleurs, dans sa biographie écrite avec Constanze et publiée en 1828, Nissen relate cette maladie en la situant, d'après la mémoire de Constanze, au mois de septembre. Geneviève Geffray dans sa traduction des correspondances pense que Mozart resta malade trois semaines. Il reprit sa correspondance avec son père un peu avant le 14 septembre, ce qui laisse supposer qu'il reprit également ses activités. Il semble peu probable que Constanze se soit trompée sur cette maladie, car sa grossesse parvenant à son terme, on imagine parfaitement la « tuile » que représentait la maladie de Mozart, pour une femme épuisée, prête à accoucher et comptant sur le soutien de son mari pour ses couches. L'inquiétude de cette période a certainement marqué Constanze au point qu'elle s'en souvienne des années plus tard.

21. Terme assez grossier par lequel la famille Mozart désignait sa domestique, peut-être en rapport avec une œuvre humoristique de Goethe, *Le Mariage de Hanswurst* où l'un des personnages est « Ursula au trou froid »…

22. *Baron de la queue de cochon* : une des signatures humoristiques de Mozart.

23. *Sonate en ut mineur K. 457*, effectivement dédiée à Theresa von Trattner, après que Wolfgang et Constanze ont déménagé de sa prestigieuse demeure. Les musicologues avertis semblent nombreux à entendre dans cette sonate un message d'adieu et toute la désolation d'une rupture forcée. L'auteur émet un doute cependant, quant à l'idée d'une rupture, alors que Wolfgang, toujours très amoureux de sa femme, attendit son deuxième enfant en passant tout l'été auprès de son épouse.

24. Le muguet est une affection buccale qui touchait fréquemment les nourrissons, causée par les *Candida albicans*.

25. N'oublions pas que dans *La Flûte enchantée*, c'est Pamina qui guide Tamino dans le temple où il sera initié, tenant dans sa main la flûte magique. Il est aisé d'imaginer que Mozart ait regretté l'absence de sa femme lors de son initiation, et qu'il lui ait confié quelques impressions après cette cérémonie déstabilisante. Rappelons-nous les paroles de Tamino : « *Une femme que n'effraient ni la nuit ni la mort mérite d'être initiée.* » De plus, il semble qu'il ait eu le sérieux projet d'ouvrir une loge accessible aux femmes, sous le nom de *Grotta*.

1785

1. Lorsqu'il rendra visite à son fils et à sa belle-fille, en février 1785, Leopold Mozart écrira à Nannerl la ressemblance frappante entre le petit Carl et son père.

2. Cf. note 25, année 1784.

3. D'après l'inventaire *post mortem* réalisé au domicile de Mozart, une importante quantité de bibelots en porcelaine était compté, soixante d'après l'huissier.

4. Les passages au degré supérieur semblent avoir été plus rapides au xviiie siècle en Autriche et en Allemagne que de nos jours. Il n'apparaît nulle part que Mozart ait bénéficié d'un quelconque raccourci pour les passages au deuxième et troisième degré de la maçonnerie. Aujourd'hui, dans une loge comparable à celle de Mozart, travaillant au REAA, il faudrait compter une moyenne de trois à quatre ans pour la même progression.

Depuis 1781, un décret impérial interdit à « toute association spirituelle de dépendre d'un organisme étranger, ou de verser des fonds à un organisme autre que la monarchie ». Trois ans plus tard, les francs-maçons créent la Grande Loge d'Autriche, comprenant au moins 62 loges réparties entre 7 provinces. La loge de Saint-Jean, *A l'espérance couronnée*, à laquelle Mozart adhèrera jusqu'à son dernier souffle, ouvrit ses portes en janvier 1786, à la suite de la fusion de plusieurs loges viennoises.

H.-C. Robbins Landon, dans son ouvrage *Mozart et les francs-maçons*, démontre la présence de Mozart dans cet atelier, au grade de maître, au numéro 56 (par ordre alphabétique des patronymes).

5. Janvier 1785 : Mozart termine le *Quatuor à cordes en la majeur* K. 464 et quatre jours plus tard, son *Quatuor en la mineur* K. 465 (quatuor des dissonances).

6. Lettre de Leopold Mozart à sa fille Nannerl, écrite depuis le logement de son fils à Vienne, n° 571.

7. K. 466, que son père trouve absolument admirable.

8. Haydn prononça ces mots, que l'on connaît grâce au compte rendu minutieux que Leopold écrivit à sa fille Nannerl, depuis Vienne. Lettre n° 571. Ce que Leopold taisait à sa fille est la raison de cette réception musicale chez Mozart : la veille, Haydn avait été initié au grade d'apprenti à la loge *A la vraie concorde*. Il restera d'ailleurs apprenti toute sa vie, ce qui laisse supposer une faible fréquentation de sa loge par la suite.

9. Dans une lettre à sa fille, Leopold raconte son refroidissement et comment sa belle-fille a fait appeler secrètement le médecin. Mais cela ne l'empêche pas de continuer à la détester cordialement. La froide condescendance de Leopold Mozart trouvera toujours un écho, voire même un amplificateur, auprès de Nannerl.

10. Caecilia Weber n'habitait déjà plus à l'Œil de Dieu, mais Kärtnerstrasse.

11. *Faire le vitriol* : séparer le pur et l'impur de la matière philosophale. Il n'y a rien de surprenant à ce que Constanze emploie ces mots, car elle est épouse de franc-maçon et envisage d'être initiée elle aussi, dès que cela sera possible, dans une loge mixte ou féminine. De plus, les travaux des loges font régulièrement l'objet de publications accessibles aux profanes intéressés ou *familiarisés* avec le langage maçonnique.

12. Leopold Mozart écrivit à sa fille qu'il était persuadé que son fils possédait au moins 2 000 florins à mettre en banque. C'est sans doute la raison pour laquelle il estimait devoir laisser son fils payer pour lui (en retour aussi des dépenses jadis faites pour son éducation, peut-être). Leopold se trompait ; quelques semaines plus tard, Mozart devra commencer à emprunter de l'argent à son éditeur de Vienne, Hoffmeister.

13. Leopold Mozart surnomma *Prince des Asturies* le fils de Nannerl seulement après sa naissance. Ce terme destiné à l'héritier du trône d'Espagne, prouve que Leopold Mozart voyait l'enfant de Nannerl comme seul digne héritier de la famille.

14. Leopold Mozart partit le 25 avril de Vienne. Trois jours avant son départ, il passe au grade de maître dans sa loge. Il aura certainement attendu cet événement pour quitter Vienne, et non pas une météorologie plus clémente ; toutefois, n'ayant pas révélé à sa fille son appartenance à la franc-maçonnerie, il ne peut lui écrire les raisons véritables des prolongations de son séjour à Vienne. De plus, à supposer que Leopold se trouve à son aise chez son fils, au point de souhaiter y rester plus que prévu, on voit mal comment cela serait avouable à Nannerl, qui a tendance à prendre toutes les attentions envers son frère pour de la haute trahison.

15. La lecture des *Mémoires* de Da Ponte montre clairement que c'est bien Mozart qui choisit le thème des *Noces de Figaro*. En revanche, c'est son complice Da Ponte qui fut chargé de négocier avec diplomatie l'accord de l'empereur pour jouer l'opéra. « *Wolfgang Mozart, quoique doué par la nature d'un génie musical supérieur peut-être à tous les compositeurs du monde passé, présent et futur, n'avait encore jamais pu faire éclater son divin génie à Vienne, par suite des cabales de ses ennemis ; il y demeurait obscur et méconnu, semblable à une pierre précieuse, qui, enfouie dans les entrailles de la terre, y dérobe le secret de sa splendeur. (…) Je compris facilement que l'immensité du génie de Mozart exigeait un sujet de drame vaste, multiforme et sublime. Causant un jour avec lui, il me demanda si je pourrais mettre en opéra la comédie de Beaumarchais intitulée* Le Mariage de Figaro. »

16. Toutes les lettres entre Leopold et Wolfgang de cette période ont été détruites. Il semble certain qu'elles possédaient un caractère secret, en rapport avec leurs nouvelles préoccupations.

17. On retrouve fréquemment ces symboles sur les bijoux et accessoires de dames ; ils représentent la fidélité, la foi et l'amour. Un anneau semblable, ayant appartenu à Nannerl, se trouve exposé à Salzbourg.

18. De ce mariage, naîtra en 1786 Carl Maria von Weber, futur compositeur de grand talent. Ses opéras assureront la transition entre le *Singspiel* mozartien et le *romantisme* wagnérien. Ses œuvres sont jouées aujourd'hui dans les plus prestigieuses salles du monde.

19. *Cahier d'études pour Attwood* (K. 506a), qui permet de bien comprendre les méthodes d'enseignement de Mozart.

20. Lettre de Leopold à sa fille Nannerl, n° 596.

21. *Ouvertures* signifie selles. Constanze se lamente ici qu'on s'intéresse plus aux selles du fils de Nannerl (considéré par Leopold comme le seul héritier de la famille) qu'aux progrès de son fils, premier petit-fils Mozart.

1786

1. *Concerto pour piano* K. 488.

2. Lettre à son père n° 622, dont il manque le début. La lettre existante retrace l'ensemble des charades et devinettes que Mozart distribua sous son déguisement ce soir-là.

3. Souvenirs de O'Kelly, extraits de Jean et Brigitte Massin.

4. Tous les détails concernant les répétitions des *Nozze di Figaro* sont prélevés dans la biographie des Massin et dans la correspondance de Leopold Mozart à sa fille.

5. La comédie dont l'opéra est issu est de Beaumarchais, *Le Mariage de Figaro*, alors jugée scandaleuse et même interdite.

6. L'élève pensionnaire de Mozart, Johann Nepomuk Hummel deviendra par la suite un ami de Beethoven.

7. Propos recueillis par Rochlitz.

8. *Correspondance Mozart*, volume VII, année 1786, Geneviève Geffray.

9. Lettre n° 646 de Leopold à Nannerl. La lettre est parvenue à Nannerl depuis Salzbourg. L'interception du courrier par erreur à Vienne est fictive.

10. Contrairement à ce qui est écrit dans la biographie des Massin, le troisième enfant du couple Mozart est né le 18 octobre et non pas le 16. L'enfant fut baptisé (ou rené) le même jour à la cathédrale Saint-Etienne de Vienne.

11. Air n° 6 de Chérubin, des *Noces de Figaro*.

12. Récitatif de la scène 5 des *Noces de Figaro*, modifié pour Constanze par l'auteur.

13. Extrait des *Noces de Figaro*, scène 15.

14. Les dates correspondent parfaitement, et Leopold écrivit son refus hargneux à Wolfgang pendant l'enterrement du bébé.

15. *Assa foetidia* : ancien nom du benjoin, gomme possédant une odeur fétide. L'autre nom était parfois « merde du diable », (Littré).

16. Tous les passages en caractère gras sont issus d'une lettre adressée à Nannerl, dans laquelle Leopold explique de quelle façon il refuse la demande de Wolfgang. Cette lettre montre aussi la complicité entre Leopold et sa fille, au détriment de Wolfgang ; alors qu'il élève à temps plein l'enfant de Nannerl, Leopold refuse de garder quelques semaines ceux de Wolfgang, pour de sordides raisons financières. Nannerl ne manqua certainement pas de savourer ces avantages ; entre son époux, que Leopold appelle « mon fils » et son enfant « Prince des Asturies », il reste peu d'affection paternelle disponible pour Wolfgang, sa femme et son fils.

1787

1. Carl Maria von Weber, né en 1786, est le cousin germain de Constanze et deviendra un grand compositeur. Voir note 18, année 1785.

2. Contrairement à ce que disent les Massin, Constanze, Wolfgang, Joseph et Hofer prirent la route de Prague le 8 janvier et non pas le 9. Ils rendirent visite au cousin de Constanze, Edmund Weber ; Wolfgang écrivit un mot affectueux dans son livre d'or, quelques minutes avant le départ : « *Soyez appliqué – fuyez l'oisiveté – et n'oubliez jamais votre cousin qui vous aime de tout cœur Wolfgang Amadé Mozart (suivi des 3 points maçonniques), Vienne le 8 janvier 1787, le matin à 5 heures, avant le départ.* »

3. *Vie de W.A. Mozart*, par Franz Xaver Niemetschek.

4. *A la Vérité* et *A la Concorde* de Prague.

5. Mozart ne supportait pas le moindre bruit lorsqu'il jouait de la musique et observait, habituellement, le même silence lorsqu'il était auditeur. Ce soir-là, il ne fait que bavarder et manque une bonne partie de l'opéra, au point de n'en pouvoir donner son avis.

6. D'après les Massin et d'autres biographes, Mozart aurait été pressé de revenir à Vienne car il était amoureux de Nancy Storace. Les récents événements pénibles de sa vie privée laissent peu de temps et de disponibilité d'esprit pour tromper Constanze. De plus, il fait souvent allusion à elle dans ses lettres et ne néglige jamais de la mentionner. Un *faible* ne saurait être comparé à une *liaison*, comme le suggèrent bien des auteurs, sans aucune preuve.

7. La formule entre parenthèse *(si nous partons finalement à Londres)* est rajoutée par l'auteur, afin de faciliter la compréhension des regrets de Mozart. Même si Leopold refuse de garder le

jeune Carl, âgé maintenant de deux ans et demi, Mozart n'abandonne pas son idée de s'installer à Londres pour gagner sa vie. Projet qui n'aboutira cependant jamais.

8. La mention entre parenthèses (*Quel blagueur je fais!*) est ajoutée par l'auteur, car Mozart n'envisageait pas de rentrer à Vienne si tôt, puisqu'il venait quelques lignes plus haut d'annoncer ses académies futures à Prague.

9. *Mozart*, A. Oulibicheff, Editions Séguier, chapitre XVII, cite le témoignage d'un contemporain de Mozart, rapporté par Stiepanek en 1825. Stiepanek est l'auteur d'une traduction de *Don Giovanni* en langue bohémienne.

10. Niemetschek connut Mozart, écrivit sa biographie et surtout, s'occupa de l'éducation et de l'instruction de son fils Carl à sa mort, aidé de la famille Duschek. Né le 27 juillet 1766 à Saczkà en Bohême, il est bon pianiste et honnête compositeur, auteur de cantates. Il se prend de passion pour Mozart en fréquentant la faculté de philosophie en 1783, et entend *L'Enlèvement au sérail* à Prague. Devenu docteur en philosophie, il se voit confier l'enseignement de la philosophie pratique à l'université. Il crée également un institut de sourds-muets (avec sa loge maçonnique) et se voit nommé citoyen d'honneur de la ville de Prague. Il meurt à quatre-vingt-deux ans à Vienne.

11. *Dictionnaire Mozart*, de H.-C. Robbins Landon.

12. Il semble que Mozart ait confié une lettre pour son père à O'Kelly, au moment de son départ avec Nancy Storace. Le 4 avril suivant, Mozart écrit à son père : « *Je suis très contrarié que, par la bêtise de la Storace ma lettre ne vous soit parvenue.* » Certains biographes pensent qu'il s'agit ici d'une critique de la mère de Nancy Storace. Pourtant, c'est bien au compagnon de voyage de Nancy qu'il remit sa lettre. Quoi qu'il en soit, si Mozart avait été amoureux de Nancy Storace, il paraît peu probable qu'il ait parlé de sa mère de cette façon, ou bien de Nancy elle-même. Toutefois, Mozart correspondit avec Nancy Storace toute sa vie durant ; elle considérait ses lettres comme son bien le plus précieux et les détruisit quelque temps avant sa mort, vingt-six ans après le décès de Mozart. Il est indéniable que Mozart écrivit de nombreux airs mélancoliques pour ses amis, hommes ou femmes, selon son inspiration, qui était rarement, nous le savons, entravée par ses sentiments personnels ou les événements vécus au moment de la composition. Une fois encore, que Mozart ait eu un *faible* pour Nancy Storace ne constitue pas une preuve de liaison adultère. Les lettres qu'il écrivait à sa femme sont d'une tendresse très

exprimée ; rappelons-nous que Mozart ne supporte pas la fausseté ni les intrigues, qu'il aime sa femme et se préoccupe de respecter les principes religieux et maçonniques auxquels il adhère. Que Nancy Storace ait refusé de livrer ses lettres à la connaissance publique peut avoir au moins une explication : au moment où Constanze rassemblait les documents concernant son défunt mari, les loges maçonniques étaient devenues franchement interdites ; Nancy Storace, résidant en Angleterre (où la franc-maçonnerie trouve son berceau et une certaine puissance), on peut supposer que, intéressée par le projet *Grotta* de Mozart, elle se soit occupée de fournir des éléments, ou qu'elle ait envisagé d'être initiée à Londres.

13. Nous savons que le petit Carl fut placé dans cette pension, dont le résultat ne donna pas satisfaction aux époux Mozart, cependant rien ne permet d'affirmer que l'enfant fréquenta cet établissement dès cette année.

14. Lettre à son père, n° 695. Les allusions à la franc-maçonnerie sont très nombreuses dans cette lettre, et ce sont ces principes mêmes qui permettent à Mozart d'annoncer la mort comme un refuge paisible. De plus l'époque n'entretenait nulle-ment le culte des morts.

15. Contrairement aux affirmations des Massin, Beethoven n'a pas quitté Vienne à cause des leçons de Mozart données en jouant au billard ou arrosées de punch, causant la déception du futur grand compositeur. Le 20 avril, il doit quitter Vienne, après avoir appris la gravité de l'état de santé de sa mère ; il ne reviendra à Vienne qu'un an après la mort de Mozart. La correspondance de Beethoven retracerait sans doute cet épisode important de sa vie, si le contact entre les deux hommes s'était avéré aussi déplorable que certains le prétendent. De plus, Beethoven était officiellement envoyé à Vienne par l'électeur Max-Franz et il semble peu proba-ble que, par un mouvement d'humeur, le jeune homme de seize ans ait bravé les ordres de ses employeurs. Si toutefois on accepte l'idée d'une dispute entre les deux musiciens, rien n'explique que le plus jeune quitte la ville et ne revienne qu'un an après la mort de Mozart. S'ils s'étaient querellés, tout au plus Beethoven aurait-il cessé de voir Mozart. L'hypothèse des Massin à ce sujet ne peut pas être sérieusement retenue.

16. Ouvertures signifie selles. Leopold Mozart, homme de son époque, se fiait beaucoup à l'aspect de ses selles pour diagnosti-quer son état de santé ; il aimait également les plaisanteries scato-

logiques. Rappelons-nous les lettres de l'électrice de Hanovre adressées à la duchesse d'Orléans : « *Vous avez la liberté de chier partout quand l'envie vous en prend, vous n'avez d'égards pour personne ; le plaisir que l'on trouve en chiant vous chatouille si fort, que sans égard du lieu où vous vous trouvez, vous chiez dans les rues, vous chiez dans les allées, vous chiez dans les places publiques, vous chiez devant la porte d'autrui sans vous mettre en peine, le plaisir est moins honteux pour celui qui chie qu'à celui qui le regarde chier.* » Quelques biographes ont prétendu déceler chez Mozart les symptômes de la maladie de Tourette (incoordination motrice accompagnée de gros mots et de tics nerveux), mais rien dans les témoignages de ses contemporains ne donne la moindre indication à ce sujet ; si Mozart était atteint de cette maladie, il faut alors remettre en question la santé mentale de tous les individus ayant vécu à cette époque richement scatologique !

17. La succession de Leopold Mozart figure dans la *Correspondance de Mozart*, Flammarion, note de la lettre n° 700.

18. Mozart nota sur son cahier la mélodie que siffla son oiseau, avec la mention « *Que c'était beau !* » Il utilisa ensuite ce thème dans son *Concerto pour piano en sol majeur* K. 453.

19. La vérité ne doit pas s'éloigner de cette version, si l'on se souvient qu'à la suite du décès de Wolfgang Mozart, Nannerl confie son sentiment en lisant la première biographie écrite sur son frère par Niemetschek, en 1800, par ces mots : « *La biographie de M. Niemetschek a réveillé les sentiments de sœur que j'ai conservés envers mon frère chéri, à tel point que j'ai fondu en larmes, car je n'ai appris qu'aujourd'hui dans quelle situation mon frère se trouvait.* » Si cette biographie a « *réveillé* » des sentiments, cela montre bien qu'ils étaient « *endormis* » depuis fort longtemps, hélas. Si Nannerl s'était souciée des difficultés de son frère chéri, elle n'aurait pas attendu neuf ans pour les apprendre de la plume d'un étranger.

20. *Plaisanterie musicale* K. 522, et *Petite Musique de nuit* K. 525.

21. De Lorenzo Da Ponte, pages 153-154, Mercure de France.

22. Propos rapportés par Rochlitz en 1815. On trouvera d'autres anecdotes notées dans *Mozart raconté par ceux qui l'ont vu* de Prod'homme, notamment tout un chapitre comprenant les souvenirs de Rochlitz, à propos des compositions de Mozart qui lui *tombaient de la manche*.

23. Souvenirs de Carl Mozart.

24. Ces vers ont été écrits par Mozart au moins à deux reprises : une fois à la petite cousine la « Bäsle » et une autre fois dans
le journal intime de Nannerl à Salzbourg. Ils proviennent d'un
livre de comptines allemand. Le terme *Hupsasa* ou *Hopsasa* sera
chanté par Papageno dans son opéra *Die Zauberflöte*. La traduction en français pourrait être *Houpla !* ou *Hop là !*

25. *Souvenirs de Constanze Mozart*, écrits par Nissen (second
époux de Constanze) dans sa biographie de Mozart.

26. La vente eut lieu en septembre 1787. L'extrait est traduit
dans la *Correspondance de Mozart*, volume VII.

27. Déclaration que nota Mozart sur un reçu de son salaire.
Contrairement à ce que de nombreuses biographies annoncent,
Mozart n'a pas remplacé Gluck après sa mort ; le poste de compositeur de la Chambre fut créé à l'intention de Mozart et les salaires
des deux compositeurs n'étaient aucunement comparables, pas
plus que leurs charges respectives. 800 florins (environ 12 000
euros) constituaient un salaire honorable. Geneviève Geffray,
conservateur en chef à la Fondation Mozarteum de Salzbourg,
nous communique les éléments de comparaison suivants : en 1783,
le directeur de l'hôpital de Vienne gagnait 3 000 florins par an,
son premier chirurgien 800, un musicien entre 200 et 800, un
professeur d'université 300, un maître d'école 22, et la domestique que Mozart souhaite renvoyer en 1784 (Liserl Schwemmer)
gagne 12 florins par an.

1788

1. *Mémoires* de Lorenzo Da Ponte, Mercure de France.

2. Depuis son retour de Prague, on peut compter de nombreu-
ses danses allemandes et contredanses pour la Hofburg, le
Concerto pour piano en ré majeur (*Concerto du Couronnement*)
K. 537, l'air « *Ah se in ciel, benigne stelle* », pour Aloisia Lange,
K538.

1789

1. Toutes les lettres de Mozart qui suivent sont issues du
volume V de la *Correspondance de Mozart*, Flammarion, Gene-

viève Geffray. Presque toutes les lettres de Constance ont été détruites par ses soins ou perdues, mais nous connaissons les dates auxquelles elle écrivit à son mari par la liste détaillée dans une lettre de Wolfgang. Les dates des lettres abstraites de Constance tiennent compte ici des dates réelles.

2. Le comte Walsegg-Stuppach est le commanditaire du futur *Requiem*, qu'il voulait faire jouer pour l'anniversaire de la mort de sa femme, en faisant passer l'œuvre pour sienne.

3. Jean et Brigitte Massin ont noté bon nombre de fois, dans leur biographie, combien Mozart semblait ne pas être amoureux de sa femme et comme son unique amour restait à jamais Aloisia. Il paraît impossible que Mozart écrive à Constance de cette façon sans éprouver de très forts sentiments amoureux. De plus, concernant sa fidélité, on imagine mal Wolfgang batifoler avec la Duschek et signant le soir même une lettre « *ton mari très fidèle* ». A moins d'être particulièrement doué pour la fausseté, ce qui, rappelons-le, fait horreur à Mozart. Les lettres démontrent aussi parfaitement que Mozart partage sa passion de la musique avec sa femme ; il ne manque jamais de lui mentionner quelle composition il a joué, quel chanteur se trouve à tel endroit, etc. On imagine mal un époux sensible et attentionné noircir des pages de mentions auxquelles son épouse ne comprend rien. La complicité, la compréhension, et l'amour sont indéniables dans ce couple, malgré toutes leurs difficultés.

4. Les jeux de mots que Mozart fait avec le nom de Seydelmann sont évocateurs du penchant de ce musicien pour la bouteille. Ainsi, le mot *blutzer* est le mot viennois pour dire « cruchon » et *seidel* signifie mesure de 0,35 litre de bière. En France, les mesures usuelles sont un peu différentes : – litron : 0,78 l ; pinte : 0,93 l ; chopine : 0,50 l ; canon : 0,12 l.

5. Mozart écrivit à Constance en français ; il serait temps de cesser de la peindre sotte, glaciale, inculte, calculatrice et sournoise. On remarquera qu'ils échangeaient des commentaires à propos de technique d'écriture musicale, d'interprétation, de chant, ou de la vie ordinaire, le tout en plusieurs langues. Wolfgang Mozart était-il aveugle au point d'épouser une idiote, et continuer, malgré cela, à lui faire partager ses préoccupations d'artiste ?

6. Mozart ne put refuser de prêter cent florins au prince Lichnowsky, car il avait une dette envers lui. C'est ce même prince qui fera un procès à Mozart, et obtiendra sa condamnation ; il devra

verser la moitié de son salaire mensuel en remboursement de sa dette. Cependant, lorsque Mozart meurt, le prince ne fera jamais valoir sa dette auprès de Constanze. Si Mozart avait été contraint à rembourser cette dette selon les modalités de sa condamnation, il lui aurait fallu trois ans et demi.

7. Anecdote racontée par Sophie Haibl. Biographie de Nissen et *Mozart raconté par ceux qui l'ont vu* de Prod'homme. Constanze souffrait d'ulcères variqueux qui s'étaient perforés et la faisaient atrocement souffrir. Elle était également enceinte.

8. Il semble qu'une salle d'académie ait porté ce nom à Berlin, puisque le jeune Hummel y fit sensation. Après la mort de Mozart, Hummel deviendra l'un des professeurs du second fils Mozart (Franz Xaver Wolfgang). Selon les indications de Geneviève Geffray, la Salle de Corse (Corsikascher Konzertsaal) se nomme ainsi parce qu'elle appartient à un Monsieur Corsika. Dans le journal *Spenersche Zeitung* de Berlin, on peut lire en date du 21 mai 1789 : « *Sonnabends den 23. May wird sich in einem wohlbesetzten Koncerte im Corsikaschen Koncertsaale ein zehnjähriger Virtuose, Mons. Hummel aus Wien, auf dem Fortepiano hören lassen. Er ist ein Schüler des berühmten Herrn Mozart und übertrifft an Fertigkeit, Sicherheit und Delikatesse alle Erwartung. Die Person zahlet 16 Gr. Billette sind bey Herrn Corsika, bei Herrn Toussaint in der Poststrasse im goldnen Adler und beym Eingang zu haben. Der Anfang ist um 4 Uhr.* » (« Samedi 23 mai, un jeune virtuose de 10 ans, M. Hummel de Vienne, se fera entendre au pianoforte dans la salle de concert Corsika dans un concert à la distribution brillante. C'est un élève du célèbre Monsieur Mozart et il dépasse toute attente en agilité, sûreté et délicatesse. On paiera 16 Gr. par personne, les billets peuvent être retirés chez Monsieur Corsika, Monsieur Toussaint, etc. ») (MozDok pp. 303/304).

9. *Electuaire* : remède sirupeux, qui porte le nom d'*opiat* lorsqu'il contient de l'opium.

10. Lettre de Mozart à sa femme à Baden ; les noms des personnes concernées sont devenus illisibles par les ratures de Nissen, second mari de Constanze Mozart. Lettre n° 730. *Correspondance*, Flammarion. De nombreux biographes ont accusé Constanze d'infidélité, à cause de cette lettre. On peut toutefois considérer que si Constanze avait eu la moindre liaison adultère à se reprocher, elle n'aurait pas donné cette lettre à son second mari pour établir la biographie de Mozart, mais l'aurait vraisemblablement détruite, comme ce fut le cas pour toutes les

lettres contenant des mentions relatives à la franc-maçonnerie. Une femme qui se conduit de façon contestable ne laisse pas de telles traces signer son acte ; sachant combien Constanze sut organiser la succession de Mozart en ne laissant rien au hasard, la thèse de l'infidélité ne tient pas, du moins d'après cette lettre.

1790

1. C'est dans ce dernier appartement que Mozart mourra.

2. Lettre de Mozart à Puchberg, n° 739.

3. La similitude entre les noms de Franz de Paula Hofer et Franz de Paula Roser a parfois conduit quelques biographes dans la confusion entre l'élève de Mozart et son beau-frère, époux de Josepha Weber.

4. Lettre à Puchberg, n° 739 : « *J'ai maintenant 2 élèves, mais aimerais aller jusqu'à 8. Tâchez de faire savoir que j'accepte des leçons.* »

5. Mozart adorait appeler sa femme par ces petits surnoms affectueux ou drôles.

6. Haydn fut officiellement convié au couronnement, malgré son appartenance à la franc-maçonnerie ; cela dit, il cessa de fréquenter sa loge très rapidement, gêné dans sa foi chrétienne, bien que sa loge comptait parmi ses maîtres plusieurs membres du clergé. Notons également que les œuvres musicales de Haydn n'ont jamais malmené l'ordre établi ni soutenu un mouvement de révolte.

7. *Snaï* : genre d'onomatopée absolument intraduisible, à connotation plutôt gaie, que Wolfgang Mozart écrivait souvent à sa femme, et parfois en guise de surnom donné à son futur disciple Süssmayr. Personne n'était à l'abri d'un surnom affectueusement moqueur de sa part.

8. On sait que Mozart portait un habit « brume ou Brune de marine brodé » d'après un témoignage du comte Bentheim dans son journal personnel. Pour l'inventaire de tous les vêtements de Mozart, voir en fin d'ouvrage, d'après l'inventaire de sa succession : H.-C. Robbins Landon, *1791, la dernière année de Mozart*, Editions J.-C. Lattès. Et *Correspondance*, Flammarion, Geneviève Geffray.

9. Mozart envisageait d'ouvrir une loge maçonnique dans laquelle les femmes pouvaient être initiées. Cette loge devait porter le nom de « *Grotta* », la Grotte. Hautement symbolique aux

yeux de Mozart et de ses frères de loge, la grotte peut rappeler la notion de privation et de néant, mais aussi la fertilité et la spiritualité, ouvrant son intérieur vers l'extérieur, ce dernier ouvert à l'*Autre*. Rappelons-nous ce qu'il fait dire à Tamino dans *La Flûte Enchantée* : « *Une femme que n'effraient ni la nuit ni la mort mérite d'être initiée.* » Malheureusement, toutes les lettres concernant ce projet ont été détruites par Constanze, excepté une, dans laquelle elle ne mentionne que le nom de *Grotta* et invite son correspondant à chercher ses renseignements auprès d'un ami et frère, dont elle suppose déjà le refus de s'étendre sur le sujet. Mozart savait que la franc-maçonnerie française pratiquait une sorte de cérémonie spéciale pour l'initiation des femmes, dite aussi « adoption », depuis 1744, et souhaitait plaider l'égalité entre hommes et femmes de façon plus révolutionnaire que Rousseau. Ce sujet agitait violemment la franc-maçonnerie allemande et autrichienne.

10. Le comte Joseph Deym, alias Müller, réalisera le masque mortuaire de Mozart ; il épousera en 1799 Joséphine von Brunsvik, « *l'immortelle bien aimée* » de Ludwig van Beethoven.

11. L'entrée solennelle de Leopold II avec toute sa suite.

12. Détails concernant l'intérieur de Mozart et les éléments sur la mode : *1791, la dernière année de Mozart* de H.-C. Robbins Landon.

13. Joseph Deiner raconta dans ses souvenirs qu'un jour de 1791, il rendait visite à Mozart ; il le trouva en train de danser avec Constanze, pour se réchauffer car ils n'avaient ni chauffage ni argent pour le bois. Deiner partit et revint avec une grosse bûche. Il serait plaisant d'imaginer le couple dansant la carmagnole dans son salon, mais la danse ne devint à la mode qu'en 1793.

14. Haydn gagnera 2 400 livres sterling en un an, soit environ l'équivalent de 76 200 euros.

15. Mozart et sa sœur Nannerl n'eurent plus aucun contact à partir de 1788. Après la mort de son frère, Nannerl soutiendra qu'elle était loin d'imaginer ses soucis et que la tristesse de cette annonce avait « réveillé » ses sentiments fraternels. Lorsque des biographes ainsi qu'un nécrologue lui demanderont des détails concernant son frère, elle répondra : « *Vous devrez vous renseigner à Vienne.* »

16. La dernière année de sa vie, Mozart écrivit à sa femme en cure à Baden qu'il terminait son ouvrage et fumait une bonne pipe.

1791

1. Les deux fils de Mozart et Constanze vécurent jusqu'à l'âge adulte, sans descendance.

2. Cette coutume du plomb fondu et de l'eau gelée est encore pratiquée de nos jours, notamment en Autriche. Sophie Weber, sœur cadette de Constanze, épousera en 1807 Jakob Haibl, compositeur et chanteur. Elle sera veuve en 1826 et partira vivre à Salzbourg avec sa sœur Constance. Sophie et Constance deviendront ainsi voisines de Nannerl, également veuve et surtout aveugle. Malgré les années, les enfants et le rapprochement géographique, Nannerl ne changera jamais d'avis sur Constanze.

3. *Pièce pour orgue* K. 608.

4. La ville de Vienne promet ce poste à Wolfgang, mais le vieil Hoffmann ne mourra que... cinq mois après Mozart. Il aimait beaucoup son style, tandis que Beethoven le détestera.

5. Mozart entretenait avec Stoll des relations amicales et franches qui lui permettaient facilement ce genre de plaisanterie ; c'est pour lui qu'il composera dans quelque temps l'*Ave verum corpus*.

6. Les quatre premières phrases sont en français ; une fois de plus, on remarquera combien Mozart est loin de considérer sa femme comme une idiote... Lettre n° 761. Flammarion. Geneviève Geffray.

7. « *La mort et le désespoir furent son salaire* » est un extrait des paroles du duo des prêtres (n° 11) dans *La Flûte enchantée*, qu'il est en train de composer. Une nouvelle fois nous pouvons remarquer comme Constanze est tenue au courant des travaux de son époux, et donc, à même de les entendre, de les comprendre, de les traduire ou de les chanter ! Pour quelle raison Mozart noterait-il en fin de correspondance une phrase énigmatique, voire inquiétante (hélas, aussi prémonitoire), s'il n'avait été convaincu que sa partenaire de vie puisse en saisir le sens ou la loufoquerie ?

8. Le Dr Franck, qui viendra prendre quelques leçons chez Mozart en 1790, se souvient dans ses mémoires « *d'un petit homme à forte tête et mains charnues* ».

9. *Ave verum corpus* K. 618, écrit à Baden en juin 1791, pour Anton Stoll, maître de chœur et instituteur, à qui Mozart avait écrit pour la demande de location, terminant par « *cette lettre est la plus stupide que j'aie écrite de toute ma vie, mais elle est bien assez bonne pour vous...* ». Nous voyons désormais clairement

comme le style employé par Mozart ne reflète parfois que sa fantaisie, son humour provocateur, et non pas toutes les offenses hystériques et les manifestations caractérielles que les biographes et cinéastes lui prêtent depuis longtemps.

10. *La Clémence de Titus.*

11. Mozart avait laissé sa femme et Carl à Baden, accompagnés de Süssmayr ; une rumeur de cet ordre courut effectivement, vers la fin de la grossesse de Constance. Nous savons que Mozart est allé chercher Constance précipitamment à Baden, après qu'elle lui eut écrit une lettre qui l'avait « *presque totalement découragé* ». La lettre de Caecilia Weber est de l'auteur. Pourquoi ne pas retenir cette hypothèse, selon laquelle Constance aurait souhaité rentrer en hâte, démoralisée par les rumeurs de cette liaison qu'on lui prêtait avec Süssmayr et sa grossesse, attribuée aussi à celui-ci ?

12. Le sixième enfant du couple Mozart est né le 26 juillet 1791 ; il se prénomme Franz-Xaver Wolfgang, et sera le second à vivre jusqu'à l'âge adulte. Il mourra le 29 juillet 1844 à Karlsbad.

13. On se souvient que Mozart présentait une malformation congénitale de l'oreille gauche : la conque de son oreille était totalement lisse. Cette malformation rare a donné le nom d'« *oreille de Mozart* » en littérature médicale. Cette malformation, qui n'altère en rien les qualités auditives de l'organe.

14. D'après H.-C. Robbins Landon, un document écrit de la main de Salieri, retrouvé récemment, permet d'attester la thèse selon laquelle Salieri aurait reçu à cinq reprises la visite de Guardasoni, imprésario de Prague, au sujet d'une commande d'opéra pour le couronnement de Leopold II en Bohême.

15. On suppose aujourd'hui que cet effrayant messager vêtu de gris, venu commander le *Requiem*, était le fils du bourgmestre (maire) de Vienne, envoyé par Walsegg. *Souvenirs de Constance Mozart*, d'après Nissen.

16. L'itinéraire de voyage des Mozart se trouve détaillé dans le livre de H.-C. Robbins Landon, *1791, la dernière année de Mozart*.

17. Dans ses bagages, Salieri emporta les œuvres de Mozart K. 258 *Messe Piccolomini*, K. 317 *Messe du Couronnement*, K. 337 de 1780 appelée aussi *Missa Aulica*.

18. Cette cabane de bois existe encore ; elle se trouve dans le jardin du Bastion, derrière le Mozarteum. En 1873, le théâtre Freihaus (ancien théâtre de Schikaneder) fut vendu et son propriétaire, le prince Starhemberg, offrit la maisonnette à la fondation Mozarteum. En 1874, la cabane fut transportée à Salzbourg, dans le

jardin des nains du château Mirabell et trois ans plus tard, sur le mont Capucin, jusqu'en 1950. Elle fut endommagée durant la Seconde Guerre mondiale, puis restaurée et consolidée. Cette maisonnette n'est pas ouverte aux visiteurs. Bien des élèves qui étudient aujourd'hui au Mozarteum ignorent l'histoire de cette cabane, et la prennent généralement pour une remise à outils de jardinage.

19. Anton Stadler participait certainement à la concrétisation du projet de Mozart d'ouvrir une loge mixte où les femmes pouvaient être initiées car, après la mort de Mozart, Constanze refusera de donner la moindre indication concernant le projet *Grotta* à quiconque, mais elle orientera les biographes avertis (beaucoup ignoraient et ignorent encore ce projet du compositeur) vers Anton Stadler, en précisant toutefois qu'il refuserait certainement de répondre, car les sociétés secrètes étaient encore très mal considérées, et même interdites.

20. Lettre de Mozart à sa femme, n° 779, volume V, *Correspondance*, Flammarion, Geneviève Geffray. Cette lettre prouve une fois de plus, si cela était encore nécessaire, combien le couple Mozart était uni ; contrairement aux écrits des Massin, on peut lire que c'est Mozart qui pousse son épouse à partir en cure, dans l'espoir qu'elle passe un bon hiver, et non pas Constanze qui abandonne un mari épuisé, pour se pavaner dans les bals. On remarque aussi combien le succès de son opéra lui procure une meilleure humeur, et son moral est au beau fixe. Le film *Amadeus* contribua également à véhiculer une mauvaise image de Constanze, quittant le domicile conjugal pour aller s'amuser à Baden, laissant son époux moribond ; il n'en fut rien. Cette année 1791, elle partit à Baden une fois, enceinte et souffrante de ses ulcères variqueux, avec Süssmayr pour l'aider en cas de difficultés, et une autre fois (à la demande de Wolfgang) avec sa jeune sœur, son nourrisson (Franz-Xaver Wolfgang) et Süssmayr. La thèse de l'abandon pour cause de liaison extra-conjugale ne trouve pas là de quoi s'appuyer sérieusement ; il ne s'agit même plus de thèse, mais de calomnie.

21. D'après les souvenirs de Joseph Deiner (*Primus*), le lit de Mozart était placé dans un coin de la chambre et recouvert d'une couverture blanche.

22. Jean Laplace, *Rudimentum Alchimiae*, Bâle, réédition 1996. Tous ces propos sont tirés de ce texte, cependant modifiés, afin de les adapter à l'univers de la musique et qu'ils puissent être les dernières recommandations bienveillantes d'un maître à son élève.

23. Ces vers sont une adaptation des *Douze clefs de la philosophie*.

24. Constance s'est effectivement allongée près de son époux, car elle voulait prendre sa maladie et mourir de contagion (Nissen). Rappelons que Mozart est très probablement mort d'une insuffisance rénale grave (suite aux maladies contractées durant l'enfance) et certainement d'hémorragie cérébrale, accompagnée de troubles cardiaques. Le gonflement de ses membres serait une des caractéristiques de l'insuffisance rénale en phase terminale. Nissen décrit des vomissements « marrons » dans sa biographie ; nous ignorons quels remèdes lui ont été administrés et le nombre exact de saignées qui ont été pratiquées sur Mozart, et à quel point cela accéléra sa mort.

25. Toute la partie en italique fut réellement écrite par Constance dans le livre d'or de son mari ; de nombreux biographes pensent que ces vers n'ont pas été écrits le jour de la mort de Mozart, mais longtemps après, prenant appui sur de petits détails comme : « *Si Constance avait écrit le soir même, elle n'aurait pas jugé nécessaire de préciser la date exacte dans son texte.* » Quoi qu'il en soit, Constance écrivit ces mots, et cela n'est contesté par personne. Que ce soit une heure ou un an après le décès, son auguste chagrin persistait. Et si justement Constance avait écrit ces mots des années plus tard, ne pourrait-on y voir la traduction de son chagrin toujours présent, plutôt qu'un faux, ordonné par un raisonnement glacial et corrompu ?

26. Le corps de Mozart fut exposé toute la journée dans la petite chapelle dite du Crucifix, extérieure et côté nord de la cathédrale Saint-Etienne (une plaque discrète est scellée à cet endroit) ; la cérémonie commença à 15 heures puis son corps resta visible jusqu'à la tombée du jour, selon la loi, afin que les personnes en léthargie susceptibles de se réveiller ne soient pas enterrées vivantes. Les biographes ont souvent imaginé des scénarios éloignés de la réalité, concernant les obsèques de Mozart et ses circonstances. Les faits sont désolants de simplicité et l'on s'éloigne de la version terrible des images du film *Amadeus* :

1. Il n'y a jamais eu de tempête de pluie ni de neige ce jour-là (les écrits dans les journaux intimes de plusieurs personnalités à Vienne l'attestent).

2. La loi (promulguée par Joseph II en 1784) interdisait les cérémonies d'enterrement à l'intérieur des cathédrales, des églises et des cimetières. L'usage de la chapelle extérieure concernant Mozart n'a rien de particulièrement choquant, puisque les lois en vigueur à cette époque l'imposaient. N'appartenant pas à la noblesse viennoise, Mozart bénéficia d'un enterrement de troisième classe, parfaitement cohérent avec la situation du couple. Les enterrements de première classe étaient réservés aux nobles, ne serait-ce que par leur coût. Les cérémonies de deuxième classe étaient accessibles à tout roturier, à condition que la famille puisse payer un surnombre de porteurs de poêle, des enfants de chœur portant des cierges, une chorale, etc.

L'enterrement de troisième classe prévoit moins de fioritures coûteuses.

En 1791, l'emploi des cercueils réutilisables n'était plus autorisé, car cette loi avait provoqué l'indignation et la révolte du peuple. **Le corps de Mozart bénéficia donc d'un cercueil personnel et définitif.**

3. Van Swieten a conseillé Constance concernant les modalités de funérailles pour plusieurs raisons :

a) L'usage impliquait qu'elle n'assiste pas aux obsèques, mais elle devait les payer.

b) Elle était effondrée et s'accrochait au corps de son mari, au point qu'on doive prendre plusieurs décisions à sa place (comment ne pas comprendre cela ?).

c) Les prêtres rechignant à l'idée d'enterrer religieusement un franc-maçon, on opta pour la solution conforme au rang de roturier de Mozart, conforme à sa situation périlleuse de franc-maçon, conforme aux possibilités financières du couple, conforme à ses idées et croyances relatives à la mort, conforme à la loi en vigueur à Vienne.

4. Le tombeau communautaire n'était pas une fosse commune destinée aux restes des sans-le-sou, mais un lieu de sépulture ordinaire pour un enterrement de troisième classe ; six corps étaient généralement placés dans chaque tombeau. Ces corps étaient séparés par quelques pelletées de terre et de chaux. Une distance approximative de 1,20 mètre séparait les tombeaux. Les vrais pauvres étaient enterrés gratuitement. Toutes les tombes communautaires étaient ouvertes au bout de huit ans, afin d'ôter les restes et laisser la place aux nouvelles dépouilles.

5. On accuse encore aujourd'hui Constance Mozart de froideur et de calcul, parce qu'elle n'a jamais fait poser de croix sur la tombe de son mari ; rappelons simplement que les croix, stèles et plaques gravées étaient interdites, à Vienne, aux familles roturières, et que, par ailleurs, Constance n'était pas présente le jour des funérailles. Elle garda ensuite son énergie pour récupérer l'argent du *Requiem* et le faire achever, élever ses deux enfants, payer les dettes du couple, protéger les droits d'auteur de Mozart ainsi que de ses héritiers, promouvoir la musique de son défunt mari en Europe entière, organiser des concerts dans lesquels elle chanta personnellement ses arias préférées, louer des chambres de son logis pour se procurer un revenu supplémentaire, organiser la vie de ses fils, vendre les partitions et préserver ses intérêts. Lorsqu'elle rencontre, en 1797, celui qui deviendra plus tard son second époux, Constanze Mozart possède assez d'argent pour en prêter autour d'elle et même prendre une hypothèque sur la villa Betramka des Duschek, à 6 %, d'environ 3 500 florins (détails issus de *Correspondance Mozart*, Geneviève Geffray).

27. Constanze Mozart et son nourrisson furent transportés chez le prêteur Goldhann, en attendant les obsèques de son époux. On suppose que les Hofer et toutes les autres familles proches des Mozart se trouvaient aux funérailles (à la petite chapelle uniquement) ; au moins douze personnes s'y trouvaient, d'après les souvenirs écrits de ses contemporains, notamment Joseph Deiner, alias *Primus*, dans ses mémoires. On sait aussi que Constanze regagna son logis rapidement, car elle signa de sa main, à cette adresse, les documents officiels qu'on lui présenta les jours suivant le décès de Mozart.

28. Ce jour même, Hofdemel (à qui Mozart avait emprunté de l'argent en 1789 et dont l'épouse était son élève en musique) tenta de tuer sa femme enceinte, à coups de rasoir, hurlant que l'enfant qu'elle attendait était de Mozart. Il se suicida ensuite et sa femme mit au monde un bébé dont la date de naissance permet de calculer qu'il fut conçu au mois d'août 1791, au moment du dernier accouchement de Constanze. L'hypothèse de l'adultère de Mozart, au moment des couches de son épouse, est sans fondement, surtout si l'on tient les correspondances du couple pour preuve de leur entente satisfaisante et de leurs sentiments réciproques.

29. D'après Süssmayr, une partie du logement de Mozart était assez sombre, mais la superficie était loin du placard de pauvre que l'on imagine. Selon H.-C. Robbins Landon, la superficie du dernier appartement des Mozart, pris par Constanze durant l'absence de son époux, par souci d'économie, mesurait tout de même 145 m^2 ! (Voir plans p. 202, H.-C. Robbins Landon, *1791, la dernière année de Mozart*.) Ce logement comprenait un escalier menant à leur entrée, un vestibule et une cuisine, un petit salon, un

grand salon de réception, une salle de billard (dans laquelle se trouvait le lit conjugal et un lit d'enfant), puis le cabinet de travail de Mozart, dans lequel il semble que l'on retrouve le plus grand nombre de bibelots, objets décoratifs et utiles ; la pièce était sans doute décorée de façon agréable et propice à l'inspiration d'un artiste à la fois exigeant et bohème.

30. *Don Giovanni*, acte I, scène 21.

31. Il s'agit ici d'une lettre peu connue de Constance, citée par H.-C. Robbins Landon, dans son ouvrage *1791, la dernière année de Mozart*. L'auteur l'a ici modifiée dans sa forme de conjugaison, afin de l'intégrer au journal de Constance.

32. Le montant de cette somme est fictif. Rien ne prouve que Süssmayr ait reçu de l'argent pour ce travail, mais rien ne prouve le contraire non plus. Constance était brouillée avec Süssmayr ; il semble qu'il ait été très vexé que la veuve de Mozart ne lui fasse pas immédiatement confiance pour terminer le *Requiem*. En le payant pour cette tâche, elle s'assurait de son silence : le commanditaire du *Requiem* n'avait pas besoin de savoir que l'œuvre était de la main d'un disciple de Mozart. Constance fera d'ailleurs recopier les pages originales de Mozart par Süssmayr, afin qu'il emporte avec lui des copies de la partition, mais elle ne lui confia jamais les originaux. Le comte Walsegg-Stupach reçut une œuvre entièrement écrite de la main de Süssmayr, alors qu'il avait payé pour une œuvre du maître. Malgré cela, il ne poursuivra jamais en justice la veuve du grand Mozart, comme le droit l'y autorisait.

33. Les numérotations ont été établies en 1862 par Ludwig von Köchel et révisées en 1937 par Alfred Einstein. Lorsque Constance commença à réunir les partitions de Mozart pour développer la protection de son fabuleux héritage, de précieux originaux se trouvaient entre les mains de Nannerl. Ainsi, à l'éditeur Johann Anton André, pressé d'acquérir de nouvelles partitions, Constance conseillera en 1825 « *d'attendre* ». L'absence de relations entre les deux belles-sœurs ne facilitera pas la tâche de Constance dans son souci d'établir un principe de protection des droits d'auteur, alors inusité. Lorsqu'elle recommande la patience à l'éditeur, cela sous-entend « attendre le décès de Nannerl ».

34. *La Flûte enchantée*, acte II, air de Pamina.

Annexes

1. Lettre n° 782, vol V, *Correspondance Mozart*. Constanze reçut de la part du successeur de Leopold II une pension annuelle de 266 florins et 40 kreutzers. L'offre faite par la noblesse hongroise aurait permis au couple de vivre largement à l'abri du besoin. Selon les estimations, on considère que 500 florins étaient nécessaires pour vivre à Vienne à cette époque, pour un couple de bourgeois et deux enfants. Constanze n'était pas dans la misère que l'on a voulu montrer dans les diverses biographies. Elle commencera à négocier les œuvres de son mari dès ce mois de décembre 1791, montrant, au fil du temps, sa finesse d'esprit, sa connaissance des œuvres de Mozart ainsi qu'un sens des affaires redoutable. Le patrimoine des héritiers fut bien défendu ; on s'éloigne encore du portrait de Constanze fade, stupide et inculte. Calculatrice ? Mais quelle femme aujourd'hui, si le veuvage brutal et prématuré la frappe, ne cherche pas dans les tiroirs de son défunt mari des pièces justificatives d'une assurance-vie, d'une pension ou d'un placement qui puisse lui épargner la misère ajoutée au chagrin ?

2. Il s'agit d'une erreur, car Constanze et Wolfgang se sont mariés le 4 août 1782 et leur contrat de mariage est antérieur au mariage.

3. L'inventaire pour la succession de Mozart fut établi avant que le *Requiem* ne soit remis à Süssmayr mais l'auteur a choisi d'inverser ces deux faits, afin de ne pas lasser le lecteur. Parmi les objets qui figurent dans l'inventaire de succession, un certain nombre de livres ont été « oubliés » car Constanze refusera de communiquer leurs titres toute sa vie durant. Il s'agit vraisemblablement d'ouvrages consacrés à la franc-maçonnerie, alors mal considérée et même bientôt interdite. Dans cet inventaire de succession, sont également répertoriées les partitions musicales de ses propres œuvres, ainsi que celles des autres compositeurs (Bach, Benda, etc.) que Mozart appréciait et conservait précieusement, dans son désordre habituel.

L'inventaire de succession de Mozart se trouve entièrement retranscrit dans la *Correspondance Mozart*, VII. Celui du présent ouvrage est repris dans cette édition. Les autres éléments sont issus de *1791, la dernière année de Mozart*, de H.-C. Robbins Landon, J.-C. Lattès. La liste des œuvres littéraires de la bibliothèque de Mozart est issue de la *Correspondance Mozart*, vol VII.

TABLE

COMPOSITION : FIRMIN-DIDOT AU MESNIL
IMPRESSION : CPI BRODARD ET TAUPIN À LA FLÈCHE
DÉPÔT LÉGAL : JANVIER 2012. N° 106368 (66643)
IMPRIMÉ EN FRANCE